Gangolf. 4 S. Sebastia. 5 S. Nicola. 6 Vns: liebe Frawen.
Iohannes. 11 das Rathaus. 12 Barfußer. 13 S. Catharina.
S. Peter. 17 S. Iacob. 18 S. Augustin. 19 Hohe pfort.
und Paul. 23 Sudenburg. 24 Newstatt. 25 Zollschantz.
BURG.
Die Elbe Fluß

Helga Glaesener
Die Hexe und der Leichendieb

Helga Glaesener

Die Hexe und der Leichendieb

Historischer Roman

List

Vor- und Nachsatzgestaltung:
»Die Eroberung Magdeburgs« von Johann Philipp Abelin,
Archiv für Kunst und Geschichte, Berlin

FSC
www.fsc.org
MIX
Papier aus verantwortungsvollen Quellen
FSC® C014496

List ist ein Verlag
der Ullstein Buchverlage GmbH

2. Auflage 2012

ISBN 978-3-471-30008-4

Gesetzt aus der Sabon von LVD GmbH, Berlin
Druck und Bindearbeiten: GGP Media GmbH, Poßneck
Printed in Germany

Für Lena, die im rechten Moment zur Stelle war.

Danke!

Kapitel 1

Wildenburg in der Eifel,
im Januar 1632

Der Mann, den sie hinrichten wollten, war schön. Er hatte safrangelbes, lockiges Haar, das ihm der Wind aus dem Gesicht blies, so zärtlich, als wollte er ihn das Grauen der letzten Tage vergessen machen. Seine Augen spiegelten das gläserne Blau des Winterhimmels wider. Sein Lächeln – er lächelte, trotz der Schmerzen, die er litt – wirkte aufgekratzt. Natürlich ging er krumm, kaum dass er sich auf den Beinen halten konnte. Langsam schlurfte er über die Steine, mit denen Marsilius den Innenhof beim Palas hatte pflastern lassen. Sein Arm war gebrochen, und die Fetzen, die ihm am Leib hingen, starrten vor Schmutz und Blut. Er wusste, dass er sterben würde. Und er tat, als machte ihm das nichts aus.

Fröstelnd zog Sophie ihren Mantel enger um das Wollkleid. Ihr Blick folgte der grauen Katze, die auf der äußeren Burgmauer stolzierte und nach einer Stelle suchte, von der aus sie über den Hang hinab in die Felder klettern konnte. Sophie wünschte sich von Herzen, dass sie ihr folgen könnte. Rennen und rennen, bis sie nach Hause kam. Aber das ging natürlich nicht. Sie war jetzt verheiratet und musste auf dem Burghof ausharren, wie Marsilius, ihr Ehemann, es angeordnet hatte. Ich weiß, Mutter, dachte sie, ich weiß.

Der Morgen war sonnig. Von der Dachrinne des Palas tropften die Eiszapfen, und auf dem Wohnturm quietschte der

Wettervogel. Unter dem Wehrgang, der sich vom Hexenturm um den Burghof zog, versuchten einige verwurmte Köter, einander einen Knochen abzujagen. Ein alter Mann, der als verrückt galt, pinkelte gegen die windschiefe Wand der Brennholzhütte. Mein Reich, dachte Sophie, und ihr strich eine Gänsehaut über den Rücken. Sie war siebzehn Jahre alt – und fühlte sich wie hundert.

Beklommen sah sie zu, wie der Verurteilte stehen blieb. Er hob das Gesicht zu dem Gerüst, das Marsilius im Schatten des Palas hatte errichten lassen. Auf dem Holzblock, auf den man gleich seinen Kopf drücken würde, lag eine Schicht flauschiger Schneeflocken. Ein sanftes, kaltes Kissen. Neben dem Block stand der von Eisenringen umfasste alte Holzeimer, in den der Henker seinen Kopf werfen würde, nachdem er ihn triumphierend vor dem Publikum in die Höhe gehalten hatte. Hatte der Mann dieses Bild ebenfalls vor sich? Sophie sah, wie seine Lippen sich kräuselten.

Sie zuckte zusammen, als sich mit wildem Geschrei ein Krähenschwarm vom Dach des Palas hob. Es war, als wüssten die Vögel, dass ihnen eine Mahlzeit bevorstand. Ihr wurde übel. Nicht nur ein bisschen schwummrig, sondern richtig mit einem Würgen. Verkrampft atmete sie in den Bauch hinein. Himmel, das fehlte noch, dass sie sich vor dem versammelten Gesinde übergab! Sie war seit drei Wochen Herrin der Burg, aber niemand gehorchte ihr, und ihr Mann platzte vor Ungeduld, weil sie nichts richtig machte. Sie musste sich zusammenreißen. Marsilius hatte befohlen, dass jeder Burgbewohner bei der Hinrichtung anwesend sein sollte, also würde sie es durchstehen.

Sie sah, wie der Henker dem Verurteilten einen Stoß in den Rücken versetzte. Der Mann gab einen Schmerzenslaut von sich und murmelte, während er sich wieder in Bewegung setzte: »Wozu die Eile, Dreckskerl? Dein Herr ist noch nicht da. Soll er den besten Teil verpassen?« Obwohl er leise sprach, drangen die Worte über den Hof. Einige vom Gesinde lachten.

»Der kommt schon noch, halt uns nicht auf«, brummte der Henker. Es gab in der Wildenburger Herrschaft noch keinen Scharfrichter. Marsilius hatte einen der Söldner, die der Krieg vor sein Burgtor geschwemmt hatte, mit der Hinrichtung beauftragt. Der Mann war jung. Er hinkte stark und schien betrunken zu sein. Sie hörte ihn verdrossen fluchen. Wer einen Menschen hinrichtete, fiel so tief, wie ein Christ nur fallen konnte. Er wurde ehrlos und durfte kein Handwerk mehr ausüben und nicht einmal bei anständigen Männern in der Schenke am selben Tisch sitzen. Vielleicht bekümmerte den Burschen das. Aber vielleicht wurmte ihn auch nur das harte Stück Arbeit, das ihm bevorstand. Es würde Kraft kosten, dem Blonden den Kopf vom kräftigen Hals zu schlagen, und wenn es nicht auf Anhieb gelang, vielleicht nicht einmal beim dritten oder vierten Hieb, richtete sich der Zorn der Menge oft gegen den Henker selbst. Aber hier nicht, dachte Sophie. Dafür hatten die Burgmannen zu viel Angst vor ihrem Herrn. Und Marsilius würde es vielleicht sogar gefallen, wenn die ersten Hiebe nicht gar zu genau saßen.

Die graue Küchenkatze kam über den Hof gelaufen und strich dem Verurteilten um die Beine. Die Berührung reichte aus, ihn ins Stolpern zu bringen. Er stürzte auf die Knie, und während der Henker ihn auf die Beine zurückzerrte, erblickte er die beiden leeren Stühle, die Marsilius neben dem Brunnen hatte aufstellen lassen. »Holt euren Herrn aus dem Bett seiner Hure. Sagt ihm, gefrorenes Fleisch zerlegt sich schlecht!« Seine Stimme klang wie zerbrochen, aber der Blick war voll wilden Hochmuts. Erst Augenblicke später bemerkte Sophie, dass die Leute verstohlen zu ihr hinüberblickten. Sie spürte, wie ihr das Blut ins Gesicht schoss. Die Hure, natürlich. Der Verurteilte spielte auf Edith an. Nicht, dass er ein Geheimnis verriet. Marsilius gab sich keine Mühe zu verbergen, mit wem er seine Nächte teilte. Aber der Gefesselte war der Erste, der den Namen in ihrer Gegenwart aussprach, und einen Moment lang hasste sie ihn für die Demütigung.

Dirk Wolpmann, der Burgvogt, verschaffte sich Platz und schlug den Kerl zu Boden, wie es einem treuen Gefolgsmann zukam, dessen Herr beleidigt wurde. »Scheißer!«, brüllte der Henker und zerrte ihn wieder auf die Füße.

Der Delinquent hieß Marx, fiel Sophie plötzlich ein. Marsilius hatte seinen Namen durch den Palas gerufen, als er am vergangenen Abend betrunken aus dem Südturm zurückgekommen war, wo er ihn eigenhändig gefoltert hatte. Die Hände und der wollene Rock ihres Ehemanns waren mit Blut besudelt gewesen, und er hatte gelacht, als hätte er den Verstand verloren. »Der Dickschädel! Er will den Mord nicht gestehen«, hatte er gejohlt, während er die Hände am Rock der alten Märthe abwischte. »Aber ich komme wieder, Marx von Mengersen. Irgendwann wird deine Zunge sich lösen.«

Dass er persönlich die Folterinstrumente in die Hand genommen hatte, sorgte in der Burg für Erstaunen. Auch diese schmutzige Arbeit überließ man normalerweise ehrlosen Leuten. Aber Marsilius war mit dem Opfer entfernt verwandt gewesen, und damit erklärten sie sich seine Wut. Im Übrigen war den Leuten egal, was Marsilius mit dem Gefangenen anstellte. Der Kerl verdiente kein Mitgefühl. Er hatte einen jungen Mann ermordet, seinen eigenen Herrn, um an dessen Geldbörse zu gelangen. Glücklicherweise hatte der Müller von der Bannmühle in Manscheid die Untat beobachtet. Er war zur Wildenburg geeilt, und Marsilius und Dirk hatten den Mörder gestellt und zur Burg hinaufgeschafft.

Man hatte den toten Jüngling in der kleinen Kapelle im Obergeschoss des Wohntrakts aufgebahrt, und Sophie wusste, dass Marsilius Marx an seinen Sarg gezerrt hatte, in der Hoffnung, er würde, mit dem Leichnam konfrontiert, zu seiner Tat aussagen. Aber Marx hatte sich unter gotteslästerlichen Flüchen geweigert. Natürlich half ihm das nicht, weil es ja Zeugen gab. Es war gerecht, dass er starb. Nur wollte sie es nicht mit ansehen müssen.

Der Verurteilte hatte den Podest erreicht. Er blieb davor

stehen und hob das Gesicht zur Sonne. Sein Haar glänzte, sogar die bräunlichen Stellen, in denen es mit Blut verklebt war. Wieder kroch Sophie der Mageninhalt die Speiseröhre hinauf, und plötzlich war ihr gleich, was das Gesinde dachte oder Marsilius mit ihr anstellen würde. Der Drang zu flüchten wurde übermächtig. Sie rannte mit geschürztem Rock aus dem Burghof, taumelte an der Remise und dem geweißten Treppenturm vorbei und lief über die Brücke, die die Hauptburg von der Vorburg trennte.

Aber sie hatte ihren Entschluss zu spät gefasst. Als sie die Pferdetreppe erreichte, die zur unteren Brücke hinabführte, tauchte plötzlich ihr Ehemann auf. Marsilius ritt auf dem Schimmel des Fremden, einem temperamentvollen Schlachtross, unter dessen schneeweißem Fell die Muskeln spielten. Das also hatte ihn aufgehalten. Er war ein Pferdenarr und hatte den sonnigen Wintermorgen für einen Ausritt genutzt.

Und offenbar nicht allein. Ihm folgte, ein wenig langsamer, die Hure, auf die der Mörder im Hof angespielt hatte. Es versetzte Sophie einen Stich zu sehen, wie elegant Edith im Sattel saß. Sophie war selbst eine gute Reiterin. Dass Edith ihr auf ihrem ureigensten Territorium Konkurrenz machte, verletzte sie fast noch mehr als die Dreistigkeit, mit der sie ihr den Gatten stahl.

»Was treibst du hier?«, hallte Marsilius' Stimme über den Weg. Er hatte getrunken. Nicht so viel, dass er lallte oder sich unsicher bewegte, aber er sprach langsamer als gewöhnlich. In seinem jungen Gesicht mit dem Schnauzbart – er war nur wenige Jahre älter als Sophie – löste Ungeduld seinen Übermut ab. Sie sah ihm an, dass er den Ausritt genossen hatte und wie sehr es ihn anödete, jetzt auf seine frischgebackene Ehefrau zu treffen. Gereizt hob er die Gerte.

Sophie wich gegen die Mauer zurück. Sie hasste sich für ihre Unterwürfigkeit, besonders als sie sah, wie Ediths schönes, weißes Gesicht sich höhnisch verzog. Die Frau war wenigstens zehn Jahre älter als Marsilius. Und trotzdem war es ihr gelungen, sein Herz zu erobern. Gut, gar so rätselhaft war das nicht. Ihre Haare fluteten wie flüssiger Weizen unter dem Federhut hervor. Ihr Busen wölbte sich schneeweiß aus dem Mieder. Ihre Lippen glänzten. Auf Sophie wirkte sie wie eine Amazone. Kühn und dabei trotzdem weiblich. Kein Wunder, dass Marsilius sie ihr selbst, die nur wenig Busen, schmale Hüften und ein Allerweltsgesicht besaß, vorzog.

»Marsch, in den Hof zurück«, schnauzte Marsilius und trieb sein Pferd auch schon selbst um die Hausecke. Edith folgte ihm mit einem letzten spöttischen Blick auf das Mädchen, das sich eingebildet hatte, ihr den Platz nehmen zu können, den sie bereits seit Jahren innehatte. Wen würde er wohl gleich an seine Seite bitten, wenn es darum ging, über die Hinrichtung zu präsidieren? Die Hure oder die Ehefrau? Edith natürlich, dachte Sophie niedergeschlagen.

Sie hörte Marsilius' Stimme vom Hof. »Hoch aufs Podest mit dem Dreckskerl!« Unter dem Gesinde machte sich eine aufgeräumte Stimmung breit. »Nicht gar zu schnell, das hat er nicht verdient«, stachelten sie den Henker an. »Hackt ihm zuerst die Hand ab, mit der er den Jungen erstochen hat! Auge um Auge, Hand um Hand!«, forderte eine Stimme, vielleicht die von Theiß, dem Koch, oder von Jössele, der zur Wachmannschaft gehört. In Sophies Magen begann es erneut zu rumoren. Sie rannte zum Tor und winkte dem Wächter, der es gerade wieder schließen wollte. Aber er schien sie misszuverstehen, denn er ließ den Riegel fahren und kam ihr entgegen.

Aus dem Hof dröhnte Marsilius' Stimme. »Fang an und bettle um dein Leben, Marx von Mengersen!«

»Wenn du deine Hure küsst, soll sie an der Scheiße ersticken, die aus deinem Mund kommt!«, brüllte der Verurteilte erstaunlich klar.

Sophie wusste nicht, was danach geschah, sie hörte nur einen entsetzlichen Schrei – und dann gar nichts mehr. Entsetzt lief sie weiter. Vierundzwanzig breite Pferdestufen führten zum unteren Tor. Auf halbem Weg, dort wo es links zur Schmiede und zum Brandweiher ging, traf sie mit dem Wächter zusammen. Er blickte sie fragend an. Sie wies zum Hof hinauf. Marsilius wird mich prügeln, dachte sie, aber was tat's. Nur weiter, hinaus ins Freie.

Als sie das äußere Tor fast erreicht hatte, gellte ein vielstimmiger Schrei in ihrem Rücken. Das Schwert des Henkers hatte zugeschlagen. Der Mörder war also tot. Klopfenden Herzens stützte Sophie sich an der Mauer ab. Das Blut dröhnte in ihren Ohren. Durch den Torspalt sah sie die Häuser, die zur Burgfreiheit gehörten und die wegen des Spektakels der Hinrichtung verwaist waren, und dahinter die schneebedeckten sanften Berge der Eifel mit den schwarzen Bäumen, den Feldern und den kleinen Dörfern, die sich in die Täler schmiegten. Alles sah so friedlich aus. Die Sonne ließ den Schnee bis zum Horizont glitzern.

Und wenn sie nun hinausliefe? Und sich zumindest ein paar Stunden Aufschub gönnte? Ihr wurde kalt, als sie an Marsilius dachte.

In diesem Moment vernahm sie Getrappel hinter sich. Schleppend drehte sie sich um. Und hörte auf zu atmen. Es war unmöglich, was sie sah. Es musste eine Einbildung sein. Der Schimmel, das Schlachtross des Fremden, galoppierte den Weg hinab, auf seinem Rücken hing der Mörder. Sophie starrte wie hypnotisiert auf die Gestalt, die sich mit auf den Rücken gefesselten Händen über den gestreckten Hals des weißen Tieres beugte, ums Gleichgewicht rang und jeden Moment zu stürzen drohte.

Und plötzlich war es, als würde alles langsamer. Der Blonde hob den Kopf. Er bemerkte das Tor, er registrierte, dass seine Flucht zu Ende war. Sophie sah das Erkennen und die Enttäuschung in seinem schmerzverzerrten Gesicht. Sie meinte, auch etwas wie Furcht aufblitzen zu sehen, aber da war sie sich nicht sicher.

Dann drehte sich das Tor in den Angeln. Sie selbst musste es sein, die die schweren Bohlen beiseitedrückte, um den Spalt zu erweitern. Warum tue ich das?, dachte sie entsetzt, aber gleichzeitig spürte sie einen wilden Funken Triumph.

Der Mörder donnerte heran. Der Atem des Schimmels streifte Sophies Hals. Der Flüchtling war so frech, die Lippen zu einem Kuss zu formen, als er an ihr vorüber stob. Und schon war er draußen. Die Hufe hämmerten über die Brücke, der Schimmel galoppierte durch die Vorburg der Freiheit entgegen.

Benommen schaute Sophie die Pferdetreppe hinauf. Das Gesinde, das eben noch im Hof gestanden hatte, rannte auf sie zu, allen voran Dirk, und als Nächste merkwürdigerweise Edith. Ich bin verloren, dachte sie. Marsilius prügelte das Gesinde bei jeder Gelegenheit, ohne Rücksicht auf ihre Gesundheit oder sein eigenes Wohl, das ja von ihrer Arbeitskraft abhing, einfach weil er jähzornig war. Er würde auch seine Ehefrau nicht verschonen, die ihn im Angesicht des gesamten Hausstandes gedemütigt hatte. Er schlägt mich tot, dachte sie.

Im nächsten Moment sackte sie in sich zusammen. Über ihr stand die weiße Sonne und blendete sie.

Kapitel 2

Aber dann schlug er sie doch nicht. Gott hatte Erbarmen. Es wurde wie durch ein Wunder alles gut.

»Wie durch ein Wunder wurde alles gut«, erklärte Sophie fünf Wochen später ihrer Mutter Ursula und ihrer Schwester Christine, die aus Breitenbenden angereist waren, um zu schauen, wie es der Jungvermählten ging, und die nun mit ihr zusammen in der kleinen Stube im Untergeschoss des Palas saßen. Ihre Familie war zum ersten Mal seit der Hochzeit auf der Wildenburg. Die Frauen hatten es sich in der Fensternische auf den Bänken gemütlich gemacht und lauschten angespannt Sophies Bericht über die Schwierigkeiten, die den Beginn ihrer Ehe überschattet hatten.

Marsilius regt sich leicht auf, man darf ihn nicht reizen, hatte sie ihnen erzählt, und Mutter hatte bekümmert genickt. So waren die Männer. Was war sonst geschehen? Sophie hatte vom Gesinde gesprochen, das viele ihrer Anweisungen ignorierte oder nachlässig ausführte. Auch das war nicht ungewöhnlich, bei Sophies Jugend, musste aber natürlich unverzüglich bestraft werden, damit klar wurde, wer jetzt Herrin im Haus war. Und weiter?

Sophie hatte gezögert. Sollte sie von dem Mörder berichten, dem sie Fluchthilfe geleistet hatte? Nein, das behielt sie lieber für sich. Ihr schwante, dass Mutter dieses Verhalten unentschuldbar finden würde. Dafür begann sie von Edith zu erzählen, die ihr das Leben schwermachte, die Dienerschaft gegen sie aufhetzte und dafür sorgte, dass Marsilius seine Nächte in ihrem Lotterbett verbrachte.

»Der Herr möge sie dafür strafen«, regte Ursula sich auf. »Aber nur Geduld, Sophie, am Ende schützt er die Gottesfürchtigen und bringt die Sünder zu Fall.«

Christine, die neben ihrer Mutter saß, zwinkerte Sophie aufmunternd zu. Sie hielt ihren kleinen Sohn im Arm, Jürgen, einen Schreihals von sechs Monaten mit einem schwarzen Haarflaum, der sich ein Vergnügen daraus machte, von einem Arm zum anderen zu wandern. Im Moment schlief er allerdings, und Ursula, die Kinder über alles liebte, strich sanft mit dem Zeigefinger über den kleinen, rosigen Mund des Enkelsohnes.

»Das Schlimme ist, dass Marsilius keine Mutter hat, die ihm den Kopf zurechtrückt«, erklärte sie dabei. »Sonst hättest du eine Verbündete in der Burg.« Sie hob den Blick, um ihre Tochter anzusehen. »Aber du kannst zuversichtlich sein. Männer gleichen einander wie Eicheln. Sie naschen an fremden Töpfen, doch sobald sie auf einen Sohn hoffen dürfen, kehren sie in die eigene Küche zurück. Deshalb heiraten sie uns schließlich. Wir erfüllen ihren Herzenswunsch.«

Und genau darin bestand das Wunder. Sophie war nämlich schwanger geworden. Sie selbst hätte es wahrscheinlich gar nicht so rasch bemerkt. Es kam heraus, als Marsilius sie nach der Flucht des Mörders in die Halle schleppte, um sie zu prügeln, weil sie sich auf dem Hof rumgetrieben und den Flüchtigen nicht aufgehalten hatte. Edith hatte ihm dafür eine Reitpeitsche gereicht, die sie berechnend von draußen mit hineingetragen hatte. Sie hatte ihre Nebenbuhlerin mit einer Grausamkeit angestarrt wie eine Katze, die ein Mäusenest wittert – eine unheimliche, eine entsetzliche Frau. Marsilius hatte Sophie befohlen, das Kleid und ihr Hemd auszuziehen, und als sie nicht schnell genug gehorchte, die Peitsche fortgeworfen und selbst Hand angelegt.

Und da hatte sie sich auf seine Stiefel übergeben.

Vielleicht hatte Marsilius der Anblick, wie sie das Essen hervorwürgte, an die Schwangerschaft irgendeines Weibes erinnert. Jedenfalls hatte er sie am Arm hochgerissen und gefragt, ob ihre Blutung ausgeblieben sei. Sie hatte ihm nicht antworten können, weil sie immer noch würgen musste. Dann war sie auf eine Bank gesunken und hatte gewartet, während er eine Hebamme holen ließ, die ihm angstvoll versicherte, dass sein Weib vermutlich schwanger sei. Die Frau hatte in seiner Anwesenheit eine Untersuchung durchführen müssen – die er fasziniert beäugte – und schließlich ihre Meinung wiederholt. Aber natürlich war es noch viel zu früh, um wirklich etwas Sicheres sagen zu können. Überzeugt wurde Marsilius wohl erst von Ediths wuterfülltem Schrei.

Das Weib war totenblass geworden, und der unverhohlene Zorn, mit dem sie auf die Schwangere stierte, hatte Marsilius auflachen lassen. Er wünschte sich so sehr einen Nachfolger. Seine schlechte Laune verflog, und in seinem jungenhaften Gesicht malte sich reines Entzücken. Er hatte Sophie befohlen, sich wieder anzukleiden und sich in ihre Kammer zu begeben. Dann war er gegangen, um mit Dirk auf sein Glück anzustoßen.

»Alles, was du jetzt tun musst, ist, deine Stellung zu festigen«, holte Ursula ihre Tochter aus der Erinnerung zurück. »Du bist die Mutter seines Kindes, das gibt dir die Macht, die du brauchst, um wirklich zur Herrin der Burg zu werden. In deinem Bauch wächst sein Glück. Pass nur auf – wenn du dich nicht gar zu ungeschickt anstellst, hat er seine Hure in wenigen Wochen davongejagt.«

Sophie blickte zu der Tür, die in den Wohnturm führte. Über ihrer Kammer lag die Schlafkammer von Marsilius, und von dort waren es nur wenige Schritte zu dem Zimmer, in dem Edith wohnte. Sie hörte jede Nacht die Türen knarren, wenn Marsilius zu seiner Gespielin ging. Und wenn sie ehrlich war, dann war sie sogar froh darüber. Dass Marsilius seine Bedürfnisse nicht in ihrem Bett erfüllen wollte, war der einzige Vorteil, den Ediths Existenz bot. Mit Grauen dachte Sophie an ihre Hochzeitsnacht zurück – und verdrängte die Erinnerung sofort. Wenn sie diesen Bildern Raum gab, würde sie verrückt werden.

»Auf jeden Fall darfst du nicht mehr auf ein Pferd«, dozierte Ursula, der es stets ein Dorn im Auge gewesen war, dass ihr Mann ihre Jüngste reiten und schießen gelehrt hatte – und zwar nicht in dem sittsamen Umfang, in dem es einer jungen Frau zukam, sondern mit sportlichem Ehrgeiz. Sophie ahnte, dass ihre Mutter vor allem ihr unweibliches Wesen für die Schwierigkeiten verantwortlich machte, die ihre Ehe überschatteten. Dass sie die dürre Gestalt eines Jungen besaß, konnte man leider nicht ändern. Auch die spitze Nase und das unweiblich harte Kinn gehörten zu den Prüfungen, die Gott ihr auferlegt hatte. Aber man hätte die körperlichen Mängel ja nicht dadurch hervorheben müssen, dass man das Mädchen wie einen Knaben großzog – bloß weil der ersehnte Stammhalter ausgeblieben war. Ursula hatte das hin und wieder angedeutet, aber sie war zu wohlerzogen gewesen, um ihren Mann ernsthaft zu kritisieren.

»Hörst du mir überhaupt zu, Kind?«

»Nicht reiten, ja. Marsilius lässt mich sowieso nicht.«

»Dietrich hat die Nachricht von meiner Schwangerschaft in der Kirche verkünden lassen«, kicherte Christine. »Ich wusste gar nicht, wohin ich schauen sollte. O süße Jungfrau, es ist alles so aufregend.«

Sophie lächelte ihr mechanisch zu. Christine war seit einem Jahr Witwe, aber das hatte ihre Stimmung nicht lange trüben können. Sie würde bald erneut heiraten und ein weiteres Kind bekommen und glücklich sein. Sophie war klar, dass sie sich über das Kind in ihrem eigenen Bauch ebenfalls freuen müsste. Doch statt aufgeregt auf den Tag zu warten, an dem sie es endlich im Arm hielt, dachte sie nur: Herrgott, nimm's weg, ich will es nicht. Ihr war, als hätte Marsilius etwas in sie hineingestopft, das schmutzig war und … und sie von innen her auffraß. Konnte man das glauben – so eine schreckliche Vorstellung?

Über sich selbst beschämt, zwang Sophie sich, auf ihren schlafenden Neffen zu schauen, der so niedlich war, dass keine Magd vorübergehen konnte, ohne ihn anzulächeln. »Wart nicht zu lange«, drang Ursulas Stimme an ihr Ohr. »Umschmeichle deinen Mann, koche ihm etwas Gutes, sei ihm gefällig – und dann verlange, dass er Edith fortjagt!«

Sophie nickte.

»Verstehst du mich?«

»Ja.«

»Gut. Dann würde ich nämlich vorschlagen, dass du sogleich damit beginnst!«

»Womit?«, fragte Sophie verwirrt.

Mutter seufzte. »Mit der guten Mahlzeit. Schau doch Kind.« Sie wies zum Fenster. »Die Männer kommen heim. Sie reiten in den Hof ein! Du musst dich schon kümmern, Sophie, wenn du eine zufriedene Ehe führen und den Respekt deines Ehemannes erlangen willst. Er ist hungrig, er will essen. Biete ihm ein Glas Wein, um die Zeit zu überbrücken, bis die Mahlzeit auf dem Tisch steht. Hast du nie zugeschaut, wie ich es mache? Ach Herzchen, bist du langsam.«

Es brauchte den Wein nicht. Die Dienerschaft hatte den Tisch auch ohne Anweisung der Hausherrin gedeckt. Die Wildenburg war so lange ein Junggesellenhaushalt gewesen, dass die Leute genau wussten, was zu tun war. Ich bin hier völlig überflüssig, dachte Sophie niedergeschlagen. Sie nahmen an dem Tisch in der Saalkammer Platz, die im oberen Geschoss neben Marsilius eigenen Räumen lag. In dem wagenradgroßen Leuchter waren zu Ehren der Gäste Kerzen entzündet worden. Eine weiße Tischdecke, die zu Sophies Aussteuer gehört hatte, bedeckte die zerschrammte Tischplatte. In der Mitte standen ein Salzfass und vier Jahreszeitenplatten, auf denen

Theiß Dörrobst drapiert hatte – Birnen, Aprikosen, Äpfel, dazwischen lagen Nüsse.

»Nun sei doch nicht so still!«, wisperte Ursula ihrer Tochter zu, während Sophies Vater und Marsilius über Kaiser Ferdinand sprachen, der mit den protestantischen Schweden Krieg wegen des heiligen katholischen Glaubens führte und seinen Generalissimo Wallenstein erneut zu seinem Heerführer gemacht hatte, um die Eindringlinge aus dem Land zu jagen. Sophie rang um einen Satz, aber ihr Kopf war wie leer gefegt. Sie wusste doch auch gar nichts über diesen Krieg, der schon so lange andauerte, wie sie zurückdenken konnte. Stumm sah sie zu, wie Theiß auf einem runden Messingtablett Pastetchen hineintrug. Es roch nach geröstetem Schwarzbrot und Nelkengewürz. Marsilius und ihre Familie plauderten in bester Stimmung. Entrüstet hörte sie ihren Vater Franz fragen: »Im Ernst? Den Leichnam?« Und da merkte sie auf.

»Aus dem noch frischen Grab«, bestätigte Marsilius. Das Grübchen, das in der Mitte seines Kinns saß, vertiefte sich, wie immer, wenn ihn etwas aufregte. »Irgendwie hat dieser Marx es heimlich auf unseren Friedhof geschafft. Der Teufel selbst muss ihm die Tollkühnheit verliehen haben, dorthin zu gehen, denn er liegt ja inmitten des Gesindedorfes, und viele Fenster gehen in diese Richtung hinaus. Aber er hat es gewagt und das Grab geöffnet und den Toten gestohlen.«

»Ein Leichendieb«, kommentierte Franz. Er war ein groß gewachsener Mann mit einem einfachen, gutmütigen Gesicht, in dem jetzt allerdings blanke Empörung saß.

»Weiß man, was den Kerl zu der schändlichen Tat getrieben hat?«, erkundigte sich Ursula, um das Schweigen ihrer Tochter zu übertünchen.

Marsilius zuckte mit den Schultern. »Was tut solches Pack mit einem Leichnam? Sie werden ihn zerlegt und Stück für Stück an die Apotheker oder gar an Hexengesindel verkauft haben. Für Leichenteile – gerade von Menschen, die bei bester Gesundheit gestorben sind – werden hohe Preise gezahlt.«

Christine schrie angeekelt auf, und Marsilius schenkte ihr ein beruhigendes Lächeln. Sophies Schwester war hübsch, er mochte hübsche Frauen.

»Du sagst *sie?* Hatte der Mann denn Komplizen?«, wollte Franz wissen.

»Das nehme ich an. Marx hätte nicht genügend Kraft gehabt, um auch nur ein Fingerchen des armen toten Jungen fortzutragen. Wir hatten ihn schließlich nicht gerade sanft behandelt.«

Nein, das hast du wahrlich nicht. Sophie schauderte, als sie an das blutdurchtränkte Hemd dachte, das Marsilius ihr nach einem der Verhöre im Hexenturm vor die Füße geworfen hatte, damit sie sich um die Reinigung kümmerte. Auf der Vorderseite des Hemdes war ein blutiger Gesichtsabdruck gewesen, als hätte ihr Ehemann den Kopf des Delinquenten an sich gepresst. Rasch verdrängte sie die Erinnerung.

»Wen hat dieser Unhold denn ermordet?«, wollte Christine wissen.

»Der Mann hieß Heinrich von Elverfeldt. Ein Freiherr mit einem stattlichen Besitz westlich von Witten. Ich bin entfernt mit ihm verwandt, von der mütterlichen Seite her, obwohl ich nicht viel Kontakt zu ihm hatte. Das Tragische ist, dass er wahrscheinlich noch leben würde, wenn er hier in der Burg sein Nachtlager genommen hätte. Aber er hatte es vorgezogen, im Wald zu schlafen. Sicher eine Neigung, die ihm aus der Zeit als Offizier beim Heer geblieben ist. Seine arme Mutter und sein Onkel konnten sich jedenfalls vor Schmerz kaum fassen, als sie von seinem Tod erfuhren.«

»Und was willst du nun unternehmen?«, erkundigte sich Ursula. Sie trat Sophie unter dem Tisch. Herr im Himmel, sagte ihr Blick, es kann doch nicht so schwer sein, ein wenig zur Unterhaltung beizutragen.

»Ihn jagen, bis ihn sein gerechtes Schicksal ereilt.« Marsilius hob den Becher und prostete seiner Ehefrau zu. Sophie zwang sich zu einem Lächeln. Dieses Mal gelang es sogar, denn sie musste an das einzig Komische denken, was ihr in den Monaten, seit sie auf der Wildenburg lebte, widerfahren war: Marsilius hatte gar nicht begriffen, dass sein eigenes Weib dem Mörder den Weg in die Freiheit geebnet hatte. Man hatte sie am Tor fallen sehen – und angenommen, dass Marx sie niedergestoßen hatte. Sonst wäre ich jetzt tot, dachte sie, schwanger oder nicht. Denn auch wenn Marsilius so entspannt tat, als wäre die ganze Episode kaum das Tischgespräch wert, wusste sie, dass er den Flüchtigen mit tiefstem Hass verfolgte. Seine Wutanfälle, wenn ein weiterer Tag verstrichen war, ohne dass er den Mann zu fassen bekam, bewiesen, wie sehr ihn die Sache kränkte.

Er darf niemals erfahren, was ich getan habe, schwor sie sich, während sie an dem Wein nippte. Das musste auf ewig ihr Geheimnis bleiben.

Nach dem Essen, als Marsilius bei einem kränkelnden Pferd war und Mutter und Christine in Sophies Schlafkammer den kleinen Jürgen in den Schlaf sangen, zog Vater Franz seine Tochter in einen stillen Kräutergarten, der auf einem abgesenkten Gelände hinter der Scheune lag. Die Beete waren von einer dünnen Schneeschicht bedeckt, die von toten Pflanzen durchstochen wurde. Der Blick über das Mäuerchen war traumhaft. Man konnte meilenweit schauen.

Sophie hätte den Garten trotzdem am liebsten gleich wieder verlassen, denn hier war Ediths Reich. Es kränkte sie, dass Marsilius ihr selbst ein Blumengärtchen, um das sie ihn gebeten hatte, abschlug, der Frau aber dieses Stückchen Land überließ, um darin Kräuter zu ziehen. Wie immer, wenn sie an ihre Nebenbuhlerin dachte, erfasste Sophie tiefer Groll. Ediths Stimme hallte durch die Räume, wenn sie das Gesinde scheuchte. Ihre Kleider bleichten auf dem Rasen beim Brandweiher neben denen der Burgherrin ... Sie sorgte unablässig dafür, dass die Burgbewohner sich daran erinnerten, wer die wahre Herrin der Wildenburg war.

Aber ich bin Marsilius' Ehefrau! In plötzlich aufwallendem Zorn setzte Sophie sich auf die Bank, die an dem Mäuerchen stand. Sie tat absichtlich entspannt, während ihr Blick über die Felder und die zarten Silhouetten vereinzelter Bäume glitt, die sich im Glanz der untergehenden Sonne scharf gegen den Himmel abhoben.

Franz nahm neben ihr Platz und berührte ihren Oberarm. Sein sonnenverbranntes Gesicht war plötzlich sorgenvoll. »Also, wie ist es?«

»Bitte?«

»Behandelt dein Mann dich gut?«, fragte Franz unumwunden. Er war ein Mensch, der sich am liebsten im Freien aufhielt. Seine hagere Gestalt war muskulös, seine Haut wie Leder. Er besaß die Kraft eines jungen Burschen, obwohl er schon auf die fünfzig zuging. In den braunen Augen lag Zärtlichkeit. Gott, ich liebe dich, dachte Sophie ungestüm, und ihr Herz füllte sich mit Wärme. »Sicher tut er das«, log sie.

»Aber du lächelst nicht. Früher konntest du kaum den Mund halten. Was hast du geschwätzt! Du warst wild und hast über alles deine Scherze gemacht. Und nun?« Forschend blickte Vater ihr in die Augen.

Sophie zögerte. Am liebsten hätte sie sich in seine Arme geworfen und losgeheult: Nimm mich mit nach Hause. Ich hasse das Ungeheuer, an das du mich verheiratet hast. Ich hasse das Kind, das ich bekommen werde. Aber was dann? Es gab keinen Grund, ihre Ehe aufzulösen. So etwas erlaubte die Kirche nur, wenn kein ehelicher Beischlaf stattgefunden hatte, weil der Ehemann dazu nicht in der Lage war. Dass Männer sich ihre Mägde ins Bett holten, war weit verbreitet. Sie würde ihren Vater nur unglücklich machen, wenn sie ihm beichtete, wie sehr sie ihr neues Leben verabscheute. Außerdem war sie inzwischen fast achtzehn Jahre alt – kein Kind mehr, das bei den ersten Schwierigkeiten zu Hause Schutz suchte. »Es ist nur die Übelkeit.«

»Ganz sicher?«

»Das Kind kommt nach mir. Es macht nichts als Scherereien«, scherzte sie.

Sie sah, wie ihr Vater sich entspannte. »Ich bin ein alter Kater, der sein Kätzchen nicht hergeben kann. Man sollte mir eins mit dem Knüppel überziehen«, lächelte er. Sein Kuss war stachelig und voller Liebe. »Ist wirklich alles in Ordnung?«

Wieder nickte sie.

»Und du schenkst mir ein Enkelsöhnchen?«

»Dein sechstes«, erinnerte sie ihn an den Nachwuchs ihrer Schwestern.

»Aber das aus deinem Bauch wird mir das liebste sein.« Franz legte den Arm um sie, und sie betrachteten gemeinsam das Land, über das Marsilius herrschte. Der Krieg hatte das Wildenburger Territorium bisher verschont. In den Scheunen lagerte genügend Saatgut, um im Frühjahr die Felder zu bestellen, und in den Ställen wurde Vieh gemästet. Eigentlich ging es ihnen gut. Wer weiß, dachte Sophie, vielleicht wird Marsilius mir erlauben, wieder zu reiten, wenn das Kind erst geboren ist. Das wäre doch ein Trost.

Franz begann leise zu lachen.

Sie drehte den Kopf zu ihm. »Was ist denn?«

»Denk dran, Mädchen: Wenn der Jäger ein Wild erlegen will, dann muss er einen Pfeil losschicken. Der Pfeil, den du im Köcher stecken hast, ist dein Mut. Und wenn du ihn lossendest, wenn du Mut hast, wird der Erfolg schon folgen.«

In der folgenden Nacht litt Sophie unter Übelkeit. Sie dachte sich nichts dabei. Sie schwitzte, übergab sich und schob es auf die Schwangerschaft. Von dem Tee, den ihr eine der Mägde gebracht hatte, hatte sie nur einen Schluck getrunken, weil sie den intensiven Minzgeschmack nicht mochte. Achtlos schüttete sie den Rest des Trankes aus und gab den Becher in die Küche zurück.

Als sie ihre Eltern verabschiedete, ging es ihr schon wieder besser.

Kapitel 3

Pater Ambrosius litt. Hinten in seiner Kniekehle saß ein Eitergeschwür, und da er es mit dem Gebet genau nahm – er betete zu jeder vollen Stunde, außer nachts zwischen Laudes und Komplet –, behinderte ihn die Beule sehr. Zitternd vor Kälte rollte er den Strumpf herab und band, während seine Decke immer wieder von den Schultern rutschte, einen Leinenstreifen, den er aus einem zerschlissenen Unterhemd geschnitten hatte, um das Geschwür. Er staunte, dass Gott gerade seine *Kniekehle* ausgesucht hatte, um ihn zu strafen, saß doch der Körperteil, mit dem er sündigte, an einem ganz anderen Platz. Aber wie jedermann wusste, waren die Wege des Herrn unergründlich.

Die Sonne strahlte in seinen kleinen Garten, doch ohne Wärme zu verbreiten. Die zurechtgestutzten Äste im Gemüsebeet, an denen im Sommer die Stangenbohnen rankten, glitzerten von Raureif. Er spürte, wie das Holz der Bank, auf der er saß, seine Sutane durchfeuchtete. Sein Bett wäre ein bequemerer und vor allem wärmerer Ort für den Verbandswechsel gewesen, aber dort sündigte er, und deshalb suchte er es nur ungern auf. Selbst in den Nächten zitterte er oft auf dem Lehmboden seines ärmlichen Pfarrhauses, statt sich auf der Strohmatratze ein wenig Komfort zu verschaffen.

Er seufzte. Der Herr hatte einen langen Atem mit ihm.

Trotz seines schwachen Fleisches hatte er ihm eine auskömmliche Pfarrstelle verschafft, mit nicht mehr Hunger als üblich. Er hatte ihn vor den schwedischen Horden bewahrt, die große Teile des Reiches unsicher machten, und ebenso vor den Verteidigern des katholischen Glaubens, die nicht weniger Schrecken verbreiteten. Im Sommer hatte er sogar die Schneckenplage beseitigt, die den Salat in Gefahr brachte und nicht einmal vor den Aschebarrieren haltmachte, die Ambrosius um seine Beete errichtet hatte. Aber irgendwann würde die züchtigende Hand Gottes über ihn kommen – da gab er sich keinen Illusionen hin.

Ungelenk knüpfte er einen Knoten, zog den Strumpf über den Verband und die Leinenhose über den Strumpf und erhob sich. Er wollte noch rüber zum Steinfelder Berg, um nach der alten Färber-Susanne zu sehen. Der Herr rief sie schon seit Tagen zu sich, nur dass sie leider nicht hörte. Die Sturheit, mit der das Weib sich ans Leben klammerte, nötigte Ambrosius zu Fußmärschen, die seinem Knie überhaupt nicht guttaten, doch er war zu pflichtbewusst, als dass er den Besuch hinausgeschoben hätte. Susanne sündigte mit jedem Wort, das über ihre gehässigen Lippen kam, und ihm war klar, dass ein Tod ohne die Segnung der Beichte sie umgehend ins Höllenfeuer befördern würde, und daran wollte er keine Schuld tragen, grauste es ihn doch selbst, sobald er an seine Stunde vor dem göttlichen Gericht dachte.

Unter vielem Ächzen humpelte er zum Haus, um nach einem Stock zu suchen. Normalerweise war er gut zu Fuß, doch heute, mit der Eiterbeule in der Kniekehle, würde er den Hang am Hohlbach ohne Hilfe nicht bewältigen können. Er erklomm die beiden eisglatten, gemauerten Stufen, die in das einzige Zimmer seines Hauses führten. Drinnen war es düster, was daran lag, dass er eine Schweinsblase über die Fensteröffnung gespannt hatte. Aber das machte nichts. Er hielt sich ja sowieso lieber im Freien auf.

Zielsicher steuerte er auf die Nische neben seinem Bett zu,

in der früher einmal eine Statue des heiligen Augustinus gestanden hatte und die jetzt als Abstellecke für allerlei Gerümpel diente. Als er nach dem Besenstiel griff, den er dort aufbewahrte, sauste fiepend eine Ratte an ihm vorbei. Dass Noah die Ahnen dieser Plagegeister nicht erschlagen hatte! Ambrosius zog den Stiel hervor, ohne viel Hoffnung, Noahs Versäumnis nachholen zu können.

In diesem Moment, gerade als er sich seufzend umdrehen wollte, legte sich eine Hand auf seine Schulter. Der Griff war eisenhart, und Ambrosius erstarrte. Auf seinem Gesicht erschien ein Lächeln, in das sich Angst mischte. Er konnte sich schon denken, wer in sein Haus geschlichen war.

»Einen wunderschönen guten Morgen«, wünschte eine samtene, überaus höfliche Stimme – genau die, die zu hören er befürchtet hatte. Resigniert ließ er den Stiel fahren.

»So setz dich doch«, empfahl die Stimme, und er nickte, zu erschrocken, um zu widersprechen. Mit wackligen Knien sank er auf den Schemel neben seinem Bett und sah zu, wie sein Besucher zum Fenster humpelte und die Schweinsblase von den Nägeln hob, um draußen das Gelände zu überprüfen. Ambrosius konnte im Sonnenlicht die Wunden im Gesicht des Mannes erkennen, die inzwischen verschorft und am Heilen waren. Auch sonst schien er mit seiner Gesundung erstaunliche Fortschritte gemacht zu haben. Er stand gerade, ohne sich abzustützen. Seine Hand lag auf dem Griff des Schwertes. Die linke natürlich. Die rechte hing nutzlos aus der Schlinge, in die der Arm gebettet war.

Ein Krüppel, dachte Ambrosius. Und dennoch, und obwohl die Gestalt ärmliche, nicht besonders saubere Bauernkleider trug und eigentlich mehr einem Bettler ähnelte, ging von ihr eine Kraft und Eleganz aus, die sein Herz in Trab versetzte. *O süßer Jesus, hilf mir!*, stöhnte er, als sich unter seiner Sutane der Fluch seines Körpers rührte. Warum nur stellte Gott ihn mit einem solch beschämenden Begehren auf die Probe?

Er verachtete sich selbst und konnte doch den Blick nicht von der gut gebauten Gestalt reißen. Die Waden in den grauen Wollstrümpfen waren muskulös, die Hüften schmal, der Körper biegsam, das Gesicht voller Witz und Schläue. Vor allem aber faszinierte ihn das Haar des Mannes, diese blonde Lockenpracht, die ihn aussehen ließ wie ein Kind der Sonne.

Ambrosius schrak zusammen, als der Mann plötzlich auflachte. Es war ein Geräusch, das das Zimmer bis in die Ritzen der Hauswände füllte und Ambrosius auf den Boden der beunruhigenden Gegenwart zurückholte. »Kannst du dir denken, warum ich zurückgekommen bin?« Das Lächeln, mit dem der Mann ihn umfasste, hatte etwas ausgesprochen Unangenehmes.

»Sei gesegnet, Marx, mein Sohn«, stotterte Ambrosius. »Die Seele ist ein kostbares Kleinod, und daher ist es nur natürlich und von Herzen zu begrüßen, wenn du sie der Fürsorge der heiligen Kirche …« Er verstummte unter dem neuerlichen Lachen des Mannes. Herr Jesus, dachte er entsetzt, der Kerl weiß alles.

Hatte er nicht gleich gespürt, dass dieser Mensch, der in sein Leben gebrochen war wie die Sintflut über Israel, ihn in Schwierigkeiten bringen würde? Es war an einem trüben Wintertag geschehen. Er war in seinen Garten gestürmt, unter Mitnahme des Zauns und Zerstörung eines Nachttopfes, der neben dem Misthaufen der Entleerung harrte. Sein Pferd, ein furchterregender Schimmel, hatte ihn bis zur Tür des Pfarrhauses getragen, und dort war er aus dem Sattel gerutscht und im Schnee liegen geblieben.

Ambrosius hatte ihn – aus Mitleid und Faszination, weil er trotz seiner Verletzungen wie ein Welpe immer wieder auf die Füße zu kommen suchte – in seine Hütte geschleppt. Das Pferd war ihnen gefolgt, als würde es sich mit einem Hund verwechseln. Es hatte misstrauisch zugesehen, wie der Mann in der schwarzen Sutane seinen Herrn aufs Bett hievte.

Und dann … O heiliger Rochus – so viel Blut. Ambrosius

hatte entsetzt die Striemen, die versengten Fladen an den Beinen, die amputierten Fingernägel und den gebrochenen Arm betrachtet. Das Unglück besaß ein solches Ausmaß, dass er fast aufgegeben hätte, ohne auch nur einen Versuch zur Rettung des Mannes zu unternehmen. Vielleicht war es das drohende Schnauben des Schlachtrosses, das ihn trieb, weitere Scheite auf das Feuer zu legen und den geschundenen Körper aus den blut- und dreckstarrenden Lumpen zu wickeln und zu waschen. Er strich Salbe auf die Stellen, die sich entzündet hatten, schiente den gebrochenen Arm mit einem geschmirgelten Holzstück und wickelte alles in Verbände, so gut es eben ging. Die Schreie, die der Fremde bei dieser Tortur ausstieß, waren entsetzlich gewesen.

Dann war der Mann bewusstlos geworden und so halb und halb gestorben. Aber irgendwann – nach ein oder zwei Tagen – war er wieder zu sich gekommen, und Ambrosius hatte ihm Suppe eingeflößt, im festen Glauben, dass eine fette Hühnerbrühe die Mutter aller Arzneien sei. Er hatte den Schweiß von seiner Stirn getupft, weitere Scheite ins Feuer gelegt und die Verbände gewechselt. Er hatte Osterluzei auf die schlimmsten Wunden gelegt. Er hatte sämtliche in Frage kommenden Heiligen angerufen und gebetet, was das Zeug hielt. Kurz, er hatte alles Menschenmögliche getan, um zu helfen.

Und das hatte ihn einiges gekostet. Nicht nur wegen des Gestöhnes und des schrecklichen Geruchs, den der Fremde ausströmte: Der Mann hatte begonnen, im Fieber zu fantasieren. Nun durfte man dem, was ein Kranker von sich gab, keine Beachtung schenken, aber es war doch grausig zu hören, was er in seinem Wahn zu erleben glaubte. Eine Hexe schleppte seinen Körper ans Feuer. Sie öffnete mit Messern seinen Brustkorb und raubte das Herz. Sie säbelte ihm – was Ambrosius besonders bestürzte, weil es ihn an seine eigene Schwäche erinnerte – die Hoden ab. Nichts davon war dem Fremden wirklich geschehen, davon hatte er sich überzeugt. Aber der Arme brüllte sich die Seele aus dem Leib, und als er den Namen der

Hexe stammelte – Edith –, da wurde Ambrosius klar, wem er hier Unterschlupf gewährt hatte. Die ganze Gemeinde sprach schließlich von Marx von Mengersen, dem Mörder, der nach schwerer Folter aus der Wildenburg entflohen war.

Der Pater ging mit sich zu Rate, ob er sich auf den Weg zu seinem Brotherrn machen müsse, um seine Entdeckung zu melden, aber er schob es immer wieder auf. Der Kopf des Fiebernden lag auf dem goldenen Haar wie auf einer kostbaren Stickerei, und unter der Decke formte sich sein makelloser Körper ab. Maria und Josef, wieso hatte der Herr ihm nur etwas so Vollkommenes in den Garten purzeln lassen! Und würde der bedauernswerte Mensch nicht sowieso bald sterben?

Also wusch und salbte Ambrosius weiter. Und als es dem Kranken nach fünf Tagen wider jedes Erwarten besser ging, konnte er sich dennoch nicht aufraffen, ihn anzuzeigen. Und dann, in einer Nacht, als er selbst zu Tode erschöpft war und die heiligen Engel schlafen gingen und der Versucher aus der Hölle kroch, da trieb er seine Fürsorge zu weit.

Es war wie von selbst gekommen. Der Fremde schlief tief und fest. Ach, versorgen wir ihn ein letztes Mal, bevor er zurück in den schaurigen Kerker muss, hatte Ambrosius voller Mitleid gedacht und in den Tiegel gegriffen. Zunächst hatte er das bleiche Gesicht gesalbt, auf dem die Wimpern wie chinesische Fächer lagen, dann den straffen Hals, die breite Brust, die sich kaum merklich hob und senkte … Was für ein stattlicher Kerl! Ambrosius hatte den Bauch gesalbt, der trotz des Erlittenen vor Muskeln strotzte und eine reine Augenweide war. Die strammen Beine … Und am Ende das Wunder der Männlichkeit, das zwischen den Beinen welkte, als würde es um ein wenig Fürsorge betteln. Ambrosius hatte tief geatmet, und während er salbte und massierte, hatte er gespürt, wie sich zwischen seinen eigenen Schenkeln wohlige Hitze breitmachte. Der Mann auf dem Laken rührte sich nicht, alles war wunderbar, leidenschaftlich, lebendig, explosiv und …

Und dann war er aufgewacht. *Möglicherweise.* Zumindest hatte Marx die Augen geöffnet, und der verwaschene Blick, mit dem er seinen Pfleger angesehen hatte, schien voller Zweifel zu sein. Aber als er genas, ohne sich zu dem Vorfall zu äußern, und sich zwei Wochen später mit einem kurzen Dank aus dem Staub machte, hatte Ambrosius gedacht, man könne die Angelegenheit vergessen – zumindest, soweit es nicht den Herrn betraf, der, wie man wusste, im Buch des Lebens jeden seiner Atemzüge notierte. Doch nun war Marx zurückgekommen. Und keinesfalls in guter Laune. Was hatte er vor? Kam jetzt die Abrechnung?

Ambrosius war schon halb entschlossen, eine Beichte abzulegen und um sein Leben zu betteln, als es an der Tür klopfte. Ein Mann mit einer hässlichen Glatze, auf der Muttermale wie kleine Käfer saßen, streckte den Kopf ins Zimmer. »Es ist so weit.«

Herr Jesus, was denn nur?, fragte Ambrosius sich zitternd. Er brauchte keine Aufforderung, sondern folgte Marx und seinem Kumpan widerstandslos hinaus in den Garten. Würde man ihn hier aufhängen? An seinen Hoden, denen bisher ein gütigeres Schicksal widerfahren war als jenen in Marx' Alpträumen?

Dann sah er den Schimmel. Das Tier trug eine Last auf dem Rücken. Zwei nackte Füße im Zustand der Verwesung bewiesen, dass es sich um eine Leiche handeln musste. Unter dem Aprikosenbaum war ein Loch in die harte Erde gegraben worden, und da begriff Ambrosius, bis auf den Grund seines Herzens erleichtert, dass Marx nur seine seelsorgerische Hilfe benötigte. Ihm wurde rasch klar, um wen es sich bei dem Toten handelte. Es musste der arme Junge sein, dessen Leiche Marx gestohlen hatte – das neueste Gerücht, das in der Wildenburger Herrschaft kursierte.

Ohne einen Kommentar abzugeben, sah Ambrosius zu, wie der Mann mit der Käferglatze die Leiche vom Pferderücken hob. Als die Decke beiseiteglitt, schrie der Pater leise auf. Obwohl er den Kopf sofort zur Seite wandte, sah er doch den offenen, schwarzen Brustkorb und die armselige Stelle zwischen den Beinen. Nach diesem Ausruf des Entsetzens hielt er es für klüger, nicht weiter auf sich aufmerksam zu machen. Schweigend sah er zu, wie der Käfermann den geschändeten Körper in das Grab legte. Die Finger des armen Burschen fehlten ebenfalls, lieber Herr Jesus, was taten die Menschen einander an!

Mit zitternder Hand schwenkte Ambrosius das Weihrauchfässchen über dem offenen Grab. Trotz der Kälte zwang er sich zu einem ausgiebigen Gebet, denn er spürte, dass die beiden Männer etwas Besonderes erwarteten. Er harrte aus, während der Käfermann Schaufel um Schaufel Erde auf den Leichnam warf, das Grab mit seinem Stiefel festtrat und schließlich – was für eine trostlose Angelegenheit – gefrorene Grassoden über der Grabstätte ausbreitete, um die Stelle zu verbergen. Als die letzte Sode lag, stieß Ambrosius einen abgrundtiefen Seufzer aus.

»Und nun …«

Der Pfarrer hielt die Luft an, als Marx die gesunde Hand um seine Schulter legte und ihn einige Schritte fortführte.

»… die zweite Sache, derentwegen ich gekommen bin.«

Ihm sank das Herz. Also doch. Er hatte gewusst, dass er nicht davonkommen würde. Mit einer Stimme, die gemessen an dem, was gerade geschehen war, unpassend heiter klang, flüsterte Marx ihm ins Ohr: »Verrate mir, wo der Müller wohnt.«

»Was?«, stotterte Ambrosius überrascht.

»Der Müller. Der Mann, der Gottes Gaben zwischen Steinen zermahlt. Und dabei ganz gelegentlich zum Zeuge eines Mordes wird. Der *Müller*.«

Ambrosius überkam eine grässliche Befürchtung. Marx hatte sich offenbar vorgenommen, eines nach dem anderen die Dinge zu erledigen, die ihm am Herzen lagen. Was es mit dem toten Jungen auf sich hatte, begriff er nicht, aber der Müller war der Mann, der Marx verraten hatte, und nun sollte offenbar die Stunde der Abrechnung kommen. Wie die ausfallen würde, konnte er sich vorstellen.

»Nun?« Marx' meisenblaue Augen strahlten. Scheiß auf Meisenaugen, dachte Ambrosius elend. Der Müller würde das, was Marx seinetwegen erlitten hatte, mit gleicher Münze heimgezahlt bekommen. Ihm stand ein Martyrium bevor. Nicht dass er ein sonderlich braves Gottesschäfchen wäre oder auch nur ein angenehmer Mensch. Man munkelte, dass er gelegentlich die Waage manipulierte. Aber trotzdem ...

Und da fiel es Ambrosius plötzlich wie Schuppen von den Augen. Mit einem Schlag begriff er, warum der Herr Marx von Mengersen nach seiner Flucht vom Henkersblock ausgerechnet in den Gemüsegarten der Pfarrei geführt hatte: *Gott gibt mir die Möglichkeit, für meine Sünden zu büßen!* Die Erkenntnis traf ihn so machtvoll, dass er am ganzen Körper zitterte. Es gab keine andere Erklärung. Gott hatte ihn in seinen Sünden reif werden lassen, und nun reichte er ihm wie weiland Jesus im Garten Gethsemane den bitteren Kelch. Er schaute auf ihn herab und wollte wissen, ob sein Knecht seinen Nächsten mehr liebte als das eigene erbärmliche Leben und wie viel Leid er für seinen Schöpfer zu ertragen bereit war.

Gott wollte, dass er schwieg ...

Kapitel 4

Sophie schaute in den Spiegel. Der Rahmen war mit rotsilbern bemalten Äffchen verziert, und ihr war, als begafften die Tiere sie, als überschlugen sie sich fast vor Spott über ihren Anblick. Kein Wunder – sie sah furchtbar aus. Zwei dünne Beine, Hüften, die den Namen nicht verdienten, ein flacher Busen, ein Gesicht, das man vergaß, noch während man es betrachtete.

Mit gerunzelten Brauen versuchte sie, etwas Hübsches an sich zu entdecken. Es war schwer, wenn nicht unmöglich. Sie besaß nicht einmal Locken und musste ihre Haare mit Hilfe eines Papillotiereisens kringeln. Das war eine aufwendige Prozedur, deren Ergebnis zudem durch den ersten Regenguss zunichtegemacht wurde. Und das, wo Marsilius Locken so liebte. Wie oft hatte sie ihn schon während der Abendmahlzeit mit den Fingern durch Ediths wallende Pracht fahren sehen.

Und dann dieses Kinn! Sophie fuhr mit dem Finger darüber. Es wirkte wie eine Kampfansage. Als willst du jemand damit aufspießen, hatte Stephan Engels spaßeshalber einmal gesagt, der Cousin, mit dem sie einen Sommer lang durch die Ställe gestromert war, bis Ursula sie erwischt und ins Musikzimmer verbannt hatte. Wenn der Schöpfer mich nicht so haben wollte, hätte er mich nicht so erschaffen, versuchte sie sich zu trösten, aber das hatte nicht einmal geholfen, als die Worte aus dem Mund ihrer Mutter gekommen waren.

Immerhin trage ich seinen Sohn unter dem Herzen, munterte sie sich auf. Ihr Blick glitt zu ihrem immer noch flachen Bauch, und da drängte ein unangenehmer Gedanke in ihren Kopf: Was, wenn sie eine Tochter gebar? Seltsam, dass niemand diese Möglichkeit in Betracht zu ziehen schien. Weder ihre Eltern noch das Gesinde und vor allem Marsilius nicht, der erst gestern einen Kindersattel in Auftrag gegeben hatte. Was würde geschehen, wenn sie ein Mädchen auf die Welt brächte? Ob Marsilius sich damit abfinden und es ebenso lieben würde, wie ihr Vater seine Töchter liebte? Oder würde er ein Mädchen enttäuscht von sich stoßen?

Ach je, bis dahin war es noch ein langer Weg. Sie drehte den Kopf und musste feststellen, dass die Locken sich schon wieder in die Länge zogen. Aufgebracht zog sie ihrem Spiegelbild eine Fratze. Sie hasste die komplizierten Frisuren, die gerade in Mode waren. Sie hasste die Mieder, die betonten, wie wenig Busen sie besaß. Sie hasste die Rüschen daran. Sie hasste die bestickten Schuhe, die den Straßenschmutz anzogen. Sie hasste … Vor allem hasste sie Edith, die immer wie aus dem Ei gepellt wirkte, als hätte die Natur ihr eine zweite Haut aus perfekt sitzender Kleidung geschenkt.

»Ich bring die Wäsche, Herrin.«

Die Stimme in ihrem Rücken ließ Sophie zusammenfahren. Sie erblickte im Spiegel die rundliche Gestalt von Josepha. Das Gesicht der Magd war erhitzt, weil sie den Korb mit der Wäsche über die Treppe hinaufgeschleppt hatte. Josepha besorgte Dirk Wolpmann den Haushalt, das war alles, was Sophie über sie wusste. Und dass sie mit zwei weiteren Mägden die Kleider der Burgbewohner wusch, natürlich. Sie war eine Frau, die man schwer einordnen konnte. Ihre Augen waren klein, und zwischen ihnen stand ständig eine Falte, als würde sie etwas missbilligen. Aber in ihrem Lächeln – wenn sie denn einmal lächelte, was selten geschah – lag eine ganze Welt voller Wärme.

»Ich leg sie in die Truhe, wenn es recht ist«, murmelte sie

und begann, Hemden und Strümpfe, die sie sorgsam gefaltet hatte, in Sophies Hochzeitstruhe einzuordnen. Ihre Hände waren mit Warzen übersät, und es war Sophie unangenehm, das feine Linnen über die hässlichen Knubbel gleiten zu sehen. Außerdem ärgerte sie sich, dass die Frau sie bei dem kritischen Blick in den Spiegel ertappt hatte. Sie wusste, dass es eine verschworene Gemeinschaft in der Burg gab, die sich auf Ediths Seite geschlagen hatte. Gehörte Josepha dazu? Würde sie ihr erzählen, wie unzufrieden die Herrin mit ihrem Aussehen war?

Sophie ging zur Fensternische neben dem Spiegel, stieg die Stufen hinauf und setzte sich auf das Bänkchen, das in die Mauer eingelassen war. Trotz der Kälte stieß sie das Fenster auf. Die Luft war in den Wintermonaten so verräuchert, dass man es kaum aushalten konnte. Unten im Hof lag der Schneematsch, in den ein plötzlicher Temperaturanstieg die weiße Schneedecke verwandelt hatte. Sie nahm ihre Stickarbeit zur Hand, auf die sie nicht sonderlich erpicht war, die ihr aber im Moment als geeignetes Mittel erschien, die Finger zu beschäftigen.

Josepha war mit ihrer Arbeit fertig und erhob sich von den Knien. »Soll ich Euch eine Suppe rauftragen lassen?«, fragte sie mit unterwürfiger Stimme.

»Ich hab doch gerad erst gegessen.«

»Natürlich. Verzeihung, Herrin.« Josepha war bei der barschen Antwort zusammengezuckt. Seltsamerweise machte sie immer noch keine Anstalten, das Zimmer zu verlassen.

»Du kannst gehen.«

»Ja, Herrin.« Das Weib stand wie ein Denkmal. Was war los? Hatte Edith sie zum Spionieren geschickt? Oder sollte sie Sophie davon abhalten, ihr Zimmer zu verlassen? Weil draußen etwas geschah, das die Herrin der Burg nicht mitbekommen durfte? Das wäre genau Ediths Art!

»Was ist?«, fragte Sophie ungeduldig.

»Verzeihung, tut mir leid, Herrin, tut mir sehr leid, aber …«

Josepha kam näher – und stieß plötzlich einen herzzerreißenden Jammerlaut aus. Sie fiel auf die Knie, umklammerte Sophies Rock und rieb mit den warzenbesäten Hände den Stoff. »Ihr müsst es sehen! Ihr müsst es Euch unbedingt anschauen, denn es ist …«

»Was denn, um Himmels willen?«

Josepha warf einen furchtsamen Blick über die Schulter, was lächerlich war, weil sich außer ihnen niemand im Zimmer befand. »Kommt mit mir. Ich bitt Euch! Ich werde es Euch zeigen.«

Sophie jagte eine Gänsehaut über den Rücken. Was sollte dieses theatralische Gehabe? Andererseits: Endlich geschah einmal etwas. Gewöhnlich war sie nur von Wispern und verstohlenen Gesten umgeben wie ein Mensch in einem Zauberwald, der die Gefahren spürt, ohne dass sich eine greifen ließe. Was mochte das Weib ihr zeigen wollen? Vielleicht ging es nur um ein Malheur bei der Wäsche, vielleicht aber auch um etwas Interessantes.

Entschlossen legte sie die Stickarbeit beiseite und folgte Josepha durch die beiden Stuben, den Saal und den Treppenturm ins Freie. Rechts von ihnen lag der Stall, in dem die Reittiere der Herrschaft untergebracht waren. Die Türen standen offen, und bis auf Sophies Stute, ein Geschenk ihres Vaters, war das Gebäude leer. Marsilius schien ausgeritten zu sein. Umso besser. »Wo willst du denn hin? Hinaus?«

»Ihr müsst es Euch anschauen!«, wiederholte die Magd und warf erneut verstohlene Blicke über die Schulter, während ihre Holzpantinen den Schneematsch beiseitetraten. Nirgendwo war eine Menschenseele zu sehen. Das Gesinde arbeitete im Haus oder war anderweitig beschäftigt. Sie durchschritten das innere Tor und erreichten das äußere, das ebenfalls offen stand. Eigentlich war das nicht in Ordnung. Im Dezember hatten schwedische Truppen den Rhein überquert. Doch seit der Krieg ins Stocken geraten war und sich kaum noch Söldner in die Gegend verirrten, sparte man sich das umständliche Verriegeln des Tors und das Hochziehen der Brücke. Allerdings hielten zwei Männer auf dem Viertelturm beim Brandweiher Ausschau nach Feinden, und Jössele, der stämmige Torwächter, kauerte auf einem Schemel bei der Mauer, bereit, auf ihren Zuruf hin die Burg zu sichern.

Er grüßte höflich, als Sophie an ihm vorbeischritt, und griff nach dem Kopf, als wollte er einen Hut ziehen, den er aber nicht trug. Möglicherweise ein Verbündeter, dachte Sophie – das muss man sich merken.

Josepha, die vorausgeeilt war, hatte beim ersten Haus des Gesindedorfes innegehalten und wartete auf sie. Sophie blickte sich um. Sie musste an den Tag denken, an dem der Mörder aus der Burg geflohen war. Vor ihr lagen dasselbe Dorf und dasselbe bergige Umland, doch nun bot sich ein völlig anderer Anblick. Alles war schmutzig und düster. Es regnete zwar nicht, aber eine dunkle Wolkendecke schluckte das Sonnenlicht. Von den Strohdächern des kleinen Gesindedorfes tropften Schneereste, kleine Kinder warfen Steine in die Matschpfützen. Sie seufzte niedergeschlagen. Wenn nur erst der Frühling kommt, dachte sie.

Josepha, die ihr ungeduldig zuwinkte, riss sie aus den Gedanken. Die Magd steuerte den Friedhof an, der seitlich des kleinen Dorfes am äußersten Ende des Bergrückens lag.

»Was soll das?«, rief Sophie ihr nach. »Ich habe keine Zeit, die ich verplempern könnte. So rede doch endlich!«

»Ja«, ertönte plötzlich eine giftig-seidige und nur allzu bekannte Stimme in Sophies Rücken, »die kleine Dame hat vollkommen recht: Rede doch, Josepha!«

Sophie blieb stehen, als hätte sie eine Faust in den Magen getroffen. Ein Schauder voller Hass jagte ihr über den Rücken. Sie ballte die Hände, um nicht zu zittern, und drehte sich langsam um. Zufall oder Spioniererei – Edith war ihnen aus der Burg gefolgt. Marsilius' Hure trug ein Kleid aus veilchenblauem Samt mit weißer Stickerei – ein strahlendes Stück Schönheit in dem trostlosen Umfeld. Sie hatte Bänder in ihr

Haar gebunden, die sich auf ihren Schultern kringelten. Eines war durch eine Schnalle aus blauen Glasperlen gezogen, was einfach und raffiniert zugleich wirkte. Ohne sich sonderlich zu beeilen, kam sie näher, und da sie fast einen Kopf größer als Sophie war, fiel es ihr leicht, auf ihre kleine Herrin herabzublicken.

Wut wallte in Sophie auf. Mit so viel Festigkeit wie möglich herrschte sie die Frau an: »Was fällt dir ein, dich ungefragt in ein Gespräch deiner Herrin einzumischen? Hast du nichts zu tun? Fort, an die Arbeit!« Es war das erste Mal, dass sie eine offene Konfrontation mit der Hure wagte. Aber ... gut so! Der Torwächter lauschte mit offenem Mund und würde die Kunde von dem Streit hoffentlich weitertragen.

»An die Arbeit? Aber welche Arbeit denn?«, fragte Edith mit einem schmalen, unangenehmen Lächeln.

Aus den Augenwinkeln sah Sophie, wie der Wächter sich hinter die Mauer verzog. Das machte sie noch wütender. Schick deinen Pfeil voraus, hatte Vater gesagt. Scharf fuhr sie Edith an: »Der Garten, in dem du bisher deine Kräuter gezogen hast, wird für die Küche gebraucht. Reiß aus, was dort noch in der Erde ist, und grab alles um. Ich werde im Frühjahr Gemüse anbauen lassen!«

»Wie sollte das denn wohl gedeihen?«

Verblüfft stieß Sophie hervor: »Mit Gottes Segen – wie alles hier! Und nun stiehl mir nicht die Zeit. Ich werde kontrollieren, ob du deine Arbeit getan hast.« So selbstbewusst wie möglich drehte sich fort. »Josepha!« Verdutzt suchte sie die Wege zwischen den Häusern ab. Ihre Magd war verschwunden.

»Ach du meine Güte, wo mag sie wohl hin sein?« Edith trat neben Sophie, völlig gelassen. Mit geneigtem Kopf flüsterte sie: »Merkst du es gar nicht? Die Leute gehorchen dir nicht, Kind. Du bist so jung, so unscheinbar, so tollpatschig, so ... so wenig geeignet, das Herz eines Mannes oder irgendeines Menschen zu erobern. Wofür strampelst du dich nur ab? Du hättest es viel leichter, wenn du in deiner Kammer bleibst, für den Herrn die Beine breit machst und ansonsten … unsichtbar wirst.« Sie trat zurück und ihr Blick glitt zu dem leeren Fleck vor dem Friedhofstürchen. »Dennoch … gut. Ich werde Josepha bestrafen.«

»Da wirst *was?* Du wirst gar nichts tun! Josepha ist *meine* Magd, und …« Sophies Stimme zitterte: »Und sowieso! Die einzige, die das Recht hat, in dieser Burg zu strafen, sind mein Ehemann und ich. Ich werde dafür sorgen, dass Marsilius von deinem respektlosen Reden … Dass er von deiner Frechheit erfährt! Dann wirst du schon sehen, was du dir erlauben kannst!«

Sie bebte vor ihrem eigenen Mut. Wie würde Marsilius reagieren, wenn Edith ihn gegen sie aufhetzte? Kurz dachte sie an seine Reitpeitsche. Aber sie war schwanger, das war ihr Schutz! Suchend blickte sie sich um. Wohin, bei allen Heiligen, war Josepha denn nun wirklich verschwunden? Von der Frau war weit und breit nichts mehr zu sehen.

Stattdessen kam ein Mädchen mit einem Korb voller Holzscheite aus dem Dorf. Die Last war so schwer, dass sie sie kaum schleppen konnte. Sie mochte zehn oder zwölf Jahre alt sein. Stolpernd betrat sie die Brücke. Im nächsten Moment wurde sie von einer Ohrfeige, die Edith ihr versetzte, zu Boden gefegt. Der Korb polterte auf die Planken, die Scheite rollten in alle Richtungen, und einige plumpsten in den schmutzstarrenden Graben. »Ungeschicktes Ding!«, kommentierte Edith mit kalter Stimme.

Sophie schrie auf. »Wie kannst du es wagen …«

»Was denn, Herrin?«, fiel ihr die schöne Frau in Wort. »Was wage ich denn?«

Sophie war so fassungslos, dass ihr keine Antwort einfiel. Die Magd rappelte sich vom Boden auf und schaute bestürzt auf die Scheite und dann auf die Frau, die sie gezüchtigt hatte.

»Heb das wieder auf!«, befahl Edith.

Das Kind bückte sich nach einem Scheit.

»Und wenn du fertig bist, trag es in die Saalkammer.« Edith hob graziös den Rock an und wollte in die Burg zurück.

»Warte, warte, du bleibst hier!«, stieß Sophie hervor. Die Hure kümmerte sich nicht um den hysterischen Befehl. Ungerührt setzte sie ihren Weg fort. Sophie sah, wie der Torwächter hinter seiner Ecke hervorlugte und sich sofort wieder verzog. Eine Frau, die einen Nachttopf in einer Sickergrube entleerte, tat, als wäre sie völlig in ihre Arbeit versunken. Das Mädchen sammelte die restlichen Scheite in den Korb. »Ich werde mich bei meinem Ehemann beschweren«, flüsterte Sophie. Jünger, dümmer und unbeholfener als in diesem Moment war sie sich während der ganzen vier Monate auf der Wildenburg nicht vorgekommen.

Verstört blickte sie sich noch einmal nach Josepha um, konnte sie aber nicht entdecken.

Als sie in den Palas zurückkehrte, musste sie an den einzigen Bären denken, den sie jemals erblickt hatte. Das war im Herbst 1629 gewesen, im Mechenicher Wald, als sie gemeinsam mit ihrem Vater und einer Jagdgesellschaft aus Freunden und Verwandten auf Wildschweine gegangen war. Sie war vorausgesprengt, und Vater hatte ihr einen der Jäger nachgeschickt, der sie wieder einfangen und ein Auge auf sie haben sollte. Plötzlich tauchte der Bär aus einem Gebüsch auf. Sie war vor Schreck wie erstarrt gewesen. Natürlich hatte sie gewusst, dass es vereinzelt Bären in der Eifel gab, aber das reale Tier an einem realen Nachmittag unter realen Bäumen … Es war, als wäre eine der Gruselgeschichte, die das Gesinde am Herdfeuer erzählte, plötzlich Wirklichkeit geworden.

Der Jäger hatte seine Arkebuse gehoben und der Bär sich aufgerichtet. Sie selbst stand wie vom Donner gerührt vor einem Busch. Es dauerte eine Ewigkeit, bis der Schuss sich löste, und eine zweite Ewigkeit, bis der Jäger das Tier, das sich im Todeskampf wälzte, mit dem Sauspieß erledigt hatte. Was sie nie vergaß, war die Ruhe im Auge des Mannes, mit der er die Gefahr einschätzte und ihr begegnete. Abgesehen von der Schwärmerei, mit der sie ihn die nächsten Monate verfolgt hatte, war ihr von dem Erlebnis vor allem das Gefühl geblieben, dass man umso kühler sein musste, je größer die Gefahr war, der man gegenüberstand. Und genau das wurde jetzt von ihr gefordert: kühler Mut angesichts einer bedeutenden Gefahr.

Während sie in ihrer Kammer auf und ab lief, schmiedete sie Pläne. Als Erstes: Sie musste mit Marsilius sprechen und dafür sorgen, dass Edith ihr nicht weiter auf der Nase herumtanzte. Wenn sie das jetzt nicht schaffte, in der Zeit, in der die Schwangerschaft ihn weich machte, dann würde es ihr nie gelingen. Ihr war klar, wie groß die Macht war, die Edith mit den goldenen Flechten und den starken Schenkeln über ihren Mann besaß. Und deshalb musste sie aus der Burg verschwinden. Und zwar für immer! Als Zweites …

Sie erwog und verwarf immer neue Pläne. Schließlich kam sie zu dem Schluss, dass sie einfach loslegen musste, um ihr Vorhaben in die Tat umzusetzen. Also ließ sie sich das Essen nicht wie gewöhnlich in ihre Kammer tragen – sie hatte sich schon viel zu sehr zurückgezogen! –, sondern ging in die Küche, um ähnlich wie Mutter Anweisungen zu geben, wie der Tisch zu decken sei und welche Speisen aufgetragen werden sollten, wenn Marsilius heimkam. Sie würde gemeinsam mit ihm speisen. Ihr Ehemann sollte sehen, dass sie Wert auf seine Gesellschaft legte und sich für das, was er tat, interessierte. Erstaunlicherweise gab es keine Widerworte vom Gesinde. Na bitte! Man musste nur resolut genug auftreten.

Anschließend schickte sie Gesche, eine der Mägde, von denen sie glaubte, ihnen vertrauen zu können, auf die Suche nach Josepha. Sie wollte wissen, was Dirks Haushälterin ihr hatte zeigen wollen – auch wenn es wahrscheinlich belanglos war. Leider war das Weib nicht aufzutreiben.

»Ich hab jedes Eckchen in der Burg abgesucht. Wenn sie sich nich in ’ne Maus verwandelt hat, is sie irgendwo draußen«, befand Gesche, als sie Sophie Bericht erstattete. »Was wollt Ihr denn von ihr, Herrin?«

Gesche war ein merkwürdiges Geschöpf, hoch gewachsen, größer als viele Männer, mit einem Pfannkuchengesicht und einem stämmigen Körperbau, der sie aussehen ließ, als könnte sie es im Ringen mit jedem Kerl aufnehmen. Über der Oberlippe und am Kinn wuchsen dunkle Schnurrbarthaare. Was aber vor allem an ihr auffiel, war das Selbstbewusstsein, mit dem sie Befehle entgegennahm und sie gelegentlich sogar – wie gerade jetzt – nach ihrem Sinn hinterfragte.

Sophie merkte, dass sie lächelte. Sie mochte die Frau, die in der von Intrigen eingesponnenen Burg wie ein frischer Windstoß wirkte. Außerdem war Gesche ebenfalls erst seit kurzem in der Burg, seit zwei oder drei Monaten. Sie befanden sich also beide in derselben unkomfortablen Außenseiterrolle. Einen Moment erwog sie, sich ihr anzuvertrauen, doch dann ließ sie es sein. Sie hatte bisher ja kaum ein paar Sätze mit ihr gesprochen. »Ich hatte nur eine Frage an sie.« Mit diesen Worten schlug Sophie sich Josepha aus dem Sinn. War das Kind, das Edith geschlagen hatte, nicht viel wichtiger?

Sie beschrieb Gesche das Mädchen und erfuhr, dass es sich um die Tochter des Stallmeisters handelte, die im Gesindedorf lebte, aber seit ein, zwei Wochen für den Dienst auf der Burg erzogen wurde. »Die kann ich Euch leicht bringen«, meinte die riesenhafte Frau und schob das Kind tatsächlich wenig später in Sophies Kammer. Die Kleine sah eingeschüchtert aus und versteckte die Hände unter der Schürze. Gleichzeitig aber linste sie neugierig, wie es in den Räumen der Herrschaft aussah.

»Wie heißt du?«, fragte Sophie, um Freundlichkeit bemüht.

»Eva.«

»Eva – wie unsere Urmutter. Da hast du einen hübschen Namen bekommen.« Und über Verstand schien das Kind außerdem zu verfügen. Es schaffte sogar einen Knicks, obwohl ihm der sicher von niemandem beigebracht worden war. Evas

Kleid war sauber und die Haare zu ordentlichen Zöpfen geflochten.

»Worin bestehen momentan deine Aufgaben?«

»Was du tust«, übersetzte Gesche, als Eva unsicher schwieg.

»Alles. Putzen und so und ... Ich kann alles.«

Das war eine starke Behauptung für eine Person, die ihrer Herrin gerade eben bis zum Kinn reichte. Sophie lächelte erneut. »Ich brauche jemanden, der mir die Haare kämmt und meine Kleidung versorgt. Meinst du, dass du das lernen kannst?«

Eva nickte eifrig.

»Dann wirst du von jetzt an deinen Dienst bei mir versehen. Du schläfst auch hier in der Kammer. Sag dem Gesinde Bescheid, Gesche.«

Sophie war hochzufrieden. Mit diesem Entschluss hatte sie Edith ein deutliches Zeichen gegeben. Es war noch lange nicht raus, wer den Krieg um die Macht in der Burg gewinnen würde! Etwas wie Übermut überkam sie. Sie würde Marsilius mit bester Laune empfangen und ihn umgarnen, so wie Mutter geraten hatte. Und wenn die Sache günstig verlief, würde sie ihm erklären, dass sie für die Küche Ediths Garten benötigte.

»Warte, Gesche!«, hielt sie die Magd auf. »Geh in den Weinkeller und hol einen Krug vom besten Wein! Frag Theiß, er weiß Bescheid.« Von Tatendrang erfüllt, begann sie in ihrer Truhe nach ihrem hübschesten Kleid zu kramen. Hatte Marsilius beim Besuch ihrer Eltern nicht bewiesen, dass er auch manierlich und umgänglich sein konnte? Er war doch kein Ungeheuer – einfach ein hitziger junger Mann, dem manchmal sein böses Temperament in die Quere kam.

Das Bild des blutigen Gesichtes auf seinem Hemd stieg ihr vor Augen, aber sie wischte es hastig beiseite. Sie wollte so sehnsüchtig, dass alles gut wurde.

Die nächsten Stunden vergingen in hektischer Tätigkeit. Sophie lief wohl ein Dutzend Mal in die Küche, um zu überwachen, ob mit dem Essen alles glatt lief. Nicht dass es nötig gewesen wäre. Aber es gab ihr ein überwältigendes Gefühl von Kompetenz. Sie fühlte sich wie ein Feldherr vor der Schlacht. Als es allerdings spät und später wurde, ohne dass ihr Ehemann heimkehrte, schlug ihre Vorfreude in Sorge um. Das Fleisch wurde allmählich zäh. Würde Marsilius sich darüber ärgern? So reich, dass sie Essen verschwenden konnten, waren sie nicht, das hatte sie in den letzten Monaten begriffen. Marsilius musste für ihren Wohlstand hart kämpfen. Letztens hatte sie aufgeschnappt, dass er das Reichskammergericht bemühte, um Ansprüche durchzusetzen, die er gegen einen geizigen Verwandten hatte. Und mit ihrem Nachbarn, dem Grafen von Reifferscheidt, lag er ebenfalls im Streit.

Plötzlich ging ihr auf, dass sie sich seit ihrer Hochzeit kein einziges Mal gefragt hatte, wie ihrem Ehemann wohl zumute sein musste. Sie wusste von ihren Eltern, dass Marsilius' Vater den spät geborenen Sohn und zwei weitere Brüder kalt abserviert hatte, zugunsten seines Erstgeborenen. Marsilius hatte sich – fast noch ein Kind – um sein Erbteil balgen müssen. Jetzt stand er mit zweiundzwanzig Jahren völlig allein da, denn der eine Bruder war tot und der andere offenbar verrückt geworden. Wie hatte ihr das nur so gleichgültig sein können? Vielleicht waren es gar nicht die starken Schenkel und die Locken, die ihn so an Edith bezauberten, sondern einfach die Tatsache, dass sie an seinem Leben Anteil nahm? Auch hier musste sie etwas ändern!

Es dauerte noch eine weitere halbe Stunde, ehe Hundegebell und der übliche Lärm die Heimkehr der Männer ankündigten. Sophie lief zum Fenster. Die Hunde tobten über das Pflaster. Einer überkugelte sich und rollte in einen tauenden Schneehaufen. Himmel, die waren ja außer Rand und Band. Dann bog Marsilius mit Dirk und einem weiteren Mann – dem Henker Kaspar, den er in seinen ständigen Dienst genommen hatte – um die Ecke. Er sprang aus dem Sattel und ging mit langen Schritten zum Treppenturm. In welcher Stimmung mochte er wohl sein?

Sophie erfuhr es, als er kurz darauf in die Stube kam. Er trat die Tür auf. Und dann ging alles drunter und drüber. Dirk folgte ihm auf dem Fuß, um die Männer wuselten die Hunde. Sophie wollte eine scherzhafte Schelte vorbringen, weil das Essen kalt geworden war, aber die Worte blieben ihr im Hals stecken. Fassungslos sah sie, wie ihr Mann zum Tisch rannte und mit einem einzigen Ruck das Tuch mitsamt Speisen und Geschirr von der Tischplatte zog. Scherben sprangen durch die Luft, rotbraune Soße kleckste auf den Boden. Aus einer zerbrochenen Porzellanschüssel drang der Duft des Lendenbratens, und einer der Hunde schnappte nach dem Fleischstück. Die dicken Bohnen werden Flecken auf dem Holz hinterlassen, dachte Sophie. Ihr stieg ein hysterischer Laut in die Kehle, den sie nur mühsam unterdrücken konnte.

Sie flüchtete ans Fenster, als Marsilius gegen einen Stuhl trat. Er schleuderte eines der grünen Gläser, das wie durch ein Wunder auf dem Tisch stehen geblieben war, in ihre Richtung. Es zerschellte an der Wand. Sophie gab keinen Laut von sich. Dies hier war ein Alptraum, keine Wirklichkeit. So etwas ... gab es gar nicht. Kein Mensch benahm sich so. Die Hunde gebärdeten sich wie wahnsinnig. Dirk stand kreidebleich in der Tür. Nein ... nein, gleich würde Mutter kommen und sie aufwecken und ...

Gott steh mir bei. Entsetzt starrte Sophie auf ihren Ehemann, der sie jetzt direkt ins Auge fasste. In seinem Gesicht stand blanke Raserei. Und sie war mit ihm allein im Zimmer, denn das Gesinde war aus dem Raum gestoben, sogar die kleine Eva, die die letzte Stunde damit verbracht hatte, den Ofenschirm vor dem Kamin zu wienern. Nur Dirk war noch da. Aber der war so versteinert wie sie selbst.

»Er hat das Kaninchen festgehalten«, brüllte Marsilius sie an. Der erste deutliche Satz, den er sprach. Er trat nach einem der Hunde, das Tier flitzte mit einem überraschten Knurrlaut von dannen. Sophie entrang sich ein Schmerzensschrei, als Marsilius sie bei den Armen packte. »Ein Spieß ging ihm durch den Hals und aus dem Mund wieder raus.« Sie roch den Wein in Marsilius' Atem. »Er konnte nicht schreien, aber er hielt das Kaninchen!«

»Wer denn?« Sie hätte nicht fragen sollen. Marsilius schleuderte sie von sich, wie er zuvor seinen Hund zur Seite getreten hatte. Sie stolperte gegen die Wand und stürzte zu Boden. Einige Sekunden lag sie still vor Schreck. Ihr Mann starrte sie an. Sein Blick schien klarer zu werden, als ginge ihm auf, dass er gerade sein Kind in Gefahr gebracht hatte. Aber im nächsten Augenblick ergriff er den Tisch. Sie hätte es für unmöglich gehalten, dass jemand das schwere Eichenmöbel mit den Säulenbeinen und den soliden Verstrebungen umstoßen könnte, doch er schaffte es, und die Tatsache, dass sich dieses Möbel nicht ebenfalls durch die Luft schleudern ließ, fachte seine Wut weiter an. »Herr ...«, hüstelte Dirk, weiß im Gesicht.

In diesem Moment schwang die Tür zur Küche auf. Es war kein unvorsichtiger Dienstbote, der das Zimmer betrat, sondern Edith. Ohne zu zögern, ging sie auf den Rasenden zu und schlang liebevoll ihre Arme um ihn, und – Herrgott im Himmel – sie schien nicht die geringste Angst vor ihm zu haben. Sophie fühlte einen Stich der Eifersucht, doch zugleich zitterte sie vor Erleichterung, als sie sah, wie Marsilius sich unter Ediths Gemurmel beruhigte. So unauffällig wie möglich erhob sie sich vom Boden.

»Er hat das Kaninchen festgehalten«, brachte Marsilius hervor, fassungslos wie ein großes Kind, das in Tränen ausbrechen will.

Edith klopfte ihm mit einer mütterlichen Geste den Rücken. »Du wirst es mir erzählen.«

»Er hatte den Spieß durch den Hals in den Mund ...«

»Du wirst mir alles erzählen.« Die Hure zog Marsilius zu seinem Lieblingsstuhl, wo sie ihn auf das Polster bugsierte. Sie kniete vor ihm nieder und umfasste seine Hände. »Nun?«

Das Gesinde schien begriffen zu haben, dass die unmittelbare Gefahr vorüber war. Theiß öffnete die Tür, und als der mutigen Tat nichts Schlimmes folgte, erweiterte der Koch den Spalt, so dass das übrige Gesinde auch etwas sehen konnte. Gesche stand hinter ihm. Eine andere Frau lugte an seiner Hüfte vorbei.

»Was also ist geschehen?«

Marsilius senkte sein Gesicht in Ediths Haar, und weil er schwieg, begann Dirk zu sprechen. Da kam die Ungeheuerlichkeit zutage. Die beiden Männer waren zur Bannmühle geritten, weil sie gehört hatten, dass Marx von Mengersen mit der Ermordung des Müllers gedroht hatte, der ihn damals bei seinem Verbrechen beobachtet und die Burgbesatzung zu Hilfe gerufen hatte. Diese Gerüchte schwirrten schon eine ganze Weile durch die Herrschaft Wildenburg, aber plötzlich schien die Sache akuter geworden zu sein. Also hatten sie sich auf den Weg gemacht.

»Du bist zur Mühle geritten, um Schlimmes zu verhindern«, stellte Edith fest, während sie Marsilius' Hand an ihre Wange drückte. Ihre Stimme summte und hatte eine beruhigende, beinahe hypnotisierende Wirkung.

»Sie hat gebrannt«, flüsterte Marsilius.

»Marx von Mengersen hat die Mühle angesteckt?«

»Alles brannte. Sogar die Scheune. Ein Apfelbaum hat gebrannt, ein Esel … es hat gestunken …«

»Und das hat Marx getan?«

Ich sollte ihn das fragen, dachte Sophie. Aber sie schaffte es nicht einmal, sich zu rühren. Sie sah ihren Ehemann den Kopf schütteln. »Die Kinder …«, murmelte er, den Blick nach innen gewandt, wo all die Scheußlichkeiten immer noch stattzufinden schienen, »sein Weib … Sie waren beim Essen. In ihre Suppe ist Blut gelaufen …«

»Marx ist über sie hergefallen?«

Marsilius hob den Kopf, sein Gesicht war wächsern. »Der Knecht ist in der Mehlkammer verbrannt. Aber der Junge ist entkommen. Er hatte einen Spieß vom Rücken durch den Hals in den Mund und lebte trotzdem weiter und hat sein Kaninchen festgehalten ... Er lebte, er hat mich angesehen ...«

»Marx wird seiner Strafe nicht entgehen.«

Mit gepresster Stimme erklärte Dirk: »Wir haben ihn und seine Spießgesellen davonjagen sehen. Wir konnten sie nur nicht packen, weil ... Wir kamen zu spät.«

»Wie entsetzlich.« Edith legte ihren Kopf in Marsilius' Schoß, und er begann mechanisch, mit der Hand durch ihre Locken zu fahren. »Dieses grausame Monstrum«, hörte Sophie die Hure flüstern. »Man muss diese Kreatur unschädlich machen. *Ihr* müsst es tun, mein Herr. Damit wir endlich unseres Lebens wieder sicher sind.«

Nach einer Zeitspanne, die Sophie unendlich schien, schob Marsilius Edith von sich. Er starrte sie an, dann erhob er sich. Es sah aus, als wollte er durch die Tür gehen, die in die Hauskapelle führte, vielleicht um dort für die Seelen der Ermordeten zu beten. Doch auf halbem Weg blieb er stehen und drehte sich um. »Ich wollte den Priester holen, Pater Ambrosius. Aber das Pfarrhaus ist leer«, sagte er. »Man muss den Mann suchen. Schafft ihn herbei, sobald ihr ihn gefunden habt.«

Kapitel 5

Es war ein feierliches Begräbnis. Sicher zweihundert Menschen bevölkerten den kleinen Dorffriedhof von Herbede. Viele davon waren Bauern aus der Umgebung oder Menschen aus dem nahe gelegenen Witten. Außerdem war natürlich das Gesinde vom Rittergut gekommen und Heinrichs Freunde. Der Junge hat viele Freunde gehabt, dachte Julius Drach, der Hauslehrer des Verstorbenen, der die bedrückten Menschen beobachtete. Er sah, wie sie sich verstohlen Tränen aus den Gesichtern wischten. Vor allem die jungen Frauen. Heinrich war ein hübscher und liebenswürdiger Bursche gewesen.

»Seid Ihr sicher, dass wir hier sein müssen?«, fragte Elisabeth von Brembt zum Hardenstein, die Mutter des Verstorbenen. Sie zupfte Julius am Ärmel, um seine Aufmerksamkeit zu erlangen.

»Ganz sicher.« Er legte die Hand auf ihre schmalen Finger, drückte sie sacht und lächelte sie an. Heinrichs Mutter war hübsch, trotz ihres fortgeschrittenen Alters von nahezu fünfzig Jahren – zierlich, mit rotblondem Haar und Sommersprossen auf einem Stupsnäschen. Sie war einer der Menschen, bei denen man sofort wusste, wie sie als Kind ausgesehen hatten. Er mochte sie gern. Leider litt sie an einer Verwirrung des Geistes, die von Jahr zu Jahr fortschritt.

Man hatte überlegt, sie von der Beerdigung fernzuhalten, doch Julius hatte sich für ihre Teilnahme starkgemacht, und er fand diese Entscheidung immer noch richtig. Elisabeth hatte Heinrich innig geliebt, und auch wenn sie nicht begriff, dass es ihr Sohn war, der in dem blumengeschmückten Sarg lag, gab ihr das doch Rechte.

»Ein lebhafter Knabe, dabei immer willig, freundlich und gewissenhaft«, tönte Pfarrer Claßgen, der am Gab stand und eine weitere Zusammenfassung über die Tugenden des jungen Verstorbenen gab. Er hörte sich gern reden, was an normalen Tagen nervtötend war, aber in diesem Moment niemanden zu stören schien. Die Menschen waren froh, den Augenblick herauszögern zu können, in dem Heinrich endgültig in die Erde versenkt würde.

»Wegen der Erbsen«, erklärte Elisabeth. »Ich möchte sie nicht zu lange weichen lassen. Mir kommt es immer vor, als verursachten sie Blähungen, wenn sie zu lange weichen. Was meint Ihr?«

»Pssst!« Reinhard von Plettenberch, Elisabeths Bruder, versuchte, die ältliche Frau zum Schweigen zu bringen oder sie wenigstens dazu zu bewegen, die Stimme zu senken. Aber das war vergebens, weil Elisabeth mit ihrem Verstand auch die Fähigkeit zu flüstern verloren hatte.

»Ich brate sie gern mit Aprikosen, nur müssen die frisch vom Baum kommen«, mischte sich ihre heitere Stimme in die des Geistlichen. »Und die Milch muss lauwarm sein, so wie … wie das Regenwasser in einer Sommerpfütze. Habt Ihr schon einmal Eure Hand in eine Pfütze gehalten, Julius? Es ist ein ungeheures Gefühl. Als badete man sie in flüssigem Samt. Ihr müsst mich demnächst einmal begleiten. Unser Regenwasser sammelt sich unter der Rinne hinter dem Küchenhaus …«

»… und mit einem immer offenen Ohr für seine Nächsten«, übertönte Claßgen ihre Überlegungen. »Der junge Verstorbene liebte seine Mitmenschen so gütig, wie unser Heiland es verlangte.«

»Die Aprikosen müsst Ihr aber nach dem Waschen jede einzeln mit einem Tuch abtupfen.«

»Wie recht Ihr habt.« Julius unterdrückte ein Lächeln. Heinrich hätte sich an den lautstarken Äußerungen seiner Mutter nicht gestört. Er war ein Mensch mit Sinn für Humor gewesen und hatte Elisabeth ebenso herzlich geliebt, wie er selbst von ihr geliebt worden war. Vielleicht schaute er gerade jetzt erheitert auf sie herab? Wen scherte, was der Rest der Trauergemeinde dachte!

»Nicht jeder mag Heinrichs Kampf für die katholische Sache gebilligt haben, aber in dem Junker brannte ein Feuer wie so oft in diesem Alter, und wenn die Erfahrung fehlt und die Stimme des Teufels schmeichelnd in die Ohren zischelt, wird solch ein Feuer rasch in die falsche Richtung geleitet. Marx von Mengersen ...« Claßgens Stimme wurde dunkler, als er den verabscheuten Namen aussprach, »dieser gottlose Verführer, dieser Satan in Menschengestalt und letztendlich: dieser skrupellose Mörder, hat die Stellung, die ihm die Familie gab, ausgenutzt, um unseren geliebten Junker zum Eintritt ins katholische Heer zu bewegen, das unser verblendeter Kaiser gegen das eigene Volk führt. So kam Heinrich in die Hölle von Magdeburg. Er wurde Zeuge, wie sich Gottes Zorn über die Menschen ergoss. Und er wurde Teil des Massakers, das der Kaiser an unseren protestantischen Glaubensbrüdern verübte. Doch keiner von uns wird vergessen, wie zornig er zurückkehrte. Er war außer sich gewesen vor Entsetzen!«

Ja, das stimmte. Julius konnte sich noch gut an den Sommer des vergangenen Jahres erinnern, als Marx und Heinrich auf staubbedeckten Pferden, mit wenig mehr als den Kleidern am Leib, auf Herbede eingetroffen waren. Marx war schlecht gelaunt gewesen, aber das nahm man kaum zur Kenntnis angesichts der grässlichen Verfassung, in der Heinrich sich befand. Zunächst war nichts aus dem Jungen herauszubekommen gewesen, aber irgendwann sprudelte er die Grausamkeiten hervor, die er in Magdeburg miterlebt hatte.

Man hatte natürlich bereits aus den Flugblättern, die von der protestantischen Seite emsig in ganz Deutschland verteilt wurden, über die Gräuel erfahren, die sich in der reichen Stadt an der Elbe zugetragen hatten. Sie wussten also, dass von den rund dreißigtausend Einwohnern zwei Drittel niedergemetzelt worden waren. Sie wussten auch, dass Tillys Söldner die Türen der Kirchen verbarrikadiert und Fackeln durch die Fenster geworfen hatten.

Aber das war nichts gegen Heinrichs bildhafte Beschreibung der Frauen, die entblößt mit den Oberkörpern in Wasserfässern hingen, geschändet und von Schwertern zerstochen, oder der Kinder, die hinter den Leibern ihrer ermordeten Eltern Schutz suchten und hervorgerissen und auf Lanzen gespießt durch die Straßen getragen wurden. Die Elbe war rot von Blut gewesen. Die Toten stauten das Wasser, ihre Arme reckten sich aus den Fluten, als riefen sie um Hilfe.

»Hätte der Kaiser Albrecht von Wallenstein das Kommando überlassen, dann wäre das alles nicht geschehen«, hatte Marx behauptet, als Heinrich seine Schilderung beendete. Der sterngläubige Generalissimo des katholischen Kaisers war sein Idol, und es hatte ihn maßlos geärgert, dass Ferdinand sich von seinem besten Feldherrn losgesagt und Johann Tilly das Kommando übertragen hatte. Vielleicht hatte er sogar recht mit seiner Einschätzung. Vielleicht hätte Wallenstein, im Gegensatz zu Tilly, das Massaker in der Stadt verhindert. Er galt als Pragmatiker, und die Stadt hätte ihm unzerstört mehr genutzt. Aber was spielte das für eine Rolle angesichts der seelischen Zerrüttung des Jungen?

Einige Tage nach seiner Rückkehr war Heinrich zu Julius gekommen und hatte ihm von zwei Schmiedelehrlingen erzählt, denen er durch die brennende Stadt ins Freie geholfen hatte – vielleicht weil er sich so etwas wie Absolution von seinem Hauslehrer erhoffte. Er hatte sie nicht retten können, man hatte sie kurz hinter der Mauer aufgegriffen und an einem Scheunenbalken aufgeknüpft. Julius hatte zunächst keine Worte gefunden, um die Seelenpein des Jungen zu mildern. Und als er schließlich doch sprach, hörte er selbst den falschen Klang in seiner Stimme. Er verabscheute den Krieg – so wie er Leute wie Marx verabscheute, die einen Sinn in dieses Morden unter Christen hineinreden wollten. Jetzt, während er zuhörte, wie Elisabeth, die Heinrichs Namen aufgeschnappt hatte, von der Vorliebe ihres Sohnes für eingeweckte Birnen erzählte, verfluchte er den verdammten Kerl erneut.

»Unser Junker hat sich von den katholischen Teufeln abgekehrt, als er Zeuge ihres gottlosen Tuns wurde«, wetterte Claßgen und schreckte mit seiner Stimme die Vögel auf, die sich auf einem benachbarten Grabmal niedergelassen hatten. »Er ist in Reue heimgekehrt und hat begonnen, ein Leben in Frieden und christlicher Bescheidenheit zu führen ...«

Auch das stimmte. Heinrich hatte sich von seinem Onkel in die Verwaltung des Gutes Herbede einarbeiten lassen, die ihn zuvor maßlos langweilte. Doch dann war er zu seiner verhängnisvollen Reise aufgebrochen, die ihn über die Wildenburger Herrschaft nach Speyer bringen sollte. Was er dort wollte, daraus hatte er ein Geheimnis gemacht, aber Julius erinnerte sich noch, wie ungern er ihn ziehen ließ. Heinrich hatte auf ihn plötzlich verändert gewirkt, als triebe ihn erneut eine geheime Leidenschaft. Eigentlich wäre dieses Erwachen aus der seelischen Starre erfreulich gewesen, doch die Veränderung war zu abrupt gekommen, es hatte keinen Anlass dafür gegeben – das hatte ihn misstrauisch gemacht.

Und dann war der Junge ermordet worden.

»... aus Habgier«, donnerte Claßgen über das Grab hinweg. »Aus Habgier hat Marx den Junker in die Hölle geschickt, und dafür möge er selbst in der Hölle schmoren!«

»Schmoren und zuvor kräftig anbraten«, tönte Elisabeths melodische Stimme durch die laue Sommerluft. Da Julius ihr nicht mehr zuhörte, sprach sie zu ihrem Neffen Conrad, der mit verweinten Augen auf den hölzernen Sarg starrte. »Wenn man das Fleisch schmort, gibt das eine wunderbare Färbung und außerdem einen würzigen Geschmack. Aber zuvor muss man es anbraten. Merk dir das, Junge! Wenn du Fleisch ins Fett legst, darfst du nicht zögerlich ...«

»Himmel, Elisabeth, so sei doch still«, fuhr Reinhard sie an. Die Leute schauten betreten zu der kleinen Gruppe der Familienangehörigen. Vielleicht war es doch kein guter Einfall, sie mitzunehmen, dachte Julius mit einem Seufzer. Er packte den Arm der schmalen Frau und führte sie ein Stück zur Seite, während sie munter über Soßen und Mürbebraten plauderte. Die Freundlichkeit, mit der sie seine Hand drückte, kam aus tiefstem Herzen. Er war einer der wenigen Menschen, die sie auch in den schrecklichen Stunden um sich duldete, in denen sie eine Ahnung ihres Zustands überkam.

»Wer ist habgierig?«, fragte sie.

»Niemand«, erwiderte er so sanft, wie er es fertigbrachte. Das stimmte auch. Der Pfarrer irrte. Etwas Primitives wie Habgier hätte Marx nicht einmal dazu bewegen können, eine Augenbraue zu heben. Diesen Menschen hetzten ganz andere Dämonen.

»... im Namen Christi, unseres Heilandes. Amen.« Pfarrer Claßgen kam – vielleicht weil die Mutter nicht mehr am Grab stand – zum Ende seiner Predigt. Er winkte, und die Männer, die den Sarg in die Grube lassen sollten, machten sich an ihren letzten bedrückenden Liebesdienst.

Beklommen dachte Julius an die wenigen Überreste, die in dem Holzkasten lagen. Dass man Heinrich überhaupt heimbringen konnte, war einem reinen Zufall zu verdanken gewesen. Der Pfarrer, der die Gemeinde in Hecken betreute, war spurlos verschwunden, und als seine besorgten Schäfchen nach ihm suchten, hatten sie eine abseits gelegene Grabstätte gefunden. Voller Sorge, dort könnte ihr Geistlicher verscharrt sein, hatten sie die Grube geöffnet und Heinrichs Überreste gefunden – mitsamt einem Ringe, der inmitten des verwesenden Körpers lag und Heinrichs Identität offenbarte.

Marsilius von Palandt, der Besitzer der Wildenburger Herrschaft, der außerdem ein entfernter Verwandter der Familie war, hatte Reinhard alarmiert, und er und Julius hatten den jungen Mann heimgeholt. Und das zumindest machte Julius glücklich, denn es hatte ihm nie gefallen, dass Heinrich nicht auf dem Boden seines eigenen Besitzes die letzte Ruhe finden durfte. Hier war er schließlich zu Hause gewesen.

Julius merkte, dass Elisabeth verstummt war. Ihr Blick hing an Conrad, der mit den anderen Trägern den Sarg anhob und dem dabei Tränen über die Wangen liefen. »Wer ist denn gestorben?«, erkundigte sie sich besorgt bei ihrer Hausdame, die ihnen an das ruhige Plätzchen am Rand der Trauergesellschaft gefolgt war. Weinend erklärte ihr Anna, was man Heinrichs Mutter bereits ein Dutzend Mal zu sagen versucht hatte, dass in dem Sarg nämlich ihr eigener Sohn lag.

Julius biss sich auf die Lippe, als die Kiste in der Erde verschwand. Plötzlich schimmerte es auch in seinen Augen feucht. Heinrich war ihm in den Jahren, in denen er mit ihm Mathematik und die Philosophen gepaukt hatte, wie ein Sohn ans Herz gewachsen. Er brauchte sich nichts vorzumachen. Auch in seinem Leben war etwas in Scherben gegangen.

»Möge der Herr den Teufel strafen, der Heinrich umbrachte«, brüllte plötzlich ein älterer Mann aus dem Gesinde, ein Ruf, dem zustimmendes Gemurmel folgte. Conrad, der jetzt hemmungslos weinte, warf Sand in die Grube.

»Denkt nur«, schreckte Elisabeth Julius aus seinen Gedanken auf. »Anna glaubt, dass es mein Sohn ist, den wir hier begraben. Ist sie nicht ein dummes Ding?« Sie hatte auch diesen Satz laut gesprochen, und mit einem Mal starrte jedermann sie an. Der Wind blähte ihre Trauerkleidung, der Ausdruck auf ihrem Gesicht hatte sich gewandelt. Es war, als hätten sich plötzlich Heinrichs Züge auf ihre eigenen gelegt. In ihren Augen malte sich dieselbe Pein, wie sie sie bei dem Junker nach seiner Rückkehr aus Magdeburg beobachtet hatten.

Reinhard trat neben seine Schwester. »Ach, Elisabeth«, murmelte er und legte ihr den Arm um die Schulter. »Komm, wir gehen rüber zum Haus. Natürlich ist es nicht Heinrich. Unser Heinrich ist doch noch viel zu jung zum Sterben, was?«

Elisabeth nickte zweifelnd.

»Komm, meine Liebe.«

»Ja«, stimmte sie zu, machte sich aber sofort wieder von ihm los und wandte sich an Julius. »Ich muss noch etwas erledigen.«

»Vielleicht später?«, schlug Julius vor. »Es haben sich Gäste angesagt, und wir …«

»Gäste? Ach so. Aber sofort danach.« Aus ihren blassgrünen Augen rannen Tränen. »Da gibt es nämlich etwas, das ich tun muss, Julius. Heinrich hat es mir aufgetragen. Es ist wichtig, hat er gesagt. Nur … kann ich mich gerade gar nicht besinnen, was es ist.«

Kapitel 6

Edith hatte auf ganzer Linie gesiegt. Es wäre dumm gewesen, sich etwas vorzumachen. Sophie hörte fast jede Nacht, wie die beiden sich über ihr vergnügten. Zorn und Schmerz und sonderbarerweise auch Eifersucht suchten sie heim. Aber was konnte sie tun? Marsilius übersah sie, und wenn er sie beachtete, dann nur, um ihr Vorwürfe zu machen. Sie war zu langsam, zu dumm. Sie verstand nichts von der Hausarbeit. Und sie war hässlich. Auch das hielt er ihr vor.

Am Sonntag nach dem Gemetzel rief er die Männer aus der Burg und den umliegenden Dörfern zusammen und schilderte ihnen, was bei der Mühle geschehen war. Offenbar hatte Marx von Mengersen sämtliche Menschen getötet, die er an jenem schicksalhaften Tag in der Mühle vorfand: vier Kinder, von denen das jüngste gerade zwei Jahre alt gewesen war, außerdem den Müller und sein Weib sowie einen Knecht und die Schwiegermutter des Müllers, die taub und fast blind gewesen war. Der Junge mit dem Kaninchen, von dem Marsilius gesprochen hatte, hatte seine Verletzungen noch zwei Tage überlebt, in denen er sich stumm, weil er durch die Verletzung seine Stimme verloren hatte, auf dem Lager wälzte. Dann war er ebenfalls dahin gewesen.

Nach dieser Rede ging ein Aufschrei durch die Wildenburger Herrschaft. Man hatte Marx schon länger gejagt, doch das Interesse unter den Bauern war gering gewesen. Der Mörder hatte zwar eine Bande um sich geschart, die gelegentlich Vieh von den Weiden stahl, aber noch nie war dabei ein Mensch zu Schaden gekommen. Dieser Mord änderte alles. Ein achtbarer Mann und seine Familie waren massakriert worden. Marsilius hatte es leicht, Freiwillige zu finden, um den Unhold zu jagen. Sogar ihr Nachbar Werner von Reifferscheidt, mit dem Marsilius vor dem Reichskammergericht über sein Recht auf die Blutgerichtsbarkeit stritt, schloss sich ihm an.

Lange war ihr Bemühen allerdings vergebens. Zweimal wurde der Mörder gesichtet. Einmal bei einem Waffenschmied, wo er eine kostbare Steinschlosspistole stahl, und dann auf einem Gutshof, wo er der vor Angst halb ohnmächtigen Hausherrin eine wertvolle Bibel abnahm, die schon seit Urzeiten im Familienbesitz gewesen war und in der ihr gesamter Stammbaum verzeichnet stand, was der Frau schier das Herz brach.

Die Häscher wurden gerufen, kamen aber, wie auch früher bei den Viehdiebstählen, zu spät. Sämtliche Verfolgungsjagden verliefen ins Nichts. Es war, als würde der Höllenfürst selbst Marx und seinen Spießgesellen beistehen. Diese Ansicht, über die zunächst scherzhaft gemunkelt wurde, begann sich allmählich unter den Wildenburgern durchzusetzen. Denn das Glück der Mordbande war sagenhaft.

Mancherorts wurde überlegt, ob es sich bei Marx von Mengersen gar um einen Werwolf handeln könnte. Seine unglaubliche Flucht von der Wildenburg, gewissermaßen unter dem fallenden Beil des Henkers hinweg, nährte diesen Glauben. Kaspar, der Söldner, der Marx hatte hinrichten sollen, erzählte in den Dorfschenken, dass aus den Löchern im Hemd des Delinquenten fellartig behaarte Haut gelugt hatte, just bevor er auf seinen weißen Teufelsschimmel sprang. Die Leute bekreuzigten sich und sicherten ihre Türen und Fenster.

Als die Kerle eine Kutsche überfielen und den Kutscher ermordeten und die Reisenden misshandelten, kochte die Volkswut erneut auf. Ein Trupp von über hundert Mann durchkämmte die gesamte Wildenburger Herrschaft, aber wieder ohne Erfolg. Nach dieser Verfolgungsjagd kam Marsilius erschöpft, mit schwarzen Ringen unter den Augen und verdreckter Kleidung heim. »Wir brauchen endlich einen neuen Pfarrer«, brüllte er, als er in das Zimmer neben der Küche polterte.

Sophie, die gerade ein Säuglingsmützchen bestickte, fuhr auf. »Sicher hast du recht«, beeilte sie sich, ihm beizupflichten. Ihr Herz pochte, weil er nicht in seine eigenen Räume geeilt war, sondern zu ihr kam. Hatte das etwas zu bedeuten? »Sobald wie möglich«, sagte sie, weil ihr sonst nichts einfiel. Seit dem mysteriösen Verschwinden von Pater Ambrosius wurde die Gemeinde von einem Geistlichen aus dem nahe gelegenen Paulushof mit versorgt. Aber das war natürlich kein dauerhafter Zustand. »Hast du schon jemanden im Sinn?«

»Bring mir zu essen.«

Natürlich. Ihr Ehemann hatte Hunger, und er wollte sich nicht unterhalten, bevor er gegessen hatte. »Es ist schon alles vorbereitet.« Sie versuchte nicht mehr, die heitere Stimme ihrer Mutter zu imitieren. Ihre Ehe war völlig anders als die der Eltern. Ihre Mutter war gelegentlich gekränkt gewesen, dass Vater ihre Arbeit nicht würdigte, aber sie hatte niemals Angst vor ihm gehabt. In Sophies Ehe war die Angst allgegenwärtig. Nach einem Räuspern fragte sie: »Wann willst du dich denn darum kümmern?«

»Hab ich gesagt, ich will essen?«, blaffte Marsilius sie an. Sie schluckte. Rasch erhob sie sich, doch da wurde bereits die Tür aufgestoßen, und Theiß trug eine Platte mit kaltem Fasanenbraten herein. Sein Neffe, ein halbwüchsiger Bursche mit einer klaffenden Hasenscharte, den er gerade anlernte, folgte ihm mit einem Krug Bier.

»Bringt es zum Tisch«, befahl Sophie überflüssigerweise. Marsilius streckte dem Küchenbuben die Füße hin, und der

Kleine zog ihm, nachdem er das Bier abgesetzt hatte, die Stiefel herab. Heißhungrig biss Marsilius in ein Stück Braten. »Brot!«, schnauzte er. »Und hol Pfeffer. Das ist doch nicht gewürzt!«

»Bringt auch die gebackenen Apfelringe«, schob Sophie nach, um ebenfalls etwas zu sagen. Sie beobachtete ihren Ehemann, während er gierig das Fleisch hinunterschlang. In diesem Moment erinnerte er sie an ihren Vater, der ebenfalls mit einem gesunden Appetit und nicht allzu feinen Tischmanieren gesegnet war. Aber das war wohl auch der einzige Punkt, in dem die beiden Ähnlichkeit miteinander hatten.

Die Tür, die Theiß hinter sich geschlossen hatte, flog wieder auf. Dirk kam herein. Marsilius winkte ihn an den Tisch und schob ihm die Platte zu, so dass er sich ebenfalls bedienen konnte. Die Männer aßen schweigend. Dirk hatte eine frische Schramme am Hals, die vielleicht von einem Zweig stammte, der ihn beim Ritt durch den Wald gestreift hatte.

»Wir brauchen für Hecken einen neuen Pfarrer«, wiederholte Marsilius. Dirk nickte. Es war ein völlig normales Gespräch, wie es auch daheim geführt wurde. Und nicht Edith sitzt am Tisch, sondern *ich*, dachte Sophie und versuchte sich darüber zu freuen.

»Glaubst du, dass Marx den Pfaffen umgebracht hat?«, nuschelte Marsilius mit vollem Mund. »Ich könnte mir vorstellen, dass er Ambrosius gezwungen hat, Heinrich zu beerdigen. Aber dann wollte der Pfarrer den Mund nicht mehr halten, und er hat ihn erschlagen.«

Süßer Jesus – im Grunde habe *ich* Marx' Opfer auf dem Gewissen, dachte Sophie mit rabenschwarzem Gewissen. Wenn sie die Pforte nicht aufgestoßen hätte, wäre er nicht entkommen. Was für ein geisterhafter Moment das aber auch gewesen war, als sie, fast ohne es zu merken, auf jeden Fall aber ohne eigenen Willen, das Tor aufdrückte. Sie fragte sich, ob Marx sie vielleicht in diesem Moment behext hatte.

Viel wusste sie ja nicht über das Treiben der Teufelsanhänger. In einem der Dörfer, die ihrem Vater gehörten, war einmal ein Bauer verhaftet worden, dessen Tiere absonderlich viel Milch gaben, während gleichzeitig bei denen seiner Nachbarn die Milch versiegte. Der Herzog von Jülich als oberster Gerichtsherr hatte, weil der Mann als eifriger Christ galt, ein Gutachten an der Universität von Köln in Auftrag gegeben. Dort hatte man den Fall untersucht, und schließlich gestand der Mann nach eindringlichem Zureden und unter der erdrückenden Beweislast, dass er über mehrere Wochen die Ställe der Nachbarschaft in Gestalt eines Igels aufgesucht und die Milch der Kühe gesaugt habe.

Und im Gesinde ihres Vaters hatte es einmal ein Kind gegeben, das ungewöhnlich leicht und schmerzlos geboren worden war. Einfach aus dem Bauch geflutscht, hatte die Hebamme voller Erstaunen erzählt. Die Mutter hatte daraufhin Angst gehabt, einen Werwolf geboren zu haben. Sie erzählte, dass sie zu Beginn der Schwangerschaft bei der Bohnenernte versehentlich durch die Nachgeburt eines Fuchses gekrochen war, und das galt allgemein als böses Omen. Zunächst weigerte sie sich, den Säugling zu stillen, doch der Pfarrer hatte ihr gut zugeredet. Was daraus geworden war, wusste Sophie nicht.

Sie verscheuchte die beängstigenden Gedanken, klingelte nach Theiß und befahl ihm, Gebäck aufzutragen, doch Marsilius' Hunger war gestillt, und er stand auf und verschwand ohne Gruß in seiner Kammer. Als Dirk ebenfalls gehen wollte, hielt Sophie ihn auf. »Warte.«

Verwundert drehte der Burgvogt sich zu ihr um. Dirk war ein hagerer, sehr großer, etwa vierzigjähriger Mann mit einem struppigen Bart und tiefen Pockennarben im Gesicht. Während er sie musterte, fielen ihr zum ersten Mal die Lachfältchen um seine Augen auf. Er musste sie sich in besseren Zeiten zugelegt haben, denn seit sie auf der Burg war, hatte sie ihn niemals auch nur lächeln sehen. »Herrin?«, fragte er förmlich.

»Ich suche Josepha.«

»Josepha?«

»Nun! Die Magd, die dir den Haushalt führt und für die Burg die Wäsche besorgt. Ist dir noch gar nicht aufgefallen, dass sie verschwunden ist?«, fragte Sophie gereizt.

»Wird die Arbeit nicht getan?«

»Doch, aber nur, weil die anderen umso härter schuften und ihren Teil ...«

»Sie wird bald zurückkehren.« Dirk wandte sich mit ausdruckslosem Gesicht wieder zur Tür.

»Bleib!« Sophie spürte ihren Ärger wachsen. »Josepha ist wie vom Erdboden verschluckt. *Darum* geht es mir. Niemand scheint zu wissen, wohin. Und das ist ... unerhört. Sie kann doch die Burg nicht verlassen, ohne vorher meine Erlaubnis einzuholen!«

»Tut mir Leid, Herrin. Ich fürchte, das ist meine Schuld. Josepha ist zu ihrer Schwester gegangen. Das Weib ist krank, und ich habe ihr gestattet, sie eine Weile zu unterstützen. Ich dachte nicht, dass Ihr etwas dagegen haben könntet.«

»Das habe ich aber. Bei solchen Entscheidungen musst du mich fragen. Außerdem ... Außerdem ist sie verschwunden, gerade als sie mir etwas zeigen wollte«, platzte Sophie heraus. »Und das finde ich höchst merkwürdig. Sie will mir etwas zeigen, und dann kommt ...« Nein, nichts von Edith sagen. Diese beschämende Episode behielt sie lieber für sich. »Dann ist sie von einer auf die andere Stunde fort. Da stimmt doch etwas nicht!«

Dirk blickte sie stumm an.

»Also?«

»Sie wollte Euch etwas zeigen?«

»Das sage ich doch.«

»Sie sollte Euch nicht belästigen.«

»Gütige Jungfrau – darum geht es nicht! Ich finde es nur verdächtig ...«

»Wo bleibst du, Dirk?«, tönte Marsilius' Stimme aus dem oberen Stockwerk. Sie schauten zur Tür – und hielten beide für einen winzigen Moment den Atem an. Angst, dachte Sophie, das ist es, was mein Ehemann verbreitet. Und nicht nur bei mir.

»Ich werde dafür sorgen, dass Josepha zurückkommt«, erklärte der Burgvogt steif.

»Morgen!« Sophie wiederholte es noch einmal mit Nachdruck: »Ich will, dass sie morgen wieder zum Dienst erscheint!«

Sie hatte nicht erwartet, dass Dirk sich ihrem Befehl widersetzen würde. Zwei Tage ließ sie ihm Zeit, weil Marsilius ihn beanspruchte. Doch als am dritten Tag immer noch nichts von Josepha zu sehen war, flammte ihr Zorn wieder auf. Marsilius mochte sie behandeln, wie er wollte, das musste sie hinnehmen. Aber das Gesinde hatte ihr zu folgen! Es war zwar auch in der Vergangenheit vorgekommen, dass jemand so tat, als hätte er einen Auftrag vergessen oder als hätte man sie missverstanden. Aber einen konkreten Befehl zu verweigern – das war eine Meuterei, die bisher nur Edith gewagt hatte. Sophie war klar, was geschähe, wenn sie Dirk seine Nachlässigkeit durchgehen ließ: Sie würde den letzten Rest Respekt unter dem Gesinde verlieren und in Zukunft wie ein Schatten in der Burg leben. Man würde durch sie hindurchsehen und so tun, als wäre sie nicht vorhanden.

Ihr Vater hatte ihr einmal, als sie danach fragte, erklärt, wie eine große, von Mauern umgebene Stadt wie Magdeburg in die Hände der Feinde fallen konnte. »General Tilly hat den entscheidenden Moment genutzt. Er hatte die Stadt mit den kaiserlichen Truppen monatelang belagert. Sie waren in ihren Laufgräben und auf den Beobachtungsposten beschossen worden, und Wallenstein, der Tilly sein Kommando überlassen musste, weil er beim Kaiser in Ungnade gefallen war, weigerte sich, Proviant aus Mecklenburg und Friedland zu schicken. Die Söldner hungerten also. Sie waren mutlos und entkräftet. Da erreichte sie die Nachricht, dass der Schwedenkönig bis auf vierzig Kilometer heran war, um Magdeburg beizustehen. Sicher haben die meisten an Flucht gedacht. Die Sache stand auf Messers Schneide. Sie zögerten. Und in dieser entscheidenden Situation hat Tilly Mut bewiesen. Er hat den Befehl zum Stürmen gegeben – und seine Truppen haben die Mauern überrannt. Das ist das ganze Geheimnis, Sophie: In einer verzweifelten Lage hilft oft nur ein verzweifelter, aber kühner Schritt.«

Und genau so war es jetzt mit ihr. Sie hatte die Festung, als die sie ihr neues Zuhause ansah, monatelang belagert. Sie hatte kleine Siege und beschämende Niederlagen erlebt – und jetzt ging es ums Ganze. Sie musste allen Mut ihrer siebzehn Jahre zusammennehmen und handeln.

»Ich werde mich nicht länger ducken!«, erklärte sie Gesche, die sich zu Näharbeiten in ihrem Zimmer eingefunden hatte. »Ich werde zu Marsilius gehen und ihm sagen, dass eine meiner Wäscherinnen verschwunden ist und Dirk sich weigert, nach ihr suchen zu lassen. Er muss doch einsehen, dass ich so ein Benehmen nicht dulden kann. Ich werde verlangen, dass sie zurückkommt.« Erwartungsvoll blickte sie ihre Magd an.

Die massige Frau mit dem platten Gesicht war im Lauf der Wochen so etwas wie eine Vertraute für sie geworden. Sophie hatte einmal beobachtet, wie sie am Brandweiher, wo zwei Mägde ein Lamm für den Osterbraten ausnahmen, den Weibern über den Mund fuhr, weil sie etwas Abfälliges über die Burgherrin sagten. Gesche hatte sie angeschnauzt, dass sie ihr freches Mundwerk halten sollten, und daraufhin hatte Sophie sie sofort und mit Ungestüm ins Herz geschlossen. Sie brauchte so dringend jemanden, mit dem sie sich beraten konnte und der ihr zutrug, was auf der Burg geschah. Auch jetzt wartete sie auf einen Kommentar.

Aber die Antwort kam wenig begeistert. »Wenn Ihr das für eine glückliche Idee haltet!«

»Meinst du, er wird sich ärgern?«

Gesche zuckte die Achseln. Sie hielt den Rock ihrer Herrin, den sie wegen der Schwangerschaft weiter nähte, gegen das

Licht. Mit einem unterdrückten Seufzer trank Sophie aus dem Becher, den man ihr auf Marsilius' Anweisung hin jeden Abend brachte. Er enthielt einen Aufguss aus Himbeerblättern, der helfen sollte, das Gedeihen seines Sohnes zu fördern. Ihr Mann hatte darauf bestanden, dass sie die ersten Schlucke vor seinen Augen nahm. Der Tee schmeckte gut. Sie hatte nichts dagegen, den Becher bis zur Neige zu leeren. »Es *ist* doch mysteriös, oder?«, argumentierte sie. »Zuerst will Josepha mir etwas zeigen, dann verschwindet sie, dann soll sie gar nicht verschwunden sein, sondern bei ihrer Schwester, dann taucht sie trotzdem nicht auf ... Mir ist das unheimlich.«

Gesche brummte etwas, biss mit den Zähnen einen Knoten auf und machte sich daran, eine zweite Naht zu trennen.

»Soll ich's mir aus dem Kopf schlagen?«

»Hm.« Die kleine, spitze Schere schob sich unter das Garn.

Draußen kläffte und jaulte ein Hund, aber als Sophie aufstand und aus dem Fenster schaute, sah sie, dass es nur der Köter vom Wachtor war, der eine Ratte jagte.

»Um das mal zusammenzufassen, Herrin: Dirk unternimmt deshalb nichts, weil er ahnt oder weiß, dass Edith hinter Josephas Verschwinden steckt. Die Leute – und damit meine ich Dirk und die anderen vom Gesinde – werden sich aus der Schusslinie halten, bis sie wissen, wer auf der Burg die Oberhand kriegt: Ihr oder die Hexe. Die haben alle eine Scheißangst vor Edith.«

»Und du? Hast du keine Angst?« Sophie hielt die Luft an. Es blieb so lange still in ihrem Rücken, dass sie schließlich meinte, ihre Magd habe die leisen Worte gar nicht gehört. Doch als sie sich umdrehte, blickte Gesche sie an. In ihrem groben Gesicht lag ein seltsamer Ausdruck.

»Wisst Ihr, dass ich Trosshure war, bevor ich hierher kam? Im Heer von Rudolf von Tiefenbach. Fünf Jahre lang. Das ist nichts, womit ich prahle, normalerweise behalt ich's für mich. Ist aber so. Und da, im Tross, hab ich gelernt, was einer wert is. Was ich sagen will, ist: Ich seh, wer was wert ist, wenn es ernst wird; wenn die Kugeln zu pfeifen beginnen. Und Ihr seid was wert.« Sie lächelte kurz, als sie Sophies Miene sah. »Ihr kriegt das hin, Herrin. Ihr jagt die Hexe zum Teufel, von wo sie auch gekommen ist, da bin ich sicher. Nur, mit dem Herrn sprechen – das ist keine gute Idee. Nicht im Moment. Ich würde sagen: Lasst mich mal schauen, was ich rauskriege. Bei einer wie mir machen sie in der Küche eher den Mund auf.«

»Ich bin was wert?«

Gesche lachte, als sie sich mit dem Ärmel über die Nase fuhr und aufstand, um in die Küche zu gehen.

»Sie haben noch mehr Angst, wie ich dachte«, berichtete sie, als sie in Sophies Schlafkammer zurückkehrte. Eine Kerze brannte auf dem Kaminsims. Ihr unruhiges, rauchiges Licht fiel auf Eva, die auf einer Strohmatte neben dem Fenster schlief. Sophie hatte ihr dort ein schmales Bett hinstellen lassen, um sie immer um sich zu haben. Das schwarze Haar umfloss ihr Kindergesicht wie vergossenes Pech. Fürsorglich zog Gesche eine Decke über den schmalen Leib.

»Also«, sagte sie, als sie damit fertig war, »zuerst mal: Josepha hat wirklich eine Schwester. Märthe kennt sie, die kommen beide aus demselben Dorf. Aber ob Josepha wirklich zu ihr ist oder nicht, da gehen die Meinungen in der Küche auseinander. Theiß hat gesagt …«

»Ich traue ihm nicht!«

»Da tut Ihr auch gut dran. Der Saukerl betrügt Euch mit den Gewürzen«, bemerkte Gesche trocken. »Trotzdem, man muss auf jeden Vogel hören, wenn man wissen will, was sich im Wald tut. Theiß hat gesagt, Josepha geht oft zu ihrer Schwester. Aber als er raus ist, aus der Küche, hat mir Märthe erzählt, dass Josepha mit ihrer Schwester zerstritten ist, wegen dem Tod von ihrer Mutter und einem Satz Leuchter, die damals vererbt wurden, und sie hat sie wegen der Leuchter schon seit Jahren nicht besucht und geschworen, sie würd es nicht tun, bis die Schwester selbst auf dem Totenbett liegt.

Nun frag ich mich, warum mir Theiß was vorschwindelt. Und ich würd sagen, das ist, weil er ahnt, dass Edith diese Lüge gefallen würde. Versteht Ihr mich?«

»Und das wiederum würde bedeuten, dass Edith wirklich etwas mit Josephas Verschwinden zu tun hat!«

»Jedenfalls weist einiges darauf hin.«

»Aber Gesche, das ist ungeheuerlich! Ich muss Marsilius …«

»Langsam, Herrin, langsam. Wenn man einen Angriff plant, dann muss man dafür sorgen, dass die Zündkrautfläschchen und das Kugelsäckchen gefüllt sind. Ich hab noch mehr rausgekriegt.«

»Was denn?«

»Johann, der sich in der Küche einen Kräutersud für sein schlimmes Bein aufgießen ließ, meint, dass Euch Josepha sicher ein paar Gräber zeigen wollte, wenn sie Euch zum Friedhof brachte.«

»Gräber?«

»Und zwar die von Dirks Familie. Was das genau heißen soll, weiß ich leider nicht, denn wie ich nachgebohrt hab, ist er total und komplett verstummt.«

Ratlos schaute Sophie die Magd an. »Ich wusste gar nicht, dass Dirk eine Familie hatte.«

»Das ist nun nicht weiter sonderbar. Wundern sollte uns, warum bei diesem Thema alle plötzlich schweigsam werden.«

»Und nun?«

»Müsst Ihr entscheiden, ob Ihr zagen oder angreifen wollt.«

Ihr größtes Problem bestand darin, aus der Burg zu gelangen. Da Marsilius noch unterwegs war, hatte man die Brücke zwar unten gelassen, die Tore waren wegen des fortschreitenden Abends aber bereits verschlossen. Als Sophie und Gesche den Hof betraten, erwartete sie eine der ersten lauen Frühlingsnächte. Der Mond beschien die Mauer des Palas und ließ das Moos auf den Dächern leuchten.

Gesche schritt furchtlos und ohne das geringste Unbehagen

voran. Vielleicht wurde man so, wenn man einen Teil seines Lebens im Tross eines Heeres verbracht und Schlachten und Plünderungen miterlebt hatte. Ihr dicker Zopf baumelte auf ihrem Rücken. Als sie die Pferdetreppe erreichten, zog sie Sophie mit einem Zischlaut in den Schatten der Mauer.

»Was ist?«

»Psst.«

Sie warteten, und plötzlich erschien auf der Mauer zu Ediths Kräutergarten eine Katze. Das Tier hatte sie ebenfalls bemerkt. Es buckelte, seine Augen glühten, und sie hörten es leise fauchen. »Vielleicht ist's nichts als nur eine Katze«, murmelte Gesche in einem Tonfall, der bekundete, dass sie etwas ganz anderes annahm.

Sophie wusste natürlich, was man über Katzen munkelte: Dass sie von Hexen zu Botendiensten abgerichtet wurden und dass die bösen Weiber in Spiegeln und Kristallen all das, was ihre vierbeinigen Spione beobachteten, verfolgen konnten, als wären sie selbst dabei. Doch dies hier war nur eine harmlose Hauskatze. Sophie kannte sie. Meist lag sie in der Küche. Ihr dicker gefleckter Bauch ließ darauf schließen, dass sie im Mai Junge werfen würde. Aber obwohl Sophie sie schon hundert Mal gesehen hatte, kroch ihr plötzlich eine Gänsehaut über den Rücken. Sie schrak zusammen, als die Katze mit einem eleganten Sprung auf der rückwärtigen Seite der Mauer verschwand.

»Satansvieh!«, zischte Gesche und schlug ein Kreuz. »Ihr müsst Euch in Acht nehmen, Herrin – es ist schlimmer, als ich dachte!«

»Glaubst du etwa …«

»Ich glaube gar nichts!«

»Dass Edith eine …«

»Psst, nennt den Namen nicht!«

Vor ihnen tauchte das Tor auf. Der Wächter schien sich ins Torhäuschen verzogen zu haben. Durch die beiden Schießscharten drangen Laute, die eindeutig von Liebeständelei kündeten. Wenn Marsilius das wüsste, dachte Sophie, dann würde er den Mann bis aufs Blut auspeitschen. Gesche nutzte die Gunst des Augenblicks und schob resolut den Torriegel zurück. Eisen kratzte über Eisen, das Geräusch schien überlaut, und Sophie starrte bang zum Häuschen. Sie hatte keine Ahnung, wie sie ihr Treiben hier am späten Abend begründen sollte, wenn man sie ertappte. Aber die beiden in der Wächterzelle waren zu beschäftigt, um etwas mitzubekommen.

Dann standen sie im Vordorf. Hier war es noch heller, weil es keine Mauern gab, die Schatten warfen. Sie hasteten zum Friedhof – und hätten in ihren wehenden Kleidern wahrscheinlich selbst jeden Beobachter das Grausen gelehrt. Doch niemand sah sie, als sie das Törchen öffneten, das zu den Gräbern führte. Der Friedhof war klein, kaum fünfmal so groß wie Ediths Kräutergarten. Drei stattliche Linden sollten den Friedhofsbesuchern Schatten spenden und dem Ort etwas Weihevolles geben, was auch gelungen war. Viele Menschen konnten hier allerdings nicht mehr beerdigt werden. Schon jetzt hatte man die Gräber so eng gelegt, dass die Wege schmalen Laufspuren glichen.

»Wo mögen sie Dirks Familie gebettet haben? Sicher nicht am Eingang, sondern weiter hin…« Sophie blieb das Wort im Hals stecken. Sie wäre fast in eine Grube gestürzt, die sich verborgen zwischen den Gräbern auftat. Erschrocken hielt sie sich an Gesche fest, und beide starrten in das Loch. An den Seiten wucherte Unkraut. Ein offenes Grab.

»Hier muss der Junker beerdigt gewesen sein. Du weißt schon – der Mann, dessen Leiche Marx von Mengersen gestohlen hat«, flüsterte Sophie. Hatte Marsilius das Loch erhalten wollen als Mahnmal, dass er den Mörder nicht vergessen durfte? Oder wollte er Marx dort begraben, wenn er ihn endlich erwischt hatte? Damit würde das Plätzchen so etwas wie ein Ort des Triumphes werden, den er jederzeit aufsuchen konnte. Andererseits würde er einem Verbrecher wohl kaum die Gnade erweisen, auf geweihtem Boden zu ruhen.

»Man stell sich das mal vor«, brummelte Gesche. »Erst wird das arme Jüngelchen ermordet, dann aus dem Grab gestohlen, und dann auch noch aus dem zweiten rausgeholt, um in einem dritten begraben zu werden. So viel reisen andere Leute im ganzen Leben nicht.«

Sophie umrundete das Loch vorsichtig und schritt mit ihrer Magd die Gräber ab. Sie selbst hätte Menschen, die sie liebte, in einem ruhigen Winkel an der Mauer begraben. Und richtig, dort fanden sie ein kleines, liebevoll mit Blumen bepflanztes Grab, auf dem ein Grabmal aus weißem Sandstein stand. Im Schein ihrer kleinen Lampe konnte sie die Inschrift lesen:

Anno 1629 den 4. Mai
Wurden zu Gott berufen die Knäblein
Dietrich Wolpmann im Alter von 3 Jahren
Konrad Wolpmann im Alter von 2 Jahren
Adolf Wolpmann im Alter von 7 Monaten

In den wenigen Worten fand sich die ganze Tragik erklärt, die Dirk Wolpmanns düsteres Wesen ausströmte. Seine Kinder waren also tot, und er hatte sie alle am selben Tag verloren. Dass Kinder starben, war nichts Ungewöhnliches, auch nicht, dass es so rasch geschah. Seuchen rafften ja oft in kurzer Zeit ganze Familien hin.

»Was für ein trauriger Stein! Ein Sprüchlein hätt man den Kleinen schon gönnen können«, fand Gesche. »Bei meinem hab ich schreiben lassen: *Denn solchen ist das Himmelreich*. Nur mit 'nem Messer in ein Stück Holz, gab's gerade nicht mehr, aber ich finde, 'n Segensspruch ham sie verdient.« Sie fuhr sich mit dem Ärmel über die Nase, doch ihr Pfannkuchengesicht blieb unerschütterlich ruhig. Wenn sie als Trosshure gereist war, dann hatte sie den Tod tausendfach erlebt.

»Und warum wollte Josepha, dass ich mir dieses Grab anschaue?«, fragte Sophie.

Ratlos zuckte Gesche mit den Schultern. »Warum wollte

Edith, dass Ihr es Euch *nicht* anschaut – das ist die Frage, die uns beschäftigen sollte.« Sie starrten noch eine Zeitlang auf den hellen Stein. Dann verließen sie den beklemmenden Ort, ohne neue Erkenntnisse gewonnen zu haben.

Auf dem Weg zurück in den Palas fiel Sophies Blick auf Dirks Haus, das dem Brandweiher gegenüberlag. Es war ein hübsches Gebäude, nicht allzu groß, was auf den Platzmangel zurückzuführen war, der auf dem Felsrücken herrschte, aber deutlich prächtiger als die Häuser im Vordorf. Die kleinen Fenster, die wie neugierige Augen zwischen den Fachwerkbalken lugten, waren durch Fensterläden gesichert.

Plötzlich fiel ihr auf, dass auf dem Grabstein gar nichts über Dirks Ehefrau gestanden hatte. Wenn sie noch auf der Burg lebte, hätte Sophie sie sicherlich kennengelernt. War sie ebenfalls gestorben? Aber warum hatte man sie dann nicht bei ihren Kleinen beerdigt? Das war wahrhaftig ein Mysterium, denn es widersprach doch jedem menschlichen Empfinden, Mutter und Kinder an ihrem letzten Ruheplatz voneinander zu trennen.

Was ging hier nur vor?

Kapitel 7

Julius Drach schlenderte am Ufer der Ruhr entlang, die sich gemächlich durch die mit Wildblumen getupften Wiesen grub. Vögel versorgten im Ufergras ihren Nachwuchs, Enten schaukelten auf den Wellen. Überall erwachte das Leben, und zum ersten Mal war es warm genug, ohne Jacke ins Freie zu gehen. Julius hatte einen ausgiebigen Spaziergang hinter sich und freute sich auf die nächste Mahlzeit.

Gut Herbede lag am Ende seines Weges. Efeu wucherte an den grauen Mauern, und unter einem der Fenster – jenem zu Elisabeths Schlafkammer – blühten die ersten gelben Rosen. Julius besaß ein eigenes Haus in Frechen, südlich von Köln. Auch dort konnte man es aushalten, aber irgendwie war dieses Haus mit seinen verglasten Erkern und dem leuchtend roten Dach, in dem er sich seit sechs Jahren um den Nachwuchs der Besitzer kümmerte, zu seinem Heim geworden.

Er dachte daran, wie er vor einem knappen Jahr hier mit Heinrich entlanggegangen war und mit ihm über Magdeburg gesprochen und schmählich versagt hatte. Hatte er damals Heinrichs Vertrauen verloren? Hätte der Junge sich ihm vor seiner geheimnisvollen Reise anvertraut, wenn ihr Gespräch anders verlaufen wäre?

Müßige Gedanken. Er sollte den Toten ruhen lassen und sich stattdessen auf Heinrichs Vetter Conrad konzentrieren, der es auch nicht leicht hatte. Reinhard hatte seinen Sohn kurz nach Heinrichs Tod zum Theologiestudium auf die ehrwürdige Kölner Universität geschickt. Eigentlich keine schlechte Wahl, denn Conrad fühlte sich zur Kirche hingezogen. Aber er war so verstört gewesen, als Julius ihn das letzte Mal besucht hatte. Heinrichs Tod schien ihn bis ins Mark getroffen zu haben. Kaum dass er sich aufs Gespräch konzentrieren konnte. Der Junge ist zu empfindsam, dachte Julius. Viel weicher als Heinrich. Ja, es wäre gut, ihn wieder einmal aufzusuchen. Da Reinhard Julius gebeten hatte, nun, da die Jungen der Obhut des Hauslehrers nicht mehr bedurften, die juristischen Angelegenheiten des Hauses zu erledigen, war er immer noch ein Teil des Elverfeldt'schen Haushalts und konnte bei diesem Ausflug mit Unterstützung rechnen.

Julius umrandete den hinteren Teil des Gutes und erreichte die Mauern des Gesindetraktes, der dem eigentlichen Haus vorgelagert war. Doch plötzlich änderte er die Richtung. Warum nicht vor dem Abendbrot Heinrichs Grab noch einen Besuch abstatten? Als er das Tor in der Friedhofsmauer erreichte, entfuhr ihm ein Seufzer. Bei dem marmornen Engel, der die Familiengrabstätte überragte, kniete eine feingliedrige Gestalt in schwarzen Kleidern mit einem schwarzen Schleier. Elisabeth. Sie musste einen ihrer klareren Tage haben, wenn sie zum Grab ihres Sohnes gegangen war. Und das bedeutete: einen schlimmen Tag.

Langsamer als zuvor ging er weiter, bis er die Frau erreichte, die ohne Sorge um ihren Rock in der Erde kniete. Eine rührende, kindlich wirkende Person. Sie trug die Handschuhe, mit denen sie – immer noch ein wenig eitel – ihre alternden Hände bedeckte. Die Spitzen waren von Erdkrumen verklumpt. »Er ist tot, nicht wahr?«, fragte sie, ohne aufzusehen.

Julius half ihr auf die Füße. Elisabeths Gesicht war nass von Tränen und schmutzig, weil sie wieder und wieder mit den Fingern darübergefahren war. »Kinder sollten nicht vor ihren Eltern sterben«, sagte sie, und er nickte. Was sollte er auch antworten. Er nahm ihren Arm, und sie gingen den Weg zurück, den er gerade erst gekommen war.

»Heinrich war ein so ... fröhliches Kind«, murmelte Elisabeth.

»Da habt Ihr recht.«

»Wisst Ihr noch, wie er Anne die Eier ins Bett gelegt hatte?«

Die Episode hatte sich weit vor Julius' Ankunft auf Herbede zugetragen, aber er hatte sie tausendmal aus Elisabeths Mund gehört. Heinrichs Kinderfrau und die Eier, die zwischen den Federn zerbrochen waren. Nun gut, wenn es ihr half, die alten Geschichten aufzuwärmen ...

»Warum hat Marx ihn nicht beschützt?«

Marx – das war keine alte Geschichte. Wenn Elisabeth Marx von Mengersen erwähnte, bedeutete es, dass sie gerade im Kopf hatte, was ihre Gesellschafterin im Übermaß der Entrüstung ausplauderte und was Pfarrer Claßgen bei der Beerdigung unnötigerweise weiter breitgetreten hatte: dass Marx nämlich die Schuld an Heinrichs Tod trug. Dass er ihn ermordet hatte. Julius fiel keine Antwort ein. Sie gingen einige Schritte und verließen den Friedhof. Am Himmel flogen weiße Schleierwolken. Ein streunender Hund jagte ein paar Ziegen.

»Und der Brief?«, fragte Elisabeth.

»Pardon?«

»Wo steckt denn nun dieser Brief?«

War der Moment der Klarheit schon wieder vorüber? »Wir werden ihn finden«, meinte Julius.

Ungeduldig kniff Elisabeth ihn in den Arm. »Wir *müssen* ihn auch finden. Er war Heinrich so wichtig. Deshalb ist er schließlich losgeritten – um den Brief zu holen! Ich muss ihn weitersenden. Nach Jülich, an den Herzog. Das hatte ich ihm versprochen. Falls ihm etwas geschieht, soll ich den Brief weitersenden, hat er gesagt.«

Julius horchte auf.

»Aber was soll dir denn geschehen, mein dummer Junge?, habe ich gefragt. Du ziehst doch nicht in den Krieg.«

»Verzeihung, Elisabeth, wisst Ihr denn, was der Grund für Heinrichs Reise nach Speyer war?«

»Welche Reise?«

»Nun, sagtet Ihr nicht gerade …?« Julius verkniff sich den Rest der Frage. Elisabeth hatte den Faden schon wieder verloren. »Gehen wir zurück zum Haus«, schlug er vor. »Die Hitze bekommt Euch nicht.«

»Jeder weiß, was mir bekommt. Nur ich selbst wohl nicht. Kein Wunder – ich bin ja verrückt. Und eine Verrückte weiß nicht, was gut für sie ist«, meinte sie gekränkt.

»Aber nicht doch.«

Sie zog brüsk ihre Hand von seinem Arm, ging einige Schritte und blieb verloren stehen. Man müsste der Gesellschafterin den Marsch blasen, dachte Julius. Elisabeth sollte nicht einfach zum Friedhof gehen. Wenigstens nicht allein. Hatte er das nicht schon mehrere Male angesprochen?

»Heinrich ist *nicht* im Krieg gefallen«, stellte Elisabeth fest und drehte sich zu ihm um. »Warum redet Ihr mir das ein, Julius? Ich weiß doch, was mein Junge mir zum Abschied gesagt hat. Er wollte zu dem Jesuiten, um den Brief zu holen. Er hatte überhaupt nicht vor, in den Krieg zu ziehen.«

»Ein Jesuit wollte ihm einen Brief übergeben?«

»Ja. Deshalb suche ich ihn doch. Weil ich Heinrich versprochen habe, den Brief weiterzugeben!«

Ein Brief von einem Jesuiten? Julius wusste, dass Elisabeths Verwirrtheit sie auf die seltsamsten Gedanken kommen ließ. Dabei ging es aber immer um Angelegenheiten aus ihrem Alltag. Um den Garten, um Wäsche, die ausgebessert werden mussten, um Geschirr, das einen Sprung hatte. Jesuiten gehörten ganz sicher nicht dazu. Woher also kam plötzlich diese Idee? Und was sollte das mit dem Herzog?

Ein ungeheuerlicher Verdacht stieg in ihm auf.

Kapitel 8

Für Sophie stand fest, dass sie mit Marsilius über Dirk und Josepha sprechen musste – egal, was Edith unternehmen würde, um sie daran zu hindern. In der Wildenburg geschahen Dinge, die nicht in Ordnung waren. Und es war ihre Pflicht, ihren Ehemann davon zu unterrichten. Vielleicht, dachte sie einen Moment sehnsüchtig, würden sie sogar ein richtiges Gespräch führen, wenn sie ihm ihre Sorgen mitteilte. Denn das war, abgesehen von ihrem Sohn, doch die Gemeinsamkeit, die sie mit ihm teilte und die Edith ausschloss: dass sie beide der Wildenburger Herrschaft vorstanden. Sie wollte ja gar nicht seine Liebe. Mit seinem Respekt und dem des Gesindes wäre sie schon zufrieden.

Sie verbrachte die Nacht schlaflos und konnte es kaum erwarten, dass die Burg wieder zum Leben erwachte. Mit den ersten Morgenstrahlen huschte Eva von ihrer Strohmatte zur Tür, vermutlich zum Abort. »Ist der Herr heute Nacht heimgekehrt?«, fragte Sophie, als sie zurückkehrte.

»Ich weiß nicht.«

»Dann geh und finde es heraus.« Sophie erhob sich und trat ans Fenster, hinter dem ein regnerischer Morgen anbrach. Bis gestern war es so schön gewesen. War der Wetterumschwung ein schlechtes Omen? Sie legte die Hand auf den Bauch, in dem ihr Kind wuchs. Als ein Windstoß durch das Fenster fuhr, zog sie die Schultern hoch. Fröstelnd drehte sie sich um und starrte in das Zimmer, das sie jetzt seit sechs Monaten bewohnte. Neben dem Kamin, der zu dieser Jahreszeit aus Gründen der Sparsamkeit nicht mehr angeheizt wurde, stand seit der vergangenen Woche eine Wiege. Marsilius hatte sie aufstellen lassen, voller Vorfreude auf den Sohn, den sie ihm schenken würde. Er sollte denselben Namen wie sein Vater tragen, hatte er bestimmt. Marsilius. Vielleicht würde der kleine Marsilius seine dunklen Haare erben. Oder ihre braunen. Er wird zu krabbeln beginnen und die Ärmchen nach mir ausstrecken, dachte Sophie und wartete darauf, dass sich etwas wie Mutterglück in ihrem Herzen regte. Aber das Herz blieb still. Vielleicht war es noch zu früh. Ihr fiel wieder die Frau von Dirk Wolpmann ein. Ob sie eine liebevolle Mutter gewesen war? Hatte es ihr vielleicht das Herz gebrochen, als ihre Kleinen alle am gleichen Tag von ihr gingen? War sie am Kummer gestorben? Oder war sie vielleicht schon vor ihnen tot gewesen?

Sophie hörte leichte Schritte aus der benachbarten kleinen Stube, Eva kam zurück. Sie schob die Gedanken an Dirks Frau beiseite. »Nun?«

»Der Herr ist immer noch fort. In der Küche sagen sie, er jagt wieder Marx von Mengersen und dass der Herr seinen Fuß nicht wieder auf die Schwelle setzen will, bis er seinen Kopf am Sattel trägt.«

»Wirklich?«

Eva kratzte einen Wachsflecken fort, der von einer Kerze auf das Tischchen vor ihr gefallen war. »Theiß sagt, man hat die Räuber bei Rescheid gesehen, und da ist der Herr gleich los. Dirk auch. Und Kaspar, weil er so gut schießen kann.«

Sophie spürte, wie ihre Tatkraft schwand. Wenn Marsilius seinen Erzfeind wirklich erwischte, würde er feiern wollen, und Spekulationen über Dirks Familie würden ihm nur die Stimmung verderben. Und wenn ihm der Leichendieb wieder durch die Finger schlüpfte, denn durfte man ihn erst recht nicht damit belästigen. Missmutig aß sie von dem Brei, den Eva ihr gebracht hatte, und trank den Himbeertee. Dann kehrte sie ins Bett zurück.

Als sie erwachte, war es bereits Nachmittag. Der Tag hatte sich aufgehellt. Die Sonne schien in den Wohnturm, und Sophie hörte von draußen das Lärmen des Gesindes, das Wasser aus dem Brunnen kurbelte oder auf andere Weise seinem Tagwerk nachging. Sie kroch aus den Federn und trat ans Fenster. Doch als sie sich hinausbeugte, merkte sie, dass das Licht im Zimmer trügerisch war. Am Horizont zogen schon die nächsten schwarzen Wolken auf. Es sah nach einem Unwetter aus. Seufzend legte sie die Hand auf den Magen. Ihr war übel. Das kannte sie ja aus den ersten Wochen der Schwangerschaft, aber sie hatte gehofft, dass diese Zeit vorüber wäre.

Marsilius schien immer noch nicht heimgekehrt zu sein, sonst hätte man sie sicher geweckt. Leider befanden sich weder Eva noch Gesche in der Schlafkammer, so dass sie sich nicht vergewissern konnte. Aber Eva hatte ihr die mit frischem Wasser gefüllte Porzellanschüssel auf das Tischchen neben dem Spiegel gestellt. Sophie wusch sich und schlüpfte in die Kleider, die das Mädchen bereitgelegt hatte. Ihr war immer noch schlecht.

Stirnrunzelnd drehte sie sich zum Spiegel um. War es möglich, dass sie langsam dicker wurde? Nein, sie sah aus wie immer. Nur ihr Gesicht schien schmaler geworden zu sein, fast rattenhaft. Sie schnitt sich eine Grimasse, fuhr mit einem Kamm durch die Haare und machte sich auf den Weg in die Küche.

Dort herrschte ein geschäftiges Treiben. Theiß hantierte an den Töpfen, die an den Kochketten baumelten, ein Junge schnitt Gemüse, zwei Frauen rupften Enten, denen man die Hälse abgeschnitten hatte. Offenbar baute das Gesinde darauf, dass die Jagd ihres Herrn von Erfolg gekrönt war, und plante ein aufwendiges Essen.

Mit schlechtem Gewissen, weil sie nicht selbst auf den Gedanken gekommen war, für Marsilius etwas vorzubereiten, beschloss Sophie, den Boden des großen Saals mit Blumen zu bestreuen. Sie setzte den Gedanken sofort in die Tat um, indem sie der alten Märthe befahl, auf der Koppelwiese einen Korb voller Blumen zu pflücken. Märthe legte das blutige Messer fort und wischte die Hände an der Schürze ab.

»Warte«, rief Sophie, die ihr aus der Küche folgte. Fragend wandte die Magd ihr das Gesicht zu. Sophie zögerte. Sie schloss die Tür, so dass sie sich allein in dem Zimmer mit den hohen Fenstern befanden. War Märthe vertrauenswürdig? Gehörte sie zu denen, die der Burgherrin gut gesinnt war? Ja, entschied sie und sagte leise: »Ich war auf dem Friedhof und habe mir die Gräber von Dirk Wolpmanns Kindern angeschaut.«

Es war, als fiele im Gesicht der alten Frau etwas zusammen. Ihre Finger fuhren zum Rock und befummelten den Stoff. Aha!, dachte Sophie. Fiebrige Erwartung packte sie. Sie war auf der richtigen Spur. Um Dirk Wolpmanns Familie gab es ein Geheimnis. Mit der Hand auf dem immer noch schmerzenden Magen fragte sie: »Woran sind die Kinder gestorben?«

»Das weiß man nicht, Herrin.«

»Was soll das heißen?«

»Sie ... nun ... Sie hatten Fieber. Fieber und Magenkrämpfe.«

»Dann weiß man es ja doch.«

»Ja.« Märthe scharrte unglücklich mit dem Fuß über den Boden. Sie log, und wenn sie nicht log, dann sagte sie zumindest nicht die ganze Wahrheit.

»Und wo ist die Mutter ...« ... die Mutter begraben?, wollte Sophie fragen. Warum liegt sie nicht bei den Kindern? Doch stattdessen stieß sie einen Schrei aus. Plötzlich zog sich ihr ganzer Unterleib in einem grässlichen Schmerz zusammen. Es war so schlimm, dass sie nach der nächsten Stuhllehne fasste und sich krümmte.

»Gütige Jungfrau! Herrin … was ist los, Herrin?«, rief Märthe entsetzt.

»Das gefällt mir nicht. Nein, das gefällt mir ganz und gar nicht«, flüsterte Gundula, die Hebamme aus Hecken, die man eilends herbeigeschafft hatte, nachdem sie Sophie untersucht hatte. Eva saß mit blassem Gesichtchen hinter dem Spinnrad. Märthe rang die Hände. Nur von Gesche war nichts zu sehen. Sie schien die Burg verlassen zu haben, obwohl inzwischen ein Sturm aufgekommen war, der die Fensterläden schüttelte und das Land in Finsternis versinken ließ. Im Spalt zwischen den Holzläden konnte Sophie Blitze herniederzucken sehen.

Sie lag zitternd unter ihrer Decke und starrte ängstlich auf Gundula. Sie hatte Angst. Sicher würde Marsilius sie zur Verantwortung ziehen, wenn seinem ungeborenen Kind ein Leid zustieß. »Was ist denn nun?«, fragte sie kläglich.

Einer der Fensterläden riss aus seiner Verankerung und schwang auf. Sophie sah die Hebamme ans Fenster treten, wo sie mit düsterer Miene das Naturspektakel begutachtete. »Wir werden zur Sicherheit ein Feuer mit grünem Holz entzünden.«

»Warum das?«

»Für Euren Sohn, Herrin – damit Euer Leib seine Frucht nicht vorzeitig ausstößt.«

»Aber es ist doch noch viel zu früh.«

»Das sag ich ja, Herrin«, meinte Gundula geduldig.

»Aber …« Sophie konnte den Satz nicht beenden. Sie beugte sich vor und übergab sich ein weiteres Mal in den Holzeimer, der neben ihrem Bett stand. Eine grünliche, stinkende Flüssigkeit ergoss sich in das Behältnis. O Himmel, solche Schmerzen! Sie würgte und würgte und konnte nicht aufhören, obwohl ihr Magen inzwischen leer war. Die Schmerzen ließen sie schwitzen, ihr Hemd klebte auf der Haut. Gundula stützte sie und redete begütigend auf sie ein.

»Bei Gewitter sind die Hexen am Werke, Herrin«, flüsterte die mütterliche Frau, als Sophie wieder in den Kissen lag. »Die rufen solche Unwetter herbei, wenn sie einer Schwangeren die Leibesfrucht abtöten wollen. Aber Ihr braucht keine Angst zu haben. Ein Feuer aus grünem Holz wirkt Wunder. Dagegen kommen sie nicht an. Ich werde Euer Kind beschützen!«

Blitze leuchteten auf, und eine ganze Folge von Donnerschlägen erschütterte das Zimmer. Eva wurde von Gundula hinausgeschickt, um das Holz zu holen, und Märthe bemühte sich, den Fensterladen wieder zu schließen. Als Eva zurückkehrte, schichtete Gundula das Holz im Kamin, füllte es mit Zunder auf und setzte es in Brand.

Bald stand dichter Rauch im Zimmer, das Atmen wurde schwer. Sophie presste unter der Bettdecke die Hände gegen den schmerzenden Bauch. Sie musste husten. Alles wurde nur noch schlimmer. »Ich bring Euch von dem Himbeertee«, schlug Gundula vor. Gut, dass die Frauen um sie waren. Aber wo steckte Gesche? War sie nicht ihre treueste Verbündete? Wieder überfiel Sophie ein Krampf.

Als Gundula das Zimmer verlassen hatte, begann Märthe von einer Wetterglocke zu erzählen, die in ihrem Heimatdorf geläutet wurde, wenn ein Gewitter die Weizenernte bedrohte. »Der Klang der Glocke hat die Wolken wie Kiesel das Wasser auseinandergetrieben, ich habe es selbst gesehen«, flüsterte sie und zog Eva, die ängstlich an den Nägeln kaute, zu sich heran. »Am Palmsonntag haben wir eine halbe Nacht geläutet, und wenn dem einen Glöckner der Arm erlahmte, hat der nächste zugegriffen. Wer nicht läutete, hat den süßen Herrn Jesus und die Mutter Gottes und die heilige Barbara um Beistand angefleht. Als das Gewitter seinen grausamen Höhepunkt erreichte, sahen einige von uns, die am Fenster standen, mit eigenen Augen zwei Hexen zwischen den Wolken reiten – wie Maiden bei einem Tanzvergnügen. Sie ritten nicht auf Besen, nein, es war der Böse selbst, der die beiden an seinen Händen hielt. Man konnte seinen Pferdefuß glitzern sehen, wenn ein Blitz die Nacht erhellte.«

Eva entschlüpfte ein heiserer Laut. Trotzdem lauschte sie Märthe mit großer Spannung. Gundula, die mit dem Tee zurückkehrte, setzte den Becher ab, bekreuzigte sich und begann die Spalte zwischen den Holzläden mit einer Decke zu verstopfen. Der letzte Blitzschein, der ins Zimmer drang, erhellte die Wiege. Das weiße Federbett leuchtete auf. Dann verschwand die Wiege wieder in der Dunkelheit des Zimmers.

»Wo ist Gesche?«, wollte Sophie mit dünner Stimme wissen.

Die Frauen antworteten nicht, und sie sank mit einem Schrei in die Kissen zurück.

»Oh Jungfrau, Mutter Gottes, wach auf, mein Kind. Nun wach schon auf!« Die Stimme, die Sophie aus einem Alptraum holte, bohrte sich in ihren Kopf. Jemand schüttelte sie. Gesche. »Mädelchen, nicht schlafen, komm zu dir!«

Sie schaffte es, die Lider zu heben. Eine Welle der Erleichterung durchflutete sie, als sie das platte Gesicht und den braunen Zopf erblickte. Die Magd hatte sich über sie gebeugt und starrte sie in einer Mischung aus Besorgnis, Wut und abgrundtiefer Erleichterung an.

Sophie setzte sich auf. Ihre Magenkrämpfe waren verschwunden. Sie war völlig verschwitzt, aber sie hatte keine Schmerzen mehr. Allmählich entspannte sie sich. Im Zimmer war es wieder hell geworden, und wenn nicht der Geruch nach kaltem Rauch in der Luft gehangen hätte, hätte man annehmen können, dass sie das Gewitter und die Erzählungen über die Hexen nur geträumt hatte.

Die Hexen! »O Himmel, mein Kind!« Sie strampelte die Decke beiseite und betastete ihren flachen Bauch. Gesche lächelte beruhigend. »Ist immer noch in Eurem Bauch, das Kleine – da habt Ihr Glück gehabt, und das Glück hat darin bestanden, dass Ihr in Gundula 'ne Frau an der Seite hattet, die weiß, wie man dem Hexenpack die Stirn bietet.«

»Wo ist sie denn hin?«

»Ich habe sie rausgeschickt, als Euer Fieber sank und Ihr eingeschlafen seid. Ist 'ne eine prächtige Hebamme, hab ich ja gesagt, aber sie macht einen reinweg verrückt mit ihrem Geschwätz. Die andern hab ich auch rausgeworfen.«

»Sie hat grünes Holz verbrannt.«

»Sehr vernünftig. Grünes Holz gibt Kraft.«

»O Gesche …«

Die Magd ging zu einem Tischchen und holte ein Glas Wasser, das sie Sophie zu trinken nötigte. Dann schlug sie ihr Kissen auf, und schließlich sagte sie: »Fangen wir also an, dem Dreck auf den Grund zu gehen. Was habt Ihr gegessen?«

»Bitte?«

»Gestern. Zu Euch genommen.«

»Nichts. Ich meine … Ich habe gegessen, was jeder gegessen hat. Aber kein Fleisch, jedenfalls kein faules.«

»Und getrunken?«

»Nur den Tee für das Kind.« Ihr dämmerte, worauf Gesche hinauswollte, und ihr Magen krampfte sich noch einmal zusammen, jetzt aus Angst.

»Diese Nacht kam von den Hexen«, sagte die Magd düster, »und eine Hexe lebt auch in der Burg, und sie ist Eure Feindin, und Hexen lieben es, mit Gift zu hantieren. Habt Ihr wirklich nur den Himbeertee getrunken?«

Sophie nickte.

»In den Tee was reinzutun würde sie sich nicht trauen. Der Sud kommt aus der Küche und wird dort getrunken wie Wasser. Er reinigt das Blut und macht, dass man besser scheißen kann. Wer hat ihn Euch gebracht?«

»Gundula.«

»Die ist brav.«

»Und Brei habe ich gegessen. Den hat Eva gebracht«, fiel Sophie ein.

»Hm.«

»Wo bist du denn gewesen?

Gesche rieb sich mit den Händen die müden Augen. Erst jetzt sah Sophie, wie erschöpft die Frau aussah. »Ich war in heiliger Mission unterwegs, will ich mal sagen, denn ein unschuldiges Kindlein und seine Mutter vor den Mächten des Bösen zu schützen ist wahrhaftig eine heilige Angelegenheit. Seid Ihr wieder auf dem Posten?«

»Ich glaube schon.«

»Dann steht auf. Das Bett ist die Tür ins Grab. Ihr müsst Euch bewegen.«

Sophie war zu matt, um zu protestieren. Sie ließ sich von Gesche aufhelfen und kletterte die beiden Stufen hinauf zur Fensterbank. In tiefen Atemzügen sog sie die Luft ein, die nach dem Gewitter kühl und rein war. Sie hatte die Nacht und fast den ganzen Tag verschlafen. Die Sonne berührte die Dächer der Vorburg und spiegelte sich in den Pfützen. Sie wollte die Hand auf den Fenstersims legen – und zuckte zurück. Entgeistert starrte sie auf den feuchten Erdfladen, der die Mauerkante bedeckte.

»Schon gut«, beruhigte Gesche sie. »Der ist von mir.« Sie lachte über Sophies ratloses Gesicht. »Das ist kein normaler Dreck, Kindchen. Es ist geweihte Friedhofserde. Wenn man mit den Kräften des Bösen zu tun hat, gibt es nämlich nichts Besseres. Davor scheuen sie zurück. Darin steckt Gottes Segen mehr als irgendwo sonst, weil die Erde ja hundertfach geweiht wird.«

»O Gesche!«

»Was hilft es, die Augen zu verschließen? Um die Sprache der Söldner zu benutzen: Man kann sagen, die Englein werden mich schützen, aber besser ist, man packt sich die Muskete. Kommt, Herrin, wir gehen raus an die frische Luft. Es gibt noch mehr, was ich Euch erzählen muss, aber wir nutzen die Gelegenheit gleich, um zu zeigen, dass der Anschlag auf Euch misslungen ist!«

Schon auf dem Weg durch die Tore begann Gesche mit ihrem Bericht. »Zum Ersten: Edith, dieses durchtriebene Biest, ist weg. Sie hat sich seit Tagen nicht mehr in der Burg blicken lassen. Und das ist sicher Kalkül, denn sie wollte ihre Weste rein haben, wenn Ihr sterbt und mit Euch der Erbe des Herrn. Sie hat Euch Gift einflößen lassen, das steht für mich ...«

»Wenn ich sterbe ...«, echote Sophie schwach.

»Na, na, noch isses ja nicht so weit.« Gesche drückte tröstend ihre Hand. »Ich hab mich in ihrer Kammer umgeschaut, gestern früh, bevor die andern aus den Federn sind, und hab ... Wollt Ihr Euch auf die Bank setzen, Kindchen? Dort drüben?«

Sophie folgte der Magd durch das Gesindedorf zu einem Bänkchen aus einem Baumstamm, das sich die Dorfbewohner an den Weg gestellt hatten. Die Luft war schwer von Blumendüften, Tausende Blüten sprenkelten das Land. Sie sah, wie eine Frau ihren Kindern mit einem Lappen den Schmutz von Gesichtern und Händen wusch, um sie sauber für die Abendmahlzeit zu machen. Wieder wurde Sophie bewusst, dass sie fast einen ganzen Tag wie bewusstlos verschlafen hatte. Verstört rieb sie mit dem Daumennagel über ihre Wange. »Was hast du bei Edith gefunden?«

»Nix. Und das ist genau das, was zu erwarten war. Da gab's nur Kleider und silbernen Tand und Spiegel und Salben in Tiegeln und einige Münzen. Das ist gar nicht gut.«

»Warum?«

»Weil es bedeutet, dass die Hexe noch ein anderes Quartier haben muss.«

»Wie meinst du das?«

»So schnell seid Ihr heut grad nicht im Kopf«, meinte Gesche nachsichtig. »Eine Hexe braucht tausenderlei Hilfsmittel, um ihre Teufeleien zu verüben. Und die muss sie irgendwo unterbringen. Ist doch klar. Sie hat Säckchen mit Giftpflanzen wie Schierling und Schwalbenwurz, Kessel, gestohlene Hostien, Döschen mit Spinnen ... Ihr wisst nichts von so was, hm? Ist auch ein Segen, man sollte mit dem Teufelskram gar nicht in Berührung kommen.«

»Und woher weißt du davon?«

»Weil ich in der Hölle gelebt hab, Herzchen. Dort greift man nach jedem Strohhalm, um zu überleben. Ich weiß alles – und zwar über die schwarze wie über die weiße Zauberei. Meine Kleine, die jetzt in Gottes Hut ist, hat, wie sie fünf Jahre alt und damit unschuldig war, Nothemden genäht, die die Soldaten vor den Kugeln schützen sollten. Das war weiße Zauberei. Und 'n gutes Geschäft dazu. Ich hab auch Wolfsaugen verkauft und Gemskugeln und den Kopf von 'ner Fledermaus, eingenäht in'n schwarzes Katzenfell, und damit sicher hundert Männern das Leben gerettet. Aber die meiste Zauberei dient bösen Zwecken. Und weil ich mich auch damit auskenn – aber nicht, dass Ihr zu jemandem ein Wort darüber verliert! –, hab ich Ediths Kammer durchsucht. Als ich nix gefunden hab, bin ich runter in die Dörfer. Hier in der Burg kriegt ja keiner das Maul auf, wenn es um Edith geht. Aber in den Schenken wird immer geschwätzt, hab ich mir gesagt, und deshalb bin ich da hin.«

Eine Biene summte über den mit Goldlack übersäten Boden. Sprachen sie wirklich von Hexen? Man hat mich vergiftet, dachte Sophie. Die Bauchkrämpfe und das Übergeben … gab es dafür denn eine andere Erklärung als Gift?

»Und ich hatte recht«, fuhr Gesche fort. »Wisst Ihr, was die Leute getratscht ham, als sie besoffen genug waren? Über Frau Wolpmann?«

»Du hast etwas über sie erfahren?«

Gesche holte Luft, jetzt kam offenbar eine Neuigkeit, die es in sich hatte. »Dirks Weib wurde verbrannt, Kindchen. Als Hexe. Auf einem Scheiterhaufen. Das ist jetzt drei Jahre her. Marsilius selbst hat sie verurteilt, und ihre Asche wurde auf das Wasser des Manscheider Baches gestreut. Damit wurde sie von der Erde und aus Gottes Reich getilgt.«

Sophie versuchte die Worte zu verdauen.

»Und das ist wegen der Kinder geschehen. Frau Wolpmann wurde beschuldigt, dass sie die eigenen Kindlein hinmordete, um aus ihrem Blut und ihren Innereien Salben zu mischen und damit dem Bösen gefällig zu sein, der's von ihr forderte. Vor drei Jahren war das. Unser Herr Marsilius hatte es rausgefunden, weil sie von anderen Hexen, die er im Hexenturm auf ihre Verbrechen hin verhörte, angeschwärzt wurde, und da hat sie alles gestanden, sagen sie in der Schenke, und wurde zum Tod verurteilt und verbrannt.«

»O gütiger Heiland!«

»Damals gab es den ersten großen Streit zwischen unserem Herrn und Werner von der Reifferscheidt-Burg, weil der die Hexen selbst brennen lassen wollte, aber das ist jetzt egal. Sie ham jedenfalls gebrannt, und eine von ihnen war Clara Wolpmann, die ihre eigenen Kinder mit einem Zauber belegte, so dass sie unter Krämpfen starben. Und dabei tat sie noch, als würde es ihr das Herz brechen, sagen sie in der Schenke.«

»Dann war ihr Ende gerecht.«

»Das sagten sie in der Schenke auch, nur dass man sich, als das Bier reichlicher floss, auch wunderte. Die Clara ham sie nämlich alle gekannt – das war 'ne fröhliche und gottesfürchtige Frau, die jeden Sonntag in die Messe ging und immer sagte, was sie dachte, und ihre Kleinen liebkoste, dass man ihr schon riet, das Herz nicht zu sehr an die Kinder zu hängen, weil man doch weiß, dass der Herrgott sie dann zu sich nimmt.«

»Was willst du mir sagen, Gesche?«

»Ich geb nur wieder, was ich gehört hab, während die Kerle gesoffen haben. Dass es nämlich Edith war, die zuerst das Gerücht von Hexen aufbrachte, und dass man vorher nie was hatte, mit Hexen oder so, hier im Wildenburgischen. Und dass die Edith im Streit lag mit Clara, weil Clara sie nicht ausstehen konnte und aus ihrem Herzen keine Mördergrube machte. Und dass die Edith neben dem Scheiterhäuschen stand, in dem man Clara verbrannte. Und in ihren Augen saß dabei eine Freude, dass sich der Schwemme-Jörg, der mir das erzählte, bekreuzigt hat.«

Sophie schluckte mit trockenem Mund. Sie blickte zu dem Gefängnisturm, der sich mit seinem mützenartigen Dach über die Vorburg erhob. Was Gesche andeutete, war grauenhaft. Wie musste Dirk zumute gewesen sein! Erst starben seine Kinder, und dann wurde seine Frau hingerichtet, die sicherlich zuvor gefoltert wurde, um ihr Geständnis zu erlangen. »Mir ist wieder übel.«

»Das ist jetzt nur der Schreck, Herrin.«

»Dann glaubst du also, dass Edith eine Hexe ist, die unschuldige Frauen, die sie nicht leiden konnte, als Hexen in Verruf brachte?«

Gesche wiegte den Kopf. »Dirk hat um seine Frau gekämpft, ham sie gesagt. Er wollte eine Untersuchung seiner toten Kinder durch einen Medikus. Sie sind nur am Fieber gestorben, wie so viele Kinder zu der Zeit, hat er gesagt, und Josepha, die die Amme der Kinder war, hat's bestätigt und auch, wie Clara ihre Kindlein während der Krankheit umsorgte und schier außer sich war. Herr Marsilius hat Dirk nachgegeben. Vielleicht hatte er ja selbst Zweifel. Er hat einen Medikus aus Trier kommen lassen, der sich mit Krankheiten auskannte, und mit ihm einen Hexenkommissar.

Die beiden ham die toten Kindlein untersucht und dann das Haus von Dirk auf den Kopf gestellt – sämtliche Zimmer, vom Dach bis zur Küche. In einer Höhlung hinter dem Kochkamin von Clara ham sie 'ne Wurzel gefunden. Schwarz, in der Form von einem Männchen. Eine Alraune, wenn Ihr versteht. Wahrscheinlich ausgegraben unter einem Galgen. Von der Alraune war die Rinde abgeschabt, und Clara hat zugegeben, dass sie einen Sud daraus gekocht hat. Doch sie hat's nur getan, sagte sie, um das Zahnweh zu lindern von Adolf, weil er doch solche Schmerzen hatte. Aber tut man das?, ham die Leute gefragt? Behandelt man ein kleines Kind mit solchem Hexenzeug?«

Sophie hatte keine Ahnung. Sie kannte Alraunen nur vom Hörensagen.

Düster fuhr Gesche fort: »Dann hat man angefangen, die Dielen aufzustemmen, und da, unter einer der Dielen, hat man ein Püppchen gefunden, aus Wachs, mit Glasaugen und mit Nadeln bespickt als wär's ein Nadelkissen. Und wie man das Wachs geschmolzen hat, steckten blonde Haare drin, wie Edith sie hat, und da war alles klar für den Kommissar. Er sagte, dass Clara die armen Kindlein vergiftet hat, um aus ihren unschuldigen Leibern die Zutaten für einen Schadenzauber zu gewinnen, und dass dieser Zauber gegen Edith gerichtet war, die ebenfalls sterben sollte und schon seit Tagen klagte, dass ihr ein Stechen durch die Glieder ging, und das alles aus dem Grund, weil Clara die Edith hasste. Der Herr Marsilius hat Clara peinlich befragen lassen, und am Ende hat sie es zugegeben. Da ham die Leute sich bekreuzigt. Nur dass man dran kaute, dass die Edith die Clara ebenso sehr hasste, und die Clara hatte doch immer gehangen an den Kindern. Und die Edith hatte glückliche Augen, wie man die Clara verbrannte.«

Sophie nickte. Sie war wie betäubt.

»Versteht Ihr nun, dass Ihr nicht die Hände in den Schoß legen und an die Güte des Schicksals glauben könnt?«

»Mir ist kalt, Gesche.«

»Hm.«

»Lass uns wieder reingehen.«

Gesche half Sophie auf, und sie schritten stumm zur Brücke zurück, wo der Torwächter seine Füße in einem Eimer badete. Er grüßte und schaute ihnen neugierig nach. Während Sophie die Pferdetreppe erklomm, starrte sie zum Hexenturm, der nicht rund war, aber auch nicht quadratisch, sondern ein vieleckiges Gemäuer, dessen Grundriss dem Felsboden angepasst worden war. Er sah aus wie eine Kröte, die glupschäugig das Gelände überwachte. »Was glaubst du – was mag mit Josepha geschehen sein?«, fragte sie bedrückt.

»Was eben mit Leuten geschieht, die zu viel wissen und den Mund nicht mehr halten wolln? Deshalb schweigen sie ja jetzt auf der Burg – die ducken sich weg, die ham Angst, dass sie enden könnten wie Clara. Und dabei starren alle auf Euren Bauch, denn dort sitzt die Waffe, die Ihr habt, um die Zuneigung Eures Herrn zu erringen, was sich wohl jedermann hier erhofft, damit die Herrschaft der Hexe ein Ende hat.«

»Aber es gelingt mir nicht.«

Gesche legte den Arm um ihre kleine Herrin, was nicht respektvoll war, aber ungemein tröstlich. »Die blonde Hexe hat Euch das Gewitter und ein Gift geschickt, aber Ihr lebt, und Euer Söhnchen ebenfalls.« Sie blinzelte listig. »Vielleicht hat das Biest sich dieses Mal überhoben. Edith hat zwar dafür gesorgt, dass sie nicht in der Burg war, wie's Euch schlecht ging. Aber die Frauen, die Euch beigestanden ham, sind jetzt voller Sorge. Sie wissen – der Herr freut sich wie närrisch auf das Kind, und wenn man ihm zuträgt, wie es in der letzten Nacht um Euch stand … Vielleicht hat Edith den Bogen überspannt. Der Herr fackelt nicht, wenn es um das Wohl seines Erben geht.«

Kapitel 9

Ambrosius wollte nicht klagen. Der Herr hatte es zugelassen, dass Marx von Mengersen ihn entführte, und indem er ihn in diese Bande von Rohlingen und Verbrechern warf, hatte er ihm den Becher mit einem wahrhaft bitteren Trank gefüllt. Doch er war bereit, ihn bis zur Neige zu leeren – immer noch. Er wäre nur froh gewesen, wenn es dabei weniger heiß gewesen wäre. Das Gewitter, das am vergangenen Nachmittag über dem Land niedergegangen war, hatte zwar die Luft gereinigt, aber dafür waren die Temperaturen in unnatürliche Höhen geklettert. Hitze im Mai! Es war, als hätte der Herr die Schöpfung in einen gigantischen Scheiterhaufen verwandelt, um seine nichtsnutzigen Kinder für ihre Sünden brennen zu lassen.

Und als wäre das nicht Plage genug, hatte Ambrosius sich auch noch die Innenseiten der Schenkel blutig gescheuert. Kein Wunder, saß er doch bereits seit drei Tagen im Sattel. Aber es hatte keinen Sinn, sich darüber zu beschweren, denn sie wurden gejagt. Marsilius und seine Männer waren ihnen so dicht auf den Fersen, dass sie sie mehrere Male fast erwischt hätten. Ach, wie satt er es doch hatte: die überstürzten Aufbrüche, die Gewaltritte, das mucksmäuschenstille Verharren in fledermausverseuchten Höhlen, das befreite Gelächter, wenn irgendein Schicksal irgendwie an ihnen vorbeigegangen war … Wenn

Marx von Mengersen ihn doch nur niedergestochen hätte, damals, am Grab des toten Jungen, statt ihn in diese Bande von Nichtsnutzen zu entführen, deren gotteslästerliches Treiben den heiligen Engeln die Zornesröte ins Gesicht trieb.

Ambrosius lenkte den Blick nach vorn, wo der Mann, dem er grollte, ihren kleinen Trupp anführte. Marx' Schimmel, dieses Geschöpf direkt aus der Hölle, war das einzige der Tiere, das die merkwürdige Reise ohne Ziel zu genießen schien. Während die anderen Pferde missmutig nach dem Gras am Wegrand spähten, strebte es beständig vorwärts. Auch jetzt, als sein Herr die Zügel anzog, um ein Tal zu begutachten, trippelte es ungeduldig mit den Hufen.

»Wie lange noch?«, stöhnte der Pfarrer. Er hörte selbst, wie jämmerlich seine Worte klangen. Der Mann neben ihm lachte spöttisch auf. Aber was tat's. Ambrosius war für Marx' Unholde ohnehin nur eine Witzfigur in einer schwarzen Sutane. Verblendet, wie sie waren, nahmen sie an, dass er sein Leben auf seidenen Kissen verbracht hatte, und fanden, dass es ihm ganz recht geschähe, endlich einmal auf das wirkliche Leben zu stoßen. Immer dieser Neid gegenüber der Geistlichkeit! *Ich klage nicht, Herr, dein Wille geschehe.*

Marx drehte sich zu seinen Männern um. Sein Goldhaar flatterte im Wind. Er schien bis zum Bersten mit Unternehmungslust gefüllt. Der Arm mit der Klauenhand, der nutzlos am Körper hing, konnte die Eleganz seiner Erscheinung und die Geschmeidigkeit seiner Bewegungen nicht beeinträchtigen. Sein Lächeln, dachte Ambrosius mit einem Flattern des Herzens, ist wie das einer Flussnixe, die einem Wasserfall entgegentanzt.

»Lust auf eine weitere Teufelei?« Marx' Blick war bei den Worten direkt auf die Geisel gerichtet. Konsterniert schaute Ambrosius zur Seite. Statt seiner antwortete Jost Backes, der Glatzkopf mit den Muttermalen, der so etwas wie ein Unteranführer in diesem Haufen von Mördern war. »Sie sind uns dicht auf den Fersen«, gab er zu bedenken.

»Hast du Angst?« Marx war das Lächeln einfach nicht aus dem Gesicht zu treiben. Dieser Kerl schien sein Leben noch zu genießen, wenn ihm die Lanzenspitze bereits die Kehle anstach. Wahrscheinlich dann sogar am meisten, dachte Ambrosius. Wie der Mensch ihn erschöpfte! Ein Gutes jedenfalls hatte der mörderische Ritt. Das Unglück in seiner Hose, Ursache und Ausführender seiner Sünden, hatte sich wund zu einem Würmchen zusammengerollt und jegliches Interesse an schneidigen Mannsbildern verloren. Ambrosius zuckte zusammen, als Jost ihm einen Tritt versetzte.

»Wir fragen, was du davon hältst!«

Der Stoß hätte den Pfarrer, da seine Hände aneinandergefesselt waren, beinahe aus dem Sattel geworfen. Gereizt erkundigte er sich: »Wovon, mein Sohn, soll ich etwas halten?«

»Unten im Tal liegt ein Hof, Pater.« Marx tänzelte auf ihn zu. »Ein Bauer, sein Weib, zwei Töchter und ein altersschwacher Knecht. Unter dem Stroh hat der Bursche ein Kistchen mit Münzen vergraben – der Lohn jahrelanger Schufterei und mehrerer klug eingefädelter Hochzeiten. Unser Bäuerlein ist so feist, dass ihm die Knöpfe von der Jacke springen, und so dumm, dass er in den Schenken mit seinem Reichtum prahlt. Ein Hühnchen, das danach schreit, gerupft zu werden, glaubst du nicht auch?«

»Der Allmächtige wird dich für deine Untaten von tausend Teufeln peinigen lassen«, erwiderte Ambrosius für den Fall, dass seine geistliche Einschätzung der Situation gefragt war, was er allerdings für unwahrscheinlich hielt.

»Wie sauertöpfisch.«

»Ich werde fröhlicher klingen, wenn ich euch erst im Schwefelgestank der Hölle um die Gnade des Herrn heulen höre!«, brauste Ambrosius auf. Ihm wurde schwül, als er sah, wie die Blicke der Männer sich plötzlich auf ihn richteten. Sie mochten es nicht, wenn man sie an das Jenseits erinnerte, in dem sie die Quittung für ihre Übeltaten präsentiert bekommen würden. Halt in Dreiherrgottsnamen den Mund, befahl er sich, nur um im selben Moment herauszuplatzen: »Warum schleppt ihr mich mit, auf euren sündigen Wegen? Warum könnt ihr mich nicht in Ruhe lassen und das tun, wozu der Herr mich vorgesehen hat? Ihr seid verstockt, es gibt keine Hoffnung für euch. Der Böse reibt sich euretwegen die Hände, sein Gelächter …«

»Der Heiland is gestorben, damit wir alle seine Gnade ham, Papistenschwein«, schnauzte ihn einer der Männer, sicher ein Lutheraner, an.

»Über dir kann man einen Kübel voll Gnade ausschütten, ohne dass du auch nur um ein Lot sauberer würdest!«, gab Ambrosius hitzig zurück.

»Scheiße, ich hör mir so was nicht …« Der Mann verstummte, als Marx die Hand hob. Die Kerle hatten Angst vor ihrem Anführer, obwohl Ambrosius ihn noch nie gewalttätig gesehen hatte. Das war eine der Merkwürdigkeiten, die dieses verlotterte Trüppchen umgab. Marx ritt heran und musterte den Pater. »Du bist ein mutiger Mann«, meinte er versonnen. »Nur leider mit einer Neigung zum Lamentieren.« Er lächelte kurz, und dann hatte er das Interesse an ihm auch schon wieder verloren.

Seine Männer begannen, miteinander über die Risiken zu diskutieren, mit denen sie bei einem Raubzug zu rechnen hätten. Über die Wahrscheinlichkeit, dass der Bauer Tagelöhner angeheuert hatte, die ihm beistehen könnten, über die Gefahr, dass er – bei seinem Reichtum gut möglich – eine Muskete besaß, über die Nachbarn, die dann etwaige Schüsse hören würden … Aber Ambrosius spürte, dass ihre Einwände aus keinen bangen Herzen kamen. Die Burschen lechzten danach, in das Tal hinabzureiten. Sie waren samt und sonders ehemalige Söldner, denen nicht nur die Moral, sondern auch die natürliche Furcht des Menschen vor einem Kampf abhandengekommen war. Sie wollten Beute machen. Und hier hatten sie beste Aussichten.

Der Hof, um den es ihnen ging, lag separiert im Süden des

Tals. Im Norden, wo sich ein Weg den nächsten Berg hinaufschlängelte, gab es noch eine kleine Siedlung, aber die Bewohner würden eine Weile brauchen, um ihrem Nachbarn zu Hilfe zu eilen – falls sie den Überfall überhaupt bemerkten und den Mut aufbrachten, sich einzumischen.

Da ... Ambrosius fuhr zusammen. Ein Schuss zerriss die Luft.

»Haltet ihn!«, brüllte Marx. Dem Pater wurden, ehe er sich's versah, die Zügel entrissen. Jost drängte ihn in die Büsche, riss ihn halsbrecherisch aus dem Sattel und schob ihn, so gut es ging, hinter Blätterwerk. Er warf sich auf ihn, sein Messer glitt an Ambrosius' Kehle.

Ein zweiter Schuss ertönte. Die anderen Bandenmitglieder waren mittlerweile in die Deckung eines Felsens geritten und versuchten, die aufgeregten Pferde zur Ruhe zu bringen. Nur Marx verharrte still wie ein Denkmal auf dem Weg, mit konzentrierter Miene und gesenkten Lidern. Vielleicht ist es ja so, dass er sterben *will,* überlegte Ambrosius, der angestrengt zu ihm hinüberspähte. Denn was anders als die Sehnsucht nach dem Tod konnte den Mann darin hindern, sich ebenfalls zu verstecken, bis die Luft wieder rein war.

Zwei oder drei Minuten verstrichen, ohne dass etwas geschah. Dann ertönte Marx' Stimme erneut. »Jäger. Sie entfernen sich.«

Wie wollte er das wissen? Besaß er eine Hundenase oder die Augen eines Falken? Oder womöglich wirklich die teuflischen Sinneskräfte eines Werwolfs?, schoss es Ambrosius durch den Kopf, aber diesen Gedanken verbot er sich sofort wieder. Es war schlimm genug, in den Fängen menschlicher Übeltäter zu stecken. Wenn es eine Ausgeburt der Hölle war, die ihn in den Klauen hielt, würde er womöglich den Verstand verlieren.

»Lass uns den Pfaffen aufknüpfen – er wird uns verraten«, maulte der Lutheraner, als sie wieder auf den Weg zurückkehrten.

»Und wer wird für dich beten, wenn du in die Hölle einfährst, die dich zweifellos erwartet?«, grinste Marx.

»Jedenfalls kein Scheißpapist!« Aber natürlich würde der Kerl wie alle, denen der Tod den knöchernen Arm um die Schulter legte, willig in den Schoß der heiligen Kirche zurückkehren. Denn anders als die protestantischen Abweichler mit ihren unglaubwürdigen Versprechungen einer allumfassenden göttlichen Gnade bot ihm die katholische Kirche eine handfeste Beichte mit einem detaillierten Bußkatalog und einer Garantie auf Gottes Vergebung.

Marx lächelte sarkastisch, als hätte er den gleichen Gedanken gehabt. »Du hütest unser Pfand für das Seelenheil«, beschied er Jost. »Der Rest kommt mit mir.« Er gab dem Schimmel die Sporen, und dann machten sie sich auf zu ihrem Geschäft des Raubens und Mordens.

Allerdings ließen sie sich für den Überfall Zeit. Offenbar wollten sie die Abenddämmerung oder die Nacht abwarten. Ambrosius, der gefesselt neben Jost im Unkraut kauerte und trübe ins Tal hinabstarrte, sah Stunde um Stunde verstreichen, ohne dass sich bei dem Gehöft etwas rührte. Jost kaute auf einem Grashalm. Er war ein schmächtiger Mann, drahtig, mit einem raschen Blick, der auf einen ebenso raschen Verstand schließen ließ.

Herr im Himmel, dort unten werden Menschen sterben, und ich sitze hier wie eine Glucke auf dem Ei, dachte Ambrosius niedergeschlagen. Weitere Minuten verrannen, in denen er verzweifelt darüber grübelte, wie Gott sich die Sühne für die Schwachheit seines Fleisches vorstellen mochte. Er hatte das Gefühl, etwas tun zu müssen, nur wusste er nicht, was. Schließlich versuchte er es mit einer Unterhaltung. »Geht es dir gut, mein Sohn?«

Jost brummte etwas und meinte mit einem Grinsen: »Besser wär's mit einem Schinken im Maul und ein Fass Bier hinterdrein.«

Schön, das war eine vernünftige Ansicht, die auf ein offenes Gespräch hoffen ließ. Ambrosius räusperte sich. »Du bist schon lange mit Marx von Mengersen unterwegs, nicht wahr? Hast ihn schon gekannt, bevor ihr euch hier zusammengerott... -gefunden habt. Alte Kameraden oder so?«

Das Knurren, das folgte, konnte alles und jedes bedeuten. Immerhin befahl ihm der Mensch nicht zu schweigen.

»Man gerät in diese oder jene Lage«, philosophierte Ambrosius, »und oft genug ist es das Schicksal, das uns hineinstößt. Ich weiß, wovon ich rede, ich habe ja tausendfach die Beichte gehört. Aber was kann man tun, als armes Blatt, das vom Wind getrieben wird? Außer natürlich die Heiligen um Kraft anflehen, was aber nicht immer auf der Stelle hilft und manches Mal, nach dem Willen des allmächtigen Schöpfers, auch gar nicht, jedenfalls nicht aus der armseligen Sicht von uns Sterblichen. Wir sind Getriebene unserer Ängste.«

Jost stand auf, bog einige Zweige beiseite, schaute zu dem reetgedeckten Haus mit der geräumigen Scheune an der Seite und setzte sich wieder.

»Im Krieg ist es schwer, ein anständiger Mensch zu bleiben. Er verkrüppelt die Seele.« Ambrosius versuchte, seine Feststellung nicht wie einen Vorwurf klingen zu lassen, sondern wie eine verständnisvolle Bemerkung. Ob er das schaffte, war aus Josts Gesicht nicht abzulesen.

Wieder verrann Zeit, und sein Hintern, der das lange Sitzen auf dem harten Boden immer noch nicht gewohnt war, begann zu schmerzen. Unauffällig musterte Ambrosius das Gehöft. Wenn Gott ihm doch bloß ein Zeichen gäbe! Es musste doch einen Grund haben, dass er ihn an jenem verhängnisvollen Tag, als Marx ihn entführte, nicht sterben ließ. War es dabei um diesen Tag gegangen? Wollte der Schöpfer, dass er sein Leben für das der armen Bauernfamilie in die Waagschale warf? Aber was genau erwartete er dann? Sollte er sich heldenhaft gegen Jost wenden? Nur um die Kehle aufgeschlitzt zu bekommen, ohne der Bauernfamilie von Nutzen gewesen zu sein? Nein, dachte Ambrosius. Meine Gabe liegt in der Beredsamkeit.

»Du bist ein guter Mensch, mein Sohn«, flüsterte er beschwörend, während er sich seinem Begleiter wieder zuwandte. »Kein Heiliger, aber auch nicht schlimmer als die meisten von uns. Das spüre ich. Im Herzen bist du kein Lump, sondern ein Verführter. Dieser Mensch, Marx von Mengersen, besitzt eine Zunge, von der das Gift wie Honig träufelt. Wer könnte ihm widerstehen? Gewiss hat er dich überredet, dir zugesetzt. Schon als er dich zum Söldnertum verführte ... Das hat er doch – er hat dich angeworben, nicht wahr?«

Jost nickte. Schön, damit war die Vertrautheit erklärt, die zwischen Marx und dem Mann mit der Halbglatze herrschte.

»Er redete – und du bist ihm gefolgt wie ein Lämmchen.«

»Hmhm.«

»Und doch fühle ich, dass in dir der Wille eines Mannes steckt!« Das klang hübsch, nach Entschiedenheit und Mut. Wollten diese Saukerle nicht alle mutig sein? »Und deshalb glaube ich ...« Ambrosius zuckte zusammen, als Jost auflachte.

»Glaub, was du willst, Drossel. Das Einzige, was *ich* glaub, ist, dass ich dir den Bauch aufschlitze, wenn ich das Gefühl krieg, du planst was Krummes.«

»Gott behüte«, entfuhr es Ambrosius. Er wollte sich enttäuscht abwenden, aber in diesem Moment begann der Überfall.

Der Blick ins Tal war durch frisches, junges Laub eingeschränkt. Trotzdem konnte Ambrosius erkennen, wie Marx und seine Bande auf den Hof zustürmten. Ihre Rösser flogen dahin. Die Banditen mussten einen Brandpfeil abgeschossen haben, denn aus dem Scheunendach schlugen Flammen. Sie machten sich tatsächlich über die unschuldigen Christenmenschen her. »Herr, Allgütiger«, stöhnte er.

»Das kannst du laut sagen! Schau dir das fette Bäuerlein

an. Wie im Schlaraffenland: Die Täubchen kommen uns gebraten ins Maul geflogen.« Jost meinte die arme Familie, die durch das Feuer aufgeschreckt ins Freie stürzte – nur um sich einem noch größeren Unglück gegenüberzusehen.

Die späte Stunde, die Marx für seinen Überfall gewählt hatte, ließ die Baumspitzen auf dem westlich gelegenen Berg in rotem Sonnenlicht aufleuchten. Die Scheune brannte im selben Farbton. Ein flammender Bogen zog sich über das Bauerngehöft. Es war ein wahrhaft teuflischer Anblick. Ambrosius spürte, wie er zitterte. Und nun? Würden die Kerle die arme Familie niedermachen? Er war noch niemals – dem Herrn sei's gedankt – Zeuge einer ihrer Überfälle gewesen. Ihm wurde schlecht, als er an die Sauspieße dachte, die die Mordgesellen den Menschen in die Leiber stoßen würden. Schwach vor Scham, wollte er den Blick abwenden …

Da änderte sich plötzlich die Szene. Woher kamen das Gebrüll und die Schüsse? Verwirrt suchte Ambrosius die schwarzen Wege ab, die durch die Felder voller Keimlinge führten. Es gab ein Wäldchen hinter einem Weiher, aus dem eine Meute Reiter stürmte. Sie schwangen Waffen, einige zielten mit Pistolen. Marx' Raubgesellen schrien einander Warnrufe zu. Sie saßen immer noch zu Pferde. Der Pfarrer sah sie erschreckt an den Zügeln reißen und sich nach einer Fluchtmöglichkeit umschauen.

Erleichtert sprach er ein Dankgebet. *Da habt ihr es, Dreckskerle!* Er fühlte sich Gott in diesem Moment sehr nahe. Auf eine Weise, die ihm selbst nicht ganz klar war, schien er am günstigen Verlauf des Geschehens seinen Anteil zu haben. Das Gute erhob sich gegen das Böse, wie die göttliche Ordnung es verlangte. Marx' Bande befand sich in heilloser Flucht. Die Räuber ritten auf ein großräumiges Waldgebiet zu, das Rettung verhieß. Und ihre Verfolger hatten offenbar zu früh geschossen – sie mussten nachladen und verloren dadurch Zeit.

»Gott, lass sie nicht entkommen«, flüsterte Ambrosius. Als er merkte, dass er laut gesprochen hatte, warf er einen ängstlichen Blick auf Jost. Doch der schien nichts gehört zu haben. Er starrte mit angespanntem Blick ins Tal. Wahrscheinlich zu dem Anführer der angreifenden Truppe. Der Mann, klein wie ein Püppchen, trug ein weinrotes Wams, und wenn man genau hinsah, konnte man ein Wappen auf dem Ärmel ausmachen. Ambrosius brauchte das Wappen nicht, um ihn zu identifizieren: Es war Marsilius von Palandt. Der Herr der Wildenburger Herrschaft, den Marx zum Narren gehalten hatte. Nun war es Marsilius am Ende also doch gelungen, den flüchtigen Mörder zu stellen.

»Nun mach schon. Hau ab«, flüsterte Jost. Marx, dieser waghalsige, todessüchtige Idiot, hatte sich als Einziger gegen die Flucht entschieden und blickte den Angreifern entgegen. Ambrosius lächelte grimmig. Er hatte keine Chance gegen seine Widersacher. Dieses Mal hatte er sich übernommen. Und da sank er auch schon von einer Kugel getroffen vom Pferd. Es ging alles so schnell. Er schien verwundet, aber nicht auf den Tod. Er kam sogar wieder auf die Füße. Einen Moment lang bewunderte Ambrosius ihn dafür, wie kaltblütig er sich dem Feind entgegenstellte. Die Scheune brannte inzwischen lichterloh, und das Feuer hatte auf das Bauernhaus in Marx' Rücken übergegriffen. Die stabilen Mauern boten noch Widerstand, aber das Stroh auf dem Dach brannte bereits. Und da zuckten auch schon die ersten Flammen aus den Fensterlöchern.

Ambrosius sah, wie die Bauern entsetzt und wie betäubt durch das Geschehen zur Seite wankten, um nicht unter die Hufe ihrer Helfer zu kommen. Marx' Schimmel stob davon und ließ seinen Herrn im Stich, der nun ohne jede Hilfe war. Der lächelte. Ambrosius war sich dessen sicher. Marx würde immer lächeln. Dass man ihm dieses Lächeln nicht aus dem Gesicht schlagen konnte! Doch Gott der Herr würde es schaffen in der Stunde des Gerichts.

Der Bandenführer tänzelte zur Tür des Bauernhofes. Niemand schoss mehr auf ihn. Er war erledigt, darüber bestand kein Zweifel. Marsilius winkte seinen Leuten mit einer breiten Gebärde, einen Halbkreis zu bilden, während die Bauern ängstlich auf einen Feldweg zuliefen.

Marx stand jetzt mit dem Rücken zur offenen Tür. Marsilius rief ihm etwas zu, sicher eine höhnische Bemerkung, vielleicht den Befehl, sich zu ergeben. Wenn dem so war, nahm der Verbrecher das Angebot nicht an. Er sprang mit einem gewaltigen Satz in das brennende Haus und schlug die Türe zu.

»Scheißdreck«, flüsterte Jost mit brüchiger Stimme. Er packte Ambrosius' Arm und zog ihn in die Höhe.

»Da kommt er nicht mehr raus«, sagte der Pfarrer. Seltsamerweise drang dabei Trauer in sein Herz. Er schüttelte den Kopf, als Jost ihn fortziehen wollte, und so schauten sie weiter ins Tal hinab. Marsilius' Männer hatten das gesamte Haus umstellt. Hineinzugehen wagte keiner von ihnen. Das Feuer griff rasend schnell um sich. Irgendwann explodierte etwas, eine Flammensäule stieg in die Luft und schleuderte Glut in den Himmel. Danach war es, als hätte sich das Feuer ausgetobt. Das Dach stürzte herab, das Lehmfachwerk glühte auf. Die Männer brauchten nur noch zuzusehen, wie das Haus ihr Opfer unter sich begrub.

So starb er also, dieser prächtige, entsetzliche Mörder, dieser Menschenverführer. Diese merkwürdige, irritierende Kreatur.

Kapitel 10

Die Frau lag in den Wurzeln eines Baumes. Die straffen, braunen, feuchten Fasern krochen über ihre Beine und Schultern, und irgendwann, nach Tagen oder Wochen, würden sie um sie herumgewuchert sein, und dann würde sie von ihnen erdrosselt werden. Zumindest stellte sie sich das so vor.

Sie schlief viel, das war Gottes Gnade für sie, aber wenn sie erwachte und sich in den Wurzeln im Moder der von Regengüssen durchweichten schwarzen Erde fand, unfähig sich zu rühren, weil sie gefesselt war, dann drehte sie halb durch vor Angst. Die Kälte quälte sie zusätzlich, und inzwischen auch Durst, denn die Hexe hatte ihren Unterschlupf lange nicht aufgesucht.

Zittrig tastete die Frau nach dem Krug an ihrer Seite, für den sie ein Loch in die Erde gekratzt hatte, damit sie ihn nicht versehentlich umstieß. Er war fast leer. Was würde sein, wenn die Hexe tatsächlich nicht wiederkehrte? Nicht daran denken! Sie gönnte sich einen gierigen und zugleich ängstlich sparsamen Schluck von dem Wasser. Dann blickte sie sich um, in der trostlosen Gewissheit, dass sie nichts entdecken würde, was ihr hätte Hoffnung geben können.

Man hatte sie in einer Erdhütte im Donnerbüsch eingesperrt, einem Waldstück östlich von Hecken. Die verlassene Köhlerbehausung war zum größten Teil in den Boden gegraben. Das Dach und der Eingang wurden von Büschen bedeckt, die sie in langen Jahren überwuchert hatten. Nur hier und da fiel ein wenig Licht durch Spalten zwischen den Bohlen. Der Köhler war schon vor Jahren weitergezogen. Man würde die Frau, die in seiner Behausung gefangen gehalten wurde, kaum entdecken, es sei denn durch Zufall.

Erfüllt von Hoffnungslosigkeit starrte sie zu dem Tisch und den wackligen Schemeln, die der Köhler zurückgelassen hatte, wohl weil ihm der Transport zu mühselig gewesen war. Die rohen Möbel besaßen ja auch kaum Wert. Von der Decke baumelte eine Kette, an der ein verrosteter Topf hing. Die gemauerte Feuerstelle darunter hatte ihm ehemals die Hütte geheizt. Nun heizte niemand mehr. Das war besonders in den Nächten schlimm, denn da wurde es entsetzlich kalt.

Wenn ich doch nur endlich stürbe, dachte die Frau, während sie die Kanne sorgsam in die Kuhle zurückstellte. Ihr Leben rann in Stunden voller Entsetzen dahin. Je eher es beendet würde, umso besser. Nur war ein Teil von ihr noch nicht bereit zu sterben. Es gab keinen Grund für diesen Überlebenswillen, außer den Instinkt, der auch den Wolf antrieb, sich den Fuß in der Falle abzukauen, und das Huhn, ohne Kopf um sein Leben zu flattern.

Sie dämmerte wieder ein, schlief, erwachte und schlief erneut.

Schließlich kehrten die Hexen tatsächlich in die Hütte zurück. Die Gefangene hörte zuerst das Rascheln draußen im Laub, dann das Quietschen der alten Brettertür. Ihr Herz begann zu jagen, und ihr Köper in den Baumwurzeln zitterte. Sie lechzte nach Wasser, aber zugleich brach die Furcht mit aller Wucht über sie herein. Dann sah sie, dass es – die Jungfrau sei gelobt – nur die Dreckige war, die das Versteck aufsuchte. »Wasser …«, bettelte sie sie an.

Das Weib ließ sich auf einem der Schemel nieder und entzündete mit einem Kienspan, den es mitgebracht hatte, die schwarzen Kerzen, die auf dem Tisch standen. »Das darf ich nich. Weißt du doch.« Ihre Stimme klang nicht einmal unfreundlich.

»Um der Heiligen Jungfrau willen ...« Es lohnte nicht zu jammern. Die Dreckige ließ sie reden, aber die Worte perlten an ihr ab. Heute hatte sie über ihren breiten Schädel mit den mächtigen Kiefern einen Kranz aus geflochtenen Frühlingsblumen gelegt. Es sah lächerlich und furchteinflößend zugleich aus.

Edith erschien kurz drauf, als das Tageslicht erloschen war. Ihre Haare, die wie Goldflimmer die Schultern umflossen, verschwammen mit dem Stoff ihres gelben Kleides. Um die Taille trug sie einen schwarzen Gürtel, in dessen Mitte eine gehämmerte Metallschnalle blitzte.

»Du bist spät dran, Edith«, nörgelte die Dreckige.

Die schöne Frau zuckte mit den Achseln. Etwas an ihrem Gürtel erregte die Aufmerksamkeit der Gefangenen. Sie war zu erschöpft, um gründlich darüber nachzudenken, aber irgendwann ging ihr auf, dass es nicht der Gürtel selbst, sondern die Taille der Hexe war, über die sie sich wunderte. Das Weib war nicht mehr so schlank wie früher. Erwartete Edith etwa ein Kind? Hatte der Böse sie geschwängert, mit seinem eiskalten Glied beim Tanz auf einem Hexenplatz? Die Frau in den Wurzeln schauderte.

»Du redest ja gar nicht, Josepha. Stirbst du mir weg?«

Josepha. Lautlos wiederholte die Gefesselte den Namen. Er kam ihr fremd vor, so lange war er von niemandem mehr ausgesprochen worden. Ängstlich wich sie zurück, als die Hexe neben ihr niederkniete. Edith strich über ihre Wange. Ihre Hand war kalt und brennend zugleich – als striche das Böse selbst über die Haut. Josepha wurde schwindlig vor Grauen. Sie atmete erleichtert auf, als das Rascheln der Blätter einen weiteren Gast ankündigte und Ediths Aufmerksamkeit ablenkte.

Diese Mal war es Eva, die leichten Schrittes zu ihnen hinabsprang. Die Augen des Kindes leuchteten. Es sog jede Einzelheit der Höhle in sich auf, während es herumwirbelte. So ist sie immer schon gewesen, dachte Josepha. Wissbegierig, ehrgeizig, übereifrig – und entsetzlich dumm.

Edith erhob sich. Sie winkte das Kind streng zum Tisch und überreicht ihm einen kleinen, schwarzen Sack. Eva öffnete ihn und stellte die Dinge, die sich darin befanden, auf der Tischplatte ab, wobei ihr die Dreckige gutmütig half, indem sie sie auf voluminösen Untersetzern aus Eisen platzierte. Ein Katzenschädel. Eine tote Fledermaus. Etwas, das grässlich nach Verwesung stank, vielleicht eine Hand? Das letzte Mal war es die Hand eines Kindes gewesen, erinnerte sich Josepha, und ihr graute, wenn sie daran dachte, dass ein unschuldiges, kleines Wesen für die Zeremonien der Hexen hatte sterben müssen. Vielleicht haben sie's ja aus einem Grab gestohlen, versuchte sie sich zu beruhigen, auch wenn das schlimm genug war.

Edith hatte das Tun ihrer Gehilfinnen mit Argusaugen überwacht. Nun entzündete sie mit einer der Kerzen die Fledermaus. Die zarten Flügel knisterten, als die Hitze sie erfasste. Der Kadaver verbrannte unter entsetzlichem Gestank. Während es kokelte, fassten die Frauen einander bei den Händen, und Edith murmelte unverständliches Kauderwelsch. »*Diabolo diaboliczo, Satana sathaniczo …*« Es klang wie das Lateinisch, das der Pfarrer in der heiligen Messe sprach. Vielleicht war es eine Verhöhnung heiliger Gebete. Die Frauen hatten die Augen geschlossen. Evas Gesichtchen leuchtete. Endlich verklang Ediths Stimme, und die Frauen lösten ihre Hände. »Das Kind im Bauch der kleinen Närrin ist zäh«, murrte Edith.

»Ich hab das Öl in den Brei geschüttet, wie Ihr gesagt habt. Aber sie wollte nicht essen.« Eva schien zum ersten Mal verängstigt, doch Edith ging gar nicht auf sie ein.

»Marsilius will seinen Erben aus dem Bund der heiligen Ehe. Er begehrt nicht das dumme Weibsstück, das er heiraten musste, aber ihren Wurm. Und er ist misstrauisch. Wer weiß, wohin sich sein Zorn entlädt, wenn ...« Sie verstummte. Düster durchschritt sie die modrige Hütte, schaute zu Josepha – und wandte sich wieder ab. »Er könnte Verdacht schöpfen, wenn das Kind stürbe.«

»Er liebt dich«, sagte die Dreckige.

»Männer lieben nur sich selbst«, widersprach Edith schroff.

»Du wirst einen Weg finden.«

»Ja, doch!«

»Und es ist noch Zeit. Der Säugling kommt erst im Sommer zur Welt.«

Edith packte die Dreckige am Arm und zog sich zu sich heran. »Verstehst du nicht? Ich kann nicht mehr lange in der Burg bleiben. Sieh mich an. Bald ist es nicht mehr zu verbergen. Was, wenn Marsilius mich vergisst, während ich fort bin? Die Schlampe ist durchtrieben. Was, wenn sie die Zeit nutzt?« Sie stieß die Dreckige von sich.

Eine Weile war es still. Josepha starrte zur Decke, durch die sich Wurzelenden wie Maden bohrten, und hoffte, man werde sie nicht mehr beachten. Nur Wasser sollten sie ihr geben. Ihre Zunge war vor Durst geschwollen und klebte am Gaumen. Diese ekelhaften Madenwurzeln, dachte sie. Es war, als befände sie sich im Bauch eines riesigen, verwesenden Tieres.

Die Dreckige durchbrach die Stille. »Salbe uns, Edith«, flüsterte sie. Ihre Stimme war plötzlich heiser vor Verlangen. Die Augen der drei Hexen richteten sich auf ein Fläschchen – einen der Gegenstände, die zwischen den schwarzen Kerzen lagen. Edith zögerte, doch dann nahm sie es auf und entstöpselte es. »Nicht dich und nicht das Kind«, sagte sie leise. »Heute werde ich Josepha salben.«

Kapitel 11

Marsilius kam mit demselben Gelärme heim wie damals, als er die ermordete Müllerfamilie aufgefunden hatte. Gesche, die sich geschworen hatte, Sophie nicht mehr aus den Augen zu lassen, war als Erste beim Fenster, aber schon huschte Eva neben sie. Sophie überlegte einen Moment, ob es sich schickte, wenn sie mit dem Gesinde aus dem Fenster hing, doch sie konnte ihre Neugierde nicht bezähmen.

Der Hof war in das Licht vieler Fackeln getaucht. An die zwanzig Pferde drängten sich zwischen Palas und Wehrmauer. Die Männer lachten und scherzten miteinander. Übermütig schwenkte Marsilius seinen Hut. Eine der roten Federn segelte zu Boden. »Gebt den Pferden Bier zu saufen!«, befahl er, was seine Männer mit Gelächter quittierten. »Und uns den besten Wein!« Ein Schuss peitschte durch die Luft – Kaspar, der Henker, der auch auf diesem Ritt an seiner Seite gewesen war, hatte ihn abgegeben und erntete dafür dröhnenden Beifall. Es bestand kein Zweifel: Marsilius hatte sein Wild zur Strecke gebracht.

Ich muss aufstehen und ihn beglückwünschen, bevor Edith es tut, dachte Sophie, aber sie konnte sich nicht dazu aufraffen. Seltsamerweise versetzte ihr das Wissen, dass Marx von Mengersen tot war, einen Stich. Sie musste daran denken, wie er auf seinem Schimmel die Pferdetreppe hinabgestürmt war und ihr den Kuss zugehaucht hatte ... Ach was! Rasch sprach sie ein Gebet. Der Unhold hatte sie irgendwie verhext. Es war nur gut, dass es ihn nicht mehr gab! Doppelt gut, weil er nun auch nichts mehr über ihren Anteil an seiner Flucht ausplaudern konnte.

Sie schlüpfte in die Kleider, die Eva ihr bereithielt. Als sie in den Saal kam, hatten Marsilius und seine Männer ihn bereits in Besitz genommen. Sie hörte ihren Ehemann brüllen und auf den Tisch klopfen. Seine Männer lärmten. Die meisten waren Sophie unbekannt. Sicher Leute aus den Dörfern, die Marsilius für die Jagd auf Marx zusammengetrommelt hatte. Sie waren allesamt betrunken – kein Wunder nach den frustrierenden Wochen und den vielen Enttäuschungen.

»Trag Essen auf«, befahl sie Theiß, der verschlafen von der anderen Seite her den Raum betrat. »Und stellt die Tische zusammen.« Marsilius stürzte gegen das Spinett. Die Saiten gaben einen Misston von sich. »Wein!«, forderte er. Plötzlich bemerkte er seine Frau. »Komm her, Sophie.« Er breitete die Arme aus und sah jung, stürmisch und glücklich aus. Da er um einiges größer als sie selbst war, verschwand sie fast in seinen Armen. Marsilius lachte darüber. »Sauft, Leute, aber ich hab was Besseres zu tun. Komm, Weib! Unser Sieg muss in jedem Stockwerk begossen werden, und ich begieße es in unserem!«

Sophie hatte eine dunkle Ahnung, wie die zweideutige Bemerkung gemeint war, und das Blut schoss ihr ins Gesicht. Sie ließ sich von Marsilius zur Tür ziehen, während in ihrem Rücken die Männer rhythmisch zu klopfen begangen. Allmächtiger, sie hatte nicht damit gerechnet, dass Marsilius mit ihr ins Bett steigen wollte.

In seiner Kammer angekommen, hängte ihr Ehemann die Fackel, die er sich geschnappt hatte, in den Wandhalter und warf sie auf die Decke. Lachend, keuchend, ungeschickt wegen seiner Trunkenheit, riss er sich die Kleider herab und erwartete offenbar von ihr dasselbe. Sophie hatte Mühe, aus dem Mieder zu kommen, und schließlich half er ihr, indem er einfach die Schnüre auseinanderriss.

Sie schrie leise auf und sah an seiner Miene, dass er den Laut als Ausdruck ihrer Leidenschaft deutete. Dann lag sie auch schon nackt unter ihm in den Kissen. Es war das erste Mal seit ihrer Hochzeit, und obwohl sie dagegen ankämpfte, stürzten die Bilder der grässlichen Nacht auf sie ein. Sie selbst, die verschreckt unter dem weißen Laken lag, Edith, die schlangengleich um Marsilius schwänzelte und Dinge an ihm tat, die so peinlich waren, dass Sophie wie gebannt zuschaute. Dann …

O nein! Sie musste tun, wozu Mutter ihr am Abend vor der Hochzeit geraten hatte – nämlich die Augen schließen und an Stickmuster denken. Es funktionierte so wenig wie damals. Stattdessen krallte sie die Hände in die Kissen und starrte auf die geschnitzten Vögel, die wie Nachtmahre den hölzernen Betthimmel bedeckten. Das Stroh in der Matratze verrutschte unter Marsilius' heftigen Bewegungen. Sein Atem stank. Und als er endlich zustieß, schrie sie auf. Er keuchte und schwitzte noch eine ganze Weile, doch am Ende lag er zufrieden neben ihr, und der Schmerz ließ nach und … Im Grunde ist es gar nicht so schlimm gewesen, dachte Sophie erleichtert. Jedenfalls nicht zu vergleichen mit dem Schrecken ihrer Hochzeitsnacht. Wenn so in Zukunft ihre ehelichen Zusammenkünfte aussähen, könnte sie damit fertig werden. Mutter hatte recht gehabt. Dieser Teil der Ehepflichten war beschämend und lästig, aber auch der Mühe wert, denn Marsilius zog sie nun mit einem Lächeln an sich.

»Sophie, der Kerl hat sich vor Angst in die Hose geschissen, als er merkte, dass er nicht entkommen kann«, nuschelte er berauscht und glücklich. »Ich konnte den Flecken sehen, als er sich umdrehte. Im Ernst. Er wusste, was ihn erwartet, dass ich keine Gnade kenne …«

Marx. Sie hatte ihn völlig vergessen, aber Marsilius, nachdem er sein dringendes Verlangen gestillt hatte, war wieder bei seinem Triumph. »Wir hatten ihn umzingelt – es war aus für ihn. Gott, hat er gegafft, Sophie.«

Sie freute sich, dass er sie beim Namen nannte. Das bedeutete, dass er sie nicht mit Edith verwechselte. Er wusste, mit welcher Frau er das Lager teilte.

»Aber dass er einfach ins Haus stürzt ... Was für ein Wahnsinn!«

»Wie klug von Euch, ihn aufzustöbern«, schmeichelte sie.

»Vier Tage hab ich ihn gejagt. Er war wie ein gottverdammtes Wiesel. Am Ende hat ihn einer seiner eigenen Männer verraten. Kerle wie dem ist man nicht treu. Denen dient man, solange sie zahlen. Und deshalb werden sie am Ende alle aufgeknüpft. Oder eben verbrannt.«

»Hat er sich in einen Werwolf verwandelt?«, fragte Sophie mit einer Gänsehaut. Sie musste wieder an die seltsamen Augen denken, die sie hypnotisiert und gezwungen hatten, das Tor zu öffnen.

Marsilius lachte. Sicher hatte er sich mit Amuletten gegen die teuflischen Kräfte des Unholdes gewappnet. »Er ist tot, Sophie«, murmelte er, »und ich fange wieder an zu leben. Ich lebe, Sophie. Ich spüre das Laken und deine Haut. Ich bin so glücklich.« Er wälzte sich über sie und versuchte, ein zweites Mal in sie einzudringen. Dieses Mal klappte es aber nicht. Sie konnte trotzdem seine Zufriedenheit spüren. »Ich lebe wieder!« Er schob sich neben sie und knetete ihre Brüste.

Und da wagte sie es. »Schick Edith fort!« Sie zwang sich bei diesen Worten, mit der Hand über seinen behaarten Leib zu fahren. Ein Instinkt sagte ihr, dass ihm das gefallen würde. Er rührte sich nicht, aber es schien ihn auch nicht zu stören, dass sie aktiv wurde. Vor allem aber fuhr er ihr nicht über den Mund. »Edith hat versucht, mich und unser Kind zu vergiften«, flüsterte sie eindringlich. »Ich weiß, dass sie mich beseitigen will, um dich für sich allein zu haben.«

Marsilius gab immer noch keine Antwort. War er etwa eingeschlafen? Nein, seine Augen glitzerten in der Dunkelheit.

Sophie beschloss, ihn nicht weiter zu bedrängen. Mutter hatte das bei Vater auch nie gemacht. Immer nur wenige beiläufige Sätze. Mehr würde Widerspruch hervorrufen, hatte sie erklärt.

Das Grölen der Männer drang zu ihnen hinauf. Die Fackel verglomm. Und dann sprach Marsilius doch wieder. »Zu brennen tut weh, Sophie. Ich habe Angst vor dem Fegefeuer.«

»Wir alle.«

»Ich träume nachts davon. Ich träume, wie die Teufel auf mich zukommen, mit Folterwerkzeugen in der Hand, wie nur der Böse sie ersinnen kann. Ich spüre ihre Krallen, die sich in mein Fleisch graben. Unser Feuer ist heiß, aber das Feuer der Hölle ist heißer, Sophie. Und es wird ewig brennen. Kannst du dir das vorstellen? Ewig gequält zu werden?«

»Du stehst unter dem Segen der Kirche.«

»Ja.«

»Schick Edith fort«, platzte Sophie heraus.

»Edith, du hast recht.«

Sie hielt den Atem an. Hatte er das gerade wirklich gesagt? Hatte er ihr zugestimmt?

Sie begann erneut, ihn unter der Decke zu streicheln, aber dieses Mal hielt er ihre Hand fest. »Wir werden unser Leben neu beginnen«, wisperte er in ihr Ohr. »Wir werden Marx, den Hund, vergessen und Edith ebenso. Und ein Leben führen, wie ich es mir immer gewünscht habe. Du wirst mir Söhne schenken, und ich werde sie mächtig machen.«

»Das wirst du sicherlich tun.«

Er küsste sie nicht, aber er bemühte sich, ihr nicht weh zu tun, als er schließlich aus dem Bett kletterte. Sie sah ihm zu, wie er in seine Kleider stieg. Als die Tür zuklappte, schluchzte sie erleichtert auf. Edith hatte die Burg verlassen, und mit ihr war offenbar auch ihre Macht über den Burgherrn geschwunden. Wenn das nicht der nachdrücklichste Beweis dafür war, dass es sich bei ihr um eine Hexe handelte?

Sie atmete den Geruch nach Samen und Wein ein, den ihr Mann im Zimmer zurückgelassen hatte, und widerstand dem

Impuls, in ihre eigene Kammer zurückzukehren. Wenn Marsilius in dieser Nacht erneut den Wunsch nach ihrer Umarmung haben sollte, dann musste er sie hier finden.

Sie dachte, sie wäre erwacht, aber sie musste immer noch träumen. Es war gar nicht anders möglich. Ihr Traum hatte sie in Marsilius' Schlafkammer getragen, in eine verwirrende, der Realität ähnelnde Umgebung. Es musste so sein, denn wenn das, was sie gerade sah, die Wirklichkeit war, würde sie sterben.

Sophie hielt, am ganzen Leibe zitternd, den Atem an. Ohne die geringste Bewegung zu wagen, starrte sie zu einem dunklen Stollenschrank, in dem Marsilius seine Papiere aufbewahrte. Marx von Mengersen kniete vor dem Möbel. Er war es unzweifelhaft. Sein wilder blonder Schopf kräuselte sich feucht um Hals und Nacken.

Aber sie träumte keineswegs. An ihrem nackten Oberschenkel spürte sie die klebrige Hinterlassenschaft ihres Mannes. Die gehörte ins reale Leben. Dennoch schloss sie versuchsweise die Augen und riss sie wieder auf.

Marx kniete immer noch vor dem Schrank. Sein Gesicht, das vom Schein einer Lampe beleuchtet wurde, trat weiß aus der Dunkelheit hervor. Er machte sich am Schloss des Schrankes zu schaffen, mit etwas, das er in der Hand hielt und das kratzende Geräusche verursachte. Er brach ein.

Ein Toter, der stehlen wollte wie ein gewöhnlicher Dieb? O gütige Jungfrau, was geschah hier? Jedes Geräusch vermeidend, zog Sophie die Decke bis fast zu den Augen. Ihr Blick fiel auf ein dunkles Häuflein, das vor dem Bett auf den Dielen lag. Ihre Kleider. Auch das noch – sie war nackt!

Gut, sie musste die Ruhe und einen kühlen Kopf bewahren. Sie war also erwacht und wurde wirklich und wahrhaftig Zeuge, wie ein Wiedergänger dabei war, sich an seinem verhassten Feind zu rächen. Ging es um Gift? Um ein unsichtbares Zeichen, das als Schadenzauber diente?

Klick! Die Tür des Stollenschrankes sprang auf, und Marx erhob sich aus der gebückten Stellung. Sophie sah, wie er sich den Rücken massierte. Dann nahm er eine Lampe vom Tischchen und leuchtete damit ins Innere des Schrankes. Seine Hand war zu einer Klaue verformt. Es sah grässlich aus, wie sie sich trotzdem bewegte und den Messinggriff umkrallte. Ein Geschöpf der Hölle, wie man es sich vorstellte. Ein Lichtflecken huschte an der Wand entlang, als er die Lampe wieder abstellte und in das Schrankfach langte.

Er holte Papiere hervor, das konnte sie erkennen. Langsam trug er sie zu dem Tischchen, wo er sie ausbreitete. Was mochte es damit auf sich haben? Sophie meinte erbrochene Siegel zwischen Blättern zu sehen, von denen viele schon vergilbt waren. Sicher Urkunden, die mit der Wildenburg und den anderen Palandt'schen Besitztümern zusammenhingen. Es kam ihr merkwürdig vor, dass ein Wesen aus der Hölle sich mit derart prosaischen Dingen beschäftigte. Doch was wusste sie schon. Vielleicht gab es einen Schadenzauber, für den man die eigenhändig geschriebenen Worte des Opfers brauchte.

Sie wagte immer noch nicht, sich zu rühren. Die teuflische Wiedergeburt des Leichendiebes schien keine Eile zu haben. Papier um Papier wurde sorgfältig angeschaut und beiseitegelegt. Einmal spitzte das Wesen die Lippen, gab aber keinen Laut von sich.

Dafür klangen plötzlich aus dem Erdgeschoss Stimmen herauf. Sophie schloss vor Erleichterung die Augen. Die Feier schien beendet. Die Männer wollten in ihre Betten. Still dankte sie der Jungfrau und dem Gottessohn. Wesen der Nacht scheuten Menschenansammlungen. Sicher würde der Untote nun fliehen?

Marx – oder das, in was er sich verwandelt hatte – wischte die Papiere zusammen und trug sie rasch zum Schrank. Nun konnte Sophie erkennen, womit er ihn geöffnet hatte. Es war ein gebogener Metallstift. Er verschloss ihn wieder, ließ den Stift in einen Beutel rutschen und huschte zum Fenster.

Die Stimmen kamen näher. Die Männer hielten sich bereits im Nebenraum auf. Sophie hörte Marsilius sprechen, ohne aber verstehen zu können, was er sagte. Dirk war bei ihm und noch einige andere. Sie lachten, müde, aber zufrieden.

Dann wurde es dunkel. Marx hatte die Lampe ausgeblasen. War er nun fort? Nein, sie hörte, wie etwas leise schepperte. Vielleicht die Kaminschaufel. Warum floh das Ungeheuer nicht?

Weil es auf Marsilius wartete.

Das war ihr plötzlich sonnenklar. Es ging dem Mörder und Leichendieb nicht um die Papiere, damit hatte er sich nur die Zeit vertrieben. In Wahrheit wollte er sich über den Mann hermachen, der ihn im Hexenturm gepeinigt hatte.

Die Klinke ging nieder. »... hat Zeit«, hörte Sophie ihren Ehemann sagen. »Morgen ist ein neuer Tag.«

»Ja, Herr«, antwortete Dirk mit seiner üblichen monotonen Stimme.

»Wenn Ihr erlaubt ...« Das war Kaspar, der Henker. »Auch kleine Wunden können schlimme Folgen haben. Und in Eurer is Schießpulver drin. Das entzündet sich. Ich hab 'n Blick dafür.«

Sophie sah, wie Marsilius, der schon halb im Raum stand, zögerte. Er blickte zu ihr hinüber, und sie schloss rasch die Augen.

»In meinem Sack is Salbe«, erklärte Kaspar, »ein ganzes Horn voll. Lasst mich damit das Messer einreiben, das Euch die Wunde geschlagen hat, Herr. Das is 'n probates Mittel, macht jeder im Heer. Nur müsst Ihr es dabei selbst in der Hand halten, sonst wirkt es nicht.«

Marsilius stieß einen Fluch aus. Er schloss die Tür, und erneut senkte sich Dunkelheit über den Raum. Sophie hörte, wie sich beim Kamin etwas regte. Katzenhafte Schritte kamen auf ihr Bett zu. Marx hatte sie entdeckt. Sie umklammerte die Decke. Ihr Mund war wie ausgetrocknet. Sie brachte keinen Laut hervor. Entsetzt sah sie, wie der Teufelsdiener sich über sie beugte. »Sieh an, die kleine Dame vom Tor.«

Es war zu dunkel, um viel erkennen zu können. Sophie meinte Narben in dem Gesicht zu entdecken. Der Tote sah grässlich aus.

»Wie heißt du?«

Nicht einmal, wenn sie wollte, hätte sie etwas erwidern können.

»Eine brave Ehefrau würde jetzt um Hilfe schreien.« Das Gesicht verzog sich zu einer Fratze. »Meinen allerbesten Dank jedenfalls, dass du's nicht tust.« Der Wiedergänger löste sich nicht in einer Schwefelsäule auf, wie sie vermutet hätte, sondern ging zum Fenster, schwang sich auf den Sims und verschwand in der Nacht, auf demselben teuflischen Weg, auf dem er gekommen war.

Kapitel 12

Ein Brief? Ein *verschwundener* Brief?« Reinhard von Plettenberch ächzte vor Missmut. »Verzeiht, wenn ich Euch nicht folgen kann, Julius. Ich vertrage das Reiten nicht. Mein Nacken ist hart wie ein Klotz, mein Schädel platzt. Es macht Euch nichts aus, wenn ich mich hinlege?«

»Natürlich nicht.« Höflich rückte Julius seinem Brotherrn ein Kissen auf dem Spannbett zurecht, auf das der Mann mit schmerzverzerrtem Gesicht niedersank.

»Wieso sucht Elisabeth nach Briefen?«, erkundigte Reinhard sich griesgrämig. »Sie hat seit Jahren keinen geschrieben, soweit ich mich entsinne. Ich glaube nicht mal, dass sie noch welche lesen könnte.« Er streckte die Beine aus und rieb seinen Nacken, um den Schmerz zu lindern.

Julius betrachtete den Mann mit dem blitzend weißen Spitzenkragen, den blanken Knöpfen und den pedantisch polierten Stiefeln. Reinhard war kein Mensch von großen Geistesgaben, dafür aber ordentlich und gründlich. Er war der Einzige aus Julius Bekanntenkreis, der selbst die Feiertage in seinem Arbeitszimmer verbrachte. Dort erstellte er Listen, verglich Daten und trug penibel ein, wer wo etwas anders machen müsse, damit das Gut noch mehr abwarf oder die Kosten verringert würden. Man mochte darüber lächeln, aber er hatte mit seiner Vorgehensweise Erfolg: Finanziell gesehen hatte Reinhard das heruntergewirtschaftete Gut seiner verwitweten Schwester wieder auf die Füße gebracht und sie wohlhabend gemacht.

Was Julius an dem kahlköpfigen Mann allerdings noch mehr schätzte, war die liebevolle Geduld, die er Elisabeth gegenüber an den Tag legte. Er hörte ihr zu. Er brachte ihr im Sommer und im Herbst ihre Lieblingsfrüchte aus dem Garten und im Winter Nüsse, die sie für ihr Leben gern knabberte. Und vor allem hatte er Heinrich gefördert. Julius konnte sich nicht entsinnen, dass Reinhard zwischen seinem Neffen und seinem eigenen Sohn Conrad jemals Unterschiede gemacht hätte. Das rechnete er ihm hoch an.

Der Mann auf dem Spannbett atmete aus. »Ihr werdet sie missverstanden haben, Julius«, brummte er. »Euch muss doch klar sein, dass meine Schwester dummes Zeug schwätzt. Ihr wisst, wie sehr ich Elisabeth verehre, aber es hilft nichts, drum herumzureden: Sie hat den Verstand verloren. Himmel, hört sich das grässlich an? Es ist der Kopfschmerz. Er zieht sich bis zu meinem Hintern, und ich fürchte, er wird mich die nächsten Tage begleiten. Könnt Ihr den Vorhang zuziehen? Elisabeth ist unfähig, einen Brief zu schreiben. Vergesst die Sache.«

»Es geht wohl auch eher um den *Empfang* eines Briefes«, erklärte Julius, während er der Bitte nachkam. »Wobei ich nicht einmal sicher bin, dass sie ihn wirklich erhalten hat, denn so wie ich es verstanden habe, kennt sie weder den Inhalt noch das Aussehen oder die Anzahl der beschriebenen Blätter. Und doch misst sie ihm größte Bedeutung zu.«

Reinhard atmete auf, als das Zimmer dämmrig wurde. Er presste die Fingerkuppen auf die Augenbrauen. »Ihr versucht mir etwas zu erklären, Julius, aber ich verstehe nicht, was. Könnt Ihr so liebenswürdig sein, klarer zu sprechen? Wenn Elisabeth einen Brief empfangen oder nicht empfangen hat, dessen Inhalt unbekannt und vermutlich völlig unwichtig ist …«

»Verzeihung. Ganz im Dunkeln tappen wir nicht.«

»Ach.«

Julius, der bisher gestanden hatte, ließ sich auf einem maurischen Lederstuhl mit abgewetzten Metallnägeln nieder. Er beugte sich vor und bedeckte sein Gesicht einen Moment lang mit den Händen. Ihm war klar, dass die Vermutungen, die er nun vor Reinhard ausbreiten musste, grässlich waren, weil sie Heinrich in den Schmutz ziehen würden.

»Ihr strengt mich an, mein Bester«, brummelte Reinhard.

»Verzeihung. Sicher kennt Ihr Euch mit der Politik am kaiserlichen Hof aus?«

»Gott bewahre!« Wenn Reinhard die Kraft gehabt hätte, hätte er wohl ein Kreuz geschlagen. »Bei Politik halte ich mich raus. Versteht Ihr? Es gibt in diesem Land zu viele kleine und große Herrscher, zu viele Religionen und zu viele Machtinteressen. Ich verabscheue diesen ganzen Sumpf. *Politik* bedeutet, dass Höfe in Flammen aufgehen und Städte niedergerissen werden und ... Gut, Ihr werdet einen Grund haben, mich mit *Politik* zu quälen. Sprecht also.«

Julius verkniff sich ein Lächeln. »Es geht mir um Kaiser Ferdinand und die beiden Parteien, denen er wechselweise seine Gunst schenkt. Albrecht von Wallenstein auf der einen Seite und auf der anderen die Jesuiten. Pater Lamormain, der jesuitische Beichtvater des Papstes, schäumt und wirft Wallenstein vor, sich nicht stark genug für den wahren Glauben einzusetzen.«

»Er wirft ihm vor, dass er vor jedem Feldzug die Sterne befragt. Und damit hat er recht. Astrologie! Alles Teufelszeug und Firlefanz. Trotzdem hätte der Kaiser, was das Restitutionsedikt angeht, auf Wallenstein und nicht auf seine Pfaffen hören sollen. Ihr seht doch, was es uns gebracht hat«, brummelte Reinhard.

Ja, das Restitutionsedikt! Die Jesuiten hatten den frommen Kaiser überredet, mit Hilfe dieses Gesetzes den Protestanten die kirchlichen Güter zu entziehen, die man ihnen achtzig

Jahre zuvor im Augsburger Religionsfrieden zugesprochen hatte. Und damit war das wacklige Einvernehmen zwischen den Religionen, das man so mühsam errungen hatte, ins Wanken geraten. Deutschland befand sich in einem Bruderkrieg, in den sich mittlerweile auch die Schweden, die Spanier, die Norweger und die Franzosen eingemischt hatten.

Zwar hatte der geniale Wallenstein die kaiserlichen Heere mehrere Male zum Sieg führen können, aber nach dem Friedensvertrag mit den Dänen hatten die Jesuiten durchgesetzt, dass Ferdinand ihn aus seinem Dienst entließ. Doch dann war der Schwedenkönig Gustav Adolf in Deutschland eingefallen, und der Kaiser hatte sich gezwungen gesehen, seinen fähigsten General zurückzuholen. Seitdem war die kaiserliche Residenz in Wien zum Wespennest verkommen. Das alles war kein Geheimnis und offenbar selbst dem treuherzigen Ignoranten Reinhard bekannt.

»Ich mag die Jesuiten nicht«, murrte er. »Warum kann nicht alles bleiben, wie es ist? Ich will Ruhe. Nichts als meine Ruhe.«

»Wie recht Ihr habt. Leider scheint es so zu sein …« Julius zögerte – und gab sich einen Ruck. »Der Brief, den Elisabeth erwähnte, wurde Heinrich angeblich von einem Jesuiten zugesteckt, und zwar mit dem Auftrag, ihn an Herzog Wilhelm von Jülich weiterzuleiten. Das ist die Sache, um die es geht.«

»Wie bitte? Ich denke, der Herzog ist neutral.« Entgeistert starrte Reinhard ihn an.

»Eben. Umso bestürzender wäre ein geheimer Briefwechsel. Offenbar scheint der Inhalt der Depesche so delikat zu sein, dass man einen Junker vom Land als Boten benutzte, um das Unternehmen zu verschleiern.«

»Herr im Himmel!«

Ganz genau, dachte Julius bekümmert.

»Ihr glaubt, dass unser Junge …« Reinhard hielt es trotz des Kopfwehs nicht mehr auf dem Bett. Er stand auf und stapfte mit gequältem Gesichtsausdruck durch den Raum. »Heinrich hat sich in die Politik hineinziehen lassen? Er hat sich als Spion für die Jesuiten ... gegen Wallenstein ...? Oh süßer Jesus, ist das widerwärtig! Nein, ich mag es nicht glauben, Julius. Heinrich war ein so liebenswürdiger Bengel, offen wie die Hand des Herrn. Er kannte kein Falsch. Er war kein Intrigant, der sich von jemandem vor den Karren spannen ließ.«

»Und doch hat er seiner Mutter von einem wichtigen Brief erzählt, den er von einem Jesuiten bekommen hat und den er an den Herzog weitergeben sollte. Und während er diesen Auftrag ausführte, wurde er ermordet.«

»Aber doch nicht von einem Außenstehenden. Marx von Mengersen hat ihn auf dem Gewissen – das hat man uns bestätigt. Dafür gibt es Augenzeugen! Oder ... denkt Ihr etwa, dass Marx sich ebenfalls in die Politik einmischte? Was für Abgründe!«

»Marx war besessen von Wallenstein, daraus hat er nie ein Hehl gemacht«, konstatierte Julius nüchtern. »Kaum hatte man den Generalissimo wieder in sein Amt eingesetzt, wollte Marx zurück zu seinem Heer. Wenn er mitbekommen hätte, dass Heinrich sich auf die Seite seiner Gegner schlug ...«

Reinhard blieb stehen. Sein Kinn sackte herab. »Natürlich!« Abscheu machte sich auf seinem Gesicht breit. »Dann bekäme alles plötzlich einen Sinn. Dieser ungeheuerliche Mord ... Aber Heinrich im Dienst der Jesuiten? Er war doch beinahe noch ein Kind.«

»Ein Kind, das seine Zeit mit einem Mann verbrachte, der es liebte, dem Teufel auf der Degenspitze zu tanzen«, bemerkte Julius bitter.

»Nein, nein ... Der Junge hatte Magdeburg miterlebt. Er war bis auf die Knochen entsetzt über das Massaker dort. Wie hätte er sich da noch auf die katholische Seite schlagen können?«

»Vielleicht hatte er für den *Krieg* an sich nichts mehr übrig. Vielleicht glaubte er wie viele andere Leute, dass all das Elend, das über das Land gekommen ist, durch die Protestanten verursacht wurde. Es waren *Protestanten*, die die katholischen Räte des Kaisers in Prag aus dem Fenster warfen. Und es waren Protestanten, die den schwedischen König mit seinen Söldnern nach Deutschland holten. Vielleicht glaubte Heinrich, der Kaiser würde dem Krieg ein Ende setzen.«

Einen Moment lang sah Julius Heinrichs Gesicht vor sich, in dem immer ein Lachen gesessen hatte, aber auch viel Wärme, Anteilnahme für andere Menschen, so viel Intelligenz ... Es presste ihm das Herz zusammen. Er hätte nicht untätig bleiben dürfen, als der Junge begann, sich vor der Familie und den Freunden zu verschließen. Er hätte in ihn dringen, ihn nötigen müssen zu reden. Vor allem aber hätte er ihn nicht Marx überlassen dürfen.

Die Männer schwiegen, während sie ihren Gedanken nachhingen. Reinhard ergriff als Erster wieder das Wort. »Wir müssen diesen Brief vergessen.«

»Bitte?«

»Aus mehreren Gründen. Zum einen würde es Heinrichs Andenken entehren, wenn herauskäme, dass er sich zum Spion herabgewürdigt hat. Und zum anderen wären die Folgen für Elisabeth unabsehbar. Denn wenn die protestantische Union diesen Krieg gewinnt – was ja nicht auszuschließen ist –, stünde ihr Sohn als Verräter da. Bedenkt nur, was für Folgen das hätte!«

»Aber ...«

Reinhard hob in einer gebieterischen Geste, die eigentlich gar nicht zu ihm passte, die Hand. »Lasst es gut sein, Julius. Kümmert Euch um die juristischen Angelegenheiten unserer Besitztümer und macht Elisabeth, die an Euch hängt wie an niemandem sonst, glücklich, so weit es geht. Das bringt mehr, als in Gräbern zu wühlen. Vergesst den mysteriösen Brief! Vergesst ihn zu unser aller Wohl!«

Kapitel 13

Sophie hatte für sich behalten, was sie in der grauenvollen Nacht, in der der tote Marx von Mengersen die Burg aufsuchte, erlebte. Mehrere Mal hatte sie angesetzt, es Marsilius zu beichten, aber dann hatte sie immer sein Gesicht vor sich gesehen, mit dem er sie fragen würde, warum sie nicht um Hilfe gerufen habe. Und darauf hätte sie keine Antwort gewusst, außer dass sie zu entsetzt gewesen war, um ein Wort herauszubringen.

Außerdem wollte sie nichts aufrühren. Marsilius war gerade so glücklich. Die Bande, die der Mörder angeführt hatte, löste sich auf. Einer seiner ehemaligen Kumpane wurde in Reifferscheidt gehängt. Ein anderer mit einem Sauspieß niedergestochen, als er in einem Dorf ein Schaf stehlen wollte. Mit ihrem zwielichtigen Herrn hatte die Unholde das Glück verlassen. Er war in die Hölle gefahren, in der sein Meister ihn erwartete, und damit hatte Marsilius seinen Frieden wiedergefunden. Und da Edith der Burg fernblieb, fiel es ihm auch leicht, sich wieder seiner Ehefrau zuzuwenden. Sie waren auf dem besten Weg, zu einem ganz normalen Ehepaar zu werden. Der Freiherr und die Freiherrin von der Wildenburg. Die Mächte des Bösen, die wie Schatten über ihnen gehangen hatten, waren vertrieben.

Es wurde Juli, und Sophies Schwangerschaft kam ins letzte Drittel. Mit jeder Woche, die ins Land ging, wurde sie dicker und unbeholfener und immer aufgeregter wegen der Geburt. Ihre Mutter, die zur Entbindung eigentlich auf die Burg hatte kommen wollen, litt leider an einem offenen Bein. Aber sie sandte Sophie tausend Ermahnungen.

Auch Gesche traf Vorkehrungen. Sie holte ein Bullenherz aus der Küche, bestückte es mit Dornen und legte es in den Kamin in Sophies Schlafkammer. Außerdem achtete sie darauf, dass die Schürhaken mit dem Kamingitter ein Kreuz bildeten. Und als die Zeit der Geburt näher rückte, gab sie Sophie ein Beutelchen, in dem sich ein Stückchen vom Horn des Rindes befand, das die heilige Perpetua zu Boden getrampelt hatte. Allerdings war nicht gewiss, ob die Reliquie echt war, und zur Sicherheit ließ sie Sophie einen Zettel essen, auf dem das *Vaterunser* niedergeschrieben war.

»Muss das denn sein? Die Hexe ist fort!«

»Wir haben sie aber nicht brennen sehen, oder? Es richtet ja kein Schaden an, wenn wir uns vorsehen.«

»Aber es macht mir Angst.«

»Völlig überflüssig. Alles wird gut gehen, Ihr werdet schon sehen. Noch kurze Zeit, und Ihr haltet Euer Söhnchen in den Armen«, beruhigte Gesche ihre Herrin. »Euer Gatte wird glücklich sein, und niemand wird mehr die Macht haben, Euch ein Leid zuzufügen.« Sie sprach mit viel Überzeugungskraft, und doch entging Sophie nicht der Unterton von Sorge in ihrer Stimme. Ediths Verschwinden war gar zu rätselhaft, denn Marsilius hatte sie gar nicht fortgejagt. Sie war von selbst verschwunden. Vielleicht hat der Teufel seinen Tribut von ihr gefordert und sie in die Hölle hinabgezogen, dachte Sophie mit banger Hoffnung.

»In der Gesindestube besticken die Frauen Windeln. Alle sind schon ganz aufgeregt«, verriet Eva. Sie reichte Sophie den Becher mit dem Himbeertee, auf den Marsilius immer noch Wert legte, und diese trank und bemühte sich, alle trüben Gedanken zu verscheuchen.

Weitere Tage vergingen. Ende August wurde es entsetzlich heiß. Sophie hätte sich gern mit Hausarbeiten beschäftigt und das Gesinde beaufsichtigt, was ihr in letzter Zeit immer besser gelungen war, aber die Hebamme, die Marsilius mittlerweile in die Burg befohlen hatte, verbot es ihr. Das gesamte Haus fieberte Sophies Entbindung entgegen. »Können wir nicht wenigstens ein bisschen vor dem Tor spazieren gehen?«, schlug Sophie Gesche vor.

»Zu riskant«, entschied ihre Magd. »Denkt an Clara Wolpmann. Soll dem Kind so kurz vor der Geburt doch noch 'n Übel widerfahren? Wir müssen vorsichtig sein.«

»Ich halt's aber nicht mehr aus.«

»Ruhe bewahren!«

Es war an diesem Tag so heiß, dass sich eine der Mägde den nackten Fuß verbrannte, als sie auf einen Stein trat. Erst der Sonnenuntergang brachte ein wenig Erholung. Sophie legte sich auf ihr Bett und umspannte mit den Händen den Bauch, in dem ihr Kind sich unruhig bewegte. Die Hebamme, für die im Zimmer ein Spannbett aufgestellt worden war, hielt ein Nickerchen. Gesche besorgte irgendetwas im Haus. In der Ecke surrte beruhigend Evas Spindel.

Als die Nacht hereinbrach, kam Marsilius und brachte Sophie einen weiteren Becher Himbeersud. Er sah übermüdet aus und war kurz und barsch und ging sofort wieder hinaus. Wahrscheinlich litt er unter der gleichen Anspannung wie sie selbst.

»Trinkt den Sud. Wer weiß, was uns heute noch bevorsteht«, ermunterte die Hebamme, die bei Marsilius' Erscheinen aufgeschreckt war, ihre schwangere Patientin. Doch Sophie nippte kaum an dem Becher, und als die Frau die Kammer verließ, um etwas zu besorgen, ging sie zum Fenster und goss das Gebräu in den nächtlichen Hof.

»Mögt Ihr es nicht?«, fragte Eva, die als Einzige noch bei ihr im Zimmer war.

»Ich kann's nicht mehr sehen«, gestand Sophie. Sie konnte

auch ihr Bett nicht mehr sehen. Den Spiegel mit den grinsenden Äffchen … den Kamin, in dessen Schlot sich Staubfäden fingen … Allmählich begann sie das Zimmer, in das man sie gesperrt hatte, zu hassen.

»Soll ich Euch was anderes zum Trinken bringen?«

Sophie schüttelte den Kopf. Sie zündete die Kerzen auf dem Kamin an und legte wieder die Hand auf ihren Bauch. »Wo steckt denn Gesche?«

»Soll ich sie suchen, Herrin?«

»Nein … nein, lass nur.« Sophie wandte sich wieder zum Fenster und schaute in den Hof hinaus, wo sich nichts tat, außer dass im Zwielicht der Augustnacht zwei Katzen balgten. Eine wurde kurz darauf von einem Stalljungen eingefangen. Er verschwand mit ihr im Vorhof und sprach zärtlich und vorwurfsvoll auf sie ein. Es musste inzwischen auf Mitternacht zugehen, aber der Vollmond leuchtete in die Zimmer, so dass man nicht einmal eine Lampe zum Sehen brauchte. Überall sirrten Mücken.

Sophie kehrte müde zum Bett zurück und kroch unter die nass geschwitzten Decken. »Doch, Eva«, widersprach sie ihrem eigenen Befehl. »Schau nach, wo Gesche steckt. Ich will sie bei mir haben. Und bring auch die Hebamme zurück. Ich bin so unruhig.«

Das Mädchen huschte hinaus. Es kehrte rasch wieder zurück. »Ich war in der Küche, aber da ist Gesche nicht. Es hat sie auch keiner in den letzten Stunden gesehen.«

»Und die Hebamme?«

»Kommt, sobald sie fertig gegessen hat.«

Wenig später musste Sophie eine neue Untersuchung ihres Unterleibs über sich ergehen lassen. Die Hebamme wollte sich nichts vorwerfen lassen. Als sie fertig war, wühlte Sophie den Kopf in die Kissen, die nach ihrem Schweiß rochen. Sie versuchte gerade einzuschlafen, als ihr Leib plötzlich hart wurde und es in ihren Leisten zog. Es war kein richtiger Schmerz, aber sie fühlte, dass sich etwas tat. Begann die Geburt? Ihr Herz flatterte plötzlich vor Aufregung. Wo bei allen Heiligen steckte Gesche? Sie konnte sie doch nicht gerade jetzt im Stich lassen!

Die Hebamme fühlte ein menschliches Verlangen. Es gab einen Topf in der Kammer, den sie hätte benutzen können, aber jetzt auch noch Gestank? Sophie wies sie an, zum Abtritt in der Außenmauer des Wehrturms zu gehen.

»Vielleicht ist Gesche ja im Hexenturm«, meldete Eva sich schüchtern zu Wort.

»Wieso denn dort?«

Das Kind zuckte bei dem scharfen Klang ihrer Stimme zusammen. »Hatte sie das nicht gesagt, Herrin? Dass sie in den Turm gehen will?«

»Jesus und Maria – wann denn?«

Eva, die selbst jetzt, im unruhigen Schein der Kerzen, noch an einem Strumpf flickte, senkte die Hände. »Heute Nachmittag? Nein, ich glaube, es war später. Sie wollte nach Kräutern schauen. Aber sie war auch neugierig auf den Hexenturm. Gesche hat gesagt, dass es ein gutes Versteck für eine Hexe wäre, weil sich da keiner reintraut. Wegen der Folterwerkzeuge und so.«

»Aber Edith ist fort!«

»Gesche traut ihr nicht. Sie sagt, die Stunde der Geburt ist … ich weiß nicht. Aber vielleicht wollte sie doch nicht in den Turm. Ich hab sie nicht genau verstanden.«

Edith zurück in der Burg? Nein, das war unmöglich. Nervös knibbelte Sophie an den Fingernägeln. Ihr Bauch zog sich schon wieder zusammen. Sie brauchte Gesche. Konnte es sein, dass die Magd in den Hexenturm gegangen und dort irgendwie gestürzt war? Sophie hatte das Gemäuer selbst noch nie betreten. Das Obergeschoss war direkt mit dem Wehrgang verbunden – dort hielten sich die Wachmannschaften auf. Aber es gab keine Treppe in das Untergeschoss hinab, und so war der Teil, der die Verließe enthielt, wie ein abgeschlossenes kleines Universum. Nicht einmal Schreie drangen durch die dicken Mauern. Vielleicht war Gesche fehlgetreten und wartete auf Hilfe. Es war doch mehr als ungewöhnlich, dass sie nicht zurückkehrte. Sie hatte Sophie in den letzten Tagen kaum eine Stunde allein gelassen.

Sollte man Marsilius bitten nachzuschauen? Nein. Allein Ediths Namen zu nennen kam Sophie unklug vor. Das Band zwischen ihr und ihrem Ehemann war dünn, da machte sie sich nichts vor.

Plötzlich kam ihr ein neuer Gedanke. War Marsilius vorhin vielleicht deshalb so abweisend zu ihr gewesen, weil seine Hure es geschafft hatte, ihn zurückzuerobern? Ach was, unmöglich! Er hatte begriffen, was für ein teuflisches Weib sie war. Aber sofort kamen Sophie wieder Zweifel. Edith hatte doch schon mehrfach gezeigt, welche Macht sie über Marsilius besaß. Sollte das das Ende ihres Kampfes sein: Die Hexe wieder in Marsilius' Bett und sie selbst das blasse Geschöpf, das in der Burg nichts zu sagen hatte und nur dazu diente, Kinder zu gebären? Sophie merkte, wie ihre Angst sich in Wut verwandelte. »Komm, Eva. Wir schauen nach!«

Der Wind wehte lau über den Burghof, als sie ins Freie traten. Sophie hatte angenommen, dass das Burggesinde längst schlief, aber dem war nicht so. An den Fenstern, die durch das Kerzenlicht schwach beleuchtet wurden, sah sie Gestalten, die sich miteinander unterhielten. Nur draußen war alles wie leer gefegt.

Mit klopfendem Herzen blieb sie in dem Eckchen zwischen der Remise und dem Hexenturm stehen. Irgendwo schrie jämmerlich ein Kätzchen. Es war eine unruhige Nacht. Vor ihr ragte die Mauer des Turms auf, massiv und abweisend. Sophie starrte auf den armdicken Riegel, der die Tür zum Turm verschloss. *Der sie verschließen sollte.* Der Riegel war zurückgeschoben, die Tür stand einen Spalt weit offen. Sophie schluckte. Marsilius war zerrissen. Er wollte seine Frau und den Sohn, den sie ihm gebar, und das ehrbare Leben, das eine normale Familie ihm bot. Aber Edith faszinierte ihn.

Vielleicht hatte er sich gedacht, dass er beides haben könnte: Edith im Turm, wo sie ihm jederzeit zur Verfügung stand. Und Sophie im Palas. Vielleicht hatte er gehofft, dass seine Frau gar nichts von Ediths Anwesenheit merken würde. Oder dass sie sie hinnähme, wenn sie die Hexe nicht mehr ständig vor Augen hätte. Plötzlich hielt Sophie alles für möglich.

Und Gesche?

Es hatte keinen Sinn, länger zu grübeln. Sophie öffnete die Tür und hob die Kerze. Ein finsterer, muffig riechender Gang tat sich vor ihr auf. Das also waren die Steine, über die man Marx und Clara Wolpmann geschleppt hatte. Wahrscheinlich war auch Dirk hier entlanggegangen, um seiner Frau Mut zuzusprechen. Ihr Herz hämmerte, als sie aus dem Hof in den Gang trat. Eva huschte neben sie.

Im Schein der Kerze erblickte sie eine zweite Tür. Ihre Nerven waren zum Zerreißen angespannt, als sie nach der Klinke griff. Sie hatte erwartet, dass sie Kraft aufbringen müsste, um die Tür aufzustemmen, denn sie sah solide aus, aber sie schwang schon durch den leisen Druck ihrer Finger auf.

Was ihr später vor allem im Gedächtnis haften blieb, war das Rauschen. Die Kammer hinter der Tür – sie war kreisrund, mit einem Durchmesser von vielleicht zwölf Fuß – wurde davon erfüllt wie von einem geisterhaften Raunen. Es kam aus dem Boden, aus einer Öffnung, vor der eine zurückgeklappte Falltür lag: dem Angstloch.

Als Nächstes sah Sophie einen Tisch mit einer schwarzen Samtdecke und Dutzenden schwarzer Kerzen darauf, die im Luftzug flackerten. Die Kerzen mussten schon eine ganze Weile brennen, denn das Wachs war an ihnen hinabgeronnen und hatte sich wie erstarrte Lava auf der Decke gesammelt. Ein schmaler, länglicher, skelettierter Schädel, vielleicht von einem Dachs oder einer Katze, lag im höchsten Punkt des Kerzenkreises. Damit hatte sie den Beweis: Edith hatte sich tatsächlich der Hexerei verschrieben. Und sie war in die Burg zurückgekehrt, um von neuem ihr Unwesen zu treiben. Von Marsilius war nichts zu sehen. Natürlich nicht. Die Hure hatte ihm vielleicht mit einem Liebeszauber den Kopf verdrehen können, aber er hätte sich niemals selbst mit Zauberei abgegeben. Dazu hatte er viel zu viel Angst um seine unsterbliche Seele. Ihre Hexerei würde sie immer heimlich betreiben.

Sophies Blick wanderte ins Zentrum des Kerzenkreises, wo ein Wachsbild lag. Unsicher trat sie näher. Das Bild war mit Aufwand und Geschick geformt worden, und sie erkannte augenblicklich ihre eigenen Züge in der reliefartigen Darstellung. Sie brauchte gar nicht erst auf den Dorn, der in dem geschwollenen Bauch steckte, zu sehen, um zu begreifen, was es mit dem Bildnis auf sich hatte. Ihre Hand rutschte auf ihren harten Leib. Waren es wirklich Wehen gewesen, die sie in den letzten Stunden gequält hatten? Gesche, dachte sie, von Panik erfasst. Wo steckt Gesche?

Sie drehte sich um – und starrte in Evas Kindergesicht. Das dumme Mädchen hatte die Tür zugeschlagen. Es hielt die Lampe in der Hand. Eigentlich sah Eva aus wie immer. Aber andererseits auch nicht. Etwas Triumphierendes saß in ihrem Gesicht, das überhaupt nicht zu dem hilfsbereiten Kind passte.

»Du hast lang gebraucht.«

Beim Klang der Stimme fuhr Sophie erneut herum. Hinter dem Tisch befand sich eine weitere Tür, oder vielmehr: ein schwarzes Gitter, das sie bisher noch gar nicht bemerkt hatte. Davor stand nun Edith. Sie musste sich im Nebenraum versteckt gehalten haben. Ihr Kleid war so schwarz wie das Tischtuch. Ihr Gesicht leuchtete dagegen weiß wie eine Schneescheibe, mit roten Lippen, die aussahen, als wären es mit Blut gemalte Mondsicheln.

»Wo ist Gesche?«, fragte Sophie rau.

Der Blick der Hexe wanderte zum Angstloch. Sophie bemerkte quer über der Öffnung eine mit Seilen umwickelte Eisenstange – vermutlich eine Strickleiter, mit der man die Gefangenen in das Verlies hinabließ. Sie begriff. »Hol sie sofort dort raus«, befahl sie. »Auf der Stelle.« Sie zuckte zusammen, als Edith hell auflachte. Gleichzeitig spürte sie Wut aufkeimen. »Geh, Eva, schick den nächsten Menschen, den du siehst, zu mir herein. Dann schrei Alarm und hole den Herrn. Mach schon, beeil dich!«

Als in ihrem Rücken alles still blieb, blickte Sophie über die Schulter. Dass Mädchen schaute die Hexe an – doch ohne einen Schimmer von Furcht. Sogar mit einem Lächeln. Was ging hier vor?

»Willst du dir Gesche nicht ansehen?«, raunte Edith höhnisch.

»Eva«, flüsterte Sophie, »komm zu dir. Die Hexe hat dich mit einem Zauber belegt. Widerstehe. Bete zur Jungfrau … Geh, nun geh schon!«

Wider Erwarten gehorchte das Mädchen. Sophie atmete auf. Sie hörte Evas Schritte und dann den dumpfen Schlag der Tür, die ins Schloss zurückfiel.

Edith stand ein ganzes Stück vom Angstloch entfernt. Sophie wagte es, trat zu der Öffnung und schaute hinab. Auf dem Boden des Verlieses, der aus nacktem Fels bestand, brannten ebenfalls Kerzen, was bedeutete, dass Edith dort unten gewesen sein musste. Ihr schwindelte. Bei einem Sturz würde man sich sämtliche Knochen brechen. Sophie sah jetzt auch, woher das Rauschen kam. Der Felsboden neigte sich an den Seiten des Verlieses, und dort gurgelte in einer breiten Rinne Wasser, das auf einen Abfluss zuströmte. Aber vor diesem Abfluss staute das Wasser sich an einem Hindernis.

An dem Körper von Gesche.

Der Rock der Magd war über die Oberschenkel gespült worden, was ihre Scham freilegte. Sie sah wie eine Dirne aus. Das Pfannkuchengesicht war ein einziger blutiger Brei. Ihr Zopf wirbelte in den Strudeln.

Sophie wandte sich um. Sie sah, dass Edith einen Schritt in ihre Richtung tat, und wich rasch zurück. »Dafür wirst du brennen!«, sagte sie tonlos.

»Ja, wenn jemand davon erfährt.«

Sophie antwortete nicht. Eva musste jeden Moment zurückkehren. Wenn Marsilius den schwarzen Altar und Gesches Leiche sah, würde er sich nicht mehr vor die Hexe stellen, das wusste sie.

»Das Wasser fließt über einen Tunnel hinab zu einem kleinen Weiher ganz in der Nähe. Vielleicht kennst du ihn. Er ist von Schwarzerlen umstanden«, erklärte Edith so heiter, als plauderte sie über Kochrezepte. »Sollte das hässliche Monstrum, das sich mir in den Weg gestellt hat, überhaupt wieder auftauchen, dann wird man es dort finden. Die Leute werden sich bekreuzigen, weil es da, wo sie in den Sträuchern hängt, keine Fußspuren geben wird, und die Torwächter werden schwören, dass sie die Burg nie verlassen hat.«

»Und ich werde sagen, dass du sie umgebracht hast. Du hast verloren, Edith. Gleich sind die Männer hier.«

»Bist du sicher?«

Natürlich ... natürlich ... natürlich ... wollte Sophie schreien, aber sie brachte kein Wort heraus. Hatte Edith Eva so weit verhext, dass sie willenlos und ohne Erinnerung durch die Burg lief? Die Hexe kam näher. Sie folgte Sophie mit jedem Schritt, den diese zurückwich. Beide hielten sich an die Wand des Raumes. Es war, als tanzten sie miteinander um den Tisch mit den schwarzen Kerzen. Was hatte Edith vor? Sophie spürte, wir ihr Leib sich erneut zusammenzog. Sie biss die Zähne zusammen. »Wenn du mir etwas antust, wenn mein Sohn stirbt, wird Marsilius kein Erbarmen kennen.«

»Dein Sohn?«, spuckte Edith verächtlich. »Ich glaube, du hast das alles noch gar nicht begriffen. Marsilius' Sohn wurde bereits geboren.« Sie klopfte auf ihren Bauch.

Was meinte sie? Sophie starrte auf die schmale Taille unter dem schwarzen Gürtel. Und schlagartig begriff sie: Das also war der Grund für Ediths lange Abwesenheit. Das Satansweib musste selbst ein Kind geboren haben. Natürlich. Edith war von Marsilius schwanger geworden, vielleicht in derselben Nacht wie sie selbst. In der Hochzeitsnacht hatte sich Marsilius' Samen in beide Frauen ergossen. Aber was plante die Hexe? Da sie sich so lange aus der Burg ferngehalten hatte, wollte sie offenbar verhindern, dass jemand von ihrem eigenen Kind erfuhr. Sollte es mit Sophies Säugling vertauscht werden? Nur ... das ging doch gar nicht. Drüben im Wohnturm wartete eine Hebamme, die Sophie bei der Geburt beistehen und Marsilius sein Kind in die Arme legen würde.

Es war, als könnte Edith Sophies Gedanken lesen. »Marsilius will einen Erben«, erklärte sie spröde. »Wer ihm den Sohn schenkt, ist ihm egal.«

»Er würde niemals einen Hexenbalg anerkennen.«

Edith zischte, als sie das Wort hörte, und rieb die schlanken Finger an den Hüften. Sophie war jetzt ihrerseits bei der Gittertür angelangt und sah mit einem flüchtigen Blick, dass sich an den runden Raum ein zweiter, eckiger anschloss. Zangen ... ein Stuhl, aus dessen Sitzfläche Nägel ragten – dort wurden die Foltergeräte aufbewahrt.

Rasch wandte sie die Augen ab. *Wo bleibt Eva?* »Er weidet mich auf einer grünen Aue ...«, begann sie zu beten. »Er führet mich zu frischem Wasser ...« In diesem Moment kehrte der Schmerz in ihren Leisten zurück. Er war so heftig und kam so plötzlich, dass sie nicht mehr auf das Angstloch achtete.

Sie stolperte.

Dass sie nicht in den Tod stürzte, war reines Glück. Sie bekam die Strickleiter zu fassen und rutschte mit brennenden Händen zum Felsboden hinab. Als sie aufschlug, wurde ihr die Leiter nachgeworfen. Die Stricke ergossen sich über ihren Körper, und Ediths Gelächter füllte die unterirdische Höhle. »Verrecke! Verreck endlich, du erbärmliches Stück Scheiße!«

Es gab einen Knall, als die Falltür zuschlug. Sophie stöhnte leise. Der Schmerz des Sturzes ließ mit der Zeit nach, aber das Kind trat sie, als hätte es die Todesgefahr gespürt. Sie nahm eine der Kerzen auf und hielt sie in den Händen wie ein Amulett. Ihr Kleid spannte über dem dicken, harten Bauch. Undeutlich hörte sie Edith rumoren. Dann verklang auch dieses Geräusch.

Die Zeit verrann, und irgendwann gestand Sophie sich ein, dass sie auf keine Hilfe hoffen konnte. Eva war davongelaufen – aber nicht zum Gesinde. Die Hexe hatte das Mädchen vollkommen unter ihrer Gewalt. Besorgt schaute Sophie auf das Wasser. Wurde das Rinnsal breiter? Der trockene Platz, auf dem sie hockte, schien kleiner geworden zu sein. Sie vermied es, zu Gesche zu blicken. Der Anblick war zu entsetzlich. Sie würde einfach abwarten. Die Hebamme würde sie schon bald vermissen und Marsilius informieren, und er würde eine Suchaktion befehlen, und wahrscheinlich ahnte er dann, wo er nachschauen musste.

Dieser Gedanke beruhigte sie kurz, aber dann ging ihr auf, dass sie unterschätzt hatte, wie rasch der Wasserpegel stieg. Sie hatte keine Ahnung, woher es kam. Es rann einfach an den Wänden herab und verbreiterte die Rinne. Mittlerweile musste sie die Beine anziehen, um keine nassen Füße zu bekommen.

Der Abfluss, der dafür sorgte, dass das Verließ nicht völlig absoff, befand sich am Ende des Rinnsals in einer Senke. Er wurde durch eine schmale, hohe Eisentür gesichert, deren oberstes Drittel aus einem Eisengitter bestand. Bis das Wasser durch dieses Gitter abfloss, würde das Verlies allerdings drei Fuß tief unter Wasser stehen – eine perfide Vorrichtung, um die Gefangenen, die in dem Kerker schmachteten, zu quälen. O Himmel, dachte Sophie. Was, wenn die Wehen kamen? Würde sie überhaupt noch stehen können? Würde ihr Kind bei der Geburt ertrinken? War das Ediths Plan?

Die Tür konnte durch eine Kette hinaufgezogen werden, aber sie besaß weder Schloss noch Klinke. Sophie stellte die Kerze ab und rüttelte an dem Gitter. Wie sie vermutet hatte, ließ es sich nicht bewegen. Sie zog sich wieder auf ihre Insel zurück und biss vor Nervosität auf ihr Daumengelenk. Das

Wasser stieg immer rascher. Bald musste sie eine der Kerzen aufnehmen und sich erheben. Mit den Füßen stand sie in einer Pfütze.

Der Schmerz kehrte zurück. Diese Mal breitete er sich in ihrem ganzen Unterleib aus. Es sind die Wehen, dachte sie. Oder schlimmer noch: Vielleicht hatte die Hexe den Turm doch nicht verlassen, sondern bohrte Nadeln in ihr Wachsbild. Sie begann zu schreien und hörte wieder auf, als der Schmerz verging.

In diesem Moment gab es ein knirschendes Geräusch. Die Gittertür wurde hochgezogen. Schwerfällig kreischten Ketten über Zahnräder. Einige faulende Zweige, die sich vor dem Gitter gesammelt hatten, wurden durch den Spalt, der entstand, fortgeschwemmt. Fassungslos vor Grauen, sah Sophie, wie Gesches Leiche angehoben wurde. Sie bewegte sich ruckartig, wie von einer Armee Ameisen getragen, auf das Loch zu. Ihr riesenhafter Leib stieß immer wieder gegen den Boden. Schließlich rutschte sie in den schwarzen Schlund hinab. Erst die Füße, dann der Körper, zuletzt das zerschlagene Gesicht. Das Wasser würde sie zu dem Weiher tragen, von dem Edith gesprochen hatte.

Und ich selbst werde ebenfalls dort landen.

Jetzt begriff Sophie, was die Hexe plante. Die offene Tür war eine Einladung. Verschwinde oder warte, bis sich die Tür wieder senkt, und ersaufe bei der Geburt. Natürlich wünschte Edith sich ihr Opfer möglichst rasch vom Halse, dadurch minderte sich die Gefahr der Entdeckung. Aber wenn sie die Tür öffnete, hieß das nicht, dass der Tunnel keinen Ausweg bot? Gab es überhaupt eine Chance, sich auf diesem Weg zu retten? Ja, dachte Sophie. Dann nämlich, wenn ich bis zum Weiher komme. Sie konnte schwimmen – das war etwas, womit die Hexe nicht rechnete. Mädchen aus gutem Haus lernten so etwas nicht. Es sei denn, sie hatten einen Vater, der sie wie einen Jungen großzog. Sophie hatte es schon gekonnt, als sie noch keine drei Jahre alt gewesen war.

Das Abflussloch war eng, sie hatte Mühe, sich mit ihrem dicken Bauch hindurchzuzwängen. Ihr Kleidersaum blieb an einem Stein hängen und riss. Zum Glück erweiterte sich ihr Bewegungsspielraum hinter dem Loch. Sie konnte beinahe aufrecht stehen. Triumph durchzuckte sie. Was, wenn ihr die Flucht tatsächlich gelang? Das Wasser strömte über ihre Waden.

Der Tunnel führte abwärts, was ihr Herzklopfen bereitete, denn sie wollte ja hinaus und nicht noch tiefer in die Erde. Aber was half es. Schon nach einem Dutzend Schritten verengte sich der Gang, und die Decke senkte sich herab. Sie musste in die Knie und sich hockend fortbewegen. Als der Schmerz sie erneut überfiel, musste sie ihn, eingeklemmt und ohne sich rühren zu können, über sich ergehen lassen. Mit zusammengebissenen Zähnen starrte sie auf den Fels. Spuren zeigten, dass man hier eine schmale Spalte mühevoll verbreitert hatte. War der Gang einmal als Fluchtweg aus der Burg angelegt worden? Wusste Marsilius von diesem geheimen Tunnel?

Sie vergaß ihre Überlegungen, als sie etwas Weiches berührte. Ängstlich hob Sophie die Kerze. Gesche. Ihr Leichnam hatte sich in den Vorsprüngen verfangen. Als der Schmerz nachließ, drückte Sophie sie vorwärts. Es war schrecklich. Obwohl Gesche tot war, hatte sie das Gefühl, ihr mit jedem Stoß weh zu tun. Dann gab es einen Ruck, und der Körper wurde vom Wasser fortgespült. Der Gang hatte sich wieder erweitert.

Schritt für Schritt tastete Sophie sich über den glitschigen Stein und betete ohne Unterlass, dass die Kerze lang genug brennen möge, bis sie zum Weiher kam. Je tiefer sie in den Bauch der Erde gelangte, umso höher stieg das Wasser. Sie war mittlerweile bis zur Taille durchnässt. Und immer wieder der Schmerz! Er wurde ihr schließlich zum Verhängnis. Als sie sich krümmte, stolperte sie, und dabei erlosch die Kerze.

Sonderbarerweise wurde es trotzdem nicht dunkel. Sie rappelte sich auf und starrte den Gang hinab. Ein anderes Licht kam auf sie zu. Es schwankte, wurde also von jemandem getragen. Nein, flüsterte sie. Nicht noch mehr. Kein weiterer Schrecken.

Ihr war nicht klar, was sie erwartete, aber auf keinen Fall das Wolfsgesicht, das plötzlich hinter dem Licht sichtbar wurde. Sophie blickte in eisblaue Augen, die in dem Fell eingebettet lagen. Einen Atemzug lang stand sie wieder vor dem Tor der Wildenburg und sah den Schimmel und seinen teuflischen Reiter – und genau diese Augen. Das Grauen verschloss ihr den Mund. Der Wolfskopf wuchs auf einer menschlichen Gestalt. Er stimmte also. Marx von Mengersen war ein Gestaltwandler. Und gerade jetzt ein Werwolf. Die Kreatur rief in einem gotteslästerlichen Fluch den Teufel an und warf sich auf sie.

Kapitel 14

Zuerst dachte Julius, er hätte ein Tier vor sich – eine angeschossene Wildsau oder etwas Ähnliches. Das Ding besaß ein zottiges Fell und zuckte und stieß unartikulierte Schreie aus. Dann erblickte er einen kleinen, weißen Fuß und schließlich den Zipfel eines rosafarbenen Kleides und begriff: Dort in der Schlammkuhle am Ufer des stinkenden Weihers, halb verborgen vom Schilf, lag eine Frau. Sie kreischte sich die Seele aus dem Leib.

Verstört fuhr er mit den Händen durch sein Haar und schaute durch den Schleier aus silbriger Luft, der das Tal nach dem nächtlichen Regenguss erfüllte, den Hang hinauf. Irgendwo hinter den Bäumen lag das Dorf Hecken, das Ziel seiner Reise. Alles drängte ihn voran. Und plötzlich hatte er eine schreiende Frau am Hals. Er fühlte sich hilflos. War sie vielleicht verletzt?

Gut, genau genommen hatte er ja keine Eile. Heinrich war tot, und er wollte herausfinden, aus welchem Grund der Junge sterben musste, aber dabei kam es auf den einen oder anderen Tag nicht an. Außerdem hatte er gar keine Wahl. Er konnte die arme Kreatur schließlich nicht ihrem Schicksal überlassen.

Als er sich über sie beugte und versuchte, ihr das Fell vom Körper zu ziehen, schrie die Frau noch lauter. Er brauchte

Kraft, um ihr das stinkige Stück aus den Händen zu reißen. Dann sah er, dass sie schwanger war. Allgütiger, sie brachte gerade ein Kind zur Welt. Entgeistert starrte er auf sie herab. Natürlich berührte ihn ihr Leid, aber er hatte keinen blassen Schimmer, wie er ihr helfen sollte. Kreischten alle Frauen bei der Geburt so gotteserbärmlich? Deutete das auf Komplikationen hin? Starben sie, wenn man nichts unternahm? Herr im Himmel!

Er versuchte die Frau auf den Rücken zu drehen, aber das war gar nicht so einfach. Sie wehrte sich, beschimpfte ihn und trat ihm die Beine weg, so dass er ebenfalls im Tümpelufer landete. Es war eine junge, nicht besonders hübsche Frau – zumindest so viel konnte er jetzt erkennen. Ihr Gesicht war spitz wie das einer Feldmaus und krebsrot.

»Hilf mir!«, gurgelte sie in einer Panik, die ihm an die Nieren ging. Offenbar hatte sie begriffen, dass er ihr beistehen wollte.

»Was soll ich tun?«

Die Antwort war ein Fluch, von dem man nur hoffen konnte, dass er nicht in himmlische Gefilde vorstieß. Die Schlammmulde war kein geeigneter Aufenthaltsort für ein Menschlein, das das Licht der Welt erblicken sollte – so viel zumindest war gewiss. Julius schaute sich um. Die Regenwolken waren abzogen, aber aus dem Laub pladderte immer noch Wasser zur Erde, und der Wind pfiff scharf. Er brauchte für die Frau einen Unterschlupf. Resignierend stapfte er aus dem Tümpel und zog die Gebärende hinter sich her. Leider schien sie nicht in der Lage zu sein zu laufen. Und er war nicht Herkules, der sie meilenweit schleppen konnte. Er musste zusehen, dass er etwas in der Nähe fand.

Tatsächlich entdeckte er eine gefällte Buche, deren Wurzelwerk wie ein riesiger Schirm über der Kuhle hing, die sie bei ihrem Sturz gerissen hatte. Holunderbüsche und Schneeballsträucher hatten die Wurzelstränge überwuchert, weiches Moos sich in der Kuhle breitgemacht. Es war nicht vollkommen, aber das Beste, was sich anbot. Julius drehte sich zu der Frau um. Ihr Geschrei brach ab. Herrgott, starb sie? Sie hatte die Augen aufgeschlagen, die in dem bleichen Gesicht wie schwarze Murmeln aussahen, und fauchte ihn an: »Nimm die dreckigen Finger weg!«

»Was?«

»Es ist meins.«

Er ging neben ihr in die Hocke. »Hör zu, mein Name ist …«

»Es ist meins.«

Wovon redete sie? Von dem Kind? »Natürlich ist es deins«, versicherte er ihr. Was denn sonst! Das Haar hing ihr ins Gesicht. Sie zitterte vor Kälte. Das nasse Kleid klebte an ihrem Körper und formte ihn in allen Einzelheiten nach. »Hör zu, du brauchst ein Plätzchen, wo es trockener ist als hier, damit das Kleine wohlbehalten zur Welt kommen kann«, versuchte er ihr ruhig und vernünftig zu erklären. Die Frau stierte ihn an wie einen Geist. Er ahnte, dass sie jeden Moment von neuem zu heulen beginnen würde. Und da geschah es auch schon. Sie krümmte sich und kreischte: »Die Hexe!«

»Eine Hexe?«, fragte er verständnislos.

»Die Hexe, die … Auuu …«

»Kannst du aufstehen? Ich kann dich nicht tragen, vor allem, wenn du …«

»Auuauu …«

»… wenn du so zappelst und …«

»… sticht in das Bild«, kreischte die Frau.

»Was?«

»Sie sticht in das Bild. Sie sticht mich … oh … o nein …«

Julius seufzte. Er packte erneut zu und schleifte die Frau durch das Gras, während sie sich in seinen Händen wand. Ihre Füße – an einem befand sich noch ein grüner, völlig verdreckter Schuh – zogen Rillen im Unkraut. Hölle, hatte sie ein Gewicht! Auf halbem Weg rutschte sie ihm aus den Händen. Sie biss ihn wie ein Tier, als er erneut zufassen wollte. »Sie ist tot!«, kreischte sie.

»Wer, Herrgott noch mal?«

»… hat mich gewarnt. Und nun … Aaaaaah …«

O lieber Jesus. Julius hätte ein Jahr seines Lebens gegeben, um eine Hebamme herbeizaubern zu können. Noch nie im Leben hatte er sich so unzulänglich gefühlt.

»Gesche ist tot.« Ein Blick voller Jammer.

»Das tut mir leid«, erwiderte Julius, ohne etwas zu begreifen.

»Sie sticht mich.«

»Dann zum Teufel mit ihr!«

»Aaaaah …«

Sein Blick glitt über das Kleid der Gebärenden, das schmutzig und zerrissen war, aber aus teurem Stoff. Offenbar kam sie aus gutem Haus. War ihr Kind unehelich? Hatte man sie deshalb davongejagt? Aber wer war tot? Ihre Magd? Handelte es sich bei der werdenden Mutter um das Opfer eines Überfalls?

Sie jammerte, aber nicht mehr so laut wie zuvor. Offenbar klang die Wehe gerade ab – wie auch immer man sich das vorzustellen hatte. Julius nutzte den Moment und schleifte die Frau zur Kuhle. Die letzten Meter trat sie gegen den Boden und machte die Plackerei zu einem wahren Kraftakt. Ihr Weinen ging ihm durch Mark und Knochen, und die unnatürliche Blässe ihres Gesichtes machte ihm Angst.

Endlich hatte er sie unter dem schützenden Wurzeldach. Sie stieß einen markerschütternden Schrei aus und biss ihn erneut. Gleich darauf entschuldigte sie sich – und krallte sich in seinen Arm, was mindestens ebenso schmerzte. Er kauerte sich neben sie ins Moos, überließ ihr den Arm und hoffte auf eine Eingebung. Wie war er nur in diese Lage geraten?

Ein Blick zum Himmel zeigte ihm, dass es immer noch früher Morgen war. Kaum anzunehmen, dass jemand den einsamen Weg entlangkam. »Ihr habt es bald geschafft«, versicherte er der Frau, als sie einen Moment still lag.

»Das weißt du doch gar nicht.« Ihre Lippe blutete. In den Augen waren Äderchen geplatzt.

»Soll ich jemanden holen?«

»Was? O … nein, nein bitte … bleib!« Sie rollte sich in seinen Schoß und klammerte sich an ihm fest. Ihr Bauch lagerte auf seinem linken Bein. Als er ihr die Haare aus dem Gesicht strich, fühlte er, dass ihr Kopf heiß war. War es normal, dass Gebärende fieberten? Verflucht, wenn er doch mehr wüsste. Das Mädchen sah kämpferisch aus, trotz seiner Tränen. In ihren Augen glühte es. Sie wollte sich durchbeißen. Davor hatte er Respekt.

»Mach Wasser heiß …«, stieß sie in einer Wehenpause hervor.

»Was?«

»Wir brauchen heißes Wasser. Weißt du denn gar nichts. Wir … Ooooo …«

»Wozu heißes Wasser?«

»Weiß nicht.« Die Schmerzen schnitten wieder durch ihren Körper. »Weiß ich nicht. Weiß ich doch … O Jesus … Dummkopf!« Ihr Kreischen verursachte ihm Übelkeit. War Gott bewusst gewesen, was er seinen Töchtern antat, als er sie dazu verdammte, ihre Kinder unter Schmerzen zu gebären? Hatte er wirklich dieses erbarmungswürdige Ausmaß geplant?

»Sie sticht mich mit der Nadel …«

»Wer denn?«

»Die Hexe!« Die Frau umklammerte sein Bein. Mücken, die der Regenguss vertrieben hatte, kehrten zurück und sammelten sich zu aufdringlichen Attacken. Julius merkte, dass sein Hemd schweißnass an seinem Körper klebte. »Wie ist Euer Name?«

»Gott, o Gott, hilf mir!«

Wozu mochte man während einer Geburt heißes Wasser brauchen? Er meinte, davon gehört zu haben, dass heißes Wasser in die Zimmer von Gebärenden getragen wurde, aber wozu benutzte man es? Die Neugeborenen wurden doch sicher nicht abgekocht. Ein warmer Strahl ergoss sich über sein linkes Bein. Er verzog angewidert das Gesicht, bis ihm klar wurde, dass kein Mensch solche Menge Urin von sich geben konnte. »Herr im Himmel«, murmelte er pikiert.

Und dann schrie sie so laut, dass es das Wurzelwerk erschütterte.

Das Wesen, das sie aus sich herauspresste, war blau im Gesicht und blutig und schleimig und so ungefähr das Abstoßendste, was er je gesehen hatte. Es brüllte wie zuvor die Mutter. Die Frau selbst lag erschlafft im Moos. Julius starrte wie hypnotisiert auf das Scheusal zwischen den bis zur Scham nackten Beinen. Allgütiger, was sollte er tun? Kochendes Wasser? Wozu denn nur? Plötzlich begann die Frau noch einmal zu pressen. Sie drückte etwas heraus, das ebenso unappetitlich wie das Kind und mit diesem durch eine bläulich-weiße geringelte Schnur verbunden war.

Schwach erinnerte sich Julius an die Jungen, die Elisabeths Hündin geworfen hatte. Die Sache war ähnlich abgelaufen, und nach der Geburt hatte die Hündin begonnen, ihren Welpen die Schnur durchzukauen. Anschließend hatte sie die blutigen Reste, die an der Schnur hingen, gefressen. Von einer menschlichen Mutter wurde etwas so Ekelerregendes sicher nicht erwartet, aber ihm schwante, dass das Kind ebenfalls von der Schnur befreit werden musste. Das Prinzip der Ähnlichkeit in der Schöpfung.

Er wartete einige Minuten, in der Hoffnung, dass etwas geschähe, was aber nicht der Fall war. Das Kind hörte auf zu schreien und schlug die Augen auf. Sie waren blau und das Erste an ihm, was er nicht hässlich fand.

Er nahm sein Messer aus dem Gürtel und schnitt die pulsierende Schnur durch. Das Kind strampelte, doch es schien keine Schmerzen zu haben und durch den Schnitt auch nicht in Schwierigkeiten zu geraten. Offenbar hatte er richtig gehandelt. Dadurch ermutigt, zog er sein Hemd aus, machte es im Tümpel nass und begann, den Säugling zu säubern.

Irgendwann fiel ihm auf, dass die Frau blutete. Auch das

noch! Er wusch das Hemd aus, legte den nassen Stoff zwischen ihre Beine und hoffte das Beste. Wer hätte gedacht, dass eine Geburt etwas so Unappetitliches war.

Es wurde wärmer und zum Mittag hin heiß. Allmählich dämmerte Julius, dass er in der Falle saß. Der Tümpel lag so abseits der Wege, dass keine Seele vorbeikam. Und die Frau glühte, sie hatte zu fiebern begonnen. Was, wenn sie starb? Wie sollte er dann herausbekommen, wer ihre Familie und vor allem der Vater ihres Kindes war? Natürlich könnte er den Säugling im nächsten Dorf abgeben und hoffen, dass man die Tote dort kannte und sich um ihren Nachwuchs kümmerte. Aber wenn nicht ... Ihm war klar, dass das Kind dann sterben würde. Ammen waren rar, und es hieß, dass kaum ein Säugling die ersten Wochen in den Findelhäusern überlebte. Was ihn natürlich nichts anging.

Der Gedanke machte ihm dennoch zu schaffen. Das Kleine hatte sich so tapfer ins Leben gekämpft. Es ballte die winzigen Fäustchen und rekelte sich und schien so ... unternehmungslustig. Manchmal zuckte sogar etwas wie ein Lächeln über sein Gesicht. Ein ungewöhnliches Kind. Er hatte es in eines der Beine seiner Ersatzhose gewickelt und ihm das andere um den Körper geschlungen. In einer Ahnung, dass es hungrig sein könnte, hatte er außerdem die Brust der Frau entblößt und den Mund des Kindes an eine der Brustwarzen gelegt. Er war fasziniert davon, wie es auf Anhieb begriff, auf welche Art es an Nahrung gelangte, und wie beharrlich es sich anstrengte und dafür sorgte, dass die Brustwarzen hergaben, was möglich war.

»Du hast Schneid«, sagte er, aber sein Lächeln war halbherzig. Denn was half aller Schneid, wenn man zu klein war, um für sich zu sorgen? Kinder starben, selbst die, um die man sich kümmerte. Er durfte nicht sentimental werden. Natürlich könnte er nach einer Amme suchen und sie aus eigener Tasche bezahlen. Und gelegentlich überprüfen, ob es ihm gut ging.

Es wurde Nachmittag. Immer noch hatte sich keine Menschenseele blicken lassen, aber er wagte auch nicht, sich zu entfernen. Die Frau war immer noch halb bewusstlos, und er hatte Angst, dass sich ein wildes Tier über den Säugling hermachen könnte. Dann schlug sie die Augen auf. Der Blick, mit dem sie ihn musterte, war misstrauisch und ängstlich. Sie sah aus, als versuchte sie sich zu besinnen, was geschehen war. Süßer Heiland, so ein junges Ding. Er fand, dass sie etwas von einer Katze hatte. Buckelnd und zurückweichend. Sie schwitzte wegen des Fiebers und schob den Mantel aus Wolfsfell beiseite. Ihr Körper wirkte in dem viel zu weiten Kleid knöchern und zerbrechlich. »Mir tut alles weh.«

»Tja. Es war wohl eine schwere Geburt.« Er hatte keine Ahnung, ob das stimmte. Aber dieses viele Blut.

»Wer seid Ihr?«

Er nannte seinen Namen, mit dem sie natürlich nichts anfangen konnte. Sie wirkte verwirrt und starrte zum Himmel. Als er die Hand auf ihre Stirn legte, um festzustellen, ob es ihr besser ging, schob sie sie beiseite. »Was tut Ihr hier?«

Er erklärte ihr die Situation.

»Ach so«, sagte sie.

»Das Kind trinkt gut. Ihr braucht Euch keine Sorgen zu machen.«

Der Ausdruck in ihrem Gesicht war schwer zu deuten. Nach Mutterliebe sah er jedenfalls nicht aus. Einen Moment lang fühlte Julius sich abgestoßen. Eine Mutter sollte nach seiner Vorstellung ihrem Nachwuchs warme Gefühle entgegenbringen – gleich unter welchen Umständen sie ihn geboren hatte.

»Ihr seid ein Reisender?«, fragte sie, obwohl er ihr das doch gerade ausführlich erklärt hatte.

»Ich bin auf der Suche nach einem Pfarrer namens Ambrosius. In seinem Garten wurde der Leichnam eines jungen Mannes gefunden, und da ich mit diesem Toten durch herzliche Gefühle verbunden bin, wollte ich von dem Pfarrer erfahren …«

»Ambrosius ist verschwunden. Wahrscheinlich tot.«

Aha, sie hatte ihn also gekannt. Was die Wahrscheinlichkeit erhöhte, dass sie aus der Gegend stammte. »Ich habe gehört, er sei wieder in seiner Pfarrei aufgetaucht.«

»Wirklich?« Die Frau rieb mit dem Handballen über ihre Augen. Er hatte die Scheußlichkeit zwischen ihren Beinen entfernt, während sie schlief, aber wenn sie auch nur den Geruchssinn eines Regenwurms besaß, musste sie sich vor ihrem eigenen Gestank ekeln. Wahrscheinlich war ihr die Lage entsetzlich peinlich. Julius griff nach seiner Lederflasche, in der sich noch ein Rest Wasser befand. »Wollt Ihr …«

»Auf jeden Fall gehe ich nicht zurück.«

»Wohin denn?«

»In die Burg.«

»In …« Julius' Blick ging unwillkürlich zu dem Gebäudekomplex mit dem imponierenden Palas und den Schutztürmen, der weithin sichtbar jenseits des Tümpels auf einer Felsschanze thronte. »Wohnt Ihr dort?«

»Mein Mann ist der Burgherr«, erklärte sie gleichgültig.

»Ihr seid die Freiherrin von Palandt? Was zum Teufel hat Euch dazu gebracht …«

»Ich kann nicht zurück.«

»Nun …«

»Marsilius hat gewusst, dass die Hexe wieder in der Burg ist. Ohne seine Hilfe wäre sie nicht durchs Tor gekommen. Deshalb war er auch so schroff. Er war müde, aber nicht von seiner Arbeit, sondern vom Huren.«

O lieber Herr Jesus. Er hatte ja geahnt, dass etwas nicht stimmte.

»Ich will zu meinen Eltern.«

Nun gut, das würde sich finden. Julius beugte sich vor und hob die Pluderhose mit dem Säugling auf. Das Kleine hatte dunkle Haare wie die Mutter. Es war wach und blickte ihn mit gespitzten Lippen an. Er ertappte sich dabei, wie er ihm zuzwinkerte. Niedlicher Knirps. Er wollte es seiner Mutter reichen, aber die Frau drehte sich ruppig fort.

»Und wie soll es heißen?«, fragte er, um seine Verärgerung zu verbergen.

»Marsilius, nehme ich an. So heißen die Söhne in dieser Familie.«

»Nun, es ist ein Mädchen.«

Die Frau schwieg verblüfft, und einen Moment meinte er etwas wie Unsicherheit in ihren Zügen zu entdecken. Doch dann kehrte die alte Gleichgültigkeit zurück. »Ihr versteht das nicht.«

»Was verstehe ich nicht?«

»Das Kind.«

»*Was* verstehe ich nicht an dem Kind?« Wieder fiel ihm auf, wie herrgottserbarmungswürdig jung die Frau noch war. Er bemühte sich, sanfter zu sprechen. »Was ist denn mit ihr?«

»Die Nacht«, sagte sie. »Es war kalt in der Nacht, in der sie gezeugt wurde. Die Gäste sind in ihre Kammern gegangen. Einige sind im Saal geblieben, weil sie sich unter die Tische getrunken hatten. Meine Eltern waren da. Meine Mutter hat mir noch zugeflüstert, was ich machen soll, als Marsilius sich anschickte, das Fest zu verlassen. Aber ich wusste das selbst. Sie hatte es mir ja schon vorher erklärt.«

Er ahnte, was kommen würde. Ihr Mann war zu ihr ins Bett gestiegen, und das hatte ihr Schamgefühl verletzt, und vielleicht hatte der Trottel von Ehemann ihr auch noch weh getan, als er sich sein Recht verschaffte. Nur wollte Julius sich das nicht anhören. Irgendwann würde es ihr leidtun, ihr Unglück vor einem Wildfremden ausgebreitet zu haben. »Hört, bitte …«

»Ich dachte, es wäre eine Magd.«

»Was?«

»Sie stand am Bett. Der Raum war fast dunkel. Es war ja Winter, nicht wahr? Sie stand am Bett und hatte ein feurig rotes Kleid an, aber ihre Brüste waren nackt.«

Der Säugling begann zu greinen, und Julius wiegte ihn beruhigend.

»Meinem Ehemann hat es gefallen, eine Hexe in unsere

Schlafkammer zu holen. Er hat uns beide ins Bett gezogen und sich zwischen uns gelegt und seinen Samen in unseren Leibern verteilt, und die Hexe hat dazu gemurmelt und Dinge gemacht, die ich nicht sehen konnte. Nein, ich *wollte* sie nicht sehen«, gab sie mit schwerem Atmen zu, als wäre er ihr Beichtvater, vor dem sie keine Geheimnisse haben durfte. »Ich wollte ihr Gelächter nicht hören und was sie sagte und ... Ich wollte das nicht.« Sie leckte über ihre Lippen. »Aber jetzt weiß ich, dass Marsilius in dieser Nacht zwei Söhne ... nein, einen Sohn und eine Tochter gezeugt hat. Und das Kind in meinem Leib wurde verflucht durch die Hexe, die auf seiner anderen Seite lag.« Sie schaute ihn zum ersten Mal direkt an. »Heut, als es geboren wurde, hat es mir den Unterleib zerrissen. Ich hatte noch nie solche Schmerzen. Sie hat es in dieser Nacht dazu verdammt, mir Unglück zu bringen.«

»Aber nicht doch.« Julius blickte in das zerknautschte kleine Gesicht, in dem ein rekelndes Staunen lag. Ihm zog sich der Magen zusammen. Kaum zur Welt gekommen, und schon war das Kind in ein Geflecht aus Aberglauben und Schuld. »Geburten sind schwierig und schmerzhaft, das hat nichts zu sagen.«

Sie schwieg.

»Und wenn Euer Ehemann Euch tatsächlich in der Art beschämte, die Ihr geschildert habt, dann ist das scheußlich, aber es hat nichts mit Hexerei zu tun. Nur mit menschlicher Gemeinheit.« Er wusste, wovon er sprach. Bevor er ins Gut Herbede gezogen war, hatte er als Jurist an der Kölner Universität gearbeitet. Diese Position hatte es mit sich gebracht, dass er mehrere Male an Hexenprozessen teilnehmen musste. Sein glühender Abscheu gegen das böse Gelichter hatte sich allerdings rasch in Ratlosigkeit verwandelt, denn er erkannte, dass die meisten Geständnisse und Selbstbezichtigungen auf die Folter zurückzuführen waren. Vielleicht war er befangen, aber es erschien ihm unwahrscheinlich, dass die Hure im Bett des Freiherrn eine Hexe gewesen war.

Es war, als hätte die Frau seine Gedanken gelesen. »Niemand wird mir glauben«, murmelte sie.

Julius stellte fest, dass der Säugling ihm das geliehene Hosenbein durchnässt und außerdem eine schwarze Masse in den Stoff gekackt hatte. Er legte ihn neben seiner Mutter ab und kletterte aus der Kuhle hinaus. Mit einem Seufzer reckte er die schmerzenden Glieder.

Seine Gedanken wanderten zum eigentlichen Grund seiner Reise. Er hatte sich von Reinhard die Briefe geben lassen, die Marsilius von Palandt an ihn und Elisabeth geschickt hatte. Nicht, dass sie besonders informativ gewesen wären. Der Freiherr hatte von dem Verbrechen berichtet, das er leider nicht verhindern konnte, und von Marx' Weigerung, ein Geständnis abzulegen. In einem späteren Brief dann von dessen Flucht, der Jagd auf ihn und schließlich von dem glücklichen Ausgang dieser Jagd. Hatte er in den Nachrichten etwas unterschlagen? Wusste er vielleicht von dem geheimnisvollen Brief? Hatte er ihn womöglich gefunden? Julius glaubte nicht daran. Da Marsilius mit Elisabeths Familie verwandt war, hätte er ihnen sicherlich alles berichtet, was ihm merkwürdig vorgekommen war.

Nein, Julius musste sich mit dem Pater unterhalten, den Marx entführt hatte und der wundersamerweise wohlbehalten in seine Pfarrei zurückgekehrt war. Marx war in der Nacht, in der Heinrich ermordet wurde, bei dem Jungen gewesen. Er hatte ihn umgebracht oder wusste, wer der Täter war. Und Ambrosius würde ihm möglicherweise den Weg zu dem Schweinehund weisen können.

Dem *toten* Schweinehund?

Julius lächelte grimmig. Die Vorstellung, Marx könnte sich in ein brennendes Haus gestürzt haben, um der Gefangennahme zu entgehen, war lächerlich. Dieser arrogante Mistkerl gab in keiner Situation auf. Er hätte sich mit seinem gottverdammten, hochnäsigen Lächeln den Verfolgern ergeben, wenn es unumgänglich gewesen wäre, und auf eine Gelegenheit zur Flucht gewartet. Sich umzubringen setzte Angst vor der Zukunft voraus. Aber Marx von Mengersen kannte keine Angst. Genau das war es ja, was ihn so ungenießbar machte und ... so gefährlich. Julius war sicher, dass Marx seinen Tod inszeniert hatte, um ungestört seinen Geschäften nachgehen zu können. Worin auch immer die bestehen mochten. In der Unterstützung Wallensteins? Lag das nicht am nächsten?

O Herr im Himmel, wenn ich nur erst diese unappetitliche Angelegenheit mit der Freiherrin hinter mir habe, dachte Julius verdrossen.

Kapitel 15

Es waren merkwürdige Tage. Vater saß auf Sophies Bettkante und versuchte sie ungeschickt zu trösten. Mutter strich mit feuchten Tüchern über ihr Gesicht. Christine brachte ihr das Kind. Zuerst, in der Zeit, als Sophie noch Fieber hatte, verwechselte sie es mit Jürgen und ließ es gleichgültig geschehen. Aber irgendwann wurde Sophie klar, dass es sich um ihre eigene Tochter handeln musste, und da spürte sie, wie sich Abneigung und Angst in ihr breitmachten. Sie hatte keinen normalen Menschen zur Welt gebracht. Ihr Kind war in der Nacht seiner Zeugung verflucht worden.

Wenn man es ihr in den Arm legte, hätte sie es am liebsten von sich gestoßen. Aber das traute sie sich nicht, denn Ursula war völlig vernarrt in die Enkeltochter, und Sophie schämte sich zu sehr, um von ihrer Hochzeitsnacht zu erzählen. Doch sooft man sie mit dem Kind allein ließ, legte sie es ans Fußende des Bettes und lehnte sich selbst mit angezogenen Beinen gegen das hölzerne Kopfende, obwohl das Sitzen scheußlich weh tat.

Ihre Tochter war bis zum Hals gewickelt und konnte sie daher nur ansehen. Doch das tat sie mit hellwachen Augen. Die Blicke waren bohrend und unangenehm. Als wollte sie meine urgeheimsten Gedanken ergründen, dachte Sophie und bekreuzigte sich ein ums andere Mal. Es wunderte sie nicht, dass das Kind ihr die Brustwarzen blutig gebissen hatte. Zum

Glück kümmerte sich nun eine Amme um diesen Teil der Versorgung.

Mutter und Christine fanden das Mädchen niedlich, und das stimmte auch. Obwohl sie Marsilius' hervorquellende Augen, seine vollen Lippen und sein braunes Haar, einschließlich der Geheimratsecken, geerbt hatte, war sie dennoch auf merkwürdige Weise hübsch. »Nein, solch ein süßes Engelchen. Wenn der Vater sie erst sieht, wird er hingerissen sein«, hatte Mutter gemeint und dabei konsequent die Tatsache ignoriert, dass Sophie vor ihrem Ehemann geflohen war. Marsilius würde seine kleine Familie abholen, und dann würde alles gut werden. Davon redete sie Tag und Nacht.

Das Kind blickte wieder zu Sophie. Es verzog das Gesicht, als wollte es weinen. Nur das nicht. Wenn es laut würde, käme Ursula ins Zimmer und mit ihr kämen wieder die Vorwürfe. Widerwillig kroch Sophie über die Bettdecken und nahm ihre Tochter auf den Arm.

Sie hieß Henriette. Mutter hatte den Namen ausgesucht, weil sie fand, dass jeder christliche Mensch einen Namen brauche, bei dem man ihn rief. Später könne der Vater ihn ja nach seinen Wünschen ändern, hatte sie gesagt.

Später …

Sophie konnte kaum atmen, wenn sie an das *Später* dachte. Natürlich hatte sie ihren Eltern von der Nacht im Hexenturm erzählt und was Edith ihr antun wollte und wie dieser Julius Drach sie gerettet hatte. Mutter war vor Entsetzen kreidebleich geworden. Sie hatte sich und Vater Wein eingeschenkt. Dann war sie durch das Zimmer gelaufen, hatte Dinge verrückt und unsichtbare Staubflusen fortgewischt, und schließlich hatte sie Sophies Schilderungen auf das Fieber zurückgeführt. Edith war ohne Zweifel ein furchtbares Weib, aber der Hexenaltar, die Flucht durch den Tunnel und dann noch der Werwolf … Ausgeschlossen! Sophie war, als die Geburt begann, in Panik aus der Burg gelaufen. Und alles andere kam vom Fieber!

Vater hatte während dieses Monologs stumm dagesessen.

Ihm war nicht anzumerken, ob er seiner Tochter glaubte. Jedenfalls hatten ihre Eltern einen Boten zur Wildenburg geschickt. Und Marsilius hatte angekündigt, dass er sie heimholen würde. Über Edith und das Geschehen im Turm wurde nicht mehr gesprochen.

Henriette war wieder eingeschlafen, und Sophie ließ sie vorsichtig auf die Decke zurückgleiten. Sie kroch aus dem Bett und schritt zum Fenster, das zu einem Obstgarten hinausging. Die späten Kirschen hingen dunkelrot in den Bäumen. Pflückkörbe standen darunter. Eine Schildkröte, die Christine gehörte, kroch über das gepflasterte, schattige Eckchen, wo Mutter Stühle und Tische hatte aufstellen lassen. Jürgen war zu hören, der irgendwo weinte, aber sie konnte weder ihn noch seine Großmutter, die ihn tröstete, entdecken.

Ich will hierbleiben, dachte Sophie sehnsüchtig. Würde Marsilius sich vielleicht zufriedengeben, wenn er Henriette bekäme? Sie hasste sich für diesen Gedanken. Auch wenn ihr Kind verflucht war – es der Hexe Edith auszuliefern war eine schreckliche Vorstellung. Wenn es doch nur ein Sohn wäre! Einen männlichen Erben würde Marsilius wie seinen Augapfel hüten. Doch eine Tochter war ein lästiges Nichts, das verheiratet werden musste und den Besitz schmälerte. Wenn dem Mädchen etwas zustieße, würde ihn das kaum kümmern.

Aber das waren nutzlose Gedanken, denn natürlich würde Marsilius darauf bestehen, dass auch seine Frau ihm folgte. Er würde Sophie so bald wie möglich ein zweites Mal schwängern, um endlich den ersehnten Stammhalter zu bekommen. Ihr wurde übel, als sie daran dachte.

Die Tür ging auf, und Mutter kam mit Christine und Jürgen im Schlepptau herein. Voller Stolz erzählten die beiden, dass der Junge sein erstes Wort gesprochen habe. *Biss* – der Name von Ursulas Schoßhund. Sophie murmelte etwas, von dem sie hoffte, dass es nach Begeisterung klang, und hörte zu, wie Ursula und ihre Schwester sich miteinander unterhielten.

»Du wirst das Henriettchen aber nicht mehr lange pucken.

Sobald sie aufhört, sich über ihre zappelnden Händchen zu erschrecken, kommen die Wickelbänder herab!«, bestimmte Mutter, während sie Jürgen auf den honiggelben Dielen absetzte und sich dem zweiten Enkelkind zuwandte. Zärtlich hob sie das Bündelchen an. »Was für ein Näschen, so ein niedliches ... Nein, du duscheldutt, dudidutt ...« Sie streckte das Kinn vor, während sie mit der Kleinen schäkerte. »Sie hat deine Nase, Sophie. Sieh doch nur. Aber was die Wickelbänder angeht ...«

Mutter hatte während ihrer letzten eigenen Schwangerschaft von einem Wundarzt namens Felix Würtz gelesen, der fand, dass Säuglinge am besten gediehen, wenn man sie nackend strampeln ließ. Ein ständiges Thema unter den Frauen im Haus.

»Du hörst mir ja gar nicht zu!«, bemerkte Ursula.

Widerstrebend nahm Sophie ihrer Mutter das Kind ab, das sie ihr hinhielt.

»Greife fester zu. Sie muss sich sicher fühlen!«

Aus dem Augenwinkel sah Sophie, wie Christine Jürgen auf den Arm nahm und auf Zehenspitzen mit ihm das Zimmer verließ. Sie ging selbst zum nächsten Stuhl und ließ sich darauf nieder. Mit dem Gewicht in den Armen begannen die kaum verheilten Geburtsverletzungen wieder zu schmerzen.

»Zum Glück ist sie gesund, trotz deines unbesonnenen Verhaltens. Wie konntest du nur einfach fortlaufen. Ihr hättet beide sterben können!«, klagte Mutter. Die eigene Vermutung war in ihren Augen zu einer unbestreitbaren Tatsache geworden. »Welch ein Segen, dass Herr Drach euch fand. Ich habe eine Kerze in der Kapelle entzündet, um dem Allmächtigen dafür zu danken. Das hättest du auch tun können.«

Sophie nickte mechanisch.

»Wir können nur hoffen, dass dein Ehemann dir dein ... dein schockierendes Benehmen verzeihen wird.«

Wieder nickte Sophie.

»Natürlich habe ich ihm in dem Brief erklärt, dass solch ein merkwürdiges Verhalten unter der Geburt gar nicht selten vorkommt. Viele Frauen, besonders wenn sie schmal gebaut sind, verlieren vor Schmerzen kurzzeitig den Verstand.« Mutter nahm ihr Henriette ab und strich dem Mädchen über die rosige Wange. »Ich verlasse mich darauf, dass du nicht weiter darauf beharrst, deinen Fieberwahn mit etwas wirklich Erlebtem zu verwechseln. Eine Hexe! Weißt du eigentlich, was du Marsilius vorwirfst? In welches Licht du ihn setzt? Ein Mann, der eine Hexe unter seinem Dach duldet …« Ursula holte Luft, bevor sie weitersprach. »Was, wenn man ihm vorwirft, ebenfalls ein Hexer zu sein? Du könntest deinen Ehemann ruinieren, wenn du diesen Verdacht in die Welt streust. Ist dir das klar? Er hat viele Feinde. Es mag ja sein, dass er schwach geworden ist, als das Weib zurückkam. Vielleicht hat er sie wieder in die Burg gelassen. Aber alles andere hast du dir nur eingebildet!«

Sie setzte sich neben ihre Tochter und drückte Henriette einen Kuss auf die Wange. »Ach, Kind. Es sah so aus, als hätten wir dich am vorteilhaftesten verheiratet. Ein manierlicher Mann, nur wenig älter als du selbst, mit einem sicheren Auskommen und dem besten Ansehen. Da waren doch alle Voraussetzungen für eine glückliche Ehe gegeben.« Eine Weile war es still im Raum. Mutter schaute unglücklich auf die kleine Henriette, der schon wieder die Augen zufielen. Schließlich sagte sie: »An allem ist nur Edith schuld. Das Weib muss fort. Darauf werden wir bestehen. Das habe ich auch zu deinem Vater gesagt, Sophie. Sie war von Anfang an Gift für euer Glück.«

»Und wenn Marsilius sich weigert?«

»Verlass dich auf mich! Ich werde ihm schon den Kopf zurechtrücken. Du musst nur selbst auch deinen Teil dazu beitragen. Sei liebenswürdig zu ihm. Geh ihm um den Bart.«

»Edith hat meine Magd ermordet.«

»Davon will ich jetzt aber wirklich nichts mehr hören!« Das Kind schreckte bei Mutters scharfem Tonfall zusammen. Es streckte die kleine, rosa Zunge heraus. Sophie starrte es an wie etwas Fremdes.

Kapitel 16

Die Taverne war dunkel und schmutzig und vom Lärm der Gäste erfüllt. Trotz der fortgeschrittenen Stunde war sie bis auf die letzte Bank gefüllt. Die Männer und die Dirnen, die ihr Glück bei ihnen versuchten, waren ausnahmslos betrunken, und ihre Körperausdünstungen füllten den Raum. Es roch nach Dreck, Bier und Schweiß. Das Federvieh, das im Stroh nach Brotkrumen scharrte, trug auch nicht zu größerem Wohlgeruch bei. Als wäre man in einem Hühnerstall, dachte Julius und rieb sich die müden Augen.

Der Wirt, ein magerer, flinker Mann mit einer kreisrunden kahlen Stelle auf dem ansonsten üppig bewachsenen Kopf, füllte die Becher seiner lallenden Gäste nach und jagte die Huren, die zu müde waren, um die Männer noch zu umschmeicheln, aus den Ecken hoch. Ein Junge mit geschlitzten Verbrecherohren, der einer Laute etwas wie Wohlklang zu entlocken suchte, bekam einen Fußtritt. Einige Söldner hatten sich abseits von den anderen Gästen gesammelt, sei es, dass sie wegen ihrer Verletzungen zu geschwächt für den Trubel waren oder dass der Stolz sie vom Rest des Gesindels fernhielt.

»Ich habe gesagt, dass es Euch nicht gefallen wird«, bemerkte Pater Ambrosius, der mit seiner Sutane dafür sorgte, dass sie von den Huren unbehelligt blieben.

»Noch einen Becher Wein?« Julius winkte dem Wirt, als Ambrosius nickte.

»Ich bin sicher, wenn Marx tatsächlich noch lebt, weiß er bereits, dass Ihr hier seid«, murmelte der Geistliche. »Er ist ein umtriebiger Mensch. Hat überall seine Finger drinstecken. Hier ein Geldstück für einen Postreiter, dort für einen Schankwirt, der ihm was zutragen soll. So war es jedenfalls, als ich noch bei ihm gewesen bin. Aber ich gebe Euch zu bedenken: Ich habe ihn selbst in das brennende Haus flüchten sehen. Unmöglich, dass er von dort entkommen ist. Und genau das sagten auch die Unholde, die er um sich geschart hatte: Unmöglich! Andernfalls hätten sie sich kaum so rasch zerstreut.«

»Habt Ihr bedacht, dass Marx Euch vielleicht zu diesem Raubzug mitnahm, weil er genau *diese* Überzeugung verbreiten wollte? Die Jagd auf ihn ist nach dem Brand doch eingestellt worden, oder?«

»Was für eine Vorstellung!«, flüsterte Ambrosius. Er sah dabei allerdings nicht sonderlich schockiert aus. Julius musste lächeln. Pater Ambrosius war ein Mensch mit einer laxen Vorstellung von Recht und Gesetz. Als er ihn aufsuchte und ihm sein Begehren vortrug, hatte er sich sofort bereit erklärt, ihm zu helfen. Er hatte ihm sogar sein Bett angeboten, und als sein Gast es verzog, in dem kleinen Garten zu nächtigen – was bei den sommerlichen Temperaturen ein Vergnügen war –, hatte er gesellig seine Strohmatratze ebenfalls ins Freie gelegt. Keinerlei Berührungsscheu mit jemandem, der Kontakt mit einem Verbrecher aufnehmen wollte. Wenn er einen Menschen mochte, schien er sich leicht mit dessen Wünschen abfinden zu können. »Wie viele Männer, sagtet Ihr, hatte Marx um sich gesammelt?«

»Etwa zwanzig. Raue Kerle, denen allerdings das Schicksal oft genug übel mitgespielt hat, wenn Ihr mir die Bemerkung erlaubt. Das soll natürlich keine Entschuldigung sein, denn der Herr prüft seine Kinder, und der Versuchung zu widerstehen ist der Zweck unseres Daseins. Aber das Leben, das Leben …« Ambrosius seufzte, als wäre das Leben ein Gottseibeiuns, gegen den die rauen Kerle beim besten Willen keine Chance hatten. Sicher war er ihnen ein großzügiger Beichtvater gewesen. Julius nahm den Wein entgegen, den der Wirt ihm reichte, und prostete seinem Gegenüber zu.

»Ich habe begriffen, dass Euch viel daran liegt, Marx zu treffen«, erklärte Ambrosius, nachdem einige Zeit verstrichen war, ohne dass sich etwas tat, außer dass eine Hure einem aufdringlichen Kerl mit dem Schemel eins überzog. »Nun warten wir aber schon die vierte Nacht vergebens, was, wenn Ihr erlaubt, für meine Ansicht spricht, dass er tatsächlich tot ist. Wollt Ihr nicht einsehen …« Er verschluckte sich. Hustend beugte er sich über den Tisch. Als er wieder sprechen konnte, neigte er seinen Mund zu Julius' Ohr und flüsterte aufgeregt: »Vergesst, was ich gesagt habe.«

»Seht Ihr ihn?« Julius war auf der Stelle hellwach. Er vermied es, sich umzublicken.

»Nein … nein. Nicht ihn selbst. Aber ich möchte behaupten, dass dort, neben der Hure mit dem Silberblick, einer seiner Kumpane sitzt. Jost Backes. Ein Schlitzohr, wie es im Buche steht. Der Herr hat ihn mit einer Glatze voller Muttermale gestraft, die aussieht, als hätte sich die Hölle über ihm erbrochen. Schaut nicht hin. Lieber gütiger Herr Jesus … Da geht er wieder. Er hat gesehen, dass ich ihn erkannte, oder was meint Ihr? Dieser Teufel! Wollt Ihr ihm folgen?«

Julius schüttelte lächelnd den Kopf. Er ahnte, dass das nicht nötig war. In ihm machte sich eine wohlige Zufriedenheit breit.

Doch als sich drei weitere Tage lang nichts tat, verließ ihn seine Zuversicht. Was, wenn der Mann in der Schenke nun doch nicht Jost Backes gewesen war? Oder wenn ihn nur der Zufall an den Ort verschlagen hatte?

Es war ein heiterer Septembervormittag, Julius saß auf der

Gartenbank des Paters und sah ihm zu, wie er, nur mit einer vom langem Tragen ergrauten Unterhose bekleidet, gegen Ackerwinde und Günsel auf seinen Gemüsebeeten ankämpfte. Ambrosius schwitzte, was ihn aber nicht daran hinderte, Gottes Lob zu pfeifen. Da seine Gemeinde sich über etliche Dörfer verteilte, war er viel in Bewegung, und das hatte ihn in Form gehalten. Sein Oberkörper strotzte vor Muskeln. Schweißperlen rannen über seine weiße Haut. Er war bester Stimmung.

Wahrscheinlich hat er recht, und Marx ist tatsächlich tot, dachte Julius, während er bedrückt den Blick abwandte. Möglicherweise hatte die Tortur, die Marx auf der Wildenburg erdulden musste, ihn doch noch demütig gemacht. Vielleicht hatte er dort gelernt, was es bedeutete, sich zu fürchten, und es vorgezogen zu verbrennen, anstatt erneut seinem Peiniger in die Hände zu fallen. Was hält mich eigentlich davon ab, ihm ein wenig Menschlichkeit zuzugestehen?, fragte er sich.

Unzufrieden erhob er sich und ging zu dem windschiefen Schuppen, der in einer Ecke des Gartens zwischen violetten Astern stand. Zumindest konnte er seinem Gastgeber ein wenig bei der Arbeit helfen. Er öffnete die Tür, Spinnen flüchteten vor dem Lichtschein, eine Maus huschte die Wand hinauf. Mit spitzen Fingern kramte er eine Hacke hervor.

Als er zurückkehrte, hatte Ambrosius sich zu einem Päuschen auf seiner Bank niedergelassen. Plötzlich flatterten von einem Bachlauf, wo Ambrosius in einer Sickergrube die Abfälle und seinen Nachttopf entleerte, Rabenkrähen auf. Es war ein abgelegenes Plätzchen, an dem nur einige Sträucher wuchsen. Julius suchte nach dem Tier, das die Krähen aufgescheucht hatte, konnte aber keines entdecken. Ambrosius, der die Hacke bemerkte, verwickelte ihn in einen freundschaftlichen Streit darüber, ob es rechtens sei, einen Gast zur Arbeit heranzuziehen.

»Hat der Herr selbst uns nicht befohlen, unser Essen im Schweiße unseres Angesichts zu verdienen?«, scherzte Julius.

»Das hat er, aber Ihr seid, verzeiht mir die Offenheit, eher zart gebaut, mein Sohn. Was kein Wunder ist, denn Ihr seid ja ein Gelehrter und Stubenhocker, und da können sich keine Muskeln bilden. Wobei ich nicht sagen will, dass darin ein Makel läge, bin ich doch selbst ein Mann des Geistes ...«

»Ich breche Euch schon nicht zusammen«, versicherte Julius.

Ambrosius stand auf und legte ihm den Arm um die Schulter – das war eine Marotte von ihm, die Julius ein wenig auf die Nerven ging. Er entzog sich dem Griff, indem er sich auf den Quergriff der Hacke stützte. Wieder flogen Vögel auf, dieses Mal hinter dem Geflügelstall, durch dessen Fensterluke man die Schlafstangen für die Hühner sehen konnte. Sie retteten sich aufs Stalldach und schimpften über den Störenfried, der sie vertrieben hatte.

»Wisst Ihr«, meinte Ambrosius versonnen, »am furchteinflößendsten fand ich sein Lächeln.«

»Pardon?«

»Marx von Mengersen. Ich muss gestehen, wenn er lächelte, dann hatte ich den Wunsch, mich zu bekreuzigen. Man lächelt, wenn man sich freut, und schaut finster, wenn man sich ärgert. So ist es doch, oder? Bei ihm schien es genau umgekehrt. Er hatte einen Mordsspaß, wenn er in eine Klemme geriet. Und auch seine Fechtkunst war mir unheimlich. Dieses geschwinde Hauen und Stechen. Kaum dass man mit den Augen nachkam.«

»Er konnte trotz seiner verletzten Hand noch fechten?«

Ambrosius wiegte den Kopf. »Er übte auch wie der Teufel. Jeden seiner Unholde hat er rangenommen. Und wenn er argwöhnte, dass einer ihn schonen wollte, hat er ihn glatt umgehauen. Jesus und Maria – das könnt Ihr Euch nicht vorstellen!«

»Ich kann«, versicherte Julius trocken. Die Vögel hatten das Stalldach verlassen und wieder zu picken begonnen.

»Irgendwann war er besser als all die anderen, und sie haben ihm nichts mehr nachgesehen, sondern versucht, ihre Haut zu retten. Da ging's richtig zum Tanz! Wie will man mit jemandem fechten, der sich einen Dreck drum schert, ob ihn die Klinge erwischt? Nicht dass es passiert wäre – er war ja wendig wie …«

»… der Teufel.«

»Genau mein Gedanke, obwohl man sich hüten sollte, den Namen des Bösen leichtfertig …«

Julius ließ die Hacke fallen und sprintete los. Er brachte die geringe Entfernung zum Stall in wenigen Sätzen hinter sich. Als er um die Mauer bog, stolperte er in eine Palisade aus Ästen, an der die letzten Bohnen des Jahres rankten. Sie brach unter seinem Schwung zusammen, und er warf sich auf den Kerl, den er dahinter vermutet hatte. Der Mann schrie auf. Seine Stimme war piepsig hell, und auf seiner Brust, auf die Julius zu liegen kam, wuchsen zwei Berge. Julius stöhnte leise auf.

»Na, so was – ein Gemüsedieb!« Ambrosius, der ihm gefolgt war, korrigierte sich, als er den roten Rock und die Bluse erblickte: »Eine kleine elsterhafte Gemüse*diebin!*«

Julius half der Übeltäterin aus den zerdrückten Bohnen. Er hatte keine Ahnung, wie alt sie sein mochte. Sicherlich noch jung, denn ihr Busen war, wie er peinlicherweise hatte feststellen müssen, stramm. Das ausgemergelte Gesicht mochte vom Hunger stammen.

»Kind, kannst du mich nicht um einen Happen fragen, anstatt dich zu versündigen?«, fuhr Ambrosius das Mädchen an. »Nicht, dass ich ihr viel geben könnte«, unterrichtete er Julius rasch. »Im Winter stehen sie zu Dutzenden an meinem Zaun. Und auch der größte Krümel lässt sich nicht beliebig teilen. Aber wenn du fragtest …« Das ging wieder an das Mädchen, das sich ohne besondere Furcht die Erde vom Rock klopfte, »dann würde ich doch sehen, ob sich nicht ein Äpfelchen fände.«

»Vergebt mir, Pater«, sagte die Diebin ohne ein Zeichen von Reue. Ihr Interesse galt Julius, den sie ungeniert musterte.

»Nun gut, ich sehe, Kind, dass meine Mahnung dir zu Herzen geht, und obwohl ich wünschte, deine Mutter hätte sie zu dir gesprochen, als du noch empfänglicher für läuternde Worte warst, spüre ich doch, wie der Same aufzugehen beginnt.« Ambrosius legte eine pädagogische Pause ein, die er so lange dehnte, bis das Mädchen nickte. »Ich lasse dich also laufen. Ja, ich stecke dir das Äpfelchen sogar wirklich zu. Es wird dich lehren, dass der Herr gottgefälliges Handeln belohnt. Iss ihn mit einem Gebet im Herzen, das deine Seele läutert.«

Das Mädchen wandte seinen berechnenden Blick von Julius zum Pater, dankte ihm und ging seines Weges. Julius sah ihr nach, wie sie zwischen den Obstbäumen verschwand. Neben den Apfelbäumen wuchsen Kirschen, Pfirsiche und dunkelviolette Pflaumen. Wenn die Kleine wirklich Hunger gehabt hätte, hätte sie sich dort gefahrlos die Taschen vollstopfen können, denn der Winkel war von der Bank aus nicht einzusehen.

Sein Herz schlug schneller, seine Stimmung stieg.

Die folgende Nacht war von Vogelgesang erfüllt. Neben dem melancholischen Gesang einer Nachtigall hörte Julius, der wieder im Garten nächtigte, einen Zaunkönig und das schrille *Ziek* eines Kernbeißers und mehrere Male den knallenden Flügelschlag eines Ziegenmelkers. Er starrte in den sternenübersäten, schwarzblauen Himmel, der aussah wie löchriger Samt über einem Goldschatz. Der Pater, der auch in dieser Nacht neben ihm schlief, war von seiner dünnen Strohmatte gerutscht und schnarchte leise. Mäuse huschten durch das Laub.

Langsam schob Julius das Knie des Paters von seinem Schenkel und erhob sich. Er verließ den Garten und ging durch das feuchte Gras zum Bach hinab. Dort folgte er ein Stück dem Bachlauf und ließ sich dann in dem Unkraut nieder, das das Ufer säumte. Er löste die Kniebänder, zog Strümpfe und Schuhe aus und ließ das Wasser über seine nackten Füße sprudeln. Die Vögel waren verstummt. Er hörte nur noch Grillen zirpen und eine Kröte quaken. Es gab noch jemanden außer ihm, der die Tierwelt aufstörte.

Unruhig vor Erwartung fischte er einen Kiesel aus dem Wasser und ließ ihn durch die Finger gleiten, von einer Hand in die andere, sicher minutenlang. Dann, endlich, raschelte es in seinem Rücken. Im nächsten Moment wurde er am Haupthaar gepackt und sein Kopf in den Nacken gerissen. Jemand drückte eine Klinge gegen seine Kehle.

Er schaute in kühle Augen …

Kapitel 17

Mutter plante einen Ausflug. Es war das erste Mal für Sophie, dass sie nach ihrer Rückkehr das Haus verlassen sollte, und sie stimmte nur mit Widerwillen zu. Sie war so erschöpft, dass sie am liebsten die ganze Zeit geschlafen hätte. Aber Mutter war unerbittlich.

Also stiegen sie an einem sonnigen Septembertag in den Kutschwagen mit den beiden Bänken – Mutter, Christine und die Amme, die ihnen die beiden Kinder heraufreichte. Sophie bereitete sich auf einen strapaziösen Tag vor. Seit Henriettes Geburt waren drei Wochen vergangen, aber sie konnte immer noch nicht bequem sitzen.

Der kleine Jürgen, der auf einem Kissen zwischen den beiden Kutschbänken saß, beugte sich über Henriettes gepolstertes Weidenkörbchen und betatschte ihr Gesicht, was sie sich mit erstaunlicher Geduld gefallen ließ. Der Wagen rumpelte dahin. Die Sommerhitze hatte nachgelassen und die Luft roch würzig. Pilze schossen aus dem Boden, am Himmel zogen Vogelschwärme in schwarzen Keilen gen Süden. Früher hatte sie solche Ausflüge geliebt. Jetzt starrte sie bedrückt auf die Körbe voller Speisen, die Mutter und Christine vorbereitet hatten.

Irgendwann drang Gestank aus dem Körbchen, und Mutter ließ die Kutsche halten, damit Henriette gewickelt werden konnte. Die Amme nahm sich des Kindes an, trug es zum Wegrand und säuberte ihm den kleinen Hintern. »Sie bindet das Henriettchen nicht straff genug«, kritisierte Mutter, als die Frau dem Säugling Arme und Beine streckte, um ihn wieder einzuwickeln. Auffordernd zog sie die Augenbrauen hoch, aber Sophie machte keine Anstalten, die Amme zu tadeln.

»Wickle das Kind fester. Die Ärmchen müssen stramm am Körper anliegen«, schrillte Ursulas Stimme über den Waldweg. Ihrer Jüngsten zischte sie zu: »Ein Hund kümmert sich besser um seine Welpen.«

Da hatte sie recht. Sophie hätte sich auch gern anders verhalten, sie war doch kein Monstrum. Aber die Stelle, an der Henriette ihren Körper zerrissen hatte, erinnerte sie unablässig an das, was ihr das Kind angetan hatte. Die Hebamme, die sie auf Mutters Wunsch hin untersuchte, hatte entsetzt den Kopf geschüttelt. So viel gerissenes Fleisch! Das war ja unglaublich. Da wusste man kaum, wohin man die Salbe schmieren sollte. Wie kann ich ein Kind lieben, vor dem ich mich fürchte?, dachte Sophie. Die Zukunft lag vor ihr wie ein dunkles Loch.

Henriette begann zu weinen. Ihr Schreien zerrte an den Nerven. Kurz darauf musste Jürgen sich übergeben. Die Amme bekam einen Teil der Bescherung auf den Rock. Es roch entsetzlich, und Henriette brüllte immer noch. »Kehren wir doch lieber um«, schlug Sophie vor, aber Mutter schüttelte den Kopf. Sie hatte einen Plan entworfen, wie der Tag ablaufen sollte, und davon wurde nicht abgewichen. Mit Kreuzschmerzen, weil sie nicht entspannt sitzen konnte, lauschte Sophie ihrer und Christines Unterhaltung über die Vorzüge eines Gängelbandes, das Christine für Jürgen genäht hatte.

Schließlich befahl Ursula, haltzumachen. Sie befanden sich an einer Wegkreuzung. Wiesen voller weißer Sterndolden rahmten sie ein. Hinter einer der Wiesen floss ein Bach, und dort wollte Mutter Rast machen. Müde stieg Sophie aus der Kutsche. Sie wartete nicht, bis die beiden Knechte die Decken ausgebreitet hatten, sondern nahm das Kissen, auf dem sie gesessen hatte, und legte sich damit ins Gras.

Mit geschlossenen Augen hörte sie zu, wie die Männer sich um die Pferde kümmerten und Mutter die Amme scheuchte. Zum Glück war Henriette endlich still geworden! Christine setzte sich mit den Kindern zu ihr. »Es ist doch eigentlich hübsch hier. Vielleicht der letzte warme Tag«, flüsterte sie ihrer Schwester zu und schlug nach den Mücken, die sie bedrängten. Wie kann es inmitten einer solchen Mückenplage hübsch sein?, wollte Sophie fragen, aber ihr fehlte die Kraft, um zu streiten.

Die nächsten beiden Stunden waren sie damit beschäftigt, Insekten aus den Kleidern zu schütteln und gelegentlich den unterwürfigen Gruß eines Bauern oder das Nicken eines Reisenden entgegenzunehmen. Als plötzlich eine Reiterschar den Weg hinaufkam, merkte Mutter auf. Sie beschattete die Augen mit den Händen, stieß einen heiseren Schrei aus und begann aufgeregt, ihre Kleider zu sortieren und Henriettes Deckchen in dem Schlafkorb aufzuschütteln. »Setzt euch gerade, Mädchen!«

Verwirrt gehorchte Sophie. Die Sonne schien ihr ins Gesicht, so dass sie nicht erkennen konnte, wer auf sie zuhielt. Dann erreichte die Gruppe einige hohe Bäume, und der Mann, der zuvorderst ritt, schälte sich aus dem gleißenden Licht.

Marsilius.

Ihr Ehemann hatte sie ebenfalls erkannt und schien genauso verblüfft zu sein wie sie selbst. Mit gerunzelter Stirn hielt er auf sie zu. Was sollte das? Wie kam er hierher? »Mutter …«

»Sei froh, dass ich etwas unternommen habe!«, zischte Ursula. »Und bitte – reiß dich zusammen. Jetzt gilt es! Ich hoffe, das ist dir klar.« Sie stand auf und heuchelte mit wenig Erfolg Überraschung. Gerade als sie zu einer überströmenden Begrüßung ansetzen wollte, entdeckte sie die einzige Frau, die sich unter den Männern fand und die sich nun aus dem Grüppchen löste und sich demonstrativ an Marsilius' Seite begab.

Edith.

Mutter hatte die Frau bei ihrem Besuch auf der Wildenburg nicht zu Gesicht bekommen, aber sie wusste natürlich sofort, wen sie vor sich hatte. Die Hure war gekleidet wie eine Königin und ritt stolz auf der Stute, die eigentlich Sophie gehörte. Über ihre Arme fielen Spitzenärmel in mehreren Lagen, und auf ihrem Kopf wippten golden gefärbte Federn.

Ursulas Gesicht färbte sich dunkelrot. Sie beschloss, die Hure zu ignorieren, und stieß mit gepresster Freundlichkeit hervor: »Welch eine Überraschung!« Gemessenen Schrittes ging sie auf das Reitpferd ihres Schwiegersohnes zu. »Marsilius! Ich hatte Euch so früh ja gar nicht erwartet! Erst in ein oder zwei Tagen. Habe ich mich in der Zeit versehen? So sind wir Frauen. Nie ganz bei der Sache. Willkommen, mein Sohn, herzlich willkommen.« Es klang wie schlechtes Theater.

Sophies Augen hafteten auf ihrem Ehemann, während sie mit wachsendem Entsetzen zu begreifen versuchte, was gerade geschah. Sie wusste, dass ihre Eltern Marsilius über ihren Aufenthaltsort informiert hatten. War er gekommen, sie zurückzuholen? Offenbar. Und dieses Zusammentreffen auf der Wiese sollte wohl dem Zweck dienen, die Stimmung aufzulockern und einen Anschein von Normalität zu wecken, oder was auch immer Mutter sich dabei gedacht hatte.

Doch nun war Edith hier. Die Hexe hatte durchgesetzt, dass Marsilius sie mitnahm, was bedeutete, dass ihre Macht über ihn nicht geschwunden, sondern im Gegenteil ins Riesenhafte gewachsen war. Er scheute sich nicht einmal mehr, seine Hure der Schwiegerfamilie zu präsentieren. Und das wiederum hieß, dass sein Zorn auf die Ehefrau maßlos sein musste.

Sophie spürte ihre Knie zittern. Er ist stark und meine Eltern sind schwach, dachte sie. Noch nie war ihr das so bewusst geworden. Ihre Eltern besaßen vielleicht mehr Geld, aber Marsilius war von höherer Geburt, mit einer, wenn auch wenig geliebten, adligen Verwandtschaft und damit einflussreich. Wer würde ihn zur Rechenschaft ziehen, wenn er etwas Schreckliches tat?

Ihr Blick ging zu den Männern, die allesamt bewaffnet waren. Degen, Pistolen und Schnapphahngewehre. Einige schauten fort, als hätten sie ein schlechtes Gewissen. Auch Dirk Wolpmann, der ebenfalls im Trupp war. Marsilius wollte Gewalt anwenden, wenn sie nicht freiwillig mitkäme. Er war ein junger, hitzköpfiger Mann, den man von Kindesbeinen an gedemütigt hatte. Er würde sich nicht bieten lassen, dass seine Ehefrau ihm auf der Nase herumtanzte.

»Setzt Euch doch einfach zu uns in die Kutsche und verkürzt uns den Heimweg. Dann können wir gleich miteinander plaudern«, schlug Mutter mit eiserner Freundlichkeit vor.

»Ich bin gekommen, mein Weib zu holen.«

»Aber selbstverständlich. Es wird ja auch Zeit, dass Sophie mit Eurem Töchterchen heimkehrt, mein lieber Marsilius.« Mutter befahl der Amme, den Säugling zu bringen. Die Frau hob Henriette ihrem Vater entgegen, und Marsilius nahm das Bündel zwischen die Pranken. Eine Tochter. Nur eine Tochter. Das hatte er natürlich schon vorher gewusst, aber jetzt wurde es zu einer Realität. Enttäuscht und ohne dem Kind mehr als einen Blick zu schenken, reichte er es zurück.

»Wie ähnlich Euch die Kleine sieht! Ist Euch das aufgefallen? Sie hat Euren Mund und …«

»Ja doch!«

Mutter verstummte, und Marsilius wandte sein Pferd mit einem verächtlichen Lachen zu seiner Frau. Dicht vor Sophie blieb er stehen, nicht im Geringsten bemüht, seine Wut zu verbergen. »Ich hab's versucht, Sophie. Ich hab deine Empfindlichkeiten hingekommen, obwohl ich's kaum aushalten konnte. Immer nur nörgeln! Aber das ist jetzt vorbei, verstehst du? Keine Allüren mehr. Du wirst lernen, wer dein Herr ist, und wenn ich's dir mit der Peitsche beibringen muss!«

Mutter erstarrte zur Salzsäule, während Edith lächelnd ein Schleifchen an ihrem Kragen zurechtzupfte.

»Steigt ein und beeilt Euch«, fuhr Marsilius seine Schwiegermutter an. »Ich will keine Zeit verplempern. Ich erwarte Euch beim Haus.«

War es der stattliche, burgähnliche Gutshof, der ihn zur Besinnung brachte? Vaters beherrschte, stolze Miene? Oder schlicht die Tatsache, dass sich etliche Männer im Eingangsbereich des Tores beschäftigten, als er ankam? Marsilius zeigte jedenfalls deutlich mehr Höflichkeit und Manieren, als er Vater begrüßte, obwohl sein Gesicht immer noch eisig war. Er ließ sich schließlich sogar zu dem Mahl überreden, das Mutter vorbereitet hatte.

Mutter hatte darauf gesetzt, dass bei einer gemeinsamen Kutschfahrt und einem leckeren Essen das Eis brechen würde. Aber was mochte Vater im Sinn haben? Es versetzte Sophie einen schmerzhaften Stich, als ihr klar wurde, dass er beschlossen hatte, sie preiszugeben. Er schmeichelte nicht wie Mutter, aber er machte Marsilius auch keine Vorhaltungen, sondern kam ihm mit allem Respekt entgegen, als er ihn in sein Haus bat.

Sophie saß wie gelähmt auf einer Bank, während im Obstgarten das Essen aufgetragen wurde. Mutter hatte unter einem Sonnendach Sitzgelegenheiten und Tische aufstellen lassen, wobei Letztere mit weiß schimmernden Tischdecken geschmückt waren, damit kein Zweifel an der feinen Lebensart der Familie aufkam. Auf dem Tischtuch lagen vierzinkige Gabeln, die als neueste Mode in Sachen Tischsitten aus Italien herübergekommen waren.

Marsilius hatte seine Hure zum Rest seiner Begleitung in die Gesindeküche geschickt – den Eklat, sie an die Familientafel zu bitten, traute er sich doch nicht zu. Auch hier hatte Vaters Würde Wirkung gezeigt. Nun saß er seiner Ehefrau gegenüber und platzte beinahe vor Ungeduld. Gierig stopfte er die Köstlichkeiten in sich hinein, die man ihm vorsetzte. Im Gegensatz zu ihr bekam er immer Hunger, wenn ihn etwas aufregte. »Was glotzt du?«, fragte er beiläufig, aber so laut, dass jeder am Tisch es hören konnte.

»Leg deinem Ehemann noch etwas von den geschmorten Möhren auf«, murmelte Mutter. »Aber das mit der Abreise werdet ihr Euch noch einmal überlegen, Marsilius, nicht wahr? Unsere Hebamme ist der Ansicht, dass Sophie für einen so beschwerlichen Weg noch zu schwach ...«

»Ich hab selbst eine Hebamme«, unterbrach er sie grob.

»Das weiß ich, aber zu der Frau, die hier ist, hat meine Tochter mittlerweile Vertrauen gefasst, und es ist doch auch die Reise, die ...«

»Ist Euch meine Hebamme nicht gut genug?« Marsilius spuckte einen Knochen aus, der Sophies schweigsamen Vater am Bein streifte, was sicher kein Zufall war.

»O gewiss, natürlich. Ihr seid verärgert, Marsilius«, entschloss Mutter sich plötzlich zur Offenheit. »Und das begreife ich. Sophie hätte besonnener handeln müssen. Aber sie war verstört. Es war ihre erste Geburt, und sie hatte noch keinerlei Erfahrung und war furchtbar erschrocken. Ich mache mir selbst unentwegt Vorwürfe, dass ich nicht anwesend war, als ihre Stunde kam. Ich wünschte mir allerdings auch, dass Ihr uns Bescheid gegeben hättest, als sich herausstellte, dass Sophie ...«

»Sie hätte fast mein Kind umgebracht!«

»Bitte«, murmelte Vater. Seine Hand, mit der er das Weinglas hielt, zitterte.

Ursula rief eine Magd und gab ihr Anweisungen, um Zeit zu gewinnen. »Also gut«, sagte sie dann. »Aber es dauert, meine Tochter reisefertig zu machen. Ihre Wäsche muss zusammengepackt werden. Die für das Kind natürlich auch. Außerdem müssen wir einen Wagen für die Reise herrichten ...«

»Sie reitet.«

»Was?«

Marsilius riss mit den Zähnen Fleisch aus einem Erpelflügel und schaute seine Schwiegermutter provozierend an.

»Aber … Marsilius, das geht nicht. Sophie ist noch wund. Und außerdem … ein Säugling …«

»Das Kind wird sich daran gewöhnen, dass es keine Prinzessin ist, die in goldene Windeln kackt.«

Mutter beugte sich über den Teller, die Gabel, die sie in die Hand nahm, zitterte. Das Gelächter, in das Marsilius daraufhin ausbrach, war schäbig und gemein. Er war inzwischen angetrunken, das merkte man ihm an. »Keine Sorge, verehrte Schwiegermutter, ich gebe auf meine Gemahlin acht. Sie soll mir doch noch ein Dutzend Kinder werfen, und zwar Söhne, denn ich hoffe, Ihr habt mir kein taubes Ei ins Nest gelegt!« Höhnisch hob er Sophie sein Glas entgegen. »Bringt es zur Ruhe!«, brüllte er im nächsten Moment und schleuderte das Glas auf den gepflasterten Boden.

Die Tischgesellschaft hielt den Atem an. Nur Henriette, die in ihrer Wiege unter einem Pflaumenbaum stand und mit ihrem Schreien den Wutanfall ausgelöst hatte, brüllte unbeeindruckt weiter. »Bringt das gottverdammte Balg fort, Herrgott. Man kann ja sein eigenes Wort nicht verstehen!«

Die Amme kam über den Rasen gelaufen, riss eilig den Säugling aus den Kissen und trug ihn unter leisem Singsang davon. Als Sophie aufstand, um ihr zu folgen, hielt niemand sie zurück.

Sie nahm allerdings nicht denselben Weg wie die Amme, sondern stieg die Treppe zu den Gesinderäumen hinab. Die Küche lag am Ende eines weiß gekalkten Ganges. Es war ein großer Raum mit einer riesigen Kochstelle, in den nur wenig Licht durch ein Fenster oben in der Außenwand fiel. Die Wände waren von Tellerhaltern und Regalen bedeckt. An dem blank gescheuerten Esstisch, an dem sonst das Gesinde die Mahlzeiten einnahm, saßen die Männer aus der Wildenburg.

Edith war nicht unter ihnen, wie Sophie mit einem raschen Blick feststellte. Doch die anderen offenbar vollzählig. Jössele vom Tor … Kaspar … die Brüder Anton und Franz, die im Sommer auf den Feldern die Arbeit der Bauern überwachten … Sie kamen ihr vor wie Geister, die sie aus der Vergangenheit heimsuchten. Alle starrten sie an. Schließlich erhob sich Dirk Wolpmann und trat zögernd auf sie zu. »Herrin?«

»Wo ist Edith?«

»Wer weiß das schon?« Dirk warf den anderen Männern einen schwer einzuschätzenden Blick zu. Dann schob er Sophie in den Flur hinaus. Sie standen einander in dem Gang gegenüber. Man hörte die Schweine aus dem nahen Schweinestall quieken, und es roch nach gekochten Bohnen. Dirk war Marsilius' Mann. Aber er war auch der Mann, dessen Frau von Edith zugrunde gerichtet worden war. Vielleicht hatte sie sogar seine Kinder umgebracht. Sophie gab sich einen Ruck und stellte ihre Frage. »Was ist in der Nacht geschehen, in der ich verschwunden bin?«

Der Burgvogt schaute zur Küchentür, dann auf den Boden und leckte sich nervös die Lippen.

»Dirk!«

»Wir haben nach Euch gesucht!«

»Wo war Edith?«

»Ich weiß es nicht. Gar nicht in der Burg, heißt es. Sie kam viel später. Der … der Herr war wie von Sinnen vor Sorge. Er hat uns alle aufgescheucht. Wir sind in sämtlichen Kammern und Gängen gewesen, und als die Torwächter schworen, dass Ihr die Burg nicht verlassen habt, sind wir in den Hexenturm gegangen. Aber nur Marsilius und ich. Er wollte niemanden sonst dabeihaben.«

Weil er ahnte, was ihn dort erwarten könnte, dachte Sophie. Er wusste, dass Edith sich in dem verfluchten Turm ihr Reich aufgebaut hat, und vielleicht befürchtete er, dort auf die Leiche seiner Ehefrau zu treffen.

»Was habt Ihr gefunden?«

Dirk hob die Schultern.

»Den Tisch mit den Kerzen? Den Schädel der Katze?«

»Herrin … Alles war wie immer. Der Raum war leer. Auch das Verlies.«

»Du weißt, dass Edith eine Hexe ist.«

Dirks Brust hob und senkte sich. Er widersprach nicht. Was zur Hölle hatte Marsilius gegen ihn in der Hand, dass er ihm trotz allem, was man ihm angetan hatte, diente? War er einfach zu schwach, um sich zu behaupten?

»Wir konnten uns nicht lange aufhalten. Kurz nachdem wir den Hexenturm betreten hatten, war der Teufel los.« Dirk lächelte düster. »Und das meine ich wortwörtlich. Der Diener des Gottseibeiuns drang in die Burg ein.«

»Marx von Mengersen.«

Dirk nickte. »Er kam durch einen geheimen Gang, der ins untere Verließ führte. Er kannte den Durchschlupf, schließlich hatte er lange genug im Verlies gesessen. Und der Böse selbst muss ihm gesagt haben, wohin der Gang führte, denn das wusste niemand, nicht einmal der Herr. Jedenfalls war das sein Weg. Er hat es sogar geschafft, die Tür zu öffnen.«

»Nein, das war Edith.« Sophie erzählte kurz, was geschehen war. »Ich bin durch den Gang geflohen und Marx dort begegnet. Und es stimmt wirklich, Dirk: Er ist zu einem Werwolf geworden. Ihm war ein Fell gewachsen, aber ich habe ihn an seinen Augen erkannt.«

Sophie sah, dass Jössele, der in die Küchentür getreten war und lauschte, sich bekreuzigte.

»Und dann?«, fragte Dirk.

Sie hatte ja kaum eine Erinnerung. Der Werwolf hatte sie mit sich geschleift und der gnädige Gott sie schließlich das Bewusstsein verlieren lassen. Dann war sie am Ufer des Tümpels aufgewacht, eingehüllt in das Fell des Untieres, das es nach seiner Rückverwandlung in einen Menschen abgeworfen haben musste. »Ich weiß nicht, warum ich noch lebe«, flüsterte sie. »Er ist mir schon zweimal erschienen. Einmal in dem Tunnel und einmal in der Nacht, nachdem er gestorben war.«

»Da auch?«

Sie nickte. »In der Burg.«

Dirk stöhnte auf. »Ich habe ihn selbst in dem Bauernhof verbrennen sehen. Und doch ist er gesund und munter – wenn auch auf eine Weise, die ein Christenmensch sich kaum vorstellen kann. Er und Edith …« Der Vogt warf einen Blick über die Schulter zu den anderen Männern, die sich jetzt bei der Tür sammelten. Er zog Sophie ein Stück weiter den Gang hinab und flüsterte: »Die beiden hassen einander. Aber sie dienen demselben grausamen Herrn. Ihr müsst Euch in Acht nehmen, Herrin. Seid vorsichtig – auch wenn ich nicht weiß, wie Ihr das anstellen sollt. Marx kam aus dem Verließ, gerade als wir den kleinen Kerker hinter der großen Zelle untersuchten. Er sprang durch die Öffnung, richtete sich vor uns auf, größer, als er in seinem irdischen Leben gewesen war, und … Er rief nach einem Brief.«

»Tatsächlich? Ich weiß, dass er in Marsilius' Kammer den Stollenschrank durchwühlte.«

»Ganz sicher aus demselben Grund! Es ist sonnenklar, Herrin. Der Teufel hat ihn damals, als er bei uns gefangen lag und auf seine Hinrichtung wartete, in seinem Kerker besucht. Er muss voller Schmerzen und Angst vor dem Kopfabschlagen gewesen sein, und deshalb war er bereit, seine himmlische Seele zu verkaufen. Und als der Leibhaftige ihm Freiheit und Gesundheit versprach, hat er es getan. Anders kann es nicht gewesen sein. Auch dass er zum Werwolf wurde, wird dort abgehandelt worden sein. Und nun muss er seinem Herrn dienen, bis der allmächtige Gott Satanus unter den Füßen zertritt – oder Marx den Vertrag durch das Feuer einer geweihten Kerze vernichten kann. Denn das ist der einzige Weg: Er muss das Papier finden und es in einem heiligen Feuer zerstören. Deshalb kehrt er immer wieder in die Burg zurück.«

Sophie war wie betäubt von dem Abgrund, der sich ihr auftat. »Meinst du, dass Marsilius diesen Vertrag aufbewahrt?«

»Er oder Edith. Denn die beiden waren die Einzigen, die in den Hexenturm gingen, als Marx dort gefangen lag.«

»Warum stellst du dich nicht gegen sie, Dirk?«

»Das geht nicht, das ist einfach nicht möglich. Ich …« Er hielt inne. Schiere Verzweiflung lag in seinem Blick.

»Dirk …«

Er schüttelte den Kopf. Als er auch danach nichts sagte, machte sich Sophie entmutigt zurück auf den Weg zur Treppe. Sie hatte sie fast erreicht, da rief Dirk ihr nach: »Wir haben Gesche gefunden, Herrin, und gesehen, dass ihr sämtliche Glieder gebrochen worden waren und man in ihren Bauch mit einem Messer einen Ziegenkopf geritzt hat. Kommt mit uns zur Wildenburg. Ihr habt dem Herrn ein Kind geboren. Auf Euch könnte er hören. Ihr seid unsere Hoffnung.«

Seine Stimme verhallte im Flur.

Es war eine Stunde später, als Sophies Eltern in ihre Kammer kamen, um mit ihr zu reden. Aber dieses Mal war es Vater, der sprach. Er zählte einige von Marsilius' Verbündeten auf und nannte dann seine eigenen Freunde, die ihn einst bewogen hatten, Sophie mit Marsilius zu vermählen, und die sich nun, wenn sie nicht zur Wildenburg zurückkehrte, gekränkt fühlen würden. Er redete von Zahlen, und irgendwann ging ihr auf, dass er von den Männern sprach, die er bewaffnen könnte, und von den wenigen Verwandten, die zu ihnen halten würden, wenn sie nicht zur Wildenburg zurückkehrte. Er sprach von Blut, das fließen, und von Dörfern, die brennen würden. Von verwüsteten Feldern und vernichteten Ernten.

»Aber hör doch …«, wandte Mutter ein.

Mit einer gebieterischen Geste, die Sophie völlig neu an ihm war, gebot Vater ihr zu schweigen. »Nun?«, fragte er seine Tochter. Als sie nicht antwortete, küsste er sie auf die Stirn und ging hinaus.

Mutter, die zurückblieb, brach in Tränen aus. »Wie er sich das vorstellt«, brachte sie weinend hervor. »Dieser Mensch hat doch den Verstand verloren. Sieht er nicht, was für eine Bestie Marsilius ist? Wie er uns demütigte. Vor dem Gesinde! Wie er sich nicht scheute …«

Sophie hörte nicht mehr zu. Sie sank auf das Bett,

»Er hat überhaupt kein Maß mehr, der Unmensch!« Mutter wandte sich ab. Sie begann mit zitternden Händen Kleider in einen Beutel zu packen. Dieses flog hinaus, jenes wurde neu hinzugetan. »Dein Vater weiß nicht, was er tut«, hörte Sophie sie jammern.

»Muss ich wirklich auf der Stelle fort?«

Mutter schniefte, während sie ein Schleifenband zusammenrollte. »Was wird Marsilius machen, wenn er mit dir allein ist?« Sie nahm das Schleifenband wieder heraus und tat stattdessen eine Börse mit Münzen in den Sack. »Der Mistkerl wird dich umbringen, Mädchen. Ich hab's in seinen kalten Augen gelesen. Und in den heißen seiner Hure. Was ist nur aus ihm geworden? Vielleicht hast du recht. Vielleicht ist diese Edith wirklich eine Hexe, denn ein Mensch kann sich doch nicht so vollkommen wandeln. O Jungfrau Maria – ich will nicht, dass die nächste Nachricht die von deinem Tod ist.«

Aus ihrem stillen Weinen wurde ein heftiges Schluchzen. Sie ließ die Arme sinken und hörte auf zu packen. Wieder und wieder fuhr sie mit den Händen über die Augen, als könnte sie damit den Strom der Tränen zum Versiegen bringen. Schließlich drehte sie sich zu ihrer Tochter um, nahm sie bei den Schultern und kniff sie fest. »Aber ich lass das nicht zu, hörst du? Ich habe dich nicht großgezogen, damit ein dahergelaufener Bastard und seine Hexe dich quälen. Weißt du, wo Lucia wohnt?«

Sophie starrte sie an.

»Die Tochter meiner Kinderfrau. Himmel, Sophie, du kennst doch Lucia. Sie hat uns etliche Male besucht. Eine kluge, mutige und vernünftige Frau und unserer Familie vollkommen ergeben. Du gehst nicht mit diesem herz- und sittenlosen Kerl. Ich werde das nicht dulden! Lucia besitzt ein Haus in Floisdorf. Dorthin wirst du reiten und warten, bis ich dir Nachricht sende.«

»Aber Vater …«

»... wird schon einsehen, dass ich recht habe. Im Grunde will er's doch auch.«

»Und wenn Marsilius über euch herfällt?«

»Lass das meine Sorge sein. So schnell wird aus einem Ei kein Hühnchen. Du reitest zu Lucia und wartest ab, bis ich dir Nachricht sende.«

»Und Henriette?«

»Sie ist zu klein für einen so ungewissen Ritt.«

»Marsilius wird sie mit sich nehmen.«

»Nur, wenn er sie findet. Ich bringe sie ins Gesindehaus. Er hat sie ja kaum angesehen. Wahrscheinlich wird er gar nicht nach ihr fragen. Du hast doch gemerkt, wie lästig sie ihm ist.«

»Und wenn er ...«

»Und wenn ... und wenn ...«, schimpfte Mutter. »Du verschwindest, Mädchen, und zwar auf der Stelle. Geh hinten herum zu den Ställen, sattle dir Gotteswind, die Rappstute, die ist am schnellsten, und nimm den Weg am Wäldchen vorbei.« Sie drückte ihr den Sack in die Hand. »Ich sende Nachricht, sobald ich etwas weiß. Und ich werde dich zurückholen, das schwöre ich dir, Sophie. Wir führen Prozesse. Wir gehen zur heiligen Kirche. Wir zahlen, wenn der Mistkerl sich mit Geld zufriedengibt. Aber wir kriegen dich zurück!« Tränen rannen aus ihren roten, verquollenen Augen, während sie ihre Tochter heftig küsste. Dann schob sie sie zur Tür hinaus.

Kapitel 18

Es war dunkel, und es war kalt. An vielen Stellen plätscherte Wasser, und aus der Ferne drang ein gleichmäßiges, hohles Klopfen, als hätten sich Spechte in den Bauch der Erde verirrt. Bergleute, vermutete Julius, die Erze schürften. Das gleichmäßige Pongpong ging ihm auf die Nerven. Immer wieder versuchte er sich zu bewegen, was aber wegen der Fesseln an seinen Händen und Beinen kaum möglich war. Die Höhle, in die sie ihn geschafft hatten, war groß – der Fels wölbte sich wie die Decke eines Doms über ihm. Und trotzdem hatte er das Gefühl, kaum atmen zu können.

Glücklicherweise hatte er an dem Abend, an dem sie ihn entführten, ein gefüttertes Wams getragen. Die Kälte war also erträglich. Auch mit Hunger und Durst kam er zurecht. Nur die Dunkelheit fand er schlimm. Er schloss die Augen, er öffnete sie wieder. Es machte keinen Unterschied. Gereizt schüttelte er ein Insekt ab, das gemächlich über seinen Handrücken kroch.

Und dann hörte er endlich Schritte.

In der ovalen Öffnung, hinter der der Stollen aufwärts führte, erschien Niclas, ein Gauner, dem sie aus unerfindlichen Gründen den Spitznamen *Zaunkönig* gegeben hatten und der wegen einer bösen Erkältung nicht mit auf ihre Streifzüge gehen konnte. Die Fackel, die er trug, beleuchtete seine pummelige Gestalt mit dem schütteren, feuerroten Haarschopf. Er hatte sich in sämtliche Hemden und Wämser, die er an sich raffen konnte, gehüllt und trug mindestens zwei Paar Hosen. Bibbernd stapfte er durch das gelb glänzende Wasser, das unter seinen Füßen zu einem natürlichen Trichter floss, der es seinerseits in einen kleinen Höhlensee beförderte. Mit der freien Hand war er damit beschäftigt, seine Gürtellasche in die Schnalle zu nesteln.

»Der Trommelschlag ist die Tanzmusik des Teufels. Und das Schlachtfeld ist seine Tenne, und die Söldner sind seine Tanzburschen und die Trosshuren die Dorfmaiden«, philosophierte er, während er die Fackel im Spalt eines geborstenen Felsblocks festklemmte. Der Krieg war das Thema, das ihn beschäftigte. Man konnte von der Liebe reden, von Zolltarifen, von Blattläusen oder der Verdauung – am Ende landete er immer bei seiner Söldnervergangenheit. Es war so nervtötend wie das ferne Klopfen und das ständige Rauschen des Wassers.

»Die Kanonen sind sein Ballspiel und das Mündungsfeuer seine Festbeleuchtung«, erklärte er und versetzte Julius einen gleichgültigen Tritt, als er an ihm vorbeikam. Dann machte er es sich auf einem troddelbehangenen Kissen, das er von einem der Raubzüge mitgebracht hatte, bequem und häufte Decken über sich.

Julius, der seine Augen gierig über die Wände und den Boden seines Gefängnisses schweifen ließ, als müsste er die Bilder für die nächste Phase der Dunkelheit aufbewahren, dachte, dass er sich wahrhaftig in einer Räuberhöhle befand. Er hatte keine Ahnung, was Marx' Männer anstellten, wenn sie ihr Schlupfloch verließen, aber sie kehrten jedes Mal mit nützlichen Dingen wie Fässchen voller Lampenöl, eisernen Pfannen, Messerschleifern, Gewürzsäckchen, wollenen Bettstrümpfen und Tiegeln mit Salben gegen Krätze und Lausbefall zurück. Es war wie bei Aladin. Nur glitzerndes Edelmetall suchte man hier vergebens. Das verschwand wahrscheinlich sofort in Marx' Tasche.

Die Höhle, in der die Bande ihr Lager aufgeschlagen hatte, war Teil eines Bergwerks. Er wusste, dass sie am Ende eines Nebenstollens lag, der früher einmal als Wasserlösungsstollen gedient hatte. Das Grundwasser, das sich in den Gängen sammelte, floss über diesen Stollen in den kleinen, schwarzen Höhlensee, an dessen Ufer man Julius abgelegt hatte. Er nahm an, dass es von dort irgendwohin versickerte, aber das war nur eine Vermutung. Er verstand nichts vom Bergbau. Einer der Männer hatte erzählt, dass der Nebenstollen während eines Unwetters geflutet worden war und etliche Bergleute in den Tod gerissen hatte, worauf man ihn zumauerte. Marx hatte diesen Zugang entdeckt und die Mauer wieder einreißen lassen und es sich mit seinen Leuten in der Höhle gemütlich gemacht.

Er war bei dem Brand auf dem Hof *selbstverständlich* nicht umgekommen. Dass sich seine Ahnung bestätigt hatte, bereitete Julius immer noch ein tiefes Gefühl der Befriedigung. Nun sah er mit knurrendem Magen zu, wie der Zaunkönig eine Blutwurst herauskramte und hineinbiss. Gereizt zwang er sich, den Blick fortzuwenden. »Wann kommt er endlich?«

»Wer denn?«, fragte der Zaunkönig scheinheilig. Seine Zähne waren sämtlich verfault. Er musste die Blutwurst abnagen und mit dem Kiefer weich nuckeln, ehe er sie schlucken konnte. Es war widerlich mit anzusehen. Der Mann wartete, dass Julius sich erklärte. Als sein Gefangener schwieg, meinte er achselzuckend: »Wenn du nich reden willst, dann halt die Schnauz!«

Julius starrte verdrossen zum See. Das Wasser glänzte wie Rabengefieder. Manchmal konnte er sehen, wie sich die Wasseroberfläche kräuselte, als gleite darunter ein Fisch. *Grottenolm* – woher kam ihm nur dieses Wort? Gab es solche Tiere? In seinem Kopf formte sich das Bild eines farblosen Riesenwurms. Er musste davon gelesen, möglicherweise eine Zeichnung gesehen haben. Maria und Josef, wen interessierten Grottenolme! Ihn ekelte vor dem schwarzen Wasser, das zu trinken er genötigt war, weil man ihm nichts anderes anbot. In seinen trüben Momenten fragte er sich, wie es sein würde, wenn sie ihn in dem See ertränkten.

Wie lange war er überhaupt schon hier? Drei Tage? Vier? Marx und einer seiner Kumpane hatten ihn in jener Nacht am Bachufer gefesselt, ihn auf ein Pferd gesetzt und in einem Teufelsritt, bei dem sich Julius der Magen umdrehte, zur Höhle geschafft. Doch dann war alles anders gekommen, als er es sich vorgestellt hatte. Marx war umgehend verschwunden und hatte ihn bei seiner Bande zurückgelassen, ohne zu erklären, wie lange er fortbleiben würde. Aber war nicht genau das seine Art? Er spielte mit den Menschen. Er benutzte sie zu seinem Amüsement. Wie haben wir ihm Heinrich nur anvertrauen können?, dachte Julius wütend. So brillant konnte keine Fechtkunst sein, dass sie es rechtfertigte, diesem Hasardeur ein Kind in die Hände zu geben. Wieso hatte er nicht stärker protestiert? Wieso ...

»Ich kann's nicht ausstehen, wenn man mich ausfragt!«

»Wer tut das denn?«, knurrte Julius unliebenswürdig und widmete sich erneut der frustrierenden Tätigkeit, seine Umgebung zu studieren. Einer der Räuber hatte Pfirsiche gestohlen. Sie lagen golden, manche schon ein wenig braun, in einem Korb. Herrgott, hatte er einen Hunger.

Schließlich, in der folgenden Nacht, kehrte Marx zurück. Julius nahm zumindest an, dass es Nacht war, denn das Pack, das der Söldner um sich geschart hatte, lag in Federbetten eingemummelt auf dem höher gelegenen Teil der Höhle und schnarchte. Ihr Anführer betrat die Höhle leise. Ordentlich verstaute er seine Fackel, indem er sie zu den anderen ins Gitternetz eines gestohlenen Feuerkorbs steckte. Er musterte die Schläfer und warf seinen Umhang ab. Dann kam er zu Julius, der neben dem schwarzen See an der Felswand lehnte und brodelnde Wut im Bauch hatte. Er setzte sich zu ihm, streckte die Beine aus und lagerte die gesunde Hand und die Kralle auf seinen Oberschenkeln. »Alles gut mit dir?«

»Alles wunderbar«, fauchte Julius.

»Das freut mich – oder … eigentlich freut es mich nicht. Ich hatte gehofft, wenn du erst ordentlich Hunger hast und dich auch sonst ungemütlich fühlst, wärst du bereit, mir in Erwartung weiteren Unwohlseins dein Herz auszuschütten. Wo wir einander doch so viel zu erzählen haben. Das haben wir doch, oder?«

Julius schwieg, von zornigen Gefühlen überwältigt. Er wäre so gern kühl geblieben. Er hätte sein Herz so gern mit Bitterkeit gepanzert. Aber es ging nicht – nicht mit dem Bild von Heinrichs Grab vor Augen. Sein Drang, Marx von Mengersen endlich ins Gesicht zu schreien, was er von ihm hielt, war gewaltig. Allein das Wissen, dass er sich damit nur weitere geschmeidig-bissige Bemerkungen einhandeln würde, ließ ihn schweigen.

»Erzähl mir von der Beerdigung«, forderte Marx ihn auf.

»Willst du Küchlein dazu reichen?«

»Ist es so sonderbar, wenn ich davon erfahren möchte?«

»Reinhard brach in Tränen aus, und Elisabeth war verstört. Es hätte dir also gefallen. Kummer in jedem Herzen!«, schnaubte Julius.

Marx strich mit der gesunden Hand über seine Kralle. Er betrachtete sie und sortierte pedantisch den Spitzenärmel neu. »Gut. Die Beerdigung ist also kein Thema. Welches wäre dir denn angenehm? Die politische Lage? Wir könnten über das Wetter sprechen. Es regnet. Es schüttet wie aus Eimern. Gibt's dazu eine Bemerkung? Herrgott, er lässt mich die Unterhaltung komplett allein bestreiten. Wie steht es um den braven Conrad?«

»Der Junge hasst dich mit jedem Herzschlag.«

»Das hör ich gern. Da hat er endlich einmal ein Gefühl, das größer als ein Hühnerschiss ist. Ich hab das immer bei ihm vermisst. Wo steckt er eigentlich? Ich habe ihn nach Heinrichs

Tod gesucht. Aber ihr beide wart fort wie die Mücken bei einem Regenguss. Einfach nicht aufzufinden.«

Er ist noch in Köln, zum Studium der Theologie – was du wüsstest, wenn du ihm auch nur einen Funken Interesse entgegengebracht hättest, wollte Julius seinen Kerkermeister anfahren, doch dann packte ihn ein ungutes Gefühl. Ein Löwenmutterinstinkt. Marx hatte Conrad nie gemocht, ihn bis zur Kränkung ignoriert, obwohl er eigentlich beide Cousins hätte unterrichten sollen. Warum lenkte er nun das Gespräch auf ihn? Bei Marx gab es keine simple Freundlichkeit oder auch nur Höflichkeit. Er war wie eine Katze – immer geradlinig, immer auf dem Sprung. Das war es ja, was ihn ausmachte. Sein Hang zur Berechnung, sein ständiges Pläneschmieden. Über Conrad würde er jedenfalls nichts erfahren.

»Keine Antwort?«

»Was ist mit Heinrich passiert?«, hielt Julius mit gepresster Stimme dagegen.

»Hm.«

Julius starrte auf Marx' Klaue. Die Finger waren nach innen gebogen und mit vernarbter Haut überzogen. Man hatte sich offenbar Mühe gegeben mit dem Geständnis, das für die Verurteilung nötig gewesen war. Konnte er sie überhaupt noch bewegen? Ach, wen interessierte es. »Das Einzige, was die Menschen auf der Beerdigung hätte trösten können, wäre die Nachricht von deinem Tod gewesen«, erklärte er bitter.

»Die sie jetzt glücklicherweise haben. Im Feuer verbrannt – genau das Ende, das der Lumpenhund verdient.«

»Nur dass es eine Farce war. Wie alles, was du unternimmst.«

»Ein Schalk und Possenreißer.« Marx grinste ihn an. »Oder vielleicht noch etwas Schlimmeres? Es gab keine Möglichkeit, aus dem Feuer zu entkommen. Marsilius hat das pedantisch überprüft. Also bin ich tatsächlich verbrannt. Willst du dich nicht ein bisschen fürchten?«

»Vor einem Scharlatan?«

»Bist du bei ihm gewesen?«

»Was?«

»Bei Marsilius.«

»Wozu?«

»Hier.« Marx hob die Krallenhand und legte sie auf Julius' Knie. »Das ist er gewesen. Liebevollstes Bemühen. Es erfordert mehr Geschick, als man denkt, einen Menschen zu verstümmeln, ohne ihn umzubringen. Ich würde ihm dafür gern den dreckigen Hals umdrehen, und ich werde es auch noch tun. Du hast dich also nicht bei ihm umgehört?«

»Ich habe seine Frau getroffen, die Freiherrin, Sophie. Es war schon beeindruckend, wie du sie im Dreck hast stecken lassen. Sie ist ein blutjunges Ding und hat in der Burg nicht weniger gelitten als du. Falls du das Interesse aufbringst, etwas von ihrem Geschick zu erfahren: Sie hat ihr Kind geboren und ... nein, sie ist dabei nicht verblutet. Marsilius hat seinen Nachwuchs bekommen.«

»Ich habe sie im Stich gelassen?«

»Du oder ein anderer Scharlatan im Wolfspelz, den sie in dem Tunnel getroffen hat, durch den sie floh. Nach dem Spektakel zu urteilen, das hinterher in der Burg stattgefunden hat, und dem Geschrei, dass Marx von Mengersen aus der Unterwelt zurückkehrte, wirst du mir erlauben, auf dich zu tippen.«

»Ich habe sie keineswegs im Stich gelassen.« Das klang wahrhaftig gekränkt. »Ich habe sie wie der Heiland ein verirrtes Lämmchen zum Tümpel getragen und sie durch das, Verzeihung, scheißkalte Wasser an Land gehievt und ihr mein bestes Kleidungsstück geschenkt.«

»Warum eigentlich?«

»Warum was?«

»Warum hast du sie nicht einfach in dem Gang verrecken lassen? Mitsamt der kostbaren Last in ihrem Unterleib?«

»Weil auch in meiner Brust ein Herz schlägt?«

Julius begann zu lachen.

»Wie recht du hast.« Marx stimmte in sein Lachen ein. »Es

ist mir ja aus der Brust geplumpst, in Magdeburg, oder wurde vielleicht schon bei meiner Geburt durch einen Klumpen Erz ersetzt. Dann habe ich ihr vielleicht geholfen, weil ich hoffte, sie im Anschluss ans Spektakel zu entführen, um ein heiliges Pfand gegen ihren Herrn und Gebieter in der Hand zu haben?«

»Schon besser. Nur hätte dir doch klar sein müssen – und sicher war's dir klar –, dass sie in der Zwischenzeit hätte sterben können.«

»Aber du warst doch bei ihr, mein Bester. Und wer hätte größeres Geschick im Kissenaufschlagen und Kinder-auf-die-Welt-Befördern als Julius, der Mann der tausend Bücher und hunderttausend Weisheiten.«

Verblüfft registrierte Julius, dass Marx ihn und die bedauernswerte Sophie offenbar beobachtet hatte. Allerdings musste er sich da bereits wieder auf dem Weg zur Höhle befunden haben, vermutlich in ihrem Eingang, um sich um seine eigenen Angelegenheiten zu kümmern, denn er selbst hatte keine Menschenseele bemerkt, obwohl er sich genau umgeschaut hatte. Marx' Geschwätz, dass er Sophie beigestanden hätte, wenn ihr nicht anderweitig geholfen worden wäre, war also wieder nichts als ein Herausgerede.

Er platzte mit seiner Empörung heraus: »Du bist ein ... ein verdammtes Unglück für die Welt, weißt du. Ein Stänkerer gegen das Gute. Wohin du kommst, hinterlässt du Scherben. Als hättest du nie etwas anderes gelernt als Niedermachen und Zerstören.«

»Stimmt. Und nun, nachdem wir uns das vom Herzen geredet haben: Wohin hat Conrad sich verkrochen?«

»Lass ihn aus dem Spiel. Es reicht, dass du einen der Jungen ins Unglück gestürzt hast.«

»Wie sonderbar. Ich habe gewusst, dass du das sagen würdest. Was ich nicht kapiere: Warum du trotzdem versucht hast, mich zu finden. Was willst du? Geht es dir um den Brief?«

Julius fühlte, wie sein Herz einen Sprung tat. Er hatte also richtig getippt: Das Schreiben, von dem Elisabeth gesprochen hatte, spielte eine Rolle – wenn er auch keinen blassen Schimmer hatte, welche und in was für einem Spiel. »Was stand darin?«

»Das weißt du nicht?«

»Würde ich sonst fragen?«

»Aber du weißt von seiner Existenz.«

Julius packte die Kralle. Die vernarbte Haut fühlte sich an wie Meeressand bei Ebbe, sonderbar und abstoßend. Er beförderte sie von seinem Bein und drehte sich zu Marx, was wegen der Fesseln nicht ganz einfach war. »Ich weiß überhaupt nichts! Deshalb bin ich hier. Um zu erfahren, was Heinrich ins Verderben gerissen hat. Welcher Mistdreck war im Gange, Marx? Es ging um Wallenstein, nicht wahr? Hast du Heinrich umgebracht, um deinen verdammten Generalissimo zu schützen? Oder war's Rache, weil es dich kränkte, dass der Junge dir nicht mehr wie ein Kätzchen folgte? Einfach ein böser Impuls?«

Marx zog die Knie an, legte die Arme darum und starrte ins Leere. Eine Fledermaus segelte durch die Höhle und warf einen riesigen schwarzen Schatten an die Felswand. Eine Welle schwappte aus dem Höhlensee gegen den Fels. »Julius«, sagte er schließlich, »warum bist du wirklich hier?«

Kapitel 19

Mutter, die immer alles richtig machte und über alles Bescheid wusste und sich nie versah – Mutter hatte sich geirrt. Lucia hatte Floisdorf, wo sie jahrzehntelang wohnte, verlassen. Sie war nicht etwa gestorben, was Sophie halb befürchtet hatte, sondern fortgezogen, und zwar mit einer Cousine, die von fern aus Dortmund gekommen war. Niemand konnte ihr sagen, wo sie nun wohnte. Vor Lucias Fortgang hatte es aber offenbar einen Streit um eine Heuwiese gegeben, denn als Sophie sich in Floisdorf umhörte, bekam sie viele unfreundliche Bemerkungen zu hören. Nun stand sie vor Lucias ehemaligem Haus mit dem tief gezogenen Strohdach und den grünen Fachwerkbalken, und ihr war, als liefe alles, was sie noch an Kraft besaß, aus dem Körper heraus.

»Ist noch gar nicht so lange her, um die Osterzeit«, gab die mollige Frau, die das Haus nun mit ihrer Familie bewohnte, mitleidig Auskunft. Sie sah Sophies tränenloses Entsetzen, nahm ihr wortlos Gotteswinds Zügel aus der Hand, band das Tier im Garten an und brachte die Besucherin ins Haus. Es roch nach frischem Brot. Zwei Kinder krabbelten in sauberen Kitteln auf dem Boden. Die Frau kochte einen Bohnenbrei und erzählte noch einmal von der Heuwiese, die in diesem Sommer mit Gerste bebaut wurde, weil das einen viel besseren Ertrag brachte. Sie nötigte Sophie die Bohnen und dazu Stockfisch auf und dann einen Platz in ihrem Bett, denn es war Abend geworden, und ihr Ehemann besuchte seine Mutter.

»Ihr ruht Euch aus, und morgen sehen wir weiter.«

Überwältigt von so viel Güte und viel zu erschüttert, um einen eigenen Entschluss zu fassen, stimmte Sophie zu. Als sie die gastfreundliche Stätte am nächsten Tag verließ, drängte sie der Frau den Ring auf, den Marsilius ihr gegeben hatte. Sie gab zu viel, viel zu viel, das wusste sie, aber etwas anderes besaß sie ja nicht, mit dem sie ihr hätte danken können.

Immer noch wie betäubt von dem, was ihr geschah, stieg sie auf den Rücken des Pferdes. »Nach Dortmund sind es vier oder fünf Tagesreisen – das ist gut zu schaffen«, meinte ihre Gastgeberin aufmunternd. »Folgt der Straße wenigstens einen Tag lang bis nach Zülpich.«

Sophie nickte. Sie ritt wie in Trance durch Dörfer und zwischen Stoppelfeldern, die von der Herbstsonne beschienen wurden und wie riesige goldene Igel aussahen. Gotteswind stapfte voran und hielt nur selten inne, um etwas Gras vom Wegrand zu rupfen. Sophie ließ ihn gewähren. Erst gegen Mittag, als sie einen etwas größeren Ort erreichte und auf dem Dorfplatz auf einer Bank Rast machte, begann sie über ihre Lage nachzudenken. Sie kannte von Lucia nur den Vornamen. Wie sollte sie die Frau in einer riesigen Stadt wie Dortmund finden – falls sie überhaupt dorthin gezogen war? Das hatten die Dörfler ihr ja gar nicht mit Gewissheit sagen können. Sophie war nicht einmal mit Lucias Aussehen vertraut. Sie hatte die Tochter von Mutters Kinderfrau vielleicht zwei- oder dreimal in ihrer eigenen Kindheit gesehen und erinnerte sich an eine dürre, etwas mürrische Gestalt, die häufig an einem Schluckauf litt. Das half doch gar nicht.

Also zurück nach Breitenbenden zu den Eltern?

Niedergeschlagen beobachtete Sophie einen Jungen, der mit einem Steckenpferd spielte, und dachte an die Zahlen, mit denen ihr Vater beziffert hatte, wie viele Menschen es das Leben kosten könnte, wenn er sie gegen den Willen ihres Ehemanns bei sich aufnahm. Nicht dass ihr noch eine davon im Kopf gewesen wäre. Aber dass das Unglück, das sie über ihre Heimat bringen würde, sich in Zahlen ausdrücken ließ, machte es für sie grauenhaft und real.

Sie wusste, dass ihr Vater in seiner Einschätzung von Marsilius recht hatte. Einen Moment sah sie ihren Mann wieder aus dem Hexenturm kommen, den blutigen Gesichtsabdruck seines Gefangenen auf dem Hemd. Ja, Vater hatte richtig entschieden. Er war für ihre Mutter, ihre Schwestern und die Menschen, die ihm dienten, verantwortlich. Hoffentlich war das Unglück, das er befürchtete, nicht schon über Breitenbenden hereingebrochen.

Niedergeschlagen raffte sie sich auf und kletterte in den Sattel zurück. Sie würde auf keinen Fall nach Hause zurückkehren, so viel stand also fest. Wenn aber weder Dortmund noch ihr Elternhaus in Frage kamen, musste sie trotz ihrer Angst zur Wildenburg zurück. Denn gleich, wie man es drehte und wendete: Sie gehörte zu dem Mann, den sie geheiratet hatte. Und sie hatte als Herrin der Burg ja auch gewisse Rechte. Da sie nichts verbrochen hatte, außer ihre Eltern zu besuchen, konnte Marsilius ihr eigentlich nichts Schlimmeres antun, als sie zu verprügeln. Kein Mensch brachte ungestraft seine Ehefrau um. Darauf musste sie sich verlassen. Und vor Edith musste sie sich eben in Acht nehmen.

Sophie ritt zwei oder drei Meilen. Wie fremd hier alles war! Ihr ging auf, dass sie noch nie allein unterwegs gewesen war. Sie hatte Angst vor den Männern, die ihr entgegenkamen. Die schmucken Häuser und die abgeernteten Felder bewiesen, dass der Krieg diesen Teil des Landes bisher verschont hatte, vermutlich weil er abseits der großen Wasserwege lag. Trotzdem konnten sich Söldner hierher verirren. Unauffällig schloss sie sich einer Familie mit einem Karren voller Kohlköpfe an, die aber leider im nächsten Dorf bereits zu Hause war.

Wieder tat sich vor ihr ein Dorfanger auf. Ihr Magen knurrte.

Gut, also ... Sie verdrängte die Mutlosigkeit, ritt noch ein Stück weiter, entdeckte eine Wiese mit einer Rinderherde und band Gotteswind an ein Gebüsch. Es war kein Hirte oder sonst ein Mensch bei dem Vieh zu sehen. Rasch huschte sie zu einer der Kühe und begann, sie in einen zerbeulten Zinnbecher, den ihr die Frau aus Floisdorf geschenkt hatte, zu melken. Wenn sie nur niemand bei dem Diebstahl überraschte! Aber sie blieb ungesehen, und als sie zu ihrem Pferd zurückkehrte, fühlte sie sich etwas besser.

Eine Gruppe junger Männer in Wanderkleidern zog vorbei, Studenten vielleicht oder Handwerksgesellen auf der Wanderschaft. Sie warfen ihr anzügliche Blicke zu, und als einer von ihnen, ein Kerl mit so vielen Pickeln, dass er wie ein Fliegenpilz aussah, ihr eine Kusshand zuwarf und ein anderer begehrlich ihr Pferd betrachtete, machte sie, dass sie weiterkam. Ich muss zur Wildenburg, dachte sie, als die Männer hinter einer Biegung verschwunden waren. Ich *muss* dorthin. Ich habe gar keine andere Wahl.

Aber je mehr sie sich ihrem ehemaligen Zuhause näherte, desto gründlicher verließ sie der Mut. Das Bild des blutigen Gesichtsabdrucks auf Marsilius' Hemd war ihr ständig vor Augen. Ihr Mann hatte bereits in Breitenbenden getobt. Durch ihre Flucht musste sich seine Wut ins Unermessliche gesteigert haben. Sicher war es Edith ein Vergnügen gewesen, sie zusätzlich zu schüren. Als Sophie den ersten bekannten Weg erreichte, war ihr schlecht vor Angst.

Sie blickte an ihrem Kleid herab, dessen offener Saum um ihre Knöchel schlenkerte, und fuhr mit den Fingern über ihr schmutziges Gesicht. Ihre Kopfhaut juckte, ihr Haar klebte vor Fett. Gut, sie würde Marsilius gegenübertreten müssen – aber nicht in diesem Zustand. Denn dann hätte sie gleich verloren. Sie musste sich mit größtmöglicher Würde präsentieren, um ihn daran zu erinnern, dass sie kein Nichts war, mit dem er tun und lassen konnte, was er wollte. Und daher war es notwendig, dass sie sich reinigte und ihr Kleid flickte.

Ihr Blick ging ins Tal hinab, das sich an die Hänge schmiegte. Wiesen und Stoppelfelder bildeten ein unregelmäßiges Schachbrett, über das sich ein breiter Streifen Sonne gelegt hatte. Oberhalb des Tals lag das Dörfchen Hecken. Ob sie dort jemanden um Hilfe bitten konnte? Nein, das wäre zu beschämend. Sie kannte ja auch niemanden. Ein an einem Bach gelegenes Häuschen mit einem krummen Gartenzaun erregte ihre Aufmerksamkeit. War das nicht das Pfarrhaus? Sie hatte Pater Ambrosius nur wenige Male gesehen – flinke Augen und schütteres Haar, das nur aus den Nasenlöchern noch reichlich quoll, an mehr erinnerte sie sich nicht. Aber er war ihr freundlich vorgekommen und hatte ihr stets Respekt erwiesen.

Hatte Julius Drach gesagt, er sei wiederaufgetaucht? Der Mann wollte ihn doch besuchen, oder? Sie erinnerte sich nicht allzu genau an das, was in den Tagen nach der Geburt gesprochen worden war. Im Grunde war es ja auch gleich. In einem Pfarrhaus würde sie am ehesten Unterstützung finden. Und dann kam ihr ein neuer Gedanke, der sie erleichterte: Sie würde Ambrosius bitten, sie zu begleiten. In seiner Gegenwart würde Marsilius sich mäßigen, das wusste sie. Seine Angst vor dem Jenseits und Gottes Strafgericht war gewaltig! Vielleicht würde der Pfarrer ihm sogar ins Gewissen reden und ihn auf die Heiligkeit der Ehe hinweisen, so dass sich alle Probleme lösten …

Mit dieser vagen Hoffnung brachte Sophie die kleine Strecke hinter sich.

Das Häuschen war noch winziger und heruntergekommener, als sie angenommen hatte. Die Nachmittagssonne schien auf ein Strohdach, auf dem Vogelkot unzählige weiße Tupfer hinterlassen hatte. Das Fachwerk war vom Holzwurm durchlöchert, der Zaun im hinteren Teil des Gartens niedergetreten und der Garten selbst in einem traurigen Zustand, wenn man ihn mit dem ihrer Mutter verglich.

Sophie schritt über die rumpligen Steine, die zum Haus führten, und stieß die Tür auf. Sie fand den Pfarrer auf den

Knien vor einem kleinen Altar, über dem der Heiland am Kreuze hing. Das gequälte Gesicht des Geistlichen war mit Tränen benetzt. Er schien dem Herrn wahrhaftig sein Herz auszuschütten. Betreten blieb Sophie stehen. Es war ihr peinlich, den Gottesmann in echter Seelenqual zu ertappen. In der Bevölkerung wurde so viel über das heuchlerische Leben der Geistlichkeit gespottet, dass sie gar nicht damit gerechnet hatte, an einen glaubensvollen Mann zu geraten. Ambrosius schluchzte ein letztes Mal auf, als er sie bemerkte, dann erhob er sich von den Knien. Erstaunlicherweise erkannte er sie trotz ihres desolaten Zustands sofort wieder und bot ihr den einzigen Stuhl an, den es in seiner Behausung gab.

Sophie hatte sich vorgenommen, beherrscht und würdevoll zu sprechen. Doch schon die erste mitfühlende Frage nach ihrem Befinden ließ sie in Tränen ausbrechen. Und so erfuhr Ambrosius – er war es wirklich, die Haare quollen bis zur Oberlippe – alles, was sich in Breitenbenden und zuvor in der Wildenburg und später auf ihrem Weg nach Hause zugetragen hatte.

»Sie haben keinen Respekt, sie pfeifen jedem Mädchen hinterher, dieses Pack auf den Straßen«, brachte er mitleidig hervor und kratzte die kahle Mitte seines Kopfes.

Nun ja, die Wandergesellen waren nicht das Wichtigste. Hatte er verstanden, was sie über Edith gesagt hatte? »Sie ist eine abgrundtief verdorbene Frau, Pater. Mehr noch, sie ist eine Hexe. Ihr müsst mir das glauben. Sie hat sich mit dem Bösen verbündet. Sie zaubert. Ich war dabei«, erklärte Sophie mit Nachdruck.

Ambrosius wiegte den Kopf. »Was Ihr mir geschildert habt, hört sich wirklich übel an«, gab er zu. »Andererseits …«

»Andererseits *was?* Ich habe *gesehen,* wie sie hexte. Sie hat mit schwarzen Kerzen und Tierschädeln hantiert und … und murmelte und … sie hat ein Wachsbild gefertigt.«

»Ach!

»Das meine Züge hat.«

»Tatsächlich? Das ist nicht gut. Nein, ist es nicht. Aber bewahrt die Ruhe. Hier – wünscht Ihr einen Apfel? Er ist beruhigend fürs Gemü…«

»Ihr habt Angst.« Natürlich. Ambrosius wusste wie jedermann, dass Marsilius in seine Hexe vernarrt war. Wie hatte sie nur annehmen können, dass er sich gegen den Mann stellen würde, der ihn ernährte? Er war ja nicht weniger abhängig von Marsilius als sie selbst.

»Nicht doch, nicht doch. Ich wäge nur ab. Wenn es um Zauberei geht, schießt man nicht ins Blaue. Aber Ihr habt recht: Man muss auch überlegen, wie Euer Gemahl reagieren würde, wenn ich ihm Eure Beschwerden vortrüge. Was, glaubt Ihr, würde er erwidern?«

Entmutigt senkte Sophie den Kopf. »Er würde seine Hure schützen.«

»Er würde darauf hinweisen«, erklärte Ambrosius, erleichtert, sie einsichtig zu sehen, »dass er das Weib nicht als Hure hält, sondern als Amme, um sein Kind zu versorgen. Und das Burggesinde würde bestätigen, dass sie es mit großer Hingabe tut. Kerzen …«

»Sie säugt mein Kind?«

»Schwarze Kerzen sind ein schlimmes Zeichen. Aber man müsste sie erst einmal finden, und ich gestehe ehrlich, dass ich die Hexe für zu schlau halte …«

»Sie ist Henriettes Amme?«

Der Geistliche merkte auf. »Wusstet Ihr das nicht? Ich war am Sonntag auf der Burg und habe es dort erfahren. Edith hat offenbar selbst ein Kind zur Welt gebracht, das allerdings verstarb, Gott hab es selig, und …«

»Dieses Kind ist Marsilius' Bastard. Und es lebt!«

»Nun, jedenfalls hat sie es nicht bei sich. Aber um noch einmal darauf zurückzukommen: Vielleicht ist Edith doch kein so vollkommen verdorbenes Geschöpf, wie Ihr befürchtet, denn sie wiegte Euer Töchterchen zärtlich in den Armen und besänftigte den Vater, den das Säuglingsgebrüll schier wahnsinnig machte, so dass er … Nein, wartet, wartet … Männer sind nicht wie Weiber«, nahm er Marsilius in Schutz, als er Sophies entsetzte Miene sah. »Wir sind das stärkere Geschlecht, aber Evas Töchtern meilenweit unterlegen, wenn es darum geht, Kindergeschrei zu ertragen, der tatsächlich dem Lärm der Hölle am nächsten kommt, wenn Ihr meine bescheidene Ansicht hören wollt. Ohne Zweifel liebt Marsilius sein Kindchen, er weiß nur nicht …«

»Er wollte sie nicht.«

»Bitte?«

»Er wollte Henriette nicht haben. Er hatte felsenfest auf einen Sohn gebaut. Ihr habt ihn nicht gesehen, als man ihm die Kleine in die Arme legte. Er konnte es gar nicht erwarten, sie wieder loszuwerden. Er … er hasst sie.«

»Was für ein schreckliches Wort. Ihr meint, dass er enttäuscht war. Aber er hat sie doch zu sich genommen, oder?«

»Er muss sie meiner Mutter aus den Armen gerissen haben. O Himmel, süße Jungfrau … Er will mich zwingen, zu ihm zurückzukehren. Henriette ist seine Geisel.« Sophie lief zur Tür. Sie brauchte frische Luft, sie konnte kaum noch atmen.

Ambrosius trat mit seinem geduldigen Lächeln neben sie. »Sophie, mein Kind – Ihr seid durcheinander. Ist es nicht das Gewöhnlichste der Welt, dass ein Vater sein Kind bei sich aufwachsen sehen will? Ich rate Euch, auf die Burg zurückzukehren. Tragt Eurem Gatten in einem ruhigen Moment Eure Einwände, was Edith angeht, vor und vertraut auf sein Wohlwollen. Er wird Euch gewiss anhören.«

Sophie lehnte das Gesicht gegen den Türholm und versuchte, einen klaren Kopf zu bekommen. Vielleicht hatte Marsilius seine Tochter ja wirklich zu sich genommen, weil er sie bei sich haben wollte. Aber Edith … Wenn sie sich um Henriette kümmerte, dann sicher nicht aus Wohlwollen. Kinder starben. Sollte die Kleine tot in der Wiege liegen, würde kein Hahn danach krähen. So war es eben mit Säuglingen.

Plötzlich sah Sophie wieder die kleinen Fäustchen, die sich gegen ihre Brust drückten, Henriettes Lächeln und die skeptisch gerunzelte Stirn. Und mit einem Mal tat die Erinnerung körperlich weh. Ich habe sie genauso von mir geschoben wie ihr Vater, dachte sie, während sich eine Eisenklammer um ihr Herz legte. Das arme kleine Menschlein. Selbst wenn die Hexe sie bei der Zeugung verflucht hatte – Henriette trug keine Schuld daran. Und dann kam Sophie ein neuer, entsetzlicher Gedanke: Was, wenn es diesen Fluch gar nicht gegeben hatte? Wenn die Geburt nur deshalb so schwer gewesen war, weil sie unter so schrecklichen Umständen stattfand? Mutter hatte Henriette sofort liebgewonnen, und sie hätte doch sicher gemerkt, wenn mit der Kleinen etwas nicht stimmte. Auch Christine hatte sie einfach nur niedlich gefunden. *Ich war die Einzige, die sich von ihr abgestoßen fühlte.* Sophie drehte Pater Ambrosius ihr fassungsloses Gesicht zu.

Er sagte etwas, aber sie hörte nicht zu. Denn plötzlich sah sie wieder ihr Wachsbild vor sich. Was, wenn Edith auch von Henriette ein Wachsbild formte? Vielleicht schrie die Kleine gerade jetzt in ihrer Wiege, während ihr Bild von Nadelstichen durchbohrt wurde. Auf einmal bekam auch die Szene im Garten ihrer Eltern einen anderen Sinn. Edith hatte nicht mit den anderen Wildenburgern in der Küche gesessen, als Henriette zu brüllen begann. Hatte sie sich irgendwo verkrochen, um das Kind zum Weinen zu bringen? Wollte sie damit verhindern, dass Marsilius es liebgewann?

»Kehrt auf die Burg zurück«, hörte sie Ambrosius' schmeichelnde Stimme. »Seid ein braves Lämmlein. Um es mit den Worten des Herrn auszudrücken: Was Gott zusammengefügt hat, soll der Mensch …«

»Wenn sie weint … Marsilius ist ein Ungeheuer.«

»Nein, nein.«

»Doch.« Sie wusste es besser als der Pater. Sie hatte den blutigen Abdruck des gefolterten Mörders auf Marsilius' Hemd gesehen. Wenn ihr Mann die Nerven verlor, kannte er keine

Grenzen. Ambrosius hatte recht: Sie musste tatsächlich in die Burg zurück.

Und dann?

»Hört zu, Kind ...«

Sie wandte den Kopf ab. Alles lag klar vor ihr. Wenn sie auf die Wildenburg zurückkehrte, würde sie sterben – in wenigen Tagen oder Wochen, vielleicht sofort nach ihrer Ankunft. Aber wenn sie starb, war Henriette endgültig verloren. Ihre Tochter brauchte eine lebende Mutter. Bilder wirbelten durch ihren Kopf, mit denen sie sich Hoffnung zu machen versuchte. Ihre Eltern, die die Breitenbendener Männer bewaffneten, um das Enkelkind mit Gewalt zurückzuholen ... Die heilige Kirche, die der Hexe das Handwerk legte ... Doch das würde nicht eintreten. Wenn sie tot war, gäbe es niemanden mehr, der für ihr Kind kämpfte.

Und da sah sie wieder Marx vom Mengersen vor sich, der lachte, als man ihn zum Richtblock schleppte, der Marsilius' Schränke durchwühlte und sich respektlos über ihr Bett beugte. Vielleicht hatte er sich wirklich dem Bösen verschworen, aber er war das einzige Wesen, das sich vor Marsilius und Edith nicht fürchtete.

Ein Werwolf, dachte Sophie von Zweifeln zerrissen. Und doch, er hatte sie im Tunnel nicht getötet, obwohl er es hätte tun können. Kannten Werwölfe so etwas wie Dankbarkeit? Sie hatte ihn vor der Hinrichtung gerettet. Langsam hob sie die Augen zu Ambrosius. »Ich muss zu Marx von Mengersen.«

Kapitel 20

Josepha bemerkte die Anwesenheit der Hexen erst, als sie eine Hand auf ihrer nackten Haut spürte. »Es ist so weit«, hörte sie Ediths Stimme. Sie klang dumpf und unheilvoll. Als die Hexe sich erhob und den modrigen Kerker durchschritt, schlug Josepha die Augen auf. Die Dreckige und Eva standen bereits vor dem Tisch. Außerdem war eine weitere Frau gekommen, die Josepha nicht kannte. Sie war jung, ihr Körper geschmeidig, ihre Brüste so groß, dass sie fast das wollene Mieder sprengten. In ihren Armen lag ein Kind, das leise wimmerte.

Josepha hörte, wie die Hexen miteinander flüsterten, aber sie konnte die Worte nicht verstehen. Auf dem Tisch stand ein Weidenkörbchen, und zunächst nahm sie an, dass der Säugling darin transportiert worden war. Doch dann drang aus dem Behältnis ebenfalls ein leises Weinen. Edith beugte sich über den Korb und holte einen zweiten Säugling heraus. Sie schaute ihn so kalt an, wie Josepha noch niemals ein Weib auf ein Kind hatte blicken sehen. Grob legte sie ihn auf den Tisch und begann, die Windeln zu lösen. In Josepha regte sich Empörung, als sie merkte, wie brutal das Kleine gewickelt worden war. Sie war jahrelang die Amme von Clara Wolpmanns Kindern gewesen und wusste, welche Schmerzen zu straffes Binden verursachte.

Edith stützte sich auf die Tischplatte und starrte missmutig auf den plärrenden Säugling hinab. Sie winkte der Fremden, und diese legte das zweite Kind neben das erste. Es war ebenfalls nackt. Schweigend umstanden die vier Hexen die Kinder, die jetzt, da sie froren, noch erbärmlicher jammerten.

»Sie sehen einander nicht im Geringsten ähnlich«, meinte die Dreckige schließlich bedauernd.

»Schweig, Mutter!«, fauchte Edith. Es war wieder still, bis auf das Weinen der Kinder.

»Ein Jammer, dass du keinen Sohn geboren hast. Den hätt er gewollt.«

»Er will gar nichts von einer Hexe, außer ihrem Fickloch«, zischte Edith.

»Und was hast du nun vor?«

»Was weiß ich!«

Eva wagte es, sich zu Wort zu melden. »Man kann sie nicht vertauschen. Der Herr erkennt seins. Er meint, es hätte seinen Mund.«

Die Dreckige hielt ihre Tochter fest, die nach dem Mädchen schlagen wollte. »Du darfst nicht den Mut verlieren. Kleine Kinder verändern sich rasch. Heute sehen sie so aus, morgen ganz anders. Man muss warten, bis Marsilius eine Weile fort war.«

Die vierte Hexe, die mit den riesigen Brüsten, sagte gar nichts, sondern kratzte sich den Oberarm.

»Wickle sie wieder ein«, befahl Edith ihr und wandte sich ab, um ein Säckchen aus einer Ecke zu holen. Sie langte hinein und zog einen Tiegel aus Blei heraus. Josepha versteifte sich. Ihr wurde vor Scham und Furcht heiß, als Edith auf sie zukam. Sie wusste ja, was folgen würde. Das Weib kniete neben ihr nieder und schlug, ohne auf ihr Wimmern zu achten, den Rock der Gefesselten zurück. Sie strich Salbe aus dem Tiegel in die Hand und begann, den kalten Sud in Josephas Scham zu reiben. Dabei murmelte sie Lateinisches. Ihre Hand war noch kälter als der Sud.

Benommen vor Angst, wartete Josepha, bis Edith von ihr abließ. Sie betete unablässig, aber sie wusste, dass ihr das nichts nutzen würde. Edith machte aus ihr eine Hexe, und Gott würde sie deshalb vernichten, weil er alles vernichtete, was unrein war. In einer Mischung aus Angst und Faszination sah sie zu, wie die Hexen ihre Röcke hoben und einander unter grausigsten Beschwörungen nun ebenfalls die Scham und dann die Zungen salbten. Eva kicherte aufgeregt. Sie kam zu Josepha herüber und drückte ihr einen warmen Kuss auf den Mund.

Dabei glitt ein Messerchen aus ihrer Schürze. Vielleicht hatte sie in der Küche Obst geschält. Marsilius aß doch so gern die letzten Herbstäpfel. Josepha hielt den Atem an und wartete, ob das Kind sich danach bückte. Aber Eva hatte den Verlust offenbar nicht bemerkt. Vorsichtig schob Josepha den Ellbogen auf die kleine Klinge und versuchte ihre Aufregung zu verbergen. Bot sich hier eine Möglichkeit zur Rettung?

Erst einmal nicht. Die Kinder waren eingeschlafen und gaben keinen Mucks mehr von sich, aber die Hexen hielten Wache. Die Zeit verging, und Josepha spürte, wie ihr allmählich warm wurde. Sie kannte das schon und musste sich eingestehen, dass sie den Augenblick herbeisehnte, in dem ihre Furcht nachlassen und sie stattdessen Wohlbehagen durchströmen würde. Sie beobachtete die Hexen, die sich zu liebkosen begannen. Edith leckte ihre Mutter ab, wozu die Dreckige lachte. Ich muss das hassen, dachte Josepha, aber sie war viel zu entspannt, und als Edith zu ihr kam, um sie zu umarmen, gab sie sich ihr wohlig hin.

Doch als der Teufel kam – irgendwann später, Josepha fehlte jedes Zeitgefühl –, war die Furcht in aller Intensität wieder da und schlimmer als zuvor. In der Begleitung des Höllenfürsten tanzten Gnome und Fratzen und grausige Geschöpfe, die Josepha an Lindwürmer erinnerten, die aber die Gesichter von Dirk Wolpmanns armen Kindlein hatten. Sie begann zu weinen.

Edith kniete nieder und küsste dem obersten Dämon, dem Beelzebub, den Anus, der sich blutrot aus seinem Hintern wölbte. Er schwang sie lachend herum, nahm sie in die Arme und tanzte einen höllischen Tanz, bei dem sie immer wieder mit dem Mund sein Glied umschlang.

Josepha hörte ein Kreischen, von dem sie gar nicht begriff, dass es aus ihrem eigenen Mund kam. Aus der Höhlendecke wanden sich die Maden und fielen auf sie herab. Da spürte sie unter ihrem Arm plötzlich wieder das Messerchen, das Eva verloren hatte. Sie schaffte es, die kleine Waffe in die Hand zu bekommen. Ihr strömte Blut aus den Handflächen, aber es gelang ihr, die Fesseln durchzuschneiden und sich aus den Wurzeln zu befreien.

Einer der Teufel kam auf sie zu. Sie wich ihm und den anderen Tänzern aus und kroch auf die Tür zu, die einladend offen stand. Dann war sie draußen.

Sie wusste, dass sie bald einschlafen würde, denn das war die Art, wie solche Hexensabbate endeten: Mit einer tiefen Bewusstlosigkeit, der man sich nicht entziehen konnte. Ihre Beine waren taub, deshalb konnte sie nicht aufstehen, aber sie schaffte es, ins Unterholz zu robben. Über ihr hingen Äste, zwischen den Ästen turnten kleine Kobolde, die ihr aber nichts antaten. Sie murmelte Gebete, schaute zu den Sternen und flehte alle Heiligen an, deren Namen ihr in den Sinn kamen. Die Erde unter ihren Händen war nass und fettig. Regentropfen fielen auf sie herab. »Heilige Barbara … Jungfrau … Jesus …«

Sie entkam. Zumindest bildete sie sich ein, dass es so war. Die Erde fühlte sich köstlich an wie das pure Leben.

Kapitel 21

Ambrosius hatte ihr nachgegeben. Allerdings erwies er sich jetzt als reichlich zerstreuter Helfer. Sophie sah, wie er den Klepper, den er sich von einem seiner Schäfchen ausgeliehen hatte, um ein Fuchsloch trieb und müde seine Augen rieb. »Hier vielleicht«, murmelte er. »Ich weiß nicht, ob es derselbe Platz ist. Wir waren an so vielen Orten. Ich kann mich an Felsbrocken erinnern. Der Berg dort – findet Ihr, er sieht aus wie ein Ziegenkopf? Damals hatte ich an einen Ziegenkopf gedacht, obwohl … Ich habe Euch gleich gesagt: Erwartet nicht zu viel.«

Sophie warf ihm einen argwöhnischen Blick zu. Führte der Pfarrer sie vielleicht bewusst in die Irre? Sie wurde nicht recht schlau aus ihm. Als sie ihm erklärt hatte, dass sie zu Marx von Mengersen wollte, hatte sie mit heftigem Protest gerechnet. Wegen Marsilius, aber vor allem, weil kein Mensch sich ohne Not mit einem Werwolf einließ. Ambrosius hatte auch protestiert, doch zugleich fand sie bei ihm eine seltsame Bereitschaft, ihrer Argumentation zu folgen.

Sie wusste inzwischen, dass er viele Wochen von Marx gezwungen worden war, seiner Bagage die Beichte abzunehmen. Sie wusste auch, dass er den Mann fürchtete. Doch zugleich schien er ein heftiges Interesse an ihm zu haben, und manches Mal, wenn er in den vergangenen Stunden über ihn gesprochen hatte, kam es ihr so vor, als wäre er regelrecht fasziniert von dem unheimlichen Menschen. Aber suchte er tatsächlich nach dem Versteck, von dem er annahm, Marx könne sich dort verkrochen haben?

Er hatte eine Idee gehabt, die ihr vernünftig vorgekommen war. Die Bande hatte sich einmal in einem Bergwerk versteckt, es aber bereits am nächsten Tag wieder verlassen, obwohl es ein perfekter Unterschlupf gewesen wäre. Und das könnte bedeuten, hatte Ambrosius spekuliert, dass er sich diesen Ort für später aufbewahren wollte, für einen Notfall, für eine Situation wie die augenblickliche, in der ihn der größte Teil seiner Kumpane verlassen hatte und er gezwungen war, sich unsichtbar zu machen. Stimmte diese Geschichte? Oder hatte er sie sich nur ausgedacht?

»Es war weniger bewaldet, meine ich, und mehr Tanne als Buche«, seufzte der Geistliche. »Vielleicht westlicher? Sie haben mir gelegentlich die Augen verbunden, die Schurken. Seid Ihr sicher, dass Ihr nicht aufgeben wollt, Kind?«

Sophie schüttelte den Kopf. Es war düster in dem Waldstück, das sie gerade durchquerten. Hohe Baumkronen stahlen das Licht. Aber es gab einen Pfad, dem sie folgen konnten, und so kamen sie zumindest rasch voran. Als sie eine Hügelkuppe erreichten, erschien zu ihrer Linken eine Lichtung, auf der ein Rudel Hirsche graste. Die Tiere hoben die Köpfe, blickten alarmiert zu den Störenfrieden und sprangen davon. Sophie sah den roten Schwanz eines Fuchses im Buschwerk verschwinden und den bauschigen eines Eichhörnchens hinter einem Fels.

»Vielleicht ist er doch kein Werwolf«, meinte sie zu Ambrosius gewandt.

Er bekreuzigte sich. »Wie kommt Ihr drauf?«

»Ich habe doch unter dem stinkenden Fell gelegen, in das er mich gewickelt hat. Ich habe es oftmals mit den Händen betastet. Aber es war gar kein Pelz. Es war ein Gewand, das aus mehreren Fellen zusammengenäht wurde, mit schwarzem, festem Garn. Habt Ihr je gehört, dass Werwölfe Gewänder nähen?«

Der Priester kraulte überrascht sein Kinn. »Und dennoch …« Er begann davon zu erzählen, wie er Zeuge wurde, als Marx von Marsilius' Männern umstellt wurde, wie er in das Bauernhaus rannte und dort verbrannte.

»*Scheinbar* verbrannte«, sagte Sophie.

»Wenn er nicht umkam, ist das doch nur ein weiterer Beweis dafür, dass er es mit dem Bösen hält. Wie sonst hätte er die Feuersbrunst überleben sollen?«

»Aber wie kann er als Werwolf zurückkehren, wenn sein Leib zu Asche wurde?« Mit diesem Argument, dass nämlich ein verbrannter Mensch auf immer zu existieren aufhörte, wurden schließlich die Hexen auf die Scheiterhaufen gebunden. Das verblüffte Gesicht des Geistlichen bestätigte Sophie, dass sie ihn in die Enge getrieben hatte.

»Wollt Ihr diese komplizierten Überlegungen nicht lieber in den Händen der Wissenschaft lassen, wo sich klügere Menschen die Köpfe darüber zerbrechen?«, schlug er vor. »Gewissheit haben wir, wenn wir ihn in einer Wolfshöhle finden.«

Aber damit schien er selbst nicht zu rechnen. Und tatsächlich – nachdem sie ein weiteres Stück geritten waren, zügelte er sein Pferd und wies aufgeregt zu einem ansteigenden, wild überwucherten Gelände, das sich in Sophies Augen durch nichts vom Rest des Waldes unterschied. »Dort müssen wir hinauf!«

Pilze zermatschten unter seinen Füßen, als er vom Pferd stieg, um es am Zügel zu führen. Sophie folgte ihm. Die Sonne wärmte die Luft, und zwischen den Zweigen leuchteten silbrige Spinnennetze, die sich in ihren Kleidern verfingen. Durch die Lüfte segelten die Früchte des Bergahorns. Eine Weile irrten sie umher. Dann rief er plötzlich: »Da!«

Er hatte zwar nicht den Bergwerkseingang gefunden, dafür aber in einem zerklüfteten Gebiet zu ihren Füßen einen Trampelpfad zwischen den Gräsern. »Ich wusste es – sie sind hier«, triumphierte er. »Sie versuchen zwar, sich zu verbergen, aber dort unten ist erst vor kurzem jemand gegangen oder geritten!«

Nachdem sie erst einmal den verräterischen Pfad gefunden hatten, war es eine Kleinigkeit, den Eingang zum Bergwerk zu entdecken. Er befand sich unspektakulär hinter einigen Büschen an der Seite eines Hügels. Die Bergleute hatten ihn durch Baumstämme gesichert und mit Steinen ummauert, und daran erkannte Ambrosius ihn zweifelsfrei wieder. Sie versteckten die Pferde. Mit einem Widerstreben, das in seltsamem Gegensatz zu ihrer Ungeduld stand, bückte Sophie sich unter dem Mauerbogen hindurch. Sie stand nun in einer Art Vorraum des Stollens. Ein Gang aus glitzerndem, teils grünem Fels tat sich vor ihr auf, verlor sich aber schon nach wenigen Schritten in der Dunkelheit.

Ambrosius stieß gegen sie. »Und? Wollen wir weiter?«

»Wir haben kein Licht.«

»Nicht doch.« Der Pfarrer kniete nieder und öffnete ein Säckchen, das getrockneten Zunder enthielt. Einen Ast hatte er bereits aufgelesen. Er war geschickt und brauchte nur wenige Streiche mit dem Feuerstein, bis der Zunder und gleich darauf der Ast brannte. Sophie raffte rasch zwei weitere Hölzer auf. Mit klopfendem Herzen machten sie sich auf den Weg, mussten allerdings bald feststellen, dass sich der Gang verzweigte, und zwar gleich an mehreren Stellen.

»Wie habt Ihr Euch damals orientiert?«

»Ich selber gar nicht. Die Kerle hatten mir die Augen verbunden – wohl um genau das hier zu verhindern, dass ich die Höhle nämlich wiederfinde«, erklärte der Pater verschämt.

»Und nun?«

»Draußen lagen frische Pferdeäpfel. Habt Ihr das bemerkt? Sie sind also immer noch hier. Wir müssen nur den Ausgang bewachen.«

Sophie stöhnte vor Ungeduld, sah aber ein, dass der Pfarrer recht hatte. Resigniert begaben sie sich wieder ins Freie. Sie richtete sich auf ein tagelanges Warten ein. Wahrscheinlich befand Marx sich mit seinen Männern wieder auf Raubzügen, und wenn sie Pech hatte, dann war er ganz auf und davon. Während sie beobachtete, wie die Sonne sich zur Erde senkte und den Wald golden färbte, schaute sie auf ihre schmutzigen Hände und den Kleidersaum, der sich über ihren dreckigen Schuhen auflöste, und fragte sich nicht zum ersten Mal, ob sie den Verstand verlor. Wäre das Leben auf der Burg wirklich schrecklicher als dieses stinkende Dahinvegetieren? Ihr Leben zerbrach ihr unter den Händen. Bald würde es Winter sein. Und dann? Menschen in ihrer Lage erfroren und verhungerten.

Sie zuckte zusammen, als Ambrosius sie bei der Schulter packte. Aufgeregt deutete er zum Waldsaum gegenüber. »Da!« Reiter sprengten zwischen den Bäumen hervor. Die Männer – es waren sechs oder sieben – droschen auf ihre Tiere ein. Gleich darauf wurde klar, warum. Sie wurden verfolgt. Eine Meute Bewaffneter brach hinter ihnen durch die Büsche, mit Federhüten bekleidet. Der Mann, der sie anführte – ein fülliger Riese mit Beinkleidern, aus deren Schlitzen rote Seide quoll –, hob die Hand, als er die freie Fläche erblickte, und brachte seine Leute zum Stehen. Sophie sah ihn gestikulieren. Seine Männer bildeten eine Reihe und zogen Pistolen aus den Satteltaschen.

Ein Ruf ließ auch die Gejagten innehalten. Marx von Mengersen hatte ihn ausgestoßen. Er war der Anführer der Flüchtenden. Sophie erkannte ihn an dem wehenden blonden Haar und an der aufreizend lässigen Haltung. Ohne es selbst zu merken, schlug sie die Hand vor den Mund.

Marx wirkte nicht gehetzt, im Gegenteil, er änderte die Richtung und nahm sich, während sein Pferd tänzelte, gelassen Zeit, die Männer, die auf ihn anlegten, zu studieren. Was er dann sagte, konnte sie nicht hören. Doch unmittelbar bevor die Pistolen mit ohrenbetäubendem Lärm losfeuerten, stob sein Trupp auseinander. Jeder Mann in eine andere Richtung – vermutlich hatte darin sein Befehl bestanden. Er selbst duckte sich blitzschnell und saß dann wieder aufrecht und schien als Einziger nicht bereit zu sein zu fliehen. Eine Kugel, die von einem Nachzügler abgefeuert wurde, riss ihm das Barett vom Kopf. Er zuckte nicht einmal.

»Gott hat ihm den letzten Rest Verstand geraubt«, flüsterte Ambrosius. »Fort, Sophie, bevor wir mit in den Abgrund gerissen werden.«

»Schaut nur, er will sich ergeben.«

Ambrosius schüttelte skeptisch den Kopf. »Der Teufel steht ihm bei.«

»Der Teufel nutzt ihm nichts. O süße Jungfrau …«

Die Männer mit den Pistolen – sicher Häscher der Justiz – hatten ihre Pferde wieder in Bewegung versetzt und begannen auf Marx zuzuhalten. Ihre Pistolenläufe waren allesamt auf ihn gerichtet. Marx rührte sich immer noch nicht.

»Gott hat die Geduld mit ihm verloren«, flüsterte Ambrosius heiser. »Er ist zur Salzsäule erstarrt wie ehedem Lots Weib. *Herr, dein Name sein gelobt und der der Jungfrau und ihres göttlichen Sohnes …*«

Marx' Schimmel schnaubte. Als würde er lachen, dachte Sophie. Es kam ihr vor, als würden Reiter und Ross sich amüsieren. Die Bewaffneten trennten sich, um ihr Wild von mehreren Seiten einzukreisen. Sie mussten dazu weiter nach Süden schwärmen. Und schlagartig begriff Sophie, was Marx vorhatte: das Bergwerk. Er wollte versuchen, durch den alten Stollen zu entkommen. Der Weg dorthin war jetzt frei und würde es auch bleiben, weil Dornenbüsche eine undurchdringliche Barriere zu den bewaffneten Reitern zogen. Aber das bedeutete … »Wir müssen fort!«

Noch während sie es sagte, glitt Marx vom Pferderücken. Schon stand er neben seinem Schimmel und hatte die Pistole gezogen. Die Gestalt mit dem ausgestreckten Arm hob sich schwarz gegen das Sonnenlicht ab. Er nahm sich Zeit zum Zielen. Dann hallte ein Schuss durchs Tal. Der Reiter mit der roten Seidenhose, der die Rotte führte, fiel aus dem Sattel.

Marx hatte ihn erschossen. Ein Wutschrei ließ die Bäume erbeben.

»... *Amen!*«, zischte Ambrosius und zerrte seine Begleiterin zum Stollen.

An die folgenden Stunden erinnerte Sophie sich später wie an einen Alptraum. Sie rannten ohne jedes Licht in das Bergwerk hinein. Der Boden senkte sich, sie glitten auf dem Fels, der bald knöcheltief mit Wasser bedeckt war, aus und rappelten sich wieder auf. Schon nach der ersten Tunnelbiegung wurde es stockfinster. Sophie folgte Ambrosius, der vor ihr durch das Wasser platschte und sie keuchend beschwor, sich zu beeilen.

Dann wurde sie von hinten angerempelt. Marx. Er fiel und riss sie mit zu Boden. »Teufel!«, hörte sie ihn überrascht ausrufen. Der Schacht war mittlerweile so eng geworden, dass er sich bei aller Wendigkeit nicht an ihr vorbeiquetschen konnte, was er sicher gern getan hätte, denn hinter ihnen ertönten Rufe, und es drang sogar ein matter Lichtschein zu ihnen vor.

»Ich hab Euch gesucht«, stieß Sophie hervor.

Es interessierte ihn nicht. Er packte sie unter den Armen und drängte sie vorwärts. Sie war für ihn nichts als ein Hindernis, das er loswerden musste. Sie stießen sich die Köpfe und rutschten aus, nur um sofort wieder hochzukommen. Marx war schneller als sie. Er trug sie fast. Plötzlich schob er sie seitlich durch eine Öffnung, die sich in der Stollenwand auftat.

Ein Seitenstollen – irgendwie so etwas musste es sein. Es wurde noch enger und nasser. Das Wasser stieg bis zu Sophies Knie. Marx schob sie weiter, drehte sie dann plötzlich zu sich um und zwang sie, dicht bei ihm stehen zu bleiben. »Schön leise.«

»Ich habe Euch gesucht«, wisperte sie.

Er drückte ihr Gesicht gegen sein Koller, das nach Leder roch und voller Schnüre war. Sie hatte Mühe zu atmen. Nicht weit von ihnen platschte es. Jemand fluchte, dünner Fackelschein blitzte auf und verging wieder. Eine Stimme rief nach jemandem namens Robert.

»Gesucht?«, wisperte Marx.

Sie nickte, so gut sie es mit seiner Hand am Hinterkopf konnte.

»Wir verirren uns. Wir müssen dem Hauptgang folgen, sonst kommen wir hier nicht mehr raus!«, brüllte jemand.

»Hier vorn ist einer!«

»Wo denn? Ich seh nichts!«

»Aber wenn du die Klappe hältst, hörst du ihn.«

»Ich …«

»Halt die Klappe, sag ich!« Die Stimmen verstummten und wurden dann, weiter entfernt, wieder hörbar. Die Männer folgten Ambrosius.

»Du hast mich gesucht?«

Sophie brachte es fertig, sich zu befreien. »Ihr müsst mir helfen. Mein Kind ist in Gefahr. Edith will es umbringen und Marsilius …«

»Ach, da schau her: der Hänfling aus der Wildenburg!«, stieß Marx überrascht hervor.

»Helft Ihr mir?«

Statt zu antworten, dirigierte er sie weiter. Es ging nun bergab, in eine immer halsbrecherischere Tiefe, über die sie liefen, kletterten oder mit den Hintern rutschten. Gott gib, dass er weiß, wohin er steuert, dachte Sophie angsterfüllt.

»Und was hab ich damit zu tun?« Marx rempelte sie an, weil sie stehen blieb. Er fluchte, lachte kurz auf und schubste sie weiter.

»Ich brauche Euch.«

»Herrgott, wie lästerlich. Ich fühle mich geehrt.«

»Ich …« Ihr ging auf, wie die Bemerkung gemeint war. Blut schoss ihr ins Gesicht. »Ich suche einen Verbündeten.«

»Weiter, los!« Er schien im Dunkeln sehen zu können, denn er drückte ihren Kopf herab, als sich die Decke plötzlich senkte. Wieder schlitterte sie. Ein Felsscharte ratschte ihre Wange, und sie presste die Hand gegen das Blut, während sie hervorstieß: »Mir ist egal, was Ihr seid. Werwolf oder …«

»*Mir ist egal* sind große Worte.«

»Ich mein's aber so. Ich will mein Kind zurück, und dafür …« Sie kreischte auf. Der Gang endete im Nichts. Panisch fuhr sie herum und klammerte sich an Marx. Unter ihnen lag eine Höhle, in der Feuer flackerten und schwarzes Wasser schimmerte. Es war ein gespenstischer Ort. Die Hölle – genau so stellte sie sich die Hölle vor. Sie sah Gestalten, die auffuhren und zu ihnen hinaufstarrten.

»Jetzt gilt's, Hänfling.«

Bevor sie begriff, was er meinte, gab Marx ihr einen Stoß. Sie taumelte ins Nichts. Der Aufprall kam überraschend, war aber seidenweich im Gegensatz zu dem, was sie erwartet hatte. Sie platschte in eiskaltes Wasser. Glücklicherweise war es nicht allzu tief. Ihre Füße erreichten fast sofort felsigen Grund, von dem sie sich panisch wieder abstieß. Wenn Vater ihr nicht das Schwimmen beigebracht hätte, wäre sie wahrscheinlich ertrunken, und auch so war es schwer, in den vollgesogenen Kleidern an die Wasseroberfläche zu gelangen, aber sie schaffte es und erreichte das Ufer.

Marx, der sich bereits ins Trockene gerettet hatte, beugte sich über einen gefesselten Mann und durchschnitt seine Stricke. Sie sah, wie der Befreite entgeistert in ihre Richtung starrte. Es war Julius Drach. Sie war sicher, obwohl sein Gesicht im Fackelschein nur schemenhaft zu erkennen war. Was tat er in dieser Höhle? Sie kam sich vor wie in einem Alptraum, in dem sich Gestalten, die nichts miteinander zu tun hatten, in einem beängstigenden Chaos zusammenfanden. Gehetzt wrang sie das Wasser aus ihren Kleidern, während die Männer sie umringten.

»Wenn sie nicht komplett dämlich sind, sind sie in ein paar Minuten hier – etwa zehn Mann.« Marx streifte Jacke, Hemd und Hose ab. Nackt, wie er war, blickte er zu einer Öffnung im Fels, die wohl den regulären Zugang in die Höhle bildete. »Nein«, widersprach er einem bärtigen Rotschopf, der seinen Degen zog, »hat keinen Zweck. Wir verschwinden. Alles bleibt zurück, bis auf die Waffen.« Er fing Kleider auf, die ihm jemand zuwarf.

»Wohin wollen wir?«, brachte Sophie hervor.

»Nicht *wir.*«

»Auf gar keinen Fall *wir!*« Julius Drach, der hektisch die tauben Arme bewegte, kam auf sie zu. »Um Himmels willen, Sophie! Was ... Wie hat der Kerl es geschafft, sich an Euch heranzumachen?« Empört fuhr er Marx an: »Hast du keinen *Funken* Moral? Erst ein halbwüchsiges Kind und nun eine hilflose Frau, die ...«

»Schnür deine Stiefel!« Marx zog sich die Hose über den Hintern.

»... und nun dieses bedauernswerte Geschöpf, das vor Angst nicht weiß ...«

»Sonst fällst du auf die Schnauze. Im Ernst.«

Sophie packte Marx am Ärmel. »Ich folge Euch. Habt Ihr mir nicht zugehört?«

Marx schnappte sich eine Pistole, die ihm jemand hinhielt. Er goss mit fliegenden Fingern Schwarzpulver in den Lauf und stopfte eine mit Stoff umwickelte Bleikugel hinterdrein. »Tut mir leid, ich kann dich nicht brauchen, Hänfling.«

»Ich habe dir das Leben gerettet!«

»Und dafür danke ich dir.«

»Warum hast du sie hierher gebracht?« Julius packte Marx' Handgelenk.

»Sie ist mir wie ein Krümel vor die Füße gefallen. Herrgott, kapierst du's nicht?«

»Wir müssen weg!«, drängte der Rotschopf.

»Und wir zwei bleiben!« Julius ließ Marx los und drehte sich zu Sophie. »Was auch immer geschehen ist – wir werden selbst nach dem Ausgang suchen, und ich werde dafür sorgen ...«

»Falsch. Das Mädel bleibt – aber du kommst mit.«

»Bist du des Teufels?«, fragte Julius entgeistert.

»Man wird sie schon auflesen.« Marx spannte die Lunte in die Zündvorrichtung.

»Ihr könnt mich nicht zurücklassen«, brauste Sophie auf. »Ich folge Euch und mache einen Lärm …«

»Sie kommen!«, warnte der Rotschopf.

»Herrgott!« Marx warf einen resignierten Blick in die Runde.

Sophie hätte mit den Männern – insgesamt waren es sechs – nicht mithalten können, wäre Julius nicht gewesen. Er blieb hinter ihr, und da Marx ihn nicht zurücklassen wollte, musste sich der Trupp ihrem Tempo anpassen. Sie meinte zu hören, wie die Gauner sie stumm verfluchten.

Der Berg kam ihr vor wie der Leib eines riesigen Tieres. Es war vollkommen dunkel, aber Wasser plätscherte von der Decke, rann aus den Wänden und gurgelte zu ihren Füßen. Die Männer hatten ihre Fackeln zurückgelassen, zögerten aber niemals, als wäre ihnen das Labyrinth des Bergwerkes bis auf den letzten Gang vertraut. Gelegentlich hielten sie abrupt inne und lauschten – dann hörte Sophie leise die Stimmen ihrer Verfolger, die sich weit weniger gut auszukennen schienen.

Sobald die Gefahr vorüber war, liefen sie auf leisen Sohlen weiter.

Ihre Flucht endete bei einem Luftschacht. Sophie bemerkte zuerst ein Seil, das plötzlich zwischen ihnen baumelte, und dann, am Ende einer künstlichen Röhre, einige Sterne. Die Männer packten das Seil und kletterten wie die Affen daran empor. Hier wurde zum ersten Mal deutlich, dass Marx' Hand Schaden genommen hatte. Er wickelte sich das Seil ums gesunde Handgelenk, brauchte aber seine Kumpane, um sich heraufziehen zu lassen. Als er oben und das Seil wieder herabgelassen war, wand Sophie es sich um die Brust. Julius kontrollierte den Knoten. Sein Profil hob sich scharf gegen den Schacht ab. Einen Moment lang wurde ihr warm vor Zuneigung. Sie hatte nichts für diesen Mann getan, ihn immer nur aufgehalten und sein Leben komplizierter gemacht. Trotzdem half er ihr.

»Bereit?«, flüsterte er und warf einen Blick den Gang hinab, in dem es allerdings vollkommen finster war.

Sie griff nach seiner Hand. »Mein Mann hat meine Tochter zu sich geholt. Sie ist auf der Burg in den Händen der Hexe. Ich muss ihr helfen. Und dafür brauche ich Marx. Er soll …«

»Eure Tochter!«

»Ja.«

»Ihr meint den Säugling, den …«

»Ja doch!«

»Das ist … gar keine gute Idee.« Er zog am Seil, es gab einen Ruck, und die Fasern schnürten sich in Sophies Brust, während sie langsam empordriftete. Der Luftschacht mündete auf eine matschige Wiese. Mit fliegenden Fingern löste Sophie den Knoten und warf das Seil ins Loch zurück. Marx stand mit dem Rücken zu ihr, sein Gesicht war nicht zu erkennen, aber sie sah ihn befriedigt nicken, als in einiger Entfernung ein Knallen hörbar wurde. Hatte einer seiner Männer etwas zum Explodieren gebracht? Hinter den Baumwipfeln stiegen Funken in den Himmel.

Julius, der sich neben ihnen aus dem Loch stemmte, lachte grimmig. »Eine weitere Teufelei, ja?«, fragte er, während er sich aufrichtete. »Gibt's denn …?« Der Satz endete in einem Ächzen, und er stürzte zu Boden. Einer der Männer hatte ihm den Knauf seiner Pistole gegen den Schädel geschlagen. Entsetzt sank Sophie neben dem Bewusstlosen auf die Knie.

»Das Mädel auch?«, fragte der Rothaarige.

»Nein, das Mädel nicht!«, fuhr Sophie ihn an.

Der Mann grinste und tippte sich an die Stirn. »Weiber machen nix als Ärger, ich sag's nur.«

»*Die* hier macht Ärger!«, korrigierte der Mann mit der Pistole.

Marx drehte sich zu ihnen um.

»Helft mir gegen Marsilius.« Sophie war egal, dass der Satz wie Betteln klang. »Meine Tochter ist in Gefahr«, fügte sie hinzu, obwohl sie wusste, dass er sich dadurch kaum würde erweichen lassen. Was bedeutete ihm schon ein fremdes Kind? Nach dazu das eines Mannes, der ihn gefoltert hatte. Sie zuckte zusammen. In den Wäldern knallte es erneut – mehrere Explosionen folgten rasch aufeinander. Einer der Männer begann den ohnmächtigen Julius zu fesseln und zu knebeln.

»Wie fest hast du denn zugeschlagen?«, fragte Marx.

»Als wär's 'n rohes Ei, Hauptmann. Er muckt schon wieder, seht Ihr?«

Sophie hörte Julius durch den Knebel stöhnen, als die Männer ihn auf die Füße beförderten. Sie hakten ihn unter und schafften ihn einen Hang hinab. Niemand protestierte, als Sophie sich dem Trupp anschloss. Schon bald standen sie wieder in einem Wald. Der Mond war hinter Wolken verschwunden, es war unter den Bäumen fast so dunkel wie in dem Bergwerk. Wieder schienen die Männer genau zu wissen, wohin sie wollten. Marx ging voran, die anderen folgten im Gänsemarsch. So waren sie zwei oder drei Stunden unterwegs, ohne dass jemand einen Laut von sich gegeben hätte. Julius taumelte gelegentlich, hielt sich aber die meiste Zeit auf den eigenen Füßen. Irgendwann wurde der Wald wieder lichter, und sie blieben stehen. Sophies Knie zitterten. Da ihre Beine kürzer waren, war sie fast die ganze Zeit gelaufen.

»Geht allein weiter«, befahl Marx seinem Gesindel. Die Männer packten Julius und gehorchten. Einer zwinkerte Sophie zu, bevor er zwischen den Bäumen verschwand.

»Tja ...« Marx schaute auf sie herab. »Was mach ich nun mit dir, Hänfling?« Er stand dicht vor ihr, und als er sich mit der Hand gegen einen Baum stemmte, verschwand sie fast in seinem Schatten. »Wenn ich das täte, was meine Männer von mir erwarten, was Julius mir mit seinen stummen Flüchen abzuringen sucht und was das irritierte Restchen Verstand in meinem Kopf mir rät – dann sagte ich dir jetzt adieu.«

»Ich will mein Kind zurück. Es stirbt, wenn ich's nicht hole.«

»Warum sollte Marsilius seinem eigenen Fleisch und Blut etwas antun?« Marx fragte so skeptisch wie zuvor Ambrosius. Da sprudelte zum zweiten Mal alles aus ihr heraus. Marsilius' furchtbarer Besuch bei ihren Eltern, ihre Angst, was mit ihnen geschehen sein könnte, aber vor allem ihre Sorge, was Edith Henriette antun könnte. Sie biss sich auf die Finger, um nicht zu weinen. Und dann, weil ihr klar war, dass Marx ihr nicht aus Menschenfreundlichkeit helfen würde, versprach sie, dass sie ihm einen Weg in die Burg weisen würde, wenn er ihr hülfe.

»Und wie willst du das anstellen?«, erkundigte er sich interessiert.

»Durch den Tunnel.«

»... den ich schon kenne und der nun leider hundertfach gesichert ist?«

»Mir wird etwas einfallen.«

»Ein kolossaler Plan.« Spöttisch blickte er auf sie herab.

Das regte sie auf. »Wie bist du denn beim ersten Mal in die Burg gekommen?«, fragte sie schärfer.

»Durch das Tor. Aber der Mann, den ich bestochen habe, ist fort, bedauerlicherweise.«

»Mir wird etwas einfallen!«, wiederholte Sophie. Doch der Mut verließ sie. Die Leute auf der Wildenburg hassten Edith, aber sie würden sich keinesfalls gegen ihren Herrn auf die Seite ihrer entlaufenen Herrin stellen, nun, wo alles eskaliert war. Und schon gar nicht würden sie sich mit einem Werwolf einlassen. Die Burg war eine Festung, die ihnen verschlossen blieb. Sie schlang die Arme um den Körper, an dem immer noch die nassen Kleider klebten. Während sie gelaufen war, hatte sie die Kälte kaum bemerkt, doch nun begann sie zu frieren. »Ich hab sie hexen sehen«, sagte sie leise.

»Edith?«

»Ja. Sie ... sie ist nicht nur grausam und verkommen – sie verfolgt einen Plan. Sie will mein Kind aus dem Weg haben, um ihre eigene Brut zu Macht und Ansehen zu bringen. Ihr geht es um die Herrschaft über die Wildenburg. Und die wird sie auch erlangen, wenn ich es nicht verhindere.«

»Du willst dich also einer Hexe in den Weg stellen?«

»Ich würde alles tun …«

»Courage hast du jedenfalls«, sagte Marx und nahm den Arm herab.

Sophie schlang die Arme um die Brust, als er sich vorbeugte und ihr zuflüsterte: »Tatsächlich? Wärst du zu *allem* bereit, um deinem Kind zu helfen?«

Den Rest der Nacht und den folgenden Tag verbrachten sie im oberen Geschoss einer Spelunke, die von Postreitern und Söldnern bevölkert wurde – und einem Heer von Frauen, die leicht bekleidet treppauf und treppab liefen, mit den Hüften wackelten und im Vorübergehen Bärte und anderes zausten. Es kam Sophie wie schierer Wahnsinn vor, sich gerade hier zu verstecken. Aber die Männer begrüßten die Mädchen aufgeräumt, und einige folgten ihnen in dunkle Winkel. Offensichtlich kannte man sich. Gesindel eben.

Julius lag mit grausamen Kopfschmerzen im einzigen Bett des Dachraumes. Immerhin war er nicht mehr geknebelt, nachdem er sich übergeben musste und dabei fast erstickt wäre. Sophie berichtete ihm, während sie ein nasses Tuch auf seine Schläfe drückte, von ihrer Flucht aus dem Elternhaus und was mit Henriette geschehen war, und er nickte und sagte: »Ich verstehe, dass Ihr Euch um Euer Kind sorgt. Wirklich, Sophie, ich verstehe das vollkommen. Natürlich müsst Ihr alles Menschenmögliche unternehmen, aber …«

»Sagt mir nicht, ich soll zu Marsilius zurückkehren.«

»Das fällt mir nicht ein, nur …« Er nahm ihr das Tuch aus der Hand und presste es gegen die andere Kopfhälfte. »Euer Mut ist bewundernswert, wenn Ihr mir diese Bemerkung gestattet. *Ihr selbst* seid bewundernswert!« Er blickte zu Marx, der an der Wand lehnte und durch ein Fenster die Straße beobachtete. Sophie sah den Groll in seinem Gesicht. »Man muss es aber anders angehen. Sich mit Leuten einzulassen, deren Moral gerade dazu reicht, den Weg in ein Hurenhaus zu finden, ist nicht das Richtige. Für Menschen wie Euch, für anständige Frauen, gibt es korrekte Möglichkeiten, sich zu wehren. Zum Beispiel die Gerichte. Wenn nötig, das Reichskammergericht.«

»... das ein Hort der Gerechtigkeit ist«, lächelte Marx, ohne die Straße aus dem Auge zu lassen. »Wenngleich man sagt, dass Justitia sich ebenfalls gern als Hure betätigt. Nein, Julius, ich will dich nicht ärgern. Geh nach Speyer, Sophie. Mach dich aber darauf gefasst, dass du Geduld brauchst. Beim Gericht sitzen Beamte, die sich wie Raupen durch Berge von Akten beißen, die leider trotzdem immer höher werden, jetzt, wo Krieg ist. Sie kauen und verdauen und würgen hoch und schlucken wieder runter – und die Zeit verrinnt. Habe ich recht, Julius?«

»Gründlichkeit bringt mehr als Eile.«

Sophie presste die Hände vor die müden Augen. »Was nutzt mir ein Urteil, wenn mein Kind tot ist?«

»Ich könnte dafür sorgen, dass die Klage bevorzugt behandelt wird.«

»Selbst wenn sie morgen vor den Richtertisch käme – wie würde das Urteil wohl lauten, wenn eine davongelaufene Ehefrau gegen den ehrenwerten Freiherrn von Palandt klagt?«, wandte Marx ein.

»Sophie würde nicht gegen ihren Ehegatten klagen – zumindest würde ich ihr davon abraten –, sondern gegen die Amme ihrer Tochter, die im Ruf steht, eine Hexe zu sein.«

Marx lachte auf. »Eine Hexe? Was zum Teufel passiert da denn gerade? Du musst wissen, Sophie, unser aufrechter Julius ist im Herzen ein Rebell wider die Kirche und die Justiz – zumindest in den Bereichen, in denen ihre Vertreter sich mit dem Höllenfürsten anlegen. Er liest Traktate mit Namen wie: *Christliche Bedenken wider das Wirken der Zauberei.* Doch, Julius, ich hab das Zeug in Heinrichs Zimmer liegen sehen. Von wem, wenn nicht von dir, hätte er es haben sollen?«

»Bildung ist mehr als das Nachplappern gängiger Meinungen«, meinte Julius steif. »Eine umfassende Betrachtung der

Hexenprozesse kann niemandem schaden – und führt tatsächlich zu beunruhigenden Beobachtungen, was die wirklichen und angeblichen Geständnisse der Hexen …«

»Hast du es selbst geschrieben?«

»Habe ich *nicht*. Aber ich muss zugeben …«

»Versteh ich das richtig? Der Saukerl hält es mit den Hexen?«, fragte der Rotschopf alarmiert.

»Der Saukerl hält es mit der Unschuld«, fuhr Julius ihn an. »Und außerdem habe ich gar nicht vor, als Sophies Advokat zu agieren. Ich würde ihr einen fähigen Kollegen empfehlen.«

»Hexer sind die Spione des Feindes im Lager der himmlischen Heerscharen. An die Wand nageln, sag ich, wo immer man sie packen kann!«, rief der Rote.

Einen Moment herrschte ungemütliches Schweigen. Dann ließ sich Jost vernehmen, ein Mann mit einer Glatze, der am Tisch saß und mit einem Messer eine Warze aus dem Finger schälte. »Als wir vor Wolgast kämpften, hatten wir eine Hexe bei uns im Tross«, erklärte er bedächtig. »Sie hat mit uns schöngetan, Herrgott, wir standen Schlange um einen Kuss von ihren Butterlippen. Aber als die Schlacht begann, hat sie eine Kugel der feindlichen Artillerie umgelenkt, so dass sie in unser spanisches Karree traf. Ein Vierundzwanzigpfünder. Keine Aussicht auf Entkommen. Die's überlebten, haben sie vor dem blutroten Himmel stehen sehen, mit ausgestreckten Armen, wo sie ein höllisches Gelächter ausstieß.«

»Was habt ihr mit ihr gemacht?«, fragte der Rotschopf interessiert.

Der Erzähler zuckte mit den Schultern.

»Wendet Euch an die Justiz«, bat Julius Sophie eindringlich, ohne die Kerle weiter zu beachten. »Es ist der einzig vernünftige Weg.«

Sie blickte zu Marx. *Wärst du wirklich zu allem bereit?* Was hatte er gemeint, als er sie das fragte? Hatte überhaupt irgendeine Art Versprechen in den Worten gelegen?

Sie warteten, bis die Dunkelheit einbrach, dann verließen sie das Hurenhaus wieder. Julius jetzt ohne Fesseln, die Marx ihm mit einer spöttischen Bemerkung über Ketten aus Seidenbändern erlassen hatte. Sophie merkte bald, dass das Räuberleben nicht bunt und aufregend war, sondern vor allen Dingen strapaziös. Tagsüber verkrochen sie sich in den unterschiedlichsten Schlupfwinkeln: in einer Mühle, die von einer marodierenden Söldnertruppe niedergebrannt worden war, in Schluchten und verdreckten Tierhöhlen. Nachts schlugen sie sich durch die Wälder. Sie flüchteten aus der Steinfelder Enklave gen Westen nach Reifferscheidt, so viel bekam Sophie mit.

Die Männer taten entspannt, aber sie merkte, dass sie fortwährend ihre Umgebung musterten, und auch sie selbst und Julius ließ man nicht einen Moment aus den Augen. Besonders der Hauslehrer mit seinen abfälligen Bemerkungen war der Bande ein Dorn im Auge. Die Kerle verstanden nicht, warum man ihn mit sich schleppte, und es ärgerte sie. Einer von ihnen sprach Marx darauf an. Sophie konnte die Antwort nicht verstehen, aber sie war grob, und danach muckte niemand mehr auf.

Julius beschwor sie unterdessen wieder und wieder, sich von den Verbrechern zu trennen. Sie wollte nicht. Marx war ihre Hoffnung. »Und wie, bitte schön, könnte er Euch helfen?«, fragte Julius. Sie wusste es nicht. Aber sie baute darauf, dass er einen Plan hatte. War nicht alles, was er tat, zielgerichtet? Würden seine Männer ihm überhaupt folgen, wenn er ein Blender wäre, wie Julius behauptete? Sie beobachtete ihn, wie er mit Jost scherzte, wie er seine Leute anfuhr oder sie ermunterte – manchmal scharf, dann wieder mit trügerischer Sanftheit, gelegentlich boshaft. Doch gleich, was er tat oder sagte: Die Männer vertrauten ihm. Und das sollte sie ebenfalls tun. Er musste ihr und Henriette helfen.

Ab und zu, besonders nachts, hatte sie die Wiege ihrer Tochter vor Augen, über die Edith sich wie ein Schatten beugte.

Dann rauschte ihr vor Angst das Blut in den Ohren. Sie argwöhnte, dass die Tage der Kleinen voller Angst und Schmerzen waren, und in diesen Stunden wäre sie am liebsten auf der Stelle zur Burg aufgebrochen, um Henriette an sich zu reißen. Aber man würde ihr das Mädchen sofort wieder aus den Armen nehmen, und dann wäre alles vorbei.

Mindestens ebenso wie die Vorstellung von Henriettes Leid bedrückte es sie, dass sie es nicht schaffte, sich das Gesicht ihrer Tochter vorzustellen. Die Kleine hatte schwarze Haare gehabt, nicht wahr? Mit Löckchen im Nacken? Hatten sich beim Lächeln Grübchen gezeigt? Besaß sie Augenbrauen? Spitze oder runde Ohren? Je verkrampfter Sophie darüber grübelte, umso unsicherer wurde sie. Sie hatte mehrere Wochen mit ihrer Tochter zusammengelebt, ohne sie auch nur ein einziges Mal richtig anzusehen. Ich muss mich selbst am meisten hassen, dachte sie. Ich war die Erste, die sich an ihr vergangen hat.

Vier Tage nach der Flucht aus dem Bergwerk trafen sie auf die restlichen Bandenmitglieder. Die Männer erwarteten sie an einem verlassenen Steinbruch. Sie hatten Pferde dabei, auch den Schimmel, der seinen Herrn mit einem zärtlichen Nasenstüber begrüßte. Auf welche unnatürliche und gottlose Weise sich die Männer miteinander verständigt und einen Treffpunkt abgesprochen hatten, wollte Sophie gar nicht wissen.

An diesem Abend saßen sie um ein winziges Feuer, das Jost in einer Erdkuhle entzündet hatte. Es war zum ersten Mal wirklich kalt, und sie drängten sich um die Glut, so wenig Wärme sie auch ausstrahlte. Elend vor Unruhe, blickte Sophie zu Marx hinüber. Er benutzte seine Klaue, um eine Waffe zu reinigen, was ihm erstaunlich gut gelang, aber natürlich war er nicht mehr so geschickt wie mit zwei gesunden Händen. Wie er Marsilius hassen muss!, dachte sie. Und dann: Ich sollte auf mein Kind achtgeben, wenn ich es zurückbekomme.

Henriette war ja auch die Tochter des Mannes, der Marx verstümmelt hatte, und wer konnte schon wissen, wie es im Herzen des Verbrechers wirklich aussah?

»Was ist?«, sprach er sie in diesem Moment an. Ihm schien nichts zu entgehen, das war eine seiner unheimlichen Eigenschaften.

»Die Zeit verrinnt. Ich sorge mich um mein Kind.«

»Ihr erwartet zu viel, Sophie«, meinte Julius und pustete ein Aschefläckchen von seinem Ärmel. »Grade jetzt braucht Marx allen Verstand, um am Leben zu bleiben. Erstaunlich, dass er Euch nicht einfach davonjagt.«

Marx ließ den Einwand unkommentiert. Weil Julius die Wahrheit sagte? Sie starrte ins Feuer, in dem ein blauer Kern in gelber Flamme leuchtete. »Ich weiß, wo das Papier sein könnte, das Ihr sucht«, sagte sie leise.

Sie hatte gehofft, dass Marx aufmerken würde. Schließlich ging es um den Pakt, den er mit dem Teufel geschlossen hatte – um seine unsterbliche Seele. Aber mit seinem heftigen Aufschrei hatte sie nicht gerechnet. Alle starrten sie plötzlich an, auch Julius. Sophie holte Luft. Dann gab sie vorsichtig wieder, was sie von Dirk Wolpmann erfahren hatte: »Ich weiß, dass Ihr einen Pakt mit dem Bösen geschlossen habt, Marx, und nun müsst Ihr das Papier zurückerlangen, auf dem er niedergeschrieben wurde. Aber das ist mir egal. Ich will nur, dass Ihr mit der Urkunde auch mein Kind holt.«

Einen Moment starrte Marx sie an. Dann lachte er auf. »Niedergeschrieben mit meinem Blut, wie ich vermute, auf der Haut einer unschuldigen Jungfrau.«

»Das weiß ich nicht.«

»Was weißt du überhaupt?«

»Ich weiß, wo Marsilius die Urkunden aufbewahrt, die von besonderer Wichtigkeit sind.«

Marx strich mit dem Daumennagel über seine Lippe. Warum sagte er nichts?

»Irre ich mich? Ist Euch der Vertrag gleichgültig?«

»Er sucht einen Brief, Sophie. Aber Ihr könnt versichert sein, dass der altmodisch mit Eisengallustinte beschrieben wurde«, meinte Julius verächtlich. »Und ganz sicher wurde er weder von Marx noch vom Teufel verfasst, stimmt's?«

»Wenn du es sagst.«

»Was stand darin?«, bohrte Julius.

»Schon vergessen?«, fragte Marx, »ich habe keine Ahnung.«

»Und das glaub ich dir nicht. Der Schreiber war ein Jesuit – so viel ist gewiss. Hat es dich gewurmt zu erfahren, was Heinrich hinter deinem Rücken trieb? Dass er den Postreiter für Wallensteins Feinde abgab?«

»Tat er das?«

»Selbstverständlich!«

»Julius, das ist Blödsinn. Heinrich war so intrigant wie ein Gänseblümchen. Hätte er die Seiten wechseln wollen, dann hätte er es mir mit Pauken und Trompeten verkündet.«

»Und ist das vielleicht passiert?«

»Ist es nicht. Heinrich war klar, welchen Wert Wallenstein für Deutschland besitzt.«

Hitzig hielt Julius dagegen: »Und wenn er annahm, dass nicht Wallenstein, sondern die Jesuiten diesen schauerlichen Krieg beenden könnten? Wie viele Tote hat es bis jetzt gegeben? Eine halbe Million? Eine ganze? Heinrich war in Magdeburg. Er hat das Schlachten dort erlebt und gehasst. Warum sollte er sich nicht auf die Seite der Jesuiten schlagen, in der Hoffnung, dass ohne deinen astrologiesüchtigen Kriegstreiber der Frieden schneller käme?«

Marx zog die Augenbraue hoch. »Kriegstreiber? Julius, es war Wallenstein, der den Friedensvertrag mit den Dänen geschlossen hat. Wallenstein wollte mit den Protestanten verhandeln. Er drängte sogar auf Verhandlungen mit den Schweden.«

»O ja, Gottes Friedensengel auf Erden«, rief Julius ironisch. »Bist du blind oder willst du es nicht sehen? Dein Held ist ... eine moralische Missgeburt. Er hat seinen Aufstieg mit dem Blut der eigenen Landsleute erkauft. Es waren *seine* Männer, die den Marktplatz abriegelten, damals, als in Prag die böhmischen Fürsten hingerichtet wurden. Er hat die Mecklenburger Herzöge aus dem Land gejagt. Er hat sich durch das Münzkonsortium bereichert, das den Kaiser und sein Volk ausplünderte. Er ist ein dreckiger Gauner, der es durch seine reiche Heirat nach oben geschafft hat und alles tun würde, um an der Macht zu bleiben.«

»Langsam, langsam«, mischte sich Jost ins Gespräch. »Wir ham den Feind im Land, die Schweden, und Wallenstein verteidigt uns gegen sie – und das isses, worauf es ankommt. Wir sind ein deutsches Volk mit einem deutschen Kaiser und deutschem Blut in den Adern. So soll's auch bleiben.«

»Ihr seid so lange deutsch, bis euch die Schweden einen besseren Sold zahlen«, entgegnete Julius hitzig.

Marx zog einen seiner Männer, der wutentbrannt aufsprang, zur Erde zurück. »Lasst ihn recht haben, wo er recht hat«, meinte er gemächlich.

»Aber der Scheißer ...«

»Natürlich, ich weiß.« Marx beugte sich zu Julius. »Nur, um sicherzugehen, dass ich dich richtig verstanden habe: Du glaubst, ich habe Heinrich ermordet, weil er gegen Wallenstein intrigierte?«

»Was du natürlich niemals zugeben wirst!«

»Und der Brief?«

»Beweist, dass Heinrich sich gegen dich auf die Seite der Jesuiten stellte. Das hast du nicht ertragen. Der Junge war dein Geschöpf. Er sollte dir gehorchen. Und als er es nicht mehr wollte, war das sein Verderben.«

»Warum hat Marsilius, wenn das stimmte, den Brief unterschlagen?«, erkundigte sich Marx.

»Hat er das?«

Der blonde Mann hielt ihm die leeren Handflächen entgegen.

»Ich habe gesehen, wie Marx in der Burg in Marsilius' Kammer unter den Papieren etwas suchte«, warf Sophie ein.

»Verzeiht, aber …« Julius stockte. Ein Schatten glitt über das Feuer, ein riesiger schwarzer Vogel. Er wich den Flammen mit einem Flügelschlag aus und steuerte geradewegs auf Marx zu. Marx hob abwehrend den Arm. Sophie sah, wie er nach dem Tier – einem Raben – schlug. Der Vogel fuhr ihm mit den Krallen durchs Gesicht und flatterte mit einem heiseren Krächzen in die Baumkrone hinauf. Einen Moment lang war es totenstill. Dann knallte es. Einer der Männer hatte auf den Vogel geschossen – und ihn verfehlt. Das Tier schwang sich einige Äste höher, sein höhnisches Krächzen füllte die Stille.

»Gott steh uns bei«, entfuhr es dem Rothaarigen.

Weitere Schüsse fielen. Die Männer feuerten, sie luden nach, sie feuerten erneut, allesamt mit Grauen im Gesicht. Nur Julius blieb still sitzen. Und Marx, dem das Blut über die Stirn und die Nasenwurzel zum Mundwinkel strömte. Als sich der Rauch der Explosionen verzogen hatte, war der Rabe verschwunden.

»Gott steh uns bei«, flüsterte der Rothaarige erneut. »Nun weiß die Hexe, dass wir leben. Und ihr Buhle weiß es auch.«

Sie waren bedrückt, als sie schlafen gingen, aber sie hatten gedacht, für den Moment hätten sie es hinter sich. Und dann wären sie fast verbrannt. Es geschah kurz vor dem Morgengrauen. Der Jüngste aus der Gruppe der Schnapphähne, ein Bengel, kaum älter als fünfzehn oder sechzehn, hatte die Wache gehabt. Er war offenbar ebenfalls eingenickt und wurde erst aufmerksam, als die Flammen schon mehrere Büsche in Brand gesetzt hatten. Kreischend weckte er die Männer. Die Flammen sprangen da bereits auf das Unkraut über, in dem sie schliefen, und, schlimmer noch, sie züngelten an dem Strauch empor, an dem die Pferde angebunden waren. Um Sophie zerbarsten Zweige mit roten Funken.

Marx brüllte Befehle. Sie hatten kein Wasser, aber er sorgte dafür, dass die Pferde losgebunden wurden und mit dem Gepäck aus der Gefahrenzone kamen. Entsetzt stand Sophie am

Rande des hektischen Treibens, während das Feuer knisternd nach neuer Nahrung suchte. Der Boden war glücklicherweise zu nass, als dass es sich weit hätte ausbreiten können. Nach und nach erloschen die Flammen. Während Sophie immer noch schockiert auf den Qualm und die schwarzen Flecken starrte, die wie ein hässlicher Ausschlag den Waldboden bedeckten, suchte Marx mit Jost und zwei weiteren Männern die Umgebung ab. Sie befürchteten offenbar einen Überfall. Doch alles blieb friedlich. Die Männer kehrten zurück, und die letzten Flammen wurden niedergetreten.

Sophie schlug die Hand vor den Mund, als Marx auf den nachlässigen Wächter zuging und ihn mit einem Faustschlag zu Boden schickte. Sie hatte ihn noch nie so aufgebracht gesehen. Er zog seine Pistole, und einen Moment dachte sie, er würde den Jungen erschießen. »Na, na«, brummte Jost, der als Einziger nicht völlig erstarrt war, und legte seinem Hauptmann die Hand auf den Arm. Doch Marx spannte nur den Hahn und wechselte den Flintstein aus. Die Kälte in seinen Augen allerdings blieb. »Nun?«, fragte er den Jungen.

»Ich wollt's nicht, Hauptmann, aber ich war so müde.« Der Junge rappelte sich wieder auf. Seine Lippe war eingerissen, und Blut mischte sich mit dem Ruß auf seiner Haut. »Es war der Rabe«, flüsterte er. »Ich hab ihn über das Feuer fliegen sehen. Davon bin ich aufgewacht. Er hat die Flammen mit seinem Flügel entfacht und weitergetragen.«

Die Blicke der Männer wanderten unwillkürlich zu den Baumkronen. Auch Marx schaute hinauf. Er musste Augen wie ein Falke haben, denn als er die Pistole hob und schoss, raschelte es in den Blättern und der Vogel fiel herab. Oder ein anderer. Jedenfalls war es ein Rabe. Sie starrten auf das zerfetzte Tier, das in seinem Blut lag. Der Junge bekreuzigte sich.

»Ihr seid ja närrisch. Es ist ein Funke aus der Glut gesprungen und hat sich ausgebreitet«, sagte Julius in die Stille.

»Ein Funke entzündet ein Feuer in Gras und Moos, die so nass sind, dass man sie auswringen könnte?« Marx gab seine

Pistole an einen seiner Männer weiter, der eilig die Pulverpfanne nachfüllte. Er beobachtete die Büsche. Aus der Dunkelheit schälten sich Nebelschwaden, die wie Feenschleier in den Zweigen hingen und vom Morgenlicht glänzten. Sonst rührte sich nichts.

»Hauptmann, ich glaube, du solltest was erfahren. Los, Hayo, erzähl!« Jost versetzte einem Mann mit einer lächerlichen Anzahl Schleifen an den Strümpfen einen Stoß mit dem Flintenlauf.

»Was denn? Oh ...« Der Kerl trat nach einem vorsichtigen Blick auf seinen Anführer einen Schritt zurück. »Dachte nicht, dass es wichtig wäre. Jedenfalls ... Ein Weib, Hauptmann.«

»Er hat sie gestern gesehen«, ergänzte Jost, der sich als Einziger niemals vor Marx zu fürchten schien. »Hayo hat sich gewundert, weil sie fern von jeder Siedlung und völlig allein durch den Wald schlich, aber andererseits war sie unserem Lager nicht so nah, dass es ihn gekratzt hätte. Er hat sie für 'ne Köhlerin oder Streunerin gehalten. Nach dem Feuer bin ich mir aber nicht mehr sicher.«

»Eine Frau«, wiederholte Marx, und Sophie wusste, woran er dachte. »War sie schön?«

Hayo leckte über die Lippe. »Konnte ich nicht sehen, Hauptmann. Sie war zu weit entfernt und halb von Baumstämmen verdeckt, und ich hab ja nicht gedacht ...«

»Die Farbe ihres Haars?«

»Sie trug 'ne Haube.«

»Es war Edith«, sagte Sophie. Die Morgenkälte, die sie frösteln ließ, breitete sich in ihrem ganzen Körper aus.

»*Oder* ... irgendein armes Weib – und das Feuer hier ist doch aus Unachtsamkeit entstanden«, beharrte Julius.

Marx hob nasse Blätter vom Boden auf und hielt sie Julius wortlos unter Nase. Er wartete kurz, dann warf er sie fort. »Wir werden uns trennen. Jost, du weißt, wohin du die Männer zu führen hast.«

»Was heißt das – wir werden uns trennen?«, fuhr Julius auf.

Marx ließ sich Zeit mit der Erklärung. Er zog seinen Mantel über, schnallte das Bandalier fest und knüpfte die Knoten der Stiefel neu. Dann erklärte er, dass er mit Sophie zur Wildenburg reiten werde. *O Jungfrau, barmherzige, endlich!* Sophie, die so lange auf diesen Satz gewartet hatte, erschauerte vor Glück. Henriettes Haar war schwarz gewesen und glatt, ohne Löckchen, sie war sich dessen plötzlich ganz sicher. Aufgeregt kletterte sie in den Sattel ihres Pferdes.

Julius griff ihr in die Zügel. »Herrgott, Marx – in die Höhle des Löwen! Besitzt du keinen Funken Anstand? Hat sie noch nicht genug gelitten? Was setzt du ihr den Floh ins Ohr, dass sie mit … mit einem Husarenstück …?«

»Sie will's doch, oder?«

»Sie ist verstört. Sie braucht …«

»Ja, was denn? Da bin ich weniger klug als du. Wie wäre es, wenn du sie einfach einmal selbst entscheiden lässt?«

»Sophie!« Julius umklammerte immer noch die Zügel. »Tut es nicht. Geht nicht mit ihm. Dieser Kerl ist gewissenlos, und Euer Ehemann …«

Sie schüttelte um Verzeihung bittend den Kopf.

»Dann werde ich mitkommen.«

»Das fehlte noch!« Marx hatte ebenfalls sein Pferd bestiegen. So entschieden wie immer, wenn er einen Entschluss gefasst hatte, trieb er es an.

»Und was machen wir mit dem Paragraphenfresser?«, wollte der Rotschopf wissen.

»Passt mir auf ihn auf. Und zwar gut! Unser Freund ist listig, wenn's drauf ankommt!«

Kapitel 22

Zu Sophies Überraschung zeigte sich, dass ihr Lager nur wenige Meilen von der Wildenburg entfernt gelegen hatte. Wieder einmal wurde ihr bewusst, dass sie in ihrem neuen Heim wie in einem Gefängnis gelebt hatte – sie kannte sich überhaupt nicht in der Gegend aus. Nachdem sie eine Zeitlang bergauf geritten waren und eine schmale Wiese überquert hatten, bogen sie in ein Waldstück ein, und da lag die Wildenburg, nur durch eine schmale Schlucht getrennt, plötzlich vor ihnen: rechts der Hexenturm, auf der linken Seite, mit ihm durch die Wehrmauer verbunden, der Wohnturm. Die Gebäude waren so nah, dass Sophie hinter den Fenstern die Silhouetten der Menschen erkennen konnte, die ihrer Arbeit nachgingen. Sie starrte lange auf ihr altes Heim und murmelte dann entmutigt: »Niemals.«

Marx drehte sich im Sattel zu ihr um. »Niemals wirst du dem Kerl vergeben? Niemals wirst du auf dein Kind verzichten? Niemals wirst du irgendetwas wagen, bevor du eine anständige Mahlzeit im Magen hast? Letzteres könnte ich gutheißen.«

»Wir kommen niemals hinein – *das* meine ich. Ihr habt es selbst gesagt: Der Weg in das Verließ ist nun doppelt gesichert. Und die Wächter …« Nicht einmal Dirk, der wie ein Hund darunter litt, auf welche Art er seine Familie verloren hatte, wagte es, etwas gegen seinen Herrn zu unternehmen. Sophie fühlte die Euphorie, die sie die vergangenen Stunden erfüllt hatte, aus sich herausrinnen wie Wasser aus einem löchrigen Schlauch. Plötzlich sah jeder Quaderstein in der gegenüberliegenden Mauer aus, als wöge er eine Tonne.

»Wer sagt denn, dass wir das wollen?«

»Bitte?«

»Ich hab nicht vor, die Burg zu betreten.«

»Aber …«

»Suchen wir uns ein ruhiges Plätzchen.« Den Rest des Tages gab Marx sich rätselhaft, und in Sophies Augen hieß das: anstrengend. Sie konnte ihm kein einziges Wort über seine Pläne entlocken. In einer Erdhöhle, die sie in der Nähe fanden, hob er eine Grube aus, entzündete ein Feuer und legte sich, unempfindlich gegen die Kälte, schlafen. Nach dem Erwachen erkundete er die Umgebung. Er brachte trockenes Holz mit, entfachte das Feuer von neuem und begann mit Hilfe einer Kugelzange Munition für seine Pistolen zu gießen.

Es wurde früh dunkel. Bald sah sie sein Gesicht nur noch als grauen Flecken, auf dem das Licht des Feuers tänzelte. »Und?«, fragte er, während das Blei in der Hohlkugel härtete und er sich gegen einen Baustamm lehnte und entspannt die Beine ausstreckte, »gar kein schlechtes Gewissen? Ich meine wegen Julius?«

»Warum sollte ich?«

»Frauen!« Er seufzte pathetisch. »Merkst du gar nicht, wie komplett du dem armen Kerl den Kopf verdreht hast? Er weiß ja schon nicht mehr, wohin mit seinen Gefühlen.«

»Frauen wie ich verdrehen Männern nicht den Kopf«, erwiderte sie schroff.

»Was habe ich übersehen? Eine Warze auf der Nase oder einen Buckel?«

Verärgert wandte sie sich ab. Sie hatte schon vor Marsilius gewusst, dass sie eine blasse Person war, die von Männern nicht begehrt wurde. Julius trieb sein christliches Pflichtgefühl an. Nachdem er einige Tage bei ihren Eltern verbracht und somit zu einem Bekannten der Familie geworden war, war es für ihn eine Frage des Anstandes, dass er die Tochter des Hauses heimbrachte. *Kopf verdrehen!* Auf Geschwätz wie dieses konnte sie verzichten!

Marx öffnete die Kugelzange und untersuchte die Kugel, während Sophie weiteres Holz nachlegte. Es war mühsam, das Feuer in Gang zu halten, denn der Boden war pitschnass. Sie musste an die brennenden Büsche vom Morgen denken. Das Feuer war auf keinen Fall durch ein Missgeschick ausgebrochen, darin musste sie Marx recht geben. Jemand hatte die Büsche angezündet. Unauffällig hielt sie nach einem Vogel oder einem anderen Waldtier Ausschau, das sich merkwürdig verhielt, aber sie konnte nichts entdecken.

Fröstelnd stand sie auf, kletterte den Hang hinauf und ging die wenigen Schritte zu der Stelle, von wo aus sie die Wildenburg sehen konnte. Aus dem Obergeschoss des Wohntraktes drang jetzt heimeliges Licht. Saß Marsilius mit seinen Mannen beisammen und trank und verfluchte die Frau, die ihn in Schande gebracht hatte?

Wo mochte Henriette sein? Sophies Blick ging zum Hexenturm. Im Obergeschoss, in dem sich die Wachleute wärmten, brannten Fackeln. Das Untergeschoss besaß keine Fenster. Sie schlang die Arme um die Brust und kehrte zu ihrem eigenen Lager zurück. »Worauf warten wir denn?«

Marx, der gerade die Kugelzange sauber wischte, blickte auf. »Hat der Mond schon die Spitze des Hexenturms erreicht?«

»Was weiß ich? Nein. Nein, er steht ein Stück davor.«

»Dann ist noch Zeit.«

»Wofür?«

»Jagen Werwölfe nicht um Mitternacht? »

»Redet keinen Blödsinn«, fuhr sie ihn an. »Ich habe Euren Pelz untersucht. Er war aus Fellen zusammengenäht!«

»Tatsächlich?« Marx ließ die Kugelzange in das Säckchen mit den Kugeln gleiten, stand auf, schnappte sich einen Beutel, der neben dem Sattel lag, und kletterte den Hang hinauf. Sie folgte ihm, bis sie wieder die Schlucht erreichten. In Marsilius' Kammer war ein Licht entzündet worden, woanders welche erloschen. Das Gesinde hatte sich wohl zu Bett begeben.

»Was willst du eigentlich genau?«, fragte Marx, während er zur Burg blickte. »Rache?«

»Ich will mein Kind zurück.«

»Das glaub ich dir nicht.«

»Warum?«

»Weil …«, begann er aufzuzählen, »es von Marsilius ist, den du hasst. Weil du noch ein Dutzend Kinder gebären kannst. Weil du es bei deiner Flucht zurückgelassen hast.«

»Davon verstehst du nichts!«

»Geht es dir um Rache an der Hexe oder um Rache an deinem Mann?« Als sie nicht antwortete, meinte er mit einem leisen Lachen: »Um die Hexe, nicht wahr? Sie hat dir den Mann und die Zukunft gestohlen und …« Er holte Luft. »Gott, ja, die Frau ist schön! Ich habe sie nackt gesehen, weißt du das? Sie ist von Kopf bis Fuß ohne Makel.«

»Du hast sie …?«

»Nackt, wie der Teufel sie erschuf. Aber bevor du nach züchtigen Worten kramst, die Unzüchtiges beschreiben könnten: Sie hatte kein diesbezügliches Interesse an mir. Komm, Hänfling.«

Verwirrt folgte sie ihm einige Schritte und grübelte über seine Worte nach. Was hieß das: Sie hatte kein Interesse an mir? Sophie stellte sich den blonden Mann im Hexenturm vor. Marsilius nahm ihn sich vor, um ihn zu quälen, und Edith schaute dabei zu. Dann ging der Burgherr hinaus … Sophie wurde bis über die Ohren rot, als sie sich vorstellte, was ein verkommenes Weib einem gefesselten Mann alles antun konnte, um ihn zu demütigen. Nur hatte Marx ja gesagt, Edith habe sich diesbezüglich nicht für ihn interessiert. Aber weshalb hatte sie sich dann entkleidet? »Herr, Allmächtiger, Heinrich!«

»Bitte?«

Sophie schüttelte den Kopf, während ein unglaubliches Szenario in ihrer Fantasie Gestalt annahm. Der tote Heinrich lag in seinem Sarg, und Edith ... Nein, dachte sie, der Ermordete war in der Kapelle aufgebahrt gewesen, und dort hätte Edith ihn nicht angerührt. Sich vor dem Angesicht des Herrn an einem Toten zu vergehen – das hätte nicht einmal sie gewagt. Aber halt! Hatte Marsilius nicht davon gesprochen, dass er dem Mörder ein Geständnis entlocken wollte, indem er ihm sein Opfer zeigte? Hieß das, der Sarg hatte im Hexenturm gestanden? Eine Nacht vielleicht? Und Edith ...? Ihr wurde übel.

Heinrich war in der geweihten Erde des Wildenburger Friedhofs bestattet worden. Dort hätte er bis zur Auferstehung ruhen können. Und trotzdem hatte Marx die Leiche gestohlen. Um sie auszuweiden und stückchenweise an die Apotheker zu verkaufen, hatte Marsilius behauptet. Aber das glaubte sie nicht mehr. Wenn jemand Leichen für widerliche Praktiken benutzte, dann war es Edith. Gott steh uns bei, dachte sie, während sie vor Ekel stolperte. Das war es, was die beiden verband: die Hexe und den Leichendieb. Eine entsetzliche Stunde, in der Edith den toten Jungen schändete. Sie hielt Marx am Ärmel fest. »Hast du Heinrich umgebracht?«

Er drehte sich zu ihr. Sein Gesicht hob sich scharf gegen das Mondlicht ab. Bevor er sprechen konnte, schüttelte sie den Kopf. »Nein. Nein, du warst es nicht. Nicht einmal Julius glaubt das wirklich. Aber wer hat es dann getan?«

»Julius wird doch nicht müde, es uns auseinanderzudröseln. Heinrich hat geheime Jesuitenkorrespondenz befördert und deshalb hat ihm jemand ... vielleicht nicht gerade ich, aber ein anderer Narr, der Wallenstein verehrt, den Garaus gemacht.«

»Aber du glaubst das nicht. Und darum musst du in die Burg: weil Marsilius Bescheid weiß. Weil er den wahren Mörder kennt. Der Müller ist von Marsilius gedungen worden, dich des Mordes zu beschuldigen und von den wahren Gründen für die Tat abzulenken«, fabulierte Sophie, die neben ihm herlief. So musste es gewesen sein. Und deshalb hatte Marx sich auch an ihm und seiner Familie gerächt, was schrecklich war, besonders, wenn man an die Kinder dachte. Aber …

»Was steht in dem Brief?«

Er blieb stehen, weil sie ihm den Weg verbaute. »Du weißt es wirklich nicht!«, erkannte sie.

»Das ist …«

» … der Grund, warum du in die Burg hineinmusst.«

»Herrgott, wo hast du nur dieses Mundwerk her?«

»Wir wollen also doch hinein!«

»Wo wir doch beide festgestellt haben, dass es unmöglich ist! Komm dort rüber!« Sie hatten eine Klippe erreicht, die weit in die Schlucht hineinreichte, als wäre es der Rest einer zerbrochenen Brücke. Die Wildenburg war ihnen hier noch näher gerückt, nur hatte sich die Perspektive verändert. Vor ihnen lag jetzt, getrennt durch das enge, tief eingeschnittene Tal, der Wohnturm.

»Marsilius ist in seiner Kammer«, flüsterte Sophie. »Dort oben, siehst du?« Die Fensterläden waren weit geöffnet und die beiden Bogenfenster von gelbem Kerzenschein erleuchtet. Sie sah eine Gestalt, die sich schleppend durch den Raum bewegte. Ihren Ehemann. Sie konnte sogar seine Gesichtszüge erkennen. Marsilius war müde. Er hielt sich an einer Stange des Betthimmels fest, um sich einen Schuh auszuziehen.

»Halte das mal«, sagte Marx.

Sophie drehte sich zu um und nahm verblüfft einen Ast entgegen, den er von den Zweigen befreit hatte. Innerhalb weniger Augenblicke hatte Marx auf dem Boden etwas Birkenzunder entflammt und brachte die Astspitze zum Brennen. Nun hatte Sophie eine Fackel in der Hand.

»Was soll das? Man wird uns sehen!«

»Hoffentlich.« Marx zog eine Pistole aus dem Gürtel und danach ein Tuch, in dem Pfeile eingeschlagen waren. Einen davon spannte er in den Pistolenlauf. Eine Pfeilschusspistole. Sophie hatte von solchen Waffen gehört, aber nie eine gesehen.

»Was …«, setzte sie an.

»Moment.« Er hob den Arm und zielte versuchsweise auf das Fenster.

»Du willst Marsilius umbringen.« Sie schüttelte heftig den Kopf. »Das schaffst du nicht. Nicht einmal der Teufel könnte aus dieser Entfernung einen Menschen treffen. Selbst wenn Marsilius am Fenster stünde, wäre es unmöglich.«

»Und mit einem Pfeil schon gar nicht, weiß ich selbst.« Marx drückte ihr die Pistole in die freie Hand, entstöpselte ein Döschen und zog einen Lappen heraus, von dem ein durchdringender Gestank nach Schwefel ausging.

»O Jungfrau!«

»Und alle guten Geister! Der Hexenmeister ist am Werke«, ergänzte Marx ironisch.

»Was hast du vor?«

»Was haben *wir* vor? Du bist zu einem Zauberlehrling geworden, Hänfling. Du stehst jetzt auf der verdorbenen und damit amüsanteren Seite des Zauns, falls dich das tröstet.« Er nahm ihr die Pistole ab, zupfte den Schwefellappen durch eine Öse hinter der Pfeilspitze, hielt das stinkende Tuch in die Flamme und entzündete es. Dann streckte er den Arm. Dieses Mal zielte er kaum. Der Schuss hallte durch die Nacht, der Pfeil flog wie ein flammender Komet über die Schlucht und verschwand in Marsilius' Kammer.

»Du setzt die Burg in Brand«, rief Sophie entsetzt.

»Das wäre reizvoll, aber nur machbar, wenn der Boden mit trockenem Stroh oder anderem Zunder gefüllt wäre. Was leider aus der Mode gekommen ist.« Mit einer flinken Bewegung trat Marx neben sie und legte den Arm um sie. Sie war zu abgelenkt, um sich zu wehren, und starrte – immer noch mit der Fackel in der Hand – zur Burg.

Marsilius erschien am Fenster. Er hielt ein Kissen vor die Brust und das halbe Gesicht. Trotzdem war es sehr dumm von ihm, sich so zu präsentieren, wo der Pfeil in seiner Kammer doch bewies, dass ein Meisterschütze die Burg im Visier hatte. Dann dämmerte Sophie plötzlich, dass sie selbst, mit der Fackel in der Hand, für ihren Ehemann ebenso sichtbar sein musste wie er für sie.

Sie wollte etwas sagen, die Fackel löschen, aber Marx packte ihr Handgelenk, drückte das Licht in eine Position, in der es hell ihrer beider Gesichter beschien – und presste seine Lippen auf ihren Mund. Im ersten Moment war sie fassungslos. Im zweiten begann ihr Herz zu rasen. Marsilius' Küsse waren ganz anders gewesen. Sie hatten Sophie angeekelt. Ihr Ehemann hatte ihr aufdringlich die Zunge in den Rachen geschoben und sie beinahe erstickt. Es hatte sich grauenhaft angefühlt. Sie hatte gar nicht gewusst, dass ein Kuss anders sein könnte.

Dieser hier war es. Statt hart oder hektisch zu sein – schließlich fand er unter Marsilius' Augen statt, ganz sicher mit der Absicht, ihn zu reizen –, küsste Marx sie verspielt und zärtlich. Er war eine Provokation, aber zugleich so einladend und auf sie selbst bezogen, dass es sie vollkommen verwirrte. Ihr Herz trommelte. Sie spürte, wie ihr Unterleib zu kribbeln begann und sich zwischen ihren Beinen Hitze ausbreitete. Marx' Daumen – Herrgott, die Kralle! – liebkoste ihren Nacken. Es ist nicht für mich, hämmerte es in ihrem Kopf. Er will Marsilius treffen. Er benutzt mich. Es gilt gar nicht mir. Und … ich will es auch nicht. Sie versuchte sich zu lösen.

In diesem Moment drang Marsilius' Schrei über die Schlucht. Sophie sah aus den Augenwinkeln, wie er vom Fenster verschwand. Sofort ließ Marx von ihr ab. »Da siehst du es, mein Herz«, sagte er leise. »Nun haben wir ihn doch getroffen. Und der Pfeil ging ihm geradewegs ins Herz.« Er nahm ihr die Fackel ab und löschte sie in einer Wasserpfütze, bevor er Sophie in die Dunkelheit zog. »Jetzt hast du's ihm wenigstens etwas heimgezahlt, würde ich sagen.«

Sie waren zurück bei den Pferden. »Marsilius wird kommen«, sagte Marx und warf den Sattel auf seinen Schimmel.

»Ja, und mit ihm die gesamte Burgmannschaft. Mit jedem, der eine Waffe tragen kann! Du … hast ja den Verstand verloren!« Seit wann duzte sie den Mann eigentlich? »Wir müssen fort.« Sie rannte zu ihrem eigenen Sattel, dicht am Rand der Hysterie.

»Er kommt allein, weil er nämlich nicht ertragen könnte, dass Hinz und Kunz von seiner Schande erfährt.«

»Sie würden den Mund halten.«

»Über eine so köstliche Geschichte? Er kommt allein! Nun warte doch!«

Sophie warf den Sattel auf den Rücken ihres eigenen Pferdes. Sie zog die Gurte an, dann wollte sie die Glut des Feuers austreten. Aber Marx hinderte sie da daran. »Kühlen Kopf bewahren.« Seine Augen funkelten, sie spürte es, obwohl sein Gesicht im Dunkeln lag. Er machte seine Pistole schussbereit, und nach kurzem Zögern nahm sie ihm eines seiner Messer ab. Sie warf einen Blick darauf, dann verbarg sie es in den Falten ihres Kleides. Wenn Marsilius käme, wenn sie irgendeinen menschlichen Laut hörte, würde sie sich in die Büsche schlagen. In der Dunkelheit hätte sie eine Chance. O Himmel, was hatten sie getan? In Gedanken sah sie Marsilius durch die Räume wüten, schreien, das Gesinde aufscheuchen, den Kopf voller Rachegedanken. Er würde sie umbringen!

Es war ihr unmöglich, still zu stehen. Ihre Schuhe wühlten das Laub auf, als sie aufgeregt hin und her marschierte. Die Nachtvögel warnten einander. Der Puls der Natur schlug so schnell wie ihr eigener. Als Marx auf sie zutrat und sie bei den Armen packen wollte, schlug sie seine Hände fort. Marsilius würde jeden Moment da sein.

»War es so schlimm?«

Von einem Mann geküsst zu werden, damit ein anderer Mann sich gedemütigt fühlte? Sie schluckte hinunter, was sie sagen wollte, und starrte zu den Sträuchern, hinter denen der Weg lag.

»Dann tut's mir leid.«

»Tut es nicht.«

»Na ja …«

Warum nicht *auf der Stelle* fortlaufen? Das würde ihre Aussicht zu überleben entschieden vergrößern. Aber vielleicht verfolgte Marx Absichten, die sie noch gar nicht durchschaute? Vielleicht gab es ja immer noch Hoffnung?

»So setz dich doch endlich.«

Natürlich tat sie es nicht. Und am Ende irrten sie alle beide. Die Nacht verging, ohne dass Marsilius oder irgendein Mensch sich blicken ließ. Der Morgen brach an. Die Sonne war riesig, aber blass wie der Mond. »Der Kerl hat keine Eier«, kommentierte Marx.

»Es ist kein Wunder, dass er sich nicht hinausgetraut hat. Er hat gesehen, wie du in das brennende Gehöft gerannt bist – und trotzdem lebst.« Sophie erhob sich und sah ihrem blonden Begleiter müde und frierend zu, wie er nun selbst das Feuer austrat und die Asche mit Blättern zuscharrte. »Wie hast du das gemacht?«

»Was?«

»Wie bist du lebend aus den Flammen gekommen?«

Er zog den Sattelgurt fest, schlecht gelaunt, zum ersten Mal, seit sie mit ihm zusammen war. »Steig auf. Jetzt wird es heikel.«

»Du benutzt den Teufel nur«, sagte sie. »Du zückst ihn wie eine Karte in einem Spiel. Aber das wird er dir nicht durchgehen lassen. Er hat dich fester in der Hand, als du glaubst. Und wenn der Zahltag kommt, wird er dich büßen lassen.«

Marx ging davon aus, dass Marsilius seine Männer bei Tagesanbruch unter einem Vorwand losscheuchen würde, um sie zu jagen. Also hetzten sie ihre Pferde über schmale Waldpfade, um das Wildenburger Gebiet möglichst rasch zu verlassen. Sophie war wie zerschlagen vor Enttäuschung. Henriette blieb hinter ihr zurück. Und wenn sie überhaupt etwas erreicht hatte, dann nur, dass Marsilius die Tochter seiner Frau noch mehr verabscheute. Wenn er ihr nun etwas antat!

Sie verließen den Wald und galoppierten über ein Feld, auf dem noch ein Schimmer Raureif lag. Dahinter begann bereits das nächste Waldstück. Als sie die Bäume erreichten und der Pfad sich anhob und verengte, drängte Sophie ihr Pferd an Marx' Schimmel vorbei und hielt ihn auf. »Wohin wollen wir denn jetzt?«

Er brummte etwas.

»Das habe ich nicht verstanden.«

»Vor allem erst mal fort.«

»Und danach? Behandle mich nicht wie ein Kind. Sag mir, was du vorhast, damit ich weiß, ob ich mitkommen will. Es ist *mein* Leben. Du spielst mit *meinem* Leben. Und mit dem meiner Tochter!«

Marx drängte sein Pferd an ihrem vorbei und ritt weiter, wenn auch etwas langsamer.

Kalt vor Wut und Hilflosigkeit, folgte sie ihm. Als sie an eine provisorische Brücke kamen, die vielleicht von Holzfällern errichtet worden war, glitt er aus dem Sattel. Unsicher drehte er sich um sich selbst, starrte den herbstlichen Wald an, fuhr mit allen zehn Fingern durch die Haare, zwinkerte aus übermüdeten Augen ... Er war blass und erschöpft, aber das war er oft gewesen. Doch plötzlich war etwas anders. Und weil sie so verzweifelt war, begriff sie auch, *was* sich verändert hatte: Marx verlor ebenfalls die Hoffnung. Er war auch nur ein Mensch. Und er wusste nicht weiter.

Sie rutschte vom Pferd. Tränen rannen ihr kitzelnd aus den Augenwinkeln. »Ich will zu Henriette«, brachte sie kläglich heraus.

»Und dich auspeitschen lassen? Bestenfalls?«

Er bereute die Worte sofort. Wortlos zog er sie an sich – und dann lagen sie im Moos. Was danach geschah, war gottlos und verwerflich. Sophie wusste, dass sie protestieren müsste. Aber sie war so müde und verzweifelt und dieser andere Körper das Einzige, was Wärme spendete. Es tat so gut, einen Menschen zu fühlen, in Armen zu liegen, die sie festhielten. Und es schien gar nichts falsch daran zu sein, als Marx' Hände unter ihr Mieder glitten. Sie klammerte sich an ihn und erschauerte, als er ihre nackte Haut berührte. Er war stumm, und als sie kurz in sein Gesicht blickte, fand sie dort nichts als Anspannung. Sie waren verstört und suchten einander, voller Verlagen nach Trost. Aber was sie dabei empfanden, war weder ein Freudenfeuer der Liebe noch schmutzige Begierde oder Lust. Sophie weinte und umschlang ihn mit ihren Beinen, während er in sie eindrang. Dann lagen sie da, und er hielt sie immer noch in seinen Armen, und sie wünschte, so könnte es bleiben und sie könnten hier sterben.

Aber natürlich starben sie nicht. »Sophie, o Sophie«, murmelte Marx. »Wir sind schlechte Beschützer für die Kinder, die wir lieben. *Ich* bin ein schlechter Beschützer.« Er zupfte ihren Rock herab, knüpfte ihr Mieder zu und zog sie in seine Arme zurück. Der Wald leuchtete, die Sonne glitzerte durch die Zweige, die Pferde schnaubten und knabberten an den Zweigen. Sophie spürte, wie der Samen an ihren Schenkeln trocknete. »Hättest du Heinrich denn retten können?«, fragte sie leise.

»Ich war bei ihm, als er starb. Ich lag direkt neben ihm. Er war nur eine Handbreit von mir entfernt, als das Schwert in seinen Hals fuhr, und ich hab's nicht verhindert. Darüber find ich keinen Frieden.«

»Was ist geschehen?«

Er schwieg so lange, dass sie schon dachte, er wolle gar nicht mehr reden. Als er es doch tat, drehte er ihre Haare um seinen Finger. »Wir hatten uns am Abend zuvor getroffen. Ich wollte ihn überreden, mit mir nach Memmingen zu Wallenstein zu reiten, und er hat mich abblitzen lassen. Das war in Ordnung, er war kein Kind mehr, sondern in dem Alter, in dem man seine eigenen Entscheidungen trifft. Bitte glaub mir das. Ich hätte ihn nicht genötigt. Er hätte es auch nicht zugelassen. Heinrich war bester Laune. Er hat … und jetzt hör mir bitte gründlich zu … er hat die Liebe beschworen. Verstehst du?«

»Die Liebe?«

»Ich habe ihn geneckt und gefragt, wer sein Herz erobert hat. Aber natürlich habe ich nicht den richtigen Ton getroffen. Er wollte nicht herumalbern. Es war ihm ernst. Doch was tat das schon? Wir hatten ja noch einige Tage. Er wird mit ihrem Namen herausrücken, dachte ich.«

»Und dann?«

»Haben wir uns schlafen gelegt. Wir überlegten kurz, zur Burg hinauf zu gehen, zu Marsilius. Sie war ja kaum einen Katzensprung entfernt, und immerhin war er so etwas wie Verwandtschaft. Aber ich konnte ihn nicht leiden, und Heinrich wurde von seinen Gefühlen gewärmt. Das Nächste, an das ich mich erinnere, ist Heinrichs Todesschrei und fast zugleich der Schlag auf meinen Kopf. Und dann Marsilius und die Wildenburg.«

»Wie kommt Julius darauf, dass Heinrich einen Brief Wallensteins bei sich trug?«

»Das behält er leider für sich. Was soll ich tun? Ihn quälen?«

»Aber es gibt diesen Brief.«

»Und er ist wichtig. Siehst du, mein Herz, Marsilius wollte mir ein Geständnis abpressen. Aber das war ein Mumpitz. Er wusste, dass ich mit dem Mord nichts tun hatte. Vielleicht ging's ihm nur ums Malträtieren. Ich sag ja, wir konnten einander nicht leiden. Ein Wort gab das andere. Edith kam hinzu, und alles wurde noch übler, und dann ...«

»Ja?«

»Hatte sie plötzlich den Brief in der Hand. Ein gerolltes und gesiegeltes Papier. Daher weiß ich, dass es ihn gibt. Er sah amtlich und wichtig aus und ... Herrgott, ich weiß es nicht. Sie hat gesagt, dass Heinrich ihn bei sich trug und dass er ...«

»Ja?«

»Ich weiß es nicht.«

»Was stand darin?«

»Ich glaube, sie hat es mir gesagt. Nur war ich leider nicht in bester Verfassung. Diese verfluchten Schmerzen. Ich kann mich nicht erinnern. Ich krieg nichts mehr zusammen. Marsilius hat sie geschlagen, als er merkte, was sie tat, und hat ihr den Brief fortgerissen. Das Einzige, was mir im Kopf geblieben ist, ist Conrads Name.«

»Wer ist das?«

»Heinrichs Cousin. Conrad von Plettenberch. Ich bin sicher, Edith nannte seinen Namen, als sie mir den Brief zeigte. Conrad ist ein blasser Junge, der zu viel liest und zu wenig frische Luft bekommt. Heinrich ist mit ihm zusammen aufgewachsen. Ich mochte den Burschen nicht sonderlich, aber mir wäre nie der Gedanken gekommen ...« Marx ließ sie los und setzte sich auf. Er beugte den Kopf vor. »Als ich aus der Wildenburg geflohen bin und halbwegs wieder beieinander war, hab ich mich aufgemacht, um ihn zu suchen. Nur war er leider nicht daheim. Nach zwanzig Jahren langweiligster Häuslichkeit war er fort, und schon das kommt mir merkwürdig vor. Natürlich brach man in Herbede nicht gerade in Entzücken aus, als ich nach ihm fragte. Das Mörderschwein traut sich zurück und so. Ich bin gerade eben mit heiler Haut davongekommen – und mit dem Wissen, dass sowohl Conrad als auch Julius Fersengeld gegeben hatten. Was sollte ich daraus schließen?«

»Julius war ebenfalls fort?«

»Beide wie vom Erdboden verschluckt. Und nun, da ich zumindest Julius gefunden habe – oder vielmehr er mich, was mich ebenfalls verwirrt –, ziert er sich. Er erzählt mir hanebüchenen Unsinn über eine Jesuitenverschwörung und ... keine Ahnung.«

»Julius würde niemals einen Mörder decken.«

»Aber vielleicht einen liebeskranken Idioten, der ihm im Lauf der Jahre ans Herz gewachsen ist?«

»Ich komme nicht mit.«

»Heinrich war verliebt, das habe ich dir schon erzählt. Was, wenn Conrad in dasselbe Mädchen verschossen war? Heinrich war der reiche Bursche, Conrad der Habenichts. Was, wenn es um Eifersucht ging?«

»Aber warum redet Julius dann immer wieder von dem Brief?«

»Da geht mir die Fantasie aus. Vielleicht hat Conrad Heinrich mit diesem Brief zur Wildenburg gelockt. Dann würde das Schreiben beweisen, dass Conrad an dem Mord beteiligt war, ihn vielleicht sogar in Auftrag gegeben hat.«

»Und Julius will den Brief zurückhaben! Aber warum die Geschichte mit Wallenstein und den Jesuiten?«

»Um mir Sand in die Augen zu streuen? Sophie – Julius ist nicht der naive, rechtstreue Gelehrte, als der er sich gern darstellt. Ich weiß, dass er mit Leuten korrespondiert, die gegen Hexenprozesse und Folterverhöre rebellieren. Zu so etwas gehört Trotz und Verwegenheit. Wer behauptet, dass Hexengeständnisse nichts gelten, steht schnell selbst im Ruf, ein Hexer zu sein. Nach meiner Meinung musste er aus diesem Grund auch die Universität verlassen, an der er lehrte, und in Herbede Unterschlupf suchen – aber das ist nur Spekulation und interessiert mich nicht. Was ich sagen will: Julius denkt flink, und er liebt Conrad. Conrad war der Versponnene, der Bücherheld, mit dem er stundenlang über der lieben Englein Flügelbreite disputieren konnte. Er ist der Sohn, den Julius gern gehabt hätte.«

»Und nun?«

Marx drehte sich zu ihr und strich ihr mit erstaunlicher Sanftheit das Haar aus ihrem Gesicht. »Der Schlüssel ist Marsilius. Er weiß, warum Heinrich ermordet wurde, und er war an dem Mord beteiligt, nach meiner Meinung. Wenn wir ihm das nachweisen können, dann bekommst du dein Mädchen zurück. So einfach ist das – und so schwer. In die Burg kommen wir nicht mehr hinein. Marsilius traut sich nicht hinaus. Wir müssen es also anders angehen, mein Herz.«

»Aber wie denn?«

Erstaunlicherweise hatte er bereits eine neue Idee.

Kapitel 23

Die Frau rannte durch den Wald. Sie schwitzte, ihr Atem brannte in der Lunge, Schweiß umhüllte sie wie eine säuerliche Wolke. Es gab keinen Grund für die Eile. Niemand verfolgte sie. Aber es war ihr unmöglich, länger als wenige Minuten still zu sitzen. Kaum dass sie nachts die eine oder andere Stunde zur Ruhe fand. Laufen war das Einzige, was half.

Der Wald war ein funkelndes Wunder. Die Sonne setzte glitzernde Pünktchen in das Laub, so dass es aussah, als hätte der Herrgott Säckchen voller Diamantsplitter ausgeschüttet, die an den bunten Blättern kleben geblieben waren. Es roch gut nach frischer, kalter Luft. Vor ihr senkte sich der Boden zu einem flachen Flüsschen. Das eiskalte Wasser spritzte gegen ihre Beine, als sie hineinlief. Ein Schauder lief durch ihren Körper und half ihr, wach zu werden, und einen Moment lang fühlte sie sich wieder ganz wie sie selbst. Sie war Josepha – die Frau, die Dirks Kinder wickelte, mit ihnen schmuste und ihre kleinen Hintern reinigte. Fast euphorisch sprang sie auf die flachen Steine, die das glitzernde Flussbett durchzogen, und ins Wasser zurück. Hinauf und hinunter. Nach zehn oder zwölf Sprüngen war sie wieder am Ufer – und konnte nicht umkehren, denn sie musste weiterlaufen. Warum?

Edith.

Nicht an den Namen denken, hämmerte es in ihrem Kopf, während sie Spinnweben zerriss und ihre Füße in den nassen Schuhen eiskalt wurden. Wenn sie zuließ, dass die Hexe sich in ihren Gedanken einnistete, war sie verloren.

Aber war sie das nicht sowieso? Josepha spürte, wie Angst ihren Kopf verstopfte. Natürlich kannten die Hexen ihre Pläne. Sie wussten alles von ihr. Sie hatten sie durch teuflische Rituale zu einer der Ihren gemacht und blickten vielleicht gerade jetzt durch ihre Augen wie durch Kristalle. Lenkten sie auch ihre Schritte? *Nicht dran denken!* Das Lager der Räuber lag eine halbe Stunde Weg von ihr entfernt – eine Viertelstunde, wenn sie rannte. Sie würde es aufsuchen und sehen, ob die Freiherrin zurückgekehrt war. Und dann würde sie ihr erzählen, was die Hexen getan hatten, und …

Ein Ast brachte die rennende Frau zum Stolpern und unterbrach ihre verworrenen Gedanken. Sie war über ein morsches, vom Wind in ihren Weg getriebenes Stück Holz gestürzt – aber das wunderte sie nicht. Der Wald gehörte den Hexen. Die Weiber trieben dort ihren Mutwillen. Aber das würde die Frau nicht daran hindern, zu Sophie zu gehen.

Und sie mit sich in den Abgrund reißen.

Kapitel 24

Die Besitzerin des Gutes Herbede hieß Elisabeth und war Heinrichs Mutter. Marx sprach nur flüchtig von ihr, als wäre sie nicht besonders wichtig. Ihr gehörten etliche Höfe und Dörfer, vier Fischteiche, natürlich Grundbesitz – und das burgähnliche Gemäuer, vor dem sie nun ihre Pferde zügelten. Es war ein imposantes Vierflügelgebäude aus grauem Stein mit einer Art Vorburg für Handwerks- und Lagerstätten, das wehrhaft wirkte, aber zugleich von Bäumen, Gärten und Äckern umgeben war, so dass es im Sommer einen heiteren, friedvollen Anblick bieten musste. Jetzt blätterte Weinlaub von den Hauswänden. Durch ein Tor konnte man einen Blick auf den Innenhof erhaschen, wo ein dünner Mann damit beschäftigt war, die Polster eines Reisewagens auszubürsten.

Von hier also ist Heinrich von Elverfeldt zu seiner letzten tödlichen Reise aufgebrochen, dachte Sophie, während sie die Arme vor ihrer Brust kreuzte. Einen Moment meinte sie ihn durch den Torbogen reiten zu sehen. Einen jungen, schwärmerischen Mann, der vielleicht verliebt war, auf jeden Fall aber voller Pläne, wenn Marx ihn richtig beschrieben hatte.

»Komm.« Marx drängte sie vom Weg an eine Stelle, wo ein sauberer Schuppen aus frischem, hellem Holz ihnen Sichtschutz bot. »Du wartest hier. Genau an diesem Platz. Gut möglich, dass wir uns beeilen müssen, wenn ich zurückkehre.«

»Gewiss«, erwiderte sie folgsam.

Er sprang von seinem Schimmel. Ihr die Zügel in die Hand zu drücken hielt er für überflüssig – sein Pferd würde sich nicht von der Stelle rühren, bis er zurückkehrte. Sophie sah zu, wie er durch Büsche und ein Rosenbeet lief und dann an einer schwer einsehbaren Stelle das hölzerne Gerüst des Weinlaubs erklomm. Trotz der Behinderung durch die Kralle war er erstaunlich geschickt.

Als er verschwunden war, band sie ihr eigenes Pferd, das schlechter erzogen war, an einem Ast fest. Sie tätschelte ihm den Hals, bevor sie sich aufmachte. Anders als Marx wählte sie keine Umwege. Sie betrat die Vorburg und sah, dass der Mann beim Reisewagen ihr den Rücken zukehrte. Auch sonst war keine Menschenseele zu sehen. Rasch lief sie über die Brücke und einen überwölbten Toreingang in den Innenhof des Herrenhauses. Er war klein und wurde von den hohen Mauern des Wohnhauses, die ihn einschlossen, fast erdrückt. Rechts von ihr gab es einen gemauerten Brunnen, an der linken Seite mehrere Blumenkübel voller schwarzer Erde, vor ihr eine von Säulen eingefasste Fensterfront, über der je zwei Wappen und zwei Menschen als Relief abgebildet waren – wahrscheinlich die ersten Besitzer der Burg.

Sophie wandte sich zu einer Tür zwischen den Blumenkübeln. Marx wollte nach Conrad suchen, um ihn zur Rede zu stellen. Gut, das war vernünftig. Aber sie selbst würde sich an die Hausherrin halten. Denn waren es nicht die Frauen, die am besten wussten, was in den Häusern vor sich ging? Frauen waren das Herz einer Familie. Bei ihnen liefen die Fäden zusammen. Man vertraute ihnen Dinge an und suchte ihre Nähe, wenn es um Gefühle ging. Sie war überzeugt: Wenn Heinrich heimlich Pläne geschmiedet hatte, würde seine Mutter am ehesten davon wissen. Auch von Eifersüchteleien zwischen den Cousins hätte sie wahrscheinlich erfahren.

Als Sophie die Tür aufdrückte, fiel ihr plötzlich auf, wie zerrissen ihre Kleider und wie schäbig ihr Mantel war und wie wenig ehrbar sie aussah. Was, wenn man sie gleich wieder hinauswarf? Unsicher schaute sie sich in dem Raum um. In Vasen auf einem Tisch und auf diversen Schränken blühten die letzten Herbstastern. Ölbildnisse in warmen, dunklen Farben hingen an den Wänden. Sie zeigten steife Gesichter, sicher Vorfahren, die prüfend in das Zimmer hinabblickten. Ein eisernes Kamingitter lehnte an der Wand, halb geputzt, als wäre die Magd bei ihrer Arbeit unterbrochen worden. Auf einem Tischchen stand ein Korb, der unordentlich mit Stickereien gefüllt war.

Sie öffnete eine der Türen und hörte aus dem Obergeschoss gedämpfte Männerstimmen, die ein erregtes Gespräch zu führen schienen. Marx und dieser Conrad? Zweifelnd schaute sie sich um. Sollte sie sich bemerkbar machen? Sie stieg eine Treppe mit engen Stufen hinauf und stand erneut in einem Flur. Was, wenn man sie für eine Diebin hielt? Noch während sie es dachte, trat eine Magd mit einem Packen Wäsche aus einer Tür. Die Frau stutzte und fasste die Wäsche fester, offenbar bereit, sie zur Rede zu stellen.

»Ich suche Elisabeth«, kam Sophie ihr zuvor. Wie aufdringlich, den Vornamen der Hausherrin zu benutzen, aber Marx hatte ihr keinen anderen genannt. Doch gerade diese Vertraulichkeit schien die Magd zögern zu lassen. Ihr Blick schweifte zu einer der Türen, die vom Flur abgingen, und Sophie schritt mit einem gnädigen Kopfnicken darauf zu, als wäre es das Selbstverständlichste der Welt.

»Aber Ihr könnte da nicht rein«, protestierte die Frau. »Besuch muss klopfen, und … und die Herrin empfängt auch nicht, außer Herr Reinhard hat gesagt …«

Was auch immer Herr Reinhard in solchen Fällen zu sagen pflegte – Sophie erfuhr es nicht, denn die Tür flog auch ohne ihr Zutun auf. Eine ältliche Dame trat ins Licht. Sie musste früher einmal wunderschön gewesen sein, mit ihrem ovalen

Gesicht, dem anmutigen Kinn, den hohen Wangenknochen und dem Lockenhaar, das sich rötlich aus einer maiglöckchenblauen Haube stahl. Eigentlich war sie immer noch schön, aber es gab da etwas, das sich nicht gleich offenbarte – eine gewisse Zerfahrenheit –, die Sophie irritierte.

»Was ist denn los, Sibille?« Die Frau nestelte an einem Ring. Alles an ihr schien ein wenig unordentlich zu sein, auch die Schleifen an ihrem Kleid, von denen sich etliche gelöst hatten.

»Dies Weib …«

»Ich sehe schon, Sibille.«

»… ist hier eingedrungen. Wenn es recht ist – ich gebe Herrn Reinhard Bescheid.«

»Er ist beschäftigt.«

»Aber …«

»Er hat Besuch.« Die Herrin und ihre Dienstmagd maßen einander mit Blicken. Seltsamerweise schien es einen Streit darüber zu geben schien, wer das Sagen hatte.

»Herrin …«

Resolut drehte die Frau, sicher Elisabeth, sich zu Sophie um. »Für wie ungastlich Ihr dieses Haus halten müsst. Bitte kommt doch herein!«

»Aber Herrin, Ihr könnt doch nicht … Wartet. Ich muss erst nachfragen, ob …«

Elisabeth ignorierte ihre Magd. Mit einer Bewegung voller Schwung und Selbstbewusstsein bat sie Sophie in den hinter ihr liegenden Raum. Es war ein bezauberndes, von einem Erker beherrschtes Zimmer. Ein Kamin verbreitete Wärme. Gepolsterte Armlehnstühle luden zum Sitzen ein. Auf einem Tisch lag ein Klöppelbuch, daneben Garne. Elisabeth schloss die Tür, legte den Finger auf die Lippen und flüsterte: »Ich verabscheue es, wie sie mir in alles dreinreden. Dies darf ich nicht, jenes nicht. Bin ich ein Kind? Setzt Euch doch, meine Liebe. Kennen wir uns eigentlich? Ich habe ein schlechtes Gedächtnis für Gesichter. Früher war das anders …«

Der Kamin war mit einer dieser modernen gusseisernen Takenplatte versehen, die die Wärme des prasselnden Feuers auch in den Nebenraum abstrahlte. Und diese Platte, die die Zimmer verband, mochte der Grund dafür sein, dass Sophie wieder die Männerstimmen hörte. Jemand fluchte in einer quiekenden, hohen Stimmlage.

»Darf ich Euch etwas anbieten?«, erkundigte sich die emsige Dame, ohne darauf zu achten. »Ich habe die Biskuits selbst gebacken, was Euch hoffentlich nicht schockiert, aber es tut mir so wohl, mich nützlich zu machen. Ihr glaubt nicht, wie langweilig es ist, Tag für Tag herumzusitzen, und die Küche ist ein wunderbarer Ort. So viele Gerüche. Interessiert Euch, was die Herren nebenan besprechen?« Sie setzte ein verschmitztes Lächeln auf, als Sophie errötete. »Ich lausche selbst oft, aber meist ist es langweilig. Sie reden ja doch nur über Zahlen. Wisst Ihr überhaupt, dass Marx zurückgekehrt ist? Gerade eben, ohne mir allerdings seine Aufwartung zu machen. Aber er hatte ja immer schon etwas Unhöfliches an sich. Und Reinhard schickte mich einfach hinaus.«

»Ist Conrad ebenfalls da?«

»Aber nein, meine Liebe. Wisst Ihr nicht, dass er nach Köln gezogen ist? Oder war es Dortmund? Er soll dort ein Studium aufnehmen, meine ich. Jura? Ich kann mich nicht entsinnen. Julius wüsste es sicher. Er kümmert sich mit so viel Liebe um den Jungen. Um Heinrich auch. Nur ist der leider ebenfalls fort. Tunkt die Biskuits in Milch, Liebste, dann sind sie am schmackhaftesten. Ist Euch nicht gut?«

Sophie nahm hastig ein Gebäck aus einer Silberschale.

»Wenn Ihr etwas hören wollt, müssen wir es anders anstellen«, erklärte die Hausherrin, und dieses Mal war ihr Lächeln ausgesprochen listig. Sie ging zu einem Bild, nahm es vorsichtig von der Wand und öffnete ein verborgenes Schränkchen, das sich dahinter fand. Sofort wurden die Stimmen lauter.

»… ihm und Conrad?«, hörte Sophie Marx' Stimme. Er befand sich also tatsächlich im Nebenzimmer.

»Die Jungen liebten einander – das sag ich doch«, meinte eine zweite, gequält klingende Stimme.

»Das ist Reinhard«, flüsterte die Dame. Sie kicherte, als wären sie beide Kinder, die heimlich an der Türe lauschten. »Er ist mein Bruder, aber … pssst.«

»… undenkbar, Conrad könnte ihm etwas antun. Wirklich. Ihr habt doch selbst gesehen, wie innig die beiden aneinander …« Ein Fluch beendete den Satz.

Dann ertönte Marx' kalte Stimme: »Wie heißt das Mädchen?«

»Ihr brecht mir den Rücken.«

»Mit Freude. Also wie?«

Ein Jammerlaut ertönte. »… sag doch, dass ich es nicht weiß. Heinrich redete nicht viel. … hat mir gegenüber niemals … Namen … Conrad heiratet selbst und ist mit … eigenen Braut beschäftigt, in die er vernarrt ist … Mädchen aus Hagen, reizendes Geschöpft, aus einer wohlhabenden … Verflucht, ich muss mich setzen, lasst mich los!« Ein Scharren war zu hören, als würde ein Stuhl verrückt. Marx schien seinen Gesprächspartner freigegeben zu haben.

»Streiten Sie?«, erkundigte Sophies Gastgeberin sich beunruhigt.

Sophie schüttelte den Kopf.

Elisabeth legte den Finger über die Lippen. »Reinhard schwindelt«, flüsterte sie. »Conrad kann seine Braut nicht leiden. Er findet sie herrisch und ihre Daumen zu platt. Ich weiß gar nicht, warum Reinhard ihn zu der Hochzeit drängt. Er könnte den Jungen doch in den geistlichen Stand schicken, wo Conrad so gerne redet. Obwohl … für meinen Geschmack ist der Junge ein bisschen trocken. Er *zitiert*.«

Sophie konnte ein Lächeln nicht unterdrücken.

»… sein, sie hieß Martha«, hörten sie Reinhards leicht panische Stimme von nebenan. »Ja, Martha. Oder Marie? …

weiß es nicht. Ein Bauernkind, ganz sicher ... hätte Heinrich sie doch vorgestellt. Wer merkt sich den Namen einer Liebelei? ... gewöhnlicher Name. Maria, ... sicher Maria.«

»Sprechen sie jetzt von Heinrich?«, wisperte die Dame.

Sophie nickte.

»Von seiner Liebsten?«

»Ich denke.«

»Da irren sie aber. Das Kind heißt Valerie. Und es wohnt ... Wo wohnt sie nur? Ich habe Schwierigkeiten, mir Dinge zu merken. Das ist lästig, wisst Ihr? Man wird so seltsam angeschaut. Wir sollten Heinrich fragen, wenn er heimkommt.«

»... zu kompliziert, Marx ... ich versteh das nicht. O Herrgott, ich brauch ein Kissen.«

»Hatte Conrad etwas mit Jesuiten zu tun?« Marx' Stimme klang wütend, das Gespräch verlief anders, als er erwartet hatte.

Die Pause, die den Worten folgte, war lang. Vermutlich stopfte sein Gesprächspartner sich das besagte Kissen ins Kreuz. »Was soll das! Ich bitt Euch! Conrad und Politik? ... ist mein Sohn ... sag ich mit Stolz ... hält sich tunlichst raus, wenn es um es Politik geht. Wisst Ihr doch selbst.«

Was Marx antwortete, war nicht zu verstehen.

»Intrige? Wer würde ihn denn einweihen? ... so arglos ... weltfremd ...«

»Warum ist Heinrich dann gestorben?«

Sophie sah, wie Elisabeth bei der zornigen Frage erstarrte. Sie schüttelte verwirrt den Kopf und zuckte zusammen, als Marx böse auflachte. »Wovon reden sie denn jetzt?«, hauchte sie ängstlich.

Sophie konnte nicht mehr antworten, denn in diesem Moment flog die Tür auf. Elisabeths Magd trat mit einem bulligen Mann im Schlepptau ins Zimmer. Beide knicksten, und der Mann zog die Mütze vom Kopf, aber sie sahen zu allem entschlossen aus. »Herrin, die Dame will jetzt gehen«, erklärte der Domestik grimmig.

Elisabeth schob mit einer beiläufigen Bewegung, die auf eine erstaunliche Durchtriebenheit schließen ließ, das Schränkchen zu, so dass die Stimmen kaum noch hörbar waren. »Tatsächlich? Welch ein Jammer.« Heinrich war offenbar vergessen – der Kleinkrieg mit den Dienstboten hatte ihn aus ihrem Kopf verdrängt. »Ihr werdet aber sicher bald wiederkommen, meine Liebe, nicht wahr? Es ist so angenehm, jemanden zum Plaudern zu haben.«

Sophie nickte und griff noch rasch ein Biskuit vom Teller – süße Jungfrau, war sie hungrig! Sie ließ es sich auch nicht nehmen, die verwirrte Frau zu umarmen, bevor sie den Dienstboten ins Freie folgte.

»Valerie!«, stieß Marx hervor. Sie ritten über einen Ackerweg, an dessen linker Seite der Wald wie eine Wand aus schwarzen Säulen stand. Seine Vorwürfe, als ihm aufging, dass sie im Haus gewesen war, hatten sie kaltgelassen. Sie mochte mit dem Mann im Moos gelegen haben, die Umstände hatten sie zusammengeschmiedet, aber das hieß noch lange nicht, dass er Macht über sie besaß. Wie merkwürdig – der Gedanke, dass der Mann an ihrer Seite keine Macht über sie besitzen könnte. Alle wichtigen Entscheidungen ihres Lebens waren bisher von Männern getroffen worden. Jetzt tat sie, was sie wollte, und wenn sie es nicht wollte, ließ sie es sein. Das war beängstigend, aber auch berauschend.

»Was ist?«, fragte sie. »Der Ritt hat sich gelohnt. Du hast vermutet, dass Heinrich eine Liebste hatte – und findest es bestätigt. Heinrich wurde ermordet. Marsilius, der mit Conrad verwandt ist, besorgte einen falschen Zeugen, der dich beschuldigte, diesen Mord begangen zu haben. Und als er dir ein Geständnis abpressen wollte, hat Edith den Namen Conrad genannt. Der Junge ist also in das Verbrechen verwickelt, das möglicherweise begangen wurde, weil Conrad auf Heinrich eifersüchtig war.«

»Und Julius hilft dem Mörder.«

»Und Julius wurde irgendwie getäuscht! Elisabeth sagt, Conrad hat ein Studium aufgenommen. In Dortmund oder Köln. Lass uns dorthin reiten.«

»Ein Studium?«

»Zumindest kam es ihr so vor.«

»In Dortmund gibt es keine Universität.«

»Dann ist es noch einfacher. Wir reiten nach Köln. Wir ringen dem Jungen ein Geständnis ab.« *Und damit werde ich Marsilius vernichten – und meine Tochter befreien.* Sophie hielt ihr Gesicht in den Wind, der ihre Haare durcheinanderwirbelte. Sie war stark. Jedenfalls in diesem Moment.

Marx erklärte ihr, dass sie durch die Berge reiten müssten, denn zwischen Köln und Rheinkassel stand ein Heer. Und ein Heer, erklärte er, inzwischen wieder besserer Laune, sei etwas Ähnliches wie ein Lindwurm. Man ging ihm als Privatmensch tunlichst aus dem Weg. Aber schließlich stießen sie doch auf den bunten Menschenzug, der vor ihnen die Rheinauen bevölkerte. Weiße Zelte sprossen an beiden Ufern des Flusses, dazwischen standen Karren mit Planen und andere mit hölzernen Dächern. Pferde und Schlachtvieh grasten in provisorischen Pferchen. Sophie sah Tische und Stühle, als wären die Rheinufer sittsame Bürgerstuben. Und in dieser Szenerie tummelten sich unglaublich viele Menschen. Männer natürlich, aber mindestens ebenso viele Frauen und Kinder.

»Sind es Schweden?«, fragte sie beklommen. Sie wusste ja nicht viel vom Krieg, aber sie hatte natürlich die Pamphlete gesehen, die ihr Vater mit heimbrachte und in denen die Schandtaten des schwedischen Löwen aus Mitternacht beklagt wurden. Einmal hatte auch eine Karte auf dem Esstisch gelegen, auf der unzählige Stadtsilhouetten eingetragen waren – jede von ihnen war von den Schweden verheert worden, unter schlimmsten Grausamkeiten.

»Ich schätze, Franzosen oder Niederländer.«

»Was wollen sie? Köln angreifen?«

»Kaum.« Marx grinste kühl. »Die Stadt ist uneinnehmbar.«

»So wie Magdeburg?«, fragte Sophie. Ihr Vater hatte mit den Nachbarn und Freunden natürlich über den Fall der Stadt geredet. Wenn die Frauen hinzukamen, wurde das Thema gewechselt, aber sie hatte doch einiges von den Grausamkeiten aufgeschnappt, die dort begangen worden waren. Entsetzlich! Obwohl hier natürlich die katholischen Truppen gehaust hatten. Die Söldner der gegnerischen Truppen standen einander offenbar in nichts nach, wenn es darum ging, die Bevölkerung zu malträtieren.

Wenn man sich das Heer anschaute, das eine halbe Meile vor ihnen lagerte, konnte man das allerdings kaum glauben. Dort flatterte Wäsche im Wind, am Rheinufer saßen Kinder, die angelten. Buben, kaum dem Gängelband entwachsen, striegelten Pferde und schleppten Holzeimer und Käselaiber. Was mochten diese ganz gewöhnlichen Leute fühlen, wenn Städte erobert oder Dörfer geplündert wurden und sie die Schreie der Sterbenden hörten?

Sie musste die letzte Frage laut ausgesprochen haben, denn Marx sagte: »Wenn die Schlacht vorbei ist, fallen nicht nur die Söldner, sondern der gesamte Tross über die Besiegten her. Die Frauen und Kinder plündern mit den Männern Seite an Seite. Du siehst da eine Riesenschar Leichenfledderer, Sophie. Sie ziehen durch das Land wie gefräßige Ameisen.«

Er wirkte geistesabwesend, als er ihr die Antwort gab. Sein Blick war südwestlich gerichtet. Nach Köln? Oder darüber hinaus zur Wildenburg? Er bewegte die Lippen, und unwillkürlich folgte sie seinem Blick, doch in der Richtung, in die er schaute, gab es nichts Ungewöhnliches zu sehen. Nur einige ärmliche Dörfer, die sich zwischen die Hügel schmiegten, als suchten sie dort Schutz.

In der folgenden Nacht überquerten sie südlich des Heeres den Rhein. Da die Furten allesamt durch Wachposten besetzt waren, benutzten sie ein Floß, das von einem unheimlichen

Mann durch die Dunkelheit gestakt wurde, der sein Gesicht unter einer Kapuze verbarg. Über ihren Köpfen schrien Vögel, und Wasser schwappte über die Bohlen, als würde der Fluss mit nassen Händen nach den Passagieren greifen. Sophie war froh, als sie wieder festen Boden unter den Füßen hatte.

Sie ritten ein Stück weit ins Land hinein und erreichten einen Auwald. Dort streckte Marx sich an einem verborgenen Plätzchen im Gras aus. Er konnte schlafen, wann immer sich eine Gelegenheit bot – von einem Moment zum anderen. Das war eine Fähigkeit, um die sie ihn glühend beneidete. Jetzt allerdings reizte sein Verhalten sie nur. Sie stupste ihn mit dem Fuß an. »Was tun wir hier?«

»Warten.«

»Worauf?«

»Komm unter meinen Mantel – dann ist es wärmer.«

»Ich brauch's nicht warm.«

Er kehrte ihr den Rücken zu, und schon hörte sie, wie seine Atemzüge gleichmäßig wurden. Ärgerlich stieß sie die Luft aus. Hatte sie jetzt wieder die Wache? Wahrscheinlich. Sie setzte sich ins Gras, hüllte sich in ihren Mantel und beobachtete, wie ein am Bein blutender Fuchs sich unweit ihres Lagers durch das Laub schleppte. Wollten sie nun zu Conrad oder nicht? Es war unmöglich, etwas aus Marx herauszubekommen, wenn er sich entschlossen hatte zu schweigen, das hatte sie bereits verstanden. Und im Moment war er stiller denn je. Er wich ihr aus, wenn sie nach so Plänen fragte, und schließlich gab sie es auf.

Sie verbrachten zwei Tage mit Nichtstun. Dann tauchte Jost bei ihnen auf. Die Männer flüsterten miteinander, Sophie sah, wie Marx' Miene sich mit jedem Wort seines Kumpans verfinsterte. Sie trat näher.

»... macht er 'n Getue wie 'ne Betschwester. Dadurch wiegt er einen in Sicherheit«, erklärte Jost mit deutlichem Unbehagen.

»Gott, warum warne ich euch überhaupt?« Marx nickte

Sophie düster zu. »Julius hat sich davongemacht.« Sie sah, wie ihn das ärgerte.

»Er hat die Stricke an 'nem scharfen Stein durchschnitten. Wir haben die Fetzen gefunden. Wenn er sich nur nicht wie 'ne Betschwester aufgeführt hätte! Der Kerl hat sich über Ameisen beschwert und weil er keine Decke hat und weil das Fleisch riecht ... als tät's das nicht immer. Und das Gequassel vom Zaunkönig übern Krieg ging ihm auch auf die Nerven ... Wenn einer wie 'ne Betschwester rumjammert, denkt man doch nicht, dass er seine Fesseln durchscheuert«, beklagte sich Jost.

»Wann genau ist Julius fort?«, fragte Marx.

»Vorgestern zwischen Mitternacht und Morgen.«

»Ich weiß, wo er steckt.«

Das Gesicht des kleinen Mannes hellte sich auf. Jost schien nachfragen zu wollen, aber dann fand er wohl, dass sein Hauptmann sich schon äußern würde, wenn es ihm in den Kram passte. »Da ist dann noch was. Die Männer werden unruhig.«

»Warum?«

»Vorzeichen. Ein Unwetter, das aus einem blauen Himmel kommt ... Ein Keiler, der einen Dachs bespringt ... Und natürlich die Frau.« Als er sah, wie Marx zu Sophie blickte, schüttelte er den Kopf. »Die aus dem Wald, die Hayo am Abend vor dem Feuer gesehen hat. Sie ist immer noch da und umschleicht das Lager. Wir haben versucht, sie zu packen, aber sie ist wie ein Irrwisch. Man sieht sie und kriegt sie trotzdem nicht zu fassen.«

»Edith?«

Der kleine Mann zuckte mit den Schultern. Es sah mehr nach einem Ja als nach einem Nein aus. »Unsere Burschen haben Eisen in den Fäusten und in den Herzen, Hauptmann. Die schlagen zu. Hin und drauf. Aber Hexen ... Da gibt's keine Regeln. Man weiß nicht, was kommt und wie man sich schützen soll. Noch nicht mal, wovor man genau Angst haben muss. Der Schlenderer hat gesagt, vielleicht ist es der Teufel selbst, der ums Lager streicht, in der Gestalt von einem Sukkubus, um sich unsern Samen zu holen und ihn einer Hexe einzupflanzen. Er hat Julius eins in die Fresse gegeben, als der ihn ausgelacht hat. Da, wo der Schlenderer herkommt, in einem Protestantendorf, hat man einen Wechselbalg gehabt, der bei so was gezeugt wurde, und sie hatten ihn kaum totschlagen können. Solche Erzählungen beunruhigen die Männer.«

»Fangt sie ein«, befahl Marx.

Jost bleckte skeptisch die Zähne, widersprach aber nicht.

»Und nimm die hier mit!«

»Was?« Sophie fuhr auf, als sie merkte, dass die letzte Bemerkung auf sie selbst gemünzt war. »Aber nein. Ich ... natürlich gehe ich mit dir nach Köln!« Sie würde sich nicht einfach abschieben lassen, wenn es darum ging, Heinrichs Mörder zu finden!

Jost schaute von ihr zu seinem Hauptmann.

Marx rieb sich die Augen und dann die Schläfen. »Sophie, es wird dir nicht gefallen, was als Nächstes kommt.«

»Mir hat seit meiner Hochzeit nichts mehr gefallen. Es ist *mein* Kind, das Edith quält. Es ist *mein* Ehemann, der des Mordes überführt werden muss. Schreib mir nicht vor, was ich tun soll!«

»Aber ...«

»Nein!«

Sie war mit ihm tagelang über Zäune, Hecken und Gräben geritten, vielleicht war es das, was nun den Ausschlag gab. Oder die Stunde im Gras – was wusste sie schon. Jedenfalls gab er nach. »Es wird dir nicht gefallen«, wiederholte er wie ein Menetekel und ließ sie bleiben.

Jost kehrte nach diesem Gespräch zu seiner Bande zurück. Sie selbst machten sich ebenfalls wieder auf den Weg, wobei sie es sorgsam vermieden, in die Nähe des Rheins zu kommen, denn an dieser schimmernden Wasserader orientierte sich das

Kriegsvolk. Hier trafen sich versprengte Söldner, Truppenteile wurden zugeführt, Viehherden am Treidelufer entlanggetrieben und alle Augenblicke kontrollierten eigens dafür abgestellte Bewaffnete die Reisenden.

Nach vielen Meilen durch abgelegenes Gelände erreichten Sophie und Marx ein Dorf, das sich an einer Straße entlangzog. Sie ritten auf der rückwärtigen Seite der Höfe über die Felder, bis sie zu einem stattlichen roten Haus gelangten, das von einem Wassergraben umgeben war. Darüber führten drei schmale Brücken. Die Fenster des Hauses waren mit grünem Glas versehen, das Dach mit schwarzen Schindeln gedeckt. Mehrere Erker und Türmchen lockerten die Fassade auf, aus dem Schornstein quoll schwarzer Rauch.

»Wer wohnt hier?«, fragte Sophie erstaunt.

»Hübsch? Der Garten ist ein Schmuckstück. Rosen und der ganze Firlefanz, wenn ich mich recht entsinne.« Marx trieb seinen Schimmel voran, bis sie vor der Mauer des Hauses standen. »Innen würde es dir noch besser gefallen«, meinte er, während er absaß. »Es gibt eine Bibliothek, in der eine Armillarsphäre steht – das ist ein Modell, das die Himmelskörper zeigt. Außerdem kann man mit einem Teleskop die Sterne anstaunen. Falls es dich interessiert: Der Saturn besitzt einen Heiligenschein und der Jupiter eigene Monde.«

»Gehört das Haus Julius?«

»Ich war ein Idiot, dass ich dieses kleine Nest vergessen hab. Gib Gott, dass er es nicht verkauft hat.«

»Wie kommt ein Hauslehrer zu einem solchen Besitz?«

»Ich sag's doch: Bevor er nach Herbede kam, war Julius Jurist an einer Universität. Er hatte eine Professur inne, soweit ich weiß. Ein Jammer, dass er sich ständig selbst im Wege steht.«

»Glaubst du, er hat Conrad hier versteckt?«

»Sein Küken wäre hier sicher vor Nachstellungen und zugleich in praktischer Nähe zur Universität, wo aus dem liebesverwirrten Saulus nach Julius' Wünschen wohl ein geläuterter und hochgelehrter Paulus werden soll. Das würde passen wie die Faust aufs Auge.«

»Gehen wir hinein?«

»Um dort den Männern in die Arme zu laufen, die Reinhard inzwischen vielleicht als Wache aufgestellt hat? Er weiß ja jetzt, dass ich nach Conrad suche.«

»Und was machen wir dann?«

Zunächst suchten sie ein Versteck für die Pferde, was sich schwierig gestaltete, weil es hier kaum Waldgebiet gab. Sie mussten sich mit einem dichten Gebüsch und der Hoffnung zufriedengeben, dass niemand an dem abgelegenen Plätzchen vorbeikam. Dann kletterten sie über die Mauer, die das Haus umgab. Sophie wollte sofort weiter zu einem der Fenster, aber Marx zog sie in die hinterste Ecke des Gartens, wo der Abort lag. »Hier muss jeder mal hin.«

»Da erkennt man den erfahrenen Kriegsstrategen«, spöttelte sie.

»Krieg und Scheiße passt immer. Vorsicht!« Er griff nach ihrem Arm, als sie stolperte. Man hatte die Latrine an die Rückwand eines Viehstalls gebaut, was den Vorteil hatte, dass in einer einzigen Sickergrube sämtliche Fäkalien gesammelt werden konnten, und den Nachteil, dass der Gestank den einer üblichen Abortgrube weit übertraf. Über beide Häuschen war aus Brettern ein Obergeschoss zur Heulagerung errichtet worden. Dort nisteten Sophie und Marx sich ein. Marx entfernte eine der Bretterplanken, die direkt über dem Abort angebracht war. Schwaden zogen zu ihnen hinauf. Er grinste. Allein die Wärme machte den Raum erträglich.

»Du darfst keinen Mucks von dir geben, wenn ich mir den Burschen greife«, mahnte er.

Sie nickte.

»Das wird dir schwerfallen, weil er ein blasses Bürschchen ist, das bei Frauen den Wunsch weckt, ihn unter die Fittiche zu nehmen.«

»Nicht bei mir!«

»So spricht der wackere Soldat. Du wartest hier und hörst dir an, was ich aus ihm rausquetsche. Aber du rührst dich nicht von der Stelle.«

»Natürlich.«

»Und sag nicht natürlich – ich trau dir so weit, wie ich dich sehen kann.«

Sie lächelte. Dann machten sie es sich im Heu gemütlich.

Nach der Abendmahlzeit kam die halbe Dienerschaft, um sich zu erleichtern. Sie hörten leise Flüche und Seufzer der Erleichterung und einmal ein Kichern und etwas, das wie ein Kuss klang. Ein Hund begleitete ein kleines Mädchen auf den stillen Ort. Mittlerweile war es dort stockfinster, und die Kleine führte eine Kerze mit sich. Der Schein leuchtete für einige Minuten durch das fehlende Brett zu ihnen hinauf, und Sophie konnte sehen, dass Marx hellwach an die Decke starrte.

Conrad kam erst mit dem Morgengrauen. Dass es sich um Heinrichs Cousin handelte, schloss Sophie aus dem außerordentlich reinen Hemd des Mannes, aus seinem blassen, klugen Gesicht, aus der Ungeschicklichkeit, mit der er über einen Schuh stolperte, den einer der Abortbesucher verloren hatte, und aus der Verständnislosigkeit, mit der er das Ding anschließend betrachtete. Genau so hatte sie sich ihn vorgestellt. Ein Bücherwurm ohne Sinn fürs Praktische. Aber skrupellos, wenn ihn die Liebe überwältigte? Er murmelte etwas, schob den Schuh beiseite, drückte die Brettertür auf, hob das Hemd und setzte sich auf das Brett mit den drei Löchern.

Sophie wollte Marx anstoßen, doch er war bereits aufmerksam geworden. Sein Lächeln, als er lautlos zur Leiter schlich, war ohne jeden Humor und machte sie beklommen.

Sie spähte durch ein Astloch auf den Weg. Wenig später tauchte Conrad auf, und gleich darauf konnte sie sehen, wie Marx hinter der Abortwand hervorsprang, den verblüfften jungen Mann mit rohem Griff packte und ihn zu sich heranschleuderte. Conrads Gesicht lief erst rot und dann blau an, weil Marx ihm seinen Arm um die Kehle gelegt hatte. Die Knie des jungen Mannes – sie waren nackt unter dem Hemd – begannen zu zittern.

Doch plötzlich erschien Julius auf dem Weg. Marx und sein Opfer standen mit dem Rücken zu ihm – sie sahen ihn also nicht kommen. Hatte Julius geahnt, dass Marx irgendwann bei seinem Haus auftauchen würde? War er genau deshalb aus der Gefangenschaft geflohen? Und eben darum so wachsam? Jedenfalls hielt er eine Pistole in seiner Hand, und er schien nicht im Geringsten unsicher, was er tun solle. Sophie sah, dass der Hahn für einen Schuss gespannt war.

Einen entsetzlichen Moment lang erwartete sie, dass er Marx einfach niederschießen würde. Aber das konnte er nicht, ohne Gefahr zu laufen, den Jungen zu verletzen. So trat er lautlos auf die beiden Männer zu. Als er sie fast erreicht hatte, sah Sophie ihn zögern. Er sicherte den Hahn, drehte die Waffe und packte sie nun am Knauf, wahrscheinlich um seinen Kontrahenten niederzuschlagen.

Sie musste schreien – Marx warnen. Es war doch eindeutig, auf wessen Seite sie stand. Aber sie schwieg. Ihr Blick war wie gebannt auf die Männer gerichtet und ein lähmendes Gefühl des Verlustes überkam sie. Julius hatte ihr in der Zeit größter Not beigestanden und ihr wieder und wieder seine Hilfe angeboten. Marx ... O Jungfrau, heilige, dachte sie. Ganz gleich, was geschah, es würde sie bis ins Mark treffen. So sah sie tatenlos zu, wie Conrad strampelte, wie Marx abwartete, dass er aufhörte, sich zu wehren, und wie Julius die letzten Schritte hinter sich brachte. Julius hob die Waffe ...

Und dann kam alles anders.

Marx stieß Conrad von sich und fuhr herum. Er schlug zu – erst mit der Linken, so dass die Waffe davonflog, dann mit der Rechten und noch einmal mit der Linken, worauf Julius zu Boden ging. Aus dem Mund des Juristen schoss Blut. Sein Blick war glasig, während Marx ihn fachmännisch, mit tausendfach geübtem Griff, auf den Bauch drehte und ein Stück Schnur aus der Tasche zog, um ihn zu fesseln.

Sophie sprang auf und hastete die Leiter hinab. Als sie um die Ecke bog, blieb sie erneut stehen. Was war geschehen? Jetzt hielt plötzlich Conrad die Waffe in den Händen. Er musste sie an sich gerafft haben, während die beiden Männer miteinander beschäftigt gewesen waren. Conrad besaß weniger Skrupel als sein Hauslehrer. Ohne Zögern spannte er den Hahn – und jetzt erst merkte Marx, was geschah. Sein Gesichtsausdruck verhieß Schlimmes. Doch was auch immer er plante, Julius machte es zunichte. Der Hauslehrer rollte sich zur Seite, sprang auf, wand sich aus den Fesseln, die noch nicht geknotet waren, und entriss seinem Schützling die Waffe. Und dieses Mal schoss er wirklich.

Marx ging zu Boden.

Wieder floss Blut. Es war weder heldenhaft noch in irgendeiner Weise großartig. Marx wälzte sich am Boden, einen Moment lang überschattete sein Schmerz alles. Dass er nicht schrie, geschah aus blanker Wut. Blut quoll aus seinem Stiefel und färbte die weiße Seide des Strumpfs rot. Er biss sich selbst in den Arm und versuchte wieder auf die Füße kommen. Julius benutzte die Waffe ein zweites Mal, indem er sie Marx, wie er es zu Beginn vorgehabt hatte, über den Kopf zog. Marx wurde nicht bewusstlos, aber er war so benommen, dass Julius ihn nun mühelos hinter den Schuppen ziehen und ihm die Hände aneinanderfesseln konnte. Sophie stürzte zu dem Blutenden. »Lasst ihn«, sagte Julius, und es hörte sich nicht wie eine Bitte an.

»Gott, er blutet!«

»Natürlich«, sagte Julius, erhob sich und wischte über das eigene von Blut und Tränen verschmierte Gesicht.

Conrad trat zu ihnen. »Er wollte mich ermorden«, flüsterte der junge Mann völlig schockiert. Als niemand reagierte, stotterte er: »Ich hole jemanden.«

Julius schüttelte den Kopf. Das Blut aus seiner Nase wollte

nicht aufhören zu laufen. Zu ungeduldig, um sich damit zu befassen, riss er einen Fetzen seines Hemdes ab und stopfte ihn in sein Nasenloch. »Du gehst hinein und sagst, wem immer du begegnest, dass sich der Schuss aus Versehen gelöst hat. Ich will hier die nächste Viertelstunde niemanden sehen.«

»Warum?« Conrad bekam keine Antwort und machte sich eingeschüchtert auf den Weg.

»Ja, warum?«, wollte auch Marx wissen, der den Kopf schüttelte wie ein Bulle, der gegen eine Wand gerannt ist.

Sophie gab einen zornigen Laut von sich. Sie kniete nieder und zerrte Marx Stiefel und Strumpf vom Fuß. Was sie erblickte, war schwer einzuschätzen. Eine Fleischwunde und Blut, das in breiten Bächen das haarige Bein hinabströmte! Sie dachte an Wundbrand – die häufigste und schlimmste Komplikation bei Schusswunden. Nun gut, zunächst einmal musste sie das Blut stillen. Mit fliegenden Fingern riss sie einen Fetzen aus ihrem Unterrock.

»Kein Grund, um ihn zu weinen. Er ist ja noch nicht tot«, erklärte Julius mit einem merkwürdigen Unterton in der Stimme.

»Warum habt Ihr nur auf ihn geschossen?«

»Um zu verhindern, dass ein weiterer Junge Schaden nimmt? Wer ist denn wo eingedrungen? Wer hat das hier losgetreten?« Julius nahm ihr den Stoffstreifen aus der Hand und band ihn ohne viel Zartgefühl um das lädierte Bein. »Der Stiefel kommt wieder drüber, dann sitzt das Zeug fest. Und … nein, es tut mir nicht leid!«, blaffte er Marx an, der unter der rauen Behandlung um Atem rang.

Conrad kam im Eilschritt zu ihnen zurück. Er sah immer noch bleich aus. Marx warf ihm einen wütenden Blick zu und verlangte von Julius: »Hör mich an!«

Julius schnürte den Stiefel, und Marx brachte stöhnend heraus: »Los, Sophie: Sag du ihm, was du von Elisabeth erfahren hast.«

Sie schaute kurz zu Conrad, dann kam sie der Bitte nach.

Vor allem nannte sie den Namen des Mädchens: Valerie. Sie sah, wie der Student sich auf die Lippe biss.

Marx schaffte es endlich, sich aufzurichten. »Kapierst du nicht, Julius? Dieses Mädel war Heinrichs Geliebte – aber Conrad hatte sich ebenfalls in sie verguckt. Nun komm schon, Junge …« Das ging an den blassen Jüngling. »Die Sache ist raus. Erzähl den Rest. Valerie ist schön wie ein Maienmorgen, nehme ich an. Du hast sie geliebt. Du warst eifersüchtig und wusstest nicht mehr, was du tust. Alles verständlich. Schon tausendmal vorgekommen. Nur steh jetzt dazu. Die Liebe ist ein Dreck, wenn man sich nicht zu ihr bekennt.«

»Jeder liebte sie«, gab Conrad erstaunlicherweise zu.

Marx warf Julius einen triumphierenden, wenn auch trüben Blick zu. *Ich hab's dir doch gesagt.*

»Denn«, sagte Conrad leise, »sie ist voller Liebreiz. Mit … einer ganz eigenen Schüchternheit und Sittsamkeit dabei und … rein im Herzen …«

»Aber Heinrich war es, der das reine Herz eroberte.« Marx bemühte sich, die Worte nicht höhnisch, sondern teilnahmsvoll klingen zu lassen, was komplett misslang.

Conrad rief glutrot an. Dann sagte er: »Ja.«

»Und das war bitter.«

»Ja.«

»Und da hast du dir gedacht …«

»Ich hab mir gar nichts gedacht.«

»Was hast du dir eingeredet? Dass Heinrich die sittsame Valerie nicht so liebt, wie es ihr gebührt? Dass er sie benutzt und dann fallenlässt? Dass er ein Schuft ist, vor dem man das Mädchen beschützen muss? Da hast du den Plan gefasst, ihn aus dem Weg zu räumen!«

»Nein …« Conrad trat zu Julius. »Nein! Ich hätte doch Heinrich kein Leid zugefügt! Er war mir wie ein Bruder! Dass er Valerie verführte, darüber hab ich ihm natürlich Vorhaltungen gemacht. Wir haben sogar furchtbar gestritten. Aber ihn ermorden …«

»Zwei Jungen lieben dasselbe Mädchen. Was beweist das schon?«, sagte Julius zu Marx.

»Vielleicht wirklich nichts – wenn Edith Conrad nicht als Komplizen genannt hätte.«

»Hat sie das?«, fragte Julius misstrauisch.

»Ich sag's doch!« Marx zog das Bein an und presste die Hand auf die Wunde.

»Vermutlich, um sich selber reinzuwaschen.«

»Vor einem Kerl, der gerade auf den Tag seiner Hinrichtung wartet?«, lachte Marx ironisch.

»Wer soll Heinrich denn nun ermordet haben – Conrad oder Marsilius?« Julius sprach die Worte mit einer Ruhe, die ihnen doppelte Schärfe gab.

»Conrad gab den Auftrag, und Marsilius führte ihn aus.«

Der junge Mann schüttelte hitzig den Kopf und wollte widersprechen, aber Julius hielt ihn am Arm fest. »Warum hätte Marsilius für einen Jungen aus seiner Verwandtschaft einen Mord begehen sollen? So was ist doch kein Gefälligkeitsdienst.«

»Was weiß ich. Für Geld? Für politische Unterstützung? Vielleicht ...« Marx presste vor Schmerz die Stirn auf das Knie. »Vielleicht war der Brief, den Conrad an Marsilius sandte, nicht eindeutig gewesen. *Ich bitte Dich, schaff mir Heinrich vom Hals, und dann wäscht eine Hand die andere.* Vielleicht wollte Conrad gar keinen Mord. Vielleicht war alles nur ein fürchterlicher Irrtum.«

»Aber nein ...« stotterte der junge Mann. »Das ist völlig falsch, weil ... Es war doch klar, dass keiner von uns beiden das Mädchen bekommen würde. Valerie ist doch *Nonne!*«

Das Wort fiel zwischen sie wie eine Kanonenkugel. Die Männer schwiegen, beide verblüfft und sprachlos.

»Und sie hätte niemals das Gelübde gebrochen, das sie vor Gott gab. Das hat sie selbst zu uns gesagt. Es war ihr heilig.« Conrad steckte die Hände in die Taschen des Mantels, den er sich übergeworfen hatte, zufrieden, endlich Klarheit geschafft zu haben, und trotzdem am ganzen Körper zitternd.

»Die Hexe hat aber deinen Namen genannt, verdammt noch mal!«, fuhr Marx ihn an.

Julius fragte nach dem Brief, dem verdammten Stück Papier, das zu Herzog Wilhelm nach Jülich gesandt werden sollte, nach Elisabeths Aussage. Er wollte auf Wallenstein zurückkommen, auf die Intrige, in die Heinrich hineingezogen worden war und deretwegen Julius Marx die Hauptschuld am Tod des Junkers gab, nur ging das jetzt nicht mehr. Wenn Marx tatsächlich Schuld an Heinrichs Tod trug, wenn er irgendetwas davon wusste, dann wäre er wohl kaum in dieses Haus gekommen.

Es war eine verworrene Situation.

Und während Sophie die Männer betrachtete, ging ihr auf, dass beide aus den Augen verloren hatten, was ihr einzig wichtig war, nämlich Henriette. Was hatte der Tod eines jungen Mannes, den sie nicht einmal kannte, neben ihrem Leid für eine Bedeutung? Henriette lebte. Das kleine Mädchen litt – jetzt gerade, in diesem Augenblick. Für Henriette ging es um alles. Und Sophie war ihre Mutter. Ihr Blick fiel auf Marx, der immer noch seinen weichen Lederstiefel umklammerte, um den Schmerz zu ertragen. Ihr Herz wurde weich. Wenn er nun starb! Aber trotz allem: Marx war ein erwachsener Mensch. Er konnte für sich selbst sorgen. Henriette dagegen …

Sie wandte sich entschlossen von dem Mann am Boden ab. »Julius, ich brauche Eure Hilfe.«

Kapitel 25

»Ihr habt richtig entschieden«, ermunterte Julius sie, während sie gen Süden nach Speyer ritten, in die Stadt, in der das Reichskammergericht seinen Sitz hatte und wo Sophie um Henriette kämpfen wollte. Offenbar waren dort inzwischen die Schweden eingefallen, was das Gericht allerdings nicht daran hinderte, weiter seines Amtes zu walten. Es konnte auch sein, dass die Schweden schon wieder durch die Kaiserlichen vertrieben worden waren oder durch die Spanier, was in diesem Fall aufs Gleiche hinauskam, da beide zur Katholischen Liga gehörten. Aber das Gericht stand über allen Parteien. Niemand behelligte es.

»Und für die Stadt ist es ebenfalls egal, wer sie besetzt«, erklärte Julius. »Sie ist Lazarett, Truppenlager und Versorgungsstation für jedes Heer, das in ihre Nähe kommt. Im Herzen ist Speyer protestantisch, aber da es Sitz des kaiserlichen Gerichts ist, musste es sich zur Neutralität durchringen, die nur leider nicht immer durchzuhalten ist, weil es hier in der Nähe wichtige Festungen gibt … Frankenthal, Friedrichsburg …«

Sie hörte ihm kaum zu. Durchschaute überhaupt noch jemand, wer in diesem Krieg, der andauerte, seit sie geboren war, aus welchen Gründen gegen wen kämpfte? Der ganze Kontinent war damit beschäftigt, einander niederzumachen.

»Das alles ist verworren«, sagte sie. Julius stimmte ihr zu, hielt die Umgebung im Auge und sorgte dafür, dass sie den großen Flüssen und Städten nicht zu nahe kamen.

Ob Marx noch lebte? Wie immer, wenn Sophie an ihn dachte, war ihr, als legte sich ein Eisenring um ihre Brust. Als Julius begriffen hatte, was sie von ihm wollte, hatte er seinen Verwalter gerufen und ihm den schwierigen Kranken mit den ironischen Worten ans Herz gelegt: »In einem Tag wird er wieder stehen können. In zweien versucht er auszubrechen, falls ihn nicht das Fieber packt, was ich nicht glaube, bei seinem bockigen Naturell. Sorge für ihn und halte ihn solange wie möglich eingesperrt. Und dann ist es gleich, wohin er geht.« Conrad hatte er fortgeschickt – wohin blieb sein Geheimnis, denn er war immer noch voller Argwohn gegen Marx.

Was der Verletzte bei all dem dachte, wusste Sophie nicht. Marx hatte sich, von wenigen Schmerzensäußerungen abgesehen, in Schweigen gehüllt und sie ignoriert. Wahrscheinlich hasst er mich, dachte sie, weil er glaubt, dass ich ihn nur benutzt habe. Aber er hat mich ja auch benutzt. Das war die reine Wahrheit. Sie schuldeten einander nichts. Trotzdem wollte sich der Eisenring nicht lockern.

Sie erklommen eine Anhöhe, und Julius suchte wie immer, bevor sie weiterritten, die schwarzen Wege ab, die wie ein Schachbrettmuster die abgeernteten Felder teilten. »Stimmt es, dass Ihr Jurist im Dienst einer Universität gewesen seid?«, fragte Sophie ihn.

»Hat Marx das gesagt?«

Sie nickte. »Ist es wahr?«

»Würde er denn lügen?«

Sie seufzte.

»Marx«, erklärte Julius in seiner kultivierten Art zu sprechen, »hat vermutlich über Hexenprozesse gesprochen?«

»Über Hexen allgemein. Er fand Euch zu nachsichtig«, gab Sophie zu.

Julius schwieg, während er den Weg zu einer weiteren Anhöhe einschlug, wo der Wind die Baumkronen zauste und Blätter durch die Luft wirbelte wie einen goldgelben Schneesturm. »Ich hab bei diesen Prozessen mitgewirkt, Sophie. Im Auftrag der Rechtsfakultät meiner Universität habe ich fünf Monate lang die Maleficium-Prozesse im Erzstift Mainz begleitet, als Berater und Beobachter. Es hat mir nicht gefallen, was ich dort erlebte. Hexenprozesse setzen auf Geständnisse, und Geständnisse werden am raschesten durch Folter erlangt, und ... Ich bin dabei gewesen: bei der Folter, den Befragungen, den Geständnissen. Und neben dem Leid, das ich kaum mit ansehen konnte, musste ich feststellen ...«, er lächelte schmerzlich, »dass die Geständnisse und die Besonderheiten, die die Hexen zu ihren jeweiligen Verbrechen preisgaben, davon abhingen, welcher Inquisitor die Fragen stellte. Die Details folgten den Verhörenden von einer Stadt zur nächsten. Versteht Ihr, was ich meine? Einer der Inquisitoren, mit denen ich reiste, glaubte, dass Hexen Adler in ihrem Leib ausbrüten, die sie dann missbrauchen, um Hexensalben herzustellen.«

»Adler?«, fragte Sophie erstaunt.

»Oder Ungeziefer oder Schlangen. Es würde Euch verstören zu hören, wie all das angeblich in ihre Leiber gelangte. Und es hat *mich* verstört zu hören, wie die Hexen am Ende der Tortur darum bettelten zu erfahren, was genau sie gestehen müssten, um die Folter zu beenden. Der Inquisitor hat es ihnen gesagt – und eine Hexe nach der anderen brannte.«

»Das ist schrecklich, aber ... Man kann so etwas doch nicht verallgemeinern«, meinte Sophie schockiert. »Edith ist tatsächlich eine Hexe. Ich habe *gesehen,* wie sie zauberte – mit eigenen Augen.« Sie berichtete von der Nacht im Hexenturm, von all dem Widerlichen, was dort geschehen war, und zwar tatsächlich und nicht im Kopf eines Inquisitors, und Julius nickte und sah keineswegs so überzeugt aus, wie sie es sich wünschte. Was bildete er sich ein? Dass sie log, um sich wichtigzumachen?

Er winkte sie zu einer Abzweigung, und wenig später tauchte die Stadt Speyer vor ihnen auf. Die Ansiedlung kam Sophie, die kaum jemals das väterliche Gut und die Wildenburg verlassen hatte, riesig vor. Hinter hohen, massigen Mauern erhoben sich mit Kreuzen gekrönte Kirchtürme und die roten Schindeldächer der Patrizierhäuser. Vor der Stadt floss ein schmales Gewässer, auf dem Kähne dümpelten und an dessen Ufer Hütejungen in warmen Jacken Schafe und Gänse zusammentrieben, denn es dunkelte bereits.

Auch hier wurde der Krieg wieder sichtbar, und zwar in Form von Zelten und hölzernen Schießständen, die ein großflächiges Areal vor der Mauer bedeckten. Söldner in abenteuerlichen Uniformen schlenderten über die Wege, die sie ins Gras getreten hatten. An einem Spieß drehte sich ein kompletter Ochse, und eine Frau mit einem kräftig bemalten Gesicht schäkerte mit dem Soldaten, der den Spieß drehte.

Julius dirigierte sein Pferd mit dem abfälligen Gesicht, das er immer aufsetzte, wenn er mit Soldaten zusammentraf, auf eine Holzbrücke zu. »Hat er …« Er hüstelte, um Sophies Aufmerksamkeit zu erregen. »Marx. Hat er sich Euch irgendwie in einer Weise … ich meine … ungebührlich …«

Sie brauchte einen Moment, um zu begreifen, worauf er hinauswollte. »Ach, Julius!«, meinte sie mit einem Seufzer.

»Das habe ich befürchtet. Der Schweinehund!«

»Ihr dürft das nicht sagen. Es war nicht …« Sie errötete. »Es ergab sich irgendwie, und ich glaube, er wollte es selbst nicht und fühlte sich müde und hatte nicht die Kraft …«

»Doppelter Schweinehund!«

»Er wusste nicht, wie ihm geschah.«

»Marx weiß *immer*. Dass ist seine gottverdammt hervorstechendste Eigenschaft. Er ist berechnend bis aufs letzte Sandkorn in der Uhr. Ihr müsst diesen Zwischenfall für Euch behalten, das ist Euch doch klar, ja? Gerade jetzt, beim Prozess. Und für die Torwachen«, wechselte er abrupt das Thema. »seid Ihr meine Schwester, wenn man Euch fragt, und ich begleite Euch, weil …« Er dachte kurz nach. »… Ihr einen Prozess zu führen habt und ich Euch unterstütze.«

»So ist es ja auch.«

»Natürlich ist es so.«

Die Dämmerung war bei dem Ritt durchs Lager weiter fortgeschritten, und nun wurde das letzte Licht von dem Tor geschluckt, das den Eingang zur Stadt bildete. Die Fackeln an den Seitenwänden des Tores erhellten nur notdürftig die Umgebung. Ein Uniformierter trat aus einer Tür, versperrte ihnen mit seiner Lanze den Weg und fragte nach ihrem Begehren, während ein anderer das Tor für die Nacht verschloss. Nach einigem Hin und Her und nachdem eine Münze den Besitzer gewechselt hatte, ließ er sie in die Stadt ein.

Julius mietete für Sophie in einer Herberge am Fischmarkt gegenüber der Johanniskirche ein Zimmer. Wahrscheinlich bestand er auf diesem überflüssigen Komfort, um ihr deutlich zu machen, dass es jemandem wie ihm nicht in den Sinn käme, sich an einer verheirateten Frau zu vergreifen. Er selbst begnügte sich mit einem Bett in dem allgemeinen Schlafraum. Vielleicht teilte er es sogar mit anderen Gästen, ein Gedanke, der Sophie ein gehörig schlechtes Gewissen bereitete, aber auf ihre Einwände wollte er nicht hören.

Am nächsten Morgen brach er auf und kehrte mit einem braunen Samtkleid zurück, das bis zum Hals geschlossen war und dessen einziger Reiz in einem breiten, weißen Spitzenkragen bestand. Sie nahm es entgegen, auch die Haube, die er für sie erstanden hatte. Nachdem sie sich gewaschen und wieder angekleidet hatte, zeigte ihr ein Blick in einen Spiegel, dass aus der zerrissenen Räubergespielin wieder eine sittsame junge Frau geworden war. Und doch war es nicht mehr dieselbe Frau wie vor einem Jahr. Nachdenklich musterte Sophie ihr Spiegelbild. Sie war noch dünner geworden, aber das war nicht die einzige Veränderung. In ihre Züge hatte sich etwas Hartes geschlichen. Die Augen blickten erwachsener und wachsamer. Aber weniger furchtsam? Das ließ sich nicht beurteilen.

Julius brachte etwas später einen Apfelbrei, den sie gemeinsam verzehrten, dann machten sich auf den Weg zu Tomas Eythumb, einem Juristen, den Julius aus seiner Universitätszeit kannte und der Sophie in ihrem Prozess vertreten sollte.

Sie gingen zu Fuß. Ihr Weg führte sie an einem Kanal entlang, auf dem Schiffer Schweinehälften und Brennholz beförderten und an dessen Ufer Mägde fröstelnd die Wäsche über Waschbretter rubbelten. Julius war kurz angebunden. In Gedanken schien er bereits mit dem Prozess beschäftigt zu sein, jedenfalls erklärte er ihr das, als sie fragte. Sie selbst dachte an Marx. Wieder einmal. Julius' Dienerschaft würde sich um ihn kümmern, dafür hatte Julius ja gesorgt. Und wenn sie selbst geblieben wäre – was Henriettes wegen unmöglich gewesen war –, hätte ihn das auch nicht schneller gesunden lassen, so viel stand fest.

Sie bemerkte einen jungen Mann, der nur noch ein Bein besaß und den Frauen half, die Wäsche zu wringen, wobei er sich auf ein Holzbein stützte. Und während sie ihn noch mitleidig beobachtete, wurde sie von einer Katze angefallen.

Es war ein rötliches Tier mit weißen Streifen, das fauchend aus dem Nichts auftauchte und gegen sie sprang. Sophie starrte in ein Gesicht mit einem dreieckigen Gebiss, in dem oben und unten Fangzähne blitzten. Nach der Attacke, die so blitzschnell ablief, dass sie kaum reagieren konnte, jagte die Katze eine kahle Weide hinauf. Sie hatte das Maul immer noch aufgerissen, während sie die Frau, die sie angegriffen hatte, tückisch im Auge behielt.

»Schon gut«, versuchte Julius Sophie zu beruhigen, und da erst merkte sie, dass sie hysterisch schrie. Julius bückte sich und warf einen Stein auf die Angreiferin. Sie verschwand mit einem Riesensatz hinter einer Hecke.

»Edith hat sie geschickt«, stammelte Sophie in aufgelöster

Gewissheit und klammerte sich an Julius' Ärmel, während Blut aus einem Kratzer über ihre Hand lief. Hexen und Katzen! Blitzartig tauchte das Bild jener anderen Katze vor ihr auf, die über die Mauer in der Wildenburg stolziert war, als sie mit Gesche den Friedhof aufgesucht hatte. Wusste man nicht, dass Hexen sich besonders gern mit diesen tierischen Missgeburten zusammentaten?

»Ihr habt sie erschreckt. Sie hatte sich gesonnt, und als sie flüchtete, hat sie Euch gekratzt. Zeigt mal die Hand.«

Sophie streckte sie ihm entgegen. Die Kratzer waren nicht weiter schlimm, sie bluteten kaum. Trotzdem suchte sie mit klopfendem Herzen den Weg und die Büsche nach der Angreiferin ab. Schließlich entdeckte sie das Tier zwischen den verzweigten Ästen eines Kreuzdorns. Es fauchte sie an – dann war es endgültig verschwunden. Aber Edith weiß jetzt, dass ich hier bin, dachte Sophie. Sie wird sich denken können, aus welchem Grund. Was bedeutete das für Henriette?

Tomas Eythumb bewohnte ein schmuckes Bürgerhäuschen mit einer steinernen Giebelfront und Blumenkästen an den Fenstern in einem der besten Viertel der Stadt. Er war Assessor beim Reichskammergericht – ein stattlicher Mann um die dreißig mit einem angenehmen Gesicht, liebenswürdigen Manieren, Fingern wie kleine Würste und einer Papageienzucht, die offenbar sein Leben füllte. Nachdem er Julius herzlich und Sophie respektvoll begrüßt hatte, führte er seine Gäste in einen Garten zu einem Häuschen mit ungewöhnlich großen Glasfenstern, wo mehrere Dutzend Papageien auf Stangen saßen oder kreischend zwischen kränkelnden Orangenbäumchen und Kamelien umherflatterten. Ihr Domizil wurde, da sie ja aus dem Süden stammten, mit einem Ofen geheizt, an dessen Eisen Sophie, die ihn ungläubig berührte – ein Ofen für Vögel, man überlege nur! –, sich umgehend die Finger verbrannte.

Tomas' Liebling hieß Orlando und war ein Kakadu. Auf

seinem Köpfchen spreizte sich eine Federhaube, und um den Hals wand sich eine rosa Halskrause. Er war der Stammvater der Zucht und fähig, fünf der sieben Grundfarben zu benennen, wie Tomas beredsam erklärte. Nur mit Violett und Indigo hatte er Probleme. Vielleicht mochte er die Farben einfach nicht. Leider litt er an Würmern. »Hurtig, hurtig«, krächzte der Vogel und flog auf Tomas' Arm, um sich von ihm das Gefieder glatt streichen zu lassen.

Das alles mochte aufregend, ja faszinierend sein, aber Sophie merkte, wie ihr vor Ungeduld übel wurde. Die Kratzwunden – der Gruß von Edith – brannten auf ihrer Hand. »Verzeiht, wenn ich dränge, aber mich führen Angelegenheiten zu Euch, die so dringend sind, dass sie keinen Aufschub …«

»Gewiss, gewiss. Die Palandts … die Wildenburg …« Tomas setzte den Vogel auf einer Stange ab und geleitete sie seufzend ins Haus zurück. »Um offen zu sein: Ein Viertel unserer Arbeit würde überflüssig, wenn die Familienväter sich auf Gottes Gebot der Keuschheit besännen. Und *wenn* ein Mensch neben seinem ehelichen Lager schon ein anderes glaubt aufsuchen zu müssen – und jetzt spreche ich von Palandts Vater, versteht mich bitte nicht falsch –, dann sollte er Mädchen zeugen. Natürlich steht es außer Frage, dass Marsilius selbst ein treuer und verantwortungsvoller Herrscher über die Wildenburg ist, wunderbar, nichts auszusetzen, überall Ruhe. Nur diese leidige Erbgeschichte … Und jetzt gibt es auch noch Ärger mit Werner von Reifferscheidt, oder? Geht es nicht um die Blutgerichtsbarkeit? Ich glaube, Emondus behandelt die Fälle. Erinnerst du dich an Emondus, Julius? Er hat während unserer Studienzeit römisches Recht gelesen. Und hatte immer dieses scheußliche kleine Hündchen bei sich, das er mit Pansen fütterte …«

Tomas verlor sich in Jugenderinnerungen. Sein eigenes Examen war offenbar nicht ohne Probleme über die Bühne gelaufen, und Julius war ein guter Kerl gewesen, der sich nicht zierte, das eigene, umfangreichere Wissen zu teilen. Und dann war da noch die Sache mit dem Krähennest auf dem Standbild des Rektors gewesen … »Dass du mich fortgezerrt hast!«

»Was blieb mir auch übrig – der Pedell war schon in die Hosen geschlüpft.«

»Wie konnte ich mich so betrinken!«

»Und kotzen, Tomas. Du hast die Gasse überflutet.«

»Das habe ich, wahrhaftig. Erinnerst du dich an den nächsten Morgen, als der Pedell …«

Sophie knetete die Hände und sandte Julius flehende Blicke zu.

»Er hätte uns nicht allesamt beschuldigen sollen«, fiel der seinem Freund mit einem liebenswürdigen Lächeln ins Wort. »Man konnte ja schlecht die Hälfte der Scholaren hinauswerfen. Und um noch einmal auf die Angelegenheit zurückzukommen, in der ich dich aufsuche: Es geht nicht um die Erbgeschichten, sondern …« Er hüstelte. »Die Probleme sind delikat. Sie betreffen die Ehe dieser Dame. Es ist schwierig.«

»Oh!« Tomas' Augen weiteten sich und wanderten von seinem Freund zu Sophie. »Du willst doch nicht etwa sagen, dass du … ihr beide … in einer …?«

»Herrgott, nein! Ich versuche, dieser Dame aus einer Patsche zu helfen, in die sie durch Umstände geraten ist, an denen sie wahrhaftig keine Schuld trägt, und das mache ich, weil ich ihrer Familie verbunden bin.«

»Natürlich, genau das hatte ich vermutet. *Patsche?*«

Julius nahm einen viel zu großen Schluck aus dem Glas mit dem süßen, hellen Wein, den Tomas ihnen eingeschenkt hatte. »Es geht um Sophies Tochter. Das Kind lebt bei dem Vater, bei Marsilius, aber dort schwebt es in tödlicher Gefahr, und die Freiherrin strebt einen Prozess an, um es in ihre Obhut zu bekommen.«

»Dann erzähle mal«, sagte Tomas und lehnte sich interessiert zurück.

Er war ein geduldiger Zuhörer, aber während Sophie ihm alles Wichtige berichtete – Marx von Mengersen erwähnte sie allerdings nur am Rande, kaum anzunehmen, dass der ehrbare Jurist hier Verständnis hätte –, schaute Tomas immer bedenklicher. Der Herr der Wildenburg hatte sich also eine Hure ins Haus geholt? Welch bedauerliche Brüskierung. Und bei dieser Hure handelte es sich um eine Hexe? Nein, doch nicht? Tomas fixierte Julius, der verhalten protestierte.

»Sie ist *ganz ohne Zweifel* eine Hexe«, erklärte Sophie fest und berichtete, was im Hexenturm geschehen war und was sie später im Haus ihrer Eltern von Dirk erfahren hatte. Dass auch das Gesinde der Wildenburg von Ediths teuflischem Treiben überzeugt war, veranlasste Tomas zu einem erleichterten Nicken. Eine Ehefrau, die mit ihrem Mann zerstritten war, galt natürlich nicht viel als Zeugin.

»Ich weiß, du wirst es nicht gern hören, Julius, aber das ist ein Fall von Hexerei, wie er deutlicher kaum beschrieben werden kann. Das Kammergericht wurde in letzter Zeit mit Klagen dieser Art überschwemmt. Nach meiner Meinung – und der vieler Kollegen – schwächt der Krieg das Göttliche im Menschen, er zehrt an ihm wie eine Krankheit, und so bereitet er dem Hexenunwesen einen Nährboden. Wir finden kaum noch genügend Personal, die Prozesse zu bearbeiten. Marsilius wird all diese Vorkommnisse bestreiten, wenn ich es recht verstehe?«

»Das nehme ich doch mal an«, sagte Julius.

Tomas betrachtete Sophie mit Mitgefühl. Der Fall sei, so erklärte er, nicht einfach zu verhandeln. Denn ein Prozess basiere erstens auf Zeugen und zweitens auf möglichst unstrittigen Indizien, am besten aber auf einem Geständnis. Er fragte noch einmal nach dem Gesinde. Keiner von ihnen würde es wagen, vor Gericht das Treiben der Hexe zu bezeugen? Das war schlecht. Nein, ein Mensch wie Marx von Mengersen, der selbst von der Justiz gesucht wurde, wäre *kein* Zeuge, auf den er gern zurückgriffe. Ganz sicher nicht. Dann bliebe wohl nur die Klägerin selbst, auf deren gutem Leumund die Klage natürlich bauen können musste …

Sophie wurde verlegen, als sie begriff, was Tomas mit den in der Luft hängenden Worten sagen wollte. Hilfesuchend blickte sie zu Julius.

»Sophie begab sich nach ihrer Flucht aus dem Elternhaus verwirrt und erschrocken unter meinen Schutz«, log Julius mit unbewegtem Gesicht. »Ich ließ sie zunächst bei meiner Haushälterin, da ich in eigener Angelegenheit fortmusste. Und als ich zurückkam und herausfand, dass die Dinge sich nicht zum Besseren gewendet hatten, brachte ich sie hierher.«

Tomas stand auf. Er ging zum Fenster, von wo aus er einen freien Blick auf sein Papageienhaus hatte. »Keine *affaire d'amour?* Kann ich darauf bauen?«

Er nickte, als sie gemeinsam mit einem nachdrücklichen *Ja* antworteten, verschränkte die Hände auf dem Rücken und wippte auf den Fersen. »Ein tadelloser Ruf, das wäre Voraussetzung, wenn die Klage Erfolg haben soll.« Eine Weile stand er sinnend da. Schließlich wandte er sich um und winkte ihnen, ihm zu folgen. »Ich habe eine Schwester«, erklärte er, während er sie durch kleine Zimmer mit wuchtigen, dunklen Möbeln führte, in die nur wenig Sonnenschein fiel, und dann eine Treppe hinab. »Sie ist schon dreimal Witwe geworden, die Arme, und ... einsilbig, um nicht zu sagen: stumm. Aber von untadeligem Leumund. Und damit will ich sagen: genau, was in diesem Fall vonnöten ist.«

Er brachte sie in einen abgelegenen Teil des Hauses bis zu einer Eichentür mit einem festen Schloss aus funkelndem Eisen. Dort kramte er nach einem Schlüssel, den er in das monströse Schloss steckte. Als er ihnen den Blick in den Raum hinter der Tür frei gab, erblickte Sophie zunächst ein Fenster mit schweren Eisengittern. Dann sah sie ein Bett. »Ich weiß, es ist furchtbar«, sagte Tomas betreten. In dem Bett lag, eingehüllt in vielen Decken, eine Frau, die zur Decke starrte und sich nicht rührte.

Kapitel 26

Es schmerzte schrecklich. Die Männer traten auf Josepha ein und zogen sie dann gewaltsam an den Haaren auf die Füße. Trotzdem hätte sie vor Erleichterung fast geweint, denn die Misshandlung befreite sie aus einem Alptraum, in dem sie sich mit anderen Hexen nackt vor dem Bösen, der auf einem violetten Thron saß, wälzte und ihm ihre Scham darbot, um durch sein eiskaltes Glied seinen Samen zu empfangen und ihm Wechselbälger zu gebären. Der Blick des Bösen war dabei voller Schmeichelei gewesen, und sie wusste, dass er jeden ihrer Gedanken kannte. Ihr war klar gewesen, dass sie die Jungfrau anrufen müsste, die Heiligen, Gott selbst, aber ihr Mund war wie verklebt gewesen und …

Sie war so glücklich zu erwachen. Doch nicht lange. Der Traum geriet ins Vergessen, als die Männer sie zwischen sich hin und her schubsten und ihr Fausthiebe versetzten. Es waren dreckige Kerle mit verwahrlosten Vollbärten, und sie verfluchten sie und einer heulte ohne Unterlass, dass man sie brennen lasse müsse. Aber der Kleine, der das Kommando hatte, gestattete es nicht, obwohl er aussah, als hätte er es ebenfalls gern gewollt. Er befahl seinen Kumpanen, sie zu packen, und sie zerrten sie durch den nächtlichen Wald.

Die Bande hatte ihr Lager an einen der sonderbaren Seen verlegt, die wie die Augen des Teufels eingesunken zwischen den Hügeln ruhten. Als sie zu den Nothütten kamen, die die Räuber sich errichtet hatten, sah Josepha, dass ihr Anführer zurückgekehrt war. Er hatte sich in einen Kahn zurückgezogen, der an dem steilen Ufer festgebunden war. Als er Josepha erblickte, erhob er sich, humpelte durch das schwankende Gefährt und ließ sich von einem seiner Kumpane ans Ufer helfen. Mondlicht tanzte auf den Wellen und fiel auf sein Gesicht. Es ließ seine Narben wie schwarze Messerschnitte hervortreten. Josepha dachte daran, wie die Narben zustande gekommen waren, und konnte vor Angst kaum atmen. Menschen, die man gefoltert hatte, waren danach wie tot. Wenn sie aber nicht wie tot waren, dann waren sie gefährlich.

Marx trat näher. Er bewegte sich vorsichtig, als hätte er Schmerzen. »Na endlich«, sagte er, als er vor Josepha stehen blieb.

Sie platzte auf der Stelle mit allem heraus, was sie sich zurechtgelegt hatte, und hoffte von Herzen, er würde sie verstehen und verhindern, dass man sie totschlug. *Edith*. Der Name der verhassten Hexe ließ ihn aufhorchen. Sie brabbelte von den anderen Hexen, die Edith um sich geschart hatte. Von den toten Säuglingen, deren Leiber bei teuflischen Ritualen verwendet wurden. Von Dirks Kindern, den armen Kleinen, denen das gleiche Schicksal drohte, wenn Dirk aufmuckte und nicht mehr parierte. Denn damit hatte Edith ja gedroht: *Ich grabe sie aus!* Natürlich sprach Josepha auch von Sophie und Henriette. »Ein unschuldiges Kind!«, bettelte sie. Sie liebte Kinder. Dann ging ihr auf, dass Marx an dem Würmchen vermutlich nichts lag. Aber vielleicht an der Mutter? »Die Hexe wird nicht aufgeben, ehe sie auch die Freiherrin vernichtet hat. Deshalb suche ich nach ihr. Ich muss sie warnen.«

Der Mann mit den grausigen Narben starrte sie an, wie im Traum der Leibhaftige.

»Bitte, Herr«, flüsterte sie. »Ihr wisst, wo sie ist. Bringt mich zu ihr.«

Kapitel 27

Es ist furchtbar, ich weiß«, seufzte Tomas, der auf einem zweiten Bett im Zimmer saß und seine Schwester anstarrte, die immer noch keine Notiz von ihren Besuchern nahm. An den Wänden des Raumes hingen Bilder von Heiligen, die allesamt ehrfürchtig mit gefalteten Händen gen Himmel blickten. Eine Silberschale voller Äpfel stand auf einem Tischchen. Daneben lag eine aufgeschlagene Bibel.

»Was genau ihr geschehen ist, wissen wir nicht. Irmgard hatte sich nach dem Tod ihres letzten Mannes in ein Kloster zurückgezogen. Sie war mit einigen Freundinnen auf einem Spaziergang, als die Damen von umherstreifenden Horden überfallen wurden. Zwei von ihnen wurden von den Unmenschen …« Ihm fiel kein Wort ein, das für die Ohren einer Dame passte, aber Sophie ahnte auch so, was er meinte. Sie musste an ihre Hochzeitsnacht denken. Das, was die ältliche Dame mit den roten Wangen und den flatternden Lidern erlebt hatte, musste noch tausendmal schlimmer gewesen sein. Ihr traten Tränen des Mitgefühls in die Augen.

Irmgard, so erzählte Tomas, hatte die schändlichen Handlungen, die an ihr begangen wurden, überlebt, schien sogar äußerlich ohne Schaden davongekommen zu sein, aber sie weigerte sich seit dem entsetzlichen Vorfall zu sprechen. »Kein einziges Wort«, erklärte er niedergeschlagen. »Sie welkte im Kloster, wo man sich aufopfernd um sie kümmerte, dahin. Und dann erregte sie irgendwann unliebsames Aufsehen, indem sie nämlich darauf beharrte, sich unablässig zu waschen, womit ich meine: nahezu viertelstündlich. Außerdem entwischte sie einmal aus der Klosterzelle, die ihr als Refugium diente, und stahl die Hostien, die die Schwestern buken. Zum Glück waren sie noch nicht geweiht gewesen. Sie stopfte sie in sich hinein – der Himmel mag wissen, warum, denn man ließ sie gewiss nicht hungern. Und sie ist eine gute, gottesfürchtige Frau, damit kein Missverständnis auftritt ...«

»Natürlich ist sie das«, sagte Julius. Er war in der Tür stehen geblieben, wohl weil er spürte, dass seine Anwesenheit die Frau unter der Decke ängstigte.

»Wir holten sie heim und stellten sie mehreren Doktoren vor und außerdem einem hoch angesehenen, erfahrenen Jesuiten, der als Experte im Bereich des Exorzierens gilt. Aber ihr Zustand scheint sich eher zu verschlechtern, als zu verbessern.«

Die Frau war doch nicht so reglos, wie es zunächst den Anschein gehabt hatte. Nicht nur, dass sie Julius angstvoll beobachtete – ihre Hände bewegten sich unter der Decke und verkrampften sich im Stoff.

Tomas hüstelte. »Ich könnte mir vorstellen, dass es sie beruhigt, wenn eine junge Dame ihr Gesellschaft leistet, die sie pflegt, ihr vorsingt und ihr durch Lesungen aus der Heiligen Schrift Ruhe verschafft. Und um noch einmal auf unsere Überlegungen von vorhin zurückzukommen: Was spräche dagegen, wenn diese Dame schon seit einigen Wochen hier lebt? Seit sie das Haus ihrer Eltern verlassen hat?«

Julius sparte sich die Scheinheiligkeit zu protestieren.

»Dein eigener Vorschlag taugt nämlich keinen Pfifferling«, erklärte Tomas. »Selbst wenn du deinen Schützling mit einem Dutzend Haushälterinnen in einem Zimmer eingesperrt hättest, wäre sie immer noch diskreditiert. Es muss schon etwas

Acht- und Ehrbares sein. Und was ist ehrbarer als die Pflege einer kranken Dame?«

»Wie willst du Sophie denn kennengelernt haben?«

»Sie kam nach der Flucht aus ihrem Elternhaus zum Kammergericht, weil sie Klage gegen ihren Ehemann einreichen wollte. Dabei ist sie zufällig an mich geraten, und ich habe ihr aus Mitleid und aus Verantwortung gegenüber der offenbar ehrsamen Familie die Stelle als Gesellschafterin meiner kranken Schwester angeboten. Eine so junge, erschrockene und hilflose Frau ...«

»Und wenn deine Schwester etwas anderes sagt?«

»Du siehst doch – sie redet nicht«, erklärte Tomas.

Aber genau das war unerträglich. Sophie stellte es fest, nachdem sie mehrere Tage bei der unglücklichen Irmgard in dem vergitterten Zimmerchen ausgeharrt hatte. »Warum lebt sie denn hier so abseits von den anderen Menschen?«, fragte sie. Das müsse sein, erklärte Tomas, weil nur dieser Raum genügend gesichert sei, um Irmgard zu schützen.

»Aber wie soll sie wieder Mut zum Leben fassen, wenn sie den ganzen Tag auf Gitter starrt? Ich verliere selbst fast den Verstand. Sie braucht eine heitere und behagliche Umgebung. Sie braucht Normalität.«

Tomas war skeptisch und rückte schließlich damit heraus, was ihm wirklich Sorgen bereitete. In dem Haus gab es ein halbes Dutzend Dienstboten und gelegentlich Besucher, die sich über das seltsame Gebaren seiner Schwester sicher wundern würden. Und in einer Stadt wie Speyer, in der ein Hexenprozess den nächsten ablöste, konnte Irmgards Verhalten schnell missverstanden werden.

»Aber sie ist doch einfach nur stumm.«

Tomas schüttelte den Kopf. Auf Sophies Bohren gestand er schließlich, dass seine Schwester mit ihren Zähnen Kissen zerrissen hatte, als man sie zu Beginn ihres Aufenthalts in den kleinen Salon ließ.

»Und Ihr denkt, dass die Dienstboten weniger tuscheln, wenn Ihr Eure Schwester hier einsperrt?«

Tomas musterte den Raum, als fiele ihm zum ersten Mal auf, wie beklemmend er wirkte. »Ihr meint, ich sollte sie trotz allem, was vorgefallen ist, herauslassen?«

Sophie nickte, und Tomas beschloss bangen Herzens, die Haft seiner Schwester ein wenig zu lockern. Als sich zeigte, wie glücklich Irmgard – von Sophie und Tomas ängstlich beobachtet – die Blumen und die polierten Flächen der Möbel berührte, erlaubte er seiner Schwester, sich in den Stunden, in denen kein Besuch erwartet wurde, in den Wohnräumen aufzuhalten. Und schließlich gestattete er den beiden Frauen sogar Spaziergänge im Garten. Das Haus mit den Papageien fürchtete Irmgard, doch sie liebte die bunten, stürmischen Herbsttage, und so saß Sophie mit ihr, eingemummelt in Decken, auf einem kleinen Bänkchen, und sie schauten den Vogelschwärmen nach, die in ihr Winterquartier flogen.

Während Irmgard stumm die Hände knetete, erzählte Sophie von ihrer glücklichen Kindheit und den düsteren Tagen in der Wildenburg. Und einmal auch, zögernd, denn es tat weh, von Henriette, die sie hätte lieben müssen, in dem Moment, in dem Julius sie in ihre Arme legte, und die sie doch nicht geliebt hatte. »Mein Töchterchen hat schwarze Haare, Irmgard.«

Die Frau starrte ins Leere, aber es kam Sophie so vor, als hätte sie ihr zugehört.

Während sie sich um Irmgard mühte, brachte Tomas ihre Klage vor Gericht. Zunächst einmal befassten sich zwei Assessoren – ein Referens und ein Correferens – mit ihrem Anliegen, um sich einen ersten Überblick zu verschaffen. »Ich dränge sie«, sagte Tomas, »aber nicht allzu sehr. Ihr kommt am besten weg, wenn Ihr nicht auffallt.«

»Was tun sie denn?«

»Sie befassen sich mit dem Leumund Eures Gatten und natürlich auch mit Eurem eigenen und prüfen, inwieweit das, was Ihr dieser Edith vorwerft, als Hexerei aufzufassen ist.«

»Aber was sollte es denn sonst sein?«

»Es *ist* Hexerei – wenn es tatsächlich so stattgefunden hat.« Er tätschelte beruhigend ihre Schulter. »Euer Gatte hat vor wenigen Jahren bereits Hexen verbrennen lassen, was zu seinen Gunsten spricht, belegt es doch, dass er kein Hexenfreund ist. Aber er hätte diese Hinrichtungen gar nicht anordnen dürfen, denn sein Nachbar, Werner von Reifferscheidt, besitzt die Blutgerichtsbarkeit über das Wildenburger Gebiet – und solche juristischen Übergriffe lieben wir Assessoren nicht. Die Achtung vor den Gerichten ist eine der Säulen, die Deutschland über hundert Jahre Frieden bewahrt haben.«

Sophie nickte, versuchte beeindruckt auszusehen, dachte an Henriette – und hätte vor Ungeduld explodieren können. »Ist Julius schon von meinen Eltern zurück?« Der Hauslehrer hatte sich auf ihr Bitten nach Breitenbenden begeben, um ihrer Familie zu berichten, dass es ihr gut gehe. Und außerdem wollte sie auch selbst wissen, wie es daheim stand. Mutter hatte Henriette bestimmt nicht kampflos herausgegeben, und Sophies Verschwinden musste Marsilius verrückt vor Wut gemacht haben.

»Leider noch nicht.«

Als Sophie wieder mit Irmgard allein war, setzte sie sich an ein Spinett, um der Kranken etwas vorzusingen. Der Tag war regnerisch, und Irmgard lief angespannt von einer Ecke in die andere und räumte fortwährend Gegenstände um. Doch der Choral, den Sophie anstimmte, schien sie zu beruhigen. Zum ersten Mal zeigte sie sogar ein Lächeln. War Kirchenmusik das Mittel, ihrer Seele Erleichterung zu verschaffen? Sophie sang weiter und versuchte dann, mit ihrem Schützling zu sprechen. Aber da zog Irmgard sich wieder verängstigt zurück.

Tomas war dennoch von den Fortschritten begeistert. Erleichtert beobachtete er, wie Irmgard sich nahezu normal in den Wohnräumen bewegte. Und eine Woche später machte er den Vorschlag, die Kranke gemeinsam mit Sophie in eine Kirche zu führen.

»Oder meint Ihr, es sei noch zu früh? Nein«, beantwortete er die Frage selbst. »Meine Schwester ist zur Ruhe gekommen. Wir gehen aber besser nicht in einen Gottesdienst.« Der Dom kam für dieses Experiment auch nicht in Frage: zu groß, zu viele Menschen. Doch direkt neben dem Dom befand sich eine kleine Jesuitenkirche. Und dorthin machten sie sich auf den Weg.

Der weißgoldene Kirchenraum mit den Säulen, die trotz ihrer Wucht aufgrund ihres filigranen Goldschmucks zierlich wirkten, strahlte Ruhe aus. Es roch nach Weihrauch, Kerzen und Staub. Über dem Altar hing der Gekreuzigte, an den Seitenwänden wurde in zwölf Bildern sein Martyrium von Golgatha bis zur Auferstehung dargestellt. Schmutzige Stiefelabdrücke auf den Fliesen im Mittelgang zeigten, dass einer der Gläubigen es versäumt hatte, sich die Schuhe zu reinigen.

»Es gefällt ihr«, flüsterte Tomas und führte seine Schwester voller Besorgnis, sie könnte dennoch ein Kissen greifen, um es mit den Zähnen zu zerreißen, in eine kleine Seitenkapelle, wo Irmgard sofort niederkniete. Sophie blieb unschlüssig bei ihnen stehen und begab sich, als sie sah, wie Irmgard versunken zu beten begann, in den Kirchenraum zurück. Sie setzte sich auf eine der Bänke, faltete die Hände und versuchte ebenfalls zu beten. Doch ihre Gedanken schweiften schon bald wieder ab. Wo mochte Marx sich jetzt befinden? Sie dachte an die schweren Wunden, die er nach der Tortur im Hexenturm erlitten hatte, und versuchte sich damit zu beruhigen, dass er offenbar eine kräftige Konstitution hatte. Ganz gewiss war seine Wunde – kaum mehr als ein Streifschuss – bereits am Heilen. Würde sie ihn wiedersehen? Hasste er sie dafür, dass sie sich mit Julius auf eine Seite geschlagen hatte?

Eine Frau, die vor dem Hauptaltar eine Kerze entzündete, machte ihr wieder bewusst, dass sie sich im Haus des Herrn befand – und ausgerechnet hier dachte sie an den Mann, mit dem sie Ehebruch begangen hatte! Sie senkte beschämt den Kopf. Ihr Blick fiel auf eine Magd, die mit einem nassen Lappen die Fußstapfen fortwischte, und dann auf den Beichtstuhl, der zwischen zwei Seitenkapellen stand. Das Türchen, das hineinführte, war durch einen schweren weißen Vorhang verhängt. Ein älterer Mann schob ihn gerade beiseite und verschwand in dem Kämmerchen. Wenn er wieder herauskam, würde sie selbst ihre Sünden bekennen. Vor allem die eine, die große. Sie seufzte leise.

Die Minuten verrannen.

Der Mann im Beichtstuhl – er trug den schwarzen knöchellangen Mantel und das Barett eines Gelehrten – trat in den Kirchengang zurück. Sophie schaute zu der Seitenkapelle, in der Irmgard immer noch kniete und Tomas sich glücklich die Nase kratzte, und schritt zögerlich zum Beichtstuhl. Sie schob den Vorhang beiseite, schlüpfte in das Kämmerchen und kniete nieder. »Vater, ich habe gesündigt …«

Es dauerte einen Moment, ehe sie begriff, dass sich niemand auf der anderen Seite des Holzgitters befand. Aber was hatte der Gelehrte dann hier gemacht? Hatte der Beichtvater seinen Platz vielleicht gerade in dem Moment verlassen, in dem sie ihren eigenen eingenommen hatte?

Mit einem sündigen Funken der Erleichterung wollte sie sich erheben – und spürte im selben Moment einen eisernen Griff im Nacken. Ehe sie einen Laut von sich geben konnte, wurde ihr Kopf gegen die Holzinnenwand geschlagen. Jemand presste ihr die Hand auf den Mund und zerrte sie auf die Füße.

Marsilius. Sie erkannte ihn an seinem Geruch. Ihr wurde vor Angst und Abscheu schwach in den Knien. Ihr Ehemann zischte ihr Dinge ins Ohr, die so grässlich waren, dass sie mit aller Kraft versuchte, ihm nicht zuzuhören. *Ich hasse dich … Du gehörst mir … Du wirst lernen, mir zu folgen, und sei es mit der Peitsche auf der blanken Haut … Du wirst mir Kinder gebären* … Er griff zwischen ihre Beine, als wollte er ihr auf der Stelle Gewalt antun. In einem Gotteshaus? Wie hatte er sie überhaupt gefunden?

Sophie versuchte zu schreien. Zornig riss Marsilius ihr die Haube vom Kopf und stopfte sie in ihren Mund. Sie rang nach Luft, versuchte durch die Nase zu atmen und schaffte es nicht. Panisch begann sie um sich zu treten. Marsilius' Hände glitten von ihrem Gesicht zu ihrem Hals. Er drückte zu. Verschwommen sah Sophie, während die Beine unter ihr fortknickten, das Gesicht einer Frau. Sie hörte einen Schrei, der hohl von der Kirchenkuppel widerhallte. Dann Männerstimmen.

Marsilius ließ von ihr ab, und sie stürzte von den Brettern des Beichtstuhles auf den harten Fliesenboden der Kirche. Mit letzter Kraft riss sie die Kappe aus dem Mund und schnappte nach Luft. Marsilius beschimpfte die Frau – es war die Magd, die den Boden gewischt hatte – und zog sein Schwert. Die Bedrohte wich zurück und bekreuzigte sich, ohne ihr Geschrei zu unterbrechen.

Tomas kam herbeigeeilt. Sophie hörte ihn aufgebracht eine Erklärung verlangen. Marsilius beachtete ihn kaum. Er hatte allein die ungetreue Ehefrau im Blick. Sie sah, wie er seine Hände gegeneinander rieb und tiefster Hass in seinen Augen aufglomm.

Jetzt bringt er mich um!

Während sie sich schutzsuchend zurück in den Beichtstuhl schleppte, wurde ihr klar, dass niemand ihn dafür zur Rechenschaft ziehen würde. Wenn er von der Nacht erzählte, in der sie vor seinen Augen einen Werwolf und Hexer geküsst hatte: Wer würde ihn dann noch verdammen?

»Tut ihr etwas an, und ich werde Euch an den Galgen bringen – das schwöre ich«, brüllte Tomas mit erstaunlichem Mut. Marsilius umfasste den Griff seines Schwertes mit beiden Händen. Er hob die Waffe über den Kopf – nicht um Tomas anzugreifen, sondern um sie Sophie in den Leib zu rammen.

Da öffnete sich die zweite Tür des Beichtstuhls. Die verwirrte und verschlafene Gestalt eines dicken Paters zwängte sich ins Freie. Das also war der Grund, warum Sophie ihre Beichte nicht hatte ablegen können – der Mann, der sie ihr abnehmen sollte, war in der kurzen Zeit, in der sie zum Beichtstuhl gegangen war, eingeschlummert. Sein Blick wanderte von Marsilius zu Tomas, zu der Magd, zu Sophie und wieder zu Marsilius, und mit jedem Atemzug wuchs seine Empörung.

»Und wenn der Galgen hinter dir liegt, du Unglückseliger, wird das Nächste, was du siehst, die Glut der Hölle sein. Du wagst es, im Hause Gottes Blut zu vergießen?«, donnerte er mit einer Stimme, die alle anderen übertönte. Ohne Furcht vor der Klinge schob er sich vor Sophie, packte das goldene Kreuz, das vor seinem Bauch baumelte, und hielt es Marsilius entgegen. Es war eine imposante Geste – die allerdings auch die Marodeure in Magdeburg nicht von ihren Verbrechen hatte abhalten können. Altäre waren trotzdem geschändet und heilige Räume verwüstet worden.

Auch Marsilius ließ das Schwert nicht sinken. Doch Sophie sah, wie seine Augen sich beim Anblick des heiligen Gegenstandes weiteten. Einige Sekunden stand er völlig starr und stierte auf das goldene Gottessymbol. Und dann, ganz allmählich, wandelte seine Wut sich in Entsetzen. Sein Gesicht wurde zu einer Fratze, er schien die Beherrschung über jeden einzelnen seiner Muskeln verloren zu haben. Das Schwert entfiel seinen erschlaffenden Händen, krachte zu Boden und schlitterte über die Fliesen, wo es vor einer Säule liegen blieb. Sophie war wie vom Donner gerührt. Marsilius hat sich nicht nur mit einer Hexe eingelassen – er weiß es auch. Er weiß, dass er seine Seele verloren hat, dachte sie schockiert. Er hat Todesangst vor dem, was ihn erwartet, wenn er sterben wird. Kein Wunder – begleiteten die Bilder von den Qualen der gepeinigten Seelen sie nicht durchs ganze Leben? Auch in dieser Kirche waren Abbildungen des höllischen Feuers und der Dämonen zu sehen, die die Sünder marterten.

Sie zuckte zusammen, als Marsilius sich umdrehte und gehetzt ins Freie rannte. Kaspar, sein Henker und Helfer, der erschrocken bei der Kirchentür stand, kam heran, raffte das Schwert an sich, schlug ein Kreuz und beeilte sich, seinem Herrn zu folgen.

»Das«, sagte Tomas leise und wütend, »wird dem Kerl bei dem Prozess den Hals brechen. Er ist vor dem heiligen Kreuz zurückgewichen – und dafür gibt es Zeugen!«

Kapitel 28

Julius wälzte Sätze in seinem Kopf. Er verwarf eine Formulierung nach der anderen, während er durch den kalten Vormittag ritt. »Es tut mir leid, Sophie, Euch traurige Nachricht bringen zu müssen … Liebe Sophie, seid bitte stark …« Doch am Ende war es gleich, in welche Worte er es fasste: Die grausame Botschaft würde die junge Frau ins Mark treffen.

Es waren vielleicht noch acht Meilen bis nach Speyer. Dazwischen lag der Rhein, den er mit einer Fähre überqueren würde. Allmählich wünschte er, er könnte die Strecke in die Unendlichkeit verlängern. Obwohl: Unterschätzte er nicht die Stärke dieser kleinen, unerschrockenen Person, die mit sich rang, die an sich zweifelte, die sich fürchtete – und dann plötzlich Entscheidungen traf, die an Kühnheit kaum zu überbieten waren? Er musste lächeln, als er daran dachte, wie entschlossen sie Marx zurückgelassen hatte, um mit seiner, Julius', Hilfe den Prozess gegen ihren Ehemann zu führen. Sie hatte besondere Gefühle für Marx, daran gab es keinen Zweifel. Aber sie hatte auch ein Ziel vor Augen, und dieses Ziel hieß Henriette. Danach richtete sie ihr Handeln aus. Sophie war stärker, als sie selbst wusste.

Julius trieb sein Pferd voran. Der Wind war frisch, ihn fröstelte. Die Hufe seines Pferdes gruben sich tief in die feuchte Erde. Er ritt durch einen Wald, der zu großen Teilen abgeholzt und neu bepflanzt worden war, so dass er über die Jungbäume hinweg einen klaren Blick nach vorn hatte. Dort sah er den grauen Gürtel des Rheins auftauchen und dahinter die Silhouette von Speyer mit den imposanten Kirchtürmen.

Er begann zu überlegen. Was konnte er Sophie anbieten, um zu verhindern, dass sie in Verzweiflung versank? Tja, wenn ihr Mann stürbe ... Aber in was verstieg er sich da? Marsilius war jung und kräftig. Und solange er lebte, besaß er ein Recht auf seine Ehefrau, das stand fest – selbst nach dem, was in Breitenbenden geschehen war. Julius hatte, seit er das Gut von Sophies Eltern verließ, die vatikanischen Gesetze zur Ehescheidung in seinem Kopf gewälzt und gefunden, dass es keine Möglichkeit gab, Sophies Ehe für ungültig erklären zu lassen. Sie war schwanger geworden, die Ehe also vollzogen, und beide Ehepartner waren christlichen Glaubens. Nicht einmal Christines Schicksal konnte daran etwas ändern.

Das Pferd hob den Kopf und schnaubte, und Julius wurde wachsam. Hinter ihm wurden Huftritte laut. Er drehte sich im Sattel und legte die Hand auf den Schwertknauf. Ein Reiter preschte heran. Ein Söldner? Einer dieser Galgenvögel, bei denen man nie wusste, was geschehen würde, wenn sie betrunken oder verzweifelt genug waren? Er stöhnte auf, als der Mann um eine Ecke bog. Es war Marx! Natürlich. Der Mistkerl war *nicht* an der Schusswunde gestorben, und er mischte sich, kaum wieder auf den Beinen, erneut in sein Leben ein. Hätte ich doch nur höher gezielt, dachte Julius inbrünstig und meinte es in diesem Moment durchaus ernst. »Woher wusstest du, wo du mich findest?«

»Wie kommst du drauf? Ich bin nicht weniger verdutzt als du.« Marx drängte sein Pferd neben das von Julius. »Bin ich wirklich. Was treibst du hier draußen? Ich dachte, du sitzt in staubigen Zimmern und sortierst Unterlagen für den Prozess.«

»Bist du hinter Marsilius her?«, fragte Julius, ohne auf den spöttischen Ton einzugehen.

Etwas glomm im Marx' Augen auf. »Ist er hier?«

»Natürlich. Es ist *sein* Prozess so gut wie der von Sophie.«

Marx sprach leise auf den Schimmel ein, und das Tier passte sich dem Tempo von Julius' Braunem an. »Und was macht das Bein?«

»Bitte?«, entgegnete Julius.

»Du hast mich ins Bein geschossen. Ich finde, du könntest fragen, was draus geworden ist.«

»Du jammerst über einen Kratzer?«

»Stimmt! Wie wehleidig von mir«, antwortete Marx ironisch.

Julius hob gleichgültig die Achseln. Eine Weile ritten sie stumm nebeneinander her. Dann sagte er: »Was hast du also vor? Sophie ist hier gut untergebracht und wird Speyer nicht verlassen, bevor der Prozess entschieden ist – falls du dir darauf Hoffnung machen solltest.«

»Gibt es Aussicht, ihn zu gewinnen?«

Wenn ich das wüsste, dachte Julius. Marsilius war nicht nur brutal und rücksichtslos, er hatte sich bisher auch bei den Prozessen um die Blutgerichtsbarkeit erstaunlich gut geschlagen, was auf einen regen Verstand und einen gewieften Familienadvokaten schließen ließ. Wenn er darauf beharrte, dass diese Edith nur als Amme in seinem Haus diente ... Wenn er vielleicht sogar zusagte, sie fortzuschicken ...

»Es sieht also nicht allzu rosig aus«, stellte Marx fest.

»Alles wird seinen Gang gehen.«

»... sprach der Advokat und geleitete seinen Mandanten zum Galgen. Ich hätte einen Zeugen, der gegen Marsilius' Hexe aussagt.«

Julius spürte, wie sein Herz einen Schlag lang aussetzte. »Wen?«

Marx blieb stumm. Sie ritten, der eine links, der andere rechts, um ein zerrissenes Zelt, das vom Tross zurückgelassen worden war. Dann packte er Julius am Arm. »Bring Sophie zu mir raus. Ich muss sie sprechen.«

»Du musst? Natürlich. Natürlich, und ich täte das auch

gern – wenn ich nämlich die Absicht hätte, das Mädchen komplett ins Unglück zu stürzen! Reicht es nicht, was dieser Mistkerl von Ehemann ihr angetan hat? Musst du ihrem Herzen eine weitere Wunde zufügen? O bitte, sag nichts! Deine Küchenabenteuer sind durch ganz Herbede gegangen. Und was du im Krieg getrieben hast ...« Julius sah, wie Marx die Hände hob. Verdammt, wahrscheinlich war der Kerl noch stolz auf sein ausschweifendes Leben. »Ich lass nicht zu, dass du deiner widerwärtigen Sammlung von Affären dieses arme Kind hinzufügst!«, rief er hitzig. »Sophie ...«

»... war ein Kind, als sie ihren Ehemann geheiratet hat und an sein Miststück, die Hexe, geraten ist, ganz recht. Aber sie hat sich nicht verkrochen, sondern sich zur Wehr gesetzt. Sie hat den Fehdehandschuh aufgenommen und Siege und Niederlagen erlebt, und inzwischen ... O Gott, sie ist eine Kämpferin geworden!«

»Eine Kriegsamazone, ja? Die neue Jeanne d'Arc? Marx, das ist widerwärtiger Scheiß. Kannst du deine dreckigen Hände nicht von den Menschen lassen?« In Julius kochte der Zorn. Wie leicht es Marx fiel, andere Leute zu begeistern, sah man an dem Gesindel, das er um sich sammelte, und sogar Heinrich war seiner Faszination ja aufgesessen. Aber Sophie sollte der Mistkerl nicht kriegen. Das hielt sie doch nicht aus! Man zerbrach keinen Menschen, weil man Spaß daran hatte, mit ihm in der schmutzigen Halbwelt der Abenteurer Husarenstückchen zu vollbringen.

»Ist dir schon der Gedanke gekommen, sie könnte selbst entscheiden wollen, was sie tut oder bleiben lässt?«, ließ Marx sich kühl vernehmen.

»Eine Frau, die in wenigen Monaten eine barbarische Ehe und den Mordanschlag einer Hexe erdulden musste, die unter grässlichsten Umständen ein Kind gebar und die seither heimatlos durch die Gegend irrt ... Sie ist völlig verstört!«

»Im Gegensatz zu dir und mir, die herrgottsgleich und ausgeglichen wie die Sau nach dem Furz einen Schachzug nach dem anderen planen – und damit so überaus erfolgreich sind!«

Julius griff in Marx' Zügel. Er wartete, bis der Schimmel zur Ruhe gekommen war, und sagte leise: »Fass sie an, und ich bring dich um.«

Einen Moment herrschte Schweigen zwischen ihnen. Dann löste Marx bedächtig Julius' Hand von den Lederschnüren. »Also gut. Die Zeugin, die ich habe, ist aus der Burg. Sie kennt Edith seit Jahren, und was sie zu sagen hat, könnte im Prozess den Ausschlag geben. Ich bringe sie zu Sophie, wenn du mir sagst, wo ich sie finde.«

»Und danach verschwindest du aus ihrem Leben?«

Natürlich versprach Marx nichts. Und vermutlich existierte diese angebliche Zeugin gar nicht. Kochend vor Wut, trieb Julius sein Pferd an. Als er davonritt, rief Marx ihm nach: »Umbringen wirst du mich aber nicht, Julius. Bis jetzt hat mich noch niemand zweimal leichtsinnig erwischt.«

Kapitel 29

Sophie war so glücklich gewesen, als Julius endlich aus Breitenbenden zurückkehrte. Erleichtert lauschte sie ihm, während er ihr erzählte, dass Marsilius im Haus ihrer Eltern zwar einiges zerstört, aber die beiden selbst verschont hatte. Dann allerdings fügte er die betrübliche Nachricht hinzu, dass Christine an einer Erkältung litt, die sich durch einen bösen Husten äußerte, und dass ihre Eltern in Sorge um sie seien. Er blickte bei diesen Worten an ihr vorbei, und sie spürte, dass er nicht die ganze Wahrheit sagte. Stand es schlimmer um Christine, als er zugeben mochte? War sie womöglich auf den Tod erkrankt? Als sie in ihn drang, beruhigte er sie. Trotzdem hätte sie sich am liebsten unverzüglich auf den Weg nach Hause gemacht. Doch Julius verwehrte es ihr mit dem vernünftigen Hinweis, dass sie sich für den Prozess bereithalten müsse. Ihr Kind benötigte sie dringender als die Schwester, der sie nicht mehr als Trost spenden könnte.

»Ist Vater zornig auf mich?«, fragte Sophie ängstlich.

Julius schaute wieder an ihr vorbei, dieses Mal zum Fenster, wo ein heftiger Regen gegen die Scheiben trommelte, in den sich bereits erste Schneeflocken mischten. »Keineswegs. Ihr wisst doch, wie herzlich er Euch liebt. Denkt an Henriette. Mit ein wenig Glück haltet Ihr sie bald in den Armen.«

Und tatsächlich kamen die Vorbereitungen für den Prozess

voran. Tomas, der bei den anderen Assessoren der Kammergerichts hohes Ansehen genoss, schaffte es, dem Streitfall zwischen ihr und Marsilius eine Priorität zu verschaffen, die er normalerweise kaum bekommen hätte. Er erreichte einen Prozesstermin für Ende November.

»Wenn ich meine Tochter durch einen Spruch des Gerichtes zurückbekäme«, sagte Sophie überglücklich, »würde nicht einmal Marsilius es wagen, dagegen aufzubegehren. Er könnte es ja gar nicht, weil er selbst noch Prozesse um seine Ländereien führt und das Gericht nicht brüskieren dürfte. Ich habe doch recht, oder?«

»Eine Tochter?«, fragte Irmgard, die mit ihr und Julius im Zimmer saß. Es waren die ersten Worte, die Sophie von ihr hörte, und sie wandte sich erfreut ihrem Schützling zu. Doch Irmgard hatte das Interesse schon wieder verloren und sank zurück in ihre alte Apathie.

»Wir haben Grund zur Zuversicht«, erklärte Julius.

An einem der folgenden Nachmittage kam der jesuitische Pater zu Besuch. Tomas überzeugte sich noch einmal, dass er bereit wäre, Marsilius' empörendes Verhalten in der Kirche zu bezeugen. »Er wich vor dem Kreuz zurück«, bestätigte der dicke Mann, der Ignatius hieß und trotz seines beträchtlichen Leibesumfangs ein asketischer Mann zu sein schien, denn er nagte an einer Birne, die er als einzige Speise annehmen wollte. »Sein Verhalten war nicht misszuverstehen. Im Angesicht des Kreuzes ergriff ihn die Furcht des unbußfertigen Sünders, und für mich kann das nur bedeuten, dass er selbst ein Hexer ist.«

Sophie dachte an die Nacht zurück, in der Marsilius ihr versprochen hatte, Edith fortzuschicken. Nein, Marsilius war kein Hexer – nur ein Mann, der sich in den Ränken einer Hexe verfangen hatte. Aber sie sagte das nicht laut. Sie wollte Henriette zurückbekommen, und es war ihr nur recht, wenn ihr Ehemann in einem möglichst schlechten Licht dastand.

»Tja«, meinte Tomas, nachdem der Pater gegangen war. »Diese Aussage wird uns weiterhelfen. Aber das Urteil wird von acht Assessoren gesprochen werden, und einige von ihnen sind ... schwierig. Niemand spricht laut darüber, doch die Flut der Hexenverfahren, die dem Gericht zur Revision vorgelegt werden, wächst von Tag zu Tag. Einige meiner Kollegen fragen sich, woher plötzlich all die Hexen kommen sollen. Es geht ein Büchlein um – das bleibt aber bitte unter uns – mit dem Titel *Cautio Criminalis*. Darin wird, anonym natürlich, gefordert, dass wir zu foltern seien: Richter, Prälaten, Kirchenlehrer, Jesuiten ... Wenn das geschähe, würden wir allesamt gestehen, Zauberer zu sein, und Gott würde uns keineswegs die Kraft geben, standhaft bei der Wahrheit zu bleiben. Das Buch ist natürlich pure Blasphemie, aber zwei Assessoren, von denen ich bereits weiß, dass sie es gelesen haben ...«

»Warum ist es Blasphemie?«, fragte Julius. »Du weißt doch selbst, wie viele Ehemänner, Schwiegertöchter und Nachbarn ihre Anzeigen nur deshalb vorbringen, um sich unliebsamer Menschen zu entledigen.«

»Deswegen gibt es ja das Kammergericht. Wir prüfen diese Fälle.«

»Und ihr sprecht viele Frauen frei. Auch die, die unter der Folter gestanden haben – was ja nicht hätte geschehen sollen, wenn der Herr den Unschuldigen Kraft gäbe, dem Schmerz zu widerstehen.«

»Himmel, Julius, selbstverständlich gestehen etliche fälschlich – weil ihnen der Glaube fehlt, sich an den Herrn zu wenden.«

»Und wie willst du sie von den wahren Hexen unterscheiden?«

»Wer sagt, dass unser Geschäft einfach ist? Wisst Ihr, Sophie, Moritz von Büren, der Präsident unseres Gerichts, hat auf seinem eigenen Gut, das von entsetzlichen Katastrophen heimgesucht wurde, fünfundfünfzig Hexen hinrichten lassen. Seitdem sind die Unwetter zurückgegangen, die Tiere in den

Ställen gesunden, es gibt weniger kranke Menschen. Das lässt sich nachweisen. Er hat dafür den tiefen Dank seiner Untertanen geerntet.«

»Und Edith ist ganz gewiss eine Hexe!«

»Was wir dem Gericht aber beweisen müssen. Die Assessoren werden genau abwägen.«

»Das sollen sie ja auch«, sagte Julius. Er stützte die Ellbogen auf den Tisch und rieb sich die Augen und sah dabei erschöpft und unglücklich aus.

Irmgard wollte nicht mehr in den Garten. Eigentlich war das nicht wichtig, denn es herrschte ein ungemütliches Wetter, und die stundenlangen Sitzungen im Salon mit den Chorälen waren zwar langweilig, aber erträglich. Trotzdem stand Sophie am geöffneten Fenster und starrte sehnsüchtig hinaus.

Auf der Bank, auf der sie sonst mit Irmgard gesessen hatte, lag eine weiße Schneedecke. Die Winter waren in den letzten Jahren härter geworden. Einer von Vaters Gästen hatte gemeint, das läge an den vier apokalyptischen Reitern, die der Herrgott zum Ende der Zeiten schicken wollte: Pest, Krieg, Tod und Hunger. Die Pest suchte die Städte sowieso regelmäßig heim. Aber die eisigen Temperaturen im Winter mussten jeden Christenmenschen aufschrecken, denn sie hatten, zusammen mit den nassen Sommern, tatsächlich furchtbare Hungersnöte verursacht. Und der Krieg, gemeinsam mit den anderen Plagen, trieb die Todeszahlen in unvorstellbare Höhen. Ganze Landstriche waren schon verödet. Stand vielleicht wirklich das Ende der Welt bevor?

Sie fuhr zusammen, als Irmgard in ihrem Rücken zu reden begann. »Singt Ihr noch einmal?« Tomas' verwirrte Schwester hatte in den letzten Tagen schon mehrere Male gesprochen. Offenbar hatte sie über dem betrüblichen Erlebnis, das ihr Leben überschattete, keineswegs den Verstand verloren, sondern nur die Sprache. Und wenn sie die nun wiederfand …

»Selbstverständlich, gern«, stimmte Sophie zu. »Vielleicht wollt Ihr sogar selbst ein wenig mitsingen?« Sie wandte sich zum Spinett. Da meinte sie im Drehen im Garten eine Gestalt zu sehen. Jemanden, der flink wie ein Geist hinter dem Papageienhaus verschwand. Ihr Herzschlag setzte aus. Hatte sie sich versehen? Nein, durch die Schneeschicht liefen Fußspuren.

»Wie kannst du nur?«, fragte sie wenig später, als sie dem Mann in die Arme flog, den sie vom Fenster aus beobachtet hatte. Marx zog sie zu sich in die Voliere. Die Vögel flogen kreischend auf, als er Sophie küsste und sie lachend im Kreis schwang. Seine Lippen waren warm und aufregend lebendig. »Bist du mir gram?«, keuchte sie.

»Weil dich mich in meinem Blut hast liegen lassen, statt jammernd mein Los zu beklagen, und mit dem Mann auf und davon bist, der mich beinahe umgebracht hat? Aber nein. Meine Laster sind Legion, aber Kleinlichkeit gehört nicht dazu.« Er küsste sie erneut, und sie presste sich an den harten Körper. Wenn es hier doch nur ein Bett gäbe. Wenn die Fenster nur weniger groß wären und die Vögel sich auf ihre Stangen begäben und dezent den Blick abwendeten.

Atemlos entzog sie sich Marx' Umarmung. »Wie unvorsichtig von dir zu kommen. Marsilius ist in der Stadt. Wenn er dich fände …«

»Er hat einen seiner Leute vor dem Haus postiert – der Mann ist so unsichtbar wie eine rote Fahne auf weißem Feld.«

»Dennoch!« Atemlos berichtete sie von Marsilius' Anschlag auf sie.

Orlando krächzte aufgeregt.

»Siehst du? Sogar der Vogel ist entsetzt.«

Marx lächelte, aber das Lächeln erreichte die Augen nicht. Er machte sich Sorgen.

»Geh wieder«, bat sie hastig. »Du kannst hier sowieso nichts tun. Julius muss diesen Prozess für mich gewinnen. Nur, komm zurück, wenn ich Henriette habe, denn …« Sie brach ab. Wusste sie überhaupt, was Marx von ihr wollte? Sie erinnerte sich plötzlich an das, was Julius ihr in den letzten Wochen über den Mann, der sie umschlang, erzählt hatte, und einen schrecklichen Moment lang erwartete sie eine abwehrende Antwort. War sie nicht nur ein flüchtiges Abenteuer?

»Ich hasse es, mich zu verstecken, während du direkt vor der Kanone stehst.« Marx wischte ein von Papageiendreck bekleckertes Tuch von einer Bank, ließ sich darauf nieder und zog sie neben sich. »Hat Julius dir gesagt, dass wir uns getroffen haben? Natürlich nicht, der Idiot! Hör zu …« Er begann zu erzählen, und sie lauschte mit immer größer werdenden Augen seinem Bericht über die Frau, die um sein Lager gestrichen war und die sie nun endlich gefangen hatten und bei der es sich offenbar um Josepha handelte.

»Dann hat sie also doch überlebt!«

»Ja, und sie könnte die Zeugin sein, die den Prozess zu deinen Gunsten entscheidet.«

»Warum sagst du das so zögernd?«

Er schüttelte den Kopf. »Sophie, ich weiß nicht. Das Weib sieht aus wie die Hexen in unseren Alpträumen.«

»Aber wie sollte es anders sein, nach allem, was ihr widerfahren ist?«

»Ich kann sie nicht leiden. Und ich trau ihr nicht.«

»Sie ist eine gute Seele, die einfach nur Angst hat. Und sie stand in der Burg auf meiner Seite. Sie hat etwas für mich riskiert.«

»Ja.« Er gab sich einen Ruck. »Ich habe sie draußen in der Gasse warten lassen. Öffne ihr die Dienstbotenpforte, sobald sie pocht. Versteck sie hier und bitte Julius, sie unter die Lupe zu nehmen. Er ist der Magister der Jurisprudenz. Soll er entscheiden, ob sie als Zeugin taugt.«

»Warte«, wollte Sophie sagen, als er sich erhob, aber sie schluckte es herunter. Mit blassem Gesicht beobachtete sie, wie er durch den Garten humpelte und eine Mauer erklomm, hinter der er verschwand. Immer noch aufgewühlt, ordnete sie ihre Kleider und lief ins Haus zurück, wo sie bei der Tür neben der Küche Stellung bezog. Kurz darauf klopfte es. Sie zog Josepha ins Haus und brachte sie in das Zimmerchen, das sie mit Irmgard bewohnte. Dann holte sie Julius und Tomas.

Es war so weit. Endlich!

Die Assessoren des Reichskammergerichts hatten sich am Kopf des geräumigen Gerichtssaales hinter einem Tisch niedergelassen und blätterten im Licht der hohen Fenster in ihren Papieren. In ihrer Mitte thronte Moritz von Büren, der Kammerrichter, der fünfundfünfzig Hexen hatte hinrichten lassen, die sein Land mit ihren Verbrechen unsicher machten. Er war schlank, mit langem, braunem Haar und erstaunlich jung, vielleicht sogar noch jünger als Julius. Sein breitlippiger Mund wurde von einem Schnauzbart und einem akkuraten Kinnbart umrahmt. In Sophies Augen machte er den selbstgefälligen Eindruck eines sehr jungen Mannes, dem zu früh zu viel Macht anvertraut wurde. Genau wie Marsilius, dachte sie. Wenn dieser Richter zu einer Meinung gekommen war, würde ihn nichts mehr umstimmen, weil er es nicht ertragen konnte, belehrt zu werden. Sie wünschte plötzlich, sie wäre hübscher oder sonst wie geeignet, bei einem Mann Zuneigung hervorzurufen.

Beklommen schaute sie sich um. Sie selbst saß mit Tomas auf einer Bank, die im rechten Winkel zum Podium der Richter stand. An einem Tischchen nicht weit von ihr rückte ein Notar seine Tintenfässer und Federkiele zurecht. »Jeder Antrag, der gestellt wurde, und alles, was das Gericht beschließt, wird schriftlich festgehalten«, erläuterte Tomas ihr leise. Schön. Aber das interessierte sie nicht, denn sie hatte Marsilius entdeckt. Er kam gerade zur Tür herein und setzte sich, flankiert von seinem Advokaten, auf die Bank ihr gegenüber. Sein Blick brannte auf ihrer Haut, und plötzlich wünschte sie sich, es stünde ein Tisch zwischen ihr und ihrem Ehemann.

»Keine Bange«, wisperte Tomas. »Hier kann Euch nichts geschehen.« Auch Julius, der im Publikum saß, nickte ihr ermutigend zu.

Sophies Blick wanderte wieder zu den Assessoren. Die Richter mit den schwarzen Umhängen, den weißen Spitzenjabots und den rundkrempigen Hüten, die geschäftig in ihren Unterlagen blätterten, schüchterten sie ein. Tomas hatte am Morgen noch einmal erwähnt, dass sie in vielen Revisionsprozessen Hexen für unschuldig befunden hatten. Hoffentlich richteten sie sich in Sophies Fall nach der Ansicht von Bürens, der nach den Vorfällen auf seinem Gut sicher nicht mehr so leichtgläubig war! Doch gleich, was die Männer über Hexen dachten – es würde ihnen nicht gefallen, dass eine Ehefrau ihren Gatten verlassen hatte.

Endlich räusperte sich der Kammerrichter, und die Assessoren legten ihre Unterlagen aus den Händen. Einer von ihnen, der ganz links saß, griff sich an die Wange. Sie war geschwollen, vielleicht hatte er Zahnweh. Er hatte sich auch nur notdürftig rasiert.

Von Büren klopfte auf den Tisch. »Es wird das Begehren der Sophie von Palandt gegen ihren Ehegatten Marsilius von Palandt verhandelt, welche beide hierselbst erschienen sind«, eröffnete er die Verhandlung.

Sophie musste an das denken, was Josepha ihr erzählt hatte: wie die Hexen in ihrer Höhle unter der Erde den Leichnam eines Kindes schändeten und wie Henriette auf demselben Tisch mit dem schwarzen Tuch gelegen und vor Angst geschrien hatte. Sie merkte, dass sie zitterte.

»… hat das hohe Gericht zu entscheiden, ob die Gründe, auf denen dieses Begehren beruht, ausreichen, um die Gesetze unseres ewigen Gottes, nach denen ein Weib seinem Ehemanne untertan zu sein und ihm zu gehorchen hat, auszusetzen.«

Marsilius lächelte verkniffen. Konnte die Verhandlung auch damit enden, dass man sie zwang, mit ihm auf die Wildenburg zurückzukehren? Weder Julius noch Tomas hatten so etwas angedeutet. Aber war es nicht möglich? Sophie faltete ihre Hände im Schoß, um sie still zu halten.

»... möge also ihr Advokat vortragen, was es aus der Sicht der Frau zu berichten gibt.«

Tomas erhob sich und schritt vor den Richterisch. Er wurde Sophie fremd, als er in umständlichen, mit vielen lateinischen Wörtern gespickten Formulierungen erklärte, worum es ihm ging – dass nämlich der Mutter das Kind, das sie geboren hatte, zurückgegeben werden müsse, da es sich in den Händen des Vaters in Gefahr befinde. Argumentierte er auch mit der nötigen Leidenschaft?

Leidenschaft schien kein Bestandteil dieses Gerichts zu sein. Der Advokat, der anschließend Marsilius' Standpunkt vertrat, sprach ebenso trocken und unverständlich. Marsilius hatte geheiratet und sich an seiner kleinen Familie erfreut, bis sein Weib ohne erkennbaren Grund ihr Heim verlassen und ihr Kind wie eine Hündin unter freiem Himmel geboren hatte. Es sei nicht einzusehen, dass er den Säugling, nachdem er ihn unter seinen väterlichen Schutz zurückgeholt hatte, an die wahnsinnige Frau zurückgeben solle.

Von Büren hob ein Blatt an, als der Mann zu seinem Platz zurückkehrte. »Wie es aussieht, geht es in diesem Fall elementar auch um den Vorwurf der Hexerei.« Er nickte dem Kanzleischreiber zu.

Der legte die Schreibfeder beiseite und rieb sich die Hände. Er schien ein fröhlicher Mensch zu sein, denn er lächelte in die Runde, während er sprach. »Ganz recht. Einem Weib namens Edith Barbel, das im Haushalt des Herrn von Palandt lebt und dort das strittige Kind als Amme versorgt, wird vorgeworfen, sich dem Teufel verschrieben zu haben. Diese Person wurde geladen, um sie zu verhören.« Auch er nahm ein Blatt Papier von einem Stapel. »Allerdings konnte das Weib der Ladung nicht folgen. Einer Nachricht, die heute früh in der Kanzlei einging, ist zu entnehmen, dass sie sich an kochendem Wasser verbrühte und sich in einem Zustand befindet, der es ihr nach dem Zeugnis des Peter Demerath, Schultheiß des Wildenburger Gerichts, unmöglich macht, eine Reise auf sich zu nehmen.«

»Das Papier hätte den Assessoren vor Beginn der Verhandlung zur Kenntnis gebracht werden müssen. Es ist gegen die Prozessordnung, es während der Verhandlung nachzureichen«, krittelte einer der Richter, der schon älter war und durch eine Brille schaute, die an seiner Mütze befestigt war.

O Himmel, hieß das, sie würden alles vertagen? *Nein, bitte nicht!* Verstohlen blickte Sophie zur Tür des Gerichtssaales, wo Josepha, fast unsichtbar unter einem Kapuzenmantel, zwischen den Zuschauern darauf wartete, ihre schlimmen Erlebnisse vorzutragen. Tomas hatte sie dem Gericht als Zeugin über den Leumund der Klagenden angekündigt, und er hätte es gern gesehen, wenn sie neben Sophie Platz genommen hätte. Aber Josepha hatte sich geweigert. Bei der Tür!, hatte sie verlangt. Das war eine Seltsamkeit in ihrem Verhalten, die sie bereits in Tomas' Haus gezeigt hatte. Sie musste immer eine Fluchtmöglichkeit haben. Eingesperrt zu sein konnte sie nicht mehr ertragen. Sie hatte sogar darauf bestanden, trotz der Kälte bei geöffnetem Fenster zu schlafen.

Tomas meldete sich zu Wort. Er sprach leise und akzentuiert. Er habe beinahe erwartet, dass dieses Teufelsweib Edith sich dem Gericht unter einem Vorwand verweigern würde. Sie wisse, welcher Verbrechen sie beschuldigt werde. Sie habe ebenso Angst vor dem Urteil der Kammer wie ihr Herr.

»Angst? Ich?« Marsilius ließ die Faust auf die Rückenlehne der Bank donnern. Als er merkte, dass er mit dem Ausbruch den Kammerrichter verärgerte, entschuldigte er sich. Das hatte Sophie bei ihm noch nie erlebt – Marsilius kleinlaut. Er hatte also auch Angst vor dem Urteil! Ihre Stimmung hob sich.

»Dann also zum nächsten Zeugen – zu Pater Ignatius SJ. … *SJ?*« Von Büren hob die Brauen. »*Societas Jesu?* Gehört der Mann der Ordensgemeinschaft der Jesuiten an?«

»In aller Demut, und ich bin hier, um von einem äußerst skandalösen Vorkommnis zu berichten«, erklärte der dicke Pater, während er sich vom Stuhl hochstemmte und vor das Gremium trat. Ohne weitere Aufforderung beschrieb er, wie er aus dem Beichtstuhl gekommen war, nachdem ein lästerlicher Lärm das Gotteshaus erfüllte, und wie er Marsilius gesehen habe, bereit, vor Gottes Antlitz einen Mord zu begehen. Er legte dem Kammerrichter das Kreuz vor, mit dem er Marsilius in die Flucht geschlagen hatte, und es wurde von den Assessoren weitergereicht, die es interessiert beäugten. Die Blicke, mit denen sie Marsilius nun in Augenschein nahmen, waren weit weniger freundlich als zuvor.

»Er ist tatsächlich zurückgewichen«, gab Marsilius' Advokat, der neben den Pater getreten war, rasch zu. Er war ein Mann mit einer fliehenden Stirn und einer gewaltigen Nase, die seinem Profil die Form eines Dreiecks verlieh. »Die Frage, die sich aber aufwirft, ist: Was bewegte ihn dazu? Ich bitte das Gericht, einen Blick auf meinen Mandanten zu werfen. Marsilius von Palandt – ein rechtschaffener Herrscher seines kleinen Landes, ein treuer Untertan des Grafen von Jülich, vor allem aber ein gehorsamer und eifriger Sohn der heiligen katholischen Kirche, der er seit seiner Geburt angehört. Er heiratet eine junge Dame aus guter Gesellschaft und freut sich auf ein dem Herrn wohlgefälliges Eheleben. Doch was geschieht?«

Der Anwalt legte eine Kunstpause ein. Die Blicke der Richter folgten den seinen zu Sophie. Sie schluckte trocken. »Sein Weib zeigt ein äußerst befremdliches Verhalten. Sie vernachlässigt die Pflichten, die der Haushalt von ihr fordert, sie weist dem Gatten kalt die Tür ihrer Schlafkammer. Und schließlich, als ihre Stunde kommt, entflieht sie der Sorge der Hebamme und ihrer Frauen und begibt sich in die stürmische Nacht hinaus. Herr von Palandt wurde von begreiflichem Zorn ergriffen. Und der Zeuge, den wir dem Gericht als nächsten präsentieren werden …«

»Ist er schriftlich angekündigt worden?«, wollte der Assessor mit der Mützenbrille mürrisch wissen.

»Nun, es handelt sich um den Burgvogt, der das Verhalten der jungen Bergherrin ebenfalls mit Befremden aufnahm. Er wird von einem Erlebnis berichten, das ihn zutiefst verstörte. Von einer Beobachtung, die er in Verbindung mit einem Verbrecher namens Marx von Mengersen machte.«

Sophie sah, wie Julius die Brauen hob. Ärger blitzte in seinen Augen auf. Einen Moment lang las sie darin all seine Frustration über den Mann mit dem goldenen Haar, der ihm das Leben schwermachte.

Marsilius' Advokat fuhr fort: »Bei diesem Marx, der wegen des Mordes an einem jungen Freiherrn namens Heinrich von Elverfeldt hingerichtet werden sollte, aber dreist vom Richtblock hinweg entfloh ...«

»Heinrich von Elverfeldt?«, platzte der Jesuit, der immer noch neben ihm stand, überrascht heraus.

»Wie ich sagte«, bestätigte der Advokat verdutzt.

»Heinrich von Elverfeldt?«

»Das ist der Name.«

»Und er wurde ermordet?«

»Ist dieses Verbrechen dem Kammergericht rechtzeitig zur Kenntnis gebracht worden, da es ja offenbar mit dem Prozess in Verbindung steht? Ich sehe das nicht in meinen Unterlagen«, unterbrach der Assessor mit der Mützenbrille den Wortwechsel.

Sophie starrte zu dem Jesuitenpater. Was für ein seltsamer Zufall, dass er Heinrich kannte.

»Bedauerlicherweise nicht«, murmelte der Kanzleischreiber, der hastig in seinen Papieren blätterte. »Nein, mir liegen keine Auskünfte über das Verbrechen vor – und auch nicht über den Zeugen, der es beobachtet haben will.«

»Das ist eine Unart. Die Parteien hatten ausreichend Zeit, ihre Vorgehensweise zu planen. Was ist das für eine neue Sitte, Zeugen zu präsentieren wie Hühner, die unversehens schlüpfen?« Das Sehutensil des Assessors saß nicht richtig, er nahm die Mütze ab und bog an dem Draht. »Die Verfahrensordnung …«

»Herrgott!«, fuhr Marsilius ihn an. »Nun hört den Mann doch erst mal an. Daran hängt *alles!* Er wird bezeugen, dass sich mein Weib …«

»Ihr wurdet nicht aufgefordert zu sprechen«, unterbrach der Kammerrichter ihn kühl.

Marsilius hielt es nicht mehr auf dem Stuhl. Er beachtete weder den Versuch seines Advokaten, ihn am Ärmel zu erwischen, noch die drohende Gebärde des Kammerrichters. Wütend stützte er sich mit den Händen auf den Richtertisch. »Was, zur Hölle, soll das hier? Dies hier ist das Gericht des Kaisers. Es kann doch nicht sein, dass wegen irgendwelcher Prozessverrücktheiten mein Kind einer Hure anvertraut wird, die es mit einem Mörder und Halsabschneider …«

»Es kann sehr wohl!« Von Bürens Stimme war eisig geworden.

»Aber dieses Weibsstück hat es mit einem Hexer getrieben!«

Der Kammerrichter schlug mit der Faust auf den Tisch. Die beiden Männer fixierten einander. »Danke, du Narr«, murmelte Tomas kaum hörbar und verkniff sich ein Lächeln.

Es war Marsilius, der nachgeben musste, natürlich. Er kehrte zu seinem Stuhl zurück und ließ sich schwungvoll und mit angewiderter Miene darauf nieder.

»Der Zeuge, der Burgvogt, wird abgelehnt«, bestimmte von Büren. Der Mann mit der Mützenbrille – er hatte sie wieder aufgesetzt und schien nun zufrieden mit dem Blick durch sein Sehutensil zu sein – nickte zustimmend. Sophie aber starrte noch immer auf den Jesuitenpater. Er kannte Heinrich, hatte zumindest von ihm gehört. Doch er wusste offenbar nicht, dass er ermordet worden war.

Ignatius, der dem Disput mit überraschtem Interesse gefolgt war, wurde gebeten zu berichten, wie ihm das Verhalten des Beklagten in der Kirche vorgekommen sei. War der Freiherr von Palandt tatsächlich aus unchristlicher Furcht vor einem heiligen Gegenstand davongestürzt? Der Pater nickte überzeugt.

Marsilius' Advokat hinderte seinen Mandanten an weiteren unklugen Äußerungen und versuchte zu retten, was zu retten war. »Es liegt uns fern, den guten Pater der Unwahrheit zu beschuldigen. Doch offensichtlich hat er die Lage verkannt. Herr von Palandt war in heiligem Zorn gegen seine untreue Ehefrau entbrannt, die sich, wie ich bereits ausführte, einem üblen Subjekt, das im gesamten Jülicher Land als Werwolf und Teufelsanbeter verschrien ist, hingab. Er suchte nach ihr, um sie zur Rede zu stellen und möglicherweise zur Einsicht zu bringen – und floh aus der Kirche, als ihr eitles Betragen ihn über die Maßen reizte, weil er verhindern wollte, dass er sich im Überschwang seiner Gefühle dazu hinreißen ließ, Blut zu vergießen. Herrn von Palandt wurde klar, dass es richtiger war, auf die Weisheit des Gerichts zu vertrauen, als selbst zur Tat zu schreiten. Das Kreuz schreckte ihn nicht, es erinnerte ihn an seine Pflichten als treuer Sohn der Kirche.«

Der Mann mit der Brillenmütze kratzte sich die Nase. Der zahnwehkranke Assessor schaute auf eine Taschenuhr, die er vor sich auf den Tisch gelegt hatte.

Sophie ließ den Blick wieder zur Tür gleiten – und erstarrte. Wo war Josepha? Der Platz neben der Tür, auf dem sie eben noch gesessen hatte, war leer. Und da! Was war das für eine Frau, die sich gerade jetzt geschmeidig durch die Türöffnung davonmachte? Sophie krallte die Hand in Tomas' Ärmel. Es dauerte, ehe er begriff, was sie von ihm wollte. Als er den leeren Platz bemerkte, der gerade von einem anderen Zuschauer eingenommen wurde, spitzte er die Lippen. Er schaute zu Julius. Doch der war ebenfalls verschwunden.

»Es war Edith«, flüsterte Sophie.

Tomas legte den Finger auf die Lippen. Wenn tatsächlich Edith Josepha hinausgelockt oder -gezwungen hatte, dann war ihre Zeugin fort. Unmöglich, das Gericht zu unterbrechen, um eine Verfolgung einzuleiten.

Von Büren entließ den Pater, indem er ihm gemessen für sein Erscheinen dankte. Tomas stand auf und schilderte nun dem Gericht, was Josepha ihm anvertraut hatte. Sophie sah, wie das Interesse der Richter zurückkehrte. Es war ja auch grauenhaft, was er berichtete. Josepha hatte entsetzliche Angst vor den Weibern gehabt. Dennoch war sie bereit gewesen, vor dem Gericht auszusagen. Nun war das aber unmöglich geworden, denn sie hatte offenbar soeben die Flucht ergriffen.

»Ich weiß den Grund nicht«, gab Tomas zu und hob in einer Geste der Ratlosigkeit die Hände. »Entweder hat die Anwesenheit ihres ehemaligen Herrn sie eingeschüchtert oder …« Er legte eine bedeutungsschwere Pause ein, bevor er weitersprach. »Welche Seelenpein mag ein Mensch durchleiden, der viele Tage in den Fängen einer Hexe verbrachte und von ihr gequält wurde? Was befürchtet er für die Zukunft? Welche Vorstellungen mögen ihn martern? Er wird sich natürlich fragen, wie weit die Macht der Hexe reicht. Kann man jemals wieder beruhigt schlafen gehen? Eine einsame Gasse aufsuchen? Ein Gericht essen, das nicht von eigenen Händen zubereitet wurde? Muss man befürchten zu erkranken?«

»Oder ist sie vielleicht auf und davon, weil sie gemerkt hat, dass sie mit ihren Lügengeschichten das Gericht nicht beeindrucken kann?«, spuckte Marsilius' Advokat.

Moritz von Büren wischte eine unsichtbare Staubfluse vom Ärmel seines schwarzen Mantels. Er verstand Tomas' Argumente besser als die seines Widersachers. Genau diese Fragen hatten ihn ja ebenfalls beschäftigt, während er auf seinem Gut die Hexen jagte. Er fragte nach weiteren Zeugen. Sophie schaute zu Tomas? Wann würde sie endlich selbst die Möglichkeit haben zu sagen, was ihr mit Edith und Marsilius widerfahren war? Doch er schüttelte unmerklich den Kopf. Im selben Moment erklärte der Notar, dass keine weiteren Aussagen vorgesehen seien, und das Gericht zog sich zur Beratung zurück.

»Tomas! Warum in aller Welt ...?«

Ihr Advokat schüttelte wiederum den Kopf, und da Julius zurückkehrte, hatte Sophie auch keine Gelegenheit, in ihn zu dringen. Julius trat zu ihnen und rieb sich die eiskalten Hände. »Eine Frau hat Josepha angesprochen – so viel habe ich mitbekommen. Ich hatte dem keine Bedeutung beigemessen. Jemand, der sich beschwert, weil sie ihm zu nahe gerückt ist, habe ich gedacht. Sie riecht ja ... wenig gut. Ich bin Josepha gefolgt, als sie hinausging, aber sie muss regelrecht gerannt sein. Wie von Furien gehetzt, sagte einer der Ofenknechte.«

»War die Frau, die Josepha angesprochen hatte, schön? Blonde Haare?«, fragte Sophie.

Julius zuckte ratlos mit den Schultern. »Daran kann ich mich nicht erinnern. Wie ist der Stand der Dinge in der Verhandlung?«

»Josepha hätte die Assessoren beeindruckt«, meinte Tomas.

Auch Marsilius hatte den Raum verlassen. Um sich zu überzeugen, dass Josepha nicht wiederkommen würde? Um seine Hexe zu beglückwünschen? Lag die verstörte Magd jetzt womöglich mit einem Messer im Rücken in der Gosse?

Es war schon fast wieder dunkel, ehe das Urteil gesprochen wurde. Moritz von Büren erklärte, flankiert von den Assessoren, dass Marsilius seine Tochter der Ehefrau zu übergeben habe, bis sie dem Säuglings- und dem Kleinkindalter, in dem sie der mütterlichen Fürsorge bedürfe, entwachsen sei. Danach müsse das Kind zum Vater zurück, der das natürliche Recht zur Aufzucht besaß. So hatten sie entschieden.

Marx schien sich über den Keller Zugang zu Tomas' Haus verschafft zu haben. Sophie, Julius, Irmgard und der Hausherr saßen gerade vor Tellern mit einer weitgehend unbeachteten Krautsuppe und die Männer versuchten Sophie zu erklären, was genau sie sich unter dem Urteil vorstellen müsse, da kam er die Treppe hinauf und huschte durch die Diele ins Zimmer.

Irmgard begann zu schreien.

Statt das Zimmer sofort wieder zu verlassen, wie die meisten Menschen es wohl getan hätten, setzte Marx sich auf einen Schemel, der beim Spinett stand, und faltete die Hände. Entweder seine Bewegungslosigkeit oder Tomas' beruhigende Worte ließen Irmgard wieder verstummen. Sie fixierte den Eindringling mit unsicheren Blicken, schien aber zu entscheiden, dass ihr keine Gefahr drohe. Irgendwo im Haus entfernten sich schlurfende Schritte. Jemand vom Gesinde war wohl herbeigeeilt und hatte nun entschieden, dass die Schwester des Hausherrn einfach wieder einmal nervös gewesen war, wie man Irmgards Ausbrüche nannte.

»Derselbe pompöse Auftritt wie immer«, stellte Julius schmallippig fest. Tomas hatte eine Augenbraue hochgezogen, und Julius bequemte sich zu einer wenig schmeichelhaften Vorstellung des ungebetenen Gastes, die Marx in gleichmütiger Ruhe über sich ergehen ließ.

»Die Richter haben geurteilt, dass Marsilius mir Henriette überlassen muss«, erklärte Sophie. Marx' Lächeln bekam Wärme. »Allerdings nur für die ersten vier Lebensjahre. Es ist ein Kompromiss. Aber ich werde sie niemals wieder hergeben.« Sie blickte zu Julius, der nicht sonderbar überrascht schien. In diesem Moment fiel ein Glas zu Boden. Irmgard hatte ihren Wein umgestoßen. Tomas sprang auf, wischte das rote Rinnsal mit der Kante des Tischtuches fort und erklärte mit einem Hüsteln: »Ich denke, ich geleite meine Schwester in ihre Kammer. Wenn ich zurückkehre …« Er blickte Marx an und deutete mit dem Kopf zur Tür.

»Selbstverständlich«, stimmte der liebenswürdig zu. Als die Geschwister aus dem Zimmer waren, fragte er: »Was war mit Josepha?«

»Sie hat gar nicht ausgesagt.« Hastig erklärte Sophie, was geschehen war und was sie vermuteten.

»Meinen Glückwunsch, Julius. Da kriegst du deine Zeugin und lässt zu, dass sie unter deinen Augen verschwindet. Prächtig hinbekommen! Wie soll die Übergabe des Kindes vonstattengehen?«

»Ich werde sie holen, was sonst?«, erklärte Sophie.

»Du willst auf die Wildenburg? Gott im Himmel!«

Gereizt schüttelte Julius den Kopf. »Natürlich wird sie *nicht* reiten. Ich selbst werde die Übergabe vornehmen.«

»Sei kein Idiot. Marsilius hasst dich mittlerweile ebenso inbrünstig wie Sophie.«

»Und? Ich werde in ausreichender Begleitung erscheinen. Was soll mir schon geschehen?«

»Und wie willst du verhindern, dass das Kind vorher an ... sagen wir, an einer Krankheit stirbt? Wäre doch nicht ungewöhnlich. Jeder Husten pustet die Winzlinge weg.«

Julius warf Marx einen wütenden Blick zu und ergriff Sophies Hand. Er wusste nichts Tröstendes zu sagen. Was auch? Marx hatte ja recht. Marsilius lag nichts an seiner Tochter. Wenn er ihr, um es der Mutter heimzuzahlen, ein Kissen auf das Gesichtchen drückte, würde niemand davon erfahren. Oder Edith brachte sie um. Ohne Marsilius' ausdrückliches Wissen, aber mit seiner heimlichen Billigung. Alle Erleichterung, die Sophie eben noch empfunden hatte, verschwand. Julius stand auf und brachte ihr eine Decke, während er Marx mit zornigen Blicken traktierte. Wieso war ihnen nicht von vornherein klar gewesen, dass es so enden würde? Warum hatten sie den Prozess überhaupt geführt?

Weil er zumindest eine winzige Möglichkeit geboten hat, Henriette zurückzubekommen, beantwortete Sophie sich die Frage selbst. Sie starrte in den Kamin, wo ein Feuer prasselte und Funken stoben und verglühten.

»Dann ist da noch etwas«, sagte Julius und schaute zu Marx. »Eine Irritation am Rande des Prozesses. Der Pater, der Marsilius davon abgehalten hat, Sophie zu ermorden – der *Jesuit* … Er kannte Heinrich. Und war über seinen Tod bestürzt.«

Sophie nickte unwillkürlich, sie hatte es ja selbst bemerkt. Marx starrte sie beide an. Die Gefühle, die sich auf seinem Gesicht abzeichneten, wechselten schneller, als man sie erfassen konnte. Überraschung, Misstrauen, Zorn … Von allem mochte etwas dabei sein.

Julius fuhr fort zu sprechen: »Und damit wären wir wieder am Anfang: Die Jesuiten … der Herzog von Jülich – und ein junger, argloser Bote, der einen Brief zwischen beiden Parteien befördern sollte und deshalb ermordet wurde. Das sind die Karten, die auf dem Tisch liegen. Und dass dieser Brief verschwand.«

Marx stand auf, ging zum Fenster und öffnete es. Ein eisiger Wind fuhr ins Zimmer und blies ihm Schnee ins Gesicht.

Julius sprach zu seinem Rücken. »Ich würde sagen, man muss sich das folgendermaßen vorstellen: Wallenstein wird vom Kaiser, der sich durch den Schwedenkönig bedroht sieht, wieder in seine alte Position als Heerführer gesetzt. Seine Macht ist größer denn je, und die Jesuiten bekommen es mit der Angst zu tun. Was passiert, wenn Wallenstein den Schwedenkönig, den Löwen aus Mitternacht, aus dem Lande gejagt hat? Wird er Rache nehmen für die Demütigungen, die der Orden ihm zugefügt hat? Mit Sicherheit. Wallenstein hasst die Jesuiten. Also muss man ihn aus dem Weg räumen, bevor er zu mächtig geworden ist. Ist Mord eine Option? Warum nicht? Doch nach einem Mord an Wallenstein bräuchte der Orden mächtige Verbündete, wie beispielsweise den Jülichherzog. Also wollten sie anfragen, ob er bereit wäre, ihnen beizustehen. Aber es sickert etwas durch. Wallenstein bekommt Wind von der Intrige und lässt den Boten überfallen.«

»Und nimmt den Brief nicht an sich?«, fragte Marx dumpf. »Ich habe das Papier gesehen. Edith hat damit vor meinen Augen gewedelt.«

»Marsilius war der gedungene Mörder. Vielleicht hat er

den Brief inzwischen, wie befohlen, weitergegeben. Vielleicht benutzt er ihn aber auch, um selbst zu intrigieren oder jemanden zu erpressen.«

»Und Conrad? Warum hat Edith von Conrad gesprochen?« Marx drehte sich um. Er war blass. Schnee schmolz auf seinem Gesicht, die Tropfen rannen durch die Narben.

Julius verschränkte die Hände und starrte auf seinen Teller, auf dem die Krautsuppe kalt wurde. »Ich habe gesehen, was mit Menschen geschieht, die gefoltert werden. Und möchte behaupten: Du weißt nicht einmal selbst, was in jener Nacht wirklich gesprochen wurde.«

»Ich weiß ...?«

»Heinrich hat seiner Mutter erzählt, der Brief wäre ihm von einem Jesuiten übergeben worden und für den Herzog bestimmt. Das ist das Einzige, was feststeht.«

»Wenn Marsilius von einem Mordkomplott Wallensteins wüsste, würde er nicht mehr leben. Wallenstein wäre mächtig genug, ihn aus dem Weg zu schaffen.«

Julius hob die Achseln.

»Edith *hat* von Conrad gesprochen. Ich bin mir sicher«, beharrte Marx.

Julius drehte sich auf dem Stuhl, bis er Marx ins Gesicht schauen konnte. Sein Augenlid zuckte. »Lass deine Finger von dem Jungen«, warnte er mit kaum hörbarer Stimme.

»Wie heißt dieser Pater?«

»Warum willst du das wissen?«

»Warum willst du's mir nicht sagen?«

Ein Räuspern ertönte von der Tür. Tomas war zurückgekehrt. Er blieb im Türrahmen stehen, die Arme vor der Brust gekreuzt. Die Aufforderung, die in der Haltung lag, war nicht misszuverstehen. Marx erhob sich. *Der Pater heißt Ignatius,* wollte Sophie sagen. Aber wie konnte sie das? Marx schien es auch gar nicht zu erwarten. Er verschwand so still und rasch, wie er gekommen war.

Als Julius sich am nächsten Tag den Mantel überzog, finster und bedrückt, bat Sophie, dass sie ihn begleiten dürfe. »Ihr wollt doch zu Ignatius, nicht wahr?« Sie hatte sich Argumente zurechtgelegt, für den Fall, dass er ihr die Bitte abschlagen würde: Heinrichs Tod, Marsilius und auch ihr und Henriettes Schicksal waren inzwischen untrennbar miteinander verwoben. Und wenn Marsilius als Mörder überführt würde, könnte sie endlich ohne Angst leben. Aber er hatte gar keine Einwände. Also machten sie sich gemeinsam auf den Weg zum Jesuitenkirchlein.

Zum Gotteshaus gehörte ein Anbau, ein Kolleg, in dem die Söhne des umliegenden katholischen Adels erzogen wurden, wie Julius ihr erklärte, als sie durch die Kälte schritten. Dort wohnten auch die Patres.

»Und wenn Ignatius sich weigert, uns Auskunft zu geben?«, fragte Sophie. »Das würde er doch tun, wenn es um einen politischen Skandal geht, der seinem Orden schaden könnte.«

»Auch die Art seiner Ausflüchte würde uns Informationen geben.«

»Vielleicht«, seufzte sie.

Sie erreichten die Münze. Es war später Vormittag. Eine Frau trug mehrere lebende Gänse, die sie an den Beinen an eine Holzstange gebunden hatte, vor ihnen her. Die Vögel schnatterten, als ahnten sie ihr Ende. Ein älterer Mann prügelte mit einem halb fertigen Stiefel seinen Lehrling. Zwei Katzen jagten um eine Schubkarre voller Holzscheite.

»Traut ihm nicht«, sagte Julius.

»Was?«, fragte Sophie, die den Katzen hinterherschaute.

»Marx fliegen die Herzen zu. Aber er ist anders als Ihr oder ich. Er blüht in der Gefahr auf. Für ihn mag das richtig sein, nur erwartet er von anderen Menschen dasselbe. Er jagt sie in ihre Feuertaufe, und wenn sie verglühen, statt gestählt hervorzukommen … ihm fehlt das Gewissen. Er weiß nicht, wie man trauert.«

Sophie schwieg. Was sollte sie auch sagen? Sie bogen um die Mauern des Doms und erreichten das Kirchlein der Jesuiten und hinter einer weiteren Ecke den Anbau, von dem Julius gesprochen hatte. Scholaren eilten an der Mauer entlang, dick eingepackt, wegen der Kälte, und mit Büchern in den steifen Händen. Neben dem Haupttor des Jesuitenkollegs stand ein Pferdeknecht, der ein nervöses Reittier am Zaum hielt.

Julius geleitete Sophie an dem Tier vorbei die Treppe hinauf. »Ich will einfach nur sagen: Traut ihm nicht.« Er zog die Tür auf. Sie standen in einem langen Flur, dessen Wände wegen der grünen Butzenscheiben leuchteten, als ginge man durch einen Wald. Julius hielt einen Pater auf, der ein Schiffsmodell trug, und fragte ihn nach Ignatius. Der Mann erkundigte sich bei einem Ordensbruder, und sie erfuhren, dass Ignatius sich auf den Weg ins Heerlager vor der Stadt gemacht hatte, um dort das Sakrament der Beichte zu spenden. Also traten sie wieder hinaus ins Tageslicht. Verstohlen blickte Sophie sich um, halb in Erwartung, in irgendeinem Winkel Marx zu entdecken, aber er schien ihnen nicht gefolgt zu sein.

»Haltet Euch neben mir«, ordnete Julius an, als sie die Gassen verließen und durch eines der Stadttore in die Flussniederungen traten. Die Zelte standen schmutzig und vielfach geflickt im niedergetretenen Gras. Die Trampelpfade waren von Pferdeäpfeln und Ziegenkötteln übersät. Eine Frau nahm für die nächste Mahlzeit einen geschlachteten Hund aus. Als Sophie und Julius eine Mauer aus mehreren sehr hohen Zelten passiert hatten, ragte nicht weit von ihnen ein Galgenbaum in die Höhe. »Schaut nicht hin«, murmelte Julius, aber Sophie hatte die vier Männer, die dort mit gebundenen Händen hingen – einer mit einem Holzbein – bereits gesehen. »Der Krieg frisst seine Kinder. Dort zeigt sich seine ganze Erbärmlichkeit.« Julius schob sie so neben sich, dass die Gestalten aus ihrem Blickfeld gerieten.

»Warum hat man sie gehängt?«

»Es sind Deserteure, Diebe oder Kerle, die betrunken jemanden erschlagen haben. Das ganze Lager würde hier hängen, wenn es Gerechtigkeit gäbe.« Julius trat zu einem Söldner, der sich von den anderen Männern durch ein Lederkoller mit goldenen Knöpfen und seidenen Strümpfen abhob, und fragte ihn nach Pater Ignatius und, als der nicht bekannt war, nach dem Feldscher, denn dort konnte man die meisten bußwilligen Menschen vermuten. Der Mann wies zu einem runden Zelt, das abgelegen an einem kleinen Bach lag. »Aber überlegt, ob Ihr es betreten wollt«, meinte er mit einem starken französischen Akzent. »Wir haben seit einigen Tagen nicht nur den üblichen Dreck, sondern auch Fälle von Bräune.«

Wie ernst diese Warnung zu nehmen war, begriff Sophie, als sie einen Wagen voller Leichen erblickte. Man hatte den Toten die Unterkleider gelassen, aber sie ihrer Wämser und vor allem der kostbaren Stiefel beraubt, so dass die nackten, steifen Beine vom Karren staken. Ein vielleicht fünfjähriger Junge stand verloren neben dem Leichenberg und strich einem der Toten mit der Hand übers Gesicht.

»Ihr wartet hier«, ordnete Julius an. »Geht nicht näher ran. Krankheiten verbreiten sich über die Luft.« Er band sein Tuch vom Hals und hielt es vor die Nase, bevor er in dem Zelt verschwand.

Es gab noch ein zweites Zelt, das abseits des restlichen Lagers aufgeschlagen worden war. Sophie erblickte es, als sie sich fortdrehte, um dem Gestank zu entkommen. Es war im Gegensatz zu den übrigen hellen Zelten dunkelblau eingefärbt und mit seltsamen Bildern bestickt und übte dadurch einen sonderbaren Reiz aus. Die Bewohner hatten es unter den Kronen mehrerer Kastanien aufgebaut. Die letzten Blätter lagen auf der Plane wie gelbe Kröten. Sophie schritt durch das Gras, um sich die eingefärbten Zeichnungen genauer anzusehen.

In welchem Moment wurde ihr unheimlich zumute? Als sie die Katze sah, die plötzlich aus den sich überlappenden Bahnen des Zelteingangs geschossen kam? Oder hörte sie in dem allgemeinen Lärmen des Zeltlagers einen bedrohlichen Laut, ohne ihn bewusst wahrzunehmen? Sie starrte auf die Planen, auf denen Sterne und ein riesiger Komet abgebildet waren. Es musste sich um das Zelt eines Astrologen handeln, denn unter dem Schweif des Kometen befand sich ein Kreis, auf dem Kreaturen wie Schlangen und Skorpione abgebildet waren. Außerdem sah sie ein Wesen, halb Mensch, halb Pferd, bei dem sich der menschliche Oberkörper mit dem Rumpf des Pferdeleibs verband. Daneben waren zwei nackte, einander an den Händen haltende Kinder abgebildet.

Sophie bekreuzigte sich. Vater hatte immer eine entschieden kritische Haltung zur Astrologie eingenommen, und die war ihr in Fleisch und Blut übergegangen. Diese Kunst ist der Wahrsagerei zu ähnlich, und die ist des Teufels, hatte Vater immer behauptet und aus der Schrift zitiert, wo Gott die Wahrsager verfluchte.

Sophie war jetzt nur noch einen Schritt vom Zelt entfernt. Als sie sich umdrehte, sah sie Julius. Er winkte ihr zu, ging aber in die entgegengesetzte Richtung, wohl zu dem Offizier, der ihm bereits vorher Auskunft gegeben hatte. Aus dem Sterndeuterzelt drang ein Laut, ähnlich einem Schnäuzen oder als hätte jemand etwas im Hals. War es Neugierde, die sie bewog, sich zu den Planen zu bücken? Eine Ahnung? Die Hand des Herrn? Oder die seines Widersachers, des Teufels? Sophie schlug den Stoff zurück.

Sie sah einen Schatten, der sich aufrichtete. Sie hörte einen überraschten Ruf. Dann fühlte sie einen grellen Schmerz, und um sie herum wurde es schwarz.

Später, als sie von dem französischen Offizier gefragt wurde, was genau geschehen war, wusste sie kaum etwas zu sagen. Sie saß im Freien auf einem Schemel, eingehüllt in eine schmutzige Decke, und war von Söldnern, stierenden Trossweibern und deren Kindern umgeben. Um ihre Stirn und ihre

Schläfe wand sich ein Verband, den der Feldscher ihr angelegt hatte, und sie zitterte am ganzen Körper vor Aufregung und einem wahnsinnigen Kopfschmerz.

Julius drückte ihre Hand. Er hatte schon zweimal gefordert, dass das Verhör in irgendwelchen Räumlichkeiten stattfinden solle, sich aber nicht durchsetzen können. Die Söldner schienen zu glauben, dass sie ein Anrecht auf das Spektakel hatten, nachdem der Überfall in ihrem Lager stattgefunden hatte, und der Offizier war offenbar der gleichen Meinung.

»Ich habe mich durch die Zeltöffnung gebückt und gesehen, wie sich die Hexe ... die Wahrsagerin ... mit dem Rücken zu mir nach etwas beugte. Dann erblickte ich auf dem Boden den toten Pater.« Sophie hatte in Wirklichkeit nur sein fettes Bein gesehen, das in einem blauen Strumpf stak und aus dem Stiefel gerutscht war. Und außerdem einen blutigen Arm, der wie bei einem Gekreuzigten vom Körper abgespreizt war. Der Rest war von dem sternenbestickten Umhang der Wahrsagerin bedeckt gewesen. Aber inzwischen hatte man die Leiche ins Freie getragen, und sie wusste, wer in dem Zelt den Tod gefunden hatte.

»Und dann?«, fragte der Offizier. Die Leute rückten näher heran, und Sophie berichtete, an was sie sich erinnern konnte: Die Wahrsagerin hatte sich aufgerichtet. Ein Hahn flatterte krächzend durch das Zelt. Das Weib in dem Sternenumhang hatte sich mit einer schwungvollen Bewegung zu ihr umgedreht.

»Und dann?«, fragte der Offizier.

Sophie starrte auf das blutige Holzscheit, das neben ihrem Schemel im Gras lag. »Von da an weiß ich nichts mehr.«

»Giulia ist geflohen«, steuerte einer der Männer, ein junger Söldner mit dem herzförmigen Kopf einer Schleiereule, ihrem Bericht bei.

»Wird nach ihr gesucht?«

Es erhob sich ein unwilliges Gemurmel. Jemand sagte laut: »Egal, welchem Gewerbe sie nachgeht: Giulia ist eine anständige Person. Warum sollte sie einen Pater umbringen?« Die Menge, die Sophie umringte, schaute jetzt wesentlich unfreundlicher. Ihr wurde klar, dass sie von Glück sagen konnte, selbst verletzt zu sein. Ihr blutverschmierter Kopf mit der Platzwunde war der Beweis, dass sie es nicht gewesen war, die den armen Pater Ignatius ermordet hatte. Auf sein blutiges Gesicht im Gras war ein Kastanienblatt gefallen. Sie wandte schaudernd den Kopf ab.

»Was hatte ein Jesuit in Giulias Zelt zu suchen?«, fragte der Offizier streng in die Menge.

»Dasselbe wie alle andern auch. So fett und heilig kann keiner sein, dass er seinen Kommandeur nicht unter die Röcke in die Schlacht schickt«, höhnte eine blasse Frau, die einen verbeulten Blechtopf mit den Armen umfasste.

»Halt dein dreckiges Maul. Er wollte die Zukunft wissen. Giulia hat's mir erzählt. Sie hat nichts als ihre Wissenschaft verkauft.« Der Mann, der das sagte, hatte Tränen in den Augen. Er war schon älter. Vielleicht war er Giulias Vater oder ihr Liebhaber oder Ehemann.

In diesem Moment schrie jemand hinter dem Zelt auf. Einige Männer rannten um die Büsche. Kurz darauf trugen sie an Armen und Beinen einen zweiten Leichnam vor den Offizier. Es war eine schlanke Frau, die in einem Rock voller Sterne, einer goldgelben Bluse und einem schwarzen Samtmieder steckte. Ihr schwarzes Haar schleifte am Boden. In ihrem Hals klaffte eine Wunde. Der Mann, der bestritten hatte, dass Giulia eine Hure war, brach in Tränen aus, und Julius entrang sich ein tiefer Seufzer.

»Marx!«, sagte Julius, als sie zwei Stunden später wieder das Stadttor durchschritten. Er nannte nur den Namen, aber natürlich wusste sie, was er meinte. »Ihr habt ebenfalls nach ihm Ausschau gehalten, als wir das Haus verließen. Habt Ihr doch! Aber er ist nicht aufgetaucht. Also: Was bedeutet das?« Als sie schwieg, gab er selbst die Antwort: »Es bedeutet, dass er bereits wusste, wer der Pater war, der sich über Heinrichs Tod gewundert hat. Er kannte den Namen, vielleicht sogar seinen Aufenthaltsort. Ich würde sagen, er ist uns knapp zuvorgekommen.«

Sie schwieg immer noch.

»Marx hat geraubt und gemordet, das ist erwiesen. Denkt nur an die Müllersfamilie, die er umgebracht hat. Idealisiert ihn nicht. Wenn er etwas erreichen will, geht er über Leichen. Vielleicht wird man ja so, wenn man im Felde war, aber ... Ach, Sophie!« Er trat wütend eine zerbrochene Kiste beiseite, die jemand in der Gasse fortgeworfen hatte. Als sie Tomas' Haus erreichten, ging er wortlos auf sein Zimmer.

Es war dunkel im Haus. Die Bewohner waren zu Bett gegangen, und auch Irmgard schnarchte leise in den Kissen. Die Hand, auf die das Mondlicht fiel, umklammerte ein geklöppeltes Spitzentuch. Leise schob Sophie ihre Bettdecke beiseite und stand auf. Ihr Kopf hämmerte immer noch wie wahnsinnig, aber das konnte sie nicht aufhalten. Sie raffte ihre Kleider vom Stuhl, zog sie über und knöpfte und schnürte die Bänder. Dann ging sie auf Strümpfen, um ja kein Geräusch zu verursachen, hinunter in den Salon und von dort in den Garten. Leise zog sie dort die Schuhe über die Füße. Sie hatte keine Mühe, über die abgeplatteten Steine, die Tomas im Rasen hatte eingraben lassen, zum Papageienhaus zu gelangen.

Als sie sah, dass die Tür nur angelehnt war, huschte ein Lächeln über ihr Gesicht. Sie hatte gewusst, dass Marx sie hier erwarten würde. Nein, sie hatte es nicht gewusst – es war nicht gut, sich etwas einzubilden. Aber sie hatte darauf spekuliert, und es war eingetroffen. Wo auch sonst hätten sie einander treffen können, ohne sich zu verabreden?

Er trat hinter einem Futterbehälter aus geflochtenem Schilf hervor und küsste sie. Dann tastete er nach ihrem Kopf, zog sie zu den Fenstern, fluchte leise, weil das Mondlicht zu spärlich war, um viel preiszugeben, und wollte wissen, wie es ihr ging.

»Woher weißt du, was mir geschehen ist?«, fragte sie und bemühte sich, es nicht misstrauisch klingen zu lassen.

»Ist doch Marktgespräch. Die Stadt erwägt, gemeinsam mit dem Orden eine Protestnote an die Heeresleitung zu senden. Der Mord ist im Lager der Söldner begangen worden, und diesen Dreckskerlen traut man alles zu.«

»Zu Recht?«, warf sie rasch ein.

»Sicher. Und die Jesuiten werden den Vorfall nutzen, um wieder einmal gegen die Sterngläubigen – sprich Wallenstein – zu Felde zu ziehen.«

Marx hatte nichts zu verbergen. Ich hätte es ihm angehört, dachte sie. Und so berichtete sie leise, was der Offizier, der den Mord untersuchte, herausgefunden hatte. Ignatius war ins Lager gekommen. Er hatte zunächst die Kranken im Lazarett aufgesucht und ihnen die Beichte abgenommen, was der Feldscher bestätigte. Dann war er hinaus ins Freie getreten und in Richtung des Sternenzeltes gegangen. Da am Ende des Weges nur die Wahrsagerin gewohnt hatte, war offensichtlich, wohin er wollte. Dann war plötzlich eine bettelnde Frau aufgetaucht und hatte ihn aufgehalten. Das Weib, das rasch gefunden wurde, erklärte, dass sie ihn um eine Münze angefleht habe. Der Pater hatte, statt ihr etwas zu geben, eine Predigt über Gottes Liebe zu dem Fleißigen begonnen, und sie hatte ihm, nicht mundfaul, entgegnet, dass der Herr die Barmherzigen preise.

Marx lachte leise.

Die beiden waren so in ihren Disput vertieft gewesen, dass die Frau nicht sagen konnte, ob sich jemand an ihnen vorbei zu Giulias Quartier geschlichen hatte, um die Sterndeuterin zu ermorden. Zeit dafür wäre wohl gewesen.

Der Offizier kam zu dem Schluss, dass der Mörder dem Pater gefolgt war, dass er erkannt hatte, wohin sein Opfer gehen wollte, da Giulias Zelt ja völlig isoliert am Ende eines

Weges stand, und dass er entschieden hatte, dessen Streit zu nutzen, um ins Zelt zu huschen. Er hatte der Sterndeuterin die Kehle durchschnitten, sie durch die rückwärtige Zeltbahn ins Freie geschleift, sich ihren Sternenmantel umgeworfen und auf den Pater gewartet.

»Riskant«, murmelte Marx. »Die Bettlerin hätte ihn sehen können, die Sterndeuterin um Hilfe rufen, der Pater sich wehren und Krawall schlagen ...«

»Und jemand hätte ihn stören können. *Ich* habe ihn gestört. Der Mörder muss einen wichtigen Grund gehabt haben, so viel zu riskieren.«

»Marsilius«, sagte Marx. »Er war bei der Verhandlung anwesend, als der Jesuit sich nach Heinrich erkundigte. Ihm war klar, welche Gefahr aufzog. Wahrscheinlich hat er an deiner oder Julius' Reaktion gemerkt, dass ihr den Pater auf seine Bekanntschaft mit Heinrich ansprechen würdet«, mutmaßte Marx. Er stand vor ihr. Seine Wange war eiskalt und seine Lippen ebenfalls, als er sie küsste. »Conrad ist der Schlüssel, ich bin sicher. Ich muss zu ihm.«

»Aber ich denke, bei dem Jungen ging es um Eifersucht? Das passt doch nicht zusammen.«

Marx fuhr mit den Händen durch ihr Haar und lächelte verzerrt. Einer der Papageien, den sie geweckt hatten, krächzte unverständliche Laute. »Ich habe eine Idee, Sophie. Möglicherweise irre ich mich. Es ist reichlich abstrus. Wenn ich aber recht habe, hieße das, dass Heinrich mir so wenig vertraute wie Julius. Und dass wir beide, Julius und ich, blind und zum Weinen gutgläubig waren. Ich reite fort, mein Engel. Es tut mir leid, ich weiß, dass ich in deiner Nähe bleiben sollte. Aber Julius ist ein guter Mann. Er wird dir dein Mädchen zurückbringen. Wo finde ich dich, wenn ich mein Vorhaben erledigt habe?«

»Bei meinen Eltern.«

Marx schien sich abwenden zu wollen, dann stockte er noch einmal. »Julius ist *wirklich* ein guter Mann, Sophie. Er ist klug, er ist solide. Hast du noch nie darüber nachgedacht … Ich meine, warum baust du nicht auf Sicherheit?«

»Das habe ich getan. In den schrecklichsten neun Monaten meines Lebens.« Sie schlang die Arme um Marx' Hals, stellte sich auf die Zehenspitzen und küsste ihn. »Lass dich nicht umbringen, du Verrückter. Ich kann nicht leben, wenn du stirbst.«

Kapitel 30

Es sah den ganzen Vormittag so aus, als wollte es schneien. Die grauen Wolken, die über den Himmel zogen, waren prall wie Daunenkissen. Das Land wurde in graues Licht gehüllt, in das sich gelegentlich, wenn die Sonne durch eine Wolkenlücke fiel, rosafarbener Glanz mischte. Eine dünne Schneeschicht lag über Boden und Bäumen.

Zum Glück war es nicht mehr so kalt wie an den Tagen zuvor, denn Sophie meinte sich zu erinnern, dass Mutter sie, als es um Henriette ging, vor der Kälte gewarnt hatte. Kinder waren empfindlich gegen niedrige Temperaturen. Wenn Erwachsene sich noch wohl fühlten, froren sie bereits. Einem der Söhne einer Nachbarin war die Wange angefroren, was zu einer hässlichen Vernarbung geführt hatte.

»Ich werde froh sein, wenn ich endlich wieder daheim bin«, sagte sie zu Julius, der neben ihr ritt.

Er murmelte: »Noch ist es nicht so weit.«

So viel engelhafte Geduld, dachte sie und hatte wie immer, wenn sie mit dem Hauslehrer beisammen war, ein schlechtes Gewissen. Sie nutzte ihn aus. Ihr einziger Trost bestand darin, dass er es wusste und dass es ihm nichts auszumachen schien. Nein, das war billig. Natürlich machte es ihm etwas aus. Aber was sollte sie tun?

Schnee rieselte auf sie herab, als ein großer, schwarzer Vogel sich in die Lüfte schwang. Sophie schaute dem Tier beklommen nach. Ihre Miene heiterte sich erst auf, als sie an einer Wegkreuzung Werner von Reifferscheidt und seine Männer erblickte. Denn das war die Vorsorge, die Julius getroffen hatte: Sie würden sich als Zeugen und Beistand den mächtigsten Nachbarn des jungen Freiherrn an die Seite holen.

Der Graf saß krumm in seinem Sattel. Es hieß, er sei schon an die achtzig, und dafür war er erstaunlich rüstig. Das dünne, weiße Haar klebte fettig an seinem Kopf, seine Augen waren milchig, aber er bewegte sich entschieden. Sophie hatte in Speyer die Einzelheiten über den Streit erfahren, den er mit Marsilius ausfocht. Er hatte es dem Wildenburger nicht nur übelgenommen, als der ohne das Recht auf die Blutgerichtsbarkeit Hexen zum Tode verurteilte. Der große Affront kam, als Werner in eigener Person zum Richtplatz geritten kam und die Hexen losbinden und die Reisighütten, in denen sie verbrannt werden sollten, zerstören ließ, um klarzustellen, wie die Rechtslage war. Er hatte angenommen, dass die Angelegenheit damit erledigt sei. Doch Marsilius hatte unmittelbar nach seinem Abzug die Hütten wieder aufbauen und die Hexen darin hinrichten lassen. Diese Dreistigkeit war es gewesen, die Werner zur Weißglut brachte.

Und so war er gern mit seinen Bewaffneten gekommen, um sich an der Demütigung seines Nachbarn zu weiden. Er verwickelte Julius in ein gut gelauntes Gespräch, sie ritten die Wege hinauf, und bald erblickte Sophie die vertraute Silhouette der Burg. Sie wurde still und blass, als die Brücke hinabgelassen und die Tore vor ihnen bombastisch, als ginge es um einen Handel zwischen Kaisern und Königen, geöffnet wurden. War es doch ein Fehler gewesen, dass sie darauf beharrte, ihr Töchterchen selbst abzuholen? Was, wenn ihre Gegenwart Marsilius zu etwas Unbesonnenem trieb? Sie verscheuchte die späte Reue.

Die Pferdetreppe, die zum Burghof hinaufführte, wurde vom Burggesinde flankiert. Sophie sah Jössele und Theiß, der seine Küchenschürze abgelegt hatte, außerdem Knechte und Mägde und den kleinen Pferdejungen … Eva stand mit gesenktem Kopf vor Dirks Haus und mied ihren Blick. Niemand sagte ein Wort.

Im Hof wartete Marsilius. Neben ihm hatte sich Kaspar aufgebaut, der zu ungeahnten Ehren aufgestiegen zu sein schien. Etwas abseits erblickte Sophie Pater Ambrosius, der, wie sie mit Erleichterung feststellte, sein Abenteuer im Bergwerk offenbar ohne größere Blessuren überstanden hatte und wieder seinen Dienstgeschäften nachging. Sie ignorierte ihn, um ihn nicht in Schwierigkeiten zu bringen. Dirk Wolpmann war da. Und natürlich auch Edith.

Sophies Magen füllte sich mit Glut. Die vergangenen Monate, die an ihr gezerrt und sie bleich und mager gemacht hatten, waren an der Hexe spurlos vorbeigegangen. Ediths Schönheit war makellos, und mit dem Kind im Arm wirkte sie beinahe mütterlich.

Das Kind. Erst jetzt fiel Sophies Blick auf das Bündel in den Windeln mit dem eingestickten schwarz-goldenen Palandt'schen Wappen. Ihre Tochter. Henriette.

»Wartet«, sagte Julius, aber sie hörte nicht auf ihn, sondern stieg vom Pferd. Während sie sich vor Ungeduld in ihrem Kleidersaum verhedderte, riss sie Edith den Säugling aus den Armen und drückte ihn an sich. Die Kleine war wach. Sie starrte ihre Mutter mit weit aufgerissenen Augen an – und begann zu weinen. Bestürzt wiegte Sophie sie und murmelte Zärtlichkeiten. Es war, als wollte ihre Tochter ihr mit Verspätung zeigen, dass sie ihr die Kälte in den ersten Wochen ihres Lebens übelgenommen hatte. Sophie sah, wie Edith überheblich lächelte.

»Gottes Mühlen mahlen langsam, aber am Ende gehen sie über jedes Korn«, rief Werner von Reifferscheidt seinem Rivalen ohne Interesse für das Geplärr zu.

Marsilius bedachte ihn mit einem raschen, zornigen Blick. Dann trat er vor. Schneller, als Sophie reagieren konnte, riss er sie in seine Arme und biss sie in die Lippe. Sein Speichel lief ihr am Kinn entlang. Heftig stieß sie ihn von sich und taumelte zurück. Es war totenstill im Hof.

Julius lenkte sein Pferd blass zu Sophie und streckte die Hände nach dem Säugling aus, damit sie wieder in den Sattel steigen konnte. Henriette schrie mittlerweile aus Leibeskräften. Es war ein grässliches, nervtötendes Geräusch, und Sophie, die Marsilius' Spucke mit dem Ärmel abgewischt hatte, ertappte sich dabei, dass es ihr zutiefst widerstrebte, das Kind erneut in die Arme zu nehmen. Ihr fiel auf, wie man sie anstarrte. Jeder im Hof schien zu merken, was sie bisher für ihr Geheimnis gehalten hatte: Sie war eine schreckliche Mutter. Sie würde dieses Kind niemals lieben können. Ein Blick ins Gesicht des Säuglings machte ihr auch klar, warum. Mit dem Grübchen im Kinn und den seltsam runden Augen würde Henriette sie ihr Lebtag an Marsilius erinnern. Das Mädchen war in seinem Aussehen komplett nach dem Vater geraten.

Sie hatte gesiegt und trotzdem verloren.

An die folgenden Tage erinnerte sie sich später nur schwach. Julius bestand darauf, dass sie nach Speyer zurückkehrten. Offenbar hielten sich in der Gegend, in der ihre Eltern lebten, Truppen auf. Der Krieg hatte den Westen des Landes erreicht. Und da erschien ihm der Weg mit einer Frau und einem Säugling im Geleit zu gefährlich. Sie hatte nachgeben müssen – es ging ja nicht an, dass jetzt *sie* es war, die Henriette in Gefahr brachte.

Im Grunde war sie sogar erleichtert gewesen. Julius hatte behauptet, dass ihr Vater ihr vergeben habe, aber sie fand, dass es nicht allzu überzeugend geklungen hatte. Irgendetwas stimmte nicht. Vielleicht war Vater wütend auf sie? Er hatte Julius ja nicht einmal einen Brief für sie mitgegeben. Mutter übrigens auch nicht. Was, wenn die beiden sie gar nicht mehr haben wollten? Angespannt kümmerte Sophie sich um ihre Tochter, die schrie, sobald sie die Augen öffnete, und nur in den Armen der Amme, die man für sie mitgenommen hatte, für kurze Momente ruhig wurde.

Als sie in Speyer ankamen, verstärkte Sophie ihre Bemühungen um das Mädchen. Sie wiegte es in den Armen, wie sie es bei Christine gesehen hatte. Sie gab ihm Kosenamen, sie herzte und küsste es. Aber Henriette ließ sich nicht von ihr besänftigen, und am Ende war es Irmgard, die sich der Kleinen annahm.

Tomas' Schwester erwies sich als ruhige, gemütvolle Kinderfrau. Sobald sie Henriette zu sich holte, wurde das Mädchen zufrieden, als spürte es, dass die wortkarge Frau ihm echte Zuneigung entgegenbrachte. Sophie nahm es resignierend zur Kenntnis. Auch bei ihren Eltern war es schließlich nicht anders gewesen.

Julius bemerkte natürlich, wie sie Henriette nach und nach abschob. Er übte zwar keine direkte Kritik daran, aber er bestand darauf, dass sie sie wenigstens einige Stunden am Tag bei sich hatte. »Ihr habt einen Prozess für dieses Recht geführt«, sagte er einmal – und sie fühlte sich noch schuldiger.

»Es ist ein ungewöhnlich hübsches Kind«, meinte Irmgard, die die Kleine eigenhändig säuberte. Mit der Ankunft des Mädchens hatte sie ihr Schweigen endgültig gebrochen. Sie weigerte sich zwar, über das zu sprechen, was ihr bei dem Überfall geschehen war, aber ansonsten schien sie fast wieder normal. Das Zimmer, das die beiden Frauen jetzt mit dem Kind gemeinsam bewohnten, roch nach dem breiigen Säuglingskot.

»Man sollte sie nicht mehr so eng wickeln. Sie sollte Arme und Beine bewegen können«, gab Sophie die Weisheit ihrer Mutter von sich, um wenigstens ein bisschen Interesse zu zeigen.

»Das ist Unsinn, dann bekommt sie eine krumme Haltung«, widersprach Irmgard. Also wurde Henriette wieder bis zum Hals in die Windeln gebunden. Sophie ließ sie sich reichen. Das Mädchen schaute an ihr vorbei zum Licht einer

Kerze, die jetzt, da die Tage kurz und die Nächte lang geworden waren, bereits am Nachmittag entzündet werden musste. Wie schwer sie geworden war! Sophie setzte sich mit ihrem Kind in einen Lehnstuhl und starrte auf das kleine Gesicht. Wieder fiel ihr die Ähnlichkeit mit Marsilius auf, besonders ums Kinn.

Sophies Gedanken irrten zu Marx. Was, wenn er bereits zu ihren Eltern geritten war? Seit seinem Fortgehen waren zwei Wochen vergangen. Was würde er unternehmen, wenn er sie dort nicht fand? Was trieb er überhaupt? Seine Bemerkung zu Conrad war mehr als kryptisch gewesen. Sie zuckte zusammen, als Henriette ein glucksendes Geräusch von sich gab, das eine weitere Plärrattacke ankündigte.

Die Tage verstrichen. Sophie trieb einen Boten auf, den sie zu ihren Eltern schickte mit der Bitte, ihr doch Nachricht zu geben, wie es um sie alle stehe, und der Ankündigung, dass sie bald zu ihnen kommen würde, wenn es den Eltern recht wäre. Natürlich erwähnte sie auch den Ausgang des Prozesses, in dem klargestellt worden war, dass sie nicht zu Marsilius zurückkehren musste, um Henriette zu behalten. Von Irmgard ließ sie sich derweil zeigen, wie man Henriettes Po klopfen und welche Lieder man singen musste, damit das Kind sich beruhigte. Allmählich stellten sich wirklich kleine Erfolge ein. Vor allem aber zählte Sophie die Tage, die Marx nun schon fort war.

An einem kalten Mittag Ende November, als sie das Eingesperrtsein in Tomas' freundlichem, aber furchtbar langweiligem Haushalt nicht mehr aushielt, nahm sie Henriette, um mit ihr durch die Stadt zu spazieren. Sie sagte niemandem Bescheid, sondern zog sich und das Kind einfach warm an und schlich aus der Haustür. Es tat gut, die kalte Luft auf der Haut zu spüren und sie einzuatmen. Als würde der Kopf durchgepustet.

Ein Fuhrwerk ruckelte die Straße hinab, und sie trat auf die

Stufen zurück, um es vorbeizulassen. Als der Karren vorüber war, kam hinter ihm ein kleiner, verlotterter Straßenbengel mit einer roten Schnoddernase zum Vorschein. Er baute sich vor ihr auf und stieß hervor: »Heute nach dem Dunkelwerden im *Roten Haus* beim Judenhof, soll ich sagen.« Im nächsten Moment war er davongeflitzt.

Sophie lief ihm einige Schritte nach und hielt inne. Das war doch eine Botschaft gewesen. Der Bursche musste schon einige Zeit vor dem Haus auf eine Gelegenheit gewartet haben, sie abzupassen. Kam er von Marx? Oder – ihre Freude schlug sofort in Zweifel um – etwa von Marsilius? War die Nachricht eine Falle? Unentschlossen ging sie die Straße hinab. Henriette war eingeschlafen. Sie bewegte im Traum die Lippen und schien die frische Luft genau wie ihre Mutter zu genießen.

Der Judenhof befand sich nicht weit von Dom und Rathaus. Ihre Füße trugen sie wie von selbst zu einem roten, massiven Bau, den ein Schild als Herberge auswies. Eine breite Tordurchfahrt führte in einen Innenhof, eine Treppe in die Herberge hinein. Geistesabwesend wiegte Sophie ihr Kind, das immer noch schlief. Sollte sie sich in der Gaststube umsehen? Nein, das war ausgeschlossen. Sie brauchte nur die verkommenen Gestalten anzusehen, die sich die Klinke in die Hand gaben, um zu wissen, dass eine ehrbare Frau dort drinnen nichts zu suchen hatte. Also fortgehen und bis zum Abend warten?

Der Entschluss wurde ihr abgenommen. Jemand packte sie am Arm und zog sie durch den Torbogen in den Hof hinein. Marx. Er bugsierte sie hinter einen großen, mit einer gelben Plane bedeckten Reisewagen. Dort küsste er sie vorsichtig über Henriettes Körper hinweg. »Erst traust du dich nicht aus dem Haus – dann kreuzt du hier am helllichten Tage auf.«

»Bist du schon lang in der Stadt?«

Er lachte, ohne eine Antwort zu geben. »Das ist sie also?«

»Henriette.«

Ohne die Scheu, die die meisten Männer vor kleinen Kindern hatten, nahm er ihr Säugling ab und betrachtete ihn. Auch bei ihm weinte Henriette nicht, wie Sophie mit einem Stich im Herzen feststellte.

»Geht es dir gut?«

»Ich bin glücklich«, log sie. Nicht einmal Marx brauchte zu wissen, wie enttäuscht sie über sich selbst war.

Er hielt Henriette ein wenig schräg, so dass das Winterlicht auf ihr schlafendes Gesichtchen fiel. »Wie habt ihr euch überzeugt, dass ihr das richtige Kind bekommt?«

Sophie lachte auf. »Sieh's dir an. Es ist Marsilius wie aus dem Gesicht geschnitten.« Sie wartete darauf, dass er ihr zustimmte.

Er tat es, wenn auch nach kurzem Zögern. »Dir nicht so sehr.«

»Aber natürlich ist das Henriette!«

Einige Söldner in bunten, ungewöhnlich sauberen Kleidern ritten in den Hof. Sie schwangen sich aus den Sätteln, riefen nach den Stallburschen, fluchten, als niemand kam, und banden ihre Pferde selbst an die Eisenringe in der Mauer. »Der Krieg entscheidet sich«, bemerkte Marx, der sie beobachtete. »Das Heerlager vor der Stadt hat stündlich Zulauf.«

»Tatsächlich?« Der Krieg interessierte sie nicht. Sie starrte auf ihr Kind, das immer noch in Marx' Armen schlief. Warum war Marx keine Ähnlichkeit mit ihr selbst aufgefallen? *Weil es keine gibt.*

»Marsilius ist nicht durch die Dörfer gezogen, um in die Betten der Bäuerinnen zu kriechen, das hätte ich gewusst«, sagte Sophie.

»Dann mach dir keine Gedanken.«

»Und Edith hat ihm einen Sohn geboren – das hat sie mir selbst gesagt.« *In der Nacht, in der sie wollte, dass ich sterbe. Als sie noch vermutete, dass ich einen Sohn zur Welt bringen würde. Und es sie ganz sicher gekränkt hätte, wenn sie selbst nur ein Mädchen vorzuweisen gehabt hätte.* Es war nicht mehr nur die Kälte, die Sophie frieren ließ. Langsam hob sie den Kopf. »Sie haben mir das Kind so leichten Herzens überlassen. Dass ich mich nicht gewundert habe!«

»Sophie …«

»Sie hätten es doch nicht getan, wenn es Henriette gewesen wäre.«

»Na ja …«

»Aber Hexen lieben ihre Kinder nicht. Sie lieben niemanden. *Ediths* Kind hätten sie mir gegeben.«

»Immer mit der Ruhe.«

Das kleine Mädchen öffnete die Augen. Es schaute sie an, reglos verschnürt, das Gesichtchen gerahmt von den Windeln, aus denen Marsilius' schwarze Locken krochen. Sie ist so hübsch, hatte Irmgard gesagt. Sie war mehr als das: Mit ihrem kleinen, herzförmigen Gesicht und den klaren Augen war sie eine zarte, winzige Schönheit. Sophie sagte, kalt vor Entsetzen: »Henriette ist tot.«

Marx trat neben sie und legte den freien Arm um ihre Schultern, einen Stellungswechsel, den das Kind mit einem Stirnrunzeln quittierte. »Wenn deine Tochter tot wäre, hätte Marsilius dir mit einem Lachen die Leiche oder den Sarg übergeben. Wenn Ediths Tochter tot wäre, dann hätte er dir ebenfalls eine Leiche überlassen und *heimlich* gelacht. Sie leben beide, nach meiner Meinung.« Er gab ihr das Kind zurück und blickte in ihre geweiteten Augen. »Was immer du willst, ich tue es, Sophie.«

Sie bestand darauf, zunächst mit Julius zu sprechen. Das war sie ihm schuldig. Aber sie musste bis zum Abend Mut sammeln, ehe sie sich traute. Der Hauslehrer saß mit Irmgard in dem kleinen Salon, in dem das Feuer brannte. Drei leere Gläser auf dem Tisch bewiesen, dass auch Tomas bei ihnen gewesen, wohl aber schon zu Bett gegangen war.

Sophie erklärte ihrem Freund, was sie über Henriette … nein, über das Kind oben in der Wiege dachte. Sie sah, wie

Julius' Stirn sich bewölkte. Trauer, aber auch Ärger machten sich in seinem Gesicht breit. Er stand auf und wandte sich zum Fenster, wo er mit dem Rücken zu ihr sagte: »Sophie, wo soll das enden?«

»Aber ...«

»Nein, warte, lass mich aussprechen. Die Wahrheit ist: Du kannst deine Tochter nicht lieben. Du verabscheutest das arme Geschöpf, seitdem ich es dir in die Arme gelegt habe. Ich hab's gesehen und sehe es nun Tag für Tag. *Deshalb* denkst du dir solche Dinge aus. Du willst sie einfach wieder los sein.«

Jedes seiner Worte traf sie wie ein Schlag ins Gesicht. »Aber das stimmt doch gar nicht. Wenn es so wäre, hätte ich sie bei Marsilius lassen können.«

Traurig meinte Julius: »Ich sage ja nicht, dass du dich nicht bemühst. Du willst dein Kind beschützen und deine Pflicht erfüllen – aber lieben kannst du es nicht.«

Sie schüttelte den Kopf.

Irmgard, die nicht alles verstanden hatte, aber doch das Wichtigste, sagte scharf: »Du gibst sie aber nicht fort!«

»Nun, ich ...«

»Wenn jemand fortmuss, dann geh selbst! Geh du!« Irmgard sprang auf, lief zur Wiege und riss Henri..., riss das Kind aus der Wiege. Sie presste es an sich. In ihrem Gesicht vereinte sich die Liebe zu dem Säugling mit ihrer Wut und verzerrte es zu einer Fratze.

»Natürlich, Irmgard. Ich würde sie sogar sehr gern hierlassen, wenn Ihr es erlaubt. Nur ich selbst muss fort. Heute Abend noch. Sag Tomas meinen Dank, Julius.«

»Marx ist zurückgekehrt.«

»Ja«, gab sie zu.

»Tomas hat dafür gesorgt, dass er nicht mehr ins Haus kommen kann – aber natürlich findet er trotzdem einen Weg. So ist er, nicht wahr?« Julius hatte sich umgedreht, er stützte sich mit den Händen hinter sich auf der Fensterbank ab. »Du hast den Verstand verloren, Sophie.«

»Er wird mir helfen, Henriette zurückzubekommen«

»Schieb es nicht auf dein Kind, wenn du zu ihm willst.«

»Ich schieb's auf gar nichts.«

Eine Magd trat ein. Sie stutzte, ihr flinker Blick ging über die Gesichter, dann holte sie die schmutzigen Gläser und verließ rasch wieder den Raum.

»Du willst noch heute Abend fort?«

»Ja, denn …«

»Ich werde das nicht zulassen.«

»Was sagst du?«

»Ich verbiete es dir. Du bist verblendet, und ich trage eine Verantwortung für dich.«

»Aber …«

»Ich könnte es vor deinen Eltern nicht rechtfertigen, dich zu ihm gehen zu lassen. Sie vertrauen mir.«

Sophie protestierte nicht, als er sie mit ausdrucksloser Miene in das vergitterte Zimmer brachte, und auch nicht, als er meinte, dass sie ihm dankbar sein würde, sobald sie wieder zu Verstand gekommen sei. Sie setzte sich auf Irmgards Bett und hörte zu, wie er die Tür von außen verschloss. Als seine Schritte verklungen waren, hob sie die Strohmatratze an und holte einen Schlüssel hervor, den Irmgard irgendwie ergattert und dort versteckt hatte, weil sie immer die Angst beherrscht hatte, sie könne noch einmal dort unten eingesperrt werden.

Es dauerte noch eine Weile, bis es im Haus still geworden war. Dann schloss Sophie die Tür auf und huschte die Treppe hinauf.

Schon auf dem Weg zum *Roten Haus* merkte sie, dass etwas geschehen sein musste. Von den Wehrmauern und Türmen ertönten Fanfarenklänge, und es waren so viele Menschen in den Gassen unterwegs, dass sie von ihnen umhergestoßen wurde. Sie musste sich ihren Weg zwischen Sänften, Reitern und rücksichtslosen, zum Teil betrunkenen Fußgängern bahnen. Alle Welt schien auf den Füßen zu sein. Sogar die Söldner aus den Flussauen hatten nicht wie üblich mit dem Torschluss die Stadt verlassen, sondern trieben sich in den Straßen herum. Gelegentlich schoss einer von ihnen in die Luft, was von den anderen Menschen belacht und beklatscht wurde. Es dauerte eine Weile, bis Sophie aus dem, was sie im Vorwärtsdrängen erlauschte, schlau wurde: Der Löwe aus Mitternacht, König Gustav Adolf von Schweden, war tot. Wallenstein hatte ihn besiegt und erschlagen.

Sie erreichte das Wirthaus, betrat den nach Küchendünsten, Wein und Abort stinkende Schankraum, wurde von dem kleinen Jost entdeckt und von ihm in ein Hinterzimmer gebracht, in dem sie zwischen vielen anderen Gestalten Marx und den Zaunkönig entdeckte. Letzterer hatte sich jetzt, wo es kalt geworden war, in so viele Wämser und Hosen gehüllt, dass er wie ein wandelndes Fass wirkte. »Das Gute hat das Böse unter seinen Füßen zertreten, meine Dame, genau wie es in der Bibel steht!«, begrüßte er Sophie euphorisch und ziemlich betrunken. »Der Schwede hat ausgeschissen. Mars wird zum Teufel gejagt und Venus endlich wieder in die Paläste gebeten! Halleluja, Gott sei gepriesen!« Ein Schankmädchen drängte sich auf seinen Schoß und wurde freigebig begrapscht und geküsst.

Marx zog Sophie auf eine Bank, die an einem langen Tisch voller Zecher stand. »Die Nachricht ist vor zwei Stunden in die Stadt gekommen«, flüsterte er. »Es hat bei Lützen – das ist im Osten, in der Nähe von Leipzig – eine Schlacht gegeben. Die Kaiserlichen waren siegreich und Gustav Adolf …« Er wurde unterbrochen. Ein blasser Mann mit einem nackten, von einem Schwertstreich vernarbten Schädel beugte sich über den Tisch und brüllte ihm zu: »Der Teufel hat den Ketzern beistehen wollen. Er hat das Schlachtfeld in Nebel getaucht und den Boden zu einem Schlammpfuhl gemacht, so dass die Pferde einsanken und man Freund von Feind nicht unterscheiden konnte. Wallenstein hatte Zehntausend Mann bei sich – und war den Schweden damit an Zahl unterlegen, aber …«

»Ist doch nicht die Zahl, die's ausmacht«, unterbrach ihn sein Nebenmann. »Schweden können nich kämpfen.«

»Wallenstein hat auf den Pappenheim gewartet, aber der is auch tot«, grölte einer seiner Kumpane, ein hübscher, noch sehr junger Bursche mit einer blauen Augenklappe, unter der Eiter getrocknet war.

»Is er nicht!«

»Is er doch. Is aber egal. Wallenstein hat die Kacke dampfen sehen, und da is er in den Sattel und höchse …« Der Mann war zu betrunken, um das Wort über die Lippen zu bekommen. »… und selbs an die Spitze … neben dem Fähnrich …«

»Blut ist geflossen«, erklärte ein Mann mit einem Armstumpf tonlos.

»Er hat den Schweden vom Pferd gehauen …«

»Nein, geschossen! Mann, einfach weggeblasen! Aber nich Wallenstein. Der war doch ganz woan…«

»Nichts – das war Wallenstein. Wallenstein hat den Winterkönig zur Hölle geschickt. Ein Hoch auf unsern Führer!«

Jost, der ebenfalls auf der anderen Tischseite saß, langte über den Tisch und ergriff mit glitzernden Augen Marx' Arm. »Kroaten sind hinter die schwedischen Linien und haben die Pulverwagen gesprengt, heißt es! Mann, das sind Teufel!«

»Idiot! Warst du dabei?«, brüllte der Mann mit der Schmarre ihn nieder. »Das Pferd des Königs hat die Wende gebracht. Streiff. Is durch das Schlachtgetös geirrt, ohne seinen Herrn. Unsre Männer ham's gesehen. *Das* war die Wende. Das Pferd ohne Reiter …«

»Blut ist geflossen!«, murmelte der Krüppel.

»… hat Wallenstein die Schweine, die Deserteure, erschossen …«

»Blut ist geflossen!«

Je lauter sie schrien, umso ruhiger wurde Marx. Irgendwann war er völlig verstummt und beobachtete nur noch die

Männer, die trunken von Wein, Begeisterung und Rührung durcheinanderbrüllten.

»Ist der Krieg nun vorbei?«, fragte Sophie ihn flüsternd.

»Ich weiß es nicht. Ich habe keinen Schimmer.«

»Und?«, fragte sie, als sie Stunden später im hintersten Winkel einer Scheune ihre Kleider gegen eine Männerhose, Stiefel, ein weißes Hemd und ein Fellwams tauschte, »hast du etwas von Conrad erfahren?«

Marx stand so vor ihr, dass seine Gestalt die ihre verdeckte. Er hatte ihr die Männerkleidung übergeben, weil er meinte, dass die Zeiten nun, da der König der Schweden tot war, noch unsicherer werden würden. Was jetzt an regionalen Konflikten losbrach, ließ sich gar nicht abschätzen. Da hatten Frauen auf den Straßen nichts zu suchen. Sie sah, dass er die anderen Kerle, die mit ihnen im Anbau des *Roten Hauses* übernachteten und schnarchten oder sich stockbetrunken mit den Herbergshuren im Stroh wälzten, im Auge behielt.

»Marx?«

»Ich habe ihn in Herbede erwischt. Aber auskunftsfreudig war er immer noch nicht. Er sagte, er hat Heinrich geschworen, Stillschweigen über das zu bewahren, was der ihm anvertraute. Taramtatam mit pochendem Herzen ... Kinder eben ...«

»Du sprichst so kalt.«

»Warum Feuer anfachen, wenn sowieso schon alles in Flammen steht?«, fragte Marx dürr.

Sophie knüpfte die Schnüre am Fellwams fest. »Es tut mir leid«, flüsterte sie, als sie aufstand. »Du hast Heinrich sehr geliebt, nicht wahr?«

Marx küsste sie, statt zu antworten.

»Und was hat Conrad nun preisgegeben?«

Marx zog sie hinab in das Stroh, das er mit einer dünnen, löchrigen Decke in eine Bettstatt verwandelt hatte, und schlang die Arme um sie. »Zum einen: Heinrich war ein schwärmerischer Tollkopf. Er hatte sich tatsächlich bis über beide Ohren in diese Nonne verliebt und war bereit, dafür alles zu geben.«

»Ist das Tollheit?«

Marx vergrub sein Gesicht in ihrem Haar. »Der wichtige Punkt: Er war bereit, *alles* zu geben.«

»Und?«, fragte sie ratlos. »Ich meine, wussten wir das nicht schon?«

»Außerdem hat mir Conrad so widerstrebend, dass ich einen Moment fast stolz auf ihn war, verraten, wo ich das schöne Kind finden kann. Nämlich in einem Kloster ganz in der Nähe der Wildenburg. Daher auch der Umweg, den Heinrich auf dem Weg nach Speyer auf sich genommen hat.«

»Hast du sie aufgesucht?«

»Ich wollte, aber ich konnte nicht.« Seine Stimme war in ihrem Nacken. »Ich bin zerrissen, meine Hasardeurin. Marsilius hat schon einmal versucht, dich umzubringen. Ich fürchte, er denkt Tag und Nacht an dich. Und Julius ist klug, aber nicht gerissen – das ist eine Petitesse, die den Unterschied zwischen Leben oder Tod bedeuten kann.«

»Dann lass uns jetzt gemeinsam das Kloster aufsuchen. Es würde nicht viel Zeit kosten.« Sie bot es ihm an – und hoffte, er würde ablehnen. Heinrich war tot, doch was auch immer Marsilius damit zu tun hatte, es würde nicht helfen, Henriette rasch aus der Burg zu bekommen. Zu ihrer Erleichterung war Marx ihrer Meinung.

»Ich weiß, was es heißt, in Ediths Händen zu sein, glaub mir. Und wir werden nichts unternehmen, bevor wir Henriette nicht bei uns haben.« Marx küsste sie, als wollte er damit die Schatten, die sich über sie senkten, vertreiben. Einen Moment sah sie wieder den blutigen Gesichtsabdruck auf Marsilius' Hemd. Sie hörte Ediths Lachen. Ja, sie mussten sich beeilen.

»Aber wie können wir vorgehen?«

Kapitel 31

Sie fanden Ambrosius in der Nähe seiner Behausung. Er stand im Wald, trotzte der Kälte mit nacktem Oberkörper und spaltete einen Holzstamm. Dabei betete er, wobei jeder Axthieb von einem donnernden *Amen* begleitet wurde. Alles Getier ringsum war bereits vor dem Lärm geflüchtet. Auf die Reiter wurde er erst aufmerksam, als sie in sein Blickfeld ritten. Resigniert trieb er die Axt ein letztes Mal in den Stamm. »Der Herr hat euch gesandt«, stellte er fest, während er sich bemühte, nicht allzu verdrießlich zu schauen.

»Wie schön, das von seinem Diener zu hören«, lächelte Marx. Dann folgten sie ihm zu seinem Haus. Dort angekommen, bereitete Ambrosius ihnen zunächst ein wenig reizvolles Mal aus schrumpligen Äpfeln, die er zusammen mit Hirsekörnern kochte. Während er rührte, erklärte er ihnen, dass der Grund ihres Kommens ihn nicht interessiere, denn er sei, wie sie ganz richtig festgestellt hatten, ein Diener des Herrn, den nur ihr Seelenheil etwas anging, um das es vermutlich nicht allzu gut bestellt war. Dann hörte er sich aber trotzdem an, was Marx von ihm begehrte. Seine Augen wurden immer größer, je mehr er von ihrem Anliegen begriff. Er sollte Marx, der sich in eine Mönchskutte kleiden wollte, in die Wildenburg geleiten.

»Ihn und mich«, fügte Sophie rasch hinzu.

»Nein, mein Herz – *dich* unter keinen Umständen. Sie werden kein komplettes Konvent in ihre Arme schließen wollen.« Marx lächelte sie an, verbindlicher als Julius, aber nicht weniger entschieden. Dann fuhr er fort, seinen Plan zu erläutern: Ambrosius' Gegenwart würde ihn vor allzu neugierigen Blicken am Tor schützen, denn der Pater genoss das Vertrauen der Burgleute. Ambrosius würde die Menschen zu einem Dankgottesdienst zusammenrufen, in dem sie den Herrn priesen, dass er die Geißel des schwedischen Heeres von ihnen genommen und den schwedischen Ketzer mit der Keule seines göttlichen Zorns erschlagen habe. Marx würde unterdessen nach Henriette suchen.

»Henriette«, echote Ambrosius dumpf.

»Die Sache wird möglicherweise nicht ganz so elegant ablaufen, wie es sich jetzt anhört. Es könnte sein, dass du sie nicht überlebst.«

Ambrosius strich bei diesen unverblümten Worten den Brei am Topfrand ab und legte den Holzlöffel beiseite. »Warum sollte ich mich dann darauf einlassen?«

Marx legte ihm den Arm um die Schulter – eine vertrauliche, fast liebevolle Geste, die Sophie sonderbar vorkam, den Pater aber lächeln ließ. »Bedenke«, flüsterte Marx, während er den Kopf zu ihm neigte: »Es geht um ein Kind. Ein kleines Mädchen, das sich in einer schrecklichen Lage befindet. Wir alle sind Sünder, Ambrosius. Jedermann und auch du und ich wissen von Stunden, die wir am liebsten ungeschehen machen würden. Aber gibt es auf dem himmlischen Richtertisch nicht eine Waage, auf der die guten und die … nicht ganz so vorbildlichen Taten gegeneinander aufgewogen werden?«

»Manches wiegt vielleicht zu schwer.«

»Der Mut, für eine gute Sache möglicherweise in den Tod zu gehen, hat viel Gewicht.«

Ambrosius stieß einen abgrundtiefen Seufzer aus. Er nahm bedächtig die Hand von seiner Schulter und murmelte: »Lass mich drüber schlafen.« Dann nahm er den Kochlöffel wieder auf, hielt aber inne, als er ihn in den Brei versenken wollte. »Ein Kind, ja?« Eine Zeitlang starrte er in die Luft. Der Brei begann zu brodeln und zu duften, und Ambrosius tauschte den Löffel gegen einen dicken Lappen und hob den Topf von den Kettenzähnen, um ihn auf dem Boden abzusetzen. »Es gibt tatsächlich ein Kind auf der Burg, über das gemunkelt wird.« Ächzend richtete er sich wieder auf. »Als die junge Dame hier ihren Säugling abholte, heißt es, da legte Edith ein anderes Kind in die herrschaftliche Wiege und sich selbst ins Bett der Herrin. Sie sagen in der Burg, dass der Neuankömmling sehr unruhig sei und schlecht trinke. Ganz abgemagert sei die Kleine schon. Und nachts dringe ein jämmerliches Greinen aus dem Raum, dass ihnen vor Mitleid schier das Herz zerreißen will.«

Sophie brach in Tränen aus, und Ambrosius geleitete sie zu dem einzigen Stuhl, der in seiner Behausung zur Verfügung stand. »Ich weiß, ich weiß«, murmelte er. Er wandte sich wieder an Marx, der ihn stumm hatte gewähren lassen. »Du willst also mit mir gemeinsam in die Burg. Das wird nicht gut gehen, wie du schon andeutetest. Selbst wenn dein Gesicht unter einer Kapuze verschwindet, wirst du durch deine wenig demütige Haltung auffallen. Man wird uns entlarven und dich und mich an den nächsten Balken hängen. Und gerade das ist es vielleicht, was der Allmächtige für mich vorgesehen hat. Ach, ich muss sagen, mich befällt eine gewisse Erleichterung. Die Dinge drängen auf eine Lösung hin. Es hat mich erschöpft, in Sünde zu leben. Mein Herr und Erlöser erwartet ein Opfer von mir.«

»Vielleicht habe ich es nicht ausreichend betont, Ambrosius: Wir planen keinen weihevollen Untergang, sondern wollen ein Kind aus der Burg schaffen.«

»Gewiss doch«, stimmte Ambrosius höflich zu.

Sophie hatte sich wieder gefasst. »Aber Ihr zweifelt nicht länger daran, dass Edith eine Hexe ist?«

»Ich muss es für wahr halten. Mir bleibt ja nichts anderes

übrig, denn …«, er seufzte, »ich habe schon vor dir Besuch bekommen. Der Herr bereitet mich auf etwas vor. Und ich beginne, den Weg zu sehen. Er ist steinig, mit Scherben besät …«

»*Besuch?*«, hakte Marx nach.

Ambrosius schlug ein Kreuz. »Wenn es dir nichts ausmacht – ich würde vorschlagen, dass du mir für ein Stündchen in die Hölle folgst.«

Die Hölle, die er meinte, entpuppte sich als ein weitläufiges, in die Erde gegrabenes Höhlensystem, das aus engen Räumen bestand, die durch noch engere Gänge miteinander verbunden waren. Man erreichte dieses Labyrinth über eine Erdspalte, in der eine Leiter lehnte.

»*Zwergenlöcher* nennen die Leute es«, erklärte Pater Ambrosius, der zuerst hinabgeklettert war und gebückt, mit einer Fackel in der Hand, über Sand und Kies voranschritt. »Man sagt, dass es sie immer schon gegeben hat – was bedeutet: so lange die Erinnerung der Bauern zurückreicht. Allein drei oder vier sind in der näheren Umgebung. Aber man hält ihre Existenz geheim. In Tagen wie diesen können Zwergenlöcher über Tod oder Leben entscheiden. Der Krieg, ich muss das nicht erklären.«

Sophie sah, wie Marx misstrauisch die Wände musterte. Als er mit einem Messer hineinstach, bröckelte Sand hinaus.

»Ich bitt dich, lass das bleiben«, murmelte Ambrosius, ohne sich umzusehen. »Wenn wir noch ein Stück weiter sind, werdet Ihr erkennen, dass die Bauern dieses Zwergenloch als Zufluchtsort eingerichtet haben, für den Fall, dass die Soldateska, Gott behüte, bis in diesen Landstrich kommt.« Nach einer Biegung erweiterte der Gang sich plötzlich zu einer kleinen runden Kammer mit Bänken aus Erde, auf denen vier, vielleicht vier bis fünf Personen sitzen konnten, wenn sie zusammenrückten.

Ambrosius wies auf einen Sack, in dem sich Getreide befinden mochte, und auf mehrere kleine Fässer. Einige Decken lagen gefaltet auf einem Stapel. Keine guten natürlich, sondern fadenscheinige, die ihre besten Tage hinter sich hatten, in der Not aber vielleicht die Kälte erträglicher machen würden.

Der Gang verengte sich wieder. Ambrosius drehte sich zu ihnen um. Das Licht seiner Fackel huschte über Wände aus gelber Lehmerde. »Die Arme haust in dem Raum, den ich Kapelle nenne, weil die Bauern dort ein Kreuz aufgehängt haben«, raunte er. »Sie weigert sich, ihn zu verlassen. Immerfort stiert sie auf das Kreuz. Was gewisslich ein Zeichen ist, dass Gottes Funke immer noch in ihrem Herzen brennt, aber es ist trotzdem unheimlich.« Er bückte sich unter einem Torbogen hindurch, der durch Holzstämme abgestützt wurde. Dann hatten sie die Kapelle auch schon erreicht und erblickten ihre bedauernswerte Bewohnerin.

Ambrosius hatte Marx und Sophie schon vorbereitet: Vermutlich würde das Weib in Geheul ausbrechen. Sie würde spucken und kratzen, wenn man ihr zu nahe kam. Sie würde dem Herrn fluchen oder ihn anrufen – je nachdem. Und sie würde, falls sie etwas in die Hand bekäme, was sich als Waffe eignete, gefährlich werden. Das Letzte war nur eine Vermutung, denn angetan hatte sie ihm noch nie etwas. Aber man konnte sich ja denken, was im Kopf eines Menschen vor sich ging, der von bösen Geistern besessen war.

Doch zunächst einmal geschah nichts von dem, was Ambrosius prophezeit hatte. Josepha, die auf dem Boden hockte, rührte sich nicht, als sie die Kapelle betraten. Einzig ihre Augen bewegten sich. Sie kniff sie wegen des Lichtes zusammen. »Oh Jungfrau, gütige«, flüsterte Sophie. Dirks Magd sah furchtbar aus. Ihr Gesicht war zerkratzt, der Kopf halb kahl – sie musste sich das Haar in Büscheln ausgerissen haben. Obwohl Sophie den Eindruck hatte, dass sie sie erkannte, zeigte sie weder Freude noch Angst.

Widerstrebend kauerte Sophie sich neben der Frau auf den Boden. Das Kreuz, von dem Ambrosius gesprochen hatte, hing in einer Ausbuchtung in der Wand, die die Form eines gotischen Fensters hatte. Auch hier gab es niedrige Bänke. Eiserne Sporne, auf die man Kerzen gespießt hatte, staken im Boden. Durch die Decke schien ein Luftloch ins Freie gebohrt worden zu sein, das mit einem glänzend-metallenen Gegenstand kaschiert wurde. Sie befanden sich zweifellos im Hauptraum der seltsamen Schutzhöhle.

Sophie schreckte zusammen, als Josepha sich plötzlich an sie hängte. Die Frau stank fürchterlich. Überall lagen Fäkalien, als hätte sie es nicht mehr geschafft, sich einen Ort für die notwendigen Geschäfte zu suchen oder gar dafür ins Freie zu gehen. Sie rieb ihre Wange an Sophies Schulter, als könnte sie so etwas Fürsorge einsaugen. Abgestoßen und mitleidig zugleich ließ Sophie es geschehen. Schließlich fragte sie: »Was ist in Speyer passiert, als du beim Kammergericht gewartet hast?«

Sie konnte das, was Josepha nuschelte, nicht verstehen. »Sprich deutlicher.« Es nutzte nichts. Nicht einmal Wortbrocken ließen sich in dem Raunen ausmachen. Um Josephas Finger hing ein Rosenkranz – der einzige Beweis, dass in ihr noch etwas Menschliches existierte.

Ambrosius sagte: »Ich kenne sie von früher. So eine verständige, zupackende Frau. Sie kam zur Beichte, wann immer sich die Gelegenheit bot. Nicht, dass sie viel zu beichten gehabt hätte, die arme Seele. Und nun? Vorgestern, während ich sie besuchte, hatte sich ein Fuchs in die Gänge verirrt. Sie wurde fast rasend und hat ihn in die Enge getrieben und mit bloßen Händen zerrissen und dabei Ediths Namen geschrien. Seitdem ist sie in diesem furchtbaren Zustand. Aber bevor sich ihr Verstand komplett verwirrte …« Ambrosius wich einen Schritt zurück und bekreuzigte sich, als Josepha ihn plötzlich ansah. »… da schilderte sie die gottlosesten Handlungen, die man sich als Christenmensch vorstellen kann. Edith hatte sie gezwungen …«

»Davon wissen wir«, sagte Marx.

»Es erscheint mir unmöglich, dass Josepha sich solche Ungeheuerlichkeiten ausgedacht hat. Sie hat gesehen, was sie erzählte. Ich bin sicher.«

»Was hast du unternommen?«, fragte Sophie nach einer Pause.

»Ich habe sie, so weit es in meinen Fähigkeiten stand, exorziert und sie durch Gebete erbaut und ihr die Gebote unseres Heilands vorgesagt, um sie zu läutern und zu stärken. Was hätte ich sonst tun sollen? Den Freiherrn Marsilius benachrichtigen, der ihr sicher ein grausames Ende bereitet hätte, ohne seiner Hexe Einhalt zu gebieten?«

Marx beförderte mit dem Stiefel ein stinkendes Etwas ins Licht der Fackel. Es war der Kadaver des Fuchses, man konnte es am rötlichen Fell und einem spitzen Ohr erkennen. Ambrosius bekreuzigte sich ein weiteres Mal.

Und plötzlich brachte Josepha doch etwas Verständliches heraus. »Ich wollte sprechen«, murmelte sie, heiser vom Weinen und Schreien. »Aber die Hexe kam in den Gerichtssaal. Niemand hat sie gesehen außer mir. Wer hätt mich denn schützen solln? Wer hätt mir denn geglaubt? Sie war doch unsichtbar.« Ihr Gesicht war zerfurcht von Angst und Hoffnungslosigkeit.

Sie ließ sich nicht überreden, mit ihnen hinauf ins Freie zu kommen. So saßen sie später wieder zu dritt im Pfarrhäuschen. Es begann in flauschigen, großen Flocken, die am offenen Fenster vorbeiwehten, zu schneien. Sie hatten sich auf dem Bett niedergelassen, mit hochgezogenen Knien, unter sämtlichen Decken, die sie auftreiben konnten, denn es war bitterkalt.

»Und wenn Josepha dem Teufelsbund *doch* beigetreten ist?«, murmelte Ambrosius, der an Marx' linker Seite hockte. Er hustete vom Rauch. »Ich kann das mit dem Fuchs nicht vergessen. Sie hat ihn tatsächlich zerrissen. Ich hörte das Genick und die Knochen brechen. Sie hat ihre Zähne in den Kadaver geschlagen. So benimmt sich doch keine Christin. Vielleicht ist sie wirklich zur Hexe geworden.« Er schwieg bedrückt, vielleicht erwog er, den Steinfelder Abt zu informieren, weil ihm die Dinge über den Kopf wuchsen.

»Dann wäre sie doch nicht zu dir gekommen«, sagte Sophie. Verstohlen griff sie nach Marx' Hand.

In dieser Nacht wachte sie etliche Male auf. Sie durfte im Bett des Paters schlafen – er hatte darauf bestanden, denn immerhin war sie die Herrin der Wildenburg, auch wenn jetzt einiges durcheinandergeraten war. Die Männer hatten es sich auf dem Boden bequem gemacht. Ambrosius hatte vor dem Einschlafen noch einmal das Feuer entfacht, nicht nur wegen der Kälte, sondern weil sie das Bedürfnis hatten, etwas zu sehen. Dunkelheit war einfach zu beängstigend nach dem, was ihnen in dem Zwergenloch begegnet war.

Sophie stand in der schwärzesten Stunde der Nacht auf und legte Holz nach, als das Feuer zu erlöschen drohte. Sie musste dabei über die Männer hinwegsteigen und sah, dass der Pater die Nähe seines Schlafgenossen gesucht hatte, um sich zu wärmen. Er lag fast auf ihm. Marx selbst schien unruhig zu träumen. Sie konnte im Feuerschein sein Gesicht erkennen, um das der goldene Kranz seiner Haare lag. Obwohl er schlief, stand zwischen seinen Augen eine tiefe Falte. Er ist gar nicht leichtlebig, wie Julius behauptet, dachte Sophie. Er lässt sich nur nicht gern beim Sorgenmachen erwischen, das ist alles. Wie sie ihn liebte. Und wie sonderbar, dass er sie ebenfalls liebte, wo sie doch das unscheinbarste Weib war, das man sich vorstellen konnte. In allem Unglück ist mir auch ein großes Glück widerfahren, dachte sie und ihr Herz wurde weit vor Zärtlichkeit. Wäre das Bett nur ein wenig breiter gewesen, sie hätte ihn geweckt und zu sich geholt. Stattdessen legte sie die Scheite nach und kroch lautlos unter die Decken zurück. Dann schlief sie auch selbst wieder ein.

Irgendwann bekam sie mit, dass Marx sich erhob. Da begann es schon zu dämmern. Sicher wollte er raus, sich erleichtern. Sie sah aus halb geschlossenen Augen, wie er über den Pater hinwegstieg, und fiel sofort wieder in Schlummer. Kurz dachte sie, dass er sie vielleicht küssen würde, wenn er zurückkäme. Aber das geschah nicht.

Stattdessen wurde die Tür eingetreten.

Wie reagiert man, wenn das Schicksal zuschlägt? Wenn alles, was man seit Wochen befürchtet hat, in einem einzigen lauten Knall wahr wird? Sophie fuhr auf, immer noch halb im Schlaf, während der Lärm sie in die Wirklichkeit riss.

Sie sah Marsilius in der Tür stehen – er war wie aufgepumpt, von ungeheurer Größe. In der Hand trug er sein bloßes Schwert, und der Triumph in seinem Gesicht war ungeheuerlich. Sie hatte sich noch nicht einmal vollständig aufgerichtet, da fuhr sein Schwert schon auf die Menschen nieder, die auf dem Boden lagen. Ein entsetzlicher Schrei erklang. Nein, er hatte niemanden getroffen. Pater Ambrosius, der den Laut ausgestoßen hatte, floh in eine Rumpelecke, von Marx war nichts zu sehen. Marsilius wollte dem Pater folgen, aber jemand – Dirk Wolpmann – fiel ihm in den Arm, rang ihm die Waffe aus der Hand und schrie Beschwichtigungen und Warnungen. Keinen Geistlichen töten, keinen Geistlichen! Sophie versuchte auf die Füße zu kommen. Weitere Männer drängten ins Haus. Wo war Marx? Was hatten sie ihm angetan? Jetzt erst nahm Marsilius seine Ehefrau wahr. Er sprang auf Sophie zu und hieb ihr die Faust ins Gesicht.

Sie wurde nicht ohnmächtig, sondern stürzte nur. Marsilius riss sie wieder in die Höhe. Sie konnte aber nicht mehr hören, was er sagte. Es war, als wäre sie plötzlich ertaubt. Dirk drängte erneut herzu. Er hielt seinen Herrn auch davon ab, sie selbst umzubringen. In seiner Hand lagen Stricke. Er wedelte damit, wohl um Marsilius klarzumachen, was zu tun sei, und schließlich begann er, Sophie zu fesseln.

Sie hörte immer noch nichts. Dirk hatte sie zu Boden geworfen, und sie versuchte vergeblich, an den Stiefeln vorbeizuspähen. Marx … Hatte sie den Namen laut ausgesprochen? Marsilius trat gegen ihren Kopf. Als man sie aus dem Haus schleifte, erblickte sie Pater Ambrosius' graues Gesicht.

Im Garten war der Morgen angebrochen. Sophie blinzelte gegen das Winterlicht, das grell durch die Zweige der Obstbäume schien. Neben dem Gatter des Pfarrhauses stand Josepha. Die Lumpen hingen an ihr herab, sie sah aus wie eine Vogelscheuche. Ihre Haare standen büschelweise vom Kopf. Sie bewegte die Lippen, doch Sophie hörte immer noch keinen Ton. Trotzdem wusste sie, was die Frau stammelte: Es tat ihr leid, dass sie Marsilius geholt hatte. Aber es war ausgeschlossen, einen Kampf gegen eine Hexe zu gewinnen, nicht wahr? Das musste Sophie doch einsehen. Wenn man dem Weib diente, das einen verzaubert hatte, wenn man ihm gab, was es wollte, dann würde es einen vielleicht in Ruhe lassen. Es würde aufhören, einem nachzuspüren, keine Füchse mehr schicken und einen vielleicht sogar vergessen.

Sophie verrenkte noch einmal ihren Hals, um etwas zu sehen, bevor man sie auf den Karren warf, den man vorsorglich mitgebracht hatte. Nirgends lag eine Leiche. Sie konnte auch keine verräterischen Blutspuren entdecken. Lieber Gott, lass Marx entkommen sein, betete sie still.

Kapitel 32

Julius' Heim war okkupiert worden. Spanier hatten sich in ihm breitgemacht. Da sein Haus das größte und bequemste in dem kleinen Dorf war, hatte sich bei ihm der sechsköpfige Offiziersstab einquartiert, während der Rest des etwa zweihundert Mann zählenden Trupps in den Bauernkaten und auf den beiden anderen größeren Höfen des Ortes herumlungerte.

Die Dorfbewohner hatten Furcht, Julius wusste das. Wenn er ihnen auf den Wegen begegnete, sah er unterdrückte Wut in ihren Gesichtern. Die Tochter des Gerbers war vier Nächte zuvor aus ihrer Kammer entführt worden, und man hatte ihr auf der Wiese hinter dem Dorfanger Gewalt angetan, so schlimm, dass weder sie noch ihre Eltern darüber sprechen konnten. Dieses Ereignis hatte stattgefunden, kurz bevor Julius nach Hause zurückkehrte. Er hatte bei den Offizieren protestiert, ohne jedoch mehr als ein Schulterzucken zu ernten. Das war eben die Art der Söldner. Ein Haufen, den man so wenig bändigen konnte wie einem Hornissenschwarm. Es hatte doch noch keine Toten gegeben, oder?

Die Offiziere – der ranghöchste hieß Antoni Genovés – saßen die meiste Zeit in Julius' Salon und spielten vor dem Kamin, den sie verschwenderisch heizten, Karten. Im Pferdestall lungerte ihre Leibgarde herum, rohe, verwilderte, bärenstarke Männer, die sich, nach den Klagen der Köchin zu urteilen, durch sämtlich Vorräte fraßen. Sie waren nervös. Es hieß, dass die Schweden unter Wolf Heinrich von Baudissin gegen Köln zogen. Der Krieg war noch lange nicht entschieden – auch nach dem Tod des Königs nicht. Womöglich stand eine Schlacht bevor. Kämpfen verhieß Beute, üppige Zulagen zum Sold und vielleicht gar eine Beförderung. Es juckte sie in den Fingern loszuschlagen.

Julius stand an dem Fenster, das zum Garten hinausging, und beobachtete die Männer. Sie hatten eine Zielscheibe an die Lehmmauer des Schweinestalls genagelt und schossen ihre Musketen darauf ab. Die Schweine in den Pferchen auf der anderen Seite der Mauer quiekten vor Angst. Eines so ausdauernd, als wäre es von einer durchgeschlagenen Kugel getroffen worden. Kurz erwog Julius, hinauszugehen und die Kerle zur Rede zu stellen, aber er ließ es bleiben. Obwohl er keine Erfahrung mit dieser Art Menschen hatte, spürte er die Aggression, die in der Luft lag. Das Warten machte sie verrückt und ein Menschenleben galt nichts. Ein Protest wäre selbstmörderisch gewesen.

Stattdessen begann er die Armillarsphäre, die auf einem Tischchen seitlich vom Fenster stand, zu putzen. Seine Gedanken wanderten zu Conrad. Er hatte den Jungen nach dem aufwühlenden Vorfall, bei dem Marx verwundet worden war, nach Herbede zurückgeschickt. Dort schien er ihm sicherer aufgehoben zu sein. Als Julius nach der Gerichtsverhandlung aufging, dass Marx ihren Zögling aufsuchen und wer weiß was mit ihm anstellen würde, hatte er den Jungen durch einen Boten warnen lassen. Aber wer war schneller gewesen? Marx auf seinem verdammten Schimmel oder der bezahlte Mann, der womöglich Umwege in Kauf nahm, um den versprengten Truppen auszuweichen? Er hatte keine Ahnung, und die Sorge lastete auf ihm.

Außerdem fragte er sich, wer wirklich für Heinrichs Tod verantwortlich sein mochte. Dass Conrad, mit dem er jahrelang die Ethik des Aristoteles studiert, mit dem er hitzige Debatten über das Wesen Gottes, den guten Tod des Menschen, die Reformation und sogar die von Augustin Lerchheimer herausgegebenen *Bedenken von der Zauberey* studiert hatte, seine Hand gegen den besten Freund erhoben haben sollte, kam ihm unmöglich vor. Heinrich und Conrad hatten zusammengehalten wie Zwillinge, das stand für ihn fest. Dass Edith in dem Folterkeller über Conrad gesprochen hatte, musste Marx sich eingebildet haben.

Auch Sophie konnte er nicht aus seinem Kopf verbannen, obwohl er es gern getan hätte. Sie ist eine Frau, sagte er sich grimmig, und wie alle Frauen anfällig für das, was ihnen eingeflüstert wird. Dass Marx beredsamer flüsterte als er selbst, hatte sich ja nun zur Genüge herausgestellt. Er musste sich von ihr frei machen. Bevor er den Verstand verlor.

Müde von den fruchtlosen Grübeleien ging er in die Küche hinab, um seinen Hausverwalter anzuweisen, den Wein nicht weiter zu verwässern. Stockbetrunkene Söldner, die unter den Tischen lagen, kamen ihm weniger gefährlich vor als angetrunkenes Pack. Das Quieken der Schweine malträtierte seine Ohren.

Erst gegen Mittag kehrte er in sein Arbeitszimmer zurück. Da die Sonne schien, öffnete er das Fenster, das ihm einen weiten Blick bis über die letzten Häuser des Dorfes und über die anschließenden Felder bot. Obwohl es kalt war, ließ er es offen stehen, während er die Papiere sortierte, die Reinhard von Plettenberch ihm zwischenzeitlich zugesandt hatte und in denen es um Pachtverträge, einen aufsässigen Blechschmied und Reinhards Sorgen um ein ausgelaugtes Stück Land an der Grenze zum Hallinger Forst ging. An dem Zustand des Ackers konnte er nichts ändern, da kannte Reinhard sich weit besser aus. Aber Julius informierte seinen Brotgeber über dessen juristische Rechte, was den Blechschmied anging. Der Mann hatte immer schon Ärger gemacht – ein typischer Querulant, der für mehr als eine Wirtshausschlägerei verantwortlich war. Julius hatte den entsprechenden Brief etwa zur

Hälfte aufgesetzt und hob den Kopf, um über eine Formulierung zu sinnen, da sah er weit draußen, wo die weißen Brachfelder auf ein Flüsschen trafen, einen Reiter auf einem Schimmel auftauchen.

Einen Moment lang setzte sein Herzschlag aus. Er sprang auf, das Tintenfass kippte, und die Tinte ergoss sich über den Brief und das Eichenholz seines Sekretärs. Er nahm es kaum wahr. Sein Blick sog sich an dem Mann fest, der auf sein Haus zustrebte.

Marx, schon wieder Marx!

Zornig ballte er die Fäuste – und suchte im selben Moment die Straße nach Sophie ab. Aber vergeblich. Von der kleinen Frau war weit und breit nichts zu sehen. Natürlich konnte Marx sie irgendwo zurückgelassen haben, doch das glaubte Julius nicht. Mit der Intuition eines Liebenden begriff er, dass ihr etwas geschehen sein musste. Wenn die beiden Erfolg gehabt hätten oder auch wenn sie gemeinsam gescheitert wären, wäre sie an Marx' Seite geblieben.

Er musste blinzeln. Er weinte nicht, schließlich war er ein gestandener Mann, doch der Kummer machte ihn schwindlig. Dass Marx den leichtsinnigen Versuch, in die Wildenburg einzudringen, überlebt hatte, war nicht verwunderlich. Der Mann war, wie es in der abergläubischen Sprache der Söldner hieß, gegen Kugeln und Klingen gefroren. Aber Sophie war ein verletzliches Menschenkind. Sie mit in die Gefahr zu nehmen hatte geheißen, sie der Vernichtung preiszugeben.

Julius' zitternde Hand glitt über die Armillarsphäre. Marx kam also, um ihm zu erklären, dass Sophie tot war. Warum gerade zu ihm? Weil er Trost suchte? Dieser neuerliche Beweis blinder Egozentrik verschlug Julius den Atem. Plötzlich ging ihm auf, wie sehr ihn die Gleichgültigkeit, mit der Marx seinen Ärger wegsteckte, immer gewurmt hatte. Der Mann nahm ihn nicht ernst. Nicht einmal seinen Hass.

Julius trat dichter ans Fenster und schaute in den Garten, in dem die Spanier das Schwein ausnahmen, das ihren Schießübungen zum Opfer gefallen war. Sie grölten, einer sang, zwei von ihnen schlugen sich. »Was tut ihr dort?«, rief er scharf zu ihnen hinab.

Die Garde hatte Anweisung, es auf keine Konfrontation ankommen zu lassen, das wusste er. Es waren erfahrene Söldner, die ihre Herren während der Schlacht schützten, und man wollte vor dem eventuellen Kampf gegen die Schweden keine Verwundungen riskieren. Aber wer dachte im Suff an Befehle? Die bunt gekleideten Männer mit ihren geschlitzten Wämsern und den abenteuerlichen Hüten schauten zum Fenster. Es war, als wären sie froh, endlich ein Ziel für ihre Frustration gefunden zu haben. Spanische Satzfetzen, die er nicht übersetzen konnte, drangen zu ihm herauf. Doch er war nicht greifbar. Dass sie besser nicht ins Haus gingen, wo ihre Offiziere inzwischen über Taktiken und Truppenstärken diskutierten, war ihnen immerhin noch klar.

»Das Schwein wird bezahlt. Ich werde dafür sorgen, dass dieser Diebstahl geahndet wird.«

»Das Land ernährt den Krieg!«, brüllte einer der Spanier in schlechtem Deutsch den Leitspruch der Söldner zu ihm hinauf.

»Aber kein Diebesgesindel!« Julius zog sich vom Fenster zurück, allerdings so, dass er immer noch den Hof im Auge hatte. Er hatte ein brennendes Stück Holz in einen Hornissenschwarm geworfen. Und die Wirkung blieb nicht aus. Der Kerl, der mit ihm gesprochen hatte, legte die Muskete auf die Gabel und feuerte ein weiteres Mal auf den Stall. Dieses Mal zielte er extra tief. Das Fiepen der Schweine füllte die Luft. Doch natürlich reichte der Schmerz der armen Kreaturen nicht aus, um ihren Ärger zu besänftigen. Die Gesichter der Männer hellten sich auf, als der Reiter mit dem Schimmel im Tor erschien. Julius spitzte mit einem bösen Lächeln die Lippen.

Marx hatte unter Söldnern gelebt. Ihm sagte der erste Blick, was los war. Er zögerte, aber nur kurz. Dann ritt er, gleichgültig für alles, was ihm drohte, unter dem Torbogen hindurch. Sein weißer Teufel stieg, als die Männer ihm pöbelnd zu Leibe rückten. Marx schaute zum Fenster hinauf und erblickte Julius. Was erwartete er? Etwa Hilfe vom Hausherrn? Julius bebte vor Zorn. Dieser Kerl hatte Sophie dazu verführt, in ihr Unglück zu rennen. Er verdiente jedes Schicksal!

Und es nahm seinen Lauf. Der Schimmel stieß einen entsetzlichen, beinahe menschlichen Laut aus, als eines der Schlachtmesser ihm seitlich in die Brust fuhr. Und Marx wusste doch noch, wie man kämpfte. Seine Muskeln reagierten. Aber am Ende war er doch nur einer gegen einen ganzen Trupp. Julius wandte sich ab, als die Männer über ihn herfielen.

Kapitel 33

Sophie hockte mit angezogenen Knien im Hexenturm, in dem unteren Verließ. Sie hatte keine Ahnung, was für ein Wochentag oder welches Tageszeit es war. Um sie herum war es vollständig dunkel. Sie saß auf dem feuchten Felsboden, aber die Wassermassen, die sie bei ihrem ersten Aufenthalt entsetzt hatten, waren abgeflossen, und offenbar kam auch keines nach. Vielleicht war es zu kalt geworden und der Zufluss gefroren.

Zu Beginn ihrer Kerkerhaft hatte sie das Schlupfloch untersucht, aus dem sie das letzte Mal, als sie hier festsaß, geflohen war. Aber man hatte das Fallgitter durch ein feststehendes ersetzt, das in den Fels eingelassen worden war. Keine Möglichkeit mehr, hinein- oder hinauszukommen. Doch das hatte sie auch nicht ernsthaft erwartet. Marsilius musste entdeckt haben, wie sie damals aus der Burg entkommen war, und natürlich hatte er Vorkehrungen getroffen, dass ihm nicht noch einmal ein Gefangener auf diesem Weg entwischte.

Dass sie nicht erfror, verdankte sie einer Daunendecke, die Dirk ihr gebracht hatte. Es geschah nicht aus Gnade von Seiten ihres Ehemannes und war auch kein Beweis heimlicher Komplizenschaft mit Dirk. Man wollte einfach nicht, dass sie vor ihrer Zeit starb. Aus dem gleichen Grund hatte Dirk ihr eine Schüssel mit Fleisch hinuntergebracht. Es war fett und schmeckte gut. Gewürztes Schwein. Sie hatte es heruntergeschlungen und erleichtert festgestellt, dass man ihr Nachschub brachte.

In den Zeiten, in denen sie nicht schlafen konnte, dachte sie an Marx. Er musste leben. Wenn Marsilius ihn umgebracht hätte, dann hätte er ihr auch die Leiche gezeigt. An diese Überzeugung klammerte sie sich.

Schließlich kam ihr Ehemann zu ihr ins Verließ. Fackelschein machte die Wände sichtbar, als Marsilius die Falltür zurückschlug. Er war allein. Sie stand auf, als er die Strickleiter hinunterließ, und drückte sich gegen die Wand. Ihr brach der Angstschweiß aus. Marsilius erreichte den Boden ihres Kerkers und verstaute die Fackel in der dafür vorgesehenen Halterung. Sie sah, dass seine Hand dabei zitterte. War er betrunken? Schwerfällig drehte er sich zu ihr um.

»Setz dich wieder!« Er wartete. Als sie sich endlich zu Boden gleiten ließ, nahm er, ohne ein Wort zu sagen, neben ihr Platz. Nicht gegenüber, sondern an ihrer Seite. Er legte seine Hand auf ihre. Es schüttelte sie vor Ekel, aber ihr fehlte der Mut, sich zu befreien. Ihr Herz klopfte wie ein Hammer. Was wollte er von ihr?

Marsilius starrte schweigend zu Boden, während die Zeit verstrich. Schließlich sagte er: »Du hättest nicht gehen dürfen.«

Sie wagte kein Wort der Erwiderung. Der blutige Gesichtsabdruck auf seinem Hemd stand ihr vor Augen. Sie spürte deutlich die Gefahr, in der sie schwebte. Schließlich ließ Marsilius sie los und faltete die Hände auf den Knien. »Es wäre alles gut gegangen, wenn du dich dreingefügt hättest«, sagte er langsam. »Edith für die Nächte und du für die Tage. Was wäre daran so schlimm gewesen? So macht man es doch überall. Du hättest mir Söhne geboren. Wir hätten das Land verwaltet und wären gemeinsam alt geworden.«

Es war entsetzlich, ihn so sprechen zu hören.

»Aber du warst eifersüchtig, nicht wahr? Das verstehe ich. Nur bestand dazu kein Grund. Edith ist keine Frau, die man lieben könnte. Ich will sie in meinem Bett, dagegen kann ich nicht an. Ich brenne, wenn sie mich berührt. Wenn sie nicht da ist, brenne ich auch«, gab er zu, »nur auf eine andere Art, die mich wahnsinnig macht. Sie hat mich verzaubert.« Er lachte mit belegter Stimme, in der auch ein wenig Angst klang. »Mir graut, wenn ich sie besteige, weißt du das?«

»Töte sie«, sagte Sophie. »Dann verliert sie die Macht über dich und du und dein Land, ihr seid wieder frei.«

Marsilius nickte.

»Ist Henriette oben in meiner Kammer?«

»Es war überheblich von dir, sie zu fordern. Das Weib ist dem Manne untertan. So hat Gott es bestimmt. Es war sündig von dir, mich zu verlassen. Und eine noch größere Sünde, mich vor dem Gericht zu verklagen.«

Sophie biss sich auf die Lippe.

»Aber die größte Sünde ... Sag, welches deine größte Sünde ist. Sag's Sophie!« Er wartete kurz, dann schlug er sie ins Gesicht. Allerdings nur mit der flachen Hand, als wäre er nicht richtig bei der Sache. »Du hurst mit meinem Feind.«

Sie atmete tief und langsam und wartete darauf, dass er die Beherrschung verlor. Aber nichts geschah. Er starrte an die gegenüberliegende Wand und wirkte beinahe gelassen.

Sie wagte es: »Und trotzdem könnte noch alles gut werden«, flüsterte sie. »Töte Edith und hole mich hier heraus. Wir werden die Hexe und den Leichendieb vergessen und sorgen für unser Kindchen und bekommen Söhne.« Hörte er den falschen Ton in ihrer Stimme? »Du bist der Herr der Wildenburg«, schmeichelte sie. »Du kannst dich entscheiden. Wehre dich gegen die Hexe. Vertreib das Böse aus der ...«

»Weißt du, dass Christine tot ist?«

Sie brauchte einen Moment, um zu verstehen, dass er von ihrer Schwester sprach, und einen weiteren, um zu begreifen, was er ihr mit diesen Worten sagen wollte. Ihr war, als legten sich zwei Hände um ihre Kehle. Hatte Julius nicht erklärt ...? Sie starrte ihren Ehemann mit aufgerissenen Augen an.

Marsilius lachte gleichgültig. »Du hättest damals mit mir kommen sollen. Dann wäre alles gut geworden. Ich hätte dich bestraft, aber ich war bereit, dir anschließend zu verzeihen. Ich hatte es mir schon vorgenommen. Alles wäre so geworden, wie es sollte. Aber du hast dich davongestohlen. Weißt du, wie wütend mich das gemacht hat? Und deine Mutter! Hat mich beschimpft.« Er griff wieder nach Sophies Hand und fuhr mit dem Daumen über ihre Haut. »Ich konnte nicht einfach gehen, versteh das bitte. Ein Mann lässt so was nicht auf sich sitzen – dass die Frau ihn bloßstellt. Christine war mit dem Kind ins Haus gegangen. Ich habe sie oben gefunden. Damit hätte es gut sein können. Dirk hat vor der Kammer Wache gestanden. Aber sie war wie du. Hat sich gewehrt, und ihr Balg hat gebrüllt und … Mistdreck, das hält ein Mann doch nicht aus. Es zerreißt einem die Nerven.«

Sophie fühlte sich wie taub. Hatte er ihr gerade sagen wollen, dass er Christine und den kleinen Jürgen ermordet hatte?

Marsilius ließ sie los. Er stand schwerfällig auf. »Dem Jungen hat es nicht geschadet. Es war nur ein kleiner Schlag.«

»Was … Hast du Christine umgebracht?«

Erstaunt blickte er sie an. »Natürlich nicht.« Dann öffnete er seine Hose. Sophie stierte auf seinen blassen Unterleib. Hatte er nicht gerade gesagt, Christine sei tot? Was sollte das? Zum ersten Mal zweifelte sie an dem Verstand des Mannes, den sie geheiratet hatte. Wollte er jetzt über sie herfallen?

Er wollte nicht. Er zeigte ihr eine Stelle unter dem Bauchnabel, wo seine Haut durch ein Geschwür aufgerissen war. Es roch ekelerregend und sah scheußlich aus, entzündet und vereitert. Marsilius schloss die Hose wieder. »Ich habe noch vier andere Stellen am Körper, und es werden täglich mehr. Durch die Frau kam die Sünde in die Welt. Eva hat im Garten Eden von der Frucht genommen, die Hexe von Endor hat Saul vernichtet … Immer sind es die Frauen. Hat Edith mir dieses Geschwür angehext? Sie leugnet es. Aber wer glaubt einer Hexe?«

Er nahm die Fackel aus dem Eisenring und griff nach der Strickleiter. Dann wandte er sich noch einmal um. »Vielleicht werde ich sterben. Aber nicht allein. Du hast mich vor dem ganzen Land lächerlich gemacht. Es braucht ein großes Fanal, um meinen Ruf und den meiner Familie wiederherzustellen. Die Leute hören erst auf zu lachen, wenn sie begreifen, dass sie mir Unrecht getan haben. Ich werde dir den Prozess machen, Sophie. Ich werde dich als Hexe anklagen und vor den Toren der Burg verbrennen.«

Kapitel 34

Was hatte Marx das Leben gerettet? Dass er den Pöbelhaufen mit seinen idiotischen Bemerkungen zum Lachen brachte? Er hatte, bevor sie auf ihn eindroschen, einem der Kerle mit seiner Klinge das halbe Ohr abgetrennt, und das war, zusammen mit dem Wortgeplänkel über den Heiland, der Malchus das Ohr wieder anheilte, ein Heiterkeitserfolg gewesen. Man amüsierte sich gern, auch und gerade, wenn es hart herging, und so waren die Kerle schon nahezu besänftigt gewesen, als einer der Offiziere in den Hof stürmte, um zu erfahren, wer zum Teufel sich dort am Boden krümmte.

Und nun lag Marx auf einem Spannbett im Nähzimmer, mit dem Kopf auf einem bestickten Kissen und der Hand auf dem Brustkorb, wo ihm wohl eine oder zwei Rippen gebrochen worden waren, und berichtete, wie Sophie in Marsilius' Hände geraten war. Anschließend ließ er, geistesabwesend wie immer, Julius' Wutausbruch über sich ergehen. Danach war es still im Zimmer.

Wenn es kein Aberglaube wäre, dachte Julius, dann würde ich wahrhaftig annehmen, dass der Dreckskerl gefroren ist, von irgendeinem Amulett beschützt. Bis auf die angeknacksten Rippen hatte Marx keine ernsthafte Wunde davongetragen. Seine Blässe mochte darauf zurückzuführen sein, dass er zu wenig geschlafen hatte, oder sie war ein Zeichen der Trauer über den Tod seines verdammten Pferdes, an dem er hing wie andere an einem Menschen. Aber was wusste man schon über diesen Mann, der daherschwätzte, ohne am Ende etwas über sich verraten zu haben. Jedenfalls litt er. Wenigstens das.

»Es heißt, dass Marsilius Sophie einen Hexenprozess machen will«, sagte Marx in die Stille. »Er wird Edith als Zeugin anführen, und außerdem Josepha, was schwerer wiegt, weil man weiß, dass die beiden Frauen einander hassen. Eine junge Magd namens Eva, die Sophie gedient hat, wird ebenfalls aussagen. Und eine Frau aus einem Nachbardorf. Man wird anführen, dass Sophie Ambrosius – einen Diener des Herrn – zur Unzucht verführte und ihn gegen ihren rechtmäßigen Ehemann aufhetzte, als der kam, um der Sünde ein Ende zu bereiten. Ambrosius ist ins Kloster Steinfeld geflohen und liegt dort auf den Knien, bereit zu sterben, aber nicht bereit, noch einmal Wildenburger Gebiet zu betreten. Seine Flucht wird ihn und Sophie in den Augen der Menschen schuldig sprechen.« Er machte eine kurze Pause. »Natürlich wird Marsilius auch und vor allem anführen, dass sein Weib sich mit einem Zauberer zusammengetan hat.« Das Letzte kam ihm nur schwer über die Lippen. Er fühlte sich schuldig. Endlich.

Julius setzte sich an den einzigen Tisch im Zimmer und ließ die Finger über einen Haufen Strumpfhosen gleiten, die zum Flicken auf der Tischfläche ausgebreitet lagen. So endete es also: Man würde Sophie verbrennen. Es war eine grausame Art zu sterben, aber nichts gegen die peinliche Befragung, die Marsilius zweifellos vorher durchführen würde, um zu einem Geständnis zu kommen. Sophie ohne ein Geständnis hinzurichten, das würde er nicht wagen, nachdem die Eheprobleme des Wildenburger Herrschaftspaares vor dem Reichskammergericht diskutiert worden waren. Julius krallte die Hände in die zerfledderten Strümpfe.

»Hilfst du, sie zu retten?«, fragte Marx.

»Unmöglich.« *Selbst, wenn ich es wollte. Und warum sollte ich? Sie hat deutlich genug gemacht, wie sie zu mir steht. Sophie hat das Band zerschnitten, nicht ich.*

»Es ist ihre Entschlossenheit«, sagte Marx.

»Bitte?«

»Sophie ist eine Kämpferin. In ihr brennt ein Licht. Sie riskiert alles, wenn es nötig ist.«

»Tut sie das?«, fragte Julius förmlich.

»Sie hat beschlossen, dass ihr Kind gerettet werden muss, und dafür läuft sie über Scherben und geht durch die Hölle. Ich kann nicht anders, als sie für diesen Mut zu lieben. Ich bewundere ihn, weil ... er ist so selten. Und du? Womit hat sie dich bezaubert?«

Über Scherben und durch die Hölle gehen. Julius lächelte bitter. Marx hatte nicht Sophie beschrieben, sondern sich selbst. Das Mädchen hatte einfach ein glückliches Leben gewollt. Er ließ die Strumpfhosen fahren und trat zum Fenster. Draußen begann es schon wieder zu dämmern.

»Man muss versuchen, ihr zu helfen. Es gibt immer eine Möglichkeit«, sagte Marx.

»Warum ergreifst du sie dann nicht?«

Marx blieb die Antwort schuldig. Stattdessen breitete er vor Julius aus, was er über Heinrichs Tod, über Marsilius' Verwicklung darin, über Conrad und über die Nonne, die angeblich die Ursache all des Unglücks war, herausgefunden hatte. Es klang ... lächerlich. Er hat sich die Wahrheit immer so zurechtgestutzt, dass sie ihm nützt, dachte Julius. Wenn das alles wirklich stattgefunden hätte, wüsste ich Bescheid. Aber noch während er diesem Gedanken nachhing, wusste er, dass er sich ebenfalls belog. Heinrich hatte sie alle an der Nase herumgeführt.

Im Hof begannen die Soldaten, das Schwein auszunehmen. Das warme Blut taute den Schnee. Die Eingeweide flogen in einen Eimer. Er sollte sich um sein Eigentum kümmern, statt auf Marx' Sirenengesang hereinzufallen.

»Kümmerst du dich darum? Suchst du Valerie auf? Und gehst du anschließend mit ihr zum Gericht?«, fragte Marx.

Julius zuckte mit den Schultern.

»Weißt du, was dir helfen würde?«, hörte er die Stimme in seinem Rücken spötteln. »Komm her und schlag endlich zu. Du glaubst nicht, wie das befreit.«

Julius drehte sich um. »Warum machst du dich nicht selbst auf den Weg zum Kloster, wenn das, was du sagst, stimmt?«

»Weil ich zur Wildenburg muss.«

»Ach. Es geht also – wieder einmal – nur darum, mich loszuwerden.«

»Sei kein Idiot. Du sitzt hier doch sowieso nur rum wie das Murmeltier im Winterschlaf. Es geht ...« Marx verstummte. Als Julius sich umdrehte, sah er, dass der blonde Mann sich aufstemmte. Marx presste die Hand gegen die Rippen und hatte – zu Julius' Befriedigung – doch wohl mehr als nur ein wenig Schmerz auszuhalten, als er zu ihm ans Fenster humpelte. Sein Blick verweilte bei dem Schimmel, dessen Kadaver zum Schweinestall gezogen worden war, wo die Männer ihn als nächsten ausnehmen würden. Er fuhr sich mit dem Handrücken über die Nase. Der Schimmel hatte ihn durch sämtliche Schlachten getragen. Na ja, so war das Leben eben.

»Ich bin nach meiner Flucht zweimal in die Burg zurück«, sagte Marx und kehrte dem Hof den Rücken. »Marsilius wird jetzt auf mich warten. Er ist auf der Hut wie nie zuvor. Ein drittes Mal schaff ich's nicht hinein.«

»Und warum willst du trotzdem zur Wildenburg?«

»Um dort zu sein. Julius ...«

»Was denn?«, fragte der Hauslehrer hitzig.

»Ich würde selbst versuchen, die Gerichte mit Valeries Hilfe zu überzeugen. Aber du weißt – sie ließen mich gar nicht zu Worte kommen.«

»Alles egal. Es fehlen handfeste Beweise.«

»Dann beschaffe sie.«

»Und warum sollte ich das tun?«

»Du schlägst ja doch zu«, sagte Marx, während er wieder nach draußen blickte.

»Bitte?« Julius runzelte ärgerlich die Stirn. Einer der Soldaten trat mit dem Fuß gegen den weißen Leib des Schimmels und zog aus dem umfangreichen Waffenarsenal, das er auf einem Holzblock ausgebreitet hatte, ein Messer hervor. Er machte einen kräftigen Schnitt. Das warme Blut fraß den Schnee.

»Julius – ich *bitte* dich ...«

Er versuchte, seinen Groll zu bewahren und sich einzureden, dass er sich nur auf den Weg machte, um seine Schuldigkeit als Christ zu tun. Denn dass Sophie das Opfer eines Komplotts war, davon war er ja überzeugt. Aber als er das kleine Kloster, in dem die Zisterzienserinnen wohnten, erreichte und auf die abweisenden grauen Mauern starrte, wurde ihm klar: Er würde alles tun, um Sophie zu helfen, und zwar weil er sie liebte. Und ob sie ihn ebenfalls liebte, spielte dabei keine Rolle. Nach diesem Eingeständnis war ihm, als fiele eine Last von ihm ab. Kraftvoll pochte er an das Fensterchen der Pförtnerin.

Die Nonne rief eine ihr Mitschwestern herbei, und die beiden entschieden, dass sie ihn nicht zur Äbtissin vorlassen würden. Für ihn war das der erste Hinweis darauf, dass Marx' Vermutung stimmte. Als er hartnäckig auf einem Gespräch beharrte, geleitete man ihn nach langen Rücksprachen schließlich über das winterfriedliche Klostergelände ins Offizium.

Die Äbtissin war noch jung. Sie entstammte einem der örtlichen Adelsgeschlechter und war, wenn auch nicht von überragender Geburt, so doch selbstsicher. Ohne Umschweife erklärte sie ihm, dass es in ihrem Kloster niemals eine Nonne namens Valerie von Krenckell gegeben habe und dass er sich mit diesem Bescheid zufriedengeben müsse. Allerdings war sie eine dilettantische Lügnerin und errötete bis zu den Haarwurzeln. Damit wurde seine Ahnung zur Gewissheit.

Aber natürlich würde sein Eindruck vor keinem Gericht als Beweis taugen. Er brauchte mehr, wenn er Sophie helfen wollte. Eile war geboten – und ebenso Umsicht. Er verließ das Kloster und wartete am Ende einer kahlen Allee auf die Mägde, die möglicherweise abends vom Kloster in ihre eigenen Hütten heimkehren würden. Ihm war klar, dass er jemanden aushorchen musste.

Leider kam niemand. Vielleicht zog das Kloster es in diesen kriegerischen Zeiten vor, möglichst viel Gesinde in den Mauern zu behalten. Mit dem Untergang der Sonne wurde es noch einmal spürbar kälter. Julius war bereits kurz davor, erneut an die Pforte zu pochen, als sich das Tor öffnete und ein Mann mittleren Alters das Kloster verließ. Er ging gebückt und sah müde aus. Julius sprach ihn an.

Natürlich habe Valerie bei den Zisterzienserinnen gelebt. Ein liebes Mädel, immer freundlich, nie von oben herab, erklärte der Mann, der seinen Hut in den Händen drehte und nicht recht wusste, was er von dem Frager halten sollte. Julius lächelte ihm beruhigend zu, und er taute auf. Valerie kam aus einer wohlhabenden Bauernfamilie. Als sie schwanger wurde, hatte man sie davongejagt, und ihr Schicksal hatte ihn – er schlachtete das Vieh für die Klosterküche – berührt, obwohl sie natürlich schwer gesündigt hatte. Aber darunter musste sie selbst am meisten gelitten haben, denn sie war von tiefer Frömmigkeit gewesen, weshalb man sie ja auch in den Orden aufgenommen hatte. Er hatte sie bereits gekannt, als sie noch bei ihren Eltern lebte. Schon damals war ihm ihr liebevolles und ernsthaftes Wesen aufgefallen. Ein Menschenkind, dem die Herzen zuflogen und das gewiss auch von den Englein geliebt wurde. »Ich würde mein letztes Hemd drauf verwetten, dass es Notzucht war«, sagte der Fleischer. »Aber die Schwestern haben wohl um den Ruf des Klosters gefürchtet. Jedenfalls haben sie sie noch am selben Tag davongejagt.« Er wusste, dass sie nach dem schändlichen Vorfall zu ihren Eltern zurückgekehrt war, und nannte den Namen des Dorfes, aus dem Valerie stammte. Blumenfeld. Es lag gar nicht weit entfernt.

Julius übernachtete bei einem Müller, wo er kein Auge zutat, weil ihm der Mann mit seinem allzu gefälligen Gehabe unheimlich war. Sobald der Tag anbrach, machte er sich wieder auf den Weg und stand schon eine Stunde später – inmitten eines Schneesturms, der ihm den Atem gefrieren ließ – vor dem Haus, in dem Heinrichs schöne Nonne aufgewachsen war. Kleine Fenster mit grünen Läden, die wegen des Sturms geschlossen waren, schmückten die Fassaden. Ein fantasievoll angelegter Garten ließ auf aufgeweckte, dem Leben zugewandte Bewohner schließen. Das Dach war mit Ziegeln aus Schiefer gedeckt. Ein Bettelkind war Valerie also nicht gewesen. Er klopfte.

Der Hausherr bat ihn hinein und gemeinsam mit seiner Ehefrau hörte er sich an, was sein Gast über Heinrich zu sagen hatte. Natürlich waren die beiden schlecht auf den Jungen zu sprechen. »Nein«, sagte die Mutter. »Körperliche Gewalt hat er ihr nicht angetan. Aber er hat sie mit seinen Liebesschwüren geblendet. Und das, obwohl er wusste, dass sie die Braut Christi war.«

Die Eltern begriffen es immer noch nicht. Valerie war fromm gewesen, seit sie auf den kleinen Knien zur Jungfrau beten konnte. Nie hatte sie einen anderen Wunsch gehabt, als Nonne zu werden. Das Kloster war die Erfüllung all ihrer Sehnsüchte gewesen. Wie hatte Heinrich sie von diesem gottgefälligen Weg abbringen können?

Julius' Einwand, dass Heinrich das Mädchen aufrichtig geliebt habe und sie ehelichen wollte, klang fade. Es spielte auch keine Rolle mehr, denn Valerie war ja tot. Nein, nicht im geistigen Sinne. Sie war tatsächlich gestorben, und das war das Beste, was ihr nach ihrem Vergehen widerfahren konnte. Ihr Vater bat Julius schroff zu gehen.

Aber die Mutter war, wie in den meisten Familien, weicher.

Sie folgte Julius zu seinem Pferd und führte ihn durch das Schneegestöber auf den Dorffriedhof, wo in einem Winkel neben der Kapelle Valeries Grab lag.

»Das Kind ist zwei Monate nach ihr gestorben. Wir haben es zu ihr gelegt. Ich habe darauf bestanden, denn das Würmchen trug ja keine Schuld an der Torheit der Eltern«, meinte die Frau großzügig. Sie wischte die Tränen aus dem Gesicht, ihr Atem stieg weiß in die Luft. Sie war eine mehr als hübsche Frau mit zimtbraunen Augen, in denen Wärme und Herzlichkeit lagen. Wenn Valerie ihr geglichen hatte, konnte Julius begreifen, warum Heinrich sich in den Irrsinn dieser Liebe gestürzt hatte.

»Valerie wollte den Kleinen nach dem Vater nennen, Heinrich, aber das konnten wir natürlich nicht dulden«, sagte die Frau. »So ein schlechter Mensch!«

»Er wollte sie heiraten«, wiederholte Julius.

»Verzeiht, Herr, aber Ihr solltet ihn nicht verteidigen. Sie wussten doch beide, dass das ausgeschlossen war. Valerie hatte ja bereits ihr Gelübde abgelegt«, erklärte die Frau brüsk. »Sie konnte gar nicht mehr zurück.«

Schließlich stellte Julius, bang um Conrads willen, seine letzte Frage. »Wie ist Eure Tochter denn ums Leben gekommen?«

Kapitel 35

Kälte und Dunkelheit. Und kein Gefühl mehr für die Zeit. Sophie lag unter ihrer klammen Decke und starrte zähneklappernd ins Nichts. Da Dirk sie weiter mit Nahrung versorgte, litt sie weder Hunger noch Durst. Dennoch befand sie sich in einem furchtbaren Zustand. Ihr war, als hätte sich ihr Geist aus dem Körper bewegt. Sie schwebte, während sie gleichzeitig auf dem Fels lag. Vielleicht lag es daran, dass sie oben und unten nicht mehr unterscheiden konnte – vielleicht aber war es auch das Werk der Hexe. Sie versuchte darüber nachzudenken, doch sie fand es unmöglich, sich auf etwas zu konzentrieren. Ihre Gedanken trieben wie Schneeflocken in einem Sturm.

Die Zeit verging.

Sie begann zu singen, aber ihre Stimme klang geisterhaft in dem hohen, röhrenartigen Raum, und sie hörte bald wieder auf. *Heilige Mutter Gottes, hilf mir …*

Weitere Zeit verging.

Endlich öffnete sich erneut die Falltür. Gott sei gepriesen, es war wieder Dirk, der kam. Dieses Mal trug er einen Korb auf dem Rücken. Nachdem er seine Fackel in dem Eisenring untergebracht hatte, stellte er den Korb vor ihr ab. Er kippte ihn ein bisschen, so dass sie hineinschauen konnte. Mit einem Schrei erkannte sie Henriette.

»Nur für ein kleines Weilchen« schränkte Dirk sofort ein. »Die Hexe ist bis zum Abend fort, deshalb konnt ich's riskieren.«

Sophie beugte sich vor und hob das kleine Wesen heraus. Wie leicht sie war, im Gegensatz zu Ediths Kind! Dirk hatte sie zum Schutz gegen die Kälte in mehrere Decken gehüllt. Sophie fuhr mit der Hand unter den Stoff und tastete die Fingerchen, den Hals und den Kopf und schließlich das ab, was sie vom Körper fühlen konnte. Das Kind komplett auszuziehen traute sie sich wegen der Kälte nicht. Doch Henriette wirkte nicht mager, und sie sah auch nicht schmutzig aus. Vielleicht hatte Marsilius schließlich doch noch väterliche Gefühle entwickelt, so dass Edith sich nicht traute, seine Tochter zu vernachlässigen.

Sophie hielt ihr Mädchen gegen das Licht der Fackel. Die Farbe der runden Säuglingsaugen hatte gewechselt. Aus dem hellen Blau war ein Braun geworden – sie waren so dunkel geworden wie ihre eigenen. In allem anderen sah sie wie ihr Vater oder ihre Halbschwester oder irgendein anderer Mensch aus, aber die Augen hatte sie von eindeutig von ihrer Mutter geerbt.

»Clara hatte immer nach unseren Jungen gefragt. Bis zuletzt«, meinte Dirk, der auf sie hinabblickte.

»Um Gottes Barmherzigkeit und deiner Frau und deiner armen Kinder willen – warum lässt du uns nicht einfach fort?«

Das Gesicht des Burgvogts verschloss sich. Musste er es denn *noch einmal* erklären? Auf dem Friedhof, in den gesegneten Gräbern, lagen seine Söhne. Clara Wolpmann war ohne Beichte gestorben und in ungeweihter Erde begraben worden, so dass sie im Höllenfeuer brennen musste. Die Folter, die sie oben in der Kammer erlitten hatte, würde sich für sie also bis ans Ende aller Zeiten fortsetzen. Nur wer erlebt hatte, wie lang ein Tag oder eine Stunde sein konnten, würde die Grausamkeit dieses Geschicks erfassen. Wie konnte sie erwarten, dass er seine Kinder einem ähnlichen Schicksal preisgab? Und das zu verhindern war nur möglich, wenn er es sich nicht mit Edith verdarb.

»Sprich mit Marsilius. Auf dich hört er am ehesten«, bettelte Sophie, als der magere Mann sich zur Leiter wandte. »Er hasst Edith. Überrede ihn, sie zu töten!«

Dirk drehte den Kopf, die Hand auf dem Strick. »Mit Marsilius kann im Moment niemand reden. Er ist krank.«

»Er …? O ja.« Sophie erinnerte sich an die Geschwüre, die er ihr gezeigt hatte. »Marsilius ahnt, dass diese Krankheit von Edith kommt. Vielleicht kann man gerade jetzt in ihn dringen, wo er leidet.«

»Der Herr will niemanden sehen. Ein Medikus ist aus Trier gekommen. Er hat dem Herrn für seine Geschwüre eine Salbe aus Quecksilber zubereitet und ihm Mittel zum Stillen des Schmerzes gegeben. Das ist der einzige Mann, den Marsilius um sich duldet. Und die Hexe natürlich. Sie teilt immer noch sein Bett.«

Wie stark musste ihr unheilvoller Liebeszauber sein! »Warte.«

Dirk hielt noch einmal inne.

»Kommt es wirklich zum Prozess gegen mich?«

»Sobald der Herr wieder auf den Beinen ist.«

»Wer wird gegen mich aussagen?«

Er nannte die Namen. Edith, Eva, Josepha und noch jemand namens Marie. Es gab so viele Maries. Sprach er von der dicken Frau, die nach einem Unfall nicht mehr laufen konnte und die Schafswolle verspann? Es war egal. »Eva ist mir zugetan«, brachte Sophie hastig hervor. »Vielleicht kann man sie überzeugen …«

Sie verstummte, als Dirk rau auflachte. »Das Kind ist völlig verdorben, Herrin. Immer schon gewesen. Sie ist so berechnend wie der Gottseibeiuns. Denkt Ihr, es war ein Zufall, dass sie auf die Brücke kam und von Edith geohrfeigt wurde? Die beiden hatten das geplant – und Ihr habt das Mädchen arglos wie ein Lamm in Eure Kammer geholt und damit der Spionin den Weg geebnet. Edith und Eva stehen einander in nichts nach, was ihre Bosheit angeht, und ich bin überzeugt, dass die alte Hexe der jungen das Handwerk längst beigebracht hat. Ziehen sie sich nicht immer Nachwuchs heran?«

Erschüttert fragte Sophie: »Aber warum hast du mich nicht gewarnt?«

Dirk packte ärgerlich die Strickleiter. Hatte sie immer noch nicht begriffen? Seine Söhne!

»Was ist mit Christine geschehen, meiner Schwester? Bitte – nur noch das.«

Ein letztes Mal schenkte ihr Dirk seine Aufmerksamkeit. »Der Herr ist über sie hergefallen, um Euch und Eure Familie zu strafen. Es war nicht zu verhindern, er war im Zustand der Raserei. Er hat das Kind gegen einen Bettpfosten geschlagen. Ich weiß nicht, ob es starb – als wir gingen, lebte es noch. Eure Schwester konnte sich losreißen. Sie ist aus dem Fenster gesprungen und unglücklich auf den Boden aufgeschlagen. Ihr Tod ist gewiss.«

Sophie sackte in sich zusammen. Sie wiegte Henriette, die den Daumen ihrer Mutter erwischt hatte und eifrig daran saugte. Die Falltür klappte zu, und es wurde wieder dunkel.

Behutsam drückte sie ihr Kind an sich. Es roch süß. Seine Lippen waren zart und feucht, die Wangen samten wie Seifenwasser. Ja, doch, es wurde gut versorgt. Ihr Herz wurde weich, während sie gleichzeitig neue Furcht ergriff. Für sich selbst konnte sie nichts mehr tun, aber sie musste Marsilius dazu bringen, die Kleine zu beschützen. Nichts anderes zählte mehr! Während sie ihr Töchterchen liebkoste, begann Sophie im Kopf Sätze zu formen, die ihn überzeugen sollten.

Einige Stunden später holte Dirk Henriette wieder ab.

Und dann kam Edith. Sophie hatte sich so sehr daran gewöhnt, in der Falltür die Gestalt des Burgvogts auftauchen zu sehen, dass sie zunächst gar nicht hinschaute. Umso mehr erschrak sie, als sie das erheiterte Lachen hörte. Die Hexe schwenkte spöttisch ihre Fackel. »Komm rauf!« Die Strickleiter fiel herab und baumelte über dem Felsboden.

Auf keinen Fall, dachte Sophie, aber das Licht zog sie magisch an. Dunkelheit war furchtbar. Mit einem Mal meinte sie, keinen Augenblick länger ertragen zu können.

»Komm oder verrotte.«

Die Strickleiter baumelte vor Sophies Augen. Verrotten – ja, genau das war es, was sie tat, seit sie hier war. Sie verrottete. Was mochte Edith vorhaben? War vielleicht Marsilius gestorben und sie wollte ihre Rivalin nun ebenfalls töten, bevor die Burg von jemandem übernommen wurde, über den sie keine Macht hatte?

Es war gleich. Sophie raffte sich auf und griff nach den Stricken. Sie hatte Mühe, die schwankende Leiter zu erklimmen. Alles drehte sich um sie. Es war widerlich, aber sie musste es dulden, dass Edith ihr aus dem Loch auf den Boden half. Mit einem unterdrückten Ekellaut flüchtete sie in eine Ecke. Ihre Augen schmerzten von der Helligkeit. Sie kniff sie zusammen und versuchte, Edith dennoch im Auge zu behalten.

Die Hexe ging zu einem Holzbottich, der dort stand, wo sich früher der Altar mit dem schwarzen Tuch und dem Tierschädel befunden hatte. Das Behältnis war zur Hälfte mit Wasser gefüllt.

»Was soll das?«

Edith stützte die Hände auf den Bottichrand. »Dein Eheherr wünscht, dass du sauber bist, wenn du zum ersten Verhör erscheinst. Es soll nicht heißen, in dieser Burg fände ein Rachefeldzug statt. Und deshalb wirst du baden. Denn anders würde man den Dreck wohl kaum runterbekommen.«

Sophie schüttelte den Kopf. Niemals würde sie sich vor diesem Weib entblößen! Eher in einem Raum voller Spinnen. Edith schien es nicht eilig zu haben, ihr Vorhaben durchzusetzen. »Wie geht es meiner Tochter?«, fragte sie mit ihrem graziösen Lächeln.

Wahrscheinlich vorzüglich. Irmgard hatte das Kind ins Herz geschlossen. Sie war ein guter Mensch. Vielleicht schaffte sie es sogar durch ihre Fürsorge und Gebete, das Kind zu retten. Es war ja nicht von Luzifer selbst gezeugt worden, sondern von der Hexe und Marsilius – also nicht wirklich ein Teufelsbalg. Sophie merkte, dass Edith auf Antwort wartete. Sie presste die Lippen zusammen.

Gemächlich umrundete die Hexe den Bottich. Sophie fehlte nach den vielen Tagen im Verlies die Kraft, vor ihr zu flüchten. Sie musste es dulden, dass Edith ihr die Kleider herabriss und sie in den Bottich stieß. Stumm begann sie sich mit einem Lappen, der im Badewasser schwamm, abzureiben, bevor die Hexe auf den Gedanken kam, es selbst zu tun. Ihr war, als würde sie mit jedem Handgriff schmutziger. Endlich stand sie wieder auf festem Boden. Sie trocknete sich ab, schlüpfte in das Kleid, das Eva ihr reichte, und knöpfte hastig das Mieder zu.

»Du wirst hier warten, bis man dich holt. Gib acht, dass du nicht ins Loch stürzt und dir vorher den Hals brichst«, sagte die Hexe in einem Tonfall, als wäre gerade das ihr größter Wunsch.

»Halt! Was stand in dem Brief?«

Sophie hatte nicht erwartet, dass Edith reagieren würde, aber nach kurzem Zögern drehte sie sich wieder um.

»Hat das blonde Schwein dir also davon erzählt.« In ihren Augen glitzerte es: Offenbar drängte es sie, mit ihren Ränken zu prahlen. Ohne darauf zu achten, ob die Gefangene ihr folgte, ging sie in den Raum, in dem die Foltergeräte aufbewahrt wurden. Sophies Mund wurde trocken, als sie das Zimmerchen betrat und die Gerätschaften sah, die an den Wänden hingen oder ordentlich sortiert in Regalen lagen: Schrauben, Ketten, spitze Gegenstände, ein Hammer, eine Winde, die an der Decke befestigt war … Sie zwang sich, den Blick abzuwenden und zu Edith zu schauen.

Die Hexe lockerte einen Stein im Gemäuer. Und da war er,

der Brief. Ein doppelte gefaltetes Stück Papier, an einem Rand bräunlich verfärbt, wo es vielleicht von Heinrichs Blut getränkt worden war. Bis auf diese verfärbte und zerknitterte Ecke schien der Brief unversehrt.

»Ja, Sophie, da ist es – das Papier, das alles aufklären könnte«, meinte Edith mit einem feinen Lächeln. Sie wedelte kurz damit, dann legte sie es auf einen Holzklotz. Ein rotes, zerbrochenes Siegel klaffte zwischen den beiden Schnittflächen. Obwohl das Licht schlecht war, erkannte Sophie darauf Teile eines Bootes, und als sie den Brief aufnahm – Edith widersprach erstaunlicherweise nicht, vielleicht wollte sie es sogar –, einen Fischer und ein Netz. Sophie war eine in geistlichen Dingen unterwiesene Frau und dachte natürlich sofort an Petrus, den Apostel aus Nazareth. Ungeschickt entfaltete sie den Brief und hielt ihn so ans Licht, dass sie ihn lesen konnte. Oder hätte lesen können, wenn sie der lateinischen Sprache mächtig gewesen wäre. Denn die Worte, die dort in gestochen regelmäßigen Buchstaben standen, waren allesamt lateinisch.

»Wie ärgerlich, nicht wahr, Sophie? Marsilius hat mir den Inhalt übersetzt. Obwohl er ihn natürlich schon vorher kannte. Sonst hätte er sich auf die ganze Sache ja nicht eingelassen.«

»Welche Sache?«

»Marx hat ebenfalls versucht, ihn zu lesen, aber er hat's nicht geschafft. Was hat er gezittert ...«

Immer noch starrte Sophie auf das Papier. Sie konnte zwar die Wörter nicht verstehen, aber im Gegensatz zu Edith konnte sie Buchstaben lesen. Und einiges begriff sie dann doch. Zum einen die Namen: Heinrich von Elverfeldt ... Valerie ... Dann Wörter: pater – Vater ... natus – geboren ... infans – Kind ... p. m. s. l. ... Die vier Buchstaben sagten ihr nichts, aber sie kamen ihr wichtig vor. Also prägte sie sich das Kürzel ein.

Edith streckte die Hand aus. *Urban* merkte Sophie sich

noch rasch: Der Name des Heiligen Vaters stand über dem Boot. Was hatte das für eine Bedeutung? Kam der Brief aus dem Offizium des Heiligen Vaters? Sie hatte geglaubt, Edith würde das Papier in sein Versteck zurücklegen. Daher war sie völlig überrascht, als die Hexe es in die Flamme der Lampe hielt. Es flackerte auf und brannte sofort lichterloh. Mit einem Lachen ließ Edith die kleine Fackel zu Boden gleiten. Einige Strohhalme, die dort lagen, entzündeten sich und verkohlten ebenfalls. So war er also dahin, der Beweis, an dem angeblich alles hing. Mit der Flamme erlosch ein weiteres Stück Hoffnung in Sophie.

»Marsilius wollte den Fetzen aufheben, für alle Fälle. Man weiß ja nie, hat er gesagt. Aber das war unklug gedacht. Denn wie man sieht, hat das blonde Schwein gegen alle Wahrscheinlichkeit überlebt.«

»Marsilius wird dich für das hier bestrafen«, murmelte Sophie.

»Kaum.«

»Er hasst dich inzwischen. Er weiß, dass du ihn krank gemacht hast. Er wird dich …«

Edith war mit wenigen Schritten bei ihr und schlug sie ins Gesicht. Kühl erklärte sie: »Marsilius liebt mich.« Nein, ganz so kühl war sie doch nicht. Ihr Atem flackerte. »Es dauert nicht mehr lange – in weniger als einer Stunde wirst du dich hier winden«, flüsterte sie. »Und dann bist du tot. Und es gibt niemanden mehr, der zwischen mir und ihm steht. Dann ist er ganz mein!«

Da begriff Sophie auf einmal die Wahrheit: Edith liebte den Mann, den sie verhext hatte, tatsächlich.

Edith ging fort und ließ sie in der oberen Zelle zurück. Aber Sophie bliebt nicht lange allein. Der Henker der Burg, Kaspar, betrat mit lautem Gepolter den Raum und war in höchster Erregung. »Wir foltern«, brüllte er. Die Worte galten den Männern, die ihm folgten. Jössele, außerdem einem leichtfüßigen, braungebrannten, italienisch aussehendem Mann, den Sophie nicht kannte, und Dirk.

»Tu's«, brüllte Letzterer, nicht minder aufgebracht, »und rechne damit, dass der Herr dich dafür büßen lässt, sobald er wieder bei Sinnen ist.«

»Er *ist* bei Sinnen!«

»Er tobt vor Schmerz.«

»Ich habe einen Befehl!«

Dirk trat die Tür ins Schloss. Er war weiß im Gesicht. Noch niemals hatte Sophie ihn so erregt gesehen. Er hatte Clara vor Augen, seine Frau, sie wusste es, und ihre Angst wandelte sich in Panik, als sie begriff, was das bedeutete. Der Italiener schaute von einem Mann zum anderen.

Mit einem kurzen Knurrlaut bellte Kaspar, dass er es satthabe, sich bevormunden zu lassen. Kurz entschlossen packte er Sophie und stieß sie zur Kammer mit den Folterinstrumenten.

Dirk folgte ihnen. »Du legst Hand an die Herrin der Wildenburg, ohne dass der Herr dabei ist, ohne dass sie angehört wurde und ohne dass ihr angeboten wurde zu gestehen, wie das Gesetz es vorschreibt. Das wird man Marsilius anlasten. Er kann es sich aber nicht leisten, dass sein Ruf weiter angekratzt wird. Deshalb soll der Prozess ja in aller Form stattfinden. Tu ihr was an, und Marsilius wird dich zum Sündenbock machen, wenn der Herzog von Jülich eine Rechtfertigung von ihm fordert.«

Kaspar schnaufte verdrossen. Doch das Argument schien ihn zu beeindrucken, denn er ließ Sophies Arm fahren. »Was soll ich dann tun?«

»Ich sag doch: Warte, bis der Herr wieder bei Sinnen ist. Und lass ihn entscheiden.«

Kaspar fluchte in einer fremden, rauen Sprache.

»Bis heut Abend warten, kann ja nicht schaden«, sprang Jössele Dirk zur Seite. »Der Herr hat dir nicht befohlen, *sofort* mit der Arbeit zu beginnen.«

»Mal hü, mal hott!« Mürrisch beschloss der Henker, das Feld zu räumen. Gleich darauf war Sophie wieder allein.

Sie sah zu, wie die Kerze, die die Männer zurückgelassen hatten, niederbrannte und erlosch. Danach war es oben so dunkel wie unten. Nachdem sie einige Zeit geschwankt hatte, fand sie es erträglicher, in das untere Verlies zurückzukehren, denn dort hatte sie zumindest die Decke. Und die Foltergeräte waren nicht gar so nah. Also tastete sie sich zur Falltür und lag wenig später unter der Daunendecke, die zumindest ein bisschen Wärme spendete.

Bewegungslos starrte sie in die Dunkelheit. Wie hatte Marx es nur geschafft, in diesen Mauern und nachdem er gemartert worden war, nicht den Mut zu verlieren? Aber vielleicht war das ja geschehen, und er hatte seine Courage bei der Hinrichtung nur gespielt, weil er den verhassten Feinden nicht den Triumph gönnen wollte, ihn gebrochen zu sehen. Sie versuchte nicht zu weinen und schaffte das auch. Dafür musste sie sich plötzlich übergeben. Ihr Magen spielte verrückt. Angeekelt von dem Gestank kroch sie in eine andere Ecke, wo sie sich an die eisige Mauer lehnte.

Irgendwann nickte sie wieder ein. Und erwachte davon, dass sie Henriette weinen hörte. Erschrocken riss sie die Augen auf. Das Kind schwebte über ihr. Ein weißes Bündel, das Wappen der Palandts auf der Windel. Starr vor Grauen, stierte Sophie auf den Säugling, der um die Strickleiter segelte wie ein behäbiger, dicker Vogel. *Teufelswerk!* Edith war wieder dabei, sie zu quälen. Sophie zerkratzte sich die Arme, doch Henriette, oder vielmehr: das Trugbild des Kindes, wollte nicht verschwinden. Sie begann zu schreien.

Das Trugbild löste sich auf. Sophie faltete die Hände und begann zu beten. *Jungfrau, Mutter Gottes mein, lass mich … lass mich …* Wie ging es weiter? Sie brachte die vertrauten Worte nicht mehr zusammen. Edith wollte sie offenbar daran hindern, um göttlichen Beistand zu flehen ... *Jungfrau, Mutter Gottes mein* ... Sie sprach lauter und schrie es schließlich heraus. ... *Mutter Gottes mein* ... Es half nichts. Nach der ersten Zeile war ein Schnitt in ihrem Kopf. Gott hatte sie verlassen, sie konnte nicht mehr beten. Nun befand sie sich wehrlos in den Fängen der Hexe ...

In diesem Moment hörte sie ein Scharren.

Sie dachte natürlich zuerst an Edith und Kaspar. Aber das Scharren kam aus dem Schacht hinter dem Gitter. Waren es Ratten, die es hier zuhauf gab? Ein Fuchs oder ein Marder, der in dem Tunnel hinter der Röhre Schutz vor dem Frost gesucht hatte? Am Ende keimte Hoffnung in ihr auf – gepaart mit einer entsetzlichen Angst vor Enttäuschung. Ihr Herz tat einen harten Schlag, als hinter dem eingemauerten Gitter ein Lichtschein sichtbar wurde.

Sie kroch darauf zu. »Marx?«

Das Licht kam näher. Sie erblickte eine Fackel, und gleich darauf streckte Marx die Hand durch das Gitter, um ihr Gesicht zu berühren. »Herr im Himmel, also wirklich«, rief er mit weicher Stimme. Seine Augen leuchteten. Er bekam ihre Hand zu fassen und presste sie so stark, dass es weh tat. »Gott verdamm ihn. Gott verdamme mich, dass ich es nicht verhindert habe. Ist dir gut? Bist du unverletzt?«

Sie nickte, klammerte sich an seine Hand und versuchte nicht daran zu denken, dass sein Besuch keine Rettung bedeutete. Denn niemand konnte das Gitter aus der Verankerung reißen, das war ihr klar. Aber Marx war da. Er schaffte es sogar, sie durch eines der Quadrate zu küssen. Sie musste lachen, dicht am Zustand der Hysterie.

»Es hilft nichts«, sagte er schließlich, während er sich von ihr löste. »Ich muss jetzt arbeiten. Es eilt, mein Herz.«

»Lass mich nicht los.«

»Nur für einen Moment.« Er entriss ihr die Hand und holte eine Pulverflasche aus einem Sack. Sie sah, wie er ein grobes, schwarzes Pulver dort anhäufelte, wo die Stangen in den Boden zementiert waren.

»Edith sieht uns zu.«

»Was?« Marx legte den Kopf schräg, um zur Decke des Verlieses zu spähen. Aber dort war natürlich alles dunkel. Begriff er nicht, dass die Hexe sie von jeder Stelle der Burg aus beobachten konnte? Er verband die Häufchen durch eine daumenbreite Linie aus Pulver.

»Sie ist auch dann da, wenn sie an einem anderen Ort ist. Sie sieht mich durch ein Kristall. Oder durch das Auge einer Katze«, sagte Sophie.

Marx stellte die Pulverflasche beiseite und drückte ihre Hand. »Nein, mein Herz. Glaub mir, ich würde es spüren.« Sie nickte gegen ihre Überzeugung, und Marx ließ sie los und wandte sich wieder der Arbeit zu. Er tränkte eine Lunte mit Flüssigkeit, worauf ein scharfer Geruch das Verließ zu füllen begann.

»Lass mich nicht allein.«

»Im Leben nicht.«

»Willst du die Burg in die Luft sprengen!«

»Dafür bräuchten wir einen ganzen Sack von dem Zeug – und wären hinterher so perdu wie alles andere auch.« Er lächelte ihr zu.

»Lass mich nicht allein.«

»Tu ich nicht.« Er begann einen Teil der Flüssigkeit auch um das Pulver zu verteilen.

»Und wenn es zu wenig ist?« Sophie merkte, wie ihr wieder schlecht wurde. Sie würgte, schluckte die Galle herunter und versuchte sich zu beruhigen. Marx, der sie beobachtete, legte alles, mit dem er hantierte, fort und kniete sich so hinter das Gitter, dass er sie ansehen konnte. »Die Nachrichten, die aus der Burg dringen, sind beängstigend. Marsilius ist erkrankt, aber je schlechter es ihm geht, umso mehr drängt er darauf, den Prozess zu Ende zu führen. Er will dich hinrichten – und dann in Ruhe gesund werden. So schätzen die Leute es ein.

Kann auch sein, dass er den Verstand verloren hat. Seine Männer haben inzwischen vor ihm fast ebenso viel Angst wie vor der Hexe. Aber ganz gleich, was ist – wir können nicht länger warten. Julius …«

»Ja?« Sie hörte die Hoffnung in ihrer Stimme. Doch Marx schüttelte den Kopf. »Ich nehme an, er versucht uns zu helfen. Nur wird er nicht rasch genug sein. Wir setzen alles auf eine Karte, Sophie. Geh fort vom Gitter, dort drüben in die Ecke, so weit weg wie möglich.«

Sie starrte noch einmal auf die Lunte und das Pulver und gehorchte. Lass mich aber auf keinen Fall allein, wollte sie betteln, ließ es dann aber sein. Edith war um sie. Sie spürte die Gegenwart der Frau wie eine feindselige Umarmung. Vielleicht eilte sie gerade jetzt los, um ihren Ausbruch zu verhindern. *Ich muss mich zusammenreißen.* Sophie kauerte sich an die Wand und starrte zu dem schwachen Lichtschein.

»Breite die Decke über dir aus«, ordnete Marx an.

Auch das tat sie. Durch ein Loch beobachtete sie, was weiter am Gitter geschah. Marx rollte die Lunte aus. Er zog einen Feuerstein aus einem Säckchen. Auf dem harten Fels war es einfach, einen Funken zu erzeugen. Etwas zischte und blitzte auf. Der Lärm, der folgte, war ohrenbetäubend.

Kapitel 36

Julius ritt mit dem zerknitterten und mürrisch wirkenden Mann an seiner Seite durch das hohe Tor in die Vorburg von Herbede ein, wo gerade ein Wagen beladen wurde, und dann über die Brücke und den vereisten Graben in den Innenhof des Hauptgebäudes. Bisher hatte ihm das von hohen Mauern eingefasste Quadrat, auf dem im Sommer Kübel mit Blumen standen und die Sonne auf die Fenster blinkte, immer ein Gefühl von Heimat und Geborgenheit vermittelt. Nun presste ihm der Anblick das Herz zusammen.

»Hier ist es?«, fragte sein Begleiter überflüssigerweise.

Er nickte. Käthe, eine der Küchenmägde, die am Brunnen stand und den schweren Wassereimer heraufkurbelte, begrüßte ihn mit einem freundlichen Wortschwall. Elisabeth sei oben in ihrer Stube, erklärte sie auf seine Frage. Natürlich, wo auch sonst, bei diesem kalten Wetter, bei dem man in fast allen anderen Räumen fror.

Julius geleitete seinen Begleiter durch einen Seiteneingang eine Treppe hinauf und von dort über den Flur zu Elisabeths Zimmer. Sie fanden die hübsche, ältliche Frau vor einer Stickerei, bei der ihr offenbar einiges durcheinandergeraten war, denn sie zog mit gerunzelter Stirn an Fäden, die sich nicht recht entwirren wollten.

»Julius!« Erfreut ließ sie die Arbeit fallen und stürzte auf ihn zu. Die Art, wie sie ihn umarmte, schickte sich nicht, aber was tat's? Aufgeregt schimpfte sie ihn wegen seiner langen Abwesenheit aus. Conrad? Ja, der Junge war gut angekommen und lernte nun daheim, was ihr auch viel besser gefiel. Er hatte etwas vom Krieg erzählt und von Soldaten, die vor Köln lagerten. Gab es tatsächlich Krieg?

»Nicht hier bei uns«, beruhigte Julius sie lächelnd und ohne zu wissen, wie sicher die Gegend wirklich war. Er stellte ihr seinen Begleiter vor. Jacob Ynons, Jurist aus Köln, ein Mann in den Diensten des Grafen von Jülich. Elisabeth lächelte flatterhaft und ließ aus der Küche Brot mit Gänseschmalz kommen. Als sie sich gestärkt hatten, fragte Julius sie nach Edith aus.

»O ja«, rief Elisabeth. »Wie sollte man dieses Weib vergessen! Wunderschön, wie Ihr sagt, aber dabei so schändlich! Sie lebte eine Zeitlang als Magd in meinem Haushalt, wenn es die ist, die Ihr meint, und ich denke, dass Reinhard ein Auge auf sie geworfen hatte.« Kein Zwinkern begleitete die Worte. Elisabeth konnte die Frau offenbar nicht ausstehen. »Aber er hat bald einsehen müssen, dass mit ihr nicht gut Kirschen essen ist. Obwohl er sonst um keinen Rockzipfel einen Bogen macht, hat er von ihr abgelassen. Männer sind da ja so sonderbar. Von einem Bett ins andere – und nie waschen sie zuvor die Füße«, meinte sie zu Jacob, der keine Miene verzog. »Aber dieses Weib war gar zu unheimlich, und so hat Reinhard sie schließlich davongejagt. Ich meine, das hat er doch, oder? War das, als sie als Hexe angeklagt wurde? Oder bringe ich das jetzt durcheinander? Wir haben hier vor allem Sorgen mit den Wäscherinnen, nicht mit Hexen. War das wirklich …?«

Sie verlor den Faden, wie immer, wenn sie länger über etwas sprach, und schenkte ihnen Wein nach. »Aber Heinrich wird doch sicher zum Weihnachtsfest zurück sein? Conrad ist mir lieb und teuer, aber beim Fest möchte man natürlich das eigene Kind ans Herz drücken. Da stimmt Ihr mir sicher zu, Herr …? Ja, gewiss. Marx sollte Heinrich nicht so schinden.

Pfefferkuchen – das würde ihm auf jeden Fall gefallen. Mit einem Guss aus Zitronengras? Mag er Zitrone oder eher Ingwer? Dass ich mir das nicht merken kann.«

Julius hörte Elisabeth noch ein Weilchen zu, obwohl er vor Ungeduld fast zerplatzte. Er war jetzt seit Tagen unterwegs. Wie mochte es inzwischen um Sophie stehen? Schließlich erhob er sich, trat zu einem hübschen Gemälde, auf dem ein Bauerntanz abgebildet war, nahm es von der Wand und öffnete ein Schränkchen, das dahinter in die Wand eingelassen war. Jacob Ynons hob eine Augenbraue, dann lehnte er sich auf seinem Stuhl zurück, um einen weiteren Happen von dem Schmalzbrot zu nehmen. Er war ein kluger Mann, trotz seines unscheinbaren Äußeren und seiner Schweigsamkeit. »Ich bin sofort zurück«, erklärte Julius Elisabeth.

Reinhard hielt gerade sein Verdauungsschläfchen, als der Hauslehrer das Zimmer betrat. Licht fiel durch ein riesiges Fenster, das sich vom Erdgeschoss bis zur Decke zog. Einige Sekunden lang betrachtete Julius den Schlafenden. Dann rüttelte er ihn an der Schulter. Es dauerte ein Weilchen, bis Reinhard so weit wach war, dass er ihn erkannte.

»Edith?«, fragte er verblüfft, als Julius ihn auf die Wildenburger Hexe ansprach. »Ja, natürlich kannte ich das Weib. Wie könnte man so eine vergessen! Sie war als Magd hier, wurde aber ertappt, als sie Butter stahl, und davongejagt. Ich glaube, sie wurde in Sprockhövel als Hexe angeklagt. Aber warum …«

»Was ist danach aus ihr geworden?«

»Ich weiß es nicht. Wenn ich mich recht entsinne, ist sie aus dem Kerker geflohen. Hieß es nicht, ein Wärter habe ihr geholfen? Warum fragt Ihr nach ihr?«

»Und wo steckt sie jetzt?«

»Julius, mein Bester – ich habe keine Ahnung.«

»Seid Ihr sicher?«, fragte Julius mit einem Lächeln, das ihn Mühe kostete. Täuschte er sich, oder begann die gelassene, beiläufige Fassade seines Arbeitgebers zu bröckeln? Er setzte sich in den Sessel, der dem Kamin am nächsten stand, und schaute in das Feuer, dessen Funken in den Schlot stiegen. Wie oft hatte er hier gesessen, mit den Jungen, manchmal mit Elisabeth, fast täglich mit Reinhard. Dieses Haus, Herbede, war ihm vielleicht mehr Heim gewesen als jeder andere Ort, an dem er sich befunden hatte, ausgenommen vielleicht sein Elternhaus.

»Ich verstehe nicht. Was wollt Ihr, Julius? Wieso diese Fragen über alte Geschichten?«

Bedrückt faltete Julius die Hände auf dem Schoß. Ihm war bewusst, dass Ynons, aber auch Elisabeth, ihnen aufmerksam lauschten. »Man stelle sich vor«, begann er langsam zu sprechen, »eine Familie. Es geht ihr finanziell nicht allzu gut. Doch das Glück kommt zu Hilfe. Die Tochter des Hauses heiratet einen wohlhabenden Gutsherrn. Sie bekommt einen Sohn, und als ihr Mann stirbt, setzt sie im Bewusstsein, dass sie krank ist, einen Menschen als Verwalter des Erbes ein, dem sie vertraut. Ihren Bruder. Tatsächlich gelingt es ihm, das Gut, das trotz seiner Möglichkeiten verwahrlost ist, wieder in die Höhe zu bringen. Alles läuft bestens. Doch allmählich fühlt sich der Bruder …«

»Was soll das? Diese Anspielungen …«

»… wie der Herr des Gutes, das er bis in den letzten Winkel kennt«, fuhr Julius fort, ohne sich beirren zu lassen. »Ist nicht alles irgendwie die Frucht seiner Arbeit? Aber da ist auch noch sein Neffe, der eigentliche Besitzer des Gutes. Der Junge wächst heran. Und dem Bruder wird immer stärker bewusst, dass seine Stellung nur eine vorläufige ist. Er ist nichts als der Platzhalter für den Erben.«

»So sollte es doch auch sein. Das war von Anfang an klar.«

Durch das riesige Fenster zum Innenhof klang Gelächter. Auf Gut Herbede herrschte eine entspannte Stimmung. Reinhard war ein gutmütiger Herr, vor dem man sich nicht in Acht zu nehmen brauchte. »Selbstverständlich war es klar«, sagte

Julius. »Aber plötzlich ist der Zeitpunkt, zu dem er zurücktreten müsste, so nah. Da fällt ihm ein, dass sein junger Neffe in den Krieg ziehen könnte. Fallen die Männer dort nicht zuhauf?«

»Aber ... das war Marx' Einfall!«

Julius nickte. »Doch er fand rasche Unterstützung, nicht wahr? Ihr wart so leicht umzustimmen, Reinhard. Mich hat das damals gewundert, aber nicht misstrauisch gemacht, Gott sei's geklagt. Der Erbe geht also nach Magdeburg – und kommt erschüttert, aber unversehrt wieder heim. Was nun?«

»Hört auf, Julius! Das ist alles ... Was wollt Ihr überhaupt? Was soll dieser Blödsinn?« Reinhard erhob sich. Er schritt durch das Zimmer, erregt und beunruhigt.

»Aber das Unglück wird noch größer. Der Erbe verliebt sich nämlich. Er will heiraten. Zum Glück ist das Mädchen eine Nonne, die zudem bereits ihr Gelübde abgelegt hat. Keine Gefahr also.«

»Eben«, entfuhr es Reinhard.

»Doch da erfährt der Onkel, dass Heinrich nach Speyer reitet, um dort einen Jesuitenpater aufzusuchen, von dem er sich gute Kunde erhofft. Vertrauensselig, wie er ist, erzählt der Junge seinem Cousin davon, und Conrad gibt sein Wissen, von Eifersucht geplagt, an seinen Vater weiter – an Euch, Reinhard. Ihr seid entsetzt. Die Nonne ist schwanger. Und Heinrich hat sich an den Heiligen Stuhl gewandt und um die Entbindung von ihren Gelübden gebeten, damit er sie heiraten kann. Außerdem hat er darum gebeten, sein Kind, das im Frühling zur Welt kommen soll, zu legitimieren. Und plötzlich seht Ihr Eure Lage ganz klar vor Euch. Der Erbe von Herbede wird Euch mit seinen Kindern verdrängen. Ihr werdet in Zukunft kein Gut mehr leiten, sondern nur noch ein geduldeter Verwandter sein, der hin und wieder seinen Rat geben darf, bestenfalls. Aber das kann ...«

»Blödsinn!«, brüllte Reinhard. Sein gutmütiges Gesicht hatte sich verändert. Eine Schärfe war in die Züge getreten, die Julius zuvor noch niemals aufgefallen war. Wie blind ich war, dachte der Hauslehrer und fuhr leise fort: »Das konntet Ihr nicht dulden. Ihr wurdet immer aufgeregter. Und Euch kam eine neue Idee: Was, wenn dem Jungen auf dem Weg nach Speyer ein Unglück widerführe? Noch war sein Gesuch an den Heiligen Stuhl nicht publik geworden. Kaum einer wusste von dem Mädchen, das seinen Erben unter dem Herzen trug. Wäret Ihr nicht gerettet, wenn Heinrich stürbe?«

»Ich hätte niemals Hand an den Jungen gelegt!«

»Das musstet Ihr ja auch gar nicht. Heinrich wollte in der Wildenburg übernachten. Und Ihr wusstet, dass dort ... Edith lebt. Was ist geschehen? Habt Ihr selbst ihr damals die Zellentür geöffnet und sie zur Wildenburg geschafft? War sie Euch verpflichtet?«

»Das ist eine Verleumdung! Jeder wird bestätigen, dass *ich* es war, der auf ihre Verurteilung drängte.«

Julius zuckte mit den Schultern. »Hat Marsilius sie *hier* kennengelernt? Als er zu Besuch weilte? Hat sich damals diese unglückselige Verbindung angebahnt? Wurde sie deshalb hinausgeworfen?«

»Haltet Euer Lügenmaul!«

»Wie auch immer. Marsilius lebte mit einer verurteilten Hexe zusammen, von der er betört war und von der er nicht lassen wollte, und damit hattet Ihr ihn und auch sie in der Hand. Ihr habt sie erpresst und genötigt, Heinrich ...«

»Verlasst dieses Haus!«

»Gern«, stimmte Julius verbindlich zu. »Nur noch ein paar letzte Fragen.«

»Ihr könnt nichts von alledem beweisen!«

»Habt Ihr Valerie ermordet?«

»Was?«

»Die junge Frau, für die Julius beim Heiligen Stuhl um die Entbindung von ihren Gelübden gebeten hat.«

»Das ist doch ... Das Mädel ist ertrunken«, entfuhr es Reinhard.

Ja, dachte Julius, in einem Fluss, als sie Wäsche wusch und sich ungeschickt vorbeugte. Wie interessant, dass du es weißt. War es also ein Stoß gewesen? Zweifelnd blickte er den Mann an, mit dem er so oft über Rechnungen gebrütet hatte. »Jedenfalls habt Ihr sie gekannt und Euch über sie informiert.«

Reinhard starrte ihn an.

»Wisst Ihr, dass Marsilius den Pater, der Heinrich das Dokument übergab, ermordet hat, um zu verhindern, dass Euer Motiv bekannt wurde?«

»Was redet Ihr!«

»Ein Mord an einem Jesuiten, Reinhard. So ein Verbrechen wird furchtbar geahndet. Der Orden ist mächtig und rachsüchtig. Wenn Ihr Kenntnis davon habt ... Beweise ... etwas Schriftliches von Marsilius ... Ihr solltet sprechen.«

»Es gibt nichts zu beichten!«

»Dann nur eines noch: Wusste Conrad über all das Bescheid?«

Reinhard schüttelte wie betäubt den Kopf. Sein Gesicht war krebsrot angelaufen. Er liebte seinen Sohn – zumindest daran bestand kein Zweifel. Herr, lass ihn sprechen, betete Julius. Ihm war bewusst, wie konzentriert Jacob Ynons auf der anderen Seite der Wand lauschte.

»Ich sagte schon: Ihr könnte nichts von alledem beweisen.«

»Natürlich nicht. Es wäre mir nur eine Herzensangelegenheit zu wissen, wie weit Conrad in die Sache verstrickt ist.«

»Niemand würde einen Jungen wie ihn in etwas hineinzie... Was geht hier vor?«, entfuhr es Reinhard plötzlich entsetzt. Sein Blick schwenkte zum Kamin. Wusste er von dem Schränkchen, das zum Lauschen einlud? Plötzlich packte er den schweren Feuerhaken, mit der die Glut angeheizt wurde. Auf seinem Gesicht spiegelte sich Verzweiflung. »Niemals«, flüsterte er.

Es war erstaunlich, wie wenig Mühe es Julius kostete, ihm den Haken aus den Händen zu winden. Dennoch polterten einige Stühle, und nach kurzer Zeit stand Jacob Ynons im Raum, und mit ihm einige verwirrte Knechte.

Ynons setzte der Dienerschaft im Namen und mit der Befugnis des Grafen von Jülich auseinander, was sie wissen mussten, dann befahl er ihnen, Reinhard in den Keller zu sperren. »Wir müssen uns beeilen«, drängte Julius, als er mit dem gräflichen Juristen endlich wieder allein war, »es hat alles schon viel zu lange gedauert.«

»Natürlich«, erwiderte Ynons. »Aber zunächst müssen noch einige Dinge geklärt werden. Ihr versteht doch, wie heikel diese Angelegenheit ist. Die Jesuiten sind darin verwickelt, ein Freiherr, gar eine Hexe …«

»Aber es liegt doch alles auf der Hand.«

»Im Grunde, mein Bester, nur im Grunde. Noch gibt es kein öffentliches Geständnis. Und auch die Bestätigung des Heiligen Stuhls, dass es wirklichen den Dispens gegeben hat, steht aus.«

»Die zu bekommen wird Wochen dauern!«

»Wenn es um Jesuiten geht«, erklärte der Jurist, plötzlich sehr von oben herab, »die in des Kaisers Gunst höher als jeder Reichsfürst stehen, dann kann es gar keine zu umfassende Gründlichkeit geben. Da stimmt Ihr mir doch sicher zu.«

Dies war der Moment, in dem Julius sich und seine Zunft mit den Augen von Marx sah. Ihn ergriff eine bittere Wut.

Kapitel 37

Der Lärm war ohrenbetäubend. Schutt und Steine prasselten herab – nicht nur bei dem Gitter, sondern von der gesamten Wand, in die es eingemauert gewesen war. Sophie starrte hustend durch Rauch und Staub zu dem Loch, das sich auftat. Sie sah, wie Marx sich durch den Steinhagel und dann weiter zu ihr an den Rand des Verlieses rollte. Immer noch kamen Steine herab, und schließlich lösten sich Felsbrocken weit oben von der Decke.

Marx warf sich auf sie, sie zog die Decke über ihn und beide lauschten, an die Wand gepresst, dem Lärm der Steine, die auf dem Felsboden aufschlugen. Die Kerze erlosch. Marx schrie zwei- oder dreimal kurz auf. Dann war es vorbei. Er wälzte sich zur Seite, und Sophie richtete sich auf. Sie spuckte den Staub aus.

»Himmel!«, hörte sie Marx krächzen. Er brauchte eine Weile, um die Kerze, die er beim Sprung ins Verlies mit sich gerissen hatte, erneut zu entzünden. Langsam ließ er das Licht über die Schutthaufen streichen und versuchte abzuschätzen, was die Explosion gebracht hatte. Das nahm Zeit in Anspruch, denn die Schwaden verzogen sich nur langsam. Es stank nach Verbranntem und Staub. Schließlich lehnte er sich zurück und legte den Arm um sie. »Das ist nicht gut.«

Sophie nickte. Der Ausgang zum Tunnel wurde durch Steinbrocken verdeckt. Viele davon waren riesig. Aus den Trümmern ragte eine Eisenstange wie der Arm eines Ertrinkenden. »Wir können es nicht fortschaffen, nicht wahr?«

Statt zu antworten, stand Marx auf. Sie sah, wie er sich auf die Lippen biss und mit dem verkrüppelten Handballen gegen eine Stelle am Brustkorb drückte. Mühsam rappelte sie sich ebenfalls hoch. Sie räumten gemeinsam Schutt beiseite, aber als sie zu den größeren Brocken gelangten, wurde offensichtlich, dass sie eingeschlossen waren – die Steine ließen sich keinen Zoll weit bewegen.

»Glaubst du, sie haben oben den Lärm gehört?«

Marx lächelte müde. »Nur wenn der Hexenturm über uns zusammengestürzt ist. Das Mistding hat Mauern, die jedes Geräusch schlucken.«

»Vielleicht ist Edith beschäftigt. Wenn sie uns beobachtet hätte, dann wäre sie bereits gekommen, nicht wahr?«

»Ich weiß nicht, ob das unsere größte Sorge ist, mein Herz.«

Sophie betrachtete den Mann an ihrer Seite. Ihr Herz wurde heiß vor Liebe und gleichzeitig eng vor Verzweiflung. Maria, Erbarmungsvolle, betete sie still, bitte lass uns einfach hier sterben, gemeinsam, in Frieden und ohne Schmerzen. Aber nein, das durfte sie sich nicht wünschen. Oben, in der Wiege in ihrer alten Kammer, lag ja Henriette und war ihrem Schicksal ausgeliefert.

Sie setzten sich wieder auf den Boden. Marx küsste sie auf die Schläfe und murmelte, mit einem Lächeln in der Stimme: »Meine Güte, bist du schmutzig.« Der nächste Kuss wurde leidenschaftlicher. Und schließlich liebten sie einander. Marx jaulte zwischendurch vor Schmerz, aber es tat so gut, einander zu spüren, es war so tröstlich. Es war alles, was ihnen blieb.

»Du bist verwundet?«, wisperte Sophie, als sie sich wieder voneinander lösten. Sie strich über seine Seite.

»Nichts Schlimmes. Ich war bei Julius, und er …« Marx lachte kurz auf. Dann begann er zu erzählen, was er sich alles zusammengereimt und Julius erklärt hatte. Heinrich, Reinhard, die Nonne, das Kind … Offenbar hatte der junge Freiherr ein Gesuch zum Heiligen Stuhl gesandt, und von Pater Ignatius war Nachricht gekommen, dass es positiv entschieden worden war.

»Das stimmt«, flüsterte Sophie. »Edith hat mir den Brief gezeigt – er trug das Siegel des Papstes. Und Valeries und Heinrichs Namen wurden genannt.«

Marx seufzte tief auf. Ein Teil von ihm hatte wohl immer noch gezweifelt. »Wenn der Junge nur zu mir gekommen wäre, statt zu Conrad zu rennen! Natürlich hatte sein Cousin vor dem Vater keine Geheimnisse.«

»Sicher wollte Heinrich abwarten, ob auch wirklich alles zu seinen und Valeries Gunsten entschieden würde. Oder er setzte auf einen verzauberten Moment der Enthüllung.«

»Was?«

»So ist man doch, wenn man jung ist. Die ganze Familie ist versammelt und man überrascht sie mit einer wunderschönen Braut und der Nachricht, dass es eine Hochzeit geben wird.« Sophie konnte sich so einen romantischen Augenblick durchaus vorstellen. »Und dann ist es doch klar, dass er sich nicht an dich wandte. Du warst ja darauf aus, ihn zu einem Streiter für deinen großartigen Wallenstein zu machen.«

Marx schnitt ihr eine Grimasse. »Keine Ahnung, warum mir das so nachhängt. Ich war der Meinung – und bin es immer noch –, dass Wallenstein es geschafft hätte, den Krieg in Deutschland zu beenden. Er hat den Frieden mit den Dänen ausgehandelt und wollte mit den Schweden entsprechend verfahren. Außerdem hatte er klar erkannt, was für Folgen es haben würde, wenn man den Frieden mit den Protestanten brechen und sie brüskieren und enteignen würde. Aber als Mensch ist er furchtbar. Ein kleinkarierter Emporkömmling, der die böhmischen Rebellen hingerichtet und die Mecklenburger Herzöge aus dem Land gejagt hat. Statt Milde walten zu lassen, wollte er sein neue Macht auskosten und dem Adel zeigen, wer das Sagen hat. Natürlich kann ich ihn nicht leiden!

So wenig wie Tilly, der seine Horden über Leichen gehen lässt.«

»Warum hast du Heinrich dann mit nach Magdeburg genommen?«

»Damit er lernt zu kämpfen. Weißt du, wer der wahre Feind unseres Landes ist? Die Söldnertruppen! Dieser Krieg wird auch deshalb nicht beendet, weil niemand sich traut, dieses Pack sich selbst zu überlassen. Die Kerle haben nichts gelernt als Morden und Brandschatzen. Sie sind zu Bestien verkommen, zu einer Geißel, die man nicht mehr bändigen kann. Um Heinrichs Besitz zu erhalten, reichte es nicht mehr, dass er eine akkurate Buchhaltung beherrschte und Kenntnisse über den Anbau von Feldfrüchten besaß. Ich fand, er müsse lernen, sein Eigentum und seine Leute zu verteidigen. Und das geschieht nur im Mündungsfeuer.«

Erneut lösten sich Steine, dieses Mal von der Decke. Marx schaute stirnrunzelnd hinauf. »Sophie, ich fürchte, Julius wird nicht rechtzeitig kommen.«

»Warum?«

»Weil er den Herzog von Jülich überzeugen muss zu handeln. Und das wird Zeit kosten, wenn es überhaupt gelingt.«

»Dann hättest du dich nicht hierherwagen dürfen!«

»Was für ein sonderbarer Gedanke«, sagte er. Die Kerze erlosch, und dieses Mal unternahm er keinen Versuch mehr, sie zu entzünden. Es war auch nicht nötig. Sie war ihm so nah, dass sie spürte, wie sich sein Brustkorb hob und senkte. Alles war gut, so lange er bei ihr war.

Sie scheute sich, die Frage zu stellen, die ihr noch auf der Seele brannte. »Du hast den Müller und seine Familie nicht umgebracht?«, fragte sie in die Dunkelheit.

»Gott nein, das war Marsilius. Er wollte den Müller zum Schweigen bringen und zugleich die Bevölkerung gegen mich aufhetzen, damit sie Jagd auf mich macht.«

Schaudernd dachte Sophie an den Abend, als Marsilius mit Dirk und Kaspar von der Mühle zurückgekehrt war. Er hatte den Mord also selbst begangen oder befohlen und zugesehen, wie der arme kleine Junge den Spieß durch den Hals bekam. Aber er war nicht so skrupellos gewesen, dass ihn das Verbrechen kaltgelassen hätte. So rasch wurde man nicht zum Kindesmörder.

»Und wie bist du aus dem Haus entkommen?«

»Was?«

»Das Haus dieses Bauern, in dem du angeblich verbranntest. Oder hast du gar wirklich ein Bündnis mit dem Bösen geschlossen?« Es sollte wie ein Scherz klingen, doch es gab nichts zu scherzen. Marx hatte halb wahnsinnig vor Schmerz hier unten im Verlies gelegen und hätte wahrscheinlich mit jedermann einen Vertrag geschlossen, um seiner Not zu entkommen – sie gab sich keinen Illusionen hin.

»Wir hatten den Hof präpariert. Es existierte ein Kriechtunnel vom Haus unter der Scheune hindurch bis zum Wald. Fast jeder Mensch, der einsam lebt, beugt inzwischen einem Überfall durch Söldnertrupps vor.«

»Und warum hat der Bauer das für sich behalten?«

»Ich hatte ihn bezahlt.«

»Aber warum diese Posse?«

»Weil Marsilius mir immer dichter auf den Fersen war. So viel Schutz bieten die Wälder nicht, wenn jeder Hirte, Vagant oder Dörfler sich das Zeugengeld verdienen will. Es wurde Zeit, unsichtbar zu werden. Außerdem wollte ich einige meiner Männer, die ich nicht mehr für zuverlässig hielt, loswerden. Ambrosius sollte zu diesem Zweck meinen Tod bezeugen.«

»Ich hatte eine Heidenangst, als ich dich danach gesehen habe.«

»Das tut mir leid, mein Herz. Ich fand mich eigentlich ganz manierlich.« Sie spürte ihn grinsen.

»Ein manierlicher Werwolf.« Sophie seufzte. Wenn doch niemals jemand käme, wenn wir doch wirklich einfach hier sterben dürften, dachte sie wieder.

Als sie die Falltür im Scharnier quietschen hörte, hoffte sie, es wäre Dirk. Das Verlies konnte von oben nicht viel anders als zuvor aussehen, so dunkel, wie es war, aber wenn jemand herabkam, würde er den zusätzlichen Gefangenen natürlich entdecken. Marx, der eingeschlafen war, begann, sich zu rühren. Eine Fackel wurde durch die Öffnung gehalten – und es zeigte sich, dass der Schein doch bis zu den Gestalten auf dem Fels reichte. Jemand fluchte, aber die Stimme gehörte nicht dem Burgvogt. Es war Kaspar.

Der Henker ließ die Tür im Stich und rannte davon – was ihnen nicht half, denn die Strickleiter hatte er noch nicht hinabgelassen. »Nun geht es also los«, murmelte Marx, der inzwischen völlig wach war. Er drückte Sophie an sich und streichelte mit seiner verstümmelten Hand durch ihr Haar. »Nicht fürchten, mein Herz. Wir gehen hindurch und haben es hinter uns.«

»Ja.« Ihr drehte sich der Magen um vor Angst.

Es dauerte lange, ehe Kaspar zurückkehrte, sicher mehr als eine Stunde. Dieses Mal hatte er Helfer mitgebracht. Der Hexer, den sie so lange gejagt hatten, saß im Verlies fest! Vielleicht ahnten sie, wie das geschehen war, vielleicht hielten sie es auch für das Ergebnis einer misslungenen Zauberei. Jedenfalls kamen sie mit einem großen Trupp angerückt. Man beriet sich am Rand des Angstlochs. Offenbar traute sich niemand ins Verlies herab. Sie beschlossen, dass es auch nicht nötig sei, das Risiko einzugehen. Mit einem Rascheln fiel die Strickleiter hinab. »Kommt raus. Erst die Freiherrin«, brüllte Kaspar.

Sie rührten sich nicht.

Wieder berieten die Leute. Obwohl Sophie angestrengt lauschte, konnte sie keine Frauenstimme vernehmen. Edith ist nicht unter ihnen, dachte sie. Ihr Herz klopfte bis zum Hals. Marx hielt sie dicht an sich gepresst. Er küsste leicht ihr Haar. Wieder verging Zeit. Holten sie Marsilius? Plötzlich fielen Packen aus Stroh auf sie hinab, die einer nach dem anderen durch das Loch gestoßen wurden. Erst als Marx hinauf rief: »Hört auf – sie kommt«, begriff Sophie, was die Männer planten. Sie waren offenbar zu dem Schluss gekommen, dass sie den Hexer und ihre Herrin genauso gut in dem Loch verbrennen konnten wie später auf einem Scheiterhaufen.

»Ich will nicht rauf«, flüsterte sie.

»Gleich steht hier alles in Flammen!«

»Sie werden uns auch oben …«

»Es gibt immer Hoffnung.« Marx zog sie auf die Füße, presste ihr einen Kuss auf die Lippen und nötigte sie, die Strickleiter hinaufzuklettern.

Das obere Verlies war komplett leer geräumt. Nichts deutete mehr darauf hin, dass hier einmal gottlose Riten oder ein Bad stattgefunden hatten. Sophie starrte die Menschen an, die sie umstanden, und alle kamen ihr fremd vor, obwohl sie einige Gesichter oft gesehen hatte. Und wenn sie ihnen nun Spuren des Talges zeigte, die bewiesen, dass hier schwarze Messen zelebriert worden waren – dass also wirklich eine Hexe am Werk gewesen war? Aber was sollte das beweisen? Die Leute würden glauben, sie selbst sei hier ihren teuflischen Werken nachgegangen. Sie war die Burgherrin, die es mit einem Hexer trieb.

Auf einmal sah Sophie sich mit ihren Augen: eine schmutzige Frau in Lumpen, die so zerrissen waren, dass nicht einmal eine Magd sie angezogen hätte. In ihrem Haar klebten Strohhalme. Sie roch nach der Liebe, der sie sich in Marx' Armen hingegeben hatte. Sie war die Verdorbenheit in Person. Willenlos ließ sie es geschehen, dass Jössele ihr die Hände auf den Rücken band. *Wir gehen hindurch und haben es hinter uns.*

Marx folgte ihr durch das Bodenloch. Mit ihm verfuhr man weniger rücksichtsvoll. Kaspar hieb ihm einen Knüppel über den Kopf, ein anderer griff zu, damit er nicht ins Verlies zurückstürzte. Er war benommen, und diese Zeit nutzte man, um ihm Ketten um die Hände, die Füße und den Hals zu winden. Natürlich wurde er mit aller Raffinesse gefesselt – keiner hatte die Untaten vergessen, deren er beschuldigt wurde. Trotz des Gewichts der Ketten schaffte er es, sich aufzurappeln. Sie ließen es zu, dann versetzte ihm einer der Männer mit dem Schimpfwort »Hexer« einen Tritt, und man schob sie durch den engen Flur ins Freie.

Es war spätnachmittags, fast abends, und es schneite. Der Rest des Gesindes hatte sich vor dem Hexenturm versammelt. Sie bildeten eine Gasse, als die Gefangenen zum Hof geführt wurden. »Hexer!«, rief eine der Frauen, und andere nahmen den Ruf auf, bis die vereinzelten Worte einen gemeinsamen Rhythmus fanden – ein Trommelwirbel aus menschlichen Kehlen. »Hexer … Hexer …«

Sophie musterte die Menschen, an denen sie vorbeigeführt wurde, verstohlen aus dem Augenwinkel. Es waren armselige Gestalten in groben Hosen und grauen Schürzen, voller Hass. Gegen Edith hatten sie nichts unternehmen können, nun würden sie Marx für die Furcht büßen lassen, die sie ausgestanden hatten, den Werwolf, der in einem brennenden Haus überlebt hatte. »Hexer … Hexer …«, skandierten sie. Sophie erblickte Josepha, die sich ängstlich hinter einem der anderen Weiber versteckte, und dachte daran, dass Dirks Magd gegen sie aussagen sollte.

Auf dem Boden lag eine weiße, dünne Schneedecke, in die sich ihre nackten Zehen drückten. Es dämmerte, und wegen der dichten Wolken drang kein Sonnenstrahl in die Burgmauern. Alles war grau, das Licht fade. Nebel hing wie feuchter Rauch zwischen den Mauern. Es würde schon bald völlig dunkel sein. Das Gesinde hatte in die eisernen Halter brennende Fackeln gesteckt. Man hatte sich offenbar darauf eingerichtet, dass das Spektakel längere Zeit in Anspruch nehmen würde.

Mittlerweile hatten sie den Innenhof erreicht, wo Marx vor einem knappen Jahr auf seine Hinrichtung gewartet hatte. Dieses Mal stand kein Podest bereit, doch sonst gab es eine gespenstische Ähnlichkeit. Der Schnee, das Gesinde, das auf seinen Herrn wartete, die fast greifbare Sehnsucht nach einer Wiederherstellung der Ordnung, die darauf wartete, sich in einem monströsen Akt der Grausamkeit zu entladen.

Sophie zuckte zusammen, als die Haupttür des Palas aufflog. Zwei Knechte trugen Stühle hinaus. Einer war sicherlich für Marsilius bestimmt und der andere für Edith – auch das genau wie damals. Sie schaute zu Marx. Der Knüppel hatte ihn im Gesicht getroffen. Blut lief über seine Augen das Gesicht hinab. Konnte er überhaupt noch etwas sehen? Immerhin stand er gerade. Das würde sich auch nicht ändern, solange er es schaffte, sich irgendwie auf den Beinen zu halten. »Wir gehen hindurch«, sagte sie halblaut und hoffte, dass er es hörte.

Edith trat aus dem Palas. Sie ließ sich von einer Magd mit einer Lampe die Treppe hinabgeleiten, als wäre sie bereits die Herrin der Wildenburg. Selbst hier im Hof, wo alles Licht vom Nebel geschluckt wurde, strahlte ihr Haar noch. Wie konnte man *nicht* erkennen, dass sie eine Hexe war? Einige Knechte rammten zusätzliche Fackeln in Eimer voller Sand, die sie zu diesem Zweck herbeitrugen. Sie waren begierig danach, die Furcht in den Gesichtern der Angeklagten zu erkennen, und wahrscheinlich würden sie später ihren Freunden und Verwandten davon erzählen. Sophie sah, dass es Dirk war, der die Anweisungen gab. »Lass mich noch einmal meine Tochter sehen. Ich flehe dich an«, wisperte sie ihm zu, als er an ihr vorüberging. Nur ein einziger Blick auf ihr Kind. Nur von fern.

Aber Dirk reagierte nicht. Er blickte die Stufen hinauf, wo plötzlich Marsilius im Türrahmen stand.

Sophie hielt die Luft an. Es konnten nur wenige Tage vergangen sein, seit sie ihren Ehemann zum letzten Mal gesehen hatte, aber die Gestalt dort oben auf den Stufen erschien ihr greisenhaft, um Jahrzehnte gealtert. Marsilius musste von einem seiner Knechte gestützt werden. Der Bart, auf den er immer so stolz gewesen war, wucherte wild in seinem Gesicht.

Als er es die Stufen hinabgeschafft hatte und sich mit einem schweren Seufzer auf seinen Stuhl fallen ließ, sah Sophie, dass sein Gesicht von Geschwüren verwüstet war. Ihr entfuhr ein Laut des Entsetzens.

»Wir halten Gericht.« Auch Marsilius' Stimme hatte sich verändert. Hoffnungslosigkeit gepaart mit Rachsucht lag darin. »Schafft die beiden her.«

Sophie wurde vorwärts gestoßen. Der Blick, mit dem Marsilius sie maß, war voller Bitterkeit. Sie war die Frau, die ihn lächerlich gemacht hatte, und nun, am Ende ihres Lebens, verspottete sie ihn ein weiteres Mal, indem sie neben dem Mann stand, mit dem sie ihn betrogen hatte – wie auch immer ihr das gelungen war.

Edith, die mittlerweile ihren Platz neben Marsilius eingenommen hatte, griff nach der Hand des Burgherrn, doch er machte sich ungeduldig los. »Ich will, dass sie knien!«

Kaspar trat Marx in die Kniekehlen, so dass er stürzte. Sophie kam dem Henker zuvor, indem sie freiwillig zu Boden sackte. Marx legte den Kopf in den Nacken und blinzelte das Blut fort. Als er erkannte, was die Krankheit aus seinem Widersacher gemacht hatte, begann er abschätzig zu lachen. Dass er sich auch nie zurückhalten konnte. In Marsilius' Züge trat etwas Bösartiges. »Gib mir dein Messer!«, befahl er Kaspar. Der Mann gehorchte. »Halt sein Gesicht still.«

Im Hof verstummte jedes Gemurmel. Schnee fiel in Marsilius' Bart und Haare und taute dort. Er beugte sich vor, während Kaspar und ein anderer Knecht Marx vor den Burgherrn zerrten und seinen Kopf an den Haaren in den Nacken zogen.

»Verflucht noch mal, haltet ihn still!« Marsilius hob die Klinge. Und natürlich erschien kein göttlicher Engel, um ihm Einhalt zu gebieten. So war es in der Wirklichkeit nicht. Dieses Mal würde es bis zum bitteren Ende gehen. Sophie wollte fortschauen und konnte doch den Blick nicht von dem Messer und Marx' Gesicht wenden.

»Zieht ihm die Augenlider hoch!« Marsilius wollte zustoßen – doch dann hielt er mit einem abgehackten Lachen inne. »Andrerseits: Schade, wenn du nicht mehr sehen kannst, wie deine Hure brennt. Das willst du doch, oder?« Mit einer verkrampften Gebärde zog er Marx das Messer über die Wange. Vielleicht hatte er nicht einmal das gewollt, sondern einfach das Gleichgewicht verloren. Seine Männer sprangen hinzu und zogen ihn auf den Stuhl zurück. Marx kniete immer noch. Blut sprenkelte den Schnee, und er biss sich mit verkrampften Halsmuskeln auf die Lippen.

»Und nun zu deiner Hure, zu meinem Weib! Küsse ihn«, befahl Marsilius Sophie. Sein Mund war halb geöffnet. In seinen Augen saß ein seltsamer Glanz. *Er ist wahnsinnig geworden.* Voller Grauen starrte Sophie auf Marx. Sein blondes Haar war grau vom Steinstaub.

»Ich sage: Küss ihn!«

Als Dirk sie knuffte, gehorchte Sophie. Ihr Herz schmerzte vor Mitleid, als sie das warme Blut mit den Lippen berührte. Sie hatten Marx die Hände auf dem Bauch gefesselt. Er berührte sie damit und ließ sie rasch wieder los.

»Du hast jetzt die Möglichkeit, dein eigenes Urteil zu mildern, Weib, indem du gestehst. Ist dieser Mann ein Hexer?«

Sophie schüttelte den Kopf. *Wir gehen hindurch und haben es hinter uns.*

»Wenn du leugnest, muss ich davon ausgehen, dass du dich von der sittsamen Gemeinschaft der Christen abgewandt hast und selbst zu einer Hexe geworden bist. Rede!« Marsilius beugte sich zu ihr. Seine Geschwüre mussten den gesamten Körper befallen haben. Der Mann stank von Kopf bis Fuß nach Fäulnis.

»Du schweigst? Gut. Dann stelle ich hiermit als Herr der Wildenburg, als dein Ehemann und als dein Richter fest: Du bist eine Hexe.« Er richtete sich wieder auf. Das sollte es gewesen sein? Wieso hatte er es plötzlich so eilig? Waren seine Schmerzen zu heftig geworden? Ertrug er sie nicht länger? »Das Gericht ist beendet und das Urteil ...«

Ein lauter Ruf peitschte über den Hof. »Lichter!« Einer der Wächter beugte sich über die Mauer des Wehrgangs und brüllte: »Ich sehe Reiter, Herr. Dutzende. Mit Fackeln. Sie kommen von Zingscheid und halten im Galopp auf die Burg zu!«

Sekundenlang war es totenstill. Noch einmal schaffte Marsilius es, sich gerade hinzusetzen. Es rang nach Worten, aber die Schmerzen setzten ihm zu, und er hatte Mühe, sich zu konzentrieren. Als er nichts sagte, erhob Edith die Stimme. »Schließt die Tore und zieht die Brücke herauf!«

Die Menschen starrten auf die von ihnen gefürchtete Frau. Sie gehorchten erst, als Marsilius den Arm hob. »Reiter, ja?«, ächzte der Kranke. »Hast du Helfer, Sophie? Wer ist es, der dir beistehen will? Dein Papierfresser aus Speyer?«

»Wenn ja, dann stellt er sich selten dämlich an«, hörte Sophie Marx flüstern. Lachte er? Wie konnte man sich in solch einem Augenblick amüsieren? Aber vielleicht war es gar kein Lachen, sondern Husten, denn auch aus seinem Mund floss Blut. Sein Hemd war damit durchtränkt. Er sah furchtbar aus.

Die Männer liefen in Richtung Vordorf. Nur Dirk sonderte sich ab und verschwand im Palas. Dann geschah eine Weile gar nichts. Sie warteten, während die Männer hastig das vollbrachten, was man ihnen befohlen hatte: nämlich die Festung sichern. Sophies Beine wurden eisig im Schnee. Sie zitterte. Marsilius atmete schwer auf seinem Stuhl und behielt sie im Auge. Es war Jössele, der keuchend die nächste Nachricht brachte. »Walter von Reifferscheidt ist vor dem Tor, Herr. Er begehrt Einlass!«

»Walter!«

»Und seine Männer sind bis zum Kragen bewaffnet.«

»Was will …«

»Wir lassen ihn nicht herein!«, fiel Edith Marsilius mit klarer Stimme ins Wort. Sie sprang auf. Ihr Haar erstrahlte wie ein Lorbeerkranz aus gelber Seide.

»Wer befiehlt denn hier?«, fragte Sophie rau. Sie schaute ihrem Ehemann ins Gesicht. »Wer befiehlt dein Gesinde, Marsilius? Du oder die Teufelsbrut, die du dir ins Haus geholt hast?«

Er hob den Kopf, doch er war zu schwach, um etwas zu erwidern. Sein Wutanfall hatte ihn verausgabt. Tatenlos sah er zu, wie Edith vor die Menschen trat.

»Die Reifferscheidter sind bewaffnet und kommen nicht in Frieden! Wir verwehren ihnen also den Zutritt«, ordnete sie an.

»Und wie lange soll das gut gehen?«, erkundigte Marx sich spöttisch. Er schüttelte den Kopf und hob die gefesselten Hände, um mit dem Handrücken das Blut fortzuwischen.

»Solange ich es sage! Herr, der Kerl wagt es ...«, setzte Edith an.

»Halt doch den Mund!« Marsilius presste die Hand auf den Unterleib. Edith musterte ihn kurz, dann schrie sie Jössele an, ihren Beschluss unten am Tor zu verkünden. Der Knecht warf einen hilflosen Blick auf Marsilius. Mit einem zornigen Schwung des Kopfes raffte Edith das Kleid, um selbst zum Tor zu eilen.

In diesem Moment erschien Dirk in der Palastür. Er zerrte eine kleine Gestalt an den Haaren mit sich – Eva. Es war ein Bild äußerster Brutalität: der große Mann und das halbe Kind. Ohne auf ihr Schreien zu achten, schaffte er das Mädchen zu Marsilius und presste ihren Kopf in seinen Schoß. »Deine Tochter, Marsilius ... Ich habe Eva dabei erwischt, gerade eben, wie sie ... Sie hat deinem Kind ein Kissen auf das Gesicht gedrückt.« Dirk zitterte vor Erregung.

Sophie verstand nicht. Sie starrte auf das weinende Mädchen, genau wie Marsilius.

»Herr, begreift doch: Die Hexen haben sich auf der Burg zusammengerottet und verschonen niemanden. Sie vernichten uns. Unsere Kinder ... Seht es doch ein ...« Dirk schluchzte, während er den Lockenkopf weiter in Marsilius' Leib drückte, ohne auf die Schmerzen zu achten, die er ihm dadurch zufügte. »Erst waren es meine Kinder, nun ist es Eure Tochter.«

»Henriette«, sagte Sophie tonlos. Sie starrte zu Marx, schwindlig vor Grauen.

Eva gab ein ersticktes Geräusch von sich, als wollte sie etwas sagen, aber Edith übertönte sie. »Wenn dieses kleine Miststück dein Kind ermordete, Marsilius, dann soll sie sterben«, kreischte die Hexe. »Aber glaub nicht, ich hätte etwas damit zu tun. Ich habe ihr immer misstraut. Hat nicht Sophie sie als Magd in ihr Zimmer genommen?« Wie hatte die schöne Frau auf einmal die Mistgabel in die Hände bekommen? Sie schwenkte sie in beiden Händen, jede ihrer Bewegungen drückte schiere Verzweiflung aus. Furienhaft stürzte sie auf Eva zu. Nun ließ Dirk das Mädchen doch fahren. Er wich zurück und schlug ein Kreuz.

Eva richtete sich auf, in den Augen blankes Entsetzen. Wie kindlich und verwirrt sie plötzlich aussah. Genau wie damals auf der Brücke. »Edith hat mir geboten, Gift in den Tee der Herrin zu gießen!« Abwehrend hob sie den Arm gegen die Zinken.

Aber sie musste nicht sterben.

Bevor die Mordwaffe ihren schmächtigen Körper durchbohren konnte, hatte Marx sich aufgerappelt. Er stolperte zwei Schritte voran, hob die gefesselten Hände und schwang sie über Ediths Kopf. Mit einem einzigen Ruck riss er sie an sich. Die Ketten, die seine Handgelenke verbanden, wurden zu einer Waffe, die Edith strangulierte. Die Menschen rissen die Augen auf, einige stöhnten, aber niemand sprang hinzu, ihn zu hindern. Auch Marsilius nicht. Edith hob gurgelnd die Hände.

Doch Marx war ein Handwerker des Todes, in diesem Moment wurde es offenbar. Es gab ein leises Knacken, als er der Hexe das Genick brach.

Kapitel 38

Es war zwei Wochen später und ein Tag vor Weihnachten. Julius betrat leise das Zimmer, in dem Sophie sich eingerichtet hatte. Es befand sich in der Vorburg, nicht im Wohnturm oder dem Palas. Diese Gebäude zu betreten hatte sie sich entschieden geweigert. Er musste lächeln, als er sie vor der Kinderwiege sitzen sah. Wie weich ihr Gesicht war, nun, da sie sich nicht mehr vor der Hexe fürchten musste und ihren mütterlichen Gefühlen freie Bahn lassen konnte. Sie stupste Henriette mit einer kleinen Stoffpuppe an.

»Ein Segen, dass Dirk misstrauisch war und der Kleinen rechtzeitig zu Hilfe kam«, meinte Julius impulsiv.

Sophie hob den Kopf. »Wieso hat Edith wohl nicht gewartet, bis alles vorüber war? Wieso hat sie Eva zur Wiege hinaufgeschickt? Sie hätte später immer noch Zeit gefunden, Henriette sterben zu lassen.«

»Ich denke, sie wurde so kurz vor dem Ziel kopflos vor Ungeduld. Sie wollte, dass endlich alles so war, wie sie es sich wünschte. Ihre Pläne hatten sich schon zu lange hingezogen. Außerdem wäre das gesamte Burggesinde Zeuge gewesen, dass sie selbst mit dem Tod des Kindes nichts zu tun hatte. Das war vielleicht sogar der Hauptgrund.«

»Ich danke Gott jeden Tag, dass sie tot ist.«

Julius nickte. Sophie war in den letzten beiden Wochen

noch magerer geworden, fast durchscheinend. Unter ihren Augen lagen schwarze Ringe. Er wusste, dass sie jede einzelne Minute hasste, die sie in der Burg verbrachte. Aber sie hatte entschieden, dass sie noch nicht fortkonnte. Marsilius lag im Sterben, und jemand musste sich um ihn kümmern. Er hatte Respekt vor dieser Einstellung.

Der kleinen Henriette waren die Augen zugefallen. Sophie zog ihr die Decke über die Fäustchen und die Schulter, steckte sie fest und drehte sich um. »Ich verstehe es immer noch nicht. Edith musste doch klar sein, dass Marsilius dahinsiechte und sterben würde. Dann hätte man sie sowieso verjagt.«

Julius zuckte mit den Schultern. »Marsilius war ein aufbrausender Mann, und er hat Edith ja nicht nur geliebt, sondern auch gefürchtet und zeitweise sogar gehasst, wie ihr selbst gesehen habt. Ich könnte mir vorstellen, dass dieses verdorbene Weib ihm in einer Anwallung von Zorn – vielleicht als er sie schlug – ein Gift zusammengemixt hat und dass sie deshalb glaubte, seine Geschwüre selbst hervorgerufen zu haben. Dann war sie natürlich davon überzeugt, ihn auf ähnliche Art heilen zu können. Diese Macht müsste ihr sogar gefallen haben.« Ihm erschien seine Erklärung vernünftig. Eine Frau hielt sich für eine Hexe und übte die entsprechenden Praktiken aus. Warum nicht?

»Ihr sagt das so sonderbar, Julius. Dass sie *glaubte,* seine Geschwüre hervorgerufen zu haben. Warum soll sie das nicht tatsächlich getan haben? Und Ihr habt völlig recht: Dann *hätte* sie ihn auch heilen können.«

Nun, dachte Julius, letztlich ist es gleich, ob Edith eine simple Mörderin war oder eine Hexe, die ihre Opfer durch satanische Rituale ums Leben brachte. Sie hatte ihren Tod verdient. Wenn er nur an die Kinderknochen dachte, die man in der Hexenhöhle im Wald gefunden hatte!

Sophie ging zum Fenster und schaute ins Tal hinab, wo auf einer Wiese kreisrunde schwarze Flecken im Schnee von den Scheiterhütten kündeten, in denen Josepha und Eva verbrannt worden waren. Als man Werner von Reifferscheidt das Tor geöffnet hatte, hatte er es sich nicht nehmen lassen, gleich für den nächsten Tag einen Gerichtstermin anzusetzen – vermutlich um noch einmal mit Nachdruck darauf hinzuweisen, dass er der legitimierte Blutrichter des Wildenburger Landes war.

Eva hatte um ihr Leben gebettelt, aber da sie bei einem Mordversuch ertappt worden war und auch kein Zweifel daran bestand, dass sie mit einer Hexe im Bunde gewesen war, hatte der Schuldspruch keine fünf Minuten gedauert. Auch Josepha war nicht zu retten gewesen. Sie murmelte sich mit einer irren Beschreibung ihrer Taten selbst auf den Scheiterhaufen, und niemand hatte auf Julius' Einwände hören mögen.

Dirk hatte gestanden, dass Marsilius Heinrich und den Müller ermordet hatte, und so war Marx von den Untaten, die man ihm vorwarf, freigesprochen worden. Er hatte selbst nicht viel davon mitbekommen, denn er lag mit hohem Fieber im Krankenbett. Aber das war vielleicht auch ein Glück gewesen. Mit seinem Talent, andere vor den Kopf zu stoßen, hätte er sich möglicherweise doch noch um Kopf und Kragen geredet. Es gab ja noch die Diebstähle und Überfälle, die er in der Zeit nach seiner Flucht begangen haben sollte.

Auch Dirk selbst war glimpflich davongekommen. Sophie hatte von seiner Angst um das Seelenheil seiner Kinder gesprochen und sich mit Nachdruck für ihn eingesetzt, und so war er nur des Landes verwiesen worden.

Kaspar war geflohen, als Julius mit dem Grafen und seinen Männern durch das geöffnete Tor in die Burg eingeritten war. Niemandem war es aufgefallen. Die anderen Hexen, die Eva als Mitglieder des unheilvollen Satansbundes genannt hatte, waren ebenfalls entwichen, bevor man ihrer habhaft werden konnte. Es hieß, dass eine davon Ediths Mutter gewesen sei.

Marsilius selbst war ein zu wichtiger Mann, als dass Walter das Urteil über ihn hätte sprechen mögen. Das sollte der Herzog von Jülich tun, dessen Juristen sich ja auch schon mit Reinhards Schuld befassten.

Der Freiherr selbst hatte kein Interesse mehr für diese Fragen aufgebracht. Mit Schaudern dachte Julius an das, was geschehen war, bevor man ihnen die Burgtore öffnete: Marsilius hatte sich in der nebligen Nacht auf die tote Hexe geworfen und alle meinten, dass er seine Hure küsse, bis sie merkten, dass er der Leiche sein Messer in den Bauch rammte. Er war verrückt geworden, ohne Zweifel.

»Ach, Julius!«

»Bitte?« Er merkte auf.

»Ich habe es gar nicht verdient.«

»Was denn?«

Statt einer Antwort hakte Sophie ihn unter und führte ihn aus der Kammer hinaus ins Freie, wo die Sonne schien. Sie gingen zum Waldsaum, wo die Bank stand, und setzte sich auf die kalten Bretter. Sie hatte ihre Hand immer noch in seiner Armbeuge. »Ich habe Euren Beistand nicht verdient. Ihr seid viel zu geduldig mit mir«, seufzte sie. »Immer habe ich Euch nur Ärger gemacht – und trotzdem seid Ihr treu auf meiner Seite geblieben. Das werde ich Euch niemals vergelten können.«

»Aber so viel war es doch gar nicht«, erwiderte er mit einem wegwerfenden Lächeln und ging darüber hinweg, wie viel Überredungskunst es ihn gekostet hatte, den Herzog von Reinhards Schuld zu überzeugen, wie nahe ihm das Gespräch mit seinem Brotgeber gegangen war, wie ihn Ynons' Entschluss, den langwierigen Behördenweg einzuschlagen, entsetzt hatte und wie er schließlich in schierer Verzweiflung in einem Gewaltritt zu Werner von Reifferscheidt gehetzt war, um Marsilius' alten Feind davon zu überzeugen, dass er eine einmalige Gelegenheit habe, seinen Nachbarn in die Schranken zu weisen. Der Herzog sei damit einverstanden, hatte er erklärt. Eine Behauptung, die sich schnell als Lüge hätte erweisen können, doch der Herzog war nach Köln-Deutz geritten, wo die Schweden gegen die Stadt zogen, und wahrscheinlich würden ihn die Details des Skandals gar nicht mehr interessieren, wenn er zurückkehrte.

»Ihr seid der großzügigste und gütigste Mensch, den ich kenne.«

Julius lächelte. Einen Moment war er versucht, ihr zu beichten, welch unverhohlene Freude es ihm gewesen war, Marx im roten Schneematsch vor dem Palas zusammenbrechen zu sehen. Die Schmerzen des Mannes, der ihm Sophies Herz gestohlen hatte, waren wie Balsam für seinen eigenen Kummer gewesen. Aber er schwieg. Reue zu heucheln war nicht seine Sache. Ihm tat auch der boshafte Stich nicht leid, den er Marx später in der Nacht versetzt hatte. Er war zu seinem Widersacher in die Kammer gegangen, hatte sich nach seinem Befinden erkundigt und ihm im nächsten Atemzug erklärt, dass ihn sein Wohl eigentlich nicht interessiere. Und dann hatte er den kalten Satz von sich gegeben, der Marx' Glück vielleicht für immer zerstören würde. Nicht das von Sophie. Julius war immer noch davon überzeugt, dass ihr an Marx' Seite nur Unglück blühen würde. Nun würde sie den Kerl verlassen und hoffentlich anderswo ihren Frieden finden. Und genau das war es, was er hatte erreichen wollen.

Und Marx selbst?

Ach was. Gütig war nur der Heiland.

Kapitel 39

Über das Feld tobte einer der letzten Schneestürme des Jahres. Möglicherweise beging sie einen fatalen Fehler, als sie die Burg verließ, aber Sophies Lage war enttäuschend und machte sie zutiefst unglücklich. Sie musste handeln oder sich in ihr Schicksal ergeben – so sah sie es. Marsilius war am Vortag gestorben und sie selbst damit frei. Doch was sie sich für die Zeit nach seinem Tod erhofft hatte, war zunichte, und das würde sie nicht hinnehmen.

Sie zog ihre Kapuze fester über Kinn und Wangen, wo die Kälte stach. In ihrem Rücken erhoben sich die Mauern der Wildenburg, auf denen sich dicke Schneewälle türmten. Hinter der nächsten Anhöhe lag das Dörflein Hecken. Marx, der, eingehüllt in den dicksten Mantel, den sie hatte auftreiben können, neben ihr herstapfte, brummte etwas. Es war, als begriffe er erst allmählich, dass sie sich nicht auf einem Spaziergang befanden. Das heftige Fieber hatte nicht nur seinen Körper, sondern auch seinen Verstand angegriffen. Sie sah, dass er sich den Wind ins Gesicht blasen bließ, um den Nebel aus dem Kopf zu vertreiben. »Was soll denn das werden?«

»Ist dir kalt?«

»Ich bin ein Eiszapfen.«

Sophie reichte ihm mit steif gefrorenen Fingern den Anisschnaps, den sie unter ihrem Mantel trug. Verwirrung huschte über sein Gesicht, aber die Verlockung, sich zu wärmen, war zu groß. Er nahm einen kräftigen Schluck. Sie hatte ihn bereits den ganzen Nachmittag mit Wein und Bier versorgt und wunderte sich, dass er immer noch gerade ging.

»Mädel, was zur Hölle treiben wir hier?«

Sie blieb stehen, umarmte und küsste ihn. Seine Lippen, sein ganzer Körper reagierten mit Leidenschaft. Gut, dachte sie erleichtert. Das war es also nicht. Er begehrte sie immer noch. Er gehörte zu ihr, wie sie zu ihm gehörte. Natürlich, sie hatte doch gar nicht daran gezweifelt. »Bist du verheiratet?«, flüsterte sie.

»Was? Herrgott, nein! Herzlieb, wie kannst du denken …« Die nächsten Küsse kamen mit noch größerer Hitze. »Ein scheußlicher Ort für eine Unterhaltung, weißt du das?«, fragte er, als sie sich endlich wieder voneinander lösten.

»Jeder Ort ist scheußlich für mich. Du willst fortgehen, aber du weigerst dich, mir zu sagen, warum.«

»Natürlich – das ist es.« Er zog sie weiter. Der Weg führte bergab, unter ihnen lag, unsichtbar unter der Schneedecke und nur durch den Baumbestand am Ufer auszumachen, der Manscheider Bach. Als Marx sich Sophie wieder zuwandte, sah sie die Trostlosigkeit in seinem Gesicht. »Weißt du, wie mein Leben aussehen wird, nachdem ich die Burg verlassen habe? Was übrigens in den nächsten Tagen geschehen wird, denn ich halt's hier kaum noch aus.«

»Wie denn?«, fragte sie.

»Das einzige Handwerk, das ich beherrsche, ist der Kampf. Ich werde mich also als Söldner verdingen. Darin liegt meine Zukunft.«

Das wusste sie bereits. Sie kannte sogar seine genaueren Pläne. Jost, der auf die Burg gekommen war, sobald ihn das Gerücht von der Wildenburger Gewalttat erreichte, hatte sie ihr verraten. Ein böhmischer Freiherr, mit denen die beiden vor Magdeburg das Zelt geteilt hatten, besaß ein abseits gelegenes Gut. Er brauchte Männer, die diesen Besitz schützten.

Eine riskante Sache, aber Marx hatte den Freiherrn gemocht, und sie würden sich vermutlich dorthin wenden. »Ich glaub, das wird 'ne feine Geschichte. Wahrscheinlich bekommen wir sogar ein eigenes Steinhaus«, hatte Jost erklärt.

Sie wiederholte diese Worte. »Auf dich wartet ein Steinhaus in Böhmen, und das wird eine feine Geschichte. Aber offenbar ist es keine feine Geschichte für jemanden wie mich, oder wie soll ich dich verstehen?« Himmel, war sie plötzlich zornig. »Ist das der Grund? Du willst dich davonmachen, weil du es der verwöhnten Dame nicht zutraust, sich einzuschränken? Wann hast du mich jemals jammern hören?«

»Sophie. Du verstehst das nicht. Eine Frau wie du ...«

»Oh, wunderbar. Der Schlaukopf weiß also, was eine Dame von Stand benötigt. Nämlich ein Daunenbett, in dem ein Ehemann wie ein Tier über sie herfällt. Dazu feine Speisen, die mit Schlägen gewürzt werden, wenn die Dame nicht pariert ...« Sie heulte nur deshalb nicht, weil sie zu wütend war.

»Sophie, der Krieg ist anders, als du es dir vorstellst. Du übersiehst das nicht. Du kannst gar nicht einschätzen, was auf dich zukäme.«

Sie nickte, weil es stimmte.

»Und du hast es nicht nötig, dich in ein Abenteuer zu stürzen. Du bist eine begehrte und wohlhabende Frau. Deine Eltern werden bald vorbeikommen. Es heißt, sie haben sogar schon jemanden für dich im Auge. Einen anständigen ...«

»Woher weißt du das?«

Er antwortete nicht. Brauchte er auch nicht. Natürlich von Julius! Auf einmal fiel es Sophie wie Schuppen von den Augen. Julius' schlechte Laune. Sein Besuch bei dem Kranken. Marx' zögerndes Betragen danach. Natürlich konnte Julius nicht wissen, was ihre Eltern jetzt, nach Marsilius' Tod, planten, aber wahrscheinlich hatten sie Wünsche gesponnen, als er bei ihnen gewesen war, und er hatte sich sein Teil zusammengereimt oder schlicht etwas erfunden. »Wieso lässt du dir von jemandem wie Julius etwas einreden!«

Marx zog sie weiter. Ohne Bewegung war die Kälte nicht auszuhalten. Sie hatten den Bach erreicht, und dahinter tauchte das Pfarrhaus auf. »Es soll dir gut gehen«, brachte er hervor.

»Und ich bin zu dumm, um zu begreifen, was ich dafür brauche! Ich könnte ihn erwürgen!«

»Was?«

»Julius!« Sie kochte immer noch. Der Kerl konnte froh sein, dass er die Burg bereits verlassen hatte. Nun sah sie es geradezu vor sich: Marx, sowieso nicht in bester Verfassung, musste sich von Julius sagen lassen, wie eigensüchtig es war, eine verwirrte junge Frau zu einer Ehe zu verleiten, die sie selbstverständlich bereuen würde, sobald sie wieder klar denken konnte. Dieser elende Intrigant!

Vor dem Pfarrhaus wartete ein Ehepaar. Ein junger Mann in einer blauen Hose und einem dicken Wollmantel und seine etwas ältere Frau, die eines der Häuser in der Vorburg bewohnten. Zielstrebig zog Sophie Marx voran.

»Mädchen, du hast mich betrunken gemacht«, klagte er, während sie die letzte Strecke hinter sich brachten. Jetzt konnte man zum ersten Mal auch hören, wie der Wein und der Anisschnaps ihr Werk taten. Er stolperte und sie half ihm aus dem Schnee. »Warum hast du …«

»Weil's ja anders offenbar nicht geht!«

Marx blieb stehen und blinzelte, als er die beiden verfrorenen Menschen entdeckte. »Sophie, was …?«

Sie stieß die Tür auf und gab den Wartenden ein Zeichen einzutreten. Pater Ambrosius, der im Schein einer Lampe in seiner Heiligen Schrift blätterte, blickte erstaunt auf. Seine Verwunderung schlug in Schuldbewusstsein um, als er die Besucher erkannte, aber dann fasste er sich, legte das Buch beiseite und erhob sich. »Was für ein unerwarteter …«

»Traut uns«, sagte Sophie.

»Wie bitte?«

Marx, der nach dem Türrahmen griff, weil er schwankte, begann zu lachen.

»Ich habe die Zeugen herbestellt, die man dafür braucht. Aber macht es kurz. Ich bin in keiner rosigen Stimmung.«

»Und der Bräutigam?«, fragte Ambrosius zweifelnd. »Er sieht mir offen gestanden nicht aus, als wäre er in der Verfassung ...«

»Ein *Ja* wird er schon noch hervorbringen!«

»Will er denn?«

»Zweifelt Ihr daran?«

Ambrosius zweifelte nicht. »Aber er muss ohne Hilfe stehen können, um getraut zu werden«, ordnete er an, weil Männer wohl immer irgendetwas befehlen mussten.

Marx ließ den Türrahmen los. Er legte seinen Arm um Sophie und zog sie wenig formell an sich. »Julius hat es gut gemeint«, sagte er, während er sich schwer auf sie stützte.

»Das glaubst du nur, du vertrauensseliger Tropf.«

»Er hat seinen Hals für uns riskiert. Verzeih ihm«, sagte Marx und blickte sie an.

»Aber ...«

»Verzeih ihm. Wenn ich an seiner Stelle gewesen wär, hätte ich das Gleiche getan!«

Sie gab einen Laut von sich, der alles Mögliche bedeuten konnte, doch schließlich lächelte sie. Während sie den lateinischen Worten der Trauungszeremonie lauschte, die Pater Ambrosius sprach, hielt sie ihren Bräutigam fest. Nicht, dass er noch zu Boden stürzte. Aber als Marx sein Eheversprechen gab, klang seine Stimme klar und sicher: »Ja. Süßer Heiland – und ob ich will, von ganzem Herzen! Natürlich!«

Sie selbst sagte auch: »Ja.«

Dann küsste er sie, und er tat es wie immer schamlos und wundervoll.

Ihre Unterschriften mussten sie auf ein zerknittertes Blatt Papier setzen, das Ambrosius aus einer Kiste kramte und mit steifen Fingern beschrieb. Die beiden Zeugen – sie hießen Berta und Tylmann – malten ein Kreuz.

»Ich habe gerade eine unglaubliche Frau geheiratet«, murmelte Marx, als ihre Trauzeugen gegangen waren. In Pater Ambrosius' Gesicht trat ein gerührtes Lächeln. Er ließ alle Feierlichkeit fahren und umarmte Sophie. Und dann umarmte er auch den Bräutigam, wobei er ihn für einen Geistlichen ungewöhnlich lange an sich presste. Mit einem innigen Kuss auf die Wange und einem schweren Seufzer gab er ihn schließlich frei.

Petra Durst-Benning

Solang die Welt noch schläft

Roman.
496 Seiten. Gebunden mit Schutzumschlag
ISBN 978-3-471-35057-7

Drei junge Frauen. Freundinnen.
Alle drei haben einen Traum.
Eine von ihnen wird ihn sich erfüllen.

Berlin, um 1890. Josefine entdeckt für sich die gefährliche, für Frauen geradezu skandalöse Leidenschaft des Radfahrens. Dafür riskiert sie alles. Und sie verliert alles – ihre Familie, ihre Freundinnen und fast sich selbst. Aber Josefines Kämpferherz ist groß! Und die Liebe eines Mannes ermutigt sie, ihren Lebenstraum zu verwirklichen. Bei einem strapaziösen Radrennen will sie beweisen, was in ihr steckt. Entschlossen tritt Josefine an – und trägt einen ganz eigenen Sieg davon.

Der erste Roman der neuen großen Trilogie »Jahrhundertwind«.

Louisa Young

Eins wollt ich dir noch sagen

Aus dem Englischen von Claudia Feldmann
432 Seiten. Gebunden mit Schutzumschlag
ISBN 978-3-471-35047-8

Nadine und Riley lernen sich als Kinder kennen. Sie ist eine Tochter aus reichem Hause, er ein Kind des Arbeiterviertels. Als sie sich verlieben, hintertreibt ihre Mutter die nicht standesgemäße Beziehung. Verzweifelt meldet sich Riley freiwillig an die Front. Und findet sich wieder im alles zermalmenden Wahnsinn des Krieges. Nur die Briefe von Nadine halten ihn am Leben. Dann wird Riley verwundet, und unter einem Vorwand löst er die Verlobung. Die am Boden zerstörte Nadine lässt sich als Lazarettschwester nach Frankreich versetzen und hofft, Riley dort zu vergessen. Was beide nicht wissen: Jemand ist überzeugt, dass sie eine zweite Chance verdienen.

List

1 S. Michael. 2 Der Dom zu S.
7 S. Anna. 8 zum h. Geist. 9 S.
14 S. Maria Magdalena. 15
Rathaus. 21 S. Laurentz. 22
MAG
ALBIS FLUVIUS